满族口头遗产传统说部丛书

木兰围场传奇

于　孟
敏　阳
整　讲
理　述

吉林人民出版社

图书在版编目（CIP）数据

木兰围场传奇 / 孟阳讲述；于敏整理 . —— 长春：
吉林人民出版社 , 2019.5

（满族口头遗产传统说部丛书）

ISBN 978-7-206-16900-7

Ⅰ . ①木… Ⅱ . ①孟… ②于… Ⅲ . ①满族—民间故
事—中国 Ⅳ . ① I277.3

中国版本图书馆 CIP 数据核字（2019）第 293313 号

出 品 人：常　宏
产品总监：赵　岩
统　　筹：陆　雨　李相梅
责任编辑：储可玉　崔　晓　李沫薇
装帧设计：赵　谦

木兰围场传奇

MULAN WEICHANG CHUANQI

讲　述：孟　阳　　　　　整　理：于　敏
出版发行：吉林人民出版社（长春市人民大街 7548 号　邮政编码：130022）
咨询电话：0431-85378007
印　　刷：吉林省优视印务有限公司
开　　本：720mm×1000mm　　1/16
印　　张：38.25　　　　字　　数：670 千字
标准书号：ISBN 978-7-206-16900-7
版　　次：2019 年 5 月第 1 版　　印　　次：2019 年 5 月第 1 次印刷
定　　价：135.00 元

如发现印装质量问题，影响阅读，请与出版社联系调换。

出 版 说 明

满族口头遗产传统说部是具有较高社会价值和文化价值的满族文化的百科全书。整理发掘满族说部的项目工作被文化部列为中国民族民间文化保护工作试点项目，并被国务院批准列入第一批国家级非物质文化遗产名录。

"满族口头遗产传统说部丛书"是千百年来满族各氏族对祖先英雄事迹和生存经验的传述，一代一代口耳相传，保留下来的珍贵的满族遗存资料。经过近三十年抢救整理，从二〇〇七年到二〇一七年的十年间，根据整理文本的先后，我社分四次陆续出版了五十部说部和三本研究专著。此套丛书无论从社会价值和文化价值来看，都是一套极具资料性、科研性和阅读性融为一体的满族文化的百科全书。

此次出版对以下两个方面做了调整：

一、在听取各方专家建议的基础上，对原丛书进行了筛选，选取最有价值、最有代表性的四十三部说部，删去原版本中与文本关系不紧密的彩插，对文本做了大幅的编辑校订，统一采用章回体表述方式，并按照内容分为讲述萨满史诗的"窝车库乌勒本"、讲述家族内英雄人物的"包衣乌勒本"、讲述英雄和历史人物的"巴图鲁乌勒本"、讲述说唱故事的"给孙乌春乌勒本"等，突出了说部的版本特色。

二、保留研究专著《满族说部乌勒本概论》，作为本丛书的引领，新增考古发掘的图片和口述整理的手稿彩色影印件。

特此说明。

吉林人民出版社

编 委 会

序

冯骥才

任何民族的文学都包括两大部分。一是个人用文字创作的、以书面传播的文学，一是民间集体口头创作的、口口相传的文学。后一部分文学是前一部分文学的源头，是根性的文学。中国作为东方文明的古国，口头文学的历史去之遥远。就像西方文学始于古希腊罗马的神话故事，我国文学史上第一部作品是《诗经》，即民间口头文学集，这表明口头文学是一个民族文学的源头。在漫长的历史中，这两部分文学一直同根并存，相互滋育，各自发展，共同构成一个民族文化与精神的极为重要的支撑。

中华民族有着巨大文学想象力和原创力。数千年间，各族人民以口头文学作为自己精神理想和生活情感最喜爱和最擅长的表达方式，创作出海量和样式纷繁的民间文学。口头文学包括史诗、神话、故事、传说、歌谣、谚语、谜语、笑话、俗语等。数千年来，像缤纷灿烂的花覆盖山河大地；如同一种神奇的文化的空气在我们的生活中无所不在；且代代相传，口口相传，直到今天。

我们的一代代先人就用这种文学方式来传承精神，表达爱憎，教育后代，传播知识，娱悦生活，抚慰心灵；农谚指导我们生产，故事教给我们做人，神话传说是节日的精神核心，史诗记录文字诞生前民族史的源头。它最鲜明和最直接地表现中华民族的精神向往、人间追求、道德准则和价值取向。中国人的气质、智慧、审美、灵气、想象力和创造力，充分彰显在这种口头的文学创造中。

这种无形地流动在民众口头间的口头文学，本来就是生生灭灭的。在社会转型期间，很容易被忽略，从而流失。

特别是在这个现代化、城市化飞速推进的信息时代，前一个历史阶段的文明必定要瓦解。口头文学是最脆弱、最易消亡。一个传说不管多么美丽，只要没人再说，转瞬即逝，而且消失得不知不觉和无影无踪，所以联合国教科文组织把口头传统和表现形式，包括作为非物质文化遗产媒介的语言列为非物质文化遗产之一。

在中国，有史诗留存的民族并不很多，此前发现的有藏族史诗《格萨尔王传》、蒙古族史诗《江格尔》、柯尔克孜族史诗《玛纳斯》、苗族史诗《亚鲁王》。作为满族民族历史和文化传统的重要载体——"说部"，是满族及其先民世代相传的极其宝贵的精神财富。它最初用"乌勒本"（满语 ulabun，为传或传记之意）指称，后受汉文化影响，改称为"说部"或"满族书""英雄传"。说部最初用满语讲述，至清末满语渐废，改用汉语并夹杂一些满语讲述。在漫长的历史进程中，满族各氏族都凝结和积累了精彩的"乌勒本"传本，如数家珍，口耳相传，代代承袭，保有民族的、地域的、传统的、原生的形态，从未形成完整的文本，是民间的口碑文学。"满族说部迥异于其他文类，不仅涵盖了口头传统，也吸纳了民俗学中多种民间文艺样式，包容性极强。"

我以为，对于无形地保留在人们记忆与口口相传中的口头文学，抢救比研究更重要。它是当下"非遗"工作的重中之重，要清醒地认识到文化和文明于人类的意义。当社会过于功利的时候，文化良知就要成为强音，专家学者要在抢救非物质文化遗产中勇于承担责任，走进民间帮助艺人传承与弘扬民间艺术，这也是知识分子的时代担当。

让人感到欣喜的是，经过吉林省的专家学者近三十年的抢救、发掘和整理，在保持满族传统说部的原创性、科学性、真实性，保持讲述人的讲述风格、特点，保持口述史的原汁原味的基础上，将巨量的无形的动态的口头存在，转化为确定的文本。作为"人类表达文化之根"的满族说部，受东北地域与多族群文化的影响，内容庞杂，传承至今已逾千万字。此次出版的《满族口头遗产传统说部丛书》为四十三部说部和一本概论。"说部"分为讲述萨满史诗的"窝车库乌勒本"、讲述家族内英雄人物的"包衣乌勒本"、讲述英雄和历史人物的"巴图鲁乌勒本"、讲述说唱故事的"给孙乌春乌勒本"四大部分。概论作为全套丛书的引领，从学术研究的角度对乌勒本产生的历史渊源、民族文化融合对其的影响、发展和抢救历程等多方面深入思考。

多年来"非遗"的抢救、保护、研究和弘扬，已取得卓越的成就。但未来的路途依然艰辛漫长，要做的事情无穷无尽。像口头文学这样的文化遗产的整理和出版，无法立即带来什么经济利益，反而需要巨大的投资和默默无闻的付出，能在这个物质时代坚守下来，格外困难。

文化传统和传统文化不是一个概念，我们的终极目的不是保护传统文化，而是传承文化传统。传统文化是固定的、已有既定形态的东西。我们所以要保护它，是因为这些文化里的精神在新时代应以传承，让我们的文化身份不会在国际资本背景下慢慢失落。

现在常把文化自觉与文化自信并提，这两个概念密切相关同时又有各自的内涵。文化自觉是真正认识到文化的重要性和自觉地承担；文化自信的关键是确实懂得中华文化所具有的高度和在人类文明中的价值。否则自信由何而来？

对传统文化的抢救与整理，不仅是为了传承，更为了弘扬。我们的民族渴望复兴，复兴的重要精神支撑在我们的传统和文化里，让我们担负起历史使命，让传统与文化为民族的伟大复兴发挥它无穷的力量。

冯骥才

二〇一九年五月

目录

《木兰围场传奇》传承考证

于　敏

康熙二十年，清圣祖玄烨于幽燕深处设立了木兰围场，乃清代最大的皇家猎苑，只供朝廷在此"岁举秋狝之典"。

木兰围场自设立到同治二年礼废，历时一百八十三年。其间，康熙、乾隆、嘉庆三位皇帝共举行木兰秋狝九十八次，行围一千三百多场，进出围场一千九百七十天。令康熙皇帝没有料到的是，出于练兵习武、加强战备之目的而设立的木兰围场，却由此生发出一个完整的"围场文化"。

早在康熙年间，每到滴水成冰、白毛风呼啸的严冬，长城以北的瀑河、滦河、潮河、阴河、伊逊河、伊玛图河、西路嘎河等流域的一些满洲人家中，男女老幼围坐在火盆旁，饶有兴致地听口才佳秀者讲唱《乌兰布通之战》《康熙护灵》《弘历射熊》等传说。初始篇幅较短，情节简单，内容不够丰富，因年代久远，其传承情况已无可考。后来，参与讲唱的人越来越多，通过多渠道的逐渐积累，使"围场文化"由多个故事组成，多半是演绎康熙、乾隆、嘉庆的狩猎活动，也有一些平民百姓的戏说。难能可贵的是十二位传承人在不同的历史时期，将这些上至皇家、下至庶民的长短不一、首尾衔接或各自独立的零散故事采集到一起，进行穿插整理，补充修润，祖传父，父传子，从而形成了故事生动离奇、情节起伏跌宕、人物形象鲜明、传奇色彩浓厚的满族长篇说部——《木兰围场传奇》，且一直流播至今，成为珍贵的民族文化遗存。

此说部是满族群众创造的，其传人既有满族，也有汉族。三百多年，十二位传人身在围场，围场又在各自的心中。三百多年，这份遗产始终埋藏在他们的记忆里，把保存和传承的使命神圣化，拼尽了血和泪。它装载着太多的辛酸、无奈、蹉跎，还有人生苦旅中的幸福、悲伤，以及夜深人静后的轻轻叹息，付出了所有的情感、梦想、思考、执着、坚持、希望……

第一位传人：韦茂成，满族，康熙末年木兰围场都统，乃本说部的最早讲唱者。所创制的传本体例，不是从某个英雄人物的一生经历说开去，而是以木兰围场为经线，把与围场相关联的故事编织在里面。自康熙末年开讲，经雍正十三年至乾隆二十年，几乎没有停止过，七十多岁时，将传本交给孙子韦陀保。

第二位传人：韦陀保，满族，韦茂成之孙，乾隆中期木兰围场都统。后因管理围场不力，致使"鹿只稀少""砍倒木墩余木甚多，兼有焚毁枯枝犹在"而被革职，降为围场总管。尽管如此，仍不改初衷，从爷爷手里接过了传本，在亲朋好友及设于木兰围场南界之外张三营总管衙门的兵丁中讲唱，并与友朋共同切磋，不断增添新故事，起到了承上启下的作用。

第三位传人：关宏林，满族，韦陀保之挚友，热河避暑山庄西邻上河营村的私塾先生。能写会说，口齿伶俐，精通满文，亦会汉语，闲暇时，常到韦陀保处小酌。席间，二人论古道今，谈天说地，韦陀宝讲唱说部《木兰围场传奇》，关宏林讲唱《弈棋失信》《乾隆接见渥巴锡》等传说，边讲边丰富其中的情节，增加一些行围狩猎的场景，对传本进行补充和修改。关宏林从韦陀宝手中承袭了《木兰围场传奇》传本，在讲唱中，曾将此说部更名为《皇家猎苑传奇》。后来因与韦陀宝意见相左，故而又沿用原名，晚年将传本交给孙子关新义。

第四位传人：关新义，满族，关宏林之孙，以教书为生。乾隆末年，关宏林病逝，关新义按照爷爷留下的传本，在满族人家中继续讲唱。此期间，娶满族女子富察氏为妻。富察氏娘家住木兰围场东界外狍子沟村，每到秋收过后打完场，粮食装进仓，她便给族人讲《贵妃娘娘种草荔枝》《皇帝与宝狐》的传说，男女老少都爱听。这两个故事，富察氏是听爷爷富增昆讲的，而最早的讲唱者则是在木兰围场当护围兵的哥哥富长喜，关新义亦将其收入说部中。

关新义之后，乾隆末期，传承人仍在关家一代一代地向下接续，直到嘉庆初年。然传人的姓名俱无可考。

嘉庆年间，在满族和汉族人家中，涌现出许多围绕乾隆皇帝木兰秋狝而生发的故事，不但凸显了塞北风情，而且具有传奇色彩，如《乾隆殪虎记》《乾隆狩猎脱险记》《牦牛拖诗碑》等。还有些传说尽管不是讲皇帝秋狝的，却与木兰围场有关，如满洲正白旗老人富恩泰传讲的《将军墓与公主陵》。说的是乾隆年间，有位常胜大将军布尼阿森，为国捐躯后，厚葬于木兰围场东界外，立下了墓碑。后来他的女儿不幸身亡，埋在了"将军墓"旁，称"公主陵"，故事有满族和蒙古族联姻的情节。当时，在满族族众中，流传着《神秘的孩子坟》，其情节同《将军墓与公主陵》紧密相连。此外，汪氏讲唱的《白马告状》，吴氏的《似汰梁上的不孤鸟》，佟氏的《滴泪洞里的石洞生》等，皆与木兰围场有关，在长城以北的宽城、青龙、平泉、热河、隆化、滦平、丰宁、围场以及内蒙古的喀喇沁、翁牛特、多伦、克什克腾等县旗均有流传，并被关氏家族的传人收录到了《木兰围场传奇》中。

第五位传人：关志勋，满族，关宏林之第六代传人。同治二年，木兰围场关闭，喊杀声散去，《木兰围场传奇》的传承链条亦模糊不清了。到了同治十三年，忽然柳暗花明，关家传人关志勋出现了。他是一位说书的民间艺人，利用挂锄的空闲，走屯串户讲唱《木兰围场传奇》。然而此时的传本与康熙、乾隆年间相比，有了很大变化，增加了嘉庆年间讲唱于街头巷尾的一些故事，但仍以皇帝木兰秋狝为主线。关志勋娶汉族女子孟桂兰为妻后，教她讲唱《木兰围场传奇》，从此，传承的链条改变了方向。

第六位传人：孟桂兰，汉族，关志勋之妻。自从嫁到关家，逐渐接受了满族的文化和习俗，喜欢讲故事，顺理成章地从丈夫手里承接了《木兰围场传奇》传本。关志勋故去后，孟桂兰没有传给子女或丈夫的族人，而是传于娘家弟弟孟昭仁，使说部的传承出现了转折，传人换为汉族。

第七位传人：孟昭仁，汉族，孟桂兰之弟。闲来无事时，常跟姐姐学说《木兰围场传奇》，并于田间地头给屯邻讲唱，后来传给了侄子孟宪华。

第八位传人：孟宪华，汉族，孟昭仁之侄。孟宪华所处的年代应为道光年间，遗憾的是没有考证到其说唱活动，晚年将说部传给儿子孟庆年。

第九位传人：孟庆年，汉族，孟宪华之子。孟庆年所处的年代乃光绪年间，因家境贫穷，便和妻子走乡串屯，讲唱说部《木兰围场传奇》，以此挣钱糊口。但生活仍很艰难，有时不得不背井离乡，沿街乞讨。有一天，乞讨途中遇上暴风雨，夫妻二人跑进关帝庙躲避，结果体弱多病的孟庆年亡于庙中。其妻回到家乡，靠亲朋和邻里救助度日，该说部的传承岌岌可危。半年后，其妻生下遗腹子孟繁荣，孟繁荣长大成人便学唱《木兰围场传奇》，传承的链条又接续下去了。

第十位传人：孟繁荣，汉族，孟庆年之子。由于家徒四壁，生活无着，只能出外给富人家打短工。没活儿干时，靠口耳相传，从母亲那里学会了说唱《木兰围场传奇》，再讲给一块儿打短工的伙计们。大家在听的过程中，七言八语地把自己知道的一些故事也补充进去，孟繁荣回家后进行加工修润，丰富了说部，晚年传于儿子孟祥财。

第十一位传人：孟祥财，汉族，孟繁荣之子。孟祥财长大成人时，已进入"民国"时期，在一满族大户人家学弹棉花、擀毡子以及制作毡帽儿等手艺，工间歇息时，常给大家讲唱《木兰围场传奇》。手艺学成回到家中，娶妻阚氏，一九三六年得子孟令功。

第十二位传人：孟令功，汉族，孟祥财之子。中华人民共和国成立后，孟令功虽然家境贫寒，但仍坚持学业。初中毕业那年，将父辈传讲的《木兰围场传奇》传本要到自己手中，仔细通读了几遍，认同了满族传统说部的历史价值和文学价值。

一九五六年，孟令功离家去承德读书、工作，长达二十一年。承德是清代避暑山庄所在地，由于此间对避暑山庄、外八庙及周围的奇山异岭比较熟悉，孟令功便利用寒暑假期搜集一些满族的民间故事，诸如《棒槌山的传说》《天桥山的传说》《热河泉的由来》《双塔山的传说》《悦鑫楼的名联》《乾隆与香妃》《狮子园的由来》《乾隆拜荷花》等。后两个故事，采集于住在避暑山庄以北十里远的狮子园村一位耄耋老人赵清庚的讲述，说是该村后边的山坡儿叫狮子园，下边是一片荷花池，乾隆就生在那"小宫"之内。二人登上后山坡儿，看了当年的"小宫"遗址，残垣俱在，经查《清史稿》，并无此地。据赵清庚讲，祖父赵长旺曾在"小宫"当过更倌儿，《狮子园的由来》和《乾隆拜荷花》就是听其祖父讲的，不过已无考。

一九七七年九月，为便于搜集满族民间故事，从事教育工作多年的孟令功主动要求从承德调往避暑山庄以北二百八十里处的围场县，做群众文化工作。此后的二十五年中，踏遍了围场县境内的四十九个乡镇，走访了邻县的喀喇沁、翁牛特、锡林郭勒盟的正蓝旗及多伦等旗县，多次前往克什克腾的乌兰布通古战场进行实地考察，并采访了满族老人孙瑞成、老艺人郭斌等，听他们当场讲唱《望道石的由来》《阿妹山和燕格柏河》《热水汤的传说》。之后，按照传说，实地考察了望道石村、燕格柏河畔、阿妹山、热水汤村等地。热水汤村一位八十多岁的满族老人王朝阳，耳不聋眼不花，引领孟令功来到温泉旁，坐在石头上讲唱《热水汤的传说》，令人身临其境，浮想联翩。

此间，通过采访搜集到的一些传说和故事，好似《木兰围场传奇》衍生的分支，紧紧围绕着清代皇帝木兰秋狝这条主线而展开，存在着内在的、因果的、必然的联系。于是，孟令功在对讲唱传本做进一步修改、整理、润色时，将其补充了进去。

《木兰围场传奇》告诉人们，康熙二十年设立木兰围场之后，康熙、乾隆、嘉庆三位皇帝率领官兵通过木兰秋狝，达到练兵习武、加强战备、内治叛乱、外御沙俄入侵、巩固和保卫北部边疆之目的，这即是摆在我们面前的这份非物质文化遗产的价值所在。

引　言

　　河北省围场满族蒙古族自治县及其周边的旗县，原属清代最大的皇家猎苑——木兰围场，供当朝皇帝木兰秋狝之用。

　　"木兰围场"为满、汉合璧名。"木兰"系满语"哨鹿"之意，指用木哨儿诱引鹿群，以供围猎，此乃清朝皇帝常用的一种狩猎方法。到了秋分时节，身着戎装的皇帝率领亲随侍卫、文武大臣、诸皇子、蒙古各部的王公贵族、射牲手及众官兵于黎明前，藏身于密林草莽之中，头戴惟妙惟肖的鹿角帽，身披鹿皮衣，口吹用桦树皮做的长哨儿，模仿鹿鸣的呦呦声，以吸引那些为求偶的雌鹿及为争偶的雄鹿前来。当群鹿低昂应和、寻声而至时，射牲手趁其不备，万箭并发，弓箭齐鸣，鹿儿们还没等弄明白是怎么回事呢，就已经"陈牲蔽芳甸"了。

　　另一种狩猎方式为"围猎"，分四个步骤：撒围、待围、合围、罢围。规模大，参加的人多，最多三万，少则数千。按康熙二十二年的规定，每年要组织一万二千人进行木兰秋狝活动。其中，不仅有各部院的官员，也有蒙古各部的王公贵族及八旗劲旅、虎枪营的射牲手们。这些人于五更前分翼入山，到达指定地点后，管围大臣按地形地势布围，如同一面墙似的把飞禽走兽拦挡起来，并逐渐缩小包围圈儿。出猎的顺序是：首先由皇帝在护从大臣、亲随射手的拱卫下，出马骑射；其次是皇子及文武群臣驰猎；再次是随猎的蒙古诸部王公贵族弯弓盘马；最后是各族的众射牲手及兵丁出猎，万骑并发，马蹄踏踏，弓箭呼啸。此刻，皇帝身着戎装，坐在用布围成的看城上观猎。那千军万马的围堵场景生动宏大，旌旗猎猎，威风凛凛，气势雄伟，异常壮观，酷似一场短兵相接的鏖战，令人惊心动魄。夜幕降临时，人马归队，围猎方结束。官兵们回到驻地，点起熊熊篝火，三五成群席地而坐，边燔烤着刚刚猎获的新鲜兽肉，边围着火堆载歌载舞。在充满草香味儿的林中，野宴狂欢，君臣和乐，气氛非常热烈。

　　康熙二十年四月，在距北京三百公里处，设立了木兰围场，海拔平均在一千四百米以上。这里有广袤的草原，苍翠的参天古木，浩瀚的原始森林，起伏叠嶂的山峦，蜿蜒清澈的河流，星罗棋布的淖尔，宛若珍禽异兽的天堂。

　　此地位置适中。东壤辽中京，西近元上都，北去蒙古，南临热河。当年的木兰围场，包括漠南的喀喇沁、翁牛特、巴林、克什克腾、敖汉、多伦等旗县和隆化、丰宁等县部分地域，东西三百里，南北三百里，周长一千余里，以此计算，总面积达一万五千平方公里。而现今的围场满族蒙古族自治县，则处于当年木兰围场的中心地带，面积已缩小至九千二百一十九平方公里。

　　按照古代礼仪，皇帝出外的狩猎活动，由于季节不同，名称亦不同，有"春搜""夏苗""秋狝""冬狩"之区别。清代皇帝离京师赴木兰围场出猎，借古礼而设木兰秋狝，其目的十分明确，不单单为了娱乐，更主要的是借狩猎训练八旗士卒，加强武备，"防备朔方"，抵御外患，"肆武绥藩"，团结各少数民族，保卫和巩固大清江山。

　　据史料记载，自幼弓马娴熟的康熙帝在位期间，木兰秋狝四十八次，累计进出围场一千零七十九天。雍正帝从未单独离京木兰秋狝，只是在当四阿哥时，随父皇康熙木兰秋狝十八次。乾隆帝是雍正的第四子，木兰秋狝三十九次，行围五百九十二场，进出围场七百二十八天。乾隆的第十五子嘉庆帝颙琰，曾前往木兰围场秋狝十一次，行围一百三十六场，进出围场一百六十三天。从道光帝开始，未再举行木兰秋狝，同治二年正式礼废。

　　当年的木兰围场面积大，飞禽走兽多，仅从康熙帝木兰秋狝中所猎获的数目便可见一斑。先后用鸟枪、弓矢获虎一百三十五只，豹二十五只，熊二十头，猞猁狲十只，鹿数百只，麋鹿十四只，野猪一百三十二头，狼九十六只，并曾在一日之内射兔三百一十八只。康熙帝不无自豪地说："若庸常人毕世亦不能及此一日之数也。"

　　有关资料载，"木兰四面树栅，界别内外"。按满洲八旗以一营房，即"官房"统五卡伦①，"各有地界，分司稽查"。八旗的方位是：镶黄旗位东北；正黄旗、正红旗位西北；正白旗、正蓝旗位东南；镶蓝旗、镶红旗位西南；镶白旗位于正蓝旗、镶蓝旗之间。八旗各设一个营房，每营

---

① 满语：哨所。

房管辖五个卡伦，木兰围场共有八个营房四十个卡伦。差事是巡边保护，严禁平民百姓入内，只供朝廷在此"岁举秋狝之典"。

康熙年间，设置围场总管大臣一员，官秩四品；六品章京八员，其中四员负责缉拿盗匪，四员管理蒙民案件。到了乾隆年间，将围场总管大臣升为三品，并增设四品翼长两员、六品骁骑校八员、五品章京五员。由此可见，清帝对木兰围场的管理非常重视。

康熙四十七年，热河避暑山庄初具规模，为清帝每岁一举或隔岁一举的木兰秋狝提供了极大方便。

木兰围场境内，根据山势、地形的变化和飞禽走兽的分布情况，划分为七十二个小围场，即"七十二围"。热河避暑山庄建成后，尽管比设立木兰围场晚了三十年，然山庄内的七十二景与木兰围场的七十二围是有直接关系的。南有山庄"七十二"，北有木兰"七十二"，遥遥相对。

纵观清朝二百六十八年的历史，木兰围场从康熙始设至同治二年木兰秋狝礼废，历经一百八十三年之久，可谓多半部清史均在其中。

木兰秋狝的整个过程，孕育、产生了诸多具有神奇色彩的满族民间传说，并流布开来，通过口耳代代咏诵。本说部将再现昔日几代清帝木兰秋狝扬鞭疾驰之风采，金戈铁马、野战攻伐之惨烈，"天苍苍，野茫茫，风吹草低见牛羊"之奇景，万里山河之壮丽。

第一章

清圣祖　塞北踏查游牧地
赐御宴　始设围场话缘由

清朝第二代开国君主皇太极于崇德八年八月初九驾崩后，二十六日，皇九子爱新觉罗·福临六岁即位，由济尔哈朗和多尔衮共同摄政，改次年为顺治元年。

顺治元年四月，东北大地覆盖的冰雪还未消融，关内早已春暖花开了。顺治前往昭陵祭拜了父皇太宗皇太极，又去福陵祭拜了太祖努尔哈赤。九月下了谕旨，命千军万马由盛京①出发，经过山海关抵达北京，并决定将北京作为国都。十月初一日，顺治在武英殿即位，开始了清王朝对全国的统治，此时的军政大权由多尔衮独揽。

顺治七年十二月，多尔衮突然死去，八年正月，福临于太和殿宣布亲政，时年十四岁。九年，摆脱了济尔哈朗的控制，统揽大权于手，并采取了一些有利于国家稳定的措施。十年，设立兴屯道厅，在北方大力推行开荒屯田。十一年，实行"大计天下"，为后来统一全国打下了基础。

十八年正月，顺治患天花病入膏肓，无人不为此焦虑。临终前，遗诏立三皇子玄烨为皇太子，并嘱咐道："皇儿，朕已定都京师，此地的气候和环境比盛京强多了。有一事望切记，为了接过先祖们的骑射本领，以不忘武备，可在京师南郊习武狩猎……"话未说完便断气了，崩于养心殿，年仅二十四岁。

顺治正月初七晏驾后，十九日，刚刚八岁的玄烨于太和殿即位，由索尼、苏克萨哈、遏必隆、鳌拜四人辅政，定次年改年号为康熙。别看康熙年纪小，却出奇的聪明，懂得不少宫廷之事，知道父皇遗嘱分量的轻重。盘马弯弓、习武射猎，乃辽、金以及大清国民生存之必需，满洲人又是女真的后裔，继承习俗理所当然。

---

① 今沈阳。

康熙尽管机灵好学，智慧超人，可毕竟只有八岁。多亏御前大臣们的辅政，更有太皇太后的事事、处处关怀备至，渐渐地能够独立处理政务了。每每散朝之后，他就望着天空愣神儿，脑海中闪现的是父皇的影子。有时还能在睡梦中与之相见，待醒来时，已是泪湿枕巾。心里常想："如果父皇不是患了天花，也不会英年早逝，很多事还没来得及做呢！"

康熙六年七月初七，玄烨开始亲政，取消辅政大臣的辅政权。此后的十四年中，为加强君权，缓和社会矛盾，采取了一系列措施：命少年侍卫生擒势力强大的鳌拜，下狱监禁，惩处其集团成员；强令禁止各级官吏行贿受贿，徇私舞弊；下令开垦荒地，垦后十年起科；始设南书房和博学鸿儒科，修《明史》，以笼络汉人士子；平三藩之乱，进取澎湖、台湾。

单说康熙二十年春天，康熙奉太皇太后的嘱托，率领理藩院尚书阿喇尼、侍内大臣费扬古、大学士刘统勋以及护卫、兵丁出了东华门，前往位于河北遵化西北六十华里马兰峪附近的清东陵，祭拜完父皇顺治的孝陵那日正是四月初七。

第二天，康熙与众臣和贴身侍卫向北出了长城喜峰口，来到塞外地方，驻跸北台。翌日，沿着瀑河继续北行，可天公不作美，下起淅淅沥沥的雨来，使人感到冷飕飕的。

大臣刘统勋勒住马缰，禀道："皇上，天降春雨，雨中加雪，是不是找个地方暂歇一下？"

康熙在马上仰头看了看天色，说道："此等雨雪，怎能阻止朕的脚步？走吧，赶路要紧！"

君臣打马疾驰，经宽城北到达希喀布尔齐①时，小雨骤然变成了鹅毛大雪，很是难行。这时，侍内大臣费扬古也禀道："皇上，还是先避一避吧，等风雪停了再赶路不迟。"

刘统勋接着奏道："皇上，漫天风雪拦路，人马举步维艰。请看，前面正好是个村庄，何不去那儿躲躲，略歇息一下？"康熙听罢，方点了点头。

当大队人马走近小山村时，见道两边稀稀拉拉地搭建一些土坯房，约十七八户人家。一家院门外挂着个木牌儿，上写"猪毛店"，显然是以杀猪为生的屠户。康熙暗自思忖："朕此次拜谒孝陵之后，旨在赴塞北

---

①　今河北宽城县龙须门。

踏勘山河，选择适当之地建立木兰围场。然风雪阻拦朕，车马难以催进，如何是好呢？"想到这儿，抬手摸摸下巴，故意问道："众爱卿，此处是啥地方呀？"

刘统勋刚要回禀乃"猪毛店"，自己先吓了一跳！哎呀，怎么能在皇上摸下巴之时，说出"猪毛店"仨字儿呢？随即灵机一动，顺口答道："禀皇上，此处叫'龙须门'。"

刘统勋这一说，倒把愁眉紧锁的康熙逗乐了："好你个刘爱卿，那木牌儿上明明写着'猪毛店'，为何偏说成'龙须门'呢？"

大臣阿喇尼与费扬古对视一笑，虽然嘴上没说什么，但心里都明白："圣上最怕猪吃糠（康）了，刘大臣一旦迸出'猪毛店'仨字儿来，那可是皇上最忌讳的，多不吉利呀！"

康熙又道："刘统勋哪，刘统勋，不可小觑呀，脑瓜儿灵着呢！"刘统勋不好意思地摸摸后脑勺儿，脸涨得通红，君臣四人不禁哈哈大笑起来。

说话间，风雪停了，康熙命道："好了，朕借刘爱卿的吉言，继续前行吧！"

这工夫，刘统勋伸出右手往北一指道："皇上请看，前边来了几拨儿人马，都是谁呢？"

康熙侧过头冲侍卫命道："快去看看，那些人马是干什么的？"

侍卫"嗻"地应了一声，催马向前驰去，不一会儿便返了回来，奏道："禀皇上，他们是漠南蒙古各旗县的王公贵族，特意前来迎驾的。"

康熙这才恍然大悟："噢，是了。朕此次离京师，谒罢孝陵，转道儿出喜峰口，沿瀑河畔北行，拟踏查地形地势，始建木兰围场狩猎之地。有关的各旗县官员得知此信儿后，自然不敢怠慢而忙于迎驾了。"

那么，前来的是谁呢？他们是蒙古喀喇沁旗杜凌郡王扎锡，镇国公巴特喇；翁牛特旗镇国公奇塔特，四品台吉格龙；敖汉旗多罗郡王扎木苏以及土默特旗贝子衮齐恩扎布等。

众旗县官员离老远便翻身下马，疾步走到康熙面前，扑通通、齐刷刷跪在地上，异口同声地叩拜道："皇上出塞驾临，有失远迎，万望恕罪！"

康熙抬了抬手道："平身吧！尔等诸部距此几百里之遥，冒着风雪前来迎驾，实乃忠心可鉴，怎么能说'有失远迎'呢？有此敬孝之心，朕早已感到欣慰了。"

众官员听罢，齐呼："万岁圣明！"

呼声刚落，只见刘统勋附在皇上耳边不知嘀咕些什么，令各王公无不猜测。

翁牛特旗镇国公奇塔特悄悄儿问喀喇沁旗杜凌郡王扎锡："王爷，您看皇上今年多大岁数了？"

扎锡回道："万岁二十八岁了。"

奇塔特赞叹道："哎呀，圣上眉清目秀却威风凛凛，一身皇威，此乃福相啊！"

二人正小声儿议论呢，忽听康熙说道："尔等山高路远前来迎驾，很是辛苦，朕与大家就在瀑河边的小山村歇息了。待明日清晨早膳过后，再整队起程不迟。"

众人跪叩道："谢皇上！"

刘统勋面向大伙儿说："皇上圣明，爱臣如子，诸位在此安歇吧！"

村中百姓得知当今天子驾到，无不眉开眼笑，一传十，十传百，纷纷迎出门来。敲锣打鼓，燃放鞭炮，在康熙帝面前呼啦啦跪了一地，齐声儿叩道："万岁！万岁！万万岁！"整个山村沸腾了，欢呼声响彻云霄，一片喜气洋洋。

跟随皇上出行的兵丁七手八脚地忙着搭建御帷、帐篷之时，村子的穆昆达^①跪在康熙面前，诚恳地请求道："万岁爷，百姓家家户户有热炕呢，何必睡在外头呢？请圣上和诸位大人住进各家各户吧！"

康熙摆摆手道："不打扰了。如此说来，尔等皆是猪毛店的村民了？"

穆昆达禀道："回皇上，这些百姓全是一个村的。"

康熙又问："此村名很不吉利，为什么叫'猪毛店'呢？"

穆昆达说："回皇上的话，只因本村有户人家以杀猪为生，赚取猪毛，可制成刷子等物，所以村名就叫'猪毛店'了。"

康熙听罢，抬眼瞧了瞧四周，见村北流淌着静静的瀑河，恰似一条巨龙，而猪毛店又像那巨龙的头。龙头左边有条小路，右边也有条小路，弯弯曲曲的，犹如两根龙须，便笑问道："老人家，朕赐个村名如何呀？"

穆昆达激动得连连叩道："百姓托万岁爷的齐天洪福啊，真是求之不得呀，请御赐村名吧！"

康熙说："那好，打今儿个起，这个村子就叫'龙须门'了！"

① 满语：族长。穆昆即女真人的一种父系血缘组织，多以祖先名字及住地命名，组织成员公推一人为头儿，管理内部事务，这个头儿即穆昆达。

话音刚落，村民振臂高呼："皇上圣明，谢万岁爷！"

康熙关切地问道："老人家，龙须门的百姓生活如何呀？"

穆昆达心里一惊，忙道："回皇上，奴才不敢说。"

"但讲无妨，朕恕你无罪。"

"此地流传一首民谣，奴才不敢唱啊！"

康熙越发奇怪："咦？为何不敢唱？但唱无妨！"

穆昆达胆儿壮了，于是开口大声儿唱道：

> 一进龙须门，
>
> 稀粥两大盆。
>
> 盆里照见碗，
>
> 碗里照见人。
>
> 人人锁双眉，
>
> 生活苦煞人。

康熙听罢，颇有感触地说："哦，尔等生活这般苦寒，朕心不忍哪！赏赐龙须门村三千两纹银，作为解决一时之需或赈灾用。从今以后，只要勤于男耕女织，生活一定会好起来的。老人家，那民谣的头一句'一进龙须门'是你改唱的吧？"

穆昆达回道："正是。"

康熙夸赞他脑袋来得快，聪明，众村民齐呼："谢主隆恩！万岁！万万岁！"

夜晚，黄幄内烛光闪闪，康熙端坐在龙椅上，各部王公贵族围坐一旁，形成众星捧月之势。皇上特设御宴，与王公们共同举杯，祝愿此行顺利。康熙说："朕欲到坝下、坝上踏查地形地势及禽兽繁衍情况，选择秋狝之地域，没承想与尔等在此相见。来来来，朕再赐三杯酒，大家尽情地喝，以压风寒！"

众人喜形于色，谢主隆恩，共祝皇上万岁、万万岁。三杯酒下肚，个个精神抖擞，气氛更加热烈，康熙问道："尔等平时坚持习练骑射吗？"

喀喇沁旗杜凌郡王扎锡回道："奴才不敢有丝毫懈怠。"

康熙大悦，兴奋地说："好！朕之先祖多尔衮等，以弓马夺取中原，首崇骑射，乃为国策。"接着话锋一转，又道："然而在得到政权之后，满洲贵族享有特权，生活优裕，逐渐养成了贪图安逸、沉湎嬉戏、马放南山、刀枪入库、疏于练武的恶习。新一代的王公贝勒中，有些人在安乐悠闲的环境里只顾享受，忘却骑射，导致八旗官兵纪律松弛，武技日劣。三藩之乱，不到半年时间，滇、黔、湘、川、桂、闽六省俱失，紧接着粤、陕叛变。当时，大清面临存亡攸关之际，而有些将士却贪生怕死，畏缩不前，甚至假称有病，不敢参战，如此下去怎么得了？眼下，京师南苑虽有围场，但面积太小，无论如何容不下朕的千军万马狩猎习武之用。此次踏查，主要是选择骑射宝地，以供八旗官兵掌握卫国的本领。"

王公们扑通通跪在康熙面前，齐声儿说道："皇上圣明，深谋远虑，奴才永远铭记在心！"

康熙转怒为喜，语气有所缓和："尔等快快平身。朕听了大家的决心，总算有底了，也很高兴，来来来，饮酒！"

盛宴在婉转悦耳的乐曲声中结束，群臣及王公们酒足饭饱，各自回到帐中安歇。

翌日清晨，众官兵用过早饭，在满山朝晖的映衬下北上。马蹄的嗒嗒声叩响塞北大地，行进的速度飞快，惊得盘旋在空中的云雀不敢落枝。途经平泉，两天后抵达燕山北麓，满目的山榆古松一片连着一片，一眼望不到边，再往北行就是蒙古东南部的高原与大兴安岭余脉的接壤之处了。

康熙登上塞罕坝①，对诸臣和王公们说："尔等顺着朕的手往前看，周围的地形地势太好了，万壑朝宗，云遮雾绕，林海苍茫，草原广阔，绿遍天涯，真乃美不胜收哇！还有那天上飞的、地上跑的禽兽，比以前多多了！"

众臣及王公们边看边啧啧称赞，认为此处的地理位置十分难得，堪称天然的重要武备基地。

康熙容光焕发，高声儿说道："经过半个月的详尽踏勘，朕已胸有成竹，就在这东西相距三百里、南北直径三百里、周长一千余里、总面积一万五千平方公里的地域设立木兰围场，尔等以为如何呀？"

蒙古喀喇沁旗杜凌郡王扎锡禀道："皇上圣明！此处有些是奴才本部的游牧之地，为效忠大清，愿将其敬献，作为皇家猎苑。"

翁牛特旗镇国公奇塔特见此，忙接过了话茬儿："皇上，这里也有奴才一部分游牧地，愿献给朝廷，作为狩猎习武之地。"

---

① 蒙语为"塞堪达巴罕"，即美丽的高原之意。

康熙龙颜大悦道:"好啊! 尔等为了大清江山永固,主动敬献游牧地,乃顾全大局之举,令朕钦佩! 朕前日曾说过,清朝官兵由东北入关后,疏于练武,懒于骑射,养尊处优,不思进取,令朕不安哪! 这下好了,在此始建木兰围场,方便官兵举行木兰秋狝。一可狩猎,二可练兵,三可加强武备,一举三得,何乐而不为呢? 请尔等前来细看。"说着,展开一张地图,指点道:"这里左通盛京,右至察哈尔,距国都京师七百余里。向北可控蒙古,向南能制天下,地理位置得天独厚,此为酌设木兰围场的又一缘由也。再看,周围百里山高林密,草茂水美,禽兽繁多,处于蒙古高原、燕山山脉、大兴安岭余脉的汇接之处。地貌分为坝上高原与坝下山区,低缓的山地与宽阔的谷地相间,的的确确是宝地呀!"说到这儿,又举目眺望,不禁诗兴顿发,朗声儿吟道:

> 一岭横南北,
> 众峰笼翠微。
> 枝头群鹤舞,
> 百鸟托日飞。
> 松涛接草地,
> 天高地生辉。

吟罢,众臣齐声儿喝彩,赞颂皇上深谋远虑,才思横溢。

康熙接着言道:"尔等已经目睹,此处不但有林海,而且有与林海相接的辽阔草原,还有虎、豹、麋鹿、野猪、黄羊、熊、貉、獾、獐、狼、狐、狍、兔等出没。而天上飞的禽类更多,不胜枚举,俗话讲的'棒打狍子瓢舀鱼,野鸡飞到饭锅里'并非虚传,这也是朕在此设立木兰围场的另一缘由。再一个就是这里气候好,秋季天高气爽,木盛林丰,禽兽肥硕,既适于狩猎,又利于避暑,可谓'三伏无暑,六月生风,地脉直谷,气清少病'。朕在此行中,对地形地貌、天文气象、山川林木等均进行了考察,认为是个好地方,之后才做出决定的。当然了,朕很想听听尔等的见解哟!"

各部王公频频点头,有的表示:"皇上想得如此周到,思虑得如此细致,奴才没的说!"

有的讲:"皇上博学卓识,令奴才获益匪浅,可望而不可即。"

也有的说:"皇上不愧是明君,时刻着眼于江山社稷的未来,率先垂范，难怪世人从心里折服！"

康熙笑道："好了，天近晌午，尔等一路劳顿，还是陪朕边用膳边聊吧！"

黄幄内，御厨早已在餐桌上摆好了丰盛的佳肴，有吐力根河的细鳞鱼，有鹿肉、野鸡肉、山兔肉、熊掌等，全是刚刚捕获的山珍和野味。

吐力根河，当地人习惯叫它"小滦河"，源头在塞罕坝四道沟一带的草原之中。那里森林茂密，绿草如茵，珍珠般的水泡汩汩地从草丛中冒上来，渐渐地汇成一条潺潺流淌的小溪，斗折蛇行，闪闪烁烁。窄的地方一步即能跨过，宽的地方仅丈余，有些河段水很深。河中的细鳞鱼又称"箸漠鲜"，长二尺左右，宽脊、细鳞、重唇、巨口，一身黑色条纹，肉质细嫩鲜美，异常名贵。康熙曾写过赞美细鳞鱼的诗，称其"状似鲈而味美过之"。

再说康熙端坐在御座上，待大臣刘统勋为众位斟满酒后，方端起杯说道："今日欢宴不必拘礼，朕这杯酒先赐尔等，共贺此次踏查收获甚佳，干！"

君臣一齐饮了第一杯酒，侍从赶忙把盏执壶，为皇上斟满酒。康熙又举起杯来，说道："这第二杯酒，共祝大清王朝与各少数民族的王公贵族们精诚团结，防备朔方，江山永固。来，干杯！"君臣一饮而尽。

康熙喝得十分尽兴，脸色微红，再一次举起杯来，说道："这第三杯嘛，仍然君臣共饮。对设立木兰围场有何真知灼见，一股脑儿端出来，朕不会怪罪的！"说完一仰脖儿，自己的酒杯先见了底，众臣随之。

三杯酒下肚，大臣、贝勒、台吉们你看看我，我瞅瞅你，皆感到有些不妥，哪有皇上为奴才敬酒之理呢？可是谁也没敢吱声儿。

康熙接着鼓励道："朕已说过，尔等不必拘礼，有话尽管讲，才合朕意呀！"

理藩院尚书阿喇尼环视了一下周围，开口道："皇上，恕奴才直言，在此建木兰围场，官兵们有了射猎习武之地，做到演兵不忘武备，以抵御外患，捍卫北疆，乃百年大计。然京师距木兰围场七百余里，倘若每年千军万马来此秋狝，途中的吃喝拉撒睡该如何安排呢？"

话音刚落，一些王公们频频点头，称这的确是个不好解决的难题。

康熙不以为然，笑道："朕以为，京师至古北口不妨建十几处行宫，古北口至热河建二十几处行宫，热河至木兰围场再建若干行宫。大宫可供官兵吃住，小宫可作为茶宫，补充水或短暂歇息之用，各行宫备足粮食、毛毡、帐篷等物，岂不就解决吃喝拉撒睡了嘛！"

大臣费扬古赞同道："皇上英明，此议甚佳！"

刘统勋接过了话茬儿："其实，这个问题圣上早已思虑过了，只是想听听诸位的见解，可见皇上重视群策群力之美德。来，咱们共同举杯，敬万岁一杯酒！"

大家可算找着机会了，纷纷举杯，一饮而尽。敬完皇上，蒙古各旗的王公贵族才放开量，开始用大碗喝。君臣笑逐颜开，推杯换盏，气氛非常活跃。

康熙兴致正浓，当即对随驾的各少数民族王公们给予赏赐，有御用袍、帽、弓箭、撒袋、佩刀、鞍辔、蟒袍、青布、银两等，并道："尔等多日伴随朕的左右，踏查地形地势，酌设木兰围场，很是辛苦。所赐之物，无非略表朕的一番心意而已！"

第二天，用罢早膳，康熙率领众臣、王公们出行，各处观瞧一番后，初步确定了大部分围猎点，拣选了皇围之内的"卡伦"和"营房"的位置，以供护围兵丁居住。

大臣阿喇尼高兴地说："圣上，木兰围场的地域已定，万事俱备，此乃一大盛举呀！"

康熙未表态，侧过头来问刘统勋："刘爱卿，你以为如何呀？"

刘统勋回道："臣认为'万事俱备'尚且太早，要做的事儿还多着哪，得一步一步来。"

康熙点点头道："正是，朕也在思索呀！"

十五日后，康熙方率领众臣及侍卫、官兵离开木兰围场，返回京师，伴驾的王公贵族们则各回各的旗县府衙。

第二章　迎驾女　骑马补建公主围
温贵妃　生日喜吃鲜荔枝

转年夏末，康熙带领温惠贵妃，众大臣、皇子们以及大队人马赴塞外已圈成的木兰围场狩猎时，下嫁喀喇沁旗的五公主和硕端静骑马前来迎驾。

父女相见，自是高兴，康熙问道："端静啊，驸马宝音朝克图为啥没一起来呀？"

端静回道："皇阿玛，他近日身体不适，故未迎驾，万望见谅。"

康熙笑了笑道："噢，驸马是个忠孝之人，朕不会怪罪的。"心里却想："正好嘛，朕借此机会，考考女儿蒙古语学得如何。"于是，命大臣们先去组织围猎，然后亲自带着五公主及几个侍卫向一条幽深的山林而去。

康熙骑在马上边走边问："端静啊，嫁给宝音朝克图两年多了吧？"

"回父皇，两年零七个月了。"

康熙叹道："唉，时间过得真快呀，一晃将近三年了。可惜哟，朕还没看到外孙出世哩！"

端静面带羞色，脸腾地红了，忙指了指前面，话题一转道："哎呀，皇阿玛快看，那里有只马鹿！"

康熙紧接着问："马鹿用蒙古语怎么说？"

"布扈图。"

"去吧，那只布扈图由五公主射杀了！"

端静双手握拳道："孩儿遵旨！"随即抖了抖缰绳，急催坐骑，黑马飞奔起来。被追赶的马鹿如惊弓之鸟，东一头西一头乱窜，端静几次箭搭弓弦，由于树木遮挡，均未射出，仍旧在后面紧追不舍。驰过一片桦树林后，趁机"嗖"地一箭射去，正中马鹿左身，紧接着又补发一箭，马鹿方应声倒地。

康熙见此，暗自思忖："女儿还行，不仅学得了蒙古语，箭法也不错。"转念又一想："哎呀，不好！刚才是几只马鹿同时从密林中跑出，不是无缘无故的，那里必有猛兽！"正寻思呢，忽见一只斑斓猛虎从林子里蹿了出来，遂用马鞭指向前方问道："嘿，看呀，那是什么？"

端静回道："是只凶恶的巴尔图！"

康熙跃跃欲试："太巧了，它可是自己撞到枪口上的，由朕用虎神枪捕获吧！"

端静扑哧一声笑了："皇阿玛，已经晚了，老虎才不会主动送上门儿呢，它正在追赶逃走的马鹿哩，早跑远了。"

老虎虽然逃掉了，但康熙仍很高兴，因为五公主的蒙古语的确大有长进。

康熙继续朝前走着，忽然发现道边儿的一片枫树林中，有两只巨雕腾空而起，忙回头问道："端静，那又黑又大的空中物是什么鸟哇？"

五公主回道："哦，是被虎惊飞了的岳乐呀！"

康熙笑道："哈哈，又被你说对了，的确是两只大雕！"

康熙领着端静过了一山又一山，一水又一水，看到地上跑的、空中飞的就考问，女儿皆用蒙古语作答。此刻，又见一只狍子被吓跑了，康熙问那是啥？五公主回道："珠尔噶岱。"

父女俩往前走了约十里，看见一头摇摇晃晃的野猪，正在橡树林里寻觅橡树籽儿呢！

康熙随口问道："那头黑不溜秋的笨东西是啥呀？"

这一问不要紧，倒叫五公主犯了难："难道父皇真的辨不清是什么动物吗？不，肯定知道，那明明是一只长嘴、长毛、贪吃懒睡的野猪嘛！如果说出是啥，怎么得了，猪吃糠啊！"正琢磨该如何回答呢，康熙斜眼瞅着她，催促道："端静，朕就不信难不住你，讲啊，那是什么兽哇？"

五公主央求道："皇阿玛，请莫急，莫急，待孩儿想一想。"

康熙说："好哇，朕给你时间。"

端静停顿了一下，反问道："皇阿玛，不作答可以吗？"

康熙立马现出洋洋得意的神情，不依不饶地说："父皇的问话，女儿哪能不回答呢？噢，朕再加问一句，那黑东西都吃些啥呀？"

端静苦苦思索，忽然眼前一亮，有了："那是一只……一只噶海图①。除了吃橡树籽儿，还吃土豆啊，红薯哇，玉米棒子呀，臭鱼烂虾等。"绕来绕去，就是不说野猪爱吃糠。

---

① 满语：野猪。

康熙觉得五公主聪明过人，也很孝顺，感到十分欣慰，嘿嘿地笑道："它喜食什么，朕心里明明白白，就不逼你了。快去，将那只噶海图射杀吧！"

端静一抖缰绳，催马奔上前去，冲野猪嗖嗖嗖连发三箭。没承想却无济于事，野猪安然无恙，一时让她非常焦急。

康熙扬鞭催马跟了上来，大声儿喊道："端静，临场狩猎，必须做到知己知彼，才能百战不殆！"

五公主马不停蹄地问道："皇阿玛，此话何意呀？"

康熙说："所有的兽类，其习性和特点各有不同。噶海图生性倔强，身上经常发痒，便贴着松树蹭。日久天长，皮毛就粘上厚厚的一层松树油，干了以后坚硬无比，即使用虎神枪射杀，也很难撂倒啊！"

端静听罢，有些紧张，将马缰一勒，问道："皇阿玛，告诉孩儿，那得怎么办呢？"

康熙说："女儿莫愁，待父皇将它猎获就是了。"话音刚落，两腿一夹马肚子，眼见坐骑飞似的蹿了出去，在距奔跑的野猪不远时停了下来，开始围着野猪转圈儿。实际上，御马在狩猎场上已经习惯这样了，只要碰上野猪，总是在主人的娴熟驾驭下，围着野猪不停地转呀转。

此时，端静恰在康熙稍后一点的位置，正欲张弓搭箭向野猪射去，康熙赶忙制止道："停！射箭有何用？还是向父皇学，先驱马围着噶海图转圈儿吧！"

谁知端静的坐骑根本不听话，只知东窜西跑，不会转圈儿，急得她一个劲儿地挥鞭，一下比一下重地抽打着马屁股。可越打越不成，前蹄竟腾空而起，发出咴儿咴儿的长啸。

康熙在一旁不失时机地提醒道："端静，打它没用，小心莫被马摔落在地呀！"

这工夫，被激怒的野猪失去了耐性，瞪着眼睛吱吱直叫，大张着嘴朝康熙扑将过来。说时迟，那时快，康熙照准野猪的嘴巴连发三箭，箭箭射进口中。野猪欲逃不能，一头扎到地上，连着打了两个滚儿，蹬了几下腿儿便一动不动了。

端静翻身下马，走到野猪跟前，见真的死了，回过头来不无夸赞地说："皇阿玛的箭法了不得，三发中的，果然是名不虚传的神箭手啊！"

康熙摇摇头道："即使是神箭手，对噶海图来说，也奈何不得。唯有把利箭射进它的嘴里，才能置其于死地呀！"

说到射猎野猪，不能不多讲几句。康熙不但学识渊博，武功好，而且善于思考，细心观察事物的变化，以便从中受到启发。

有天下晌，康熙出了黄崾，信步来到桦树林闲游，听听山雀的鸣叫，看看彩色的蝴蝶上下飞舞。正走着，迎面遇上了大臣刘统勋，随口问道："刘爱卿，去哪儿了？"

"皇上，微臣饭后没啥事儿，出来逛逛消消食儿。"

康熙笑道："噢，原来如此，陪朕一起走走好吗？"

刘统勋忙道："这是微臣的福分，求之不得呀，不知皇上想去哪里？"

康熙朝左前方的一片橡树林指了指说："秋天到了，说不定黑家伙正在那林子里四处乱窜呢。"

聪明的刘统勋当然知道皇上指的是啥，每当下霜之前，正是噶海图觅食的大好时机，因为橡树上的籽儿已成熟，野猪专爱寻找橡树籽儿吃，那是它的佳肴。

君臣往前漫步着，走到橡树林边上时，发现了一头野猪。康熙立刻停下脚步，蹲在地上说："刘爱卿，快看，噶海图的右侧紧跟着一只豺狗呢！嘿，这回可大饱眼福了，静观猪豺争斗吧！"

康熙此话是什么意思呢？刘统勋一时并未理解。不过他听说个头儿不大的豺狗厉害得很，有高招儿，能够制伏凶恶的野猪。至于豺狗的能耐是如何使出来的，怎样才使野猪就范的，却从未见过，刚想向皇上请教，康熙摆了摆手道："刘爱卿，何必由朕说出呢？只要仔细观察，最终自会悟出缘由的。"

话音刚落，只见豺狗紧跑几步，绕到野猪的身后，伸出带刺儿的长舌头，轻轻地舔着猪屁股。那野猪一定是觉得痒酥酥的，舒服得很，干脆往地上一趴，闭上眼睛等着，任豺狗舔来舔去。直至屁股被舔出了血，仍未起身，头不抬眼不睁的。

刘统勋看到这里，不免替野猪担心，正欲凑到皇上耳边说什么，康熙又一摆手，小声儿道："别言语，接着瞧，马上大结局了！"

突然，豺狗猛地一口咬住了野猪的肛门，拖着它往前跑。等野猪感到疼痛难忍欲反抗时，已经晚三秋了，体内的肠子被豺狗拽出并叼着围绕一棵橡树转了两三圈儿，血如泉涌，发出几声惨叫后躺倒在地，挣扎了一会儿便断气了。

康熙面色严肃地站起身来，侧过头问道："刘爱卿，看了豺狗置噶海图于死地的全过程，有何感受啊？"

刘统勋回道："噶海图属于比较凶猛的兽类，却被小小的豺狗制伏了，简直不可思议。看来缘于它的疏忽大意，没有识破对方的真面目，而豺狗又十分狡狯所致。"

康熙沉思片刻，说道："何止是制伏，那是要了它的命啊！动物尚且如此，何况人乎？应从中悟出一番道理。大清王朝今后的路该怎么走，会不会出现像豺狗一样的官吏呢？难说呀，真的叫不准！"

刘统勋顿开茅塞，点了点头，低头不语，由衷钦佩皇上的超人睿智。

话接前书，康熙与端静不知不觉中骑马走出三十多里，一路不断遇到鹿、虎、雕、狍子、狐狸等。每见一种动物，都是康熙对女儿出的一道试题，端静用熟练的蒙古语回答，结果全对，令康熙特别高兴。为了不使女儿过多思念京师，康熙说道："端静，朕有个主意，你不妨每年和额驸一块儿伴朕木兰秋狝。一来朕与尔等能够相见，二来更增进朕与蒙古族的交往，岂不更好？"

端静表示道："父皇的话，孩儿将牢记在心。"

康熙想了想，又道："朕当年建木兰围场时，原设置七十二围，现尚差一围。女儿此次前来迎驾，朕很欣慰，想补上最后一个围猎点，你看如何呀？"

端静反问道："孩儿不知皇阿玛要补什么围猎点？"

康熙说："朕今日有意查验你蒙古语学得如何，边走边考，一问一答，极好！朕以为，为了留个永久纪念，就将咱父女所走过的地方叫'公主围'吧！"

端静顿时热泪盈眶，万分感激地致谢道："孩儿托父皇的洪福，受之若惊，谢主隆恩！"

康熙感叹道："朕自京师来此，一路目睹了不少飞禽走兽，然能够见到的不及公主围的千分之一呀！据朕所知，公主围内，方圆三四十里从未有过围猎活动。朕决定，明日五更行，就在此秋狝了。"说罢，当即口谕，命随围的大队人马做好准备，晚膳后早点儿歇息，天亮之前开始布围。

转天一早，东方刚露出鱼肚白，五千三百余人的布围、撒围已经部署停当。康熙、温惠贵妃、端静公主坐在布制的看城上，观瞧了一阵儿惊险的射杀后，端静坐不住了，请求道："皇阿玛，孩儿该下场了，请允准孩儿参与其中吧！"

康熙不解，问道："女儿，为啥非要亲自射猎呢？"

端静回道：“孩儿以为，狩猎很有趣儿，甚至显得十分壮烈，不但能锻炼人，而且能激发斗志，造就坚毅的性格。”

康熙不允：“万万不可！那就是战场，做不到细心、谨慎行之，将白白送死！”

端静只好服从，说：“父皇待孩儿恩深如海，时刻挂记，再也不敢任性了。”

康熙说：“这就对了，在围猎场上，是冒着生命危险与野兽相持的，不可有丝毫的大意。”

端静小心地问道：“每回秋狝，不都是先由皇阿玛出猎嘛，今日为何不下场呢？”

康熙逗趣儿道：“噢，这次嘛，朕的差事是在看城上陪五公主观猎哟！”

合围圈儿在渐渐缩小，惊慌失措的野兽四处乱跑乱窜，不时发出刺耳的嗥叫声。而那受惊的各种禽类，铺天盖地地跃向空中，展翅猛飞。

端静公主边瞧边指向东面高声儿呼喊着：“哎呀，快看哪，那里的飞禽真多啊！”

康熙顺着手指的方向望去，见有无数的百灵、岩鸽、云雀、喜鹊、鸿雁、鹌鹑、白鹤、灰鹤、红隼、黑鸦、环颈鸡、黑琴鸡、猫头鹰、啄木鸟、凤头麦鸡、白腰草鹬、白脖乌鸦、大雁、赤麻鸭、山雉、鹰、雕和一些叫不上名儿来的珍贵鸟类在空中盘旋，五颜六色，特别好看，令人眼花缭乱。地上跑的更多了，诸如狍子、狐狸、猞猁、獾子、野兔、刺猬、松鼠、黄鼬、黑熊、野猪、狼、豹、虎以及成群的黄羊、马鹿、麋鹿等，可谓数不胜数，争先恐后地飞奔于油松、落叶松、云杉、白桦、柞树、榆树、杨树等生长繁茂的山林之中。

合围圈儿越来越小，喊杀声、号角声、马嘶声、飞禽走兽的哀鸣声此起彼伏，交相呼应。利箭犹如漫天的飞蝗，带着嗖嗖的呼啸声，在禽兽中显现着威力。枪声好像爆豆儿，噼噼啪啪响个不停，震撼耳鼓。涓涓流淌的小溪变样儿了，被鲜血染成红色，亮晶晶的清澈不见了。

坐在看城上的温惠贵妃双手捂着脸，不忍观瞧，时不时地叹道：“哎呀，太惨了，太可怕了！”

康熙侧过头来说：“惨？可怕？你是头发长见识短哟！应将那些飞禽走兽看成是入侵的强敌，倘若心慈手软，必会把清军将士吃掉。朕每岁一举木兰秋狝，目的何在，爱妃可知晓？”

坐在旁边的端静估计温惠贵妃答不上来，为了给她下个台阶，便抢着回道："狩猎，为的是演兵习武；演兵，为的是保卫大清江山。皇阿玛，孩儿答得对吗？"

康熙点了点头，严肃地说："没错！可惜呀，在这一点上，爱妃不如五公主啊！"

温惠贵妃心中一惊，忙解释道："皇上，是臣妾不好，才刚只是随便说说而已。"

康熙面有愠色，提高声音道："秋狝场上，如同两军对垒，短兵相接，弄不好是会死人的。在这种情况下，只能为将士们助威，绝不能使他们泄气！"

贵妃娘娘听罢，有点儿受不了了，不禁掉下泪来。端静见此，悄悄儿掏出手帕为她拭泪，小声儿耳语道："父皇说得极是，今日观猎，觉得长了不少见识，大饱眼福哩！"

温惠贵妃说："五公主，我懂得皇上的用意，也明白此番道理。只是一看到那么多活蹦乱跳的生灵死在血泊里，不由得心生怜悯，感到太可惜了。"

正这时，康熙忽地站起身来，手指西北方向高声儿喊道："好，好哇，那只猛虎被击中了，击中了！真乃猎士五更行，合围现奇观也！"

端静顺着手势望去，随即也高兴地嚷道："皇阿玛，快看呀，那边倒下一只马鹿！"过了一会儿，又跳着脚拍着巴掌喊："嘿！看哪，又射死两只狍子！"

温惠贵妃只是强打精神敷衍道："皇上，'公主围'中，飞禽走兽真是多呀！"

康熙兴致勃勃地说："是啊，知道为什么吗？因为在未补设'公主围'之前，从未有人来此狩猎过。"

温惠贵妃实在不愿再看眼前那惨不忍睹的景象了，遂试探着问道："皇上，今日的猎获物可不少，要不要放走一些，让它们逃生呢？"

康熙笑答："爱妃说得极是，当然可以。不过若是在两军对峙的战场上，绝不能轻易放走一个敌人，而敌人也不会放了好不容易抓到的大清将士哟！"说罢下旨，将包围圈儿撤出一个缺口儿，放走一部分野兽。

传旨后，山冈上的旌旗摇动了几下，东南角儿立马闪开一个缺口儿，惶恐不安的野兽放开四蹄争先恐后地窜了出去。后边跑来的在重新收口儿的情况下，生路肯定没有了，等待它们的只能是被射杀在围内。

温惠贵妃见此，心中大喜，庆幸由于自己说了一句话，进而拯救了不少可爱的小生灵。其实，她哪里晓得，如果禽兽过多，按围猎规定，是需要放出一部分逃命的。

合围圆满结束，收获颇丰，所得禽兽达千余只。康熙精神抖擞，余兴未尽，说道："自朕秋狝至今，属'公主围'的猎物最多，此乃官兵携手而战之成果也！传朕口谕，命大队人马向'公主围'东北方向进发，于温都尔华围猎点驻扎。"

温都尔华距大观景山较近，看来，康熙是想游览此山的美景了。

黄昏时，大队人马到了温都尔华围猎点，太阳的余晖洒在远处的山林之中。宽大的黄幄内，康熙、温惠贵妃、五公主端静坐在椅子上，一块儿用晚膳。

康熙饮了一杯酒后，若有所思地面冲贵妃问道："爱妃呀，今天是八月初几了？"

温惠贵妃答道："回皇上，今儿个是八月初九。"

"噢，爱妃的生日是……"

"八月十八。"

康熙轻拍额头道："哎呀，忙昏头了，差点儿给忘了。记得每当爱妃过生日时，别的且不说，总有南方的鲜荔枝可吃，而今爱妃正随朕木兰秋狝，吃不到家乡的鲜荔枝，如何是好？"

温惠贵妃说："皇上，臣妾过生日乃区区小事，何必为此犯愁？虽然吃不到家乡的鲜荔枝，但能伴驾木兰秋狝，已令臣妾很满足了。"

端静冲温惠贵妃眨了眨眼睛，故意激将道："皇阿玛，贵妃娘娘吃不上鲜荔枝，这哪成啊！"

温惠贵妃笑而不语，心里话："端静真是个鬼灵精，不软不硬地将了一军，看皇上怎么办吧。"

康熙略一思忖，随即传下特急谕旨，命两名骁骑各骑一匹追风马，连夜疾驰热河，再奔闽南的各个驿站，中途换人换马传递谕旨。务必在八日之内的晚膳之前，带着鲜荔枝返回木兰围场，赶上温惠贵妃的生日。一路要马不停蹄，昼夜兼程，不得有误。

月光之下，两位骁骑按旨飞身上了快骥，嗒嗒嗒向南驰去。到达波罗河屯行宫时，天已大亮，将旨意和马匹转交下一驿站人员。可惜的是，刚骑来的两匹追风马口吐白沫儿活活累死了，重新换了人和马，继续登程，丝毫不敢懈怠，生怕误了返回的时间。

回头再说骁骑领旨走后，康熙为了使温惠贵妃高兴，又传旨蒙古族彩女们敬献歌舞。八名身着彩装的蒙古其其格在激越的马头琴声中，亮开优美动听的歌喉，跳着欢快粗犷的舞蹈，令温惠贵妃耳目一新，喜笑颜开。端静公主更是兴奋异常，竟然也离开御膳桌加入其中，跟着跳起来。贵妃惊诧道："哎哟，五公主啥时候学会跳蒙古舞了，怪好看的呢！"

康熙乐得嘴都合不拢了，边跟着节拍击掌边说："是啊，是啊，五公主下嫁后，可谓入乡随俗，不仅蒙古语掌握得好，还学会了唱歌跳舞，令朕满意呀！"

歌舞伴随着乐曲进入高潮，场上的彩女们越转越快，呼哨迭起。康熙见端静顺脸淌汗，仍没有停下的意思，不得不制止道："好了好了，都退下吧！"

五公主回到桌边落座后，康熙看了看女儿，心疼地说："端静，累了吧？看看，大汗淋漓了不是！"

端静掏出手帕擦了擦额头上的汗，面带羞涩地说："皇阿玛，比起彩女们，孩儿跳得差远了。"

康熙故作惊讶状："谁说的？很好嘛，蒙古歌舞能跳成这样，已经相当不错了！"端静笑了笑，没再接茬儿。

康熙侧过头来冲温惠贵妃又道："爱妃呀，今晚早点儿歇息，养足精神。明日早膳后，登大观景山一游，你看怎么样，有兴趣吗？"

温惠贵妃忙致谢道："谢主隆恩，托万岁洪福！"

翌日头晌，大队人马按皇上口谕，在距大观景山不远处的威逊格尔围猎点布围狩猎。康熙则带着温惠贵妃、端静公主及随行侍卫登上了观景山，游览那里的美丽风光。

这是一座横亘云际、气势磅礴，海拔一千七百七十二米的高山，松涛呼啸，白鹤翩翩，令人心旷神怡。山上道路崎岖陡峭，山顶平坦开阔，树木繁茂，山花烂漫，五彩缤纷，人称"小坝上"。特别有趣儿的是松鼠忽隐忽现，在枝干上蹿来跳去，像是与康熙一行捉迷藏。贵妃大悦，轻声儿问道："皇上，能否捉几只松鼠玩玩儿？"

康熙笑道："别看它小，顽皮着哪，可机灵了！"说着，扭头看了一眼身边的几名侍卫。

侍卫心领神会，立刻分散开来，各自攀到松树上去捉松鼠。那些小生灵们可谓捉迷藏的行家里手，东藏西躲的，哪儿那么好逮呀？你别说，几个侍卫倒挺有办法，只半袋烟工夫，便抓到两只松鼠，放入笼子里。贵妃娘娘有了松鼠，显得越发高兴，脸都涨红了。

观景山的南端是一片平地，尽管树木较少，但尚未凋谢的百花仍在争艳。很多叫不上名字的野果长得格外招人喜欢，不过谁也不敢轻易采摘品尝，生怕有毒。

康熙站在山巅上，举目远眺，一览无余，周围大大小小的奇峰峻岭均不能与大观景山的高度相比。此时，正好端静公主从松林里出来，一手握着弓箭，一手拎个袋子，里面装着刚刚猎获的十几只野兔，兴奋地告诉康熙："皇阿玛，此山的兔子甚多，满目皆是。"

康熙说："没错，木兰围场之内，最多的小动物要属野兔了。朕记得曾在一日之内，亲自射杀三百多只呢！好哇，女儿大有收获，骑射日渐精良，朕心甚喜，尔等生起篝火，共同烤烧野味吧！"

侍卫们听令，拾来了干松枝，燃起了篝火，大家围着火堆燔烤着羊肉、鹿肉、野鸡肉、野兔肉，一面烤一面吃，津津有味。

天近黄昏，康熙带领一行人下了大观景山，来到搭在山下的黄幄之内，在听取了大队人马围猎的情况后，笑着说："朕每次木兰秋狝，多则去过二十余个围猎点，少则十几个。旨在练兵，又能品尝各种山珍野味，虽然感到疲劳，心却愉悦也！"

一晃到了农历八月十七了，闽南的荔枝还没有送达，康熙暗地里十分焦急，心想："明日就是温惠贵妃二十六岁生日了，倘若荔枝逾期不到，爱妃的心情肯定不好，会更加思念闽南家乡的。不过派出的骁骑屡办差务，从未误过，此次应该不会耽搁。"

果如所料，转天下晌，东南方向显现出一红一黑两匹骏马，快似流星，由远而近驰来。骑在红马身上的彪形大汉喊道："报——"话音未落，瞬间已到了黄幄外面，二人翻身下马，齐声儿禀道："万岁，鲜荔枝送到！"

黄幄内的康熙闻声疾步而出，见两位骑兵跪拜在地，正呼呼地喘粗气呢。于是问道："尔等是送荔枝的吗？"

彪形大汉呼哧带喘地回道："奴才……按骁骑传的圣上旨意将荔枝……带回，请皇上查验。"

另一位矮个儿的骑兵累得说不出话来，手指着两匹马鞍上所挂之珍珠镶边儿的花竹篮儿禀道："皇上，那……那里便是。"

康熙听罢，点了点头道："好，随朕来！"回身进了黄幄。

侍卫忙把两个竹篮儿取下，又将送荔枝的骑兵扶进了黄幄，康熙欣然赐座，看茶。

彪形大汉刚刚坐下，又起身奏道："皇上，奴才复命了。"

矮个子骑兵似乎才缓过气来，再次禀道："万岁，奴才一路跑得太急，语不连声，万望圣上见谅！"

康熙深知，奏章与朱批行文，赴北木兰秋狝和在京师宫中是一样的。只是印鉴无论是御用，还是各部院的印章，唯加"行在"二字。京中留守的王公大臣将各省奏章汇集，三日内，一并送至木兰围场，再由随围有关官员呈上或下转。此次取送闽南鲜荔枝，同样按谕旨传递的"特急"处理，要求一昼夜疾行八百里，人马累了，于中途驿站随时换人换马，继续前行，一直到达目的地为止。于是，关切地问道："尔等一路之上，按朕的'特急'传递，人马肯定相当疲劳，累得很吧？"

彪形大汉回道："谢皇上爱兵之心，奴才不累。此次传送鲜荔枝，从木兰围场到闽南再返回，一来一往跑死了十二匹快马。多亏沿途各府州县及驿站全力支持，备人备马，才未有传递人员伤亡。"

这时，温惠贵妃拿起一颗鲜荔枝尝了尝，味道果然甘甜芳香。不过看到两个传递人累成这等模样，又止不住眼泪了，说道："皇上，恕愚妃不懂事，无理苛求。为过个生日，远途取送鲜荔枝，竟然跑死十二匹快骥，骑兵累得几乎喘不上气来，实在是于心不忍啊！"

康熙安慰道："朕知爱妃是闽南人，喜食荔枝。为了使你不过多思念家乡，故而以'特急'的形式，命人把荔枝取回来了，应高兴才是啊！"随后又吩咐侍卫将两位骑兵带到御厨房，好饭好菜好酒赐之，用罢，安置他们于帐篷中好生歇息。

伴驾左右的大臣阿喇尼和刘统勋，得知当晚要给温惠贵妃设宴祝寿，各送来二百两纹银作为贺礼。随围的蒙古族王公也有所表示，有的牵来白骆驼一匹，有的奉上奶品若干，有的捧来金菩萨一尊，也有的送金首饰两副，还有送念珠的。

端静公主说："贵妃娘娘，我来木兰围场之前，不知娘娘将在此过生日，所以没备什么礼物，就送一条金腰带吧！"温惠贵妃一一笑纳。

在庆祝温惠贵妃生日的宴会上，众臣及随围王公纷纷起身敬酒，贵妃说："本不胜酒力，还是请诸位多饮几杯吧，以解疲劳。"

康熙也端起酒杯，爱抚地看着贵妃，要与其同饮。贵妃哪敢不从，只好勉强抿了一小口，辣得直咧嘴，忙又致谢道："愚妃谢主隆恩，祝皇上龙体安康！"

宴间，康熙注意到，伴驾随围的诸皇子皆为贵妃娘娘敬酒，唯不见皇四子胤禛的面儿。咦？皇太子胤礽也没到场，真是岂有此理，成何体统！暗中不禁生起气来。在众人频频举杯的热烈气氛中，又不便发作，生怕打扰了大家的兴致，只好忍着。

温惠贵妃美滋滋地吃着鲜荔枝，还不时地送给在场的人尝一尝，心情格外舒畅。乐手弹奏着"将军令"，接着又更换"普天乐"，乐曲悠扬，欢快动听。宴会一直进行到深夜，杯盘罗列，歌罢舞罢，方各自安歇。

第二天一早，端静公主入黄幄叩拜父安，并道："皇阿玛，孩儿已来围场多日，心中惦念因身体欠佳而没来伴驾的宝音朝克图，准备今儿个返回喀喇沁旗。"

康熙点头儿准允道："也罢。此次相别，又得一载，明年木兰秋狝时再见吧！"当即传下口谕，令胤禛来见，然而仍没他人影儿。

康熙很是无奈，叹道："唉，端静，朕本想让胤禛送你一程。不知为何，从昨晚宴会就不见他的面，难道连兄妹之情都不顾及了？"

五公主忙上前劝慰："皇阿玛，不必动怒，四阿哥一定是有事脱不开身，否则会来的。"说完叩别，出得黄幄，翻身上马，带着婢女和侍从向喀喇沁旗疾驰而去。

五公主走后，温惠贵妃为缓和气氛，端来一盘儿荔枝核儿，笑呵呵地说："皇上，请看，愚妃把昨晚吃过的荔枝种子全留了下来，想种在大观景山上。明年再来秋狝时，既可在此山狩猎、观景，又可吃味道甘甜的鲜荔枝呀！"

康熙努了努嘴道："爱妃，此物原本产在南方，塞外之地也能生长荔枝吗？如有兴趣，不妨试种一下。"

于是，温惠贵妃拉着皇上的手，出了黄幄，亲自将荔枝核儿种在大观景山的南坡儿上。据讲，此后这里便长出一种野生草莓，食之同荔枝的味道差不多，酸甜可口，被康熙皇上赐名为"草荔枝"。

天气渐渐凉了，树木开始落叶，绿草变得枯黄，有时还飘下小小的雪花儿。康熙一想到两三天来不见皇四子胤禛的踪影，心中仍大惑不悦。

第三章　小酒馆　民女巧戏四阿哥
窥黄幄　皇上震怒废太子

难怪康熙生气，尽管刘统勋派人四处寻觅四阿哥胤禛，可找来找去，仍不见影儿。那么，他到底上哪儿了呢？原来，竟是找乐儿去了。

围猎结束后，雍亲王胤禛并未回帐，而是与侍卫小顺子跨上坐骑信马由缰地闲逛，还在林子里搭上帐篷睡了一宿。第二天继续往前走，走着走着，发现木兰围场红桩界外，有一家匾牌上写着"木兰香"的小酒馆儿，门前挂着幌儿。两人翻身下马，把缰绳拴在榆树上，然后走进院子，推门来到屋内，坐在饭桌边的椅子上，点了酒菜，想舒舒服服地喝顿小酒。

不大工夫，厨房便飘来了香味儿，菜炒好了。一中年妇人手托菜盘儿，另一姑娘端着酒壶和酒盅儿，一前一后来到二人跟前，放在桌子上，并为他们斟满了酒。

四阿哥端起酒盅儿呷一口后，斜眼瞟着姑娘，笑眯眯地冲主人问道："请问店家大嫂，格格①怎么称呼呀？"

中年妇人爽快地回道："我这个闺女呀，姓关名金莲。"

四阿哥又面朝姑娘问："关格格，今年多大了？"

金莲有些害羞地答曰："十七了。"

坐在旁边的小顺子插嘴问道："家中几口人哪？"

金莲说："两口人，阿玛因病去世了，只剩下小女和额娘②了。"

四阿哥两眼色眯眯地盯着金莲，慨叹道："唉，人有旦夕祸福，马有转缰之灾呀，格格与老娘的命够苦的喽！"

金莲瞅了瞅二人的穿着打扮，看样子不是地方官员就是有钱有势的阔少爷，不可小觑。于是，一面热情地提茶倒水，一面小心翼翼地侍候

---

① 满语：小姐，姐姐。

② 满语：母亲。

着，并留心听他俩都唠些啥。

"小顺子呀，爷这次木兰秋狝可累够呛，两条腿像铅灌的，沉沉的，快跑不动了。"

小顺子斜眼瞟着金莲道："是呀是呀，小的见爷这些天累得筋疲力尽、无精打采的，所以才陪着出来玩玩儿。小的最了解爷了，爷呀，就请尽管……嘻嘻……嗯？"

"好哇，只要让爷玩儿得痛快，少不了你的赏银！"

"那就先谢谢爷啦！"

两人有滋有味地唠着，四阿哥又咂了一口酒，用竹筷子夹块肥肉放进嘴里嚼着，边嚼边坏笑道："小顺子，真是怪了，爷咋觉得今儿个吃的这块肉格外香呢？"

小顺子说："当然，外焦里嫩，味道肯定错不了！"

金莲听了此番屁话，暗自思忖："哼，这两个混账，乃地地道道的酒色之徒！"想到这儿，转身来到厨房，附在额娘的耳边小声儿嘀咕："额娘，我看那两个家伙不是什么善鸟儿，贼眉鼠眼的，让人讨厌！"

关氏走出厨房，趴对面的门缝儿听了听，回来悄声儿叮嘱闺女："金莲，看样子来咱店的是主仆二人。今天呀，是善者不来、来者不善哪，要多提防着点儿！"

金莲点点头，抻脖儿朝窗外望了望道："哎呀，刚刚过了立秋，怎么下起雪来了？"

关氏说："这有啥奇怪的？记得有一年在木兰围场，六月还下过一场雪呢！"

娘儿俩说话间，外边又刮起了大风，气温骤降。风卷着雪花落在窗棂上，沙沙作响，即是人们常讲的"白毛风"。

此刻，正在饮酒的小顺子也抬头望了望天，随即压低声音煞有介事地说："爷呀，外边又是风又是雪的，这叫'人不留客天留客'。今夜里，一切由小的安排，王爷的桃花运立马来啦！"

四阿哥美滋滋地晃着头道："那是，那是，爷就听小顺子的了。"

小顺子眨了眨眼又道："王爷，小的思谋，今儿个住在这儿没事儿。待明晨用完早膳后，再追赶木兰秋狝的大队人马不迟，皇上不会怪罪的。"

四阿哥听了，不由得打了个冷战，连连摆手道："哎呀，不妥，不妥！父皇一向对我看管甚严，如不及时返回，轻则挨顿训斥，重则要被囚禁的。”

小顺子一惊："啊？那可咋办，昨晚爷就没回去呀！这诱人的'木兰香'小酒馆儿……不能白来呀，爷看……"

四阿哥想了想道："小顺子呀，不瞒你说，爷昨天喝了半瓶鹿血酒，浑身燥热。今天又在此遇上了这等年轻漂亮的美人儿……咳，不尝鲜心不甘哪！不妨速速办完事儿，再返程归队如何？"

隔墙有耳呀，主仆二人的对话，被酒家母女听了个一清二楚！额娘很是不安，焦急地说："金莲，看来咱家有灾了，碰上皇家的人了。他们若得不了手，是不会罢休的，你快躲躲吧！"

金莲反倒挺冷静，思忖片刻，说道："额娘，你先去外屋，让他俩付清饭钱。如果还不走，没好果子吃，女儿自有办法。"

于是，关氏来到主仆二人跟前，说是该结账了。没承想人家只当耳旁风，根本不理睬，不但不付银子，而且让唤金莲来，马上为客人抚胸捶背揉大腿！

这时，站在外面的关金莲推门进了屋，瞅了一眼四阿哥，笑道："这位爷，着什么急嘛！待小女出去方便一下，回来一定为爷……嗯？"

四阿哥眉开眼笑地说："好好好，快去快回，爷在屋等着了！"

金莲出得房门，漫天的风雪迎面扑来，哪还顾得上这些，跑到院门外，把拴在树上的缰绳解开，使劲朝马屁股上拍了几巴掌。那两匹马突然受此一惊，咳儿咳儿直叫，放开四蹄跑远了。

金莲转身返回，去厨房沏了壶热茶，双手端着匆匆走进外屋，故作惊慌状："哎呀，不好了，二位拴在院门外树上的马全尥蹶子跑了，再不出去找，就被风雪卷走啦！"说着，双手轻轻一抖，茶壶滑落在地上，只听"啪嚓"一声，茶水溅了四阿哥满身满脸，烫得他"哎哟哎哟"地叫唤连声。

四阿哥挨了烫，又听说马跑了，连发怒的空儿都没有，赶忙推开桌子带着小顺子冲出了院门外。

关氏见二人走了，长舒一口气道："唉，总算是离开了，阿弥陀佛。一桌子饭钱咱不要了，能躲过这场不幸，额娘就心满意足了！"

金莲胸有成竹地说："额娘啊，您老先别高兴，他俩必会转回来的。"

关氏十分诧异："不会吧，还来干啥？"

金莲苦笑道："找我呗！"

关氏坐不住了："妈呀，要是那样可糟了，咱咋办哪？"

金莲安慰道："额娘啊，您老别害怕，更不用着急，若真的回来了，不仅让他们付清吃酒欠下的银子，还得另付一些酬谢哩，看女儿怎么折腾那两个蠢蛋！"

单说四阿哥和小顺子在风雪交加的山野里寻找着失踪的马匹，胤禛一不小心摔倒了，从山坡儿骨碌碌滚了下去。小顺子一看大事不好，撒丫子就往山下冲，拼尽力气用身子挡在了前面。停住仔细一瞅，四阿哥的额头上鲜血直流，浑身是土，加上落在脸上的雪花不断融化，简直成一只泥猴子了！嘿，此刻雍亲王的形象，可谓马尾穿豆腐——提不起来了。

小顺子又怕又累，气喘吁吁地说："王爷，大风雪天的，马已跑得无影无踪了，如何是好啊？咳，爷的额头又冒血了，小的回去可怎么交代呀！"

四阿哥一点儿精神头儿都没有了，有气无力地吩咐道："回……回去，到'木兰香'再做打算。"

小顺子"嗻"地应了一声，忙弯下身，让四阿哥趴在他的背上，背起来朝小酒馆儿趔趔趄趄地走去。

金莲正与额娘合计如何对付那俩家伙呢，果然不出所料，小顺子背着四阿哥龇牙咧嘴地进了院门。

金莲抬头往外一看，夸张地"哎呀"一声惊叫，推门出屋便问："这位爷，你咋的了，怎么满头是血呀？"

小顺子放下四阿哥，回道："王爷找马时，不慎滚下了山坡儿，脑门子碰伤了。"

金莲明知故问："你说啥？王爷，哪来的王爷呀？"

小顺子不无得意地说："不知道吧？我们王爷就是当今圣上的四皇子！快点儿吧，拿药来，再找块白布，给王爷包扎一下。"

金莲暗自幸灾乐祸："活该如此，谁让你心存歹意了，必有恶报！"表面却装出一副十分关切的样子，连声儿往屋里让："请进，快请进！王爷的胳膊腿儿伤着没？觉得好使不？"

小顺子抢着回道："王爷福大命大，除脑门子抢破皮了，其他全无大碍！"边说边搀着四阿哥进了屋，扶坐在椅子上后，轻声儿问道："王爷，还疼吗？等大嫂和关格格给上点儿药包上，就会好多了。"

母女俩搁开柜盖儿，取出治外伤的药，给四皇子敷上了。又把白布撕成条儿，从额头到下巴横七竖八地全缠上了，只留下两只眼睛一张嘴，此刻的王爷活像条三眼狗，难看极了。

四阿哥头靠在椅背上，无精打采地致谢道："给你们添麻烦了，多谢了！"

金莲爽快地说："不用谢，小事一桩，谁都有为难遭灾的时候。不过王爷呀，多亏药上得及时，若不然，伤口化脓可该吃苦头了。"

四阿哥连连点头："是啊，是啊，让大嫂和格格费心了。"

这时，关氏瞅了瞅闺女，有意岔开了话茬儿，冲四皇子问道："王爷呀，跑走的两匹马可不一般哪，尤其那匹白毛的，一看就是宝马，到底哪儿去了呢？"

金莲像没事儿人似的，随之来了一句："额娘，不必着急，帮人帮到底，一会儿孩儿出去找。"

小顺子一愣："你？一个格格家，也能找回马？"

金莲说："不信哪？这么的吧，小女和爷打个赌怎么样？"

四阿哥来精神了："行啊，怎么个赌法儿呀？"

金莲回道："如果能找回来，爷输给小女二十两纹银；若找不回，刚才你俩吃的一桌酒饭钱，分文不取。"

四阿哥从怀里掏出个钱袋子，"啪"的一声摔到桌子上，满不在乎地说："王爷我有的是银子！关格格，你若能将那两匹快马原样儿牵回，赐你纹银三十两！"

金莲朗声儿道："好，一言既出，驷马难追，咱可说定了。额娘，要多多照顾这位受伤的王爷，孩儿去了！"说完，转身推开房门跑出院外，抬眼一看，四野茫茫，风啸雪飞，刮的是西北风，遂掉头朝西北方向寻去了。

金莲顶着风雪，顺着一条山沟儿找，边走边眯着眼睛四下寻摸。大约过了一袋烟的工夫，隐约听到咴儿咴儿的马嘶声，不禁乐了："嘿，果然没错，找对方向了！"又继续朝沟里走了半里地，风雪中，见一红一白两匹马紧贴在一起，站在拐角儿的山坳处，怕马受惊，试着一步步往前挪，嘴里念叨着："马儿哟，不要怕，不要跑，我是酒馆儿一女娇。王爷找你受了伤，委托金莲接着寻，莫把蹶子尥。小女来到眼前，带你回家，千万千万别再蹽！"

说也奇怪，两匹马不仅没尥蹶子，还向金莲点了点头，纹丝不动。金莲骗腿儿骑上白马，手牵红马，一抖缰绳，嗒嗒嗒向木兰香小酒馆儿方向驰去。到了门前翻身下马，走进院内，高声儿喊道："王爷，快瞧哇，马回来了!"

四阿哥和小顺子一愣,急出房门一看,两匹心爱的骏马站在院外,毫发无损。白马抬头瞅了瞅四阿哥,像受了多大委屈似的,一声长啸,眼角儿滚出了泪珠儿。

小顺子乐得又跳脚又击掌的,问道:"关格格,你是如何找到的?"

金莲反问道:"二位爷,请问头先是朝哪个方向寻的?"

四阿哥不解地回道:"怎么了,方向还有说道儿吗?我两出门就奔东南去了。"

金莲说:"小女估计得没错,爷恰恰找错方向了。"

四阿哥一下怔住了:"噢?是嘛,那该去哪边找呢?"

金莲告知:"民间有句俗语,叫作'顶风的马,顺风的船'。找马时,必须朝顶风的方向去寻才成,今儿个刮的是西北风啊!"

四阿哥恍然大悟:"哦,原来如此,没承想这里也有学问呀!"

金莲趁机点他:"生活中,处处是学问。比如做人要光明正大,不该有非分之想,只有行得正,方能走直道儿。"

四阿哥红着脸道:"格格说得极是,极是啊!"

金莲话锋一转,又问:"王爷,您既然是四皇子,就少不了每年随皇上木兰秋狝。在围猎时,是顺风射鸟儿呢,还是顶风射鸟儿?"

嘴快的小顺子回道:"当然是顶风射鸟儿了。"

金莲笑了:"嗯,还行,答对了。鸟儿展翅时,是顶风而飞,绝不顺风飞。如果顺着风,被风从后边一拥,它就飞不稳当了,即使在地上蹦,也是顶风前进的。道理是一样的,倘若马顺风跑,鬃毛被风一吹,肯定遮住眼睛了,自然跑不快了。好了,外边的风小了,雪也停了,咱们咋讲的就咋办,该兑现打赌输掉的银两了,顺便把酒饭钱结了。二位都是男子汉大丈夫,说话得算数,是吧?"

四阿哥往前推了推桌子上的钱袋子说:"放心,这是三十两纹银,你收下。还有一桌饭钱,该多少银子呀?"

金莲拿过钱袋子,取来算盘,噼里啪啦一打,告知:"共计纹银八两五钱。"

小顺子一听着急了,惊诧道:"哎呀,不对吧,一顿饭咋用这么多银子呀?"

金莲重新拿起算盘,一边拨拉算盘珠儿一边叨咕:"请爷看好喽,二位共要了六个黄金塔,每个五钱银子,五乘六三两;喝了一瓶满福酒,需四两银子；一盘儿长寿菜，五钱银子；一盘儿如意仁，三钱银子；一盘儿凤凰双展翅，五钱银子；一盘儿金钉炒肉丝，二钱银子，共计八两五钱，对吧？"

四阿哥点点头道："没错，如数付银，多谢了！"

二人付清了银子，趁着风止雪停、天未全黑，告辞后出得门来，骑上快骥找木兰秋狝的大队人马去了。

关氏不禁哈哈大笑，嚷道："哎哟，我的好闺女，那一桌饭菜咋要人家那些银子呀？"

金莲说："对待色眯眯、不自重的王爷，就该毫不客气！"

其实，"黄金塔"即棒子面儿窝窝头，"满福酒"即老白干，"长寿菜"乃当地生长的蕨菜，"如意仁"指山杏仁，"凤凰双展翅"就是两只柴鸡翅膀，"金钉炒肉丝"则是黄花菜炒肉丝，满打满算，八钱银子足够了。四阿哥和小顺子不但没占着关金莲的任何便宜，反而搭进不少白花花的纹银，这才是活该呢！

说到蕨菜，不妨给大家讲一段儿流传在百姓中的"如意河"和"长寿菜"的故事。

塞北木兰围场附近，不乏山泉和河流，唯独塞罕坝上的如意河水最清甜可口。这条不算宽的河，源头是坝上的库尔齐勒河，此为蒙古语，汉语称"小滦河"。河水往东南方向流淌，进入大滦河，再汇集于渤海。

有一年的清明节，康熙带领一群文武大臣及随从侍卫，离京师前往清东陵，为顺治帝祭扫陵寝。事毕，由于天气转暖了，便经长城喜峰口，出了关一直朝北走。干啥去呢？原来是打算到木兰围场游玩、狩猎。

众人护卫着皇上边狩猎边前行，快到农历五月端阳了，方进入木兰围场塞罕坝地域。

一天，快晌午了，康熙打完猎感到十分困倦，不等用膳就躺在一条小河边搭建的黄幄内睡下了。不一会儿打起了鼾，还做了个梦，梦见一位白发苍苍的老者正手举鱼竿儿在幄外的小河边垂钓，没多大工夫，就钓上来好多细鳞鱼。康熙问道："老人家，今年高寿哇？"

老者捋了捋胸前的白胡须，回道："年纪不大，刚刚一百二十岁。"

康熙听了，心中一震，笑道："还不大呀，原来是位老寿星，贵姓啊？"

老者答曰："免贵姓李，本名永健。"

又问："好嘛，家中几代人了？"

"噢，五世同堂。"

康熙仔细打量着李永健，十分不解，为什么老寿星的身子骨儿如此健壮呢？其中必有妙法儿。接着再问道："老人家，肯定有长寿高招儿吧，否则咋会这么硬朗呢？"

李永健仰头哈哈大笑，边笑边说："没什么高招儿，要谈起鄙人养生之道，那就是餐前须洗手，膳后要漱口，吃饭八分饱，三杯八珍酒。剑棍不离手，夏日练三伏，冬季练三九。舞刀强身力，万事不用愁，琐事由它去，常常开笑口，心宽体才壮。"

嚯！开口就是一大套，康熙认为所言不无道理，随即将老者请进黄幄，细细讨教健身之法。交谈中得知，李永健从前是位武举人，平时练功用的大刀足有一百四十多斤重。

康熙一觉醒来，已是后晌了，御厨长赶忙摆好御膳。康熙瞅了瞅，摇摇头，问道："有没有八珍酒？"

御厨长想了想，小心地反问道："皇上，奴才愚笨，指的是不是'琼浆玉液八珍酒'哇？"

康熙搓了搓脸道："呃，朕太累了，方才睡着时做了个梦。"于是，将梦境从头至尾讲了一遍。

御厨长说："皇上，'琼浆玉液八珍酒'乃西边的四全庄新近酿造的，用的正是黄幄外这条小河里的水呀！"

康熙听罢，立即传旨，命人快马赶赴四全庄，取来八珍酒，以便狩猎时享用。

转天一早，两个亲兵飞马而去，不停歇地驰奔，三个时辰后驮回了两箱琼浆玉液八珍酒。

晌午，康熙带领文武大臣狩猎归来，在宽大的黄幄里设宴，请大家品尝八珍酒。

御宴上，群臣频频举杯，喝得蛮有兴致。唯一遗憾的是桌面上几乎全是平时常吃的蔬菜和肉食，没新鲜感，胃口略显不足。

康熙放下筷子，扭过头问御厨长："能不能给朕和爱卿做点儿未曾入口的菜呀？"

御厨长一下愣住了，心里琢磨开了："山野之中，哪有什么特别的菜呀？可皇上有旨，谁敢不听啊，即使长十个脑袋也不够砍哪！"想至此，诺诺连声地退下，让御厨们快出外寻找能吃的野菜，几个侍卫也跟了去。

二三十人分头找呀找，终于在小河边儿发现了一种只长根茎，横生地下，复叶、羽状分裂的植株，放在嘴里嚼嚼，鲜嫩鲜嫩的，还有些甜味儿呢！御厨们采摘了一大筐，带回来后，一位大臣闻了闻说："这种植株叫蕨菜，用水煮熟了可以吃，味道不错，还可入药。"

御厨长高兴得直搓手，忙让人去小河边打来水，把蕨菜洗干净，分段儿切完后，有搭配佐料炒熟的，有放在锅里煮熟的，双手端上御桌道："请万岁慢用。"

康熙低头看了看，问道："这是什么菜呀？"

御厨长回道："禀皇上，此乃菜中之王——蕨菜。"

康熙一听，立马变脸了："不好不好，朕入口之菜怎能说成是'绝'菜呢？朕平生最忌讳'绝'字了！"

御厨长吓得一激灵，连忙改口道："皇上，奴才是说在塞罕坝的小河边上，这种菜多得是，万岁是永远享用不绝的！"说完，忐忑不安地站在一旁，心里七上八下的，唯恐皇上不悦。

康熙夹了一筷子放进嘴里，品了品，夸赞道："嘿，挺鲜哪，好个'长寿菜'呀！"

御厨长见皇上有笑容了，这才一块石头落了地，忙凑到跟前说："是呀，是呀，圣上封它'长寿菜'，可谓千真万确呀，吃了它，福如东海，寿比南山哪！"

康熙抬起头来，问道："尔等饮的八珍酒，吃的长寿菜，如意不如意呀？"

众臣异口同声地回道："卑臣万分如意，托皇上的洪福！"

康熙自言自语道："长寿菜，新鲜嫩绿朕最爱。去江南，走边塞，怎比坝上这名菜。"然后冲御厨长发问："煮长寿菜的水，是从哪儿提的呀？"

御厨长答曰："禀皇上，是打黄崿外那条无名小河提来的。"

康熙说："怎么会是无名河？'如意河'嘛！"

众臣随声附和道："圣上所言极是，如意河，如意河！"

康熙又想起了头天做的那个梦，说道："真是巧了，酿造琼浆玉液八珍酒用的也是如意河的水，说到底，八珍酒还是'如意酒'嘛！"

从此，琼浆玉液八珍酒便作为清宫的贡酒了。

康熙带领群臣、随从、侍卫边打猎边吃着长寿菜，喝着如意河里的水和如意酒，每每意犹未尽，还即兴赋诗一首：

山花烂漫映碧空，
塞外狩猎旌旗红。

小小河畔长寿菜，

八珍御酒有了名。

如意河水多清甜，

可做皇家如意羹。

诸位阿哥可能要问："康熙梦中的李永健实有其人吗？他身在哪里？"直到大队人马狩猎结束回返京师，康熙才得知，李永健乃四全庄人，八珍酒就是这位老者酿造的。

闲话少叙，书归正传。再说小顺子护卫着四阿哥走了半个多时辰，再往前行，很快登上了塞罕坝的高坎儿上。胤禛见东边不远处，有一大队人马向坝上蠕动，走在最前面的便是皇上。忙迎上前去，翻身下马，跪在地上叩拜道："儿臣向父皇请安了！"

康熙一看是四皇子，气不打一处来，举起马鞭怒指道："你去哪儿了？脑门子还缠着白布，何意？这般狼狈相，怎来见朕！"

胤禛不敢抬头，顺嘴胡编道："儿臣迷路了，又遇上突来的暴风雪，不慎跌破了额头。"

康熙不依不饶："撒谎！欺君之罪，你可明白？"

胤禛哪敢改口哇，只好瞪眼坚持道："儿臣若要欺君，死而不赦！的确是迷路了，骑马时没注意，摔破了头。"说着，抬手将头上的白布扯了下来："儿臣不敢有半句谎言！"

康熙在马上俯下身，见胤禛的额头上确有一道口子，血已经干了。于是下得马来，走到跟前仔细瞅了瞅，连两个腮帮子也粘着血，随即一挥手道："跪安吧，传小顺子！"

胤禛退下后，小顺子一溜儿小跑，慌里慌张地来到御驾前，双膝跪倒匍匐在地道："皇上，奴才未将王爷保护好，罪该万死！"

康熙问道："如实讲来，雍亲王到底怎么受的伤？"

小顺子回道："禀皇上，奴才护卫王爷走迷了路，又遇风雪天，王爷不慎摔下马来，险些丧命啊！"

"此话当真？"

"千真万确，奴才不敢有半句谎言！"

康熙听罢，心头之气消了大半："哦，是这样，让雍亲王归队吧！"小顺子"嗻"的一声退了下去。

躲在一旁偷听的四阿哥心中暗喜，觉得小顺子今天格外可亲可爱，遂附在其耳边悄声儿威吓道："小子，可真够大胆的，看爷怎么收拾你！"

小顺子一直侍候在四皇子身边，当然明白此话何意，做了个鬼脸儿道："王爷在皇上面前说的那番话，为小的垫好了底儿，奴才是属猴儿的，顺竿儿往上爬呗！"

胤禛笑道："你光天化日之下，竟敢胡诌八咧，不怕掉脑袋吗？"

小顺子一句不让："奴才的主子都不怕掉脑袋，小的又何惧呢？"

小顺子乖巧得很，知道啥时候讲啥话，说得四阿哥特别高兴。他深知，如果不这么回答皇上，王爷将面临囚禁之苦。

木兰围场的气候在二八月里，让人难以掌握，一天之内往往显现了一年四季的不同温度，冷热更替，风雨不定，如同娃娃脸那样变化无常。今日，又是艳阳高照，万里无云。当康熙闷闷不乐地带队来到七十二围之一的布尔哈苏台围猎点时，重臣阿喇尼上前问道："皇上，是否在此布围？"

康熙没好气儿地说："布什么围？朕心不悦，命人搭建黄幄，有要事立办！"

阿喇尼赶忙退了下去，找到刘统勋，悄声儿问道："刘大人，皇上今天很不高兴，究竟为啥呢？"

刘统勋说："是啊，我早发现皇上不悦了，一直担心呢，也不知因何如此。"

两人正嘀咕呢，康熙的侍卫快步走来，到跟前告知："刘大人，皇上命大人觐见。"

刘统勋一激灵："噢？没料到这么快就传来皇上的口谕了，是凶是吉，难以预测呀！"忙整理衣冠，去了黄幄，双膝跪地叩道："微臣刘统勋候皇上训示。"

康熙笑道："刘爱卿，你是朕的忠臣，何必如此惊慌？快快平身，附耳上来。"

刘统勋赶紧站起身，走到龙椅边，轻声儿道："皇上，有何训示，微臣在敬听哩！"

康熙侧过身，冲他耳语了一阵儿，刘统勋万般吃惊，压低声音提醒道："皇上，微臣万望圣上三思而后行啊！"

康熙说："不必劝了，朕思虑多日了，继续下去怎么得了？传旨吧，朕意已决，不会更改的！"刘统勋"嗻"了一声退下。

不大工夫，接旨而来的文武大臣，随驾的蒙古各旗王公以及诸皇子齐聚黄幄。康熙头戴金盔，身穿黄金甲，腰挂宝刀，端坐在龙椅上，显得格外庄严、威武。当今天子在黄幄内着如此装束，大家还是头一回见，立马感觉到气氛不大对。一个个规规矩矩、小心翼翼地垂手而立，谁也不敢轻举妄动，生怕有什么不幸落在自己头上。

康熙环视一圈儿后，开口问道："太子来了没有？"

胤礽被突如其来的问话吓得一抖，忙应声儿道："儿臣在此。"

康熙厉声儿喝道："大胆狂徒，还不跪下！"

胤礽不禁又一抖，扑通一声双膝跪地，康熙双目直盯着太子："你可知罪吗？"

胤礽对父皇的举止感到莫名其妙，不解地反问道："此次伴驾木兰秋狝，乃父皇的安排，儿臣何罪之有？"

康熙啪地一拍龙案："大胆！何罪之有，难道想掩耳盗铃吗？其一，身为皇太子，在京师竟敢私设公堂，动用刑罚，吊打不顺心意的文臣、王爷。即使真的有错儿，可以启奏于朕，也不该你肆意侮辱他们的人格，此事有吧？讲！"

胤礽低头不语，额上沁出了汗珠儿。

"其二，你年幼时，生身之母故去，朕爱屋及乌，念你表现尚佳，封为太子。但你并不珍惜，屡次在皇子中挑动不睦，拉帮结伙，此事有吧？"

胤礽擦了擦额头上的汗，回道："儿臣有是有，不过……"

"不过什么？其三，十八皇子胤祄在伴驾木兰秋狝时，突然患病，朕命你好生照料。没承想你却丝毫不念兄弟手足之情，只顾吃喝玩乐，不能尽职尽责，致使胤祄八岁便病死于木兰围场，以上这些，敢说没有吗？"

康熙所言，句句是事实，把个皇太子吓得浑身如筛糠，上句不接下句地说："万望父皇……大发慈悲之心，恕儿臣……"

康熙腾地站起身，断喝道："难道还想求朕恕你无罪吗？胤礽啊，胤礽，你已是当了三十三年的皇太子了，子不教，父之过，令朕大失所望、羞愧难当啊！"说着，两眼滚下了热泪。

这时，刘统勋站了出来，替胤礽求情道："启奏皇上，微臣斗胆请求万岁，为太子留有知错必改的机会吧！"

康熙已是怒不可遏，打断道："刘爱卿，不必多说了。自木兰秋狝以来，不孝太子胤礽每到夜深人静之时，竟在黄幄外向内窥探，偷听朕的言谈，他心有歹意呀！"

大臣阿喇尼跪拜道："皇上，臣有话面奏……"

康熙抬手制止道："你也不必说了，朕知道，也是为胤礽求情。朕经过反复考虑，决定从即日起，废掉胤礽皇太子之位。明天差人押往京师，暂施囚禁，以观后效，再行处之。来人哪，把胤礽押下去！"

话音刚落，两名侍卫上前架起惊恐万状的皇太子出了黄幄。

康熙此刻才觉松了一口气，低下眼瞅了瞅，问道："尔等还有何事欲奏？"

众臣你看看我，我瞅瞅你，无一应声儿。

"退朝！"

众臣退了出来，一时议论纷纷。有的说，皇上今天的心情不好，对太子的处罚太重。多数朝臣认为，此乃胤礽自作自受，不值得同情。皇子们则低头不语，心中犹如十五个吊桶打水——七上八下的，害怕自己的过失有一天露馅儿。犯有欺君之罪的雍亲王一想到在木兰香小酒馆的事儿，身上忽然间起了一层鸡皮疙瘩。

第四章 骗钱财　巫婆阴谋施诡计
捉厉鬼　当众揭秘摔尿壶

胤礽被康熙废黜太子之后，在差役的押解下到了京师，幽禁在咸安宫。

过了几日，康熙感到天气越来越冷了，大地已铺上一层厚厚的寒霜，只好率领文武群臣及大队人马经热河返回京师。

整整一个冬季，胤礽多次请求面见皇上，康熙就是不允。一直到翌年夏末，依然不肯见，只说了一句话："你必须戴罪反省，以观后效。"

这天，康熙打算提前携太皇太后去热河一带游览，想让老人家尽情地消闲解闷儿。可太皇太后说啥不同意，非要和孙儿赴木兰围场，去观赏塞上风光不可。康熙不忍违背皇祖母之愿，以敬为孝，只好命人备好车轿，第二天起程。

清晨，侍女们为太皇太后梳妆完毕，伺候着用过早膳，便扶上了轿车，随行的还有侍女苏麻喇姑老人。太皇太后开心极了，同康熙及文武大臣、随从侍卫、射牲手们出了丽正门，浩浩荡荡地向北进发。

说起孝庄文皇后和侍女苏麻喇姑之间的感情，话就长了。孝庄文皇后于明万历四十一年出生于内蒙古科尔沁大草原，乃博尔济吉特氏寨桑贝勒的二女儿，名叫布木布泰。

后金天命九年，布木布泰虽然只有十二岁，但举止行为已像个十分懂事的大姑娘了。一年后，体态、容貌出落得更加漂亮，身材苗条，明眸皓齿，皮肤白皙，娇美动人。就在十三岁这年的二月，其兄长吴克善护送她长途跋涉，来到了都城盛京，与后金汗努尔哈赤的八皇子——时年三十四岁的皇太极成婚。崇德元年，皇太极称帝，布木布泰被封为永福宫庄妃，三年正月生子福临。

布木布泰在贝勒府时，有个不离左右的贴身侍女，人称"苏麻喇姑"。她是蒙古族人，出生在科尔沁大草原的一户贫苦牧民之家，最初起名苏茉儿，也有叫苏墨尔的，皆为蒙古语的译音，意即"毛制的长口袋"。

到了顺治晚期，将苏茉儿改成满族名字苏麻喇，意即"半大口袋"。

布木布泰离开科尔沁赴盛京，苏茉儿也陪着主子一同前往，仍旧做贴身侍女，可见主仆二人的感情非同一般。

崇德八年，皇太极突然去世，爱新觉罗家族内部争夺皇位异常激烈，最后以豪格、多尔衮为首的两派妥协，共拥年仅六岁的皇太极第九子福临继承皇位，布木布泰遂被尊为皇太后。

顺治元年，清兵入关，占领北京。七年，多尔衮去世，布木布泰辅助十三岁的福临亲政。在此期间，她十分重视笼络汉族将领，为福临出谋划策。十年，将明朝降将孔有德之女孔四贞收为义女，还多次以宫中银两赈济灾民。十八年，顺治皇帝福临去世，其三子玄烨继位，布木布泰被尊为太皇太后。

康熙二年，玄烨的生母慈和皇太后过世，布木布泰便负责教育玄烨，培养其处理政务的能力。十二年，三藩之乱爆发，她以宫中金帛犒军。十四年，察哈尔部蒙古布尔尼起兵反清，布木布泰叮嘱玄烨沉着应战，并建议派大学士图海领兵前往镇压。她聪明贤德，志向远大，力辅皇太极、顺治、康熙三代皇帝，极力主张与蒙古和亲，为江山社稷和国家统一做出了卓越的贡献。事实证明，从太祖至仁宗，清朝有八十二位公主，除下嫁给汉官耿继忠、吴三桂、孙承运外，绝大多数与科尔沁、察哈尔、扎鲁特、巴林、喀喇沁、翁牛特、敖汉、喀尔喀等蒙古部落的王公和亲。当年，皇太极的长女固伦公主下嫁敖汉部博尔济吉特氏台吉班第；次女马喀塔许配给察哈尔部蒙古林丹汗之子博尔济吉特氏额尔孔果洛额哲；三女固伦长公主许配给科尔沁部蒙古皇后博尔济吉特氏哲哲哥哥之子奇他特；四女雅图嫁给布木布泰的哥哥卓礼克图亲王吴克善之三子弼尔塔哈尔；五女阿图许配给喀尔喀蒙古额驸博尔济吉特氏恩格德里之子索尔哈……公主在世，和平三十余年，一直相安无事。

很显然，在孝庄文皇后看来，诸公主与蒙古王子和亲，应视为有利于同各少数民族沟通、稳固大清王朝不可缺少的重要举措。与此同时，她的贴身侍女苏麻喇姑自从随主子先到盛京，后入关进了北京紫禁城，眼界不断扩大，文化修养迅速提高，不仅蒙古语讲得好，满语、汉语也说得不赖。特别是那一手娟秀的满文字，写得规整而流利，受到全宫上下的一致称赞。苏麻喇姑头脑聪慧，心灵手巧，裁剪方面还是个能手，做的丝质衫袍既合身又美观，曾参与清朝衣冠的制定。由于自幼生长在蒙古草原上，与马为伴，单骑很是在行，每次为主子去宫外办事，从不坐车轿，总是骑马而行。

正是因为苏麻喇姑有才女之风，且勤勉能干，所以得到了主子的夸奖和信任，并奉太皇太后之命，充当了幼年玄烨的第一任满文老师，亲手教国书。玄烨很早便接受了苏麻喇姑的训迪，启蒙开智，长进很快，口口声声称她"额娘"。

皇太极驾崩时，布木布泰刚刚三十一岁，可叹年纪轻轻的就孀居，多么需要有个知心的人相伴啊！从此，她生活上越发依赖苏麻喇姑，朝夕相处，形影不离，二人之间的感情已远远超出了主仆关系。

应该说，布木布泰是很有眼力的，当初选中了与自己年纪相仿、善解人意的苏麻喇姑做贴身侍女，起码在孤独、寂寞、无助时，有个可以说知心话的人。在后来的日子里，每当入夜，苏麻喇姑都陪伴在布木布泰的卧榻前，如果睡不着，她们常唠的便是各自的身世。有一次，两人聊着聊着，布木布泰禁不住落下泪来，红着眼圈儿问道："苏麻喇姑，在我面前，你为什么总称自己是'老奴'呢？"

苏麻喇姑边给布木布泰拭泪边回道："太后当年出嫁时，是老奴陪着到盛京并伺候在侧的。一晃过去多年了，虽然天天在皇后身边，但原本就是奴仆啊！"

布木布泰说："从今日起，大庭广众之下愿称自己'老奴'，可随你的便。私下里得改，咱如同亲姐妹，称格格最为恰当。"

苏麻喇姑不解地问："太后啊，老奴不懂，为什么非这样叫呢？"

布木布泰长叹一声道："咳，苏麻喇姑，从一定意义上讲，'格格'乃大清皇室女子的专用称号啊！"

苏麻喇姑越发不明白了："是啊，是啊，'格格'的确是皇室女子的专用称号，而老奴自始至终是伺候太后的侍女，怎么能改称格格呢？哎呀，这可吓死老奴了，不成，不成！"

布木布泰反问道："怎么不成？顺治皇帝与你平辈，康熙皇帝经常叫你额娘，众皇子们喊你祖母，这不假吧？那么称格格不是理所当然嘛！"

尽管布木布泰如此说，苏麻喇姑却很有自知之明，清楚自己的身份。不但对皇后给以真情侍奉，照顾得无微不至，而且对小她四十多岁的康熙皇帝尊崇备至，唯命是听，从不以师长自居。是啊，这是位多么可亲可敬的老人哪，生性善良，护持主子，一心向着朝廷，为巩固大清的万里江山默默奉献自己的绵薄之力。

话再说回来，经过四天的行程，大队人马抵达波罗河屯行宫，在此歇息一宿，第二天继续北上，终于到了木兰围场东入崖口。

突然，一只山鸡一头扎进车轿的左侧窗口，吓得太皇太后往右一闪身，惊问道："哎哟，这是只什么怪鸟儿哇，竟敢飞进皇轿里！"

坐在太皇太后身旁的两个侍女赶忙站起身，东扑一下，西抓一下，折腾了半天，好不容易捉住了山鸡。拉车的辕马不知后边出啥事儿了，仰脖儿长嘶一声后，尥开四蹄奔跑起来。车夫双手拉紧缰绳，大声儿吆喝着，辕马像没听见似的，根本不服管，一个劲儿地往前狂奔！山间的路本来就窄，且坎坷不平，马受惊了，太皇太后若有个三长两短，如何是好？车夫急得满头大汗哪！

就在这个节骨眼儿上，只见理藩院尚书阿喇尼飞马向惊车闪电般驰来，到了太皇太后的轿车前，翻身跃下，一个箭步冲上去，双手将辕马的脖子死死抱住，拖了十几米后，惊车终于停住了。

此时，康熙也打马赶到了，低下身来，万分担心地问道："皇祖母，让您老受惊了，孙儿实为不孝啊！"

太皇太后轻拍胸脯说："咳，怎么能怪孙儿呢？"

康熙转而用鞭子指向车夫怒骂道："混账！怎么赶的车，竟把马给惊了，不要命了是吧？"

车夫哆哆嗦嗦地双膝跪倒，磕头如捣蒜："奴才有罪，罪该万死！"

太皇太后发话了："孙儿，不能怪车老板儿，是那淘气的怪鸟儿惹的祸！"

侍女忙接过了话茬儿："禀皇上，方才钻进轿子里来的是只长尾巴、小脑瓜儿、羽毛蓝里透黑的鸟儿，可惜又让它从窗口儿飞走了。"

康熙听了，知道那是只山鸡，笑道："皇祖母，不必害怕，这种雉鸡不叨人，只是辕马不该受惊。"

话音刚落，车夫突然指着前面急切地说："皇上，看哪，松林里有两只老虎！"

康熙顺着手指的方向望去，果然看见两只猛虎，因发现有人，正掉头向林子深处跑去，随之飞起一群山鸡，方恍然大悟，原来是拉车的辕马在行驶中看到两只虎才受惊的。

一旁的阿喇尼问道："皇上，要不要去追杀老虎？"

康熙摇了摇头说："不必了，早已跑远了，你看，那远山的树梢儿上又惊起一群飞禽。传朕口谕，大队人马继续北进！"

一路上，经过汗特木尔、乌拉岱、克尔木特、乌兰哈尔哈等围猎点，康熙接受了按期觐见的蒙古四十九旗王公、贝勒、贝子，并宴请了喀尔喀、厄鲁特诸部的王公、贝勒、贝子、台吉等。

世人都知道，康熙是马上皇帝，武功根底高深，五十多岁时，精神依然矍铄。每岁一举的木兰秋狝，行围时军容极为整肃，时而扬鞭跃马，时而劲发虎神枪，射获猎物颇多。内外蒙古各部族众见此，纷纷竖起大拇指，赞不绝口，从内心佩服皇上身手不凡。由于对属下要求甚严，使得纪律严明，谁也不敢有丁点儿懈怠。在当年的秋狝中，护军统领车克初因管围不利，康熙对其予以革职，并受到发往盛京的惩处。

大队人马来到了巴颜陀罗海围猎点，康熙口谕，令抓紧布围。寅时，九千二百名官兵分散开来，将巴颜陀罗海围得水泄不通。

合围开始了，身着全副戎装的康熙同太皇太后坐在看城上，一边唠嗑儿一边瞧着围猎的壮观场面。看到激烈处，康熙侧过头轻声儿问道："皇祖母，第一次观看这么多人狩猎，紧不紧张啊？"

太皇太后回道："这有啥紧张的？正是由于昔日咱大清的将士们出生入死、顽强作战，才有今天哪！岁举木兰秋狝无非是通过狩猎，练兵习武，提高官兵的卫国技能，铸就勇武之魂，掌握攻守的策略而已。"

康熙说："去年赴木兰围场秋狝，温惠贵妃随同前往。围猎时，她怕得要命，心又太软，看见那么多野兽倒毙，还暗自抹眼泪哩！"

太皇太后不屑一顾："哼！她呀，太娇嫩了吧，没出息哟！"

说话间，管围大臣禀曰："皇上请看，右前方幽谷中，有一巨大麋鹿正惶恐地伸脖儿四望，企图逃窜！"

康熙抬眼一瞅，果然见一只麋鹿神色惊慌，左右顾盼，犹豫着不知逃向何处是好。于是，下了开始收围的命令，并急速走下看城，骗腿儿骑在侍卫早已备好的乌龙追风马上，左手握雕弓，右手持金铍箭，朝右前方幽谷驰去。那麋鹿忽地从谷口儿蹿出，康熙跑近一看，嘿！好大的一只麋鹿啊，实属罕见哪！随即举弓搭箭，弦拉满月，嗖的一声射出，飞奔的麋鹿应声儿栽倒在地，蹬了蹬腿儿一命呜呼了。

随猎的蒙古王公贵族催马前去观瞧，只见麋鹿前胸中箭，血流不止，身长竟达一丈五六，角似树的枝丫，真乃稀世之物啊！众人欢呼雀跃，声震山谷，齐赞万岁箭法超群，好不神威！

康熙问道："尔等请看，这大家伙像什么呀？"

刘统勋回道："皇上，那是只大麋鹿哇！"

康熙笑了："朕知道是麋鹿，可仔细端详，说它是个'四不像'更恰当。"

刘统勋边打量边说："嗯，这只麋鹿体长一丈五六，肩高四尺，毛色淡褐，背部较浓，腹部较浅。雄性有角，角分八叉，形状整齐，尾毛下垂至踝。其角似鹿，其头似马，其身似驴，其蹄似牛，哈哈，真是个'四不像'哩！"

康熙点点头道："刘爱卿所言极是。传朕口谕，将此鹿之大角作为国宝，藏于京师宫中武库！"

围猎结束时，天已大黑，康熙令大队人马就地安营扎寨。

太皇太后虽然年事已高，但身子骨儿蛮好，晚膳后仍毫无倦意。康熙陪着皇祖母围着熊熊的篝火溜达一会儿，又观看了蒙古歌舞，这才送其回帷安歇，然后返回黄幄，躺在卧榻上翻来覆去难以入睡。先是想到了原来的皇太子，尽管胤礽已被当众废黜，押至京城囚禁，却仍担心他暗中胡作非为。又想到了十八阿哥胤祄，仅仅八岁就撒手人寰了，心里不禁一阵哀痛："唉，十八儿若不随驾木兰秋狝，也许不能得病，更不会丢了性命……"

翌日清晨，康熙洗漱完毕，去皇祖母帷内请安。太皇太后目不转睛地盯看了他一会儿，关切地问道："孙儿，近几天来，你脸色不大好，哪里感到不舒服吗？"

康熙回道："请皇祖母放心，没有什么不爽，体无微恙！"

太皇太后猜测道："若真如孙儿所言，可能是我看走了眼，或许是心情不悦了。今日围猎，何不交给大臣刘统勋、阿喇尼呢？"

康熙想了想，答应道："也罢，孙儿遵命就是了。"告辞后，转身回到黄幄，传令召刘统勋、阿喇尼来见。

两位重臣急匆匆地进入黄幄，跪拜道："皇上，微臣前来候示。"

康熙说："今日行围，朕不到场了，由尔等具体安排吧。朕欲到桩界外进行一次微服私访，千万别跟着太多人，带几个侍卫就行了。"

刘统勋请求道："让微臣随皇上去吧，若有什么事儿，总有个照应不是。"

康熙略一思忖，准允道："也好，那就请刘爱卿随朕一同前往吧。"

于是，康熙一行八人扮成了收购皮货的商贩，赶着一辆马车上路了，出了围场红桩，即是离开皇家猎苑了。走了一个时辰，迎面来一农夫，刘统勋问道："老人家，这儿是啥地方呀？"

农夫朝前一指道："从那儿往里走，再向东一拐，就是一溜十八沟了。

请问掌柜的，想去哪条沟哇？"

刘统勋没答话，反问道："这一溜十八沟都叫什么名字呀？"

农夫不假思索地说："狮子沟、老虎沟、狍子沟、马鹿沟、猞猁沟、猫儿沟、野狼沟、喜鹊沟、百灵沟、黎雀沟、鱼儿沟、松树沟、杨树沟、鹦鹉沟、燕子沟、梨树沟、杏花沟、瘟猪沟，沟沟是村名，村村有人家呀！"

刘统勋接着问："老人家，你住在哪个沟哇？"

农夫回答："住瘟猪沟，这不，眼前最近的那条沟就是我们村子。"

大清朝廷的文臣武将皆知，康熙当了皇帝之后，最忌讳的就是"猪"字儿和"糠"字儿。

刘统勋侧过头来问皇上："老板呀，想去哪个沟呢？"

康熙竟连个奔儿都没打："去瘟猪沟！"刘统勋一怔，没再吱声儿。

时近晌午，君臣八人到了瘟猪沟村，走进一户人家，见院子里养着猪，康熙有些不悦。反身出来，又走进第二家，院子西南角儿仍养着猪。到了第三家没进院儿，趴门缝儿一瞅，院墙内还有猪。一家接一家地连着进了三六一十八家，家家全养猪。

康熙问一个正弯腰给猪喂食的老妇人："请问老人家，你们瘟猪沟是汉人多呀，还是旗人多？"

老妇人直起身子回道："当然旗人多了。"

康熙说："老人家，能找一下瘟猪沟的穆昆达吗？"

没等老妇人回答呢，只见一个姑娘身背花筐，里面装满猪食菜进了院门。

老妇人看了一眼，冲姑娘嚷道："哟，今儿个还行，没少割呀！"

姑娘笑道："额娘啊，看你高兴的，养猪就要顿顿备糠备菜，光吃糠哪成呢？再说了，没多少粮食，哪有那么些糠啊！"

说话间，一老头儿来到大门口儿，老太婆朝院门处一指道："看，可倒不经念叨，刚要去找，人就到了。老板，他就是瘟猪沟的穆昆达，是我那糟糠老头子。"

康熙越忌讳"猪"字儿和"糠"字儿，人家张口闭口皆带那两个字儿，一点儿辙没有！

康熙问穆昆达："你们这个村儿能不能改改名儿啊？'瘟'字儿打头不吉利呀！"

穆昆达赞同道："老板讲得对呀！也是呢，不知老祖宗为啥起了这么个丧气的村名儿。"

刘统勋接过了话茬儿："老人家，如果不介意，就让我们老板重起个村名吧！"

穆昆达说："好哇，我代表全村旗人先谢谢啦！"

康熙想了想，问道："改成'圣明沟'怎么样？"

穆昆达一拍大腿道："老板圣明！'圣明沟'这个名儿多好听啊，大吉大利呀！"

君臣对视一笑，谁也没言语，侍卫们手捂着嘴偷偷乐了。

穆昆达满意地说："看起来，老板是个有学识的人哪，村名儿改得再妙不过了！天已晌午，没啥好吃的，请几位在我家用饭吧。"

康熙婉拒道："谢谢老人家的盛情，不必了，我们得去邻近的杏花沟看一看。噢，对了，圣明沟有没有卖皮货的？"

穆昆达说："村民们个个遵纪守法，从不进皇家猎苑偷捕禽兽，没有皮货可卖。"

康熙点了点头道："啊，是这样。老人家，打扰您了，告辞了！"

君臣一行到了杏花沟，见一住户院门外挂着一木牌儿，上写"面条铺"仨字儿。早已饥肠辘辘的康熙命道："暂且歇息一会儿，肠子肚子开始交战了，得填饱肚子，就在这儿吃面吧。"

八个人鱼贯而入，每人吃了两大海碗面条，饱嗝儿一个接一个地打。付了银子正欲走时，忽听邻家小院儿传来一阵妇道人家怪里怪气的歌声，唱道：

> 我本是那南山脚下一狐仙，
> 降妖捉鬼力无边呀力无边。
> 故去的老玛发①呀想亲人，
> 深更半夜常把家来还。
> 哎呀呀，
> 玛发不愿身陷阴曹府，
> 搅得你全家心神不得安。
> 狐仙我能把野鬼及时捉呀，
> 逮住前需将要求先细谈……

---

① 满语：爷爷。

君臣听到这狼哭狗嚎、哆里哆嗦的唱腔儿，立马快步走进了那户院子，见不少男女老少挤在屋内观瞧。刘统勋伴着皇上分开人群，来到跟前一瞅，见一巫婆正在那儿装神弄鬼呢！

此户当家大嫂着急地说："狐大仙哪，有什么要求尽管提，只要能抓住那野鬼，夜里不再进家门，要什么都成啊！"

巫婆接着唱道：

> 本狐仙要求并不高哇，
> 快摆好供品把香烧。
> 我要你十斤鸡蛋八斤酒，
> 再要七斤猪肉六斤粉条。
> 还要花布半匹五两银，
> 管保全家平安无事夜里睡得香。

康熙悄悄儿向站在身边的闺女打听："这位格格，他家出啥事儿了？"

格格说："哎呀，可不得了啦！这户人家每到夜里，就有野鬼进宅，老是呜呜呜地哭，越是刮风天哭得越凶哩！"

康熙又问："野鬼白天哭不哭？"

"白天好一些，哭声儿小多了。"

那巫婆个头儿不高，四十岁左右，腰扎铜铃，头戴红绫子帽，手握短剑，足蹬绣花鞋，眨着一双小眼睛，不停地唱着跳着喊着："大胆妖孽，往哪里逃？我万年不老的狐仙前来捉拿于你！"又呼呼呼地吹了三口气："哈哈，敢来这儿兴风作浪，逃不了啦！"

康熙边听边问这家大嫂："老玛发病故后，每天夜里都有鬼哭吗？"

大嫂回道："唯在刮风时，才能听到鬼哭声儿，若是白天起风，也能隐隐约约听到。"

站在墙角儿的一位中年汉子说："由于常有鬼哭声儿，杏花沟的人不得不防，天不黑就老早关门了。"

村民正在瞪眼瞅着巫婆装模作样、气势汹汹地驱邪捉鬼之时，康熙却悄悄儿地出屋来到房后，见院子里种着十几棵枣树。侧耳细听，忽然从枣树上传来所谓鬼的"呜呜"哭声儿。他沿着声音走去，仰脖儿往上看，见树当腰的枝杈儿上挂着一个敞口儿的骚尿壶，壶嘴儿逆风冲着西北方向，经风一吹，便发出"呜呜"的响声。风大，响声大；风小，响声小；无风，一点儿不响。康熙找了根棍子，举起来穿过壶把儿，将尿壶取了下来，试着调转个方向，壶嘴儿顺风便不响了。心中暗想："朕今天把'鬼'捉到了，捉到了！"

康熙怒不可遏地提着骚尿壶来到前院儿，开门挤进屋内，那巫婆还在胡言乱语地蒙人呢，遂举着尿壶说："大家快看吧，骗人钱财的巫婆所要捉的鬼，就是这把骚尿壶，被我抓住了！"

村民听罢，无不感到惊讶，也有人摇头表示不相信。

巫婆骤然停了下来，阴着脸不是好声儿地冲康熙问道："你是何等歹人，竟敢搅扰我狐仙捉鬼？乡亲们，他是恶魔，他是鬼，还不快快赶走，离得远远的！"

话音未落，只听啪嚓一声脆响，康熙将尿壶摔个粉碎，高声儿喝道："把这个施诡计、欺骗百姓的巫婆给朕拿下！"

侍卫立马走上前，将巫婆摁倒在地，双臂朝后一背说："你这个妖妇，竟敢辱骂当今圣上，活得不耐烦了吧！"

村民们一听，全愣住了，扑通通跪倒一片，齐声儿叩道："奴才该死，不知皇上驾到，万望恕罪呀！"

康熙抬了抬手道："尔等平身吧！朕今日来巧了，想问问当家大嫂，为啥将平时用的尿壶挂在房后的枣树上呢？"

当家大嫂回道："启禀皇上，我家玛发得重病时，卧炕不起，常用刚才摔碎的尿壶接尿。老人去世后，奴婢寻思反正那尿壶也不用了，便挂在房后的枣树上了，天长日久，就把这个东西给忘了。万没料到，闹鬼的事儿，竟是尿壶惹起的！"

村民们听罢，恍然大悟，后悔得直拍脑瓜门儿，很多人站出来，当场揭穿了巫婆一次次蒙人，伸手索要钱财的勾当。

康熙提高嗓门儿断喝道："这巫婆哪里是什么好人，分明是个施妖术、专门骗钱的老财迷。恶鬼不除，黎民难得安宁，立即推出去斩首！"

巫婆一听傻眼了，两腿酥软，一屁股坐在地上。这时，众人忽然闻到一股儿骚味儿，不由得捂住了鼻子。不用问，肯定是那瘫倒在地的巫婆早已吓得魂不附体，尿湿了裤裆。

两个侍卫将巫婆提溜起来，推出村外，手起刀落，只听"咔嚓"一声，一股儿殷红的血从脖腔里喷了出来，巫婆捉鬼不成，自己反倒变成了野鬼。

村民们齐呼："皇上万岁！万岁！万万岁！"

此时，天色已晚，君臣驾车欲出村时，见大柳树前跪了一地男女老少。穆昆达叩道："皇上在日理万机之中，能来杏花沟微服私访，除掉骗人的巫婆，这是百姓的福分。能否请求圣上，先别走了，在我们村儿安歇一宿吧！"

康熙微笑着摇摇头道："不成啊，朕正在木兰秋狝，哪有时间住下呀！"

穆昆达仍不放弃，接着又道："既然是这样，奴才请皇上晚走半个时辰，乡亲们打算给带些吃的，以备秋狝之用。万望圣上恩准，以表杏花沟百姓的一片孝敬之心啊！"

康熙觉得盛情难却，只好答应道："好吧，朕准允就是了，尔等快快平身！"

众人起身各回各家，不大工夫，便背的背、扛的扛，拿来了牛肉、羊肉、蘑菇、黄花、粉条等，装了满满一车。村民们跪送皇上出了村口儿，大臣刘统勋回头挥手告别道："众位请回吧，那'鬼'被皇上捉到了，从今夜起，可以安心睡觉了！"

车已经走远了，然而杏花沟的百姓却不肯离去，还在依依不舍地翘首张望，直到不见一丝人影儿。拐过山脚儿后，御马才撒开四蹄，向着狩猎官兵的扎营处奔去。

第五章 | 太后梁　火烧龙身成御道
刘庄头　策马告状进皇围

康熙一行离开杏花沟之后，赶着满载的马车紧走慢赶，到达宿营地时，天色大黑，已是月出东山，流萤飞火，蛐蛐鸣叫。

刘统勋让御厨将牛羊肉和蘑菇、粉条等物卸下来，抬到伙房，康熙则前去看望太皇太后。一进门请了晚安，说道："皇祖母已是这般年纪，孙儿还带出来木兰秋狝，实在有些放心不下呀！"

太皇太后呵呵笑道："孙儿，大可不必担心，我这身子骨儿硬朗着呢！听人讲，木兰围场既像植物园，也像动物园，还像百花园，乃天然形成。来此地看看热闹、散散心，身边有苏麻喇姑陪伴和丫头们伺候着，不是挺好嘛！玄烨呀，一大天都去哪儿了？"康熙便将更改村名儿和捉鬼的趣事儿讲了一遍。

孝庄文皇后愤愤地说："那巫婆着实可恨，竟敢在大庭广众之下，将骚尿壶当鬼捉，真是骗人不浅呢！"

康熙问道："皇祖母，今儿个做了些什么？"

"噢，看了一会儿围猎，然后由丫头们带着去观花儿采花儿了。"

康熙说："每到夏季，木兰围场真是个百花争艳、蜂飞蝶舞的好地方，令人赏心悦目啊！"

太皇太后赞同道："是呀，是呀，什么牡丹花儿、芍药花儿、灯笼花儿、鸽子花儿、走马莲、虞美人、柳川鱼、金莲花、断肠草……"

康熙听到这儿一惊，忙打断道："皇祖母，那断肠草看似美观，但毒性很大，是一种毒花儿呀！"

"皇孙不必担心，正要采时，侍女及时告知了。要我看哪，木兰围场的奇花异草比京师宫中栽种的还多，有好多不认识的呢！"

康熙这才放下心来，又叮嘱了一番，什么夜间别着凉啊，多喝点儿水撒撒火呀等，见皇祖母一一点头，方告辞回到黄幄用晚膳。

康熙走后，孝庄文皇后在丫鬟的扶持下，躺在卧榻上很快睡着了，苏麻喇姑则在另一帐篷内安歇。到了半夜三更之时，太皇太后突然啼哭起来，嘴里还嘟嘟囔囔地说着什么。丫鬟吓得惊慌失措，不知如何是好，忙跑出罗帷，冲门口儿放哨儿的侍卫压低声音嚷道："哎呀，不好了，太皇太后不知缘何哭开了，快快禀告皇上吧！"

侍卫很是为难，在原地直转圈儿："皇上正在熟睡，不便打扰，这……"

丫鬟急得火上房："还'这那'啥呀，求你了，快通禀吧！太皇太后若有什么闪失，我们做丫头的，脑袋可就保不住了！"

侍卫也怕担责，只好进去轻声儿唤醒皇上，禀了实情。

康熙不禁一惊："啊？朕离开时，皇祖母好好儿的，也没不舒服呀，这是怎么了？"忙起身穿衣，出得黄幄，进入罗帷，见太皇太后微闭双目，哭哭啼啼，叽咕些啥听不清，知其仍在睡梦中。于是，俯身贴近耳边，小声儿唤道："皇祖母，醒醒，醒醒！这是为啥呀，是不是做噩梦了？"

太皇太后似乎听到了皇孙的呼唤，抬手揉了揉双眼，四下瞅了瞅，遂坐起身来说："哎哟，太可怕了！方才梦见前边那道山梁里，住着一条张牙舞爪的凶龙，背上驮着个漂亮的娘娘。在狂风暴雨的裹挟下，来到我面前，高叫道：'大胆玄烨，他不配坐那把龙椅，你也不配做太皇太后，只有我和娘娘才配当皇上和太皇太后！'说着，漂亮娘娘一跃跳下龙背，压在我身上。我边挣扎边喊快来人，可嗓子像被勒住了似的，发不出声儿来，急得又哭又叫，待醒来时方知，原来是魇住了。"

康熙听了皇祖母的一番话，顿时出了一身冷汗，心想："这深山老峪的，一旦出了真龙天子和娘娘，朕的金銮宝殿可坐不成了，先祖马上打天下获得的万里江山，不就落在恶龙手里了吗？"越寻思越害怕，立传口谕，命令将睡在各个帐篷中的群臣及射牲手们唤醒。

大伙儿爬起来后，听说山中的恶龙要作怪，无不议论纷纷，一时又拿不出如何惩治的好主意。康熙下令连夜挑起灯笼，高举火把，去东边山梁下观察地形地势。

大队人马到后，突然间，康熙发现此座弯弯曲曲向南延伸的山形似一条巨龙，跃跃欲飞。换个角度再瞧，又像已经腾空而起，俯瞰大地。怎么办呢？正一筹莫展之时，抬眼一瞅，见不远处有一提灯而来的耄耋老翁，走到跟前问道："这条山梁横挡在前，当朝天子是何感想，发愁了吧？

康熙并不作答，反问道："老者，深更半夜的，来此作甚啊？"

老翁说："何必多问？看，这道大山梁横空出世，蜿蜒起伏，百兽不敢攀，百鸟飞不过。它似一条得了势的即将腾飞的草龙，张牙舞爪，旁若无人，乃恶龙啊！"

康熙听罢，态度极其诚恳地向老翁请教："老人家，有办法将它除掉吗？不然，朕的江山社稷岂不毁也，请快献良策吧！"

老翁捋捋雪白的胡须，笑道："天子，惩治恶龙其实并不难，只要让大队人马燃起火把，再将太皇太后请上阵来便可。"

康熙为难地说："朕的皇祖母年事已高，恐怕难当此任哪！"

老翁摇摇头解释道："天子，放心吧，不是让太皇太后端枪舞刀地去拼杀，而是坐在一辆铁轱辘车上，套上九匹公马，向着大山梁猛跑。此前，要备好九百九十九车干牛粪，九百九十九车干柴及九百九十九根火把。到时候，用火把将干牛粪和干柴同时点燃，由皇上亲自扬鞭驱马，带动燃烧的牛粪车和干柴车一齐向大山梁中间冲，就能将恶龙拦腰斩断。"

康熙大悦，知老翁肯定是当地的土地爷了，暗暗庆幸自己的运气不错，刚要开口致谢，老翁一闪身不见了。

众官兵足足准备了三天才一切就绪，第四日夜里，大山梁前燃起了熊熊烈火，火把上下攒动，形成一条几里长的"火龙"。赶车的皇上"啪啪啪"甩响了三声脆鞭，"驾"——一声呐喊，九马奔驰而进，拉着坐在铁轱辘车上的太皇太后，带着身后的长长火龙，向大山梁奋力冲去。

这时，只听车轮下边发出嘎巴嘎巴的响声，大山梁开始晃动了。康熙紧接着又猛甩几鞭，随之传来震天撼地的轰鸣声，大梁被拦腰斩断，高山变成了通途！

停顿刹那间，所有的官兵像刚醒过腔儿似的，跳啊，喊呀，叫哇，欢声雷动！东方微微透亮，百鸟提前出巢，为的是前来祝贺。

康熙回过头对太皇太后说："皇祖母，通道已经打开，恶龙身首分离，请给断开的大梁赐个名儿吧！"

太皇太后笑道："这名字嘛，还是由孙儿赐吧！"

康熙思摸片刻，说道："皇祖母，叫它'太后梁'怎么样？"

太皇太后赞同道："甚妥，甚妥，正合我意呀！"

从此以后，人们就将这条大山梁称为"太后梁"。

君臣及众射牲手们经过一夜的鏖战，皆感到疲劳不堪。康熙口谕，命大队人马好生歇息，明日再行围猎。

到了晚上，康熙用过膳，打算早些安歇。忽然，嗒嗒嗒的马蹄声由远而近传来，在晚霞的余晖下，闪出一匹追风快马，侍卫近前一看，来人是古北口处远近有名的庄头儿刘进。

气喘吁吁的刘进在侍卫引领下，进得黄幄，跪倒在地。康熙低下眼看了看道："平身，坐下来说话。"

"谢主隆恩！奴才……古北口……古北口庄头儿刘进叩见万岁，有要事……特来禀报！"刘进急切地讲着，大口大口地喘着粗气。

康熙做了个向下按的手势："有话慢慢说，古北口怎么了？"

刘进禀道："回皇上，古北口外不远处，盗贼横行，气焰嚣张，百姓不得安宁。奴才受乡亲们的委托，前来请皇上派兵予以清剿，为民除害！"

康熙听罢，气得啪地一拍龙案道："可恶的蟊贼，竟敢在光天化日之下为非作歹，这还了得！自建大清王朝以来，朕早闻'路不拾遗，夜不闭户'之赞誉，没想到而今小贼如此猖狂！"说到此停住了，平静了一会儿，语气立马缓和下来，关切地问道："刘进，一路上还未来得及填饱肚子吧？"

刘进道："回皇上，因匆匆动身，所以忘了带干粮。"

康熙说："好了，由侍卫带你去用膳，膳后，可以回古北口了。"

刘进忙问："皇上，马上派兵清剿恶贼吗？"

康熙一挥手："你先去吧，朕自有安排。"

刘进跪地连磕仁头，退出了黄幄，被侍卫领走了。康熙望着刘进的背影，起身进入内室，躺在龙榻上陷入了沉思："朕由盛京入关以来，非常重视如何维持社会的安宁，对一些府州县衙官吏存在的贪腐之风想了不少办法加以解决。有一年春季，朕奉太皇太后懿旨巡视江南，历经三个月的时间。发现有的地方十分贫穷，百姓生活不如从前，便将极其困难的村户所欠的银粮豁免了。朕曾不解，多年来，不停地对百姓进行赈济，为什么仍每况愈下呢？经过明察暗访，方恍然大悟，皆因府州县的官吏不为民做主，或横征暴敛，或巧立名目，欺压民众，收取不义之财，中饱私囊。而那些忠于职守、廉洁奉公的官员尽管耿耿丹心为社稷，却遭到贪吏的排挤和无理指责，甚至被罢官，回乡务农。朕命大学士伊桑阿等人深入下去，查清贪官污吏的恶行，施以严惩，扶植正气，驱除邪祟，使得吏风大有好转，黎民的生活水平也有了提高。但不少地域蟊贼行窃之事时有发生，常能听到奏报，绝不是古北口仅有。社会治安状况好坏，关键在于地方官员是否洁身自好，是否尽职尽责……"想着想着，翻了个身，不知不觉地进入了梦乡。

第二天早上，告御状的刘进又来了，进了黄幄，双膝跪地叩道："奴才有罪！昨晚吃着可口的饭菜，吃着吃着就睡过去了，故而未能及时返程，万望皇上恕罪！"

康熙一听乐了："刘进，你不是没带干粮，一路上早就饿了吗？怎么饭未吃完就睡着了呢？"

"回皇上，奴才实在太累了。"

"平身吧！来得正好，朕问你，古北口知府的官员做得怎么样啊？"

"奴才不敢说。"

"但讲无妨，朕恕你无罪。"

刘进胆儿壮了，咳了一声道："俗话说，'京师天最亮，只怕灯下黑'呀……"

康熙一愣，打断道："噢？此话什么意思？"

刘进说："那密云知县孙有民心里哪有黎民呀？他搜刮民财，贪污受贿，吃喝玩乐逛窑子。总之，好事一件不做，坏事做尽，望圣上明察！"

康熙问："这就是你说的'灯下黑'了？"

"皇上圣明！"

康熙又问："刘进，家中有多少土地呀？"

"回皇上，三顷八十七亩。"

"生活可好？"

刘进叹道："唉，一言难尽哪！孙有民每年收取奴才纹银三百两，还得在逢年过节时，奉献肥猪两头哇！"

康熙听到这儿，再也按捺不住了，站起身拍案怒道："好一个孙有民，依朕看，叫他'孙刮民'更合适！刘进，所言全是真的？"

刘进咣咣磕了两个响头说："奴才若有半句谎言，人头落地，死而无怨！"

康熙摆了摆手道："退下吧！回到古北口后，不必多言，朕自有办法。"

刘进连连致谢道："谢主隆恩，奴才代表古北口的百姓谢谢啦！"然后退出黄幄，翻身上马，急驰而去。

再说太皇太后清晨起来梳洗完毕，用过早膳，便在苏麻喇姑和侍女的陪同下前往狩猎场地，观看即将开始的围猎。显然，这是按皇上的口谕，官兵们破例布围的。

当大队人马准备合围时，飞禽走兽惊恐万状，出于逃命的本能四处乱窜，狂叫不止。万箭齐发如雨，空中的雁群像秋风扫落叶般纷纷坠落下来，哀鸿遍野。地面的猛虎疾速钻入洞中，又从另一洞口儿蹿出，左顾右盼。恨不能生出一双翅膀，腾空而起，展翅高飞。

康熙陪着皇祖母坐在看城中观望，老人家兴致颇浓，时而站起，时而坐下，时而伸手边指边喊："你们快往那儿瞅啊，射牲手们多机灵、多勇敢哪，连着捕了五只麋鹿！"

这时，一年轻勇士骑马追逐着一只斑斓猛虎进入了大家的视线。突然马失前蹄，勇士摔了下来，就地打了几个滚儿，起身向上一跃骑上马背，继续追赶狂奔的猛虎。斑斓猛虎见无处可逃，正要纵上大树时，没料到另一只蹲在树上的老虎噌地跳了下来，与树下的斑斓猛虎扭打在一起，发出声声咆哮。

太皇太后大睁着双目盯着，一眨不眨，时而拍手叫道："嘿！太有意思了，比京师天桥上耍马戏的还好看呢！"话音刚落，随即"哎呀"一声，原来是几个虎枪手同时向猛虎开了枪。

两只受伤的虎被激怒了，张开血盆大口反身向勇士直扑过来，恨不得一爪拍死他。紧接着又听几声枪响，两只猛虎一头栽倒在地，四肢不由自主地抽搐了一会儿，再也不动了。太皇太后高兴地发出一阵儿欢乐的呼喊，康熙则向虎枪手们高叫道："好啊，我们的巴图鲁[1]！"

更有趣儿的是，合围进入高潮时，眼瞅着从一棵古榆树上纵起两只飞狐。飞狐俗称"王干哥鸟"，能跑能飞，系哺乳动物，形似巨大的蝙蝠。由于飞得高，箭羽射不到它，待用猎枪打时，早已飞走了。而那些蠢笨的野鸡实在傻得可笑，一旦受到惊吓，立即扎到草丛或草堆里，只顾脑袋不顾屁股！

康熙见此，想起一首民谣，随口唱道：

> 头翅子猫子哟，
> 二翅子鸡，
> 蹲在沟口儿打狐狸。
> 外行打猎哟，
> 跑断腿儿哎，

---

① 满语：英雄。

内行打猎不费力。

此首民谣的意思是："猫子"指山兔而言，第一次最好捉，倘若不小心给惊跑了，再就很难猎获了。"鸡"即所谓的野鸡，如果头一枪没打中，飞走后，必落下来一头扎进草丛或草堆里，顾头不顾尾，最容易将它捕到。那么狐狸呢？因它喜欢寻找山水喝，发现哪里有水，会经常去那儿，须过沟口儿处。所以，猎手只要蹲守在沟口儿，便能轻而易举地将狐狸逮住。

太皇太后听了皇孙唱的民谣，感慨地说："看来不管干啥，其中皆有学问，狩猎也如此。"

康熙一听，越发来劲儿了："皇祖母，打山兔还有一首民谣哩！"

太皇太后说："是吗？孙儿唱唱如何？"

康熙晃着头唱道：

> 兔子最爱转山坡哎，
> 胆子小来常逃脱。
> 转来转去还回来哟，
> 东张西望归老窝。

唱罢，太皇太后一时没转过弯儿来，忙问："孙儿，山兔归老窝咋了？"

康熙笑答："那蹲在一旁的猎手没白等啊，嘭地一枪，就把回老窝的兔子打死了呗！"

太皇太后乐得合不拢嘴，边笑边逗趣儿道："嗯，有意思，都是经验之谈，宝贵着呢！"

夜幕降临时，围猎结束了，康熙关切地嘱咐太皇太后："皇祖母，劳累一天了，膳后早点儿安歇吧！"

太皇太后问："晚上是不是还要点篝火？"

康熙答曰："是啊，是啊，皇祖母很喜欢看吗？"

"喜欢，当然喜欢！平时在京师，每到夜晚更倌儿就喊：'小心蜡烛喽！注意防火喽！'哪有机会观赏篝火呀！"

果然，按围猎的惯例，膳后燃起了熊熊篝火。康熙陪着皇祖母坐在篝火旁，与官兵们一起边燔烤着野味儿，边观看蒙古歌舞，十分尽兴，直到深夜才熄火。

第六章 | 三星潭　金蟾救驾受皇封
主与仆　留名清史佳话传

　　木兰围场的夜间气温越来越低了，康熙担心太皇太后年纪大了，身子骨儿吃不消。翌日一早，口谕秋狝停止，随围的蒙古各旗王公、贝勒、台吉们率队各回各地，不必送皇驾返程。旨下，康熙带大队人马向崆郭勒鄂博围猎点转移，取道回京师。

　　大约走了两个时辰，初秋的天气开始酷热起来，烈日当头，万里无云，兵将们个个汗流浃背。将近晌午时，只见左前方有一片碧波荡漾的天然淖尔，人称此处为"三星潭"。

　　突然，御马咴儿咴儿直叫，前蹄腾空而起，险些把背上的主人摔落在地。康熙感到很是纳闷儿："御马随朕多年，从未受过此等惊吓，到底是为何呢？"

　　身边的侍卫眼尖，抬手一指道："皇上请看，三星潭里有个怪物！"

　　康熙顺着侍卫手指的方向望去，见潭里有一物时而沉入水中，时而浮上水面，犹如碾盘大小，不过瞅不清究竟是啥。于是命道："尔等赶路要紧，不必东瞧西看！"大队人马没走出多远，头顶的天空忽地乌云密布，上下翻涌，而四周却依然晴朗无云。康熙抬头望了望，接着命道："走，继续赶路！"

　　话音刚落，哗啦哗啦地下起了麻秆子雨，而且越来越大，人马难以睁眼，御马又一次前蹄腾空，咴儿咴儿咴儿狂叫不止。康熙暗自思忖："真是邪门儿了！朕每年赴围秋狝，什么恶劣的天气没遇到过呀，今儿个这云、这雨来得可够奇怪的了。"想至此，又命道："不用管它，老天即使下红雨，能奈朕何？"

　　说起来是挺邪门儿的，康熙的话音刚落，老天真按他的话做了，滂沱大雨立即变成了红雨，落在地上汇聚成红色的小溪，翻卷着向前流淌。侍卫回头瞅了瞅三星潭，呼啦一下明白了，大声儿禀道："皇上，三星潭的怪物是只巨大的金蟾，那两只前爪前后左右摇动不止，好像正在播雨呢！"

康熙和将士们望去，见金蟾鼓着金黄色的大肚子，前爪舞动着，搅得潭中翻卷起白色的水花儿，令众人猛吃一惊！

康熙虽未明显失态，但也十分不解，心里琢磨开了："朕昨日在杏花沟见'鬼'、捉'鬼'，今天是不是又于三星潭处见'鬼'了呢？金蟾到底想干什么？一个世人敬仰的皇上岂能被小虫吓住，根本不用在乎它，走自己的路！"想至此，仍率大队人马往前行进着。走出没多远，头顶咔嚓、咔嚓、咔嚓响起了三声炸雷，御马前蹄再一次腾空，落下后，双蹄啪啪刨地，不肯朝前走。

大臣刘统勋、阿喇尼策马赶来，到了康熙身边，一齐奏道："皇上，雷声大作，暴雨如注且变红，望圣上找个地方避一避吧！"

康熙认为二位大臣说得极是，立即传下口谕，命大队人马躲进路边儿的密林之中，待雨停后再赶路。

一声令下，将士们纷纷牵马进入林子，康熙猛然听到一阵儿呱呱的叫声，往前一瞅，哎呀，一只巨大的金蟾正鼓着肚子朝自己吼呢！那金蟾只有三条腿，鸣叫声出奇的大，震耳欲聋。它开始向林外蹦，见康熙一动不动，便跳回林中。接着再向林外蹦，见康熙仍旧未动，又返回，奇了，真是奇了！康熙低下头冲它说："你这只无理取闹的金蟾，在三星潭里待得好好儿的，为啥来到林中？"

金蟾鼓着一对儿大眼睛，仰面呱呱呱大叫三声，然后向林外蹦跳。康熙心想："噢，明白了，金蟾是想引朕离开林子呀！"

正在这时，轰隆隆、咔嚓嚓，一连串儿的炸雷在密林中响起，树枝横七竖八地落了下来，侍从身边的一棵盆粗的松树被拦腰截断。康熙担心兵将遭雷击，赶忙下了命令："传朕口谕，快速离开山林，返回三星潭岸边停留！"

当大队人马撤出山林，来到三星潭岸边时，猛听身后响起一连串儿的巨雷，林子里瞬间燃起了大火。待将士们把火扑灭了，三条腿的金蟾立起身子向皇上拍起双爪，表示欢迎与祝贺，可还是拦住了去路，不让继续前进。康熙暗想："方才多亏金蟾救驾，否则的话，朕和众人马定会被雷电击中啊！"于是小声儿商量道："金蟾呀，金蟾，有什么要求尽管讲，不过得先让雷雨停下来，好吗？"

金蟾"呱"地叫了一声，雷雨刹那间停了。

理藩院尚书阿喇尼是个火性子，性格粗莽，看到金蟾死乞白赖纠缠个没完，有些不耐烦地说："皇上，这只缺一条腿的金蟾真够讨厌的，干脆一箭射死算了！"

康熙制止道："不得胡言！朕尽管善猎，但所射杀的全是飞禽走兽，从未伤害过虫蛙。对那些费了挺大劲儿捕获的野兽，事后也放生了不少，并非全部射杀啊！"

金蟾仍双目鼓鼓地望着康熙，一声接一声地叫着，似乎向皇上表示着什么。康熙感叹道："金蟾呀，金蟾，刚才朕在林中避雨，是你把大队人马引出密林之外才免遭雷击的，在此谢谢啦！朕深知你救驾有功，要是想说点儿啥，就悬起前腿向空中大叫四声，如何？"

金蟾听罢，立马悬起两条前腿，冲天"呱呱呱呱"大叫了四声。

康熙实在忍不住了，仰面哈哈大笑起来，边笑边道："世间之大，无奇不有，真乃奇也怪也！"说着，再低头看时，金蟾却不见了。

此刻，乌云已经散去，阳光重新照耀大地，康熙的心情也好多了。然而令他百思不得其解的是，金蟾大叫四声之后，怎么突然离去了呢？为了表达敬意，便封金蟾为"塞北佛"，以永世承祀。

站在一旁的刘统勋轻声儿问道："皇上，微臣自始至终未弄明白，刚才怎么下起红雨来了？"

康熙说："朕以为，三星潭岸边积存了大量草锈，暴雨落地时，必击起水花儿，草锈随之起落，似降红雨罢了。"

刘统勋点了点头道："皇上无比英睿，卑臣望尘莫及。"

此刻，康熙最担心的是太皇太后的安危，随即反身去了后面的专乘，掀开轿帘儿致歉道："皇祖母，孙儿不孝，刚才有只三条腿的金蟾拦路讨封，让您老受惊了。"

太皇太后说："怪不得呢，经过三星潭时，听见人呼马嘶的，不知出了何事。没承想竟是金蟾讨封啊，这可挺新鲜，封它什么了？"

康熙回道："噢，封为'塞北佛'了。今后再赴木兰围场秋狝时，孙儿从三星潭路过，可怀抱敦仁镇远神像，以示对金蟾的敬重，就不会遇到疾风暴雨了。"

太皇太后感慨地说："金蟾灵佑，是我大清的洪福啊！哦，曾记得朝廷用武力统一中原之后，首先接受了以汉族为代表的中原文化。比如应用方块儿文字，通过科考选拔官员，尊崇孔子，敬重儒教，吸收历代礼仪等。顺治皇帝第一次木兰秋狝时，正值孔子诞辰日，便从随围大臣中派员前去祭祀。还记得顺治九年，因崇拜汉将关羽，遂敕封为'忠义神武关圣大帝'。咳，越扯越远了，不说了。孙儿封金蟾为'塞北佛'，目的是图个护国灵佑，使黎民百姓平安吉祥，好哇！"

康熙嘱咐道："皇祖母，感到乏了就躺一会儿，千万别累着，孙儿头前先行了。"

太皇太后忙阻拦道："等一下，别急着走，话还没讲完呢！"

康熙说："孙儿敬听太皇太后示教。"

太皇太后问道："玄烨呀，木兰围场内，设几个营房啊？"

康熙答曰："共设营房八个，每一营房辖五个卡伦。"

太皇太后说："要我看哪，每个营房可建一座关帝庙，以求万事如意，孙儿以为如何？"

康熙表示："皇祖母所言极是，孙儿立即下旨。"说完转身刚要离去，太皇太后又道："玄烨，看你忙的，再等等。我还琢磨，光阴似箭，日月如梭，今后每代大清皇帝赴塞外狩猎时，怀中都要抱着敦仁镇远神像吗？"

康熙回道："是啊，这样便可保佑一路平安、畅通无阻了。"

太皇太后说："我看不大好，太麻烦了，能不能在距三星潭不远处修建一座塞北佛石庙呢？每年木兰秋狝从此经过时，便可借机向塞北佛拈香祭祀了，岂不更好？我只是随便说说，该怎么办得由皇上定。"

太皇太后的几句话提醒了康熙，觉得老人家的提议很好，想得十分周到。别看年事已高，所思所言一点儿不离谱儿，不能不令人叹服，遂爽快地答应道："皇祖母啊，您可真是位老神仙了，孙儿照办就是了！"

太皇太后笑吟吟地一摆手道："好了，没事儿了，去忙吧！"

康熙立即传下口谕，令大队人马在前面不远处的密林外停下来，边用膳边歇息。其实，他本不打算停留，只因考虑到众兵马在三星潭附近遭受了暴雨的侵袭，浑身上下全淋透了，总得把湿衣服烘干呀！加上不放心皇祖母的身子骨儿，怕老人家受不了，所以才下达了歇息的命令。

帐篷很快搭好了，篝火燃起来了，御厨开始备膳。康熙陪同皇祖母聊了一会儿，用过晚膳后，各自安歇。

康熙皇上不管做什么事儿都是速办速决。第二天一早，马上传旨，命木兰围场总管率人在坝上三星潭北岸修建一座"塞北佛石庙"，大队人马进行一次小范围的射猎，松松筋骨。

旨下，围场总管哪敢耽搁，带领属下经过三天半的忙碌，坐北朝南的"塞北佛石庙"用十三块削磨见方的石头砌成了。庙高六尺，宽三尺五寸，进深三尺三寸。庙顶由一块石头凿成瓦状，庙门乃圆拱形，门额为康熙御笔所题"英灵千古"四字。两旁镌刻着一副楹联，也是御笔书写，上联儿是"清得道千秋不朽"，下联儿是"塞北佛万古流芳"。庙内供奉的塞北佛是一只三脚金蟾，由于能呼风唤雨，被康熙封为神佛。

塞北佛石庙建成后，首先前去焚香叩拜的是太皇太后和苏麻喇姑。太皇太后边叩头边道："塞北佛，皇帝既然封你为神佛了，那就广施神力，护佑大清江山永固吧！"

苏麻喇姑也边拜边道："塞北佛呀，苏麻喇姑叩首了，保佑皇上多福多寿，万岁！万万岁！"

太皇太后或许是出于笃信佛教的原因吧，在塞北佛前拜了又拜，一遍遍地祈祷。苏麻喇姑陪伴主子六十多年，虽然也信奉佛教，但与别人有明显不同。她的祈祷、叩拜，并不是为了求佛祖保佑自己长命百岁，而是希冀佛光普照，广施佛法，护佑社稷强盛，主子身体康泰，把信佛与效忠主子结合在一起。平日里常说："我蒙主子的厚恩，几十年来，一直伺候在太皇太后身边。但愿能多活些年，每日在佛祖前为主子念经祈福，祝愿主子万万岁！"

二人离开石庙后，苏麻喇姑特意向皇上请求，能否在塞北佛石庙附近多停留几天，以便陪太皇太后再次拜佛。康熙特别尊敬这位德高望重的苏麻喇姑，因幼年时曾受到她的谆谆教诲，也是第一位启蒙老师，便慨然应允了。随即令大队人马安营扎寨，待太皇太后和苏麻喇姑多次参拜塞北佛之后，再继续前行。由此足以说明，康熙与太皇太后以及苏麻喇姑的感情十分深厚。

正因为太皇太后曾多次去塞北佛石庙进香，小庙尽管不大，却名声在外了，围场红桩界外十里八村的百姓经常光顾，香火不断，供品颇丰。打这以后，康熙皇上及随驾的满、汉、蒙大臣、蒙古四十九旗的王公们每逢木兰秋狝经过这里时，总要拈香拜佛，以求保佑一路顺风、平安。一些过往行人和运盐的勒勒车、骆驼队商贩到此，也要下马或下车，恭恭敬敬地向塞北佛焚香祈福，望求生财有道，护佑人畜无恙。

单说七日后，回京的大队人马起程了，在崆郭勒鄂博围猎点组织了一场围猎，翌日一早继续前行，经过古北口，到达密云行宫时，康熙传刘统勋来见，说道："刘爱卿，你就不必随朕返回了。从今儿起，特命你为钦差大臣，暂住密云行宫，通过明察暗访，弄清七品知县孙有民为非作歹、搜刮民财、贪污受贿一案后，再进京复命。"

刘统勋叩曰："臣遵旨！"

经过十几天的行程，康熙率领大队人马到达京师，只歇息片刻，便去看望皇祖母和苏麻喇姑。见二位老人家精神饱满，毫无倦意，自是龙颜大悦，高兴地说："此次塞外之行，非常顺利，托太皇太后的洪福哇！朕一路上总是有点儿不安，生怕二位老人家有什么闪失，看来这种担心是多余的，身子骨儿蛮不错嘛！"

苏麻喇姑忙起身谢皇上隆恩，太皇太后则笑呵呵地言道："嗯，身子骨儿好着呢，让孙儿费心了。噢，对了，正想问问呢，这几天刘统勋那儿有进展吗？"

康熙回道："经初步访查，孙有民实属赃官，祸国殃民，百姓怨声载道。他还有个侄子，名叫孙守信，是个胆大包天的盗贼，眼下不知藏身何处。"

太皇太后说："玄烨，不要急，会查个水落石出的。"

康熙点了点头，陪着皇祖母和苏麻喇姑又聊了一会儿，才起身告退。

康熙二十六年，太皇太后病逝，终年七十五岁，谥号为孝庄仁宣诚宪恭懿翊天启圣文皇后，简称孝庄文皇后。

主子的离世，对苏麻喇姑来说，是个极其沉重的打击，痛哭失声啊！此后的孤独、寂寞难以言表，日夜想念孝庄文皇后，多次在睡梦中与主子相见。她一生没结婚，还有几点与众不同，即有着独特的生活习惯。一是从出生到老年从未洗浴过，只是在每岁的除夕之夜，用少量的水擦一擦身子；二是终生不服药，即使病得不轻，也硬挺着。有一次，苏麻喇姑烧得浑身滚烫，康熙见状着急了，亲自唤来御医，予以疗治，但被她婉言谢绝了。

奇怪的是，尽管苏麻喇姑不洗浴，不吃药，身子骨儿却很健康，九十多岁了，还挺硬朗，没人能解释得了缘何如此。

康熙四十四年八月二十七日，也就是孝庄文皇后去世的第十八个年头儿，苏麻喇姑病倒在床上，感到腹内剧痛，吃不下饭，哪怕喝一口水也得呕出来，并开始便血，病势十分沉重。她特别想见皇上一面，而此刻，康熙正带领大队人马于塞北木兰围场弯弓射猎。苏麻喇姑心里很清楚，皇上远在千里之外，不可能及时赶回来，况且是在演兵习武呢！想来想去，便打发小丫鬟前去把皇三子胤祉、皇五子胤祺、皇十二子胤祹唤来。

三位皇子很快来到病床前，苏麻喇姑睁开眼睛看了看他们，有气无力地说:"老奴承蒙皇上的厚恩,活了九十多岁,知足了。近三四天一直便血,腹内疼痛难忍,想必是阳寿已到。如果皇上知道了,会赐老奴医病良方的,请快些代老奴启奏圣上吧!若能最后去一趟塞北佛石庙,再好不过了。"

苏麻喇姑有生以来头一次提出要疗治病痛,看来是舍不得离开皇上,还想为皇家效力。皇子们见病情危重,决定先让御医为她诊病,尽快对症下药。可是,苏麻喇姑仍执意不肯,断断续续地说:"千万别……不可召御医,老奴……只相信皇上,唯有圣上才能治……治好老奴的病。"

皇子们没招儿了,便背着她把御医叫来,经过仔细诊察,老御医摇摇头说:"此病治得太晚了,是脾虚内火盛之症,没多少时间了。"

皇子们听罢,一面派人向正在木兰秋狝的皇上急奏,传报苏麻喇姑的病情,一面令内务府总管赶紧准备后事。

苏麻喇姑时而紧闭双眼,时而费力地微微睁开,扫视一下四周,盼着皇上能快些归来。而此时在京师通往塞北的山路上,两个骁骑乘快马疾驰再疾驰,于沿途各个行宫不断更换着报信儿的马匹,一直奔向木兰围场。

正在布围的康熙听了苏麻喇姑病危的急奏后,一点儿没耽搁,翻身上了御骑,在八名侍卫的护卫下,向京师而去。途经行宫时,仍须更换备好的御骑,饿了在马背上嚼几口干粮,渴了在马背上喝几口水,一直马不停蹄地飞奔,第五天头晌终于到了京城。

是日,即康熙四十四年九月初七,当康熙帝急匆匆往苏麻喇姑屋内走时,老人似乎听到了皇上的脚步声,刚想抬起头来,心脏突然停止了跳动,时年九十三岁的苏麻喇姑结束了特殊而又多姿多彩的一生。

康熙万分悲痛,大声儿呼唤着这位如同额娘的老人,遗憾的是苏麻喇姑不会醒来了,更不能回应了。宫廷里认识她的人无不落泪,就连朝中重臣刘统勋得知苏麻喇姑病逝的噩耗后,也止不住流下了热泪,满朝文武官员皆认为老人家走得太可惜了。

出殡那天,康熙有旨,宫中除留下皇五子胤祺、皇十子胤䄉照顾皇太后、皇十四子胤禵留在紫禁城外,其余成年的皇子都要参加苏麻喇姑的葬礼。

这时的皇四子胤禛已经二十八岁了,对苏麻喇姑也十分敬重。灵柩停入殡宫后,皇子们各自回府,年幼的小弘历却背着阿玛雍亲王悄悄儿来到殡宫,向主动要求守灵的皇十二子胤祹请求道:"皇十二叔,请让侄儿与您做伴儿，一起给苏麻喇姑守灵吧！"

胤祹说："皇上有旨，丧事只需成年人参加，你一个小孩子怎么也来了？"

弘历摸摸后脑勺儿，想了想道："我不小了，当年跟随皇爷爷木兰秋狝，还亲手用箭射死过大黑熊哩！"胤祹只是偷偷地乐，不敢表现出来。

小弘历问道："皇十二叔，皇爷爷有好多皇子，为什么只您一个人在此守灵啊？"

胤祹认真地回道："苏麻喇姑自幼将我养育，悉心呵护，叔叔未能报答老人家的恩情。此次将为她守灵数日，百日内供饭，三七诵经，理所应当。事实上，其他成年皇子也都轮流守灵，我只是想多守些日子而已。"

小弘历眨巴眨巴眼睛又问："皇叔叔，您打算在此守灵多少天呀，皇爷爷知道吗？"

胤祹笑了笑道："当然知道。苏麻喇姑去世后，我在九月初九的奏折中已写进了守灵的请求，皇上朱笔批复道：'朕虽赶回京师，但晚了半步，未能与额娘说上一句话，她就匆匆地走了。十二阿哥所言极是，情真意切，朕准了。'"

小弘历说："皇叔叔，让我在老人的灵前磕三个头吧！"

胤祹答应道："好吧，磕完头赶紧回去吧，托苏麻喇姑多多保佑我们的爱新觉罗·弘历平安吉祥！"

小弘历跪在地上，向苏麻喇姑的灵柩磕了三个头后，才满意地离开了殡宫。

康熙对苏麻喇姑的后事非常重视，为一个仆人办丧事，既要由皇子们供饭，也要三七诵经，这在清朝历史上是从未有过的。

殡宫里还停放着另一具灵柩，是谁呢？就是十八年前故去的孝庄文皇后。今日，太皇太后的侍女苏麻喇姑也来了，主仆二人在阳间相依相伴六十余年，现在又于阴间相逢，再次走到一起，康熙如此安排真是用心良苦啊！他敬重皇祖母孝庄文皇后，尊崇称之为"额娘"的苏麻喇姑，因这两位女性在清朝前期历史上有着重要的贡献。但是，她们的灵柩总在殡宫停放也不是长久之计，于是下旨，将主仆二人的灵柩暂时停于河北遵化西北六十华里的马兰峪附近之东陵安奉殿内。

一天晚上，康熙单独召见皇四子，问道："胤禛哪，太皇太后和苏麻喇姑的灵柩在安奉殿内存放不合适吧，你对此有何想法呀？"

胤禛平时说话很是谨慎，尤其在父皇面前更是小心翼翼，还没等想好怎么回答呢，弘历推门进来了，见皇爷爷闷闷不乐，径直走到跟前问道："皇爷爷，为啥愁眉紧锁呀？"

康熙一见到孙子弘历，就打心眼儿里喜欢，知道他既聪明又懂事，眉头随之舒展了，笑道："弘历呀，你说说看，将来把太皇太后安葬在哪里合适呀？"

弘历反问道："皇爷爷，太皇太后不是暂时安放在遵化县东陵的安奉殿了吗？"

康熙说："是呀，正是有个'暂'字，才不是长久的，终究要有座正式的陵寝哟！"

"皇爷爷所言极是，不单单是太皇太后，还有苏麻喇姑老人呢，她也应该有个永久的安身之处哇！"

胤禛见儿子在皇上面前无拘无束，说话太随便，认为这是缺少礼貌，遂训斥道："弘历，不成器的东西，同皇爷爷说话怎能如此放肆，教养太差！"

弘历挨了骂，心里感到很委屈，不过也觉得长辈说话，做小辈的不该插言，便向皇爷爷赔礼道："孙儿无礼，不应随便插话，请皇爷爷恕罪！"说完，气呼呼地转身出去了。

小弘历真的有错儿吗？他能够分辨得清国事与家事了，在自家府上说话有问必答，对此早已习惯了。刚才四阿哥没头没脑地训斥弘历，康熙听了哪能不生气呢？那可是他的宝贝孙子呀！康熙不是好眼神地瞅了瞅胤禛，扔出一句话："哼，那就让苏麻喇姑的灵柩也继续存放在遵化昌瑞山下的安奉殿吧！"说完，一甩袖子起身进内厅了。

四阿哥胤禛愣怔怔地站在那儿，一动不动，知道因没好气儿地数落了弘历，惹得父皇不高兴了，只好摇摇头走了。

康熙心中有件大事一直放不下，那就是自己百年之后，该由谁来继位："由雍亲王胤禛吗？不行，不太合适。如果不让他接替皇帝位，将来其儿子弘历怎么能当皇帝呢？朕的那宝贝孙儿可是块不可多得的好料哇！"

第七章　军情急　三万叛匪驰京师
　　　　备战忙　千里调兵下金牌

话说回来，康熙三十五年七月中旬，也就是孝庄文皇后去世的第九个年头儿，康熙带着温惠贵妃、皇四子胤禛，文武大臣及一万人马从京师出发，浩浩荡荡地前往木兰围场狩猎。一路走走停停，边观赏边行猎，尽享夏末的旖旎风光，康熙见景生情，不由得想起了当年陪皇祖母木兰秋狝的情景。

行至第三天太阳快要落山时，忽听有人高喊："报——皇上，奴才有紧急军情禀报！"

康熙勒马回头一看，见一传讯兵从身后飞马赶来，风尘仆仆，大汗淋漓，跑到御骑前滚鞍下马，呼哧带喘地跪叩道："禀皇上，叛匪噶尔丹正向南逼近，现距乌兰布通九百余里！"

康熙问道："噶尔丹带多少兵马？"

"回皇上，据暗访，约三万兵马。"

"噢，知道了！"传讯兵起身退到一旁。

各位阿哥要问，噶尔丹何许人也？说来话长。蒙古族从古代起，就繁衍生息在中国的北疆大地上。十二世纪初，成吉思汗统一诸部，元世祖忽必烈入主中原，建立元朝。元朝被推翻后，明朝对元之后裔封王、赐爵，颁发印诰，蒙古各部始终处于明朝中央政府管辖之下。

十六世纪二十年代，明王朝处于崩溃的前夕，政治极端腐败。李自成领导的农民起义之序幕已经拉开，于陕北黄土高原上，高举反抗明廷的战旗，烽火连天，此时期的明廷无力，也没时间顾及新疆事务。

在李自成攻克明朝京都时，清初的摄政王多尔衮亦越战越勇，率军一连攻占了多个城镇，并准备集中兵力破山海关。

驻守山海关的知名将领吴三桂的舅舅祖大寿早已投靠了皇太极，此前曾多次劝外甥降清，吴三桂却以"春秋之义，不交越境"为辞，断然拒绝。之所以这么坚决，是因存在侥幸心理，认为如果明王朝这棵大树不倒，就能得到更多的利益和权势。李自成也多次派人招降过吴三桂，他显得很为难，依然"犹豫未有所决"。眼见大明将要灭亡，吴三桂知道什么都得不到了，态度随之发生了变化，开始身在明廷心在清了，产生了降顺的想法，不过表面上丝毫不显露，仍在坚持所谓的"抗清"。

正当李自成的农民军向北京进发时，多尔衮也未等闲视之，率领十四万清兵往山海关移动。刚刚到达连山，忽接吴三桂的信函，向其泣血求助。多尔衮大喜，感到夺取李自成的胜利果实时机已经成熟，遂回复道："明帝惨亡，吴将军如因势利导，则如水之就下，快快沉舟破釜。"

李自成估计到了多尔衮会争取吴三桂，便想抢在先，率领二十万大军直逼山海关。

多尔衮进兵山海关，是为了清军入关，于北京建都；李自成攻打吴三桂，是为了壮大农民军，牢牢占领北京，使都城永固。明眼人一看便知，到了这个份儿上，吴三桂是老鼠钻风箱两头儿受气。但他十分清楚，明朝彻底完了，遮阴的大树倒了，必须得痛下决心选个靠山。

三军云集在山海关周围，各打各的算盘，怎么办呢？吴三桂虽然已是心神不定、举旗不稳，但仍身不由己地死守山海关，不明确表态。各位阿哥要问，他不是向多尔衮递函泣血求助了吗，咋到了山穷水尽的地步，还迟迟不降清呢？你想啊，一个大名鼎鼎的堂堂明将，在未见分晓之前，哪那么容易心甘情愿地放下刀枪呀，总要瞅准机会拼死一决高下的。

多尔衮见此，觉得不能等了，遂指挥清军摆开阵势，锣鼓大作，众兵将摇旗呐喊，蜂拥而上，开始攻城。然立于城墙上的吴三桂不但戒备森严，而且备有滚木礌石，弓弩甚多。多尔衮一时攻不下来，死伤不少士卒，只好鸣金收兵，商量对策，以待再战。

在军帐里，多尔衮召集众谋士，让他们多多开动脑筋，看看用什么招儿才能顺利攻城略地。

单说满洲人为了御寒，不论男女，皆穿马蹄袖口儿的衣裳，并养成了用大烟袋抽烟的习惯。这时，一位谋士开口了："大将军，能不能在抽烟上想点儿辙？"

多尔衮还是头一次听到这样的提议，可谓独出心裁，忙道："啥招儿都可以往外端，讲讲看，本帅洗耳恭听。"

谋士说："大烟袋的一头儿是烟锅儿，里面装着烟丝，另一头儿叼在嘴上往外吐烟。如果全军将士都抽起烟来，无数的烟柱升上天空，肯定是雾腾腾的一片。守城之敌突见眼前云雾缭绕，如仙如幻，不发蒙才怪呢!"

话音刚落,在座的谋士们七嘴八舌地议论开了,皆称此招儿甚妙,建议大帅不妨试一试。多尔衮也认为可行,随即走出营帐,号令清军将士一个不落地猛抽大烟袋。

吴三桂见清军停止了攻城,不知缘何,便再次登上高高的城楼,站在"天下第一关"五个大字的中间,朝城下仔细观瞧。咦?怎么遍地云山雾罩,时隐时现,还有人大喊:"吴三桂,你听着,我们是阿布卡恩都力①派来的天兵神将,助大清一臂之力也!为了保全你的狗命,减少士卒的伤亡,快快投降吧!"

正在这个节骨眼儿上,一小军慌慌张张跑到吴三桂面前,上气不接下气地跪报:"大帅……大事不好了!城外……有天兵……"

吴三桂怒斥道:"纯粹是废物,慌什么?有话慢慢讲!"

小军稳了稳神儿,禀道:"城外的兵将个个嘴里叼着小锅,从鼻孔一股儿一股儿不停地往外冒着烟,弥漫四野,小锅里的火星子乱窜,扬言乃天神派来灭明的。噢,还有好多好多马蹄子,似木桩子悬在半空中,看不清马身子。"

吴三桂听罢,心里咯噔一下,浑身起鸡皮疙瘩。哎呀,这天兵神将用的是什么武器呢?打了几十年仗,从未见过一头儿冒烟、一头冒火的家什,莫不是特意来收我的?他来不及多想,哆哆嗦嗦地赶忙跑下城楼,命部下大开城门,迎接天兵天将,向清军彻底缴械投降。

多尔衮没费吹灰之力、未动一兵一卒拿下了山海关,收编了吴三桂的全部人马,使得清军的力量更加壮大。从此,"大烟袋巧破山海关",在民间传为佳话。

李自成回到北京后,这大顺皇帝没有坐稳,又不得不撤出,转移到山西、陕西一带。顺治二年五月初四,他率领二十八骑上山观察地形时,遭到当地绺子的突然袭击而毙命,时年三十九岁。

崇德八年,爱新觉罗·福临继太宗皇太极帝位,六岁便进了山海关,自盛京迁都北京。据传,福临在登基坐殿那会儿,心绪十分烦躁,总是觉得不安,唯恐大清的江山不稳。一次早朝时,顺治帝环顾一下御前的文武大臣,言道:"朕每天上得朝来,都能听到身后有嗒嗒的马蹄声和清脆的马铃声,不知众爱卿听到没有?"

① 满语:天神。

群臣你看看我，我瞅瞅你，无一能答。于是静下心来，屏住呼吸，认真地听了半天，然后齐声儿说道："回禀万岁，臣等听不到所谓的马蹄声和马铃声。"

顺治沉思道："可真怪了，难道是朕的耳朵有毛病不成？这样吧，明天早上朕再上朝时，众爱卿仔细听听。如果听到蹄声和铃声，朕一定要问清那骑马者是何许人也！"

翌日一早，顺治按时上朝，众臣站立御前，无不侧耳细听。突然，那急促的马蹄声和清脆的马铃声又响了起来，顺治高声儿问道："何方人氏在朕的身后骑马呀？"

有人搭腔儿了："不必惊慌，乃二弟云长也！"

顺治回头看时，虽不见骑马人，但嗒嗒的马蹄声由远而近，丁零零的马铃声清晰可闻，文臣武将全听到了。

顺治高兴地说："好，好哇！有关云长将军在朕的左右坐镇，大清的万里江山就稳固了。为了感谢暗中护驾之举，大清的满洲人从明日始，永远供奉你的神像，以示敬仰之情！"话音刚落，马蹄声和马铃声随之由近而远地消逝了。

皇帝一言九鼎，自打那天起，满洲人开始供奉关公像。特别是到了年节，无论男女老少、大人小孩儿皆在关公神像前磕头、焚香，还要供奉财神，以求安民富国。后来，汉人也照此行之，并流布开来。

顺治入主中原前后，蒙古诸部的形势是，天命十年，成吉思汗之后裔林丹汗攻打科尔沁部，满洲八旗前去救援，林丹汗落荒而逃。皇太极登基，于天聪六年攻打察哈尔的林丹汗，林丹汗败走，皇太极追至青海返回。后来，林丹汗死于青海，皇太极得到元朝的传国玉玺。天聪十年，科尔沁等蒙古十六部赴盛京，请皇太极受尊号。皇太极称帝，改国号为"清"，将内蒙古分为六个盟，四十九个旗，盟长、旗主由皇帝任命。

外蒙古包括漠南、漠北喀尔喀、漠西和青海各部，相继臣服于清，然并未纳入清朝版图，只是朝贡关系，进"九白之贡"，唯漠西厄鲁特蒙古时叛时服。

厄鲁特蒙古，又称"四卫拉特"，包括和硕特、准噶尔、都尔伯特、土尔扈特四部。和硕特部兴起于青海，南下控制了西藏；准噶尔部兴起于伊犁地区，兵马众多，据天山南北，北上向外蒙古扩张；都尔伯特部势力较弱，依附于准噶尔部；土尔扈特部游牧于额济勒河，即伏尔加河流域。

顺治三年，和硕特顾实汗奉表于清，清廷命其管辖厄鲁特四部。顺治十年，赐金册、金印。然而此时，外蒙古的两朝贡之国喀尔喀和厄鲁特受到准噶尔的威胁，实力逐渐衰落，草场亦被准噶尔部抢光。准噶尔部暗中与沙俄勾结，沙俄以枪、炮换其毛皮，并支持准噶尔部巴图尔辉台吉的第六子噶尔丹传立为汗。

噶尔丹觊觎于大清江山，加上势力不断壮大，便起了背叛清政府，与其分庭抗礼的野心。在沙俄的怂恿和支持下，开始了肆无忌惮的民族分裂活动，将土尔扈特部逼到了沙俄境内。

康熙十六年，噶尔丹占领青海。翌年，噶尔丹重新夺回天山南麓回部。当时，沙俄的魔爪已伸入巴尔喀什湖以东地区，并派人策动叛乱首领噶尔丹进攻喀尔喀，以配合其在黑龙江地区的疯狂侵略。此刻，正是雅克萨战役之时，沙皇俄国军队遭到了清八旗兵的沉重打击。噶尔丹在沙俄大量火器、枪炮和军队的支持下，趁喀尔喀三部内讧之机，大举进犯喀尔喀。喀尔喀三部数十万民众投奔漠南，请求清廷给以保护。

康熙二十九年，彻底叛变的噶尔丹派出密使，请求沙俄代表柯罗文率领侵略军与其协同作战。柯罗文当然很高兴，在给噶尔丹的复信中表示，将以相应的行动支持他。

同年五月，噶尔丹倚仗沙俄为其撑腰，率叛军深入乌珠穆沁，康熙派出大将军福全率军出征。

康熙三十年正月，噶尔丹复掠喀尔喀。康熙命瓦岱为定北将军，驻张家口；郎坦为安北将军，驻大同；川陕总督会西安将军驻兵宁夏备之。

康熙三十四年八月，噶尔丹属下五百人阑入三岔河，肃州总官兵潘育龙尽俘之，拘于肃州。上命宗室公苏努、都统阿席坦、护巴领兵防之。

是年十一月，康熙下旨，命清军分三路备战噶尔丹。

康熙三十五年春正月，康熙下诏亲征噶尔丹。四月，上驻塔尔奇拉，谕曰："兹已抵边界，自明日始，均列环营。"前哨报噶尔丹在克鲁伦，遂命蒙古兵先进据河。五月，侦知噶尔丹所在，上率前锋先发，诸军张两翼而进，攻克鲁伦河。噶尔丹不信六师猝至，慌忙登上孟纳尔山，见黄幄网城，大兵云屯，漫无涯际，大惊曰："何来之易耶？"立马扔掉所有庐帐逃遁。上率轻骑追之，抚远大将军费扬古于丁昭莫多大败噶尔丹，斩级三千，噶尔丹领数骑逃往新疆。

七月初，噶尔丹得知康熙皇帝准备率大队人马赴木兰围场，于是做了充分准备，集合叛军三万一直向南朝着乌兰布通紧逼，妄图攻入京师，推翻大清王朝，扬言要"夺取黄河为马槽"。

话接前书。康熙听报后，牙关咬得咯咯响，策马登上山岗，向乌兰布通方向望了望，心里骂道："好个死有余辜的噶尔丹哪，诡计多端！当初你口口声声向朕称臣，并保证年年纳贡。今日竟勾结沙俄，认贼作父，步步南进，朕岂能容你！"随即调转马头下了山岗，命令道："暂停前进，埋锅造饭，就地扎营！雍亲王——"

胤禛跨前一步："儿臣在。"

"随朕来！"

父子俩走到一棵古松下，坐在旁边的树墩子上，康熙说："朕刚得急报，噶尔丹卷土重来，进逼京师。朕命你天亮之时，带上几名侍卫，保护温惠贵妃前往热河。到那儿以后，陪着她游览一下当地的名胜古迹，不必再来木兰围场了。"

雍亲王领旨道："儿臣遵旨，父皇多加小心才是。"

第二天，用罢早膳，康熙召大臣刘统勋、阿喇尼来见，说道："眼下军情告急，朕又不在京师，只能中止围猎。大队人马前往乌兰布通，观察那里的地形地势，以做好备战准备！"接着，向两位爱卿详细介绍了大敌当前的情况。

此刻，雍亲王带着侍卫和小顺子等人分别跨上马，护卫着乘坐棚车的温惠贵妃向热河疾行。康熙与刘统勋、阿喇尼走出黄幄，看着远去的棚车，心底的不安和焦虑消失了，回身上了御骑，率领文臣武将及兵勇朝西北方向驰去。

天近晌午时，人马到达瓮形的乌兰布通山下。"乌兰布通"是蒙古语，汉译为"红色瓮形小山"，俗称"红山"，乃一座孤山。峰顶高耸入云，峭壁犹如刀削，险峻挺拔。位于内蒙古克什克腾旗境内，距围场边境十五公里，距东北方向的旗府驻地八十二里，乃清初皇上出巡的要道，又是离京师出古北口，经木兰围场抵达内蒙古乌珠穆沁、喀尔喀车臣汗部、直达尼布楚的必经之地，所处地理位置十分重要。

康熙亲自登上乌兰布通峰顶，举目眺望，烟波浩渺，天高地远，四野茫茫，寂静无声。山南面是方圆几十里的大草原，西拉木伦河从中流过，像一条银色的飘带，时而隐入密林，时而现出弯弯的细流。再往南的辽阔大地上，蒲草丛生，满目净是泥淖和沼泽。东面地势虽然平坦，但面积不大，西面不远处是灰蒙蒙的沙丘。山北坡儿较为平缓，亦不陡峭，极易攀登。

康熙下了峰顶，向大臣刘统勋问道："此处距京师尚有多远？"

刘统勋答曰："回皇上，约七百里。"

康熙面冲东南方向又问："那条河叫啥名儿？"

"齐尔库勒河，即吐力根河，俗称大滦河上游的小滦河。"

康熙说："到岸边看看去。"

于是，大队人马向东南方向行进，不到一个时辰，便来至吐力根河岸边了。只见两岸地势平坦、开阔，一眼望不到边，便于扬鞭跃马。康熙立即下旨，命秋狝兵将在吐力根河西岸速速修筑屯兵的营寨，称之为"十二座联营"。

通过一天的地形地势考察，傍晚时分，康熙回到黄幄，深思熟虑后，开始调兵遣将，共下发了八道金牌。

第一道金牌：命各行宫备足粮草和帐篷等物，出动辎重车运往木兰围场"十二座联营"，五日之内必须赶到。

第二道金牌：命长兄裕亲王福全为抚远大将军，皇长子胤禔副之，率兵速离京师出古北口，七日内驻扎于吐力根河畔的"十二座联营"，严阵以待。

第三道金牌：任五弟恭亲王常宁为安北大将军，率兵出长城喜峰口，七日内抵达木兰围场的小滦河畔，内大臣佟国纲、索额图、明珠俱参军事。

第四道金牌：命内蒙和喀尔喀军队进行战前动员，听候指令。

第五道金牌：命宁夏[①]、归化城[②]、遵化屯戍军队，集结待命。

第六道金牌：命盛京及吉林乌拉驻军驰援科尔沁，违者斩！

第七道金牌：命察哈尔军队防护御马场，贻误者从严惩处。

第八道金牌：命兵部和直隶总督调整供军事运输和通讯联络的驿站，做好组织、安排、调运诸项事宜。

所下达的八道金牌，每两人传送一道金牌，共需十六人。个个骑着追风马，连夜起程，向各自的传旨目的地疾驰。

军情紧急，不断有传讯兵来报噶尔丹部的进程，一场大战迫在眉睫。清朝廷拥军十万，阻击噶尔丹部的三万人马，此乃举世闻名的两军交锋。康熙踌躇满志，信心十足，定将叛匪消灭在乌兰布通的土地上，以壮大军威，保卫大清的万里江山。

---

① 今银川。

② 今呼和浩特。

第八章 葛尔丹 乌兰布通遭惨败
佟国纲 为国捐躯英魂在

几天来，康熙下旨建的"十二座联营"进度很快，官兵们不辞辛劳，昼夜不停地轮换着干，到了第六日晌午，用于屯兵的营房顺利竣工了。

"十二座联营"坐北朝南，北依小山丘，南近吐力根河，分布在东西长五十六丈、南北宽十八丈的范围之内。自南向北搭盖三排大屋，每排十二间，地基均以黑土夯实筑成。康熙很是兴奋，与众臣到营房查看了一圈儿后，十分满意，说道："房舍虽然简陋，但能屯兵，可躲雨避风。而且距吐力根河近，人马用水不用愁，驻扎千八百兵将足矣！"然后转身去了库房，查验了部分帐篷和粮草，又道："各路大军今夜皆能陆续到达，所需之物，用辎重车加快运送。常言道：'兵马未到，粮草先行。'尔等切记，必须打有准备之仗，不可无故贻误战机！"

话音刚落，一匹快骥奔来，传讯兵高喊着："报——"到了跟前，翻身下马，禀奏道："皇上，葛尔丹现距乌兰布通百余里，军情十万火急！"

康熙不慌不忙地问："喀喇沁、翁牛特两旗兵马距此还有多远？"

"回皇上，两旗共计六千兵马，天黑之前就能赶到！"

康熙胸有成竹地说："好，兵贵神速，朕放心了！"

当康熙回到黄幄刚要歇息时，忽听守在门口的侍卫轻声儿向人解释："皇上累了，准备小睡一会儿……"

康熙立马冲幄外喊道："哪位呀？大战在即，有事儿可随时禀报，快进来！"

你道谁来了？原来全是康熙的至亲。一位是长兄裕亲王——抚远大将军福全，一位是五弟恭亲王——安北大将军常宁，另两位将军是其舅舅佟国纲和佟国维。

真是军令如山哪！自康熙发下八道调兵遣将金牌的那一刻，传令兵就紧催坐骑，飞奔于沿途的驿站、腰站、协站，一昼夜行程八百里，换马不换人，且不是按急、平传令，而是按"特急"送达金牌。

几位将军一进黄幄便跪叩在地，个个风尘仆仆，汗流浃背，康熙忙道："平身，赐座。诸将军以社稷为重，军令从事，疾驰抵达，辛苦了……"话未说完，五公主端静的夫婿——喀喇沁旗王爷宝音朝克图也急匆匆地赶来了。

康熙见到驸马，自然高兴，关切地问道："宝音朝克图，朕上次木兰秋狝时，公主说你身子骨儿不适，未能同她一起迎驾，近日如何，好些了吗？"

宝音朝克图回道："请父皇释念，本无大恙，早已痊愈。"

康熙笑了笑道："嗯，气色还不错，带来多少兵马呀？"

"回皇上，此次带三千骑兵。"

康熙点点头道："蒙古骑兵强悍威猛，骁勇善战，果然派上了用场。"然后扫视了一下在场的将军，又道："你们把所带兵马的人数也报上来吧。"

福全大将军禀道："皇上，奴才带三万兵马。"

常宁大将军禀道："皇上，奴才带四万五千兵马。"

佟国纲将军禀道："皇上，奴才与佟国维将军共带一万兵马。"

康熙兴奋地说："好，好啊！这八万八千兵马，再加上正在木兰围场秋狝的一万五千兵马，已超过十万大军了。养兵千日，用兵一时，就看诸位将军的战绩了！"

正这时，侍卫在黄幄外禀报道："皇上，雍亲王求见！"

康熙一愣："噢？胤禛咋不请自到呢？传他进来说话！"

雍亲王推门进幄，叩道："儿臣给父皇请安了！"

康熙不解地问："朕不是让你在热河陪伴温惠贵妃嘛，怎么……"

雍亲王说："回父皇的话，贵妃的饮食起居均好，游览兴致颇浓，又有侍女们的细心照料，请不必挂念。叛乱之徒噶尔丹快到乌兰布通了，儿臣无论如何待不住了，一心想返回前敌参战。贵妃那边已安排好了，多次叮嘱侍女们须悉心伺候，不可出半点儿差错，并要求侍卫们不得擅离职守。儿臣之所以连夜赶来，是想助父皇一臂之力，用木兰秋狝学得的功夫捍卫大清的江山社稷！"

康熙赞叹道："好一个热血男儿，有志气！是啊，国家安危，匹夫有责，朕心悦也！"说完传下口谕，命各路兵马在福全大将军的率领下，奔向右侧不远的石质山。山不大，宽约五十米，高约三十米，左侧有羊肠小道，可攀缘而上，是个好去处。此地海拔一千九百多米，一山孤耸，四野空旷，周围是一片莽莽苍苍的林海。

康熙登上山顶，望着眼前的猎猎战旗，全副武装的兵勇，鼓舞士气地大声儿说道："将士们，叛匪首领噶尔丹调转枪矛向我大清袭来，大战在即，迫在眉睫！朕任命福全大将军为剿逆大元帅，常宁大将军为副帅，佟国纲、佟国维、宝音朝克图为福全大将军的部将与谋士，率十万兵马全力迎击叛军！"

顿时，军情激奋，斗志昂扬，齐呼：

"活捉噶尔丹！"

"把叛匪消灭在乌兰布通！"

"保卫大清江山，视死如归！"

呐喊声伴随着滚滚的松涛声，响彻旷野山谷，震撼万里苍穹。

康熙接着说道："朕深信，尔等都是忠于大清的。'将'，皆是久经考验的睿智指挥者；'兵'，皆是通过木兰秋狝锻炼而成的英勇善战之斗士。若发现有违反军纪者、畏缩不前者、临阵脱逃者、贻误战机者，一律军法处之，定斩不赦！朕脚下这座山冈，既是'练兵台'，又是'点将台'。今天，兵也练了，将也点了，单看尔等传来捷报了，出发！"

万没想到，就在这个节骨眼儿上，康熙因发高热躺倒了。

七月二十九日，噶尔丹的三万兵马步步紧逼，接近乌兰布通。八月一日清晨，清军在方圆四十里的范围内，向乌兰布通推进。雪亮的战刀，在晨曦下闪闪发光；飘舞的龙旗，在朝霞的映照下迎风招展。福全大将军下令，于阵前设置鹿角枪和火炮，十万兵马列队前进，乌兰布通之战在火炮的轰鸣声中打响了。

噶尔丹最先占领了山头儿，凭借居高临下的优势枪炮齐发，噼噼啪啪声不绝于耳。福全令鸟枪营、火器营加速前进，到了指定地点后，子母炮、铁心炮一齐向噶尔丹阵地射去。刹那间，尘土飞扬，呼啸的炮弹将乌兰布通山顶炸得乱石横飞。

噶尔丹见伤亡惨重，急令将山下的二百多头骆驼牵到前沿阵地，于山峰左右两侧布下了"驼城"，拼命顽抗。说起"驼城"，它在两军对垒时，确实管用。即用布将骆驼的四蹄裹缠上，让其卧倒在地，再拿来浸湿的毛毡蒙在骆驼身上。湿毡上又加了箱垛，环列如栅，作为掩体，犹如骆驼组成的城墙。噶尔丹利用"驼城"作为掩护，肩扛沙俄支援的滑膛枪等武器，向清军发起了猛烈进攻。

此刻，清军分为左右两翼，在龙旗的引领下，奋力向北推进。就在常宁将军带骑兵从右翼围剿时，却被泥沙挡住。而佟国纲、佟国维率领士卒从左翼沿萨里克河畔前行时，同样也被西拉木伦河所阻。

战马嘶鸣着，四蹄陷在泥潭中拔不出来，没法儿迈步。喀喇沁旗王爷宝音朝克图看在眼里，急在心里，遂带领骑兵挥舞着雪亮的战刀向"驼城"冲去。突然，宝音朝克图胸部中箭，一头栽下马来，躺在血泊中。随之十几匹坐骑一块儿往上冲，又遭叛军的滑膛枪射击，纷纷落马。

战斗进行得异常激烈，"驼城"终于被清军的大铁炮摧毁，骆驼的腿和头被炸得飞上了天空。雍亲王胤禛单骑冲入敌阵，生擒了噶尔丹的儿子多尔济赛卜腾，命侍卫将叛徒之子押解下去。

两天两夜的苦战紧张而激烈，旗如彩云，箭如飞蝗，枪炮声震耳欲聋，喊杀声撼天动地！前有重将宝音朝克图率兵闯出血路，后有雍亲王九死一生俘获多尔济赛卜腾，敌对双方可谓杀红了眼。

这时，康熙的舅舅佟国纲置危险于不顾，亲自点燃了大铁炮的炮捻儿，火花哧哧地燃烧着，轰的一声巨响，将乌兰布通山炸成了两半儿。一半儿腾空而起，飞出老远方落到地上，形成了"小红山"。另一半儿仍在原处，成了"大红山"。由于铁炮的后坐力大，炮响之时，炮尾处蹾成一个深深的圆坑，咕嘟咕嘟地冒出水来。正当佟国纲再次往炮膛里装药时，不幸被一颗滑膛枪子弹击中，射穿胸膛，壮烈牺牲了。

佟将军之死，更加激发清军将士复仇的决心，从白天到黑夜，一直鏖战到天亮。噶尔丹分兵据守在大红山，声嘶力竭地指挥着，做最后的垂死挣扎。

身在波罗河屯坐镇指挥的康熙帝得知此情，实在按捺不住了，起身就要披挂上阵。身边的两个太医扑通一声跪地劝道："皇上的龙体贵重，眼下尚有高热，脉象沉迟，万万不可亲征啊！"

康熙怒斥道："休得阻拦！大敌当前，朕在后方如何能指挥战斗……"话未说完，双脚站立不稳，两眼发黑，身子直摇晃。幸亏太医急忙扶住才未摔倒，无可奈何地打了个唉声，重新躺在龙榻上。

叛军经过三天的较量，伤亡已过大半，三万人马只剩两千，面对强大的清军，已是欲战无力、欲撤不能。然而噶尔丹十分狡猾，趁着夜色深沉，偷偷派出老喇嘛济隆胡图克图，带着弟子七十二人前往康熙皇上的长兄——裕亲王福全大将军大帐乞降。

一行人紧走忙赶，悄悄儿进入清军统帅帐内，跪在福全面前。济隆胡图克图开口道："大将军，老衲携弟子前来，代表噶尔丹向统帅求降了！"

福全厌恶地一甩袖子问道："那叛逆之贼为何不亲自来呀？"

济隆胡图克图回道："噶尔丹身负重伤，动不了了！"

福全不屑地顺嘴给了一句："可将逆贼抬着来嘛！"

济隆胡图克图说："大将军何出此言？两军对阵，胜败乃兵家常事。噶尔丹时下流血不止，生命危在旦夕，怎可将他抬到大统帅的帐中？老衲只能按噶尔丹之命，当面儿向大将军请罪，阿弥陀佛。"

听起来，老喇嘛似乎叨着理了，福全一时无言以对："这……这……"

济隆胡图克图接着又道："今儿个是老衲领着众弟子前来求降的，也完全是噶尔丹的意愿。双方征战，死伤惨重，致使妻离子散，家破人亡，此仗绝不能继续打下去了！老衲七十高龄了，为普度众生，还厚着脸皮特来乞求统帅罢手，羞愧也！阿弥陀佛。"

福全大将军低头想了想，竟鬼使神差地相信了老喇嘛凭借三寸不烂之舌编造的谎言，随即命令道："暂且勿击！"

指令一经传下，清军将士哗然，原本旺盛的士气顿时减弱了。加上福全等人有些疏忽，对叛匪没有严加戒备，结果噶尔丹带领残部趁夜色从北山坡儿仓皇西逃了。

康熙闻讯后，怒拍龙案而起，可谓一悲、二喜、三气呀！悲的是舅舅佟国纲、皇婿宝音朝克图尽管是为国捐躯的，但死得太可惜；喜的是雍亲王生擒噶尔丹之子多尔济赛卜腾，大伤了逆贼的元气，一时半会儿翻不过身来，乌兰布通之战，不仅检验了以往参加木兰秋狝官兵所掌握的技能，也发挥了就地作战的优势；气的是长兄福全大将军不该轻信老喇嘛的一派胡言，中了噶尔丹所施的诈降之计，放松警惕，使得本应取得彻底胜利的乌兰布通之战不得不草草收兵。此时此刻的康熙皇上，真是欲哭无泪、欲笑无声、欲言无语，一切皆已太晚了。

由于清军统帅福全大将军听信谎言，贻误战机，造成放虎归山，后患无穷，康熙谕旨，从即日起，停止其三年俸禄，以示处治。旨下，康熙难过地说："乌兰布通之战，清军虽然取得了重大胜利，但朕的舅舅佟国纲不幸阵亡，朕的皇婿宝音朝克图也壮烈殉国，五公主端静如何受得了哇！"悲愤至极，从箭囊中抽出一支响箭，箭搭弓弦，仰头嗖的一声射向天空，大叫道："苍天哪，告诉朕，为什么夺走那能征善战的舅舅？若是有眼，总该保住朕的爱将性命啊！"

文武群臣及兵勇们也都为大将军的死恸哭不止，直哭得天上的飞鸟收了翅，地上的百花低了头，水中的游鱼沉了底。个个举弓搭箭，连连向苍穹射去，密密麻麻的箭羽发出呜呜的响声，似悲痛的哭声，在空中灼灼闪光，天地骤然出奇地明亮。当再落下来时，地面被扎成无数的小孔，并由孔中涌出清澈的水柱，形成一簇簇的泉眼！霎时，轰隆隆的雷声滚过，哗啦啦地下起了瓢泼大雨。康熙心想："国纲舅舅，死得值啊！你是为保卫大清王朝的江山，苦战叛军头子噶尔丹献出了宝贵生命，英雄行为感动了苍天和大地呀！听见了吧，老天为你落泪，大地为你号啕，以此怀念心中不死的大将军哪！"

从此，吐力根河上游水源之处以及练兵台下的众多清泉眼，起名儿叫"星星泉"。每个泉子都是一只明亮的眼睛，它昭示后人，先祖为社稷的永固、百姓的安宁献身，死得其所！星星泉年复一年地流淌着，带走了乌兰布通大战的呐喊之声，带走了君臣、将士们的无比悲痛，波光中映现着康熙皇上护灵的感人情景……

原来，当年康熙曾对群臣动情地说："乌兰布通之战，将载入大清王朝的征战史册，闻名于世界！朕决定，亲自护灵，送佟国纲大将军一路抵达京师，以表朕爱将心怀，永记甥舅之情！"

于是，康熙命名匠打造了两口柏木棺椁，一口装殓皇婿宝音朝克图，由喀喇沁旗的骑兵运往旗府；另一口装殓舅舅佟国纲，择选黄道吉日，亲自护灵运往京师。

起程那天清晨，只见佟国纲点燃炮捻儿放炮的地方，被大炮后坐力蹾成的大坑涌出了很多清水，渐渐形成了一大片水泡子。康熙看着看着，眼圈儿红了，深有感触地说："是鲜血染红了这片水，应该有个名儿，就叫'将军泡子'吧！"

一道儿上，康熙骑马在灵柩前面引路，走一程，回头喊一声："佟大将军回来了——"四周的群山峡谷也发出同样的喊声："佟大将军回来了——"

又走了一程，康熙回头喊道："佟大将军，快些走啊，咱们要回京师喽！"

身后的柏木棺材里，及时回应着康熙的呼唤："佟大将军，快些走啊，咱们要回京师喽！"

康熙顿时觉得佟大将军虽已离世，但灵魂还在，真可谓虽死犹生啊！

整整一路，康熙回头呼唤佟大将军九百九十九次，佟大将军答应了九百九十九次。当兵勇们抬着灵枢快到长城古北口时，山岭不多了，道路变平坦了，康熙再次回头呼喊道："佟大将军，京师就要到了，快些走啊！"

说也奇怪，不管康熙怎么喊，身后的棺木却没有回声了。

这时，抬着灵枢的兵丁忽然间感到沉重了许多，立马满头大汗，气喘吁吁，身子左右摇晃，两脚站立不稳，肩上的灵杠嘎巴嘎巴山响，眼见几十根大杠要被压断了。

随驾护灵的大臣刘统勋见此一惊，连忙轻声儿禀道："皇上，灵杠嘎嘎作响不是无缘无故的，其中必有原因……"

康熙打断道："噢？依爱卿看，何因哪？"

刘统勋说："微臣以为，佟大将军是位忠勇之将，最后献身乌兰布通沙场，一定是不愿回京师了。"

康熙听罢，若有所思，侧过头问随驾护灵的佟国维："大将军一直沉默不语，朕深知舅舅的心情，能不能说出来？"

佟国维咳了一声，终于开口了："皇上，奴才以为刚才刘大人所言极是。兄长的威猛之躯献给了大清王朝，看来是愿意永远留在木兰围场，忠魂保国！"

康熙不解地问："何以见得？"

佟国维回道："奴才见皇上一路呼唤佟大将军快些回京，偏偏在经过古北口时，却不应声了，显然是希望留在塞外。皇上，这不能说佟国纲抗旨不遵吧？"

康熙摇摇头道："忠勇之将，一心保国，朕怎能看作是抗旨不遵呢？"说着，又回过头冲棺椁答应道："佟大将军哪，既然不愿回京，朕准了，将你的英魂留在塞外木兰围场，只把尸身运回京师吧！"

话音刚落，抬灵枢的兵丁顿时感到轻多了，灵杠也不嘎嘎作响了。

佟大将军的尸体运抵京师后，转天，朝中上下人等为他举行了隆重的葬礼。康熙传下旨意，派人在乌兰布通附近的内蒙古多伦修建一座城隍庙，为佟国纲塑尊泥像，焚香祭拜。

其后，康熙每年到围场木兰秋狝时，总要专程去多伦城隍庙看看舅舅，以寄托自己的哀思。

第九章　鹿花坡　童男玉女泪成泉
　　　　望妻归　伊逊河畔现石人

　　乌兰布通之战结束后，在木兰围场周围的百姓中，流传着两段凄婉的爱情故事，述说了"伊逊河"及"石人"的由来。

　　话说乌兰布通之战的前一年夏末，康熙皇帝带领文武大臣和各少数民族的王公、贵族、侍卫、虎枪手，还有伊似娘娘、悦香公主，宫女及大队人马前往木兰围场狩猎。到了塞罕坝下的门图阿鲁行宫附近时，放眼一望，山更高、谷更深了。"门图阿鲁"系满语，汉译为寂静的阴坡，是一条东西走向的小山沟儿。此处山连山，岭套岭，风景优美。沟口儿两边的山包处，生长的全是红松，像一把把撑开的巨伞。沿着曲折的山路前行，满目青翠，榆树、古松、白桦、山杨一棵连一棵，枝繁叶茂，在秋风中摇曳。再往高处走，便是蛤蟆峰，背后乃山花烂漫的鹿花坡。

　　康熙一行刚来至鹿花坡，忽然从坡的深处跑出一群梅花鹿，悦香公主赶忙翻身下马，兴奋地仰头冲康熙说："父皇，这里的梅花鹿太多了，正好过把瘾，请准允孩儿张弓吧！"

　　康熙看了一眼心爱的公主和宫女们，寻思道："女孩子来塞外打猎的机会不多，梅花鹿自己送上门来，不妨由着她们吧！"于是答应道："好吧，归尔等射了，借此也好检验一下智慧与胆识！"

　　悦香听罢，一骗腿儿上了马，对众宫女说："丫头们，万岁准允咱们出列了，一起出手吧！"

　　话音未落，春杏、夏荷、秋菊、冬梅、翠珠、兰香等六个宫女已箭搭弓弦，正要放箭，忽地刮来一股强风，随之从密林中蹿出一只猛虎，张着血盆大口闪电般朝悦香公主扑来！

　　"哎呀，不好！"悦香惊得一声喊，宫女们惶恐不已，纷纷后退。

　　说时迟，那时快，就在这个节骨眼儿上，不知从哪儿嗖地飞来一支响箭，不偏不倚，正中老虎的右眼。老虎"嗷嗷"吼了两声，似山崩地裂，蹿起老高，站立不稳，一头栽下山涧，四腿蹬了几蹬没气儿了。紧接着，不远处传来一声关切的问话："公主，受惊了吧？"

悦香拨马定睛细看，几米之外站着一位手牵缰绳的公子，浓眉大眼，威武英俊，正目不转睛地打量着自己呢！

悦香公主今天打扮得非常漂亮，穿一身儿葱绿结蝶花儿的金边儿紧身战衣，腰挂弓箭，骑着枣红马，粉红透白的瓜子脸上，长着一双水灵灵的大眼睛，炯炯有神。她两眼一眨不眨地盯着小伙子，问道："公子，请问射中老虎右眼的利箭是你所发？"

小伙子坦言道："还是功夫不到家呀，也是老虎命该绝。方才正赶上老虎突袭公主，本想一箭使其毙命，却中了它的右眼，让公主见笑了！"

悦香抿着小嘴儿笑了笑，轻声儿道："哪里，公子过谦了！老虎若不是中了一箭，怎能疼得又蹦又跳又吼地栽进涧谷呢？老虎活活摔死了，我和宫女们才得救了，多谢公子援手，敢问尊姓大名？"

小伙子回道："公主，不必言谢，我是翁牛特旗府王爷之子扎西拉木索，此次的差事是跟随父王陪伴皇上木兰秋狝。曾听父王说过，悦香公主不但容貌超群，聪明伶俐，而且能骑善射，还精通诗词、歌赋、五音、六律、丝竹、管弦，乃奇才也！"

悦香不好意思地说："再善射，也险些死在猛虎的口下呀，亏得公子相救！"

扎西拉木索连连推却道："区区小事，不值一提，尽人皆可做。"

站在一旁的贴身侍女春杏见公主同公子越唠越热乎，一时半会儿没有走开的意思，便借故问道："公主啊，我们几个没看过东面的古松林，先去了行吗？"

悦香挥挥手道："行啊，去吧，快去快回！"见宫女们连说带笑地跑远了，方回过头来，心里琢磨开了："平时春杏常说，翁牛特旗王爷的公子剽悍潇洒，文武双全，机智过人，箭法了不得。今日伴驾木兰秋狝，与其相遇，真是百闻不如一见。关键时刻，射中猛虎，救了本公主和宫女们一命，看来这是缘分哪！"想着想着，不由得产生了爱慕之情，便羞答答地试探道："公子，问一句不该问的，不知有无家室？"

扎西拉木索脸腾地红了，舌头似乎不听使唤了，结结巴巴地说："我……我还没有妻室。父王一提起来就着急，唉，一直是……低门不成、高门不就哇！"

两人骑在马上按辔徐行，越聊越投机，越投机越感到相见恨晚，那个亲热劲儿很像草原上的鸿雁，形影不离了。

天快黑时，春杏等宫女陪着公主回到门图阿鲁行宫安歇，扎西拉木索住进了距行宫不远的军帐。

这一夜，扎西拉木索也好，悦香公主也罢，皆翻来覆去睡不着，盼着快些亮天，好能再见上一面。

东方露出鱼肚白时，悦香实在躺不住了，遂起身穿衣，跑到蛤蟆峰观看晨曦的风光。嘿，要说真是巧了，扎西拉木索正在蛤蟆峰下的鹿花坡练剑呢！见悦香来了，赶忙迎上去问候道："公主早安，昨晚睡得好吗？"

悦香扑哧一笑说："哟，还问我呢，一看公子的眼睛就知道也是一夜未眠，对不对？"

扎西拉木索深情地看着悦香，四目相对，开心地笑了。两人肩并肩坐在大松树下的青石板上，唠起了知心话儿，此情景，恰巧被在山坡上练太极拳的郭继功看见了。

郭继功何许人也？乃宫中的老太监。几十年来，不仅伺候皇上，也关照后妃，没有功劳，还有苦劳。这天是他的生日，康熙又是一位尊老爱幼的皇帝，故而打算为其庆贺六十大寿。皇上亲自祝寿，郭继功心里这个高兴啊，故而今晨起得特别早，来到山坡儿爽爽心，练练健身的拳术。当发现悦香公主和扎西拉木索私下接触时，立马愣住了，这还了得？不是伤风败俗嘛！看在公主的面子上，知道不好向外嚷嚷，只能暗暗记在心里。

傍晚，门图阿鲁行宫响起了号角，显然是为郭继功庆寿召集人哩。院子里篝火熊熊，灯光闪烁，酒宴十分热闹。康熙端坐首席，同王公、大臣吃着燔烤的新鲜兽肉，喝着香醇的美酒，笑着致贺道："今晚于行宫外举行野宴，是为给郭老公公过六十大寿。在木兰秋狝中，为公公祝寿，大清史上还是第一次。请尔等共同举杯，为他敬酒，以示祝福！"

说实在的，王公、大臣给太监敬酒，在清史上确实是破例了。不过，皇上事先有言，谁敢不从呢？可见，康熙与郭继功的感情很深哪，不一般！

轮到扎西拉木索为郭继功敬酒时，由于心里正想着悦香公主，一走神儿便失了手，酒杯掉在地上了，"啪"的一声摔了个粉碎。小肚鸡肠的郭继功非常生气，刚想发作，可皇帝在场，敢说什么？不得不勉强装着笑脸儿，心里却思谋开了："祝寿的宴席上发生了这等事，实在太不吉利了。看来扎西拉木索是故意摔杯，意在折我的阳寿，兔崽子，等着瞧，便宜不了你!"

酒过三巡,康熙扫视了一下在座的各位,说道:"此次木兰秋狝,朕特意查看了塞罕坝的地形地势,登上了乌兰布通顶峰。由于近一年多来,噶尔丹部蠢蠢欲动,风声很紧,朕准备率十万兵马直奔乌兰布通,阻击叛乱。诸位将军、大臣和各旗王公们,对调动官兵有何高见哪?可畅所欲言!"

郭继功见有机可乘,看了看一脸窘态的扎西拉木索,又瞅了瞅一言不发的悦香公主,小心翼翼地问道:"皇上,老奴可否说上一二?"

康熙准允道:"好嘛,尽管讲来。"

郭继功扑通一声跪在地上,鼓了鼓老婆嘴奏道:"圣上,翁牛特旗府的王爷父子称得上智勇双全、能征善战,大敌当前,正是显露能耐的时候。老奴之意,能否让他们二人随军参战?"很显然,郭继功一心想让王爷父子赴前杀敌,他认为此次平叛是场恶仗,说不定会死在沙场,既可报扎西拉木索打碎祝寿的酒杯之仇,也可从此拆散他与悦香公主的姻缘,以解心头之恨。

康熙听罢,认为讲得没错,平叛噶尔丹部叛乱需要大批勇猛的将士,好钢得用在刀刃上,便点了点头表示赞同。

悦香公主见皇阿玛应允了,心想:"捍卫大清江山,匹夫有责,我与扎西拉木索至爱至诚,心心相印,乃天作之合。今生今世,活就活在一起,死就死在一块儿,永不分离!"遂提出同赴疆场,望父皇恩准。

郭继功哪肯放过,抱定了不达目的决不罢休的决心,忙又奏道:"圣上,塞罕坝是大后方,比较安全。伊似娘娘就留在门图阿鲁行宫吧,身边总得有人陪伴呀,最合适的当然是悦香公主及宫女们了。因此,老奴以为,公主无论如何不能走。"

康熙喝了一口酒道:"嗯,言之有理。悦香啊,眼下打仗不缺你一个,老老实实待在这儿吧。"

军情瞬息万变,第二天,康熙突接传报,噶尔丹率叛匪向乌兰布通进发!备战必须练兵,随皇上围猎的清军将士立即整装离开了门图阿鲁行宫,翁牛特旗府王爷父子也在其中。

自从扎西拉木索走后,悦香公主日夜思念公子,吃不下睡不安。八月十日的晚上,悦香步出行宫,抬头凝望着天上的明月,不禁流下了热泪。谁知冷风一吹,身子骨儿着了凉,回屋不久便烧得浑身滚烫说梦话,时不时地呼唤着心爱的扎西拉木索。伊似娘娘见女儿病势沉重,忙命小太监阿宝骑上追风快马，连夜去请郎中。

大约过了一个时辰，郎中进了行宫，来到卧榻前为公主把脉。号完左手号右手，又看了看舌苔，言称此病是由于郁闷伤情、外感风寒所致，需注意调养，然后开了药方。

小太监去药铺抓回了药，由宫女伺候公主服下，却不见好转，悦香自感越来越虚弱。

几个昼夜过去了，伊似娘娘眼瞅着悦香一天不如一天，性命难保，心疼得直掉泪。宫女们急得团团转，唉声叹气，一筹莫展。一日，公主强打精神睁开眼，有气无力地对守在身旁的伊似娘娘说："您不要难过，女儿的病恐怕好不了了，或许命该如此。您生养、疼爱孩儿一回，没能尽孝，实感惭愧呀！有一事未曾禀告母后，此次狩猎，孩儿有了心上人，多了份儿牵挂，他就是翁牛特旗府王爷的公子扎西拉木索。唉，多想能见上一面哪……我死后，不要运到京师安葬，就埋在与公子相识相恋的蛤蟆峰下的鹿花坡吧，孩儿将永远守护在那儿。"

悦香毫无保留地和盘托出了自己对公子的情意，特别是那临终嘱托，让伊似娘娘极为感动。遂派人飞马去找正在操练的扎西拉木索。要他无论多忙，务必速速赶回门图阿鲁行宫，最后看一眼悦香，了却公主的心愿。

由于路途远，两天后的傍晚，扎西拉木索才接到悦香病危的信儿。当策马疾驰返回门图阿鲁行宫推开大门时，公主眼含热泪刚刚咽了气，从屋里传出伊似娘娘撕心裂肺的哭声……

悦香的离去，对扎西拉木索的打击实在太大了，有如头顶响起一声炸雷！他放声号啕，几近昏厥，捶胸顿足地恨自己回来晚了，没能圆公主的心愿。

八月二十六日，门图阿鲁行宫的所有人等前往鹿花坡，安葬了悦香公主。扎西拉木索难以自制，趴在坟头儿恸哭不止，谁也劝不住。眼泪流啊流，守了七天七夜，流了七天七夜。

说也奇怪，悦香公主下葬的第八天，鹿花坡山脚下的沟旁忽然出现了两个泉眼，泉水清澈，汩汩地涌流，成年累月逐渐形成了一条弯弯曲曲的长河。据传，这条水流的名字叫伊逊河，是扎西拉木索和悦香公主的眼泪汇集而成的。

打那以后，扎西拉木索郁郁寡欢，终生未娶，孤独一人，蛤蟆峰下的鹿花坡留下了他无数的足迹……

再给各位阿哥讲讲石人的由来。伊逊河东岸的下游不远处，横卧着一座南北走向的大山，向阳的山坡儿矗立着一尊石人，形态同真人毫无两样，石人的故事流传甚远。

石人有名有姓，姓佟名拴虎，满洲正黄旗人，父母早亡，乃康熙年间护卫木兰围场的兵丁。白天，他在大山周围巡逻，防止有敢冒天下之大不韪者偷猎皇家猎苑的珍禽异兽；夜晚，睡在搭于山坡儿的帐篷里，孤独寂寞地苦熬岁月。

七月的一天晌午，骄阳似火，一丝风没有，闷热闷热的。佟拴虎担着木筲下山提水，见三个美丽的女子正在伊逊河里洗澡，还不时地嬉戏。他臊得不敢抬头，心怦怦直跳，只打了半筲水便上山了，撩起挡帐篷的帘子，将水哗啦啦倒进缸，边倒边寻思："三个年轻女子从哪儿来的呢？胆儿忒大了，不要命了？木兰围场可是皇家猎苑哪，官府曾三令五申，严禁黎民百姓随意进围。抓住私闯皇围的，轻者发配边疆，重者判'红碴子罪'，得掉脑袋呀！"越想越不安，很是担心三个女子遇到什么不测。唉，不如干脆再下趟山，将她们劝走算了。

佟拴虎出了帐篷就往山下跑，跑着跑着，忽然从河边传来一阵叽叽嘎嘎的笑声。抬头一看，原来美女已上了岸，个个手提彩篮儿采野花哩！

佟拴虎走到她们跟前时，眼前腾地升起了三朵彩云，美女们随之不见了。三朵彩云时而分离，时而聚拢，其中的两朵飘飘停停，停停飘飘，向着天际飞走了。剩下的那朵围着佟拴虎飘来转去，忽上忽下，不肯离开。

这时，就听一个女子开腔了："孤单的拴虎哥呀，你日夜守护在塞外的深山老峪，好可怜哪！"只听说话，不见人影儿，一会儿工夫，那朵彩云也不见了。

拴虎此刻可谓丈二和尚摸不着头脑，正愣神儿呢，身后传来了说话声："嘻嘻嘻，拴虎哥，我在这儿呢！"

拴虎转身一瞅，哎呀，一位亭亭玉立的漂亮女子冲自己乐呢！她身着绫罗旗袍儿，外罩小云子勾纹的缎子坎肩儿，头顶儿梳着发髻，脚穿木底儿鞋，看装束便知，乃地地道道的满洲格格。

格格上前一步说："拴虎哥，我是天上玉皇大帝的小女儿。今日和两个姐姐偷偷下凡，见你一个人在这里护围，闲时跟大山、树木说话，实在是孤苦啊！小女愿留下来，与哥哥昼夜相伴，为你缝衣做饭。况且木兰围场满目翠绿，鸟语花香，景致很美，胜过天庭，我决定不回去了！"

佟拴虎听了，又高兴又害怕，一时不知如何是好。高兴的是难得有位善良、美丽、多情的女子陪在身边，知疼知热，从此再不孤单了；害怕的是要被皇上知道了，必扣上护围失职的罪名，不掉脑袋才怪呢！

格格见拴虎犹豫不决，扑哧一笑，遂蹲在地上插草为香，起身掸了掸丝衣，挽住拴虎一拜天地，二拜父母，两人对拜，然后拉着拴虎的手乐呵呵地往山上走。没迈几步，就听伊逊河西岸传来一阵人喧马嘶声，拴虎回头一看，心里猛地一惊，吓得妈呀一声！只见远处烟尘滚滚，皇上带领大队人马狩猎归来，想躲避已经来不及了。

格格见拴虎脸色突变，满头冷汗，忙轻声儿安慰道："夫君，别害怕，妻宁可一死，绝不与你分离！"

拴虎叹了口气道："唉，妻呀，你哪里知道，擅自进入皇围是要杀头的！"

说话间，康熙来到跟前，佟拴虎扑通一声跪在地上叩道："皇上驾临，奴才有失远迎，万望恕罪！"

康熙坐在御骑上，怒斥道："朕设立木兰围场以来，从未听说有胆敢私自入围者，更没发生过护围兵与女子厮混之事。哼！你这奴才，该当何罪？"

拴虎刚想解释，格格接了话茬儿："小女与佟拴虎订下终身，有山水为证，有大姐二姐做媒，怎能说成是厮混？"

康熙举起马鞭一指道："哪儿来的民女，好个伶牙俐齿，私闯皇围且不说，见朕不跪，还敢顶撞，胆儿不小哇！"

格格毫不示弱，据理力争："我是他的妻，他是我的夫，来山上看望自己的郎君乃人之常情，难道这也算私闯皇围吗？又犯了大清的哪条戒律？小民的命轻，即使被判刑、坐牢，我与佟拴虎的恩爱至死不渝！"

康熙听罢，觉得此女不一般，是非分明，脸上的怒气随之一扫而光。正在这个节骨眼儿上，晴朗的天空忽地刮起了大风，使人难以睁眼，站立不稳，好悬没把康熙从马背掀到地上。

原来，天庭的玉皇大帝发现小女儿不见了，便传令大女儿和二女儿进宫。经严加审问，方知小女儿已私奔凡间，与守护木兰围场的兵丁佟拴虎结了婚。当即气得大发雷霆，派雷公、云母、天兵天将速速下界，捉拿其回归天宫。顿时，一道道闪电、一声声响雷、一阵阵狂风接踵而至，搅得天旋地转。小格格一声惨叫过后，踪影全无，康熙的大队人马刮出二十里以外，佟拴虎摔到伊逊河东岸的山坡儿上，四周立刻静了下来，无半点儿声息……

拴虎思念格格，白天护围，夜晚待星星出全时，便站在山坡儿上仰望着天空，一声接一声地呼唤妻子。到了冬季，虽然气候寒冷，但不改初衷，依然如故。纷纷扬扬的大雪落在身上，一层又一层，他一动不动。脸冻紫了，手脚冻僵了，衣服结成冰了，盼哪，等啊，仍不见格格回来。大年三十晚上，天冷得出奇，东方泛白时，佟拴虎变成了一尊石人。

初一头晌，小格格趁玉皇大帝酒醉之机，偷着溜出天宫，来到人间。急急忙忙跑上山一看，昔日的郎君不见了，取而代之的是伊逊河畔东山坡儿一尊冷冰冰的石人。她伤心至极，搂着石人丈夫哭哇，叫啊，喊呀，可拴虎听不见了，再也不能说话了。小格格哭着哭着睡着了，一翻身变成了洁白的天鹅，先在伊逊河上空盘旋，又到石人身边轻轻鸣叫："拴虎，拴虎，我的夫，快快醒来吧！"

拴虎离妻而去，醒转不过来了。忠诚于爱情的白天鹅不忍舍夫返宫，发出一声声哀叹，凄婉的叫声感动着前来秋狝的清军将士。从此，他们每当看到那只素洁的白天鹅在伊逊河畔东山坡儿栖息时，就想起这个动人的故事。

如今，象征爱情的石人仍在围场县四合永镇以东的伊逊河畔矗立着，望眼欲穿盼妻归。

第十章 ｜ 幸木兰　多伦会盟结硕果　返归途　游览风光遇汤泉

康熙三十六年初春，乍暖还寒，康熙正在看城上观猎，忽有大臣阿喇尼禀报："皇上，漠北喀尔喀部数十万民众投奔漠南而来！"

康熙侧过头问道："这是为何呢？"

阿喇尼说："由于战乱，使得民不聊生，日子十分困苦。他们请求清廷调集大批粮食、茶叶、布匹、马、牛等，给以赈济。"

康熙起身走下看城，命阿喇尼："马上尽全力赈济，让百姓有个安身的地方，抓紧解决生活之所需。"阿喇尼领命，"嗻"的一声去了。

康熙回到黄幄后，仍不放心，躺在龙榻上思谋开了："黎民不得安宁，生活贫困，与噶尔丹部叛乱和多年来的横征暴敛有关。虽然噶尔丹元气大伤，但仍需防患于未然，要有些措施方可。嗯，是了，不妨在多伦①诺尔②举行一次会盟。只有将北方各少数民族的首领拧成一股绳儿，才能真正达到绥靖蒙古，'防备朔方'，永固大清江山之目的。"想至此，传下旨意："此次木兰秋狝，转路多伦诺尔，举办多伦会盟。"

转天一早，康熙御驾在前，大队人马紧随其后，向西北方向进发，当进入一片水草丰茂的地域时，已距多伦不远了。又走了一天，地势相对平坦了，天气却变得冷丝丝的，人马感到十分疲惫。康熙口谕，令将士们不可懈怠，继续前进，若有列队不整者，私下抱怨者，严惩不贷！

大臣阿喇尼关切地提醒道："皇上，此地气温较低，望多多注意保重龙体呀！"

康熙笑道："爱卿，不必为朕担心。立即传旨，命内扎萨克四十九旗、外蒙古漠北喀尔喀三部行会阅礼，朕要与他们面见。"

两个时辰后，大队人马抵达多伦诺尔，人们早已聚集在那里。隆重

---

① 蒙古语：七。
② 蒙古语：泊。

的盟会开始后，康熙很是激动，起身说道："今日召内扎萨克四十九旗、漠北喀尔喀三部行会阅礼，规模空前，朕心悦也！此次君臣会面，其意就在相互沟通，各族兄弟常保和谐，臣服大清王朝。时下，大家抱成一团，结为联盟，一致对外，众志成城，共为藩篱以策邦国的长治久安，此乃万民所愿！"

寥寥数语，引发数十万众齐呼："万岁！万岁！万万岁！"声震耳鼓，响彻云霄。

康熙随即赏赐各王公、贝勒、台吉袍褂、绸缎等物，并根据内扎萨克当前的状况，编喀尔喀三部为三十七旗，汗王以下依次授封。封毕，群情激荡，欢呼雀跃，"谢主隆恩"的喊声一浪高过一浪。

康熙离座后，由侍卫陪同去了多伦城隍庙，向舅舅佟国纲的泥塑像焚香、祭拜。

在当天傍晚的宴席上，康熙举杯向各旗的王公、贝勒、台吉们敬了御酒，说道："多伦距木兰围场甚近，道路适中，又是军事要地，朕每年赴木兰围场秋狝时，必从这里经过。通过此次多伦会盟，君臣畅所欲言，各族部落首领与朝廷亲如一家。朕知道，蒙古漠南、漠北诸部笃信喇嘛教，为此，决定在多伦修建一座'汇宗寺'，尔等以为如何呀？"

部落首领们欣喜若狂，齐声儿赞道："皇上圣明，爱民如子！"

康熙当即命侍从笔墨伺候，乘着酒兴，挥毫写下了"汇宗"两个大字，继之传下旨意："从漠南、漠北共一百二十个旗县内，各挑选一名喇嘛。待汇宗寺竣工后，便可入寺居住，吟诵经文，由大喇嘛章嘉胡图克图掌管汇宗寺的一切事务。"又复召土谢图汗、哲卜尊丹巴、策旺扎布、车臣汗及喀尔喀诸部济农、伟微、诺颜、阿玉锡诸大台吉三十五人参宴，谕曰"朕欲熟识尔等，故复飨宴"，赐之冠服。考虑策旺扎布年幼，以皇子衣帽数珠赐之。令车臣汗之叔扎萨克济农纳穆扎尔前去劝车臣汗领十万众归顺，身为之倡，请照四十九旗一体，殊为可嘉。许照旧扎萨克，去其济农之号，封为郡王。余各封爵有差，并传谕喀尔喀曰："尔等困穷至极，互相偷夺，朕已拯救爱养。今与四十九旗一体编设各处扎萨克，管辖稽查，其各遵守，如再妄行，则国法治之矣。"

通过多伦会盟，初步解决了清前期蒙古各部落的统一格局，使其臣服于大清朝廷，为遏制沙俄入侵筑起了一道坚固的防线。康熙高兴地说："昔秦大兴砖石之举，修筑长城。我朝恩施于喀尔喀，使之防备朔方，较长城更为巩固。"

多伦会盟结束之后，康熙按原路返回木兰围场北部的塞罕坝地域，率大队人马连续进行了几场围猎活动。猎毕，经东入崖口抵达热河以西的喀喇河屯行宫，驻跸歇息。

隔日，康熙在随臣和侍卫吴尔珠等人的陪同下，去热河东南不远的天桥山等处游览。果不虚传，站在山下仰头望去，其两端微翘，中间凹陷，形似拱桥，分跨南北，凌空而起，横贯天际，犹如长虹当空，彩练飞舞，可谓一道奇观！

康熙一行来到了"拱桥"的底部，见有两块巨石上下叠置，只要用力一推，便发出哐哐的响声，好不奇怪，立即命两名侍卫去当地找个人来问问。

来者是个砍柴的老头儿，见了皇上，吓得扑通一声跪倒在地，叩道："奴才不知万岁驾临，万望恕罪！"

康熙笑问道："噢，何罪之有哇？朕赴木兰围场秋狝，归途中在此路过，顺便欣赏一下美丽的风光而已。老人家，平身说话吧，此山叫什么名儿啊？"

老头儿恭恭敬敬地答道："回皇上，此山叫天桥山。"

"您老怎么称呼啊？"

"奴才本名儿金三贵，外号儿'金三咧咧'。"

"家住哪里？"

"离这儿不远的上河营村。"

"这山为啥叫天桥山？"

"因为它形似拱桥，上接苍天，下临大地。在天桥山下，还有两块巨大的石头重叠在一起，人称'石牛'。据传，石牛来历不凡，是天庭上的金牛星哩！"

"金牛星为啥不在天上待，到地上作甚？"

老金头儿早已无拘无束了，听皇上一再发问，便有滋有味地讲了一段儿在民间广为流布的故事。

相传老早老早以前的一个夏天，玉皇大帝见金牛星闲来无事，便派给一个差事，让它到人间传达自己的命令："只准百姓每天吃一顿饭，洗三次脸。"

金牛星接旨后，沿着天桥走啊走，不知过了多少天，终于到了人间。它没有停下，仍继续往前走，一路上，被迷人的景色所陶醉，一边欣赏着山川奇峰，一边默念着圣旨的内容，生怕忘了。结果呢？糟啦！金牛星把玉皇大帝的圣旨说成是"百姓每天只准洗一次脸，吃三顿饭"。传达完了，就乐颠颠地顺着原路回到了天宫。

一日，天庭的宫女们下凡游玩，回到天宫时，玉皇大帝问道："人间好不好哇？"

宫女们齐声儿回答："好！"

玉皇大帝又问："凡间每天每人是不是洗三次脸，吃一顿饭哪？"

宫女们面面相觑，沉默不语，唯最小的宫女心直口快："回禀玉帝，凡间的百姓每天洗一次脸，吃三顿饭。"

玉皇大帝听罢，勃然大怒，命金牛星来见。

金牛星当然不知为啥传它，忙跑来问道："玉帝，何事找我？"

玉皇大帝喝问道："大胆金牛，你把本帝的圣旨传错了，可知罪？"

金牛星仔细想了想，哎哟，真是把圣旨给传颠倒了，吓得低下头来不敢吱声儿了。

玉帝一怒之下，为严肃天规，将金牛星贬下凡间。金牛星每天辛勤劳作，拉车、耕地，只要会做的农活儿都帮着老百姓干，不藏奸不耍滑。

时间一长，金牛星感到疲惫极了，很想歇儿天解解乏，便从天桥回到天宫，向玉帝说："我干不动了，太累了！"

玉皇大帝现出不屑一顾的神情，冷笑道："那好办呀，把蹄子切成两瓣儿，干起活儿来就不累了。"说完，即刻令天兵天将把金牛星的四只蹄子皆切成了两瓣儿。

金牛星再次来到人间，依旧没日没夜地劳作，觉得更苦更累了。天长日久的，实在受不了了，又想重回天宫。当颤巍巍地走到天桥中间儿时，两瓣儿的四蹄越发不稳，每往前迈一步都十分费力，忽听咔嚓一声巨响，天桥断了，金牛星身子晃了晃，一头栽了下去……

后来，金牛星变成了两块石头，有人好奇，把两块石头叠在一起，只要一推，就发出哐哐的响声。

老金头儿讲完，康熙不禁哈哈大笑起来，边笑边道："真是有趣儿，这金牛星够笨的哟！"

老金头儿说："万岁笑得开心，此乃黎民百姓的福分哪，笑一笑十年少嘛！皇上，想不想洗个热水泉呢？"

康熙好奇地问："哪里有哇？"

老金头儿往北一指道："距此不远有座汤山，山下有个热水泉，名叫汤泉。那里景色幽美，空气清新，气候凉爽，是个好去处。倘若万岁有兴趣，奴才愿意带路，孝敬皇上。"

康熙准允道："好哇，前头带路！"

于是，康熙一行在金三贵的引领下，来到汤泉边，只见泉水清澈透明，温热适宜，即使到了严冬，也依旧热气腾腾，且不停地流淌。这里已不是木兰围场的地域，百姓生活环境十分艰苦，经常是风餐露宿，颠簸不定，人地为炕，因此患腰膝疼痛、皮肤生癣病的特别多。每年仲春以后至夏末初秋，成群结队的牧民赶着勒勒车，带着帐篷和粮食、肉干儿等来此野浴，洗个十天半月，准能收到疗效，汤泉也因而被誉为"神泉"。

汤泉的南面，有座"水宫娘娘庙"。康熙东瞅瞅，西瞧瞧，不解地问道："老人家，汤泉与娘娘庙有啥关系呀？"

老金头儿说："皇上，奴才再讲一段儿传说如何？"

康熙点点头道："行啊，朕很爱听，讲吧！"老金头儿来神儿了，话匣子又打开了。

相传早些年，汤山脚下住着一户人家，只有婆媳二人，儿子掉山涧摔死了。儿媳温柔贤淑，老实本分，对婆母恭顺孝敬，十分关心。她的婆母怎样呢？心胸狭窄，性情乖僻，不仅经常打骂儿媳，动不动不给饭吃，还让她起早贪黑地上山砍柴。把柴火背回家后，又急忙反身去几里之外的河里挑水，连寒冬腊月也不准闲着。

恶婆婆为整治儿媳，每天绞尽脑汁地冥思苦索，终于想出一个损招儿来，找铁匠做了一副水桶，桶底儿是尖的。如果儿媳挑水累了，想在半道儿歇口气儿，只要放下水桶，里面的水就会洒出来，想偷懒都不成。

在一个深秋的早晨，儿媳由于受了风寒，发着高热，浑身抖个不停，照样得去挑水。她来到河边，装满了两桶水，担在肩上正吃力地往家走呢，迎面来了个衣衫破旧、满脸污垢的老头儿，手里拿着一根马鞭，冲她喊道："喂，你可够怪的，为啥用尖底儿桶担水呀？"

儿媳苦笑道："老人家，您有所不知，这还是婆母特意找人做的尖底儿水桶呢！她怕我半路歇脚不小心被狼吃了，才琢磨出这么个辙来。"

老头儿听了，开口唱道：

这位女子好稀奇，

哪有尖桶担水的？

你那婆母真恶毒哇，

如此虐待孝顺的媳。

尖桶担水不能歇，

放下水桶洒满地。

世上纵有善与恶，

分明是老不死的出难题。

你家的事情老汉管，

为你这孝顺儿媳出口气。

老汉我没有别的赠，

一根马鞭送给你。

唱罢，递过马鞭子说："这位女子，你拿着吧，回到家将它插进水缸，以后再不用去河边担水了！"说完一闪身不见了。

儿媳回到家，将两桶水倒进缸内，又悄悄儿把马鞭子往缸里一插，嘿！果然灵验，缸里的水填满了。

一晃两天过去了，恶婆婆暗地里寻思："这两天不对劲儿呀，儿媳怎么不出去挑水呢？"偷偷掀开缸盖儿一看，咦？里面的水满满的！又仔细一瞅，哎呀呀，不好了，咋有一条马鞭子呢？一气之下，顺手拎出马鞭朝正在做饭的儿媳猛力抽去。谁知未等抽到身上呢，眼前火星乱飞，马鞭成了一条火龙！恶婆婆吓得连连后退，身子一晃，一头栽进缸里，被那变得滚热的水活活烫死了。满缸的热水呼呼往外涌，越涌越多，渐渐形成了一眼温泉。

从此，附近十里八村的男女老少皆在泉水里洗澡，自感神清气爽，百病顿消！据传，那个受气的担水媳妇后来变成了水宫娘娘，是她往泉水里撒了能治百病的灵丹妙药，大家才受益的。为了纪念水宫娘娘的大慈大悲，表示感激之情，人们在热水汤的南边修了一座"水宫娘娘庙"。

康熙听了关于热水汤的传说，也跃跃欲试，令随臣、侍卫陪伴着一块儿在汤泉洗了澡，木兰围场秋狝中的疲劳一扫而光。洗毕，赐给老金头儿二十两纹银作为酬谢，说道："朕看了天桥山，听了传说，又洗了热水汤，收获不小哇！尤其高兴的是您老讲的故事引发了朕的思索，使得一直在脑子里萦绕的设想有了着落，不久的将来便可实施了。"

老金头儿怔怔地问："皇上，什么设想呀？"

康熙故意板起脸说："金三啊啊，不许多嘴，退下吧！"老金头儿吓得赶忙怀揣纹银奔上河营去了。

康熙一行回到喀喇河屯行宫，小住一夜，翌日清晨登程返京师。那么，康熙好久以来，心中谋划的大事是什么呢？他认为应该解决赴木兰围场秋狝的不便，沿途需建一些行宫，以备打尖或住宿之用，于是便在热河地域琢磨开了……

单说噶尔丹在乌兰布通之战惨遭失败后，不想就此罢休，继续网罗残兵败将，准备东山再起。

其实，他眼下是春色已尽花落去，长子多尔济赛卜腾被清军俘获，至今生死未卜。次子赛布腾巴尔珠尔从不听噶尔丹的命令，政见不和，总是摽劲儿，父子俩几乎成了仇人。尽管沙皇俄国答应再度支持噶尔丹，可是连自己的亲生骨肉都与他南辕北辙，谁还愿意跟着贸然送死呢？故而导致众叛亲离，成了孤家寡人。

噶尔丹却贼心不死，于康熙三十六年二月再次卷土重来，康熙第三次率军亲征之。兵至宁夏，一面令人安抚，一面部署两路大军围剿。三月的一天夜里，心力交瘁的噶尔丹感到走投无路，于阿察阿穆塔台地方自尽身亡，结束了经营多年的叛逆一生，余部归降。

然而，噶尔丹在命绝之前，怎么也没想到长子被清军俘获后，康熙竟以博大的胸怀将其收留，并在身边做了御前侍卫。

七月的一天，康熙刚刚用过午膳，传讯兵前来禀报："皇上，噶尔丹的次子赛布腾巴尔珠尔身背包裹而来，求见圣上。"

康熙一愣："真的是噶尔丹的次子？他来作甚，包裹里装着什么？"

传讯兵摇头道："奴才不知。"

康熙转身问噶尔丹的长子——贴身侍卫多尔济赛卜腾："赛布腾巴尔珠尔是你什么人？"

多尔济赛卜腾答曰："回皇上，他是奴才的胞弟。"

康熙沉思不语："在乌兰布通之战中，皇四子胤禛俘获了多尔济赛卜腾，朕不仅没杀他，还不计前嫌，收为贴身侍卫。今日，噶尔丹的次子千里迢迢前来见朕，不会是无缘无故的，必有要事。"想至此，说道："好吧，传赛布腾巴尔珠尔！"

众目睽睽之下，赛布腾巴尔珠尔双手举着一个四方包裹进得殿来，扑通一声跪倒在康熙面前，叩拜道："吾皇万岁！万万岁！奴才赛布腾巴尔珠尔远道儿而来，特向圣上敬献一份儿厚礼！"

康熙抬眼看了看，问道："噢？什么厚礼呀？"

赛布腾巴尔珠尔回道："禀皇上，叛逆之贼噶尔丹系奴才的生父，前几天已服毒自尽。奴才将他的头颅割了下来，装入方木盒儿内，打成包裹奉上，请万岁亲自验证。"

文臣武将听了，惊得无不咂嘴，过了片刻，个个如梦初醒，响起了雷鸣般的掌声。康熙龙颜大悦，点了点头道："好啊，好，快快呈上来！"

赛布腾巴尔珠尔站起身，捧着包裹放在龙案上，去掉缠在外边的白布，露出一个木制的方盒儿，将盒盖儿打开，请皇上过目。

康熙仔细看过，大笑道："果然是叛贼之首级，千真万确的噶尔丹哪，此乃咎由自取，死有余辜！赛布腾巴尔珠尔，你如此效忠大清，有何要求请讲吧。"

赛布腾巴尔珠尔表示道："皇上，奴才无所求，生为大清之人，死为大清之鬼，足矣！"

康熙赞道："赛布腾巴尔珠尔忠勇可嘉，可谓一个巴鲁图，朕封你镇国公爵位！"

赛布腾巴尔珠尔激动得说不出话来，嘴唇微微颤动，眼含热泪叩拜道："隆恩浩荡，奴才铭记在心了！"之后，同兄长多尔济赛腾紧紧拥抱在一起，久久不分开。

康熙又道："御前侍卫多尔济赛卜腾自归顺大清以来，忠于职守，一心护驾，朕封你为贝勒！"

多尔济赛卜腾慌忙跪拜在地："谢主隆恩！奴才将世世代代不忘皇上的大恩大德，唯圣上所驱使，做牛做马心甘情愿！"

应该说，康熙皇帝的宽宏大度和胆略令世人无不折服，叛贼首领噶尔丹若泉下有知的话，也会汗颜的。

第十一章 热河泉　水雾升腾现奇观
磐锤峰　孤石云举耸遥空

腊月的一天，寒气逼人，空中布满了乌云。刺骨的北风卷着漫天飞舞的鹅毛大雪扑向大地，发出尖利的呼啸声，北方称此种自然现象为"白毛风"。

康熙身骑御马，率众大臣、蒙古各部王公以及贴身侍卫及射牲手们离开京师，经古北口向东北方向而去。坐骑喷着响鼻，呼出缕缕热气，在白雪皑皑的冰路上驰奔着。莽莽群山环抱，遍地银装素裹，分外妖娆。

这支三千余人的骑兵队伍，犹如弯弯曲曲的长蛇阵，逶迤绵延。康熙皇帝走在最前面，神采奕奕，未感丝毫的疲劳，那张略显消瘦、黑里透红的脸上显得刚毅和精干，两眼目光炯炯。上身着宽大的黄缎子披风，被强劲的北风掀开，鼓成了黄色的"风帆"。座下疾驰的枣红马，像雪地上滚动着的一团烈火，时起时落。

随驾的诸位王公、大臣衣着华贵，手持利箭，精神抖擞。侍卫们身裹甲胄，腰挂刀弓，警惕地环视四方，护佑在御马左右。骑兵们有的高举旌旗，有的臂架雄鹰，有的手牵猎狗，个个威风凛凛，一路上边布围边冬狩，好不畅快。

当进入武烈河谷时，康熙忽然一勒马缰，命道："都停下来，尔等请看，前边是什么地方？"

大臣刘统勋禀道："皇上，此处乃武烈河谷地域。"

"噢？已经到武烈河谷了？"

"没错，御马所停之地就是武烈河，由于结了冰，下了雪，故而不易看到河床。请皇上往远望，四周的群山围绕着武烈河，如同盆状，地势平坦多了。"

康熙抬起马鞭朝南一指问道："那边影影绰绰的看不太清，是山还是村庄啊？"

刘统勋仔细瞅了瞅，摇了摇头道："回禀皇上，大雪纷飞，阻挡视线，微臣也看不清。"

康熙又问阿喇尼："爱卿知道吗？"

阿喇尼十分肯定地说："皇上，那是个小村子，并非是山。"

刘统勋恍然大悟，忙道："皇上，微臣想起来了，小山村的名儿叫'热河上营'。哦，它的北边像小山头似的，也是个小山村，叫'热河下营'。上营和下营的住户均不多，几乎都是满洲人，微臣十年前曾来过此地。"

康熙不经意间往东瞧了一眼，好生奇怪地问："尔等快看，前边不远处似有水雾升腾，缘何至此？"

刘统勋禀道："回皇上，那里有个热水泉，一年四季涌流不断。到了严冬，气候寒冷，自然能看到呼呼往上冒热气。若遇上大雪天，飘落的雪花很快便在泉边融化了。"

康熙放眼远眺，见周边奇峰怪石嶙峋，高耸入云，险象环生。而马下的地势却平缓坦荡，即使是山坡儿，倾斜度也相对小多了，不禁脱口赞叹道："奇了，真是奇了，朕去看看！"

这时，雪停了，风止了，热水泉处一片雾气，撩人脸颊。康熙来到跟前，站在泉边，目不转睛地盯着翻滚的水花儿。少顷，蹲下身子伸手试了试，嚯，还有些烫手哩！又见泉水涌出之后，汇成了一条涓涓细流，注入半里外的武烈河中。滞留良久，思虑颇多，抬眼问道："刘爱卿，这条涓涓细流称得上河吧？"

刘统勋笑道："皇上所言极是啊，它是一条世界上最短又很有名的河，叫'热河'。"

康熙心头一震，再问："果真是'热河'吗？"

刘统勋回道："微臣不敢有半句谎言，千真万确，是'热河'。"

康熙龙颜大悦："太好了，莫看此河短小，却叫出了名，岂不是与长江、黄河齐名了嘛！"

"皇上圣明！"

康熙来了兴致，遂命阿喇尼："爱卿，给朕讲讲，这热河泉是怎样形成的。"

阿喇尼深知皇上博学多才，看来是故意考问自己的，遂小心地回道："微臣读书不多，才学疏浅，自愧不如他人。至于热河泉究竟是在什么情况下形成的，实在不敢妄言。"

康熙又侧过头问刘统勋："刘爱卿，你来讲讲如何？"

刘统勋沉思片刻，说道："据称，大约在七千万年以前，这里曾发生过一次火山喷发，熔岩从岩层裂缝儿喷出时，又使岩层出现了许多裂缝儿。地面的水由断裂的缝隙渗入地壳深处，经地温加热，水温升高，再自深层涌出，流入不远处的武烈河，其泉眼则被后人称作'热河泉'了。"

康熙听罢，满意地点点头道："嗯，刘爱卿所言不无道理呀！"说着蹲下身子，用双手掬了一捧泉水尝了尝道："好嘛，清凉爽口，此乃天然之水呀！"

刘统勋和阿喇尼也各自掬了一捧水，喝一口品了品，觉得真的不错，干脆一仰脖儿全进了肚儿。

随驾的骑兵一见，都围了过去，蹲在泉边品尝。喝罢，没忘把坐骑牵来，让它也饮个够。

康熙看着人马痛饮泉水的欢乐场景，扭过头环视一下周围奇异、险峻的山岭，这才坦言道："朕此次出行，目的明确，旨在考察兴建最大的行宫地址。多年来，朕每次赴围场木兰秋狝，深感一路疲惫不堪。在踏查木兰围场、选定狩猎地域时，曾对蒙古各部落的王公们讲过，欲在沿途修建行宫。但宫址究竟选建何处合适，一直在考虑，没有想好。朕以为，此处有热河泉，地势平坦，四周皆是奇峰异石，风景独特，可谓难得的好地方啊！"

阿喇尼见皇上喜形于色，忙不迭地问道："圣上，如果微臣没猜错的话，是不是想在这儿建一座规模庞大的避暑山庄呀？"

康熙扑哧笑了："朕还未定夺呢，爱卿倒着急啦！"

刘统勋说："是啊，皇上，一想到赴木兰围场秋狝近三十年之劳苦，建避暑山庄势在必行。臣一路看到，皇上不但细查水道的流向，而且不时地观察地形地势，原来是有所思谋、有的放矢呀！"

康熙笑而不语，过了一会儿，命道："传朕口谕，在热河泉边搭好黄幄，支起毡帐，大队人马原地歇息。派人去上河营村请个熟悉地物的农夫，明天早膳后，引领朕去考察一下周边的山山水水。至于能不能在此兴建避暑山庄，再议吧！"

刘统勋、阿喇尼齐声儿道："嗻！微臣遵旨。"

翌日清晨，按照皇上的口谕，刘统勋派人从上河营村请来了一个老头儿，康熙一看，便道："你不是能讲故事的'金三咧咧'金三贵吗？"

老金头儿叩道："是啊，是啊，看来奴才与皇上有缘哪，愿为万岁效劳！"

于是，金三贵作为康熙的向导，带着一行人过了武烈河。一路上，河东岸是栩栩如生的罗汉山，岩壁处是惟妙惟肖的大肚儿弥勒佛，好像正冲皇上笑呢！康熙望着眼前天然形成的巨型罗汉，不禁也哈哈大笑起来，边笑边说："大自然可谓鬼斧神工，竟能造出这等有趣儿的罗汉，此乃天意也！"

老金头儿早按捺不住了，接茬儿道："皇上，巨型罗汉高达数十丈，宽也数十丈，乃武烈河畔一大景观。过了罗汉山，继续往前走，便是举世闻名的磬锤峰了，俗名儿'棒槌山'，它形似棒槌。从远处看，更令人叫绝，特别像在高山之巅竖起的大拇指哩！"

康熙抬头仰望，见山顶处果然有个耸立云端的石梃，兴奋地大声儿说道："尔等快看，石梃上粗下细，真的酷似棒槌哩！"

老金头儿的话匣子又打开了："皇上，奴才幼年就听长辈讲，远在一千五百年前，北魏的地理学家郦道元策马塞外游览风光时，曾来到磬锤峰下。观看了这一奇景后，挥笔写道：'武烈水东南历石梃下，梃在层峦之上，孤石云举，临崖危峻，可高百余仞。'传说郦道元当时还请了一些本地的射箭能手，让他们站在磬锤峰下张弓劲射，可惜无一人能将利箭射到峰顶上。"

康熙越听越有兴致，索性紧催坐骑来到山根儿，翻身下马，健步登上磬锤峰的半山腰。仰头望去，石梃的雄姿可见，笔直、高峻，峰顶处白云缭绕，仙鹤飞舞。低头俯视，两侧岩壁直上直下，陡如刀削，一眼望不到底，令人心胆生寒。于是传旨："谁能把箭射到峰顶处，必有重赏。"

几个劲射神手箭搭弓弦，嗖嗖嗖数箭齐发，未到磬锤峰半山腰便纷纷落下。康熙哪能服气呢，亲自发箭，照样射不多高也扎下来了，遂问向导金三贵："老人家，磬锤峰的来历可知晓？"

"奴才不知，小时候，曾听玛发讲过一个传说。"

"噢？肚子里的故事还不少呢，快快讲来！"

老金头儿巴不得皇上听呢，咳了两声，接着咧咧开了。说的是很久很久以前，此地是一片汪洋大海，住在岸边的渔民靠水吃水，以下海捕捞鱼虾为生，日子还算过得去。可是有个海怪不乐意了，认为渔民与自己争嘴夺利，打扰了平日的安宁生活。一气之下，开始兴风作浪，残害渔民，没过十天，掀翻了九百九十九条渔船，吞噬了九千九百九十九条性命。

一天，吃人不吐骨头的海怪又浮出水面，恰好赶上一条渔船从此经过。海怪刚想掀浪掬船吃人时，站在船头的年轻后生眼疾手快，将长矛奋力向它投去，海怪发出一声凄惨的嚎叫，周围的海水立即被鲜血染红了，看来伤得不轻。不一会儿，海怪沉了下去，水面儿变得平静了。

那海怪是谁呢？它可挺出名，乃海龙王的水军先锋官混海蛟！

混海蛟被长矛刺中的消息很快传到了龙宫，海龙王勃然大怒，急派虾兵蟹将带上家什出了龙宫，将那艘渔船砸个稀巴烂，擒来了后生，绑在龙宫后花园望月亭旁的柱子上。

第二天，恰巧是八月十五，海龙王原本打算过中秋节时，于望月亭宴请兵将，一边饮酒、品尝月饼，一边赏月。这下它更乐了，没承想民间的年轻小伙儿不知天高地厚，竟敢伤了龙王身边的爱将，这还了得！正好抓来丰富餐桌，剖腹挖心，当下酒菜。

开宴之后，海龙王由于高兴，加上虾兵蟹将纷纷敬酒，便没了节制，左一杯右一杯地没完没了，结果喝了个酩酊大醉，早将杀掉小伙儿给节日助兴的事儿忘了。

大伙儿见龙王瘫在了椅子上，并打起了呼噜，酒兴一扫而光，哪还有心思赏月呀，七手八脚地把海龙王抬到前院儿龙宫安歇，然后各自散了。

望月亭处一片寂静，后生泪如雨下，心想："事已至此，我死了不要紧，谁让命苦了。可家中的二老年事已高，失子之痛难以承受，今后可怎么活呀！"

这时，海龙王的小女儿来望月亭赏月，见旁边的柱子上绑着一个英俊的小伙子，遂上前询问缘由。后生讲了事情的来龙去脉，小龙女十分同情他的遭遇，安慰道："这位哥哥，不必难过，我是龙王的小女儿，设法帮你逃命就是了。"

后生致谢道："多谢龙女一片救苦救难之心，大恩大德将永生铭记！不过即使能逃出龙宫，说不定没等上岸呢，就再次被抓回来，还得连累小姐，唉，真不知如何是好啊！"

小龙女思忖片刻，忽然眼前一亮，小声儿告诉后生："有招儿了，只有把父王的法宝'定海针'弄到手，才能保住哥哥的性命。不用担心我，事成之后，咱们一起逃走！"说完转身离去了。

一心思凡的小龙女悄悄儿来到前院儿的龙宫，趁海龙王不备，盗得了定海针。回到望月亭，将捆绑小伙子的绳子解开，两人举起定海针，朝海眼处奋力一掷，不偏不倚，正好堵住了海眼！不大工夫，大海渐渐干涸了，重叠的山峦和辽阔的沃土一层一层显现出来。

后来，英俊的后生和美丽的龙女在海眼南面的山岗处盖了一座房子，开垦出了大片土地，并接来了阿玛和额娘，过上了安定幸福的生活。人们看到，一对儿青年男耕女织，和和睦睦，恩恩爱爱，生儿育女，笑声不断，其乐融融。

君臣听到这儿，都松了一口气，大臣刘统勋不解地问道："老人家，那定海针哪儿去了？"

阿喇尼接了茬儿："这还用问吗，堵海眼了呗！"

刘统勋又道："是啊是啊，定海针堵了海眼，再也不能拔了吧？"

康熙忍不住了，故意绷着脸道："当然不能拔了，绝对不能拔！"

老金头儿说："皇上圣明！可是，定海针到底在什么地方呀？"

康熙笑道："金三咧咧，你是在问朕吗？朕不怪罪！既然大海已经干涸了，那掷出去的定海针不就是眼前这座顶天立地的磬锤峰嘛！"

顿时，君臣捧腹大笑！康熙仰望磬锤峰，感慨万千，当即吟诗一首：

君不见兮磬锤峰，
独峙山麓立其东。
武烈河兮南流去，
山河奇景留美名。

向导老金头儿按皇上的旨意，又引领君臣等人踏查了热河以南的僧冠峰、朝阳洞、鸡冠山，热河西南的双塔山、元宝山、骆驼岗等奇峰异岭。康熙看了热河周边的地形地貌之后，已成竹在胸，遂赏赐金三贵纹银五十两。老人家感动得热泪盈眶，谢过隆恩，乐呵呵地走了。

大队人马回到了热河泉边，康熙在黄幄内对众臣子说："自朕赴热河以来，满目尽是山峦水色，颇有感受。这里乃风水宝地呀，四面有奇峰异石环绕，犹如群星捧月，众龙戏珠，景物奇特。为此，朕决定，将在此建热河避暑山庄。一来每年赴木兰围场秋狝，可在避暑山庄歇息；二来每逢夏季，可于山庄消暑；三来朕可置身避暑山庄处理政务，接待内外使臣；四来可将京师、避暑山庄、木兰围场联为一体，山庄作为大清王朝的第二个宫阙，木兰围场则是京师和避暑山庄的环链，朕在木兰秋狝中照样不误国事；五来每当夏季，朕同太后、后妃们以及皇子、皇孙在山庄避暑，既可预防天花的发生，又可游览四周的山山水水，还可以山庄作为最大行宫，由此向京师、向木兰围场延伸开来，建造一些小型行宫，备好被褥、生活用品、牲畜所用的草料及去木兰围场狩猎急需的交通用具，以缓解驼队、车队运输之苦。怎么样，尔等意下如何呀？"

众臣齐声儿回道："皇上圣明，深谋远虑，无可非议。建成避暑山庄，有利无害，将百世流芳！"

康熙见群臣个个兴奋不已，交口称赞，也很激动，忙道："好，笔墨伺候！"遂挥御笔写下四个大字"避暑山庄"，接着传旨："招天下能工巧匠，待春暖花开之时，择良辰吉日，破土动工！"

其实，建造热河避暑山庄的设计蓝图早已刻在康熙的脑海中了，不过此前选择的地址不是这儿，而是喀喇河屯行宫处。为什么又改变主意了呢？原来康熙皇帝在塞北设立木兰围场之后，几乎每年秋天都要前去狩猎。从京师到木兰围场起先并没行宫，只是在热河以西二十公里处，有个喀喇河屯行宫。它是燕汉时期建成的，位于伊逊河与滦河的交汇处，乃高地的砂砾、泥土被水流带到河谷低洼地多年沉积下来的局部平原，曾是人烟稠密的居民区和驻屯地。据《辽史》记载，此处是契丹国王"避暑于秋山"的乌堂行宫。

一年初冬，康熙去木兰围场的途中，驻跸于喀喇河屯行宫。见南面有双塔山、元宝山，东面有广仁岭，甚为喜欢，便召集御前大臣议事，言道："众爱卿，每岁一举的木兰秋狝，免不了人马劳顿，故而中途急需有个歇息之地。依朕看，不妨将喀喇河屯行宫扩建成规模宏大的避暑山庄，尔等以为如何呀？"

有的大臣赞同道："皇上圣明！如在此设立避暑山庄，每年夏天不仅能避暑，也不误处理朝中大事。"

有的则表示："皇上，微臣以为，扩建成避暑山庄当然好，但只这一处是远远不够的。可否周密计划一下，从京师至木兰围场选出几个歇脚之地，沿途再建几处山庄。"

有的奏道："陛下所言极是。这样一来，万岁可减少一路劳乏之苦，永保龙体安康，此乃全国黎民百姓的幸事啊！"

总之，众臣七言八语不落地，都表示拥护皇上的想法，唯御前大臣刘统勋低头不语。康熙问道："刘爱卿，平日里话语很多，今天朕要听诸位爱卿的高见，你怎么徐庶进曹营一言不发呀？"

刘统勋忙解释道："回禀万岁，微臣尚未想好，不敢妄言。"

康熙鼓励道："哎，咋想的就咋说，不必有顾虑！"

刘统勋问道："万岁，微臣若讲错了呢？"

康熙笑道："错了有何关系？照直说，朕恕你无罪！"

刘统勋这才忐忑不安地开口了："微臣知道，万岁每次去木兰围场秋狝，最愿驻跸于喀喇河屯行宫。因为万岁曾言：'朕避暑出塞，途经喀喇河屯行宫，总要歇息一日。此地土肥水甜，泉清峰秀，使得朕饮食倍增，精神爽健'……"

康熙插话道："对呀，朕是曾讲过此话！"

刘统勋接着说道："微臣读书甚少，知识贫乏，不一定说得准确。历史上，契丹国王在喀喇河屯建乌堂行宫后的三年，即病逝于此，实乃不幸。辽之后的替代政权大金承袭了乌堂行宫，金章宗刚刚二十四岁时，也病死在这里，更是不幸。而后呢，便是元明两代，喀喇河屯都未被起用。为什么呢？前车之鉴，不吉利呀！到了清朝，正准备重修喀喇河屯行宫时，多尔衮突然得暴病去了，这是多么的不幸啊！"讲到这儿，刘统勋停了下来，两眼看着皇上。

康熙有些着急了，催促道："刘爱卿，继续讲啊，朕用心听着哩！"

刘统勋咳了一声道："从坝上高原直至古北口，森林茂密，草木郁郁葱葱。论气候，远比京城凉爽，不仅可以避暑，还可'避痘'，即避免感染天花。让人记忆犹新的是，清军入关之后，长驻北京，较高的气温使得天花迅速流行开来，人人谈'花'色变！据微臣所知，入关前，肃亲王豪格对何洛会说：'我未曾出痘，此次远征北京，岂不是置本王于死地吗？'难怪满洲人畏惧天花，顺治皇帝年仅二十四岁，便患天花而逝啊，蒙古人更是害怕这种动不动就死人的痘症。因此，大清朝规定，没有出过痘的蒙古王公如要觐见皇上，无须进京，在一个合适的地方觐见即可。微臣说了这么多，言下之意，无非是主张另外选建避暑山庄之地。"

康熙和众臣听了，无不点头称是，齐赞刘统勋所谈有理有据，令人折服。于是，康熙据此决定，放弃将喀喇河屯行宫扩建成避暑山庄的打算。

如今，虽然时下仍是白雪铺地，冰冻三尺。但康熙一想到将来从京师经热河避暑山庄再至木兰围场的小型行宫，行驻不用多虑，自由得很，内心不禁有一股儿暖流涌出，动情地说："那几十个大小不等的行宫，有的已经造毕。再把热河避暑山庄建起来，尽管比朕设立木兰围场晚了三十年，然以后幸巡木兰就便利多了。"说罢下旨，大队人马速返京师。

第十二章　展蓝图　避暑山庄始肇建
　　　　　旗王府　父女相见总关情

康熙自打从木兰围场回到京师之后，大脑始终没闲着，思谋了好多事情，有时彻夜难眠。都想了些什么呢？一是建造热河避暑山庄，这一宏伟巨大的建筑群史无前例，小觑不得，该如何施工？二是在乌兰布通之战中，为国捐躯的喀喇沁旗王爷宝音朝克图是五女儿的夫君，作为阿玛，还未曾去王爷府看一看。尤其担心的是端静今后的日子怎么过，喀喇沁旗没了王爷，该由谁接替其位置呢？三是密云知县孙有民贪污受贿一案，刘统勋早已查清，本该做出处治，可至今仍在思索之中。四是于木兰围场秋狝时，废掉了已立了三十三年的皇太子胤礽，眼下仍幽禁在京师咸安宫，要不要从轻酌处？唉，这个不争气的皇子啊，你的同父异母胞弟胤祄当年病成那个样子，朕心疼得整夜把他抱在怀里，不断呼唤着他的名字。而你作为皇太子，见到此情此景却无动于衷，丝毫没有骨肉之情，令朕暗中流泪呀！胤礽啊，胤礽，胤祄在木兰围场离世了，你总该有一份怀念之意吧，而今是否感到愧疚呢……

康熙的思绪被这些事和人缠绕着，吃不好睡不香，挥之不去。终于在一日早朝时，离开御座大喊一声："带密云知县孙有民上堂！"

话音刚落，只见孙有民手脚戴着镣铐被推上大堂，双膝跪地，脸色苍白，胡须蓬乱，样子十分狼狈。

康熙厉声儿问道："孙有民，你可知罪？"

"奴才知罪，罪该万死！"

康熙又问："对于你横征暴敛、搜刮民财等罪行，有什么新的补充吗？"

孙有民诺诺道："回皇上，奴才该交代的全说了，至于侄子孙守信现在何处，奴才确实不知。他十六岁那年离开家的，据传当了盗匪，打砸抢偷啥都干，万望派人缉拿之。"

康熙环视一下满朝文武官员，问道："尔等有啥要说的吗？尽管讲来，对孙有民该如何处治呀？"

群臣你瞅瞅我，我瞧瞧你，谁也没敢吱声儿。

康熙苦笑道："众爱卿啊，众爱卿，尔等有的多次南征北战，冲锋在前，所向披靡。有的在木兰秋狝中，能骑善射，骁勇无比。今日上朝，怎么都不言语了呢？朕以为，孙有民当初任密云知县时，尚能做到惜民爱民，办了一些好事，尔等有目共睹。后来就蜕化变质了，为一己之利，不择手段地贪污中饱，百姓怨声载道。不过，考虑他尚能彻底交代胡作非为之罪，可从宽处治。孙有民——"

孙有民吓得头不敢抬，忙应声儿道："奴才在！"

"朕念你过去还有一些苦劳，如今年事已高，可免死罪，回乡务农，度过可悲可叹的晚年吧。来人，去掉镣铐，让他走！"

侍卫听令，上前将手脚的镣铐打开，孙有民连连叩头，声泪俱下地致谢道："谢主隆恩，吾皇万岁！万万岁！"侍卫将其带了下去。

康熙向下扫了一眼，又道："朕问尔等，胤礽已关了很久，现在表现如何呀？"

大臣阿喇尼奏道："禀皇上，胤礽自被囚禁京师以来，整日闭门思过，悔恨至极，深知自己错了。"

刘统勋接着奏道："胤礽经常茶饭不思，夜晚难眠，泪湿枕席。他不止一次地自责，以往的行为对不起列祖列宗，更对不住皇上，如今身陷囹圄，罪有应得。据奴才看，胤礽的悔过是发自内心的，可谓真正地洗心革面了！"

众臣纷纷跪倒，异口同声地请求皇上，早些解除对胤礽的惩罚。

康熙说："也好，朕看在众爱卿的面子上，那就放了他吧！"

众臣齐呼："皇上圣明！"

翌年五月，康熙率大队人马提前出发，抵达塞外热河。歇息过后，传下御旨，并颁发神州大地："全国各地广招能工巧匠，云集热河上营，按照已经绘制好的避暑山庄蓝图，修建热河避暑山庄。"

此蓝图是依据康熙六巡江南，观看了众多的古建筑，方命有关地方州、府、县衙的官吏举荐设计高手绘制出来的。肇建避暑山庄总的要求是，于燕山腹地的热河建造规模最大的皇家园林，必须是山水相依，野趣横生，园中有园，胜景荟萃，兼顾南秀北雄之美的鲜明特色，既具"自有山川开北极"的优势，又具"天然风景胜西湖"的绝妙，使它成为名副其实的"紫塞明珠"。

康熙边看着热河避暑山庄的图纸，边兴致勃勃地说："这是一项规模宏大的工程，占地八千四百亩。其中，山区占百分之八十，平原占百分之二十，湖区占百分之八，而且山庄的四周由二十里长的围墙环绕，面积相当于京城两个颐和园或八个北海公园，比同期兴建的圆明园、畅春园、万春园占地的总和还要略大一些。为确保山庄建造的稳妥，朕决定由尚书哈雅尔图兼山庄肇建总管，暂先驻跸热河上营村。"

哈雅尔图叩道："微臣领旨。"

刘统勋插嘴道："皇上，避暑山庄的景色可谓天下奇观，任命尚书兼管建造，肯定错不了，必将是业绩辉煌啊！"

康熙点点头道："当然，山庄因地之势，度土之宜。朕的宗旨是，动工之时，不得损毁百姓田庐，不得砍伐古树，度高平远近之差，开自然峰岚之势！"

大臣阿喇尼说："皇上所言极是，避暑山庄景致最奇，蕴含之趣就在于一个'野'字，淡泊以明志，宁静以致远嘛！"

康熙笑道："朕曾六度游访江南，遍览天下景物之美。避暑山庄要做到吸收江南的园林形制风格，博采众家之长，聚天下胜景于一园。但仿建绝非照搬，而是依山庄的自然条件为度，求其神似，并有出新。从总的布局到具体格调，须有创意，那才是朕的理想之园呢！"

刘统勋吞吞吐吐地问道："皇上，微臣有一虑……不知当讲不当讲？"

康熙一挥手道："你这位刘大人哪，朕早想听听尔等的不同见解了，有话直说！"

"皇上，这么大的建筑群，如何解决所需经费呢？"

康熙说："哦，提得好。所需银子好办，朕已令贪官污吏集资，比如江西总督大贪官司噶礼等，他们必须出巨银，投入到山庄的建造中来。"

众臣看罢山庄图纸，无不兴高采烈，一致认为山庄建成后，为每岁一举的木兰秋狝创造了条件，皇上既可在山庄消暑，又可处理政务，接见各国使臣，一举多得呀！

阿喇尼问道："皇上，山庄内共设多少景点好呢？"

康熙说："朕想过了，需设三十六个景点，每处景点的名字也琢磨出来了，有烟波致爽、芝径云堤、无暑清凉、延薰山馆、水芳岩秀、万壑松风、松鹤清樾、云山胜地、四面云山、北枕双峰、西岭晨霞、锤峰落照、南山积雪、梨花伴月、曲水荷香、风泉清听、濠濮间想、天宇咸畅、暖流喧波、泉源石壁、青枫绿屿、莺啭乔木、香远益清、金莲映日、远近泉声、云帆月舫、芳渚临流、云容水态、澄泉绕石、澄波叠翠、石矶观鱼、镜水云岭、双湖夹镜、长虹饮练、甫田丛樾、水流云在。"

热河避暑山庄的三十六景，是康熙经过深思熟虑，按山庄的山水、平原、坡地及地形地貌确定的。而山庄内的建筑，如楼台廊庑、桥亭轩榭、寺观塔碣等，形式多种多样。这些建筑，巧妙地运用了自然生成的地势，在构图上得天独厚，形成了多个很具观赏性的景点。

刘统勋赞叹道："皇上所构想的景点可谓向背稍殊，领略顿异呀！"

阿喇尼接过了话茬儿："皇上的丰富想象力和远大的眼光让微臣佩服，实在超群，所有的建筑皆小巧玲珑，诗情画意甚浓啊！"

康熙指着图纸说："尔等再看，这里是'万壑松风'，应种些松树、槐树，使其一年四季保持庄重的气氛；这里是'梨花伴月'，应以栽植梨树为主，每到春风送暖之时，绽开的梨花可为山庄早报春讯；这里是'烟波致爽'，应栽植杨树，当夏季骄阳似火之时，此处则绿荫生凉；这里是'青枫绿屿'，应以枫树为主，当秋高气爽、万木萧疏之时，此处的峰岭却如火如荼。朕打算大量引进一些外地花卉品种，可种些荷花，还有江南的花草，如桂花、兰草等。至于草荔枝，就不必再去大兴安岭一带引种了，朕当年带着温惠贵妃木兰秋狝时，贵妃已将闽南鲜荔枝的种子种于木兰围场的大观景山了，果然长出了草荔枝。其果成熟时，呈乳红色，小指肚儿般大小，味道甘甜，很好吃。将草荔枝引种在山庄之内，朕可在每年秋狝回到山庄歇息时，赏赐尔等品尝。"

众臣听皇上津津有味地边看着图纸边讲，无不喜形于色，赞不绝口。刘统勋说："避暑山庄以独特的园林式样，模拟各地的自然地理风貌，融合了南北园林的特点，可以说集我国古代园林艺术之大成。请看，山庄的西北部多山，东南部多水，而北部是大片的开阔地，湖区部分则显示了一派江南风光，使微臣的眼前不由得闪现出东北的原始森林和蒙古无垠的莽原，回忆起江南的绿草如茵和美丽的景观水色。湖区分为如意湖、澄湖、银湖、镜湖等，既避免了一片苍茫平调之感，又不显得过于琐碎。对湖岸的处理，任其走向曲折，不露人工痕迹，极少石砌，以草木覆蔽、渲染大自然的风采为主，好哇，真是好极了！"

阿喇尼好奇地问道："皇上，这张避暑山庄的图纸，是不是万岁亲自设计的呀？"

康熙摇摇头道："哪里，是专门汇集了一些地方的设计高手，按照朕的指点和意图精心绘制的。众爱卿，还有何异议吗？"

众臣齐声儿回道："没有，奴才大开眼界了，皇上的心血令人折服！"

刘统勋仍意兴勃勃，又指着图纸问道："皇上，这儿就是山庄的'德汇门'吧？"

康熙说："没错。由东向西看，此处是德汇门，这是丽正门，那儿是碧峰门，东墙开有流杯亭门、惠迪吉门。宫殿区在山庄南部，包括正宫、松鹤斋、万壑松风和东宫。好了，朕饿了，天黑之前，赶到距此四十里的喀喇河屯行宫用晚膳吧！"说罢翻身上马，众臣及侍卫随其后，向西驰去，当晚驻跸于喀喇河屯行宫。

转天一早，一切准备就绪，康熙率领大队人马前往木兰围场。正行进时，尚书哈雅尔图骑一匹快骥从后边呼哧带喘地追了上来，到了康熙跟前，跳下马问道："皇上，避暑山庄何时动工啊？"

康熙对哈雅尔图的发问感到很奇怪，反问道："朕已下旨，待能工巧匠们到达热河，用料齐备，即可破土动工了，爱卿难道不知道吗？"

哈雅尔图说："皇上，请将建造山庄的图纸……"

康熙这才恍然大悟，哈哈大笑道："朕只顾高兴了，却忘了将图纸给爱卿留下，怪朕一时疏忽！"随即命侍卫吴尔珠把图纸递于新任命的总管，回头催马继续前行。

康熙在木兰围场共布置了三场围猎，猎毕，特意来到永安湃围猎点，因为十八皇子胤祄在一次随驾秋狝时病死在这里。此刻，康熙无心亲自参加围猎，而是躺在黄幄的龙榻上，陷入了久久地沉思："胤祄是个多么好的皇子呀，为什么突然患上那种奇怪的病症呢？时而狂笑，时而沉默，时而蹦跳，时而指地曰'水'，指山曰'天'。夜里，他难以入睡，指弯月曰'弓'，指星星曰'日'。疯疯癫癫，叨叨咕咕，精神时而好时而坏，变化莫测。一天晚上，朕心疼得抱着胤祄劝其喝汤药时，正巧皇太子来见，看到十八弟病情如此沉重，竟很平静，没有一丝的怜悯之情！唉，这个胤礽啊，如今朕虽然下令免了对他的继续囚禁，但还是放心不下呀！"想至此，起身出了黄幄，见兵丁们正围着篝火边燔烤着兽肉边吃着野味。康熙仍没有心情，遂在侍卫吴尔珠的陪同下，独自散步于皎洁的月光下。他一面走一面琢磨，不仅胤祄临死时的情态挥之不去，久久在脑际萦回，又忆起了于乌兰布通之战中为国捐躯的喀喇沁旗宝音朝克图王爷，于是抬眼问道："喀喇沁旗的蒙古兵马参加此次木兰秋狝了吗？"

吴尔珠回道："禀皇上，喀喇沁旗到场了，不过不知由谁领头儿来的。"

康熙说："传朕口谕，令喀喇沁旗的领头人到黄幄觐见。"

吴尔珠嗻地应了一声，先将皇上送回黄幄，反身出去寻找那位领头儿的。

过了半袋烟的工夫，吴尔珠带着一个彪形大汉进了黄幄，禀道："皇上，这位就是喀喇沁旗参加木兰秋狝的领头人。"

大汉赶忙跪倒在地，叩拜道："奴才叩见皇上，祝万岁龙体安康！"

康熙仔细端详着眼前的大汉，虎生生的，双目炯炯有神，紫红的脸膛透着一股英气，开口问道："你叫什么名字？"

大汉答曰："回皇上，奴才叫宝音拉木索。"

又问："认识朕的皇婿宝音朝克图吗？"

"回皇上，他是喀喇沁的旗府王爷，又是奴才一母所生的长兄，遗憾的是已在乌兰布通之战中为大清英勇献身了。"

康熙听罢，悲喜交集，忙让宝音拉木索快快平身，赐座一旁，颇有感触地说："旗府没有了王爷，王爷之弟能领队参加木兰秋狝，甚是可嘉！你的嫂嫂端静现在可好？"

宝音拉木索眼圈儿红了，回道："唉，说起嫂子，真是苦了她了。乌兰布通大战之时，长兄宝音朝克图阵亡那天，嫂子生下了儿子宝音扎鲁。可惜他们父子没有见过面，长兄就……"讲到此处，已是泪流满面，泣不成声，边哭边致歉道："奴才失礼了，望圣上莫怪。不过，嫂子眼下身子骨儿还好，小侄儿长得又白又胖，请皇上释念。"

康熙沉思良久，然后说道："待此次秋狝结束后，朕同你一起去旗府，看看朕的五公主和小外孙吧！"

宝音拉木索跪叩道："感谢万岁驾临，这是喀喇沁旗民的福分啊！"

康熙说："好了，退下歇息去吧！"

三天后，当最后一场围猎结束时，康熙皇上同宝音拉木索来到喀喇沁旗府，五公主端静抱着孩子站在门外等候。原来，心细的宝音拉木索事先已派人返回旗府，通报了皇上将驾临的消息。

蒙古族的男女老幼早在路边迎候了，康熙骑着御马走近时，鞭炮齐鸣，彩旗招展。

康熙翻身下马，老远就看见五公主了，疾步向前走去，端静怀抱孩子跪拜道："女儿向皇阿玛叩头了！"

康熙忙把五公主搀扶起来，抱过小外孙，龙颜大悦道："端静，咱到府上说话。宝音拉木索，让乡亲们回家歇息吧！"宝音拉木索照做了，但无论怎么劝，大伙儿没一个回去的。

康熙来到喀喇沁旗府的正厅，坐在虎皮椅上，首先问宝音拉木索："此次木兰秋狝，为什么由你领头儿赴围呢？"

宝音拉木索一愣，瞅了瞅嫂子，一时不知如何回答才好。五公主赶忙接过了话茬儿："皇阿玛，孩子他叔是旗府的台吉，孩儿让他领头儿去的，以表喀喇沁旗对皇上的忠诚！"

康熙满意地点点头道："女儿所想、所做极是，王爷不在了，总该有个领头人哪！宝音拉木索，先退下吧，朕与你嫂子说说话。"

宝音拉木索告退后，侍卫吴尔珠加强了警戒。宝音拉木索为对皇上的安全负责，也在门外布下了护卫，叮嘱要严加防范。

康熙怀抱着头次见面的小外孙，深情地说："我们的小英雄，快快长大吧，好为大清建功立业呀！"宝音扎鲁还不会说话，瞪着一双水灵灵的大眼睛盯着皇姥爷看，不一会儿便咧开小嘴儿笑了。

康熙问道："端静，当年你陪朕补建'公主围'，能骑善射，可谓巾帼丈夫，不知以后的日子怎么打算的？"

五公主禁不住流泪了，沉默良久，答道："俗话讲，好马不备双鞍，好女不嫁二男。孩儿想过了，就在旗府抚养孩子长大成人，为皇阿玛加强与各少数民族之间的沟通尽力。"

康熙话题一转："依你看，宝音拉木索可靠、可用吗？"

端静回道："他是个台吉，人品好，善骑射，在喀喇沁旗的百姓中威信蛮高的。"

康熙说："朕来趟喀喇沁对了，一来看望女儿，二来物色一位旗王爷。吴尔珠——"

吴尔珠忙进入正厅禀道："奴才在！"

康熙问："院子里的人多吗？"

吴尔珠回道："禀皇上，整个大院儿约有二三百旗民，双膝跪地，都在盼望能见万岁一面哩！"

康熙听罢，身着戎装地健步走到院子里，站在月台上，众人齐呼："吾皇万岁！万岁！万万岁！"

吴尔珠喊道："诸位静一静，皇上有话说！"院子里顿时鸦雀无声。

康熙说道："旗民同胞们，早在朕的列祖列宗时期，朝廷就与蒙古各部结下了不解之缘。而今，各民族拧成一股绳儿，汇集在大清王朝周围，成为可信可贺之臣民，捍卫北疆，朕心悦也。借此机会，降下御旨，任台吉宝音拉木索为喀喇沁旗王爷！"

话音刚落，族众欢呼雀跃："皇上圣明！"

翌日清晨，康熙用过早膳，再一次抱起小外孙亲了又亲，悄声儿道："宝音扎鲁，外公给你带来一件礼物。"边说边从怀里掏出一个小金佛挂在孩子的脖颈上："愿佛爷保佑外孙岁岁平安！"之后，又送端静公主一件金如意。

到了该告辞的时候了，康熙与女儿依依惜别，在几百名蒙古骑手的护卫下，送出二十里开外，直到拐过山脚，不见御骑方返回。

康熙与侍卫来到热河避暑山庄处时，只见能工巧匠们正破土动工，当即驻跸喀喇河屯行宫，第二天便起驾回京。

就在大队人马抵达京师的第七天，噩耗传来，五公主端静唯一的儿子——宝音扎鲁因染急病死了。康熙闻讯，难过得仰天长叹："真是天有不测风云哪，小小的外孙离去了，万没料到女儿的命竟这般苦哇！"

第十三章　康熙帝　万壑松风试皇孙
小弘历　永安莽喀射巨熊

经过多年的肇建，热河避暑山庄终于顺利竣工了，百姓称其为"热河离宫"，称周围的石墙为"宫墙"。这一日，山庄内彩旗招展，鞭炮齐鸣，迎候着康熙皇帝的到来。

康熙带着温惠贵妃、诸皇子、四阿哥胤禛的四子爱新觉罗·弘历以及文武大臣、随从侍卫、众射牲手们于七天前离开京师，经古北口赴塞外木兰围场狩猎，打算途中在热河避暑山庄驻跸几日。

大队人马到后，用罢午膳，康熙便坐不住了，在刘统勋等大臣的陪同下，兴致勃勃地游览了三十六景，不禁欣喜万分，赞叹道："避暑山庄真乃景象万千也！它规模宏大，占地面积广，是现今最大的皇家园林了！"接着，特意看了看山庄南部所设的三座门——德胜门、丽正门、碧峰门，巡视了长达二十里的石围墙，又道："妙哉！自然天成地就势，不待人力假虚设啊！"

回来的路上，大臣刘统勋问道："皇上，算下来，修建山庄内的园亭耗资多少？"

康熙想了想，摇摇头说："呃，加上虎皮墙，具体用多少银子朕记不清了。只记得复修宫墙用去的石料、条石、青砖、石灰、碎石，再有就是人伕工匠百余工日，折合银两总计约四百多万吧！"刘统勋没吱声儿。

康熙凝眸望着远方沉思道："朕知道，在此建行宫，臣子们表面没说什么，背地里是有不同看法的。从战略和长远考虑，朕不得不力排众议而行之，耗资确实很大呀！有些人以为朕只是为了一己消夏避暑，游山玩水，贪图安逸享乐。他们哪里知晓朕无时不在为社稷忧心，无时不在谋划大清的繁荣，万民的康乐。眼下，北疆并不安宁，边境屡生不时之乱。热河地处塞北，设立行宫，一旦有军情，便于就近用兵，远控大漠怀柔，足可胜过百万雄兵，此乃国之大计也！"

刘统勋点点头道："圣上思谋甚远，所言极是。"

单说康熙这次来避暑山庄有个小小的变化，打破了每天午膳后小睡一会儿的习惯，而是利用这段儿时间，在"万壑松风"教授年仅十二岁的弘历读书、写字，最先教的是这么几个字："知道了""著交部议处""著王大臣具议以闻"等。

一天下晌，弘历背完《滕王阁序》，合上书本起身到院子里练习盘马弯弓，康熙站在一旁时不时地指点着。一些文武大臣见此，纷纷围拢过来，蛮有兴致地观瞧。正这时，忽听一群雁叫声，康熙仰头上望，问道："弘历呀，由东飞来一行大雁，能否为朕射下一只呀？"

弘历蛮有把握地说："皇爷爷，孙儿不仅能射获领头雁，那只尾雁也跑不了！"

"噢？朕一向是耳听为虚、眼见为实哟！只吹牛没用，得有真把式，单看孙儿一试了。"

弘历勒住缰绳，箭搭弓弦，拉成满月。当雁阵飞到头顶时，只听嗖的一声，利箭冲向天空，领头雁嘎嘎地惨叫两声后，扑棱着翅膀栽落下来。紧接着发出的第二支箭射向尾雁，正中脑门儿，垂直摔于地上。小家伙再次举起弓弦，绷住气息，对准了雁队中间儿的那只大雁。遗憾的是前两箭乱了雁阵，在一片惊叫声中，大雁早已飞远了。

观猎的文武大臣鼓掌欢呼，连连喝彩，齐赞小神童箭法超群！康熙看着，听着，频频点头，笑眯眯地面向大家开了口："好，好哇，朕的宝贝孙儿不负众望啊！他自幼聪明好学，受教于庶吉士福敏，学弓矢于二十一叔胤禧，掌火器于十六叔胤禄。朕在闲暇时，经常予以指导，看来确有长进哪，大清王朝不乏人才也！"

各位不禁要问，弘历到底有十几个，还是几十个叔父呀？不瞒您说，那可就多了去了。康熙共有三十五个儿子，二十个女儿，其中四位皇子因生天花夭折了，可见皇帝的后妃不少。

转天清晨，康熙叫来小弘历，叮嘱道："孙儿，今儿个朕将率大队人马起程，赴木兰围场秋狝。你留在山庄吧，尽情地玩耍几日，然后随朕一块儿返回京师。"

弘历一听，立马不高兴了，噘着小嘴儿说："皇爷爷，前些年去木兰围场狩猎时，孙儿就想伴驾左右，只是怕皇爷爷不允。这回呀，孙儿绝不错过机会，一定得去！"

一旁的温惠贵妃帮腔儿了："皇上，弘历的箭法不错，让他锻炼锻炼吧！"

康熙说："弘历呀，赴围场秋狝不是闹着玩儿的，艰辛且有危险，你恐怕不适应。"

弘历开始软磨硬泡："孙儿行，肯定行！皇爷爷不是常谆谆教诲嘛：'不经风雨，难成栋梁之材；不吃辛苦，难得甜中之甜。'孙儿无礼了，皇爷爷，求您准允了吧！"

康熙见弘历决心挺大，很是欣慰，笑道："好好好，就依你，朕答应了，不过可得紧随朕的鞍前马后哟！"

弘历乐得直蹦高儿，大声儿致谢道："谢主隆恩！"

用罢早膳，大队人马出了热河避暑山庄，沿着武烈河岸行进。小弘历身骑高头大马，紧随御驾之后，嘿，那才叫威风呢！

天近晌午，康熙口谕，命在波罗河屯歇息。刚撤下午膳，康熙见小孙儿已呼呼入睡，好不心疼，寻思道："这孩子，随朕走了百余里，实在太累了。"

翌日一早，人马继续赶路，五天后，终于到达木兰围场的东入崖口，再往北行，就是目的地了。进入七十二围之一的永安莽喀围猎点时，正值烈日当头，万里无云，一点儿风丝儿没有。天，闷闷的热；地，火辣辣的烫，个个累得直喘粗气。

温惠贵妃看了看小弘历，见他显现出一脸的疲惫，有些打蔫儿，不无担心地说："皇上，弘历尚小，能经得起这般折腾吗？"

康熙不以为然，言道："既然来了，就不能打退堂鼓，多磨砺磨砺有好处。"

小弘历抹了抹脸上的汗珠儿说："皇爷爷，孙儿不怕。只是这天儿实在太热了，有点儿喘不过气来，但我不怕，不怕！"

康熙笑问道："你一连说了三个'不怕'，到底是怕呀，还是不怕？"

小弘历说："孙儿若是怕苦怕累，当初就不来了！跟着皇爷爷打猎，可比整天在宫里念书强多了，吸口气都觉清爽无比。"

康熙鼓励道："好，像朕的孙儿！俗话讲，木兰围场的气候为'早穿皮袄午穿纱，围着火炉吃西瓜'。意思是早晚天冷，中午热得难耐，温差大。孙儿，停下来歇息一会儿如何？"

小弘历勇敢地表示："不用歇，常言道'不吃苦中苦，哪有甜中甜'呢！"

温惠贵妃啧啧称赞："哟，看这孩子，真有个打猎行围的样儿呢！别看才十几岁，人小鬼大，蛮有决心哪！"

康熙笑得眼睛眯成一条缝儿，点了点头道："还行，不愧为满洲人的后代，说起话来像块堪当大任的料。是啊，咱们的列祖列宗打天下，那是从危境中走出来的，即使遇到难以克服的困难，仍泰然处之，终将困难踩在铁蹄之下！"说着，命大队人马继续前进。

茂密的山林中，由于天气仍很炎热，百禽停止了歌唱，异兽藏在了树荫处。小弘历第一次跟皇爷爷来木兰围场，如同小鸟刚刚飞出窝，看什么都觉得新奇，一会儿催马跑在前面，一会儿又返回到后面，像一匹不知疲倦的小马驹儿。

突然，从东边的山谷里传出一阵哗啦啦的响声，几棵大树的树梢儿随之摇来晃去。康熙放眼一看，哎呀，不好，一只大黑熊从密林中蹿了出来！忙紧勒马缰，箭搭弓弦，照准黑熊嗖地就是一箭。嘿，果然中的，黑熊嗷嗷吼叫两声，栽出好几米远。康熙却犯了寻思："黑熊十分凶恶，且很狡猾，怎能被朕轻易射死了呢？想必是正中要害了。也罢，不妨借机试试孙儿的胆量。"于是回头喊道："弘历呀，莫贪玩儿啦！过来，前边二十几丈远有只大黑熊挡住了去路，敢不敢去猎获它？"

小弘历毫无惧色，回道："这算啥，敢！"边说边抬眼瞧了瞧，疑惑地问道："皇爷爷，在哪儿呢，我怎么没看见？"

康熙往前一指道："那不，在树林中卧着呢！作为一个胆大心细的猎手，要做到眼观六路，耳听八方。你照直走，用不一会儿黑熊就得起来，要多加小心哪！"

温惠贵妃不无担心地说："皇上，不能让弘历一个人去，他还是个孩子呀！"

康熙附耳道："莫怕，只是看看他是否可教也，黑熊已被朕射死了。不临深渊，不知大地之厚；不登高山，不知天际之广；不经搏杀，不会练就一个出色的猎手啊！"

温惠贵妃赞同地笑了笑，自言自语道："小弘历呀，千万把握住机会，就看你的能耐了。"

弘历抖起精神，整整戎装，应了声："皇爷爷，看孙儿的！"然后催马嗒嗒嗒朝树丛驰去。没跑多远，从林子边儿忽地奔出一只大黑熊，朝小弘历猛扑过来。康熙不由得惊叫一声："哎呀，糟糕！"顿时出了一身冷汗，知道黑熊虽然中箭，但并没死，小孙儿处境非常危险。温惠贵妃立马蒙了，连话都说不出来了，身后的文武大臣也被眼前的突变吓得目瞪口呆！

此刻，勇敢的小弘历表现得不急不躁，镇定自若。只见他把握在手中的缰绳用力一勒，马的两只前蹄腾空而起，咴儿咴儿直叫，随即往侧面一带，闪身落地，黑熊扑了个空。刚要再次向弘历袭来时，弘历及时发出利箭，一道寒光带着呼啸声飞去，射中黑熊的前胸。黑熊怒不可遏，后腿直立，伸出右爪将扎在胸脯上的那只箭扒拉掉了。弘历紧接着又发一箭，射在黑熊的肩膀处，黑熊伸出左爪把利箭一巴掌打落了。当它张开大口准备第三次扑来时，小弘历嗖嗖连发两箭，箭箭飞进黑熊的嘴巴里，黑熊惨叫着向高处一蹿，扑通一声摔倒在地，滚了几滚便不动了。

康熙目睹了孙儿射出四支利箭，箭无虚发，支支中的。待催马赶到跟前时，黑熊已一命呜呼了，地上淌了不少血，这才松了口气，擦了擦脑门儿的冷汗叹道："太险了，太险了！"忙翻身下马，把孙儿从马背上抱下，紧紧搂在怀里，摸着他的头顶喃喃自语道："弘历呀，是皇爷爷不好，不该如此试你的胆量啊，可吓坏朕了！"

弘历好像什么也没发生过，轻松地说道："皇爷爷，孙儿不是很好吗？根本用不着担心。看，大黑家伙尽管凶恶无比，可最终还是死于我的箭下了！"

话音刚落，狩猎场上响起了一片喝彩声、夸赞声，众臣纷纷竖起大拇指，齐颂皇上教导有方，使孙儿骑射超群，箭法不凡。在猛兽面前，小小年纪能做到临危不惧，沉着、机灵、果敢，真乃少年英雄也！

温惠贵妃激动得一把将小弘历揽在怀中，看着他那嘻嘻笑着的小嘴儿，眼角儿滚出了热泪，颤声儿道："弘历呀，弘历，好孩子，有出息，不过以后再不要冒险了。"

康熙见贵妃泪流满面的样子，抚慰了一番，继而仰头大笑，高声儿喊道："朕的大清江山后继有人啦！"

群山峡谷交相呼应，响起了经久的回声："朕的大清江山后继有人啦……朕的大清江山后继有人啦……"

康熙冲后一挥手，七八个射牲手走出队列，抬起那只五百多斤重的黑熊随皇上前行了十里，康熙口谕，找个平坦之地宿营。

只用了一袋烟工夫，数以百计的帐篷搭建完毕，围绕着中间那座宽大的黄幄，犹如众星捧月。傍晚，黄幄外烟雾缭绕，灯火通明，旌旗招展。黄幄内烛光闪闪，御厨摆好了御膳，康熙、温惠贵妃和小弘历坐在桌旁，康熙举起酒杯说："孙儿呀，朕特备了御酒，为你压惊。告诉皇爷爷，当时见黑熊袭来，心里怕没怕？"

小弘历眨了眨大眼睛，拍拍胸脯道："皇爷爷，说真的，一点儿没怕。"

"噢？黑熊出其不意地出现，你缘何能做到镇定自若呢？"

"皇爷爷曾多次教导孙儿，遇事绝不能慌乱，否则就糟了。那大黑熊是孙儿的敌人，倘若怕死，武技发挥不好，很可能被它吃掉了。只有不怕它，敢于出箭，黑熊才倒在了孙儿的兵刃之下！"

康熙听罢，朗声儿大笑道："好，说得好！咱们的先祖列宗正是由于勇猛顽强，所向披靡，在敌人面前从来没怕过，所以被后裔供奉为勇敢的'神'！"

祖孙二人说话间，坐在一旁的温惠贵妃放下筷子，悲喜交集地流下了热泪，掏出手帕擦拭着。

弘历问道："皇爷爷，孙儿一直不明白，此地为啥叫'木兰围场'啊？"

康熙回道："这木兰围场呀，是当年朕祭拜位于遵化马兰峪父皇顺治帝的孝陵之后，出喜峰口，经宽城、平泉、瀑河岸边来到翁牛特、喀喇沁旗游牧之地酌设的……"

小弘历听到此，似有所悟，忙插言道："哦，木兰，木兰，就是花木兰替父从军打仗的地方吧？"

康熙摇了摇头道："错矣，错矣！'木兰'乃满语哨鹿的意思，'哨鹿'是指一种狩猎的方式。木兰围场始建于康熙二十年四月，那时候啊，朕的宝贝孙子还没出世呢！"说到这儿，康熙发现小弘历坐在那儿歪着头已经睡着了。

温惠贵妃十分心疼，感叹道："唉，这孩子，已累得拿不成个儿了，难怪他……"说着，泪水又涌出了眼眶。

康熙起身把小孙儿抱到睡床上，刚放好，弘历就醒了，忙爬起来致歉道："皇爷爷，孙儿不孝，不知怎么竟睡着了。"

康熙说："朕不怪罪，原谅孙儿了，用完晚膳再睡好吗？"

小弘历并没忘先前的话茬儿："皇爷爷，孙儿不困了，还没弄懂什么叫'哨鹿'呢，能详细讲讲吗？"

康熙笑道："好好好，朕知道你自幼就喜欢打破砂锅问到底，咱边用膳边讲。"

小弘历重又回到桌边，康熙随手夹了一口菜放进嘴里，嚼了嚼咽下后说道："每年到了'鹿鸣秋草盛，人喜菊花香'的宜人季节，身着戎装的皇帝将带领亲随侍卫和射牲手们在天亮之前，悄悄儿藏身于密林或草丛里，头戴鹿角帽，身披鹿皮衣，口吹木哨儿，模仿雄鹿呦呦的鸣叫声，吸引求偶的雌鹿。雌鹿听到'同类'的呼唤，便远远地低昂迎合，寻声而至。这时，射牲手们箭搭弓弦，一齐发向鹿群，将野鹿捕获。因是用木哨儿诱引鹿群，故而称'哨鹿'，明白了吗？"

小弘历答道："明白了，讲得真好，孙儿敬皇爷爷三杯酒！"说着，为皇上斟满酒，又给贵妃倒了一杯。

康熙问："弘历呀，为何给朕敬酒哇？"

弘历回道："这第一杯酒，感谢皇爷爷经常教导孙儿，使弘历学了不少知识，谢主隆恩！"康熙听罢，接过酒杯一仰脖儿喝下肚。

弘历又为皇上斟满酒，说道："这第二杯酒，是感谢皇爷爷头一次准允孙儿参加木兰秋狝，经了风雨见了世面，弘历不胜感激！"

康熙点点头道："嗯，讲的是心里话，朕喝了这杯酒。"说完，端起杯一饮而尽。

小弘历接着把盏执壶，给皇爷爷斟满第三杯酒，康熙笑问道："这杯酒有何说辞呀？"

弘历想了想道："第三杯酒，孙儿祝皇爷爷的大清江山稳固，繁荣昌盛！"

康熙高兴极了，开怀大笑，端起杯痛快地喝下后问道："朕三杯酒下肚，舒坦着呢，不再饮行了吧？"

弘历顽皮地说："行啊，为了皇爷爷的龙体安康，孙儿不敢再劝酒了，可以停杯了！"

温惠贵妃笑眯眯地看着祖孙俩，一会儿瞅瞅皇上，一会儿瞧瞧弘历，只剩下乐了。

翌日清晨，大队人马用过早膳，在康熙的率领下进入鹿鸣谷，即永安湃围猎点。突然，大家发现在众目睽睽之下，一只梅花鹿从山坡儿的林子里走了出来。康熙故意扭过头与孙儿商量道："弘历呀，此鹿由朕来射如何？"

弘历拍着手说："好哇，皇爷爷一向被称为'神箭手'，孙儿今日有幸，可以一饱眼福啦！"

说话间，康熙把弓弦拉成满月，嗖地一箭射去，箭到鹿倒，躺在大松树旁的水泉边。小弘历翻身下马，跑到跟前一瞧，嘿，好大一只美丽的梅花鹿啊，全身布满了茶杯大小的朵朵梅花儿，在阳光的映照下灼灼闪光。鹿角又粗又长，每个鹿角又分出八个小角，很像大海中的珊瑚树，高兴得回头喊道："皇爷爷，快看哪，您有仙缘呀！"

康熙几步蹿到近前，问道："喔莫罗①，此话怎讲？"

弘历回道："孙儿小的时候，曾听皇爷爷讲过一个故事，说是鹿角生八叉，即有万年之道。今天射死的梅花鹿金足金脚，全身布满好看的梅花儿，胜过彩云，此乃通了人性的'神鹿'啊！可是，它再神奇又能怎样呢，不能主宰自己，最终还不是死在大清一代天子的利箭之下了。"

孙儿的几句话，说得康熙龙颜大悦，频频点头。弘历见皇爷爷兴致正浓，又道："这只梅花鹿是公鹿，它一死呀，母鹿必定前来寻找。如果藏在此处，采用'哨鹿'之法，不就轻而易举地将母鹿捕获了嘛！"诸位阿哥听见了吧，别看弘历人小，聪明着呢，昨晚刚从皇爷爷那儿学来的狩猎方法，今天就用上了。

康熙本在兴头儿上，听了孙儿的话，更是乐不可支，随即朝后一挥手，侍卫奉上了鹿角帽和鹿皮衣。祖孙二人穿戴好后，藏于草丛之中，吹起木制的长哨儿，专等母鹿前来。

弘历在草丛里趴着，过了两袋烟的工夫，便觉得有点儿吃不住劲儿了。咋的呢？草丛、树林中的蚊蝇特别多，尤其是成群的牛虻和尖嘴麻蚊子嗡嗡地围着你转，叮咬在脸上生疼，谁能受得了哇？弘历轻声儿说道："皇爷爷，这么多讨厌的蚊蝇，孙儿快顶不住了！"

"不许讲话！"康熙边制止边目不转睛地盯着前方的死鹿。

这时，几只尖嘴麻蚊子叮在小弘历的额头上，吸食他的血。弘历啪地一巴掌打过去，麻蚊子倒是被拍死了，却发出了响动。

康熙低声儿警告道："弘历，忍着点儿，千万不能有响声。"

祖孙俩等啊等，天渐渐黑了，寻找公鹿的母鹿也没来。弘历刚想爬起来，忽然发现从山坳处跑出一只梅花鹿，嘴里叼着一棵红彤彤的灵芝草，一股纯正的清香味儿扑鼻而来。还没等它走近毙倒的公鹿呢，弘历已迫不及待地开口了："皇爷爷，快看呀，母鹿叼着灵芝草呢，是要救那公鹿起死回生吧？"尽管说话声儿很小，母鹿耳朵尖哪，立马跑走了。

康熙来气了，侧过头瞪了孙子一眼，吼道："住口！"

小弘历知道自己错了，不该在关键时刻多嘴，惹皇爷爷生气。可是他总感到腮上有蚊虫叮咬，忍不住啪啪又打两巴掌，拍死了两只大麻嘴蚊子。

康熙耐心地等了一个时辰，并用长木哨儿吹起呦呦的鹿鸣声，可是

---

① 满语：孙儿。

母鹿终未返回。

祖孙二人的"哨鹿"失败了，天空中隐隐约约出现了星星，朝弘历眨着眼睛，好像在说："小弘历呀，皇上不但一心想得到母鹿，而且更想得到它嘴里叼的那棵灵芝草。没承想你在不该说话的时候开口了，不该出声儿的时候紧着抢巴掌，结果把母鹿吓得逃没影儿了。"

康熙十分扫兴，站起身来说："唉，古代有个'守株待兔'的故事，朕今天偏要效仿，却未能如愿。"

小弘历后悔莫及，赶忙认错儿："皇爷爷，都怪孙儿不好，不该说话，不该拍打蚊虫，不该受不住'哨鹿'的辛苦。不然，那嘴叼灵芝草的母鹿会自己送上门，绝不会跑掉。孙儿没出息，坏了皇爷爷的好事儿，请处罚弘历吧！"

康熙见小孙子眼圈儿红了，泪水马上就要流下来了，还生哪门子气呀，转而鼓励道："弘历，知错就改，比什么都重要。朕知道你学会了'哨鹿'，增长了知识，受到了锻炼，这是让朕最满意的！"

当晚，康熙与温惠贵妃、小弘历一块儿睡在黄幄里，众臣和射牲手们则在帐篷内安歇，一夜无话。黄幄外的巡逻哨儿放轻了脚步，警惕地守护在周围，生怕将熟睡的天子和贵妃惊醒。他们清楚得很，皇孙弘历没有看过大队人马围猎的壮观场景，康熙的内心一定在打算着何时布置一次周密的合围，让孙儿开开眼。

这一夜，小弘历睡得很香很香。

第十四章 酣入梦 躲避大雨进山洞
痴情鹰 千里迢迢来寻主

夜很深了，小弘历在睡梦中似乎置身于山坡儿上，忙着采集干枝梅。忽然天变得阴沉沉的，不一会儿咔嚓咔嚓响起了几声炸雷，划过几道闪电，随之瓢泼大雨哗哗地落了下来。他赶忙往山下跑，发现道左边有个山洞，就钻了进去。洞内黑乎乎的，靠在石壁上伸手一摸，冰凉冰凉的，冷得浑身直打战。用脚蹚了蹚，地上有小石头，弯腰捡起一块儿在壁面上横一下竖一下地划出个"吉"字。这时，听到洞外传来一阵嘎嘎的叫声，走到洞口处抬头一看，见一只鹰落在古山榆上，正凄厉地冲天鸣叫呢！弘历出了洞口儿，走到山榆跟前，问道："老鹰啊，老鹰，天下着大雨，为何不避避呀？快进山洞吧！"

老鹰说："我来寻主，寻主！你知道我的主人在哪里吗？"

没等小弘历回话呢，轰隆隆一阵雷声从头顶滚过，把他震醒了。刚要起身，康熙也睁开双眼，侧过头瞅瞅孙子，轻声儿说道："弘历，离天亮早着呢，再眯一会儿吧。"

弘历说："皇爷爷，孙儿刚才做了个梦，好奇怪呀，梦中怎么会有那么大的雷声呢？"

康熙笑道："你听，外边下雨了，伴随着闪电雷鸣，是真的在打雷呀！告诉朕，刚才做了个啥梦啊？"弘历遂将躲雨进洞，在洞壁上写过一个大大的"吉"字，接着又发现洞外古榆树上落着一只会说话的老鹰，说什么"我来寻主"的梦境讲了一遍。

康熙听罢，点点头道："嗯，那个'吉'字嘛，即大吉大利之意。'吉'字由六画组成，象征'六六大顺'，好梦，好梦！"

清晨，已是雨过天晴，空气格外清新。用过早膳，康熙口谕，大队人马起程，向东直行。康熙坐在御骑上，走在队伍的最前面，走着走着，不由得想起了孙儿梦中出现的那只鹰，心里琢磨开了："朕小时候在盛京时，父皇曾赐给一只雏鹰，并吩咐挑选一个熟悉鹰习性的下人专门驯养它。清军入关时，朕忙得不可开交，顾及不了爱鹰，便将它留在了盛京，想来已是几十年前的事儿了。而今是不是心爱的御鹰托梦，前来寻主呢？即使仍活着，也是一只老鹰了。"

诸位阿哥，事实上，康熙还真猜对了，提到那只御鹰，不能不从头说起。

爱新觉罗·玄烨幼年时，特别喜欢鹰。五月的一天，有位老猎人捕到一只羽毛未丰的雏鹰，品种上乘，便敬献给当朝的顺治帝了。世祖福临偏爱三子玄烨，知其爱鹰如命，遂又转赐之。

玄烨尽管只有四岁，却像个小大人儿似的，特别懂事。他天天到鹰笼跟前观瞧那只御鹰，并吩咐下人去金店打制了一个金铃铛，系在鹰的尾巴根儿上。只要它一抖动翅膀或摆摆尾巴，金铃铛就发出丁零零的响声，十分悦耳。玄烨经常为御鹰梳理羽毛，亲自喂食，边喂边说："鹰啊鹰，你是我的好伙伴儿，咱俩永远不分离，听明白了吗？"雏鹰向玄烨扑扇一下翅膀，啾啾叫了两声，表示对小主人的谢意。

玄烨八岁那年，顺治帝患了天花，医治无效驾崩了，玄烨登上了皇帝宝座。由于国事繁忙，没工夫对鹰进行调教，所以进京时没把它带走，而是留在了盛京。

据讲，鹰通人性，此话不假。御鹰思念主人，每天站在笼门处，盼着能来接它。可是一年年过去了，始终未见主人的影儿，小鹰变成老鹰了。一天清晨，老鹰趁人不注意，叼开笼门儿展翅飞走了，干啥去了？当然是寻找自己的主人康熙皇上了。

痴情的鹰啊，忠诚的鹰，沿着大兴安岭向西南方向飞呀飞，每到天黑时，就栖息在高高的树枝上过夜，天亮了继续飞。觉得饿了，便从空中俯冲而下，逮一只山兔充饥。在抓捕山兔时，常常感到体力不支，被其后腿蹬得不得不躲开。结果呢？兔子逃命了，御鹰知道自己老了。老虎发现鹰，则紧追不舍，它只好飞翔在万丈高空；豹子见到鹰，则猛扑过去，它仍能趁机死里逃生；蟒蛇见到鹰，则先将对方紧紧缠住，它啄瞎蟒蛇的双眼又逃了命。御鹰暗下决心，不管狼虫虎豹多么凶恶，不论碰到多少艰难险阻，决不动摇，一定找到日思夜想的主人。

忠诚的鹰啊，痴情的鹰，在寻主的路途中，翻越了九百九十九座高山，遭受了九百九十九次狼虫虎豹的袭击，遇到了九百九十九回疾风暴雨，仍毫不气馁，勇往直前。

话接前书，当康熙带领大队人马来到一片密林时，弘历眼尖哪，发现一只老鹰停在大枫树上，与梦中见到的那只会说话的鹰一模一样，忙喊道："皇爷爷，快看呀，前边树上有只老鹰！"

众人抬头观望，果然发现枫树上蹲着一只老鹰，遂纷纷举起了弓箭。老鹰一看大事不好，正要展翅高飞时，就见康熙一挥手，命道："给朕追！"

老鹰怕被抓住，腾空而起，向第一座高山飞去。当射牲手们追到山坡儿时，老鹰鼓足劲儿飞到前边第二座高山上，康熙又一挥手道："继续追！"

老鹰拼尽力气飞到第三座高山顶端，气喘吁吁地停在树枝上，看样子早已疲惫不堪了。康熙再一挥手："接着追！"

老鹰眼见大队人马快到近前了，刚要起飞，却觉得没劲儿了，一头栽下山来摔到地上。

康熙走到老鹰跟前，俯下身仔细一瞅，见已断气了，眼角儿有滴泪珠儿，尾巴根儿上系着一个小小的金铃铛，上刻一圈儿小字儿"爱新觉罗·玄烨"。

康熙一下子惊呆了，心里全明白了："这不是朕小时候父皇所赐的那只可爱的雏鹰吗？它长大了，变老了，出现在小弘历的梦境里，口口声声呼唤着：'我来寻主，寻主！'一只鹰尚且不忘主人，而朕呢？"想至此，眼圈儿红了，双手托起老鹰，抚摸着被风吹乱的羽毛，难过地说："鹰啊鹰，朕曾对你说过，咱俩永不分离。但自打朕入关后，整天忙于朝政，竟把留在盛京的小伙伴儿淡忘了。今日，你千里寻主，却被主人追得活活累死了，朕心惭愧呀！鹰啊鹰，朕实在对不住哇，不知你就是一直驯养在盛京的御鹰啊！"

站在康熙身边的小弘历后悔得直拍大腿，自责道："唉，孙儿若是知道老鹰是皇爷爷的宝贝，绝不会没命地撵！"

康熙说："是啊，是啊，谁能想到呢！朕在追它时，一连翻越了三座山，一山比一山高，急得瞪了三次眼，大山可以作证。孙儿，给这三座山取个名字吧。"

弘历不假思索地回道："既然是这样，干脆称它'三瞪眼山'吧！"

康熙点点头道："好！此处的三座山从今天起，就叫'三瞪眼山'了。"

御鹰之死，让康熙颇为感动，于是破了一次例，让侍从将其厚葬于西山坡儿的大松树下，随即赋诗一首：

当年雏鹰留盛京，

专人饲养羽翼丰。

千里寻主历艰辛，

皆因痴情与忠诚。

误追致毙悔恨晚，

不是朕心无厚谊。

今喜伙伴得安葬，

三瞪眼山为佐证。

　　吟罢，带领大队人马转而西进，当天下晌到达塞堪达巴罕。举目远眺，千里坝上，地势平坦，漫岗迂回，景色很美。尽管黄花、金莲花等刚刚凋谢，然姹紫嫣红的各种各样花草还在争奇斗艳，尤其是那盛开的干枝梅绚丽得如云似雾。成群的野鸡、黄羊、狍子、狐狸、獾子、麋鹿飞来窜去，尽享大自然的无私赐予，犹如一个偌大的动物园。康熙传旨，就地搭建黄幄及帐篷，晚膳后各自安歇，明晨五更于附近围猎！

　　拂晓前，旷野静静的，兵将们睡得正香。这时，呜呜的牛角号声响起来了，个个一跃而起，满、蒙大将军各率满洲八旗兵、蒙古兵以及诸部落的弩弓营、火器营、虎神枪营列队完毕。康熙一身戎装站在青石板上，高声儿下旨道："今日出猎，共计一万三千余人。行围狩猎，旨在练兵习武，提高武技，加强战备。在遭遇猛兽袭击、身处危境时，如有畏缩不前者、贪生怕死者，均以大清军法处治，出发！"随之一挥手，两翼先行的射牲手们打马疾驰，犹如利箭弹出。待按规定的距离绕了几十里的大圈儿再相遇时，大队人马于第一层包围圈儿外又围了一层，布下了天罗地网。康熙命侍卫吴尔珠传旨："抖擞精神，注意观察，天亮时合围。"

　　此时，东方露出鱼肚白，各种飞禽走兽早已躁动不安，感知到危险就在眼前。康熙同温惠贵妃和孙儿弘历坐在特设的看城上，观瞧了一会儿，冲传讯兵下令道："命各队人马缩小包围圈儿！"

　　传讯兵得令，举起牛角号呜呜呜呜连吹了四声，一号响起，多号连接，在方圆几十里的高山峡谷中，号角声此起彼伏。

　　在渐渐缩小的包围圈儿里，那些獐、狍、鹿、兔、猞猁、獾子、山豹、狐狸、野猪、黑熊，还有凶猛的老虎皆发出惊恐的叫声，四处乱窜。各种各样的飞禽原本成群结队地飞着，忽然队形散开了，发出唧唧、喳喳、咕咕、嘎嘎的鸣叫，各躲各的。一时间，地上跑的、天上飞的乱成一团，仓皇逃命！

小弘历看着看着便坐不住了，侧过头来轻声儿请求道："皇爷爷，孙儿也想试试，行吗？"

康熙一瞪眼道："怎么，你想入围狩猎？这可不是简单的'哨鹿'，而是一场与猛兽的生死搏杀。弘历，要坐在这儿认真看，用心学，等长大了，朕会准允你参加围猎的。"

机灵乖巧的弘历点点头道："噢，知道了，不是皇爷爷不允，而是担心孙儿的安全哩！"

这时，康熙身边的侍卫吴尔珠小心地问道："皇上，是时候了，请万岁……"

话未说完，康熙已明白侍卫的意思了。原来，围猎有个规矩，即先由皇上出马骑射，然后是皇子及文武群臣驰猎，接着是随猎的蒙古诸部落王公贵族弯弓盘马，最后才是各族的众射牲手及兵丁齐射。

康熙走下看城，翻身上马，奔向围猎场地，高喊道："皇子们，随朕出马，一起射获飞禽走兽！"于是，诸皇子弓上弦、剑出鞘，伴着军中的号角疾驰而出。

康熙随即又发出一道命令："今日射猎，可更改一下规矩，文武群臣、王公贵族及众兵丁同时下场，各显武能，朕要图个热闹！"

话音刚落，大队人马一齐奔向场地，万骑并发，弓箭呼啸，马蹄踏踏，声震原野，飞禽走兽发出阵阵绝望的哀鸣，包围圈儿不断缩小再缩小。

突然，一只斑斓猛虎从密林中蹿出，几步来到康熙面前。康熙镇定自若，将利箭插入箭袋，端起虎神枪向猛虎瞄准。老虎发出一声如雷的咆哮，腾空而起，向他猛扑过来。康熙身子一闪，老虎扑了个空，落在地上，转身用尾巴横扫过来。康熙躲过虎尾，拨马之时，"乒"地一枪将其后身击中。老虎毫不示弱，愤怒得两眼通红，张开血盆大口再次扑向康熙。就在这刹那间，康熙"乒"地又一枪，一股儿鲜血从虎嘴里喷出，随即一头栽倒在地。康熙知道，刚才那枪打得很准，击中了老虎的要害，遂将虎神枪收起。

看城上的小弘历高兴得欢呼起来："好，打得好！皇爷爷的枪法太准了，看着过瘾哪！"

温惠贵妃望着地上的滩滩血污，听着禽兽的声声哀鸣，不禁暗自落泪，叹道："唉，练兵习武是要付出代价的，可怜那些小生灵了。"

太阳快落山时，围猎结束了，大队人马用车装载着猎获物返回营地。

夜晚，堆堆篝火熊熊燃起，在无云的星空下，官兵们开始了割生烤肉的野餐，吃得有滋有味，之后才各自安歇。

翌日清晨，康熙的五女儿端静在几名侍女的陪同下赶来了，先向皇上请了安，然后说道："孩儿自上次与父皇分手，一直没机会再见，心中甚是想念哪！"

康熙笑道："如果朕没记错的话，咱父女俩已经见过两次面了吧？"

端静回道："皇阿玛说得没错，第一次相见是在补建'公主围'时，父皇曾测试孩儿蒙古语学得如何；第二次则是父皇专程到喀喇沁旗府，来看望孩儿。"

康熙又问："朕上次去喀喇沁旗府时，封宝音拉木索为贝勒，做得如何呀？"

端静说："回父皇，他赢得了全旗百姓的信任，威信甚高。"

康熙扭过头冲门外喊道："吴尔珠！"

吴尔珠赶忙进了黄幄："奴才在。"

康熙命道："传宝音拉木索来见！"

没多一会儿，宝音拉木索急匆匆进了黄幄，跪拜道："奴才宝音拉木索叩见皇上，请示下。"

康熙言道："听说你当了贝勒之后，颇为能干，受到百姓的信赖与拥护。从即日起，朕封你为喀喇沁旗郡王，乃旗府的头号王爷。"

宝音拉木索叩谢道："谢主隆恩，皇上万岁！万万岁！"

康熙抬了抬手说："平身吧，一旁落座。"

宝音拉木索起身时，才发现端静公主也在，忙致歉道："大嫂，不知您来，请见谅。"

端静笑了笑说："宝音拉木索，从今以后就是郡王了，祝贺你！"

宝音拉木索揖礼道："皆因嫂子的平日教导，方得皇上的恩宠，小弟谢了！"

端静说："弟弟，千万不要言谢，一家人哪能说两家话呢？何况是你自己努力的结果。"

康熙朗声儿笑道："看到你们叔嫂之间相处得非常融洽，把喀喇沁旗治理得很好，朕放心了！"

端静紧接着问道："父皇，孩儿的阿哥、阿弟都好吗？"

康熙长叹一声道："唉，好什么呀，皇子们各揣心腹事哟！"

端静听了，沉默不语，内心却清楚得很。诸皇子为了争夺皇位，暗地里使尽浑身解数，面和心不和。常言道："嫁出的女，泼出的水。"管不了那么多了。

晚膳时，康熙未见温惠贵妃和宝贝孙子，遂问侍卫吴尔珠："贵妃和弘历去哪儿了？"

吴尔珠回道："禀皇上，奴才不知。"

康熙火儿了："岂有此理，傻站着干什么？还不快去找！"

吴尔珠当即吓出了一身冷汗，"嗻"地应了一声后，赶忙退出黄幄，正巧看见温惠贵妃领着弘历回来了，贵妃的右胳膊上挎着个花篮儿，里边装满了手指肚儿般大小的乳红色草荔枝。吴尔珠见此，心里这才一块石头落了地，忙掀开门帘儿，躬身迎候二位进去。

温惠贵妃和小弘历一前一后进得黄幄，康熙抬眼看了看，只用鼻子哼了一声。聪明的弘历马上走到跟前，撒娇儿道："皇爷爷，怎么了，担心了吧？方才孙儿和贵妃娘娘在十几个侍卫的陪同下，去大观景山采摘……"

温惠贵妃忙接茬儿道："采摘草荔枝去了。"

康熙原本一肚子火儿，一听说草荔枝，怒气顿消，转而冲贵妃问道："噢？就是你当年吃了南方的鲜荔枝后，将种子种在大观景山上，又结出的草荔枝吧？"

温惠贵妃笑吟吟地回道："正是。请皇上快看，花篮里的新鲜草荔枝是刚刚摘的，奴家尝过了，好吃着哩！"

康熙伸手取出一粒儿放进嘴里，边品边乐呵呵地说："嗯，好吃，好吃，今后就不必由南方向京师运送荔枝了。"

小弘历见皇爷爷转怒为喜，也乐了，学着皇爷爷摇头晃脑地吟起诗来：

> 观景山巅提花篮，
> 采摘荔枝汗满身。
> 走进黄幄心发慌，
> 唯见天子怒无言。
> 品尝荔枝阴转晴，
> 龙颜大悦笑声喧。

吟罢，做了个鬼脸儿，笑嘻嘻地问道："皇爷爷，孙儿的诗做得如何呀？"

说实在的，康熙根本没想到十二岁的孙儿能见景生情，吟出一首不错的顺口溜来，不禁夸赞道："好，很好，骑射不凡的神童小脑瓜儿不白给呀！"转而又收了口："但是孙儿呀，万万不可骄傲哇，这六句嘛，只是稍稍沾点儿诗味儿而已，得继续努力哟！"

弘历说："皇爷爷，放心吧，孙儿记住了，不过有一事百思不得其解，想冒昧地问一句。几天来，皇爷爷时而高兴，时而眉头紧锁，这是为啥呀？"

康熙沉下脸道："小孩子家，不必多问，朕一想起你那些皇叔来……咳！"弘历赶紧闭嘴了。

膳后，康熙连连称赞塞外的草荔枝非同一般，甘甜可口。当然了，一个是因为味道确实不错，再一个那是温惠贵妃亲手种在大观景山上的。温惠贵妃深知，在众多的后妃中，自己最受皇上的宠爱了，所以每次木兰秋狝都愿意带上她。

这一夜，温惠贵妃陪伴皇上歇息在黄幄里，恩恩爱爱、温柔似水自不必说。

翌日一早，端静公主领着弘历向皇上请了安，然后问道："皇阿玛，今日还布围吗？"

康熙回道："既然女儿来了，为能在一起多待一会儿，朕再组织一场围猎吧！"

端静不无感慨地说："知我者，莫过父皇啊！孩儿今日看完围猎之后，明晨就回喀喇沁旗……"说到这儿停住了，眼中的泪水再也止不住了，噼里啪啦往下掉。

小弘历指了指端静道："哎哟，皇爷爷，皇姑姑哭了！"

康熙看了看端静，也觉得怪不好受的，心想："驸马宝音朝克图战死乌兰布通的当天，端静生下了遗腹子宝音扎鲁，总算有了慰藉。没承想还不到一年呢，孩子竟夭折了，端静今后该怎么办呢？一个宫廷里的金枝玉叶，身边连个贴心人都没有，就这么孤独、寂寞地打发日子，随着年龄的增长而慢慢变老，到啥时候是个头儿呢？"思索良久，方抬起头问道："端静，明晨一定要返回喀喇沁旗府吗？"

"是啊，请父皇释念，实在不能多留。"

康熙说："那好吧，女儿肯定有早些回去的道理，朕依你。"

用罢早膳，皇上口谕："抓紧时间布围，一个时辰后开始合围，不得延误。"

此刻，康熙同温惠贵妃、五公主及小弘历同坐在看城上，没法儿使自己聚精会神地观猎，说不出心里是一种什么滋味。他侧过头看了看女儿，开口道："端静啊，朕一生有二十个女儿，唯视五公主如掌上明珠，可却有些对不住你呀！"

端静心头不禁一震，问道："皇阿玛，此话怎讲？"

康熙叹道："唉，当年你下嫁喀喇沁旗王爷宝音朝克图，是朕指的婚，谁想到如今……"

端静忙打断道："孩儿知道，当时皇阿玛为了大清王朝的稳固，加强少数民族之间的了解和沟通，才不得已而为之，孩儿毫无怨言。"

康熙说："你未下嫁之前，已经有了爱慕之人，可朕偏偏……咳，说啥都没用了，自己多多保重吧！"

端静苦笑了一下，劝慰道："父皇，一切都过去了，不提了，望皇阿玛龙体康泰。顺便问一句，打算什么时候返京师，走哪条路？"

康熙回道："既然女儿明晨回喀喇沁旗，朕一天也不想待了。狩猎完毕，马上从西入崖口出围，取道丰宁，经古北口抵京师。"

端静说："如果是这样，孩儿送皇阿玛到西入崖口，然后返回喀喇沁旗，不等明日了！"康熙点了点头。

罢围之后，各部随围的王公贵族带领射牲手们送皇上至西入崖口，端静公主悄悄儿擦干满脸的泪水，万般不舍地同皇阿玛、温惠贵妃和小弘历依依惜别。众人跪送皇上拐过一座大山，方起身上马，返回各自的旗府。新封为喀喇沁旗郡王的宝音拉木索轻声儿对端静说："嫂嫂，上马吧，咱们一起走。"

端静点点头，一骗腿儿跃上马背，叔嫂二人带领本旗官兵挥鞭催骑，向喀喇沁旗方向疾驰而去。

第十五章

红照壁　三贵趣讲金鸡叫
皇姑屯　统勋盛赞淑慧女

已经有些日子了，康熙觉得身子骨儿有些不适，从塞外返回京师后竟卧床不起。虽然病势不轻，但在诸太医的轮流诊治和精心调理下，病况逐渐好转。饭量较前多了，脸色泛红了，双目有光了，精神振作了，文武大臣及后妃们皆长出了一口气。

这期间，雍亲王胤禛表现得尤为突出，一直守护在父皇身边，寸步不离，而且照顾得无微不至。加上乌兰布通之战中有上好的表现，敢于冲杀，身先士卒，给康熙留下了较深印象，时不时地想到皇四子。

小弘历也常来探望皇爷爷，关切地问这问那，一会儿掖掖被角儿，一会端茶送水。康熙特别高兴，眼睛笑成一条缝儿，夸赞道："这个宝贝孙子啊，打小就懂事儿，学啥也用心，骑射还大有长进，让朕心悦呀！"

一日午后，康熙一觉醒来，站在龙榻旁的重臣刘统勋俯下身言道："圣上，龙体康健，此乃万民之福，想不想到外面散散步？今天可是阳光灿烂、万里无云哪！"

康熙说："好哇！朕一病多日，早憋得难受了，出去溜达溜达。"边说边起身下了地，在太监的搀扶和侍卫吴尔珠的陪同下，来到院子里。他望着万里碧空，沉思良久，打了个唉声道："风来云往，阴晴冷暖，白昼黑夜，都是四季更替的自然规律。朕躺在卧榻上时常想，生老病死，世人皆无法抗拒，也是自然规律。待朕百年之后，必有接替之人，在二十多个皇子中由谁来继承皇位更合适呢？"

刘统勋故意引导道："是啊，是啊，此次圣上身有微恙，诸皇子经常在身边守护吧？"

康熙一听来气了，怒道："哪里！个个美其名曰前来探病，看他们的眼神儿朕就明白心里在想些什么。其中，只有被解除囚禁的胤礽和四皇子胤禛常逗留在卧榻边，噢，还有孙子小弘历，他对朕的感情倒挺深。"

二人正聊着，四阿哥雍亲王走了过来，关切地说："皇阿玛，身子骨儿刚刚见好，散步自然有利健康，但时间不宜过长。不知父皇是否有兴致，到儿臣所住的圆明园调养一阵子如何呀？"

康熙听后，想了想道："也罢，换换地方会有新鲜感，朕就到你那儿住上一阵子。这样一来，还可天天与小弘历见面，岂不乐哉！"

寒冷的冬季过去了，到了春暖花开时节，康熙的病彻底痊愈了。他知道，那是由于受了风寒，加之劳累过度才躺倒在龙榻上的。现在病好了，又有精神头儿惦记着热河避暑山庄了，并要遵循祖制，每岁一举木兰秋狝，勿忘祖宗骑射开基的传统。因此他决定，今年要提前起驾赴围。

这一天，康熙传下口谕，命大阿哥胤禔、三阿哥胤祉、四阿哥胤禛、五阿哥胤祺、七阿哥胤祐、八阿哥胤禩、九阿哥胤禟、十阿哥胤䄉、十二阿哥胤祹、十三阿哥胤祥、十四阿哥胤禵、十五阿哥胤禑三日后随驾前往木兰围场。好家伙，一下子带了十二位皇子，众臣对此无不感到蹊跷。过去皇上巡幸木兰，总是命皇子们轮流随围，这次为何带上那么多皇子呢？而随驾的皇子也揣摩父皇何以如此，想来想去不可解，都有些心神不宁。可御旨已下，谁敢说什么？只能赶紧做好出发的准备。

三阿哥胤祉悄悄找到第十六阿哥胤禄，问道："十六弟，皇阿玛让十几位阿哥伴驾，难道只为一次木兰秋狝吗？"

胤禄说："皇阿玛虽未点到我的名儿，但并不因此而无忧，总觉得情况不妙哇，请三阿哥多加小心才是。"

八阿哥胤禩也偷偷问十七阿哥胤礼："十七弟，你说说看，父皇为什么要带上包括我在内的六兄五弟呢？"

胤礼笑了笑说："因此次伴驾没有我，所以没想那么多。小弟以为，八兄大可不必多虑，谁不知道你八阿哥的人缘好呢？圣旨难违，随父皇去便是了。"

其实，康熙有自己的打算，不仅带着十二位皇子赴围，还叫上了兄长裕亲王福全、大学士李天馥及刘统勋、阿喇尼、索额图、隆科多、明珠、席桂等大臣呢！

第三天一早，康熙身骑白龙马，带领皇子、大臣以及众兵将出了华清门，在宫中上下人等的跪送下离开京师，向热河方向行进。途经古北口时，康熙忽然想起带太皇太后木兰秋狝那次，告御状的庄头儿刘进策马进了皇围。"此人胆量不小，敢说真话，矛头直指贪官污吏，是个好样儿的！朕当时派刘统勋作为钦差御使留在古北口，不但清剿了匪患，而且查办了密云知县孙有民，免其职，回乡务农。但有一事仍使朕忧虑，那孙有民的侄子孙守信当了贼寇，一直到现在也没查清他究竟藏匿于何处。唉，朕年纪大了，心有余力不足了，管不了那么多了。"康熙一边想着一边往前走着，所经城镇皆是黄土铺路，清水洒街，六日后顺利抵达热河避暑山庄。

前书讲过，热河避暑山庄的肇建工程早已竣工了，当时康熙兴奋得一夜没睡着觉，曾不止一次地慨叹过："朕肇建山庄的全部计划已经实现，既了却了心中的一桩夙愿，又为清朝历史书写了浓重的一笔呀，朕心悦也！"可是，此刻这里仍人来人往，他们在干什么呢？原来是对一些殿阁重新进行粉刷和修整。

沸腾的工地上，工匠们看到皇上驾临，高兴无比，群情振奋，欢呼声此起彼伏，回响于塞外的青山绿水之间。康熙向众人频频招手，大家齐刷刷跪了一地，叩道："皇上万岁！万岁！万万岁！"

康熙环视一下四周，高声儿说道："尔等快快平身，认真干活儿，确保山庄所有殿舍修缮装饰如初，朕就放心了。"言罢，在山庄督建总管哈雅尔图和副总管马尔汉的陪同下，健步登上了丽正门城楼。举目四望，西面的双塔山峰峦叠嶂，兽嬉禽鸣；南面的僧冠山奇石环绕，尽显鬼斧神工；东面的罗汉山树木丛杂，鸟语花香；天桥山、鸡冠山、磬锤峰直指云表，尽收眼底。康熙心情无比激动，不由得诗兴大发，朗声儿吟道：

> 吾君又见磬锤峰，
> 独崎山麓立其东。
> 高耸入云现奇观，
> 诗情画意好风光。

吟罢，回头望望山庄内的万壑松风，激情更是喷发不止，随口接着吟道：

> 吾君又见万壑松，
> 偃盖重林造化同。
> 低头再瞧红照壁，
> 双狮守门甚威风。

吟罢，康熙对督建总管哈雅尔图说："那万壑松风之地，是朕辅导皇孙读书、练字的去处。这丽正门前，一双石狮左右把门，形似真狮子一般，栩栩如生啊！"

哈雅尔图手指石狮前面不远处的一堵十余丈长、高近丈余的墙体问道："皇上，要不要看一看'红照壁'？"

康熙笑道："那不就是一堵红壁墙嘛，有啥可看的？"

哈雅尔图说："去年的除夕，刚刚吃完晚饭，便听红照壁发出咔嚓、咔嚓两声巨响。微臣怕有什么意外，赶忙提灯去瞅，见红照壁完好无损。因当天夜里下雪，微臣不经意间跺了跺落在靴子上的雪，准备回去睡觉。嘿，这一跺脚哇，可就奇了怪了……"

康熙忙插问道："怎么了？"

哈雅尔图说："微臣刚一跺脚，立马听到从红照壁里传出一阵儿唧唧唧的金鸡叫声，皇上，这不是奇吗？"

康熙点点头道："嗯，果真奇呀，是何缘由呢？"

哈雅尔图说："微臣自奉旨兼任热河避暑山庄的督建总管之后，听一位绰号'金三咧咧'的老汉讲，红照壁里住着两只金鸡，遂问他，为什么会有金鸡呢？老汉却一个字儿不露，转身笑呵呵地走了。"

康熙呼啦一下想起来了："噢，'金三咧咧'呀，朕前些年游览汤泉等处风光时见过他。"随即回头唤道："吴尔珠——"

"奴才在。"

康熙问道："你身为朕的侍卫，还记得'金三咧咧'这个人吗？"

"禀皇上，'金三咧咧'的本名金三贵，是上河营村人。那年奴才伴驾游览天桥山和汤泉时，他曾做过带路向导，还给皇上讲些民间传说哩！"

又问："上河营村距此多远？"

"最多不过一里路。"

康熙命道："快去将金三贵找来，朕要见见他，听听金鸡藏于红照壁的故事。"

吴尔珠"嗻"地应了一声，翻身上马飞奔而去，只一袋烟工夫便领着金三贵回来了。二人下得马来，金三贵跪拜在康熙面前，叩道："奴才不知皇上驾临，给万岁磕头了！"

康熙让他快快平身，调侃道："'金三咧咧'哟，几年不见，头发怎么全白了呢？身子骨儿咋样啊，生活如何呀？"

金三贵回道："托皇上的齐天洪福，别看奴才的头发全白了，身子骨儿可硬朗着呢，日子过得也不错，嘻嘻，奴才还得过万岁的酬谢银子哩！"

康熙问道："金三贵，满肚子的故事还没讲完吧？朕想求证一件事，这红照壁之中，怎么能听到金鸡叫呢？"

金三贵忙道："万岁，请准允奴才咧咧个有趣儿的传说吧！"

康熙说："好哇，朕正想听呢，细细讲来，还有银子赏你！"

金三贵抬起胳膊用袖口儿擦了擦嘴，又咳了一声清清嗓子，这才口若悬河地讲开了。

相传老早以前，有人发现坐落于东南方向的鸡冠山，即鸡冠峰，从远处一望，整个山岭像只金鸡站在那儿。山巅之上，有五根粗大的红色岩石柱，一字排开，参差而立，如同鸡冠。鸡冠峰上有两只金鸡，一雌一雄，不知住了多少年了。尤其那只母鸡可是宝物，每到大年三十晚上就产下一枚金蛋，年年如此。住在鸡冠峰下的乡亲们这个高兴啊，大家伙儿选出一位心地善良、办事公道的长者，带着马尾箩摸黑儿上山捡金蛋。由于有了金蛋，乡亲们的吃穿不愁了，渐渐地过上了好日子。

单说鸡冠山下住着个老财迷，一心想独吞金蛋，晚上睡不着觉都在琢磨如何能得手。眼珠儿一转，想出一歹计，干脆来个连窝端，偷走金鸡！

一晃又到了大年三十晚上，老财迷赶在乡亲们取蛋之前，偷偷爬上了鸡冠峰，趁着伸手不见五指的夜黑天，悄悄儿把手伸进了鸡窝。刚要抓鸡、摸蛋之时，两只金鸡张开翅膀腾空而起，继而旋转疾下，啄瞎了老财迷的双眼。疼得他转身就跑，连急带吓的，脚底一滑跌下了悬崖。嘿！谁让他财迷心窍、贪得无厌了，竟活活摔死了。

金鸡一赌气，决定不回鸡窝了，扭头向北不停地飞呀飞。可在黑咕隆咚的夜里哪能看得清路啊，左翻右旋的，一下子飞进红照壁里了。从此，这对儿金鸡夫妻再也没出来。

鸡冠峰的南侧有个圆圆的坑，不太大，是当年金鸡下蛋的窝。东北方的山谷中，有两根二十丈高的淡红色石柱，人们说那是金鸡的两条腿。巨大的鸡身，鲜红的鸡冠，两条笔直的腿，一只栩栩如生的金鸡若隐若现地展现在世人面前。每当月朗星稀之时，老远就能看见鸡冠峰的影像，不知是谁在一首诗中称颂"鸡冠挂月三千丈"哩！

康熙听罢金老汉所讲的传说，开心极了，称赞道："好好好，这个故事有趣儿，很有趣儿！"

金三贵说:"奴才只是听别人这么讲,一来二去的,也就跟着瞎咧咧。要不,大伙儿怎会送奴才个绰号'金三咧咧'呢!"

康熙捧腹大笑道:"好你个金三咧咧呀,故事的确不少,朕爱听!"随即命吴尔珠赏纹银十两,金三贵扑通一声双膝跪地,叩谢道:"谢主隆恩!"

翌日一早,康熙率大队人马向北进发。一路上,彩旗衬着山桃花,春水映着碧柳林,令人好不清爽。走了约两个时辰,日头当顶了,进入皇姑屯地界,康熙传下口谕:"在皇姑屯用膳,顺便歇歇脚。"

四阿哥胤禛悄悄儿问大臣刘统勋:"我不明白,此处为啥称'皇姑屯'呢?"

刘统勋想了想说:"哦,皇姑屯又叫波罗河屯,早先是辽代的北安州,那儿还有萧太后的梳妆台呢,因其常在波罗河屯站脚留宿。至于皇姑屯名字的来历,得从先帝讲起。"

原来,早在顺治时期,清朝与蒙古地方的关系就比较好。顺治帝有位姐姐叫淑慧,不但模样儿漂亮,而且聪明好学,琴棋书画、诗词歌赋、古今通史、天文地理无不精通。她心地善良,礼貌待人,很受皇后、太后的喜爱,并得到了文武群臣的尊敬。

为防御外患,巩固边陲,清廷当时采取了一个有效的办法,即与蒙古和亲。这日,顺治帝经与母后、皇后商量,决定将姐姐淑慧公主下嫁给敖汉旗的年轻王爷巴音巴图尔。太后唤来了女儿,试探着轻声儿问道:"淑慧呀,年纪不小了,想没想过自己的终身大事啊?"

淑慧回道:"孩儿的婚姻,由皇上和母后做主,此乃应尽之孝心。"

太后高兴地说:"好,不愧是我的女儿,一点就透。母后与皇上合计过了,想把公主下嫁给蒙古敖汉旗的王爷巴音巴图尔,那可是个天下无双的美男子啊!"

淑慧抿嘴一笑道:"就因为他是美男子,才让孩儿……唉!"

太后忙解释道:"不不不,其目的在于团结和笼络少数民族,加强满蒙之间的沟通,巩固大清王朝啊!"

淑慧说:"孩儿深知自己差得远,若是有萧太后那样的本领,还要帮助皇上治理国家哩!眼下唯一能做的,就是答应与蒙古联姻,使得他们跟大清皇上一个心眼儿,永世和睦相处。"

太后一听,乐了:"好个聪明的公主,如此说来,这门亲事就算定了?"

淑慧莞尔一笑道:"母后之命,女儿岂能不遵?"

事过半月，一切备办完毕，敖汉旗的巴音巴图尔王爷将固伦淑慧公主娶过去了。

说来也巧，就在淑慧公主与巴音巴图尔王爷喜结良缘之时，顺治皇上喜得贵子——爱新觉罗·玄烨，这可是双喜临门哪！

玄烨满月那天，淑慧公主特意赶到宫廷，为小侄儿摆酒庆贺。玄烨四岁时，淑慧又来宫中看望侄子，问道："玄烨呀，等你长大成人了，有了本领，能不能忘了姑姑呀？"

玄烨咯咯地笑着说："皇姑姑，放心吧，不会忘的。我长大后，要像皇阿玛那样做皇帝，让皇姑姑当宰相！"他的话，把在场的人全逗乐了。

果然，玄烨八岁那年登上了帝位，康熙二十年设置了木兰围场，在一次木兰秋狝时，还特意去敖汉旗看望了淑慧姑姑呢！令人想不到的是没过多久，巴音巴图尔王爷突患急病离世了。

康熙得知王爷已故，只剩淑慧姑姑孤独一人，十分挂念，遂派人将其接到京师。住了没多久，淑慧心里总是放不下敖汉旗，想着还是回去吧。不过又能怎样呢，屋内空空，唯有难过，这可如何是好？有些好心人劝她改嫁。淑慧说："不能那么做，若是改嫁，岂不影响大清王朝与蒙古的关系吗？"

其实，淑慧不必为此担心，但她就是这么想的，下了决心不再另嫁。康熙只好说道："姑姑，朕在波罗河屯周围划给你千顷土地作为胭脂地，可南来京师，北去敖汉。还要赏几名侍女，陪你一块儿在波罗河屯居住，将屯名儿更为'皇姑屯'，姑姑以为如何？"

淑慧听罢，很是满意，便去皇姑屯安身了。谁曾想没过几年，固伦淑慧公主得了怪病，名医也无力回天，一个月后撒手人寰了。康熙闻讯，恸哭不止，一夜未眠，将姑姑运往敖汉旗府予以厚葬。为了牢记固伦淑慧公主的护国爱民之情，为了促进满蒙联姻的继续实施，从此，波罗河屯永远改称皇姑屯了。

雍亲王听完皇姑屯的来历，良久无语，感动之至。于是点燃三炷陈香，面对淑慧公主曾经住过的空房，跪拜在地道："大清王朝有如此顾全大局的先贤淑女，为江山社稷的稳固做出了贡献，使得国富民强，令后人无比钦佩，皇室子弟是不会忘记的！"

官兵们用过午饭，继续北行，傍晚时分进入了木兰围场东入崖口，康熙口谕，命大队人马在永安莽喀围猎点搭帐住宿。

一切就绪，康熙在黄幄内设宴，邀大臣刘统勋、隆科多入席，并让随驾的诸皇子前来赴宴。皇子们你看看我，我瞅瞅你，个个大惑不解，谁也没敢吱声儿。

众人围桌而坐，举起杯来，先向皇上敬酒。四阿哥开口道："这杯酒共同敬给圣上，由此可悟出一个道理……"

康熙刚要端杯痛饮，听胤禛这么一说，将杯停在胸前，插问道："噢？你悟出了什么道理呀，讲给朕听听。"

胤禛回道："先敬皇上，理所当然，但其中还有一层意思……"

康熙又道："什么意思？快快讲来！"

胤禛说："父皇前些天龙体不适，如今彻底痊愈了，并赴木兰围场秋狝，这不是可喜可贺吗？这不是万民之福吗？这不是满朝文臣武将之幸吗？"

隆科多赞同道："雍亲王所言极是，来来来，共祝皇上万寿无疆！"

康熙龙颜大悦，同在座的众位饮下杯中酒后，哈哈大笑道："胤禛有进步，学得比以前乖了！好，大家尽情地喝吧，不必多劝朕了。"

此刻，桌边的十二位皇子各揣心腹事，共同想到的是："此次木兰秋狝，父皇把年龄大的皇子全带来了，这是为啥呢？"但谁也不敢多问，怕引火烧身，只是小心谨慎地陪酒。

半个时辰过后，康熙突然冲黄幄外唤道："吴尔珠！"

侍卫吴尔珠应声儿走了进来："奴才在。"

康熙命道："传朕口谕，明晨围猎，大队人马兵分两路，一路在永安莽喀围猎点布围，另一路于伊逊河南岸的伊逊哈巴奇围猎点布围。"

吴尔珠问道："皇上在哪个围猎点观围呢？"

康熙说："朕与诸皇子、众臣及两千兵马去伊逊哈巴奇围猎点，合围结束后，朕有要事谈！"吴尔珠"嗻"的一声退出黄幄，赶忙传达皇上的口谕去了。

皇子们听了父皇的安排，觉得与往日不同，还话里有话。又联想到自己平时的所作所为，心中不免一惊！

第十六章　诸阿哥　心怀叵测争帝位
四皇子　随驾射猎受恩宠

　　第二天，康熙在侍卫吴尔珠的护卫下，健步登上看城，观看皇子们和众射牲手于伊逊哈巴奇围猎点进行的围猎。他抬了抬手道："这样吧，先由皇子及诸位爱卿下场射猎！"

　　刘统勋附耳道："皇上，依照狩猎的规矩，还得是万岁先出猎，以示皇威呀！"

　　康熙说："不必了，朕今日就在看城上观猎了。"

　　十二位皇子骑着十二匹骏马，在号角声中纷纷驰进围场，众臣亦随之奔腾向前。包围圈儿逐渐缩小，飞禽走兽惶恐万状，惊叫不已。皇子们心里憋着一股劲儿，都想大显身手，一争高下。胤祉一箭射下一只秃尾巴鹌鹑，胤祺一箭射落一只长尾巴喜鹊，胤祐正催马追赶一只豹子，胤禩则飞马捕捉一只灰狼。而胤禛显得与众不同，十分骁勇，撵得斑斓猛虎咆哮不止！只见那兽突然回头向胤禛扑了过来，四阿哥忙一闪身，猛虎扑了个空，胤禛随之"嗖"地发了一箭，可惜射在了老虎的屁股上。老虎气得眼睛都红了，再次猛扑时，胤禛马失前蹄，摔出十几米开外。他就地一滚，翻身跳起，又跃到马背上，用虎神枪射向猛虎的前胸，老虎应声儿倒地。但它并没死，刚欲蹿起时，胤禛箭一般飞身骑到虎背上，用枪托狠击其头部，抠瞎了双眼，连续击打后，老虎才蹬腿儿。胤禛从虎背上下来扭头一看，离自己不远的胤祐已与那只金钱豹交手了，豹子上蹿下跳十分灵活，胤祐累得气喘吁吁，情况非常危险。他立即跃上马背驰援胤祐，只听乒的一声枪响，凶恶的豹子瘫倒在地，一动不动了。手上滴着血的胤祐爬起来后，不无感激地致谢道："谢四哥相助，多亏来得及时，不然就……"

　　胤禛忙道："七弟，快住嘴，别讲不吉利的话！咱们有骨肉亲情，危难之时，哪能坐视不救呢？"说罢，调转马头又向大阿哥胤禔那边奔去。

　　此时的胤禔正与一只野猪相持，连发几箭均不顶用，都从猪身上滑落下去了。而野猪也不想放过猎手，瞪着一对儿愤怒得发红的眼睛，拉开了伺机反扑的架势。

就在这个节骨眼儿上，胤禛飞马来到跟前，趁纵身跳下马背的瞬间，双腿一发力将野猪踹倒，迅速从靴子里拔出匕首，冲着野猪的肚子一刀攘下去，再往后一拽，哗啦一声给劐膛了，肠子肚子淌了一地，黑家伙只哼哼几声便咽气了。

康熙将这一切看在眼里，暗自思忖："胤禛是块好料，骁勇无比，在生死关头能鼎力相助自己的兄弟。他们尽管不是一母所生，却是同父之子，可贵也！然而，皇子们为什么在权力面前就变样儿了呢？亲情没了不说，还绞尽脑汁地明争暗斗抢帝位。咳，手足之间如果能像狩猎场上那样团结互助，有难同当，该多好啊！"想至此，目光又扫向了狩猎场上的众臣。嚯，年事已高的刘统勋沉着老练，连发数箭，飞鸟应声儿落地！哦，还有大臣隆科多，身边堆满了猎物，看来收获不小哇！随朕多年，宝刀不老，一身武功，在围猎中派上了用场。噢，那阿喇尼是个蒙古族老臣，马技超群，弓开如满月，且百发百中，还越战越勇呢！曾记得朕第一次去塞外踏察并酌建木兰围场的地址时，他当时陪伴在侧，很是年轻，浑身充满活力。可叹哟，人生在世终有老，阿喇尼也老了，朕不是同样变老了吗？是啊，黄泉路上无老少，寿终总有那一天哪！诸皇子都在忙着争帝位，难道是朕要驾鹤西去了吗？算了，不想了，不想了……

紧张、激烈、壮观的围猎整整进行了一天，太阳落山时终于结束了，三山五岭回响着众人的欢呼声："仰赖皇上天威，成果丰硕，猎获物多如山积，大吉大利哟……"晚膳后，康熙无心观看篝火，命侍卫吴尔珠传雍亲王来见。

黄幄内，静谧无声，烛光闪闪。胤禛跪拜道："皇阿玛劳累一天了，本应早些安歇，不知唤儿臣有何训示？"

康熙指了指椅子说："平身吧，一旁落座，你这是第几次来塞外秋狝了？"

胤禛回道："禀父皇，算上这回随驾行围，共十七次了。"

康熙"嗯"了一声，又问："今年多大了？"

"儿臣四十五了。"

"唉，四季更替，日月如梭，一晃你已过不惑之年了。告诉朕，今日围猎有何感悟啊？"

胤禛不知如何作答合适，想了想说道："儿臣自幼常向皇阿玛学习武功，读书时受到父皇的指教，受益匪浅……"

康熙摇摇头道："所答非所问嘛，朕不是问这些。今日于看城上目睹你在兄弟遇有危险时，能做到及时施救，对此有何感悟啊？"

胤禛回答："常言道：'打仗亲兄弟，上阵父子兵。'儿臣看见同胞兄弟陷入险境，必须伸出援手，这是应该的。"

康熙满意地点点头道："嗯，此话说得在理。三国时，曹操的儿子曹植曾写过一首诗，其中一句为'本是同根生，相煎何太急'，你是怎么理解的？"

胤禛回道："据儿臣所知，曹植与曹丕本是一对儿亲兄弟，其父王曹操年老时，曾考虑立生于乱、长于军的三子曹植为太子。因为无论是品德修养，还是文化底蕴与才能，曹植都比二子曹丕胜过一筹，属僚也纷纷表示赞同，没承想却引起了曹丕的猜忌。曹操离世后，二子曹丕理所当然地接替了爵位，后来做了魏文帝。他嫉贤妒能，不断打击三弟曹植，严密监视其去往行踪，并借故减其爵位。从此，曹植自认为'身轻于鸿毛，谤重于泰山'，无奈地活了十二年，写下了名诗：'煮豆持做羹，漉豉以为汁。其向釜下燃，豆在釜中泣。本是同根生，相煎何太急。'此诗以其豆相煎，比喻骨肉相残，生动贴切。曹丕为保住自己的帝位，一点儿兄弟情分都不讲，正所谓卑鄙、可耻。他看了三弟的那首诗后，总算良心发现，愧悔不已。"

康熙说："皇儿所言极是，如果皇子们都像你这么想，朕就放心了。可事实并非如此，多年来，皇子们有劲儿不往正地方使，偏要'窝里斗'，让朕觉得当这个皇帝难哪！相比之下，你比他们要强一些，目前尚未发现有诋毁兄弟、抬高自己的言行，这就很好嘛！朕记得，在两军对垒时，你敢于冲杀，从不畏惧，曾于乌兰布通大战中，生擒噶尔丹之子多尔济赛卜腾，大长了清军的士气；胤礽被废黜皇太子、囚禁于京师后，你不离不弃，经常去探望他，给予了兄弟的关怀；朕患病期间，你日夜守护在卧榻旁，多次传唤太医前来诊治，并细心检查所开之药方，亲自取药扶朕喝下。待病有了好转，又把朕接到圆明园，与皇儿一家享受天伦之乐。凡此种种，无不证明四儿的忠孝之心哪！"

胤禛多聪明啊，听出了康熙的弦外之音，看来在众阿哥激烈的争立中，自己取得了父皇的宠信，心里既惊讶又喜悦，忙道："皇阿玛，儿臣记得有句俗语，即'忠孝不能两全'。今得到父皇的如此夸赞，真是受宠若惊啊，折煞儿臣也！不过儿臣早已暗下决心，无论在什么情况下，一定要做到忠孝两全，望皇阿玛看今后的行动吧！"

康熙说："皇儿的话听着很顺耳，能有这份儿心就行了，朕高兴。好了，天不早了，朕要歇息了，跪安吧！"

胤禛恭恭敬敬地告辞后退出黄幄，转过身来边走边"哧哧"暗笑着，乐颠颠地回到帐篷睡觉去了。当夜，他做了个梦，梦见自己身着黄袍儿，头戴皇冠，坐上了金銮宝殿……而黄幄内的康熙皇上呢？却辗转反侧，通宵未眠，围猎结束后原打算要办的那件要事也放下了。

转天一早，康熙命大队人马又进行了一次布围、合围，自己仍坐在看城上观猎。他发现在射猎时，有的皇子双眼不是盯着野兽，而是时不时地瞟向看城，思想不集中，竟把马鞭子丢掉了；有的左顾右盼，心思不在打猎上，甚至头上的辫子挂在树枝上都全然不觉，险些被凶猛的豹子咬伤；有的则停住马站在原地愣神儿，或手持弓箭屡发不中，根本不像猎手。康熙不由得琢磨开了，他们在想什么呢？是不是因为朕昨晚单独召见四阿哥，以为有要事相商，心里开始打鼓了，进而联系到由谁继承皇位的事儿了？咳，这些皇子呀，没出息，看来已到给点儿颜色的时候了。

围猎结束后，康熙命侍卫吴尔珠传旨，令随猎的文臣武将和皇子们速来黄幄，显然是一次破例而特殊的升朝。

黄幄里，气氛异常紧张，令人不寒而栗，康熙环视一下四周，缓缓说道："朕在木兰秋狝途中升朝，还是第一次，乃不得已而为之。朕以为，秋狝期间，不仅仅骑马射猎，练兵习武，也不能延误朝廷政务，尔等对此不必大惊小怪。近几年来，朕早想在宫中处理一些棘手的事儿，又怕受到不必要的干扰，故而今日在此升朝，尔等以为如何呀？"

刘统勋忙道："皇上圣明！"

康熙接着言道："按照多子多福的说法，朕的福气不小，有五十五名子女。其中三十五个儿子，十一人早殇，未参加排序，只排了二十四子。长子胤禔如今已五十有一了，最小的胤祕刚刚七岁。朕到晚年，除皇次子胤礽被废黜太子外，有亲王三人，那就是皇三子胤祉，封为诚亲王；皇四子胤禛，封为雍亲王；皇五子胤祺，封为恒亲王。有郡王三人，即皇长子胤禔，封为直郡王；皇七子胤祐，封为淳郡王；皇十子胤䄉，封为敦郡王。皇八子胤禩虽然只是个贝勒，但能力强，威望高，朝廷中拥护他的人很多。皇十四子胤禵是个贝子，在外带兵打仗勇猛无敌，有'大将军王'的头衔，威风也算不小了。朕以前曾想过，待百年之后，由当时的皇太子胤礽继承皇位，然而却令朕大失所望啊！胤礽是孝诚仁皇后赫舍里氏于康熙十三年所生，十四年便立为皇太子，乃朕唯一的嫡子，本该效忠于朕，在诸皇子中成为典范。可惜呀，皇后生下他不久，便得病命丧黄泉。朕为使胤礽能长大成材，受到良好的教育，设立了专门为太子服务的詹事府。朕除了亲自教授太子读书外，自他六岁始，命大学士张英、李光地为其师，不但通晓了四书五经，而且精习满汉文字，善骑射。朕还经常教太子创业、治国之道，并带在身边外出视察。可当了三十三年皇太子的胤礽不顾朕的用心良苦，逐渐变得乖张、残忍、贪婪、刚愎、暴戾、骄奢淫逸，与朕离心离德，结党营私，妄夺皇位，朕只好以不法祖德、肆恶虐众、不孝不仁等罪名宣布将其废掉，囚禁于京师咸安宫，这是在座的各位都知道的。"一边说，一边扫视着大家，看有什么反应。

阿喇尼悄悄儿问刘统勋："皇上果断废太子，当时意味着什么？"

刘统勋小声儿回道："杀一儆百！"

席桂捂着嘴冲明珠咬耳朵："太子被废，储位早已空缺。"

明珠回了一句："所以呀，皇子们想方设法争皇位，简直夺红了眼！"

席桂说："也不全是，皇八子胤禩和皇十三子胤祥就没争。"

明珠反问道："胤禩能争吗？他的生母是辛者库贱人，出身不好，皇位自然就没得争了。"

康熙见有的大臣在交头接耳，又道："胤禩的生母是辛者库贱人。常言道，贵长贱幼，此为礼法；子以母贵，乃清廷的规矩。不过朕不完全这样看，胤禩尽管出身卑贱，精神上受到一些压抑，反过来却因此而激发他不懈努力，奋发向上。不仅人品出众，仪表非凡，而且待人谦和有礼，给朝中大臣留下的口碑是勤奋好学，学而上进。"说到此，侧过头冲哥哥福全问道："裕亲王，你以为呢？"

福全答道："回禀皇上，微臣以为胤禩贝勒虽说爵位不高，但有才有德，极为好学，心地善良，人缘不错！"

没承想康熙转瞬间变了脸，厉声儿叫道："胤禩！"

"儿臣在。"

"听见了吧，皇八子的人品与美德可谓众口皆碑，你自己是怎么看的呀？"

胤禩心里七上八下的，暗想道："父皇什么意思呢，不会是试探吧？得小心为上。"忙上前一步跪拜在御座前，回道："儿臣严以律己，不敢妄为，老老实实做人便是了。"

康熙之所以选择在塞外搭建的黄幄内上朝，意在引蛇出洞，看看受人爱戴的胤禩到底有多大势力，紧接着又问道："胤禩，朕听说曾经有位算命先生给皇儿卜过一卦，有这事儿吗？"

胤禩吓得一激灵，答道："回禀父皇，确有此事。"

"噢，算命先生怎么说的呀？"

"儿臣……记不得了。"

康熙啪地一拍龙案，大声儿说道："朕替你答，他说你'日后必有大贵'，这么可喜可贺的上上卦咋能忘呢？难道敢冒欺君之罪不成，讲！"

黄幄内静得可怕，似乎能听到每个人的心跳，众臣和皇子们手心儿皆攥着冷汗。胤禩吓得浑身发抖，轻声儿道："儿臣……的确是忘记了，罪该万死，多谢父皇提醒。"

康熙脸一绷："醒了好哇，谁若还不醒，别怪朕不讲父子之情了！"

诸皇子更加忐忑不安，大气儿不敢出，全低下了头。众臣你瞅瞅我，我看看你，个个面呈惧色。

康熙高声儿叫道："胤禔！"

"儿臣在。"

"朕问你，胤礽被囚禁之时，朕曾多次命你前去囚牢探望。身为大阿哥，你去了吗？"

胤禔支支吾吾地说："儿臣去……没去……"

康熙大怒："究竟是去了还是没去？讲！"

"回父皇，儿臣……忘却了。"

康熙忽地站起身来，喝道："你一心想当太子，按惯例，当了太子就能做皇帝，这点没忘吧？"

胤禔一时急得不知如何是好，扑通一声跪在御座前，呜呜地哭开了。诸皇子和众臣见皇上发怒了，呼啦啦跪了一地，齐声儿劝慰道："圣上龙体贵重，息怒啊！"

康熙怒而不语，脸涨得通红，直视着皇子们。大臣隆科多叩道："万岁，气大伤身哪，请息怒。"说着，不禁泪流满面。

雍亲王胤禛跪行至康熙脚下，流着泪恳求道："皇阿玛，儿臣不忠不孝，万望恕罪！"

诸皇子一齐出班跪叩道："儿臣不孝，望父皇恕罪！"

康熙紧逼道："什么？尔等再讲一遍！"

诸皇子只是低头跪着，默然不语。四阿哥胤禛见此着急了，小声儿说："阿哥阿弟们，怎么不吭声儿啊，父皇在问话呢！"

诸皇子赶紧复述道："儿臣不忠不孝，万望父皇恕罪！"

康熙以其皇威镇住了诸皇子，也给文武群臣敲响了警钟，于是抬了抬手道："尔等平身吧！"

众人齐呼："谢主隆恩！"

诸皇子及文武群臣起身后退了几步，老臣刘统勋在大学士李天馥的手心儿写了个"八"字，李天馥小声儿耳语："刘大人所想极是，看来皇上已不想再忍了，准备首先对皇八子开刀了。"

果然，康熙咳了一声道："贝勒胤禩平时常讲'得人心者得天下'，可是又相信算命先生的胡言乱语，说什么'日后必有大贵'，难道为了得人心就不顾离君心吗？朕以为，越是得人心，就越不得君心，胤禩，你觉得说得对吗？"

胤禩跪禀道："父皇，儿臣以为，凡得人心者，必得君心。"

康熙此刻已怒不可遏，手指胤禩吼道："放肆！来人哪，立即锁拿，押往京师，不得有误！"

胤禩万万没想到父皇早有准备，让自己随驾秋狝却于黄幄中被扣，一心想登皇帝宝座的美梦竟彻底破灭了。那些极力推荐胤禩的大臣顿时惊出了一身冷汗，头不敢抬，话不敢说。

胤禩被侍卫押出黄幄后，康熙说："尔等都看见了吧？这就是明争暗斗夺帝位的可悲下场，想得未免太早了点儿。将来谁当太子，谁可即位，由朕裁决，不必尔等暗议。从今往后，谁若私下串通，谣言惑众，斩不赦！谁若背地议论朕，有旨不遵，斩不赦！谁要妄结党羽，分庭抗礼，斩不赦！"

皇威可畏，一连说了三个"斩不赦"，众人无不提心吊胆，谁不怕脑袋搬家呀，个个谨小慎微。

康熙唤道："皇四子胤禛！"

胤禛心头一惊："儿臣在。"

"皇三子胤祉！"

胤祉一怔："儿臣在。"

康熙的语气立马缓和下来，吩咐道："朕知道，年龄不饶人哪，老喽！尔等在此次木兰秋狝结束之后，一起赴盛京，替朕祭拜三陵吧！"

胤禛、胤祉齐声儿领命："儿臣遵旨！"

康熙所说的"三陵"，即指爱新觉罗家族远祖的永陵、太祖努尔哈赤的福陵、太宗皇太极的昭陵。

朝散，众臣私下里偷偷议论，有的认为："看起来，皇上肯定心里有数了，皇太子不是胤禛就是胤祉。"

有的随声附和："是啊，是啊，不然怎会单命皇三子和皇四子赴盛京代替圣上祭拜三陵呢？足以说明对他俩是信任的。"

也有的说："那可不一定，皇上心里咋想的，谁能猜得透？今日升朝，圣上先是称赞皇八子人品好，后来却急转直下，竟将胤禩锁拿！唉，君心难测呀，保命要紧，还是少说为佳。"

两日后，康熙率领大队人马回返京师，途中于热河避暑山庄停留一天，见工匠们对殿堂的粉刷和重新修复进展得很快，满意地点点头说："南有京师，中有避暑山庄，北有木兰围场，朕再行围可就方便多了。避暑山庄将成为大清王朝的又一政略署邸，既能在此消暑，又能处理政务，而木兰围场又何尝不如此呢？"

翌日清晨，用罢早膳，康熙一行在猎猎旌旗的映衬下，扬鞭跃马向京师驰去。

第十七章

沉疴重　康熙晏驾畅春园
终如愿　胤禛喜登金銮殿

皇八子胤禩被押送京师之后，连生母也没让见，立即锁囚在胤礽曾待过的咸安宫牢房里，整日叫苦不迭，可又能怎么样呢？他常常自言自语："做梦都没想到父皇竟有这么一招儿，难道自己所说的'得人心者得天下'真的错了吗？唉，对错又有何用？一切已既成事实了。"

第六天早晨，胤禩听送饭的人讲，皇上已返回京师。心想："母妃得到信儿后，或许会来囚牢看皇儿。可母妃是个'贱人'，皇上怎会告诉她呢？母妃啊，母妃，咱母子二人的命好苦哇，常言道：'伴君如伴虎。'此话太精辟了，父皇是只不折不扣的凶恶之虎啊！"

康熙木兰秋狝归来的当天晚上，忽然感到身体不适，四肢无力，头一动便眩晕，且伴有微热，茶饭不思。几位太医轮流诊脉后，皆言乃外感风寒，因气伤肝所致。

老太医问道："皇上，斗胆问一句，最近是否生过气呀？"

康熙说："朕的肚量谁不知道？胸装天下事，事事均放心。朕为盛世之尊，运筹帷幄都忙不过来，哪有时间生闲气呀！"

老太医点点头道："嗯，万岁说得也是。不过愚医总觉得皇上肝火甚大，所以……"

康熙显得很不耐烦，一摆手道："尔等退下吧，别啰唆了，朕要歇息了！"

几位太医齐声儿告退道："奴才遵旨。"

其实，康熙没讲真话。在木兰秋狝所设的黄幄中，他不只是生气，而是大怒，皇子们和众臣无人不知。可是皇上有话在前："谁若背后议论，有旨不遵，斩不赦！"谁还敢呀，项上只长一个脑袋，掉得起嘛！

说来，还真有胆大之人，竟敢偷偷去囚房探望胤禩。谁呢？就是废掉的皇太子胤礽。

有天晚上，胤礽一闪身进了牢房，胤禩大睁着双眼问道："二阿哥，你怎么……"

胤礽把两个手指放在嘴中间"嘘"了一声,然后问道:"八弟,出啥事儿了,咋落到这般田地?"

胤禩叹了口气道:"唉,一言难尽哪,不必问了。二阿哥,皇阿玛可好?"

胤礽说:"你还不知道吧,父皇从木兰围场归来后就躺倒了,看起来病得不轻哩!"

胤禩表面上沉默不语,眼神儿却泛起亮光,言不由衷地说:"哦,原来是这样,但愿父皇早日康复。"

胤礽冷冷地甩出一句:"还盼着康复?八弟,有件重要的事儿不得不告诉你,可千万要节哀呀!"

胤禩不由得张大了嘴巴,问道:"二阿哥,出啥事儿了?快说呀!"

胤礽沉痛地告知:"唉,你额娘……咋夜里自缢而死了。"

胤禩惊得一屁股瘫坐在墙角儿,好久才颤抖着问道:"这是……真的吗?"

胤礽十分肯定地回道:"没错,是真的,父皇不让告诉你。还讲什么皇八子为了争夺帝位,私下里纠集个'八爷党',简直无法无天了,非得查清不可!好了,我该走了,不能被别人看见,否则守牢的狱卒就有麻烦了。"说完,转身出门匆匆离去。

胤禩惊闻生母自缢身亡的消息,犹如晴天霹雳,差点儿晕了。可怜的额娘啊,在皇阿玛眼里,你始终是个贱人。子以母贱,儿臣也是个贱人,永世不得翻身哪!您老为何而自尽?是听到皇儿被囚禁的消息了,还是想来看望皇儿,父皇不允呢?皇儿绝不能死,更不能株连那些当朝大臣,所谓的"八爷党",要涉及七位重臣哪!想至此,泣不成声,一直哭到天色微明,嗓子都哑了。看守来送早饭时,胤禩仍泪流不止,眼睛红红的。

看守进入牢房后,把饭菜放在地上,指指盘中的一个馍,小声儿叮嘱道:"八爷,人是铁饭是钢,填饱肚子再说,务必先吃这个馍,听见没?"说完便走了。

胤禩甚感诧异,忙将那个馍掰开,见里面夹个纸团儿,展开一看,上写:"八爷,今儿个戌时,有人为你送上腰牌,趁清宫之机,随人群快快离开,逃命为上策!"

胤禩知道,这是好心人要救他了,遂将纸团儿连同那几个馍一块儿大口大口地吞进肚里，单等傍晚到来。

西时刚过，狱卒开始换岗，新到的看守将牢门打开，拿出一个腰牌悄声儿对胤禩说："八爷，这是出宫的腰牌，准备逃命吧！"

胤禩问道："你叫什么名字，为何搭救于我？"

看守说："八爷，不必问奴才名姓，好自为之！"说完，转身出去，又将房门锁了。

胤禩不敢多想，跪地向生母所住的后宫磕了三个响头，默念道："额娘，皇儿去了。请放心，此仇此恨现今不能报，将来必报！"

过了一袋烟工夫，囚房的门开了，看守跑进来说："八爷，快走吧，快呀！"

胤禩执意不肯，又问道："必须告诉我，你姓甚名谁？"

看守冷不丁将胤禩推出牢门外，在他身后只说了一句话："我叫'奴才'，愿为八爷尽忠尽孝啦！"看着胤禩身挂腰牌，随离宫的人出了皇宫大院后，回身从腰间抽出一把短剑刺向心窝儿，鲜红的血喷洒在墙上……

皇八子的逃脱，惊动了朝野上下，大家议论纷纷，断定是有人在劫牢时杀死了看守，救出了胤禩。对此，有些人暗暗流泪，言称胤禩的命实在是苦，生母自缢身亡，妻子早年病逝，膝下无儿无女，太惨了。有些人不愿卷入皇室之争，沉默无语，单等坐山观虎斗。胤禩的生母良妃死后，草草地葬入清东陵，因她虽是个"贱人"，但毕竟是皇子的生母。

皇八子突然失踪，是死是活，成了人们心中的一大谜团。只有二阿哥胤礽知其底细，不过他也不知道胤禩逃离皇宫之后去了哪里，显然是件令人担心的事儿。

这天头晌，雍亲王胤禛和诚亲王胤祉于盛京谒拜完三陵回到京师，得知皇阿玛从塞外归来之后病倒了，焦急万分，匆匆忙忙赶到畅春园，见父皇紧闭双目，昏沉沉地躺在龙榻上，看起来病得不轻。

胤禛急不可耐地问大臣刘统勋："刘大人，皇上有遗嘱吗？"

刘统勋说："圣上病势日见沉重，连说话都很困难，哪还能留下什么遗嘱？"

胤祉也盼着父皇的遗嘱，心中有自己的小算盘，遂问大臣隆科多："隆大人，皇上真的没有留下遗嘱吗？"隆科多不回答，只摇了摇头。

胤禛情急之下，俯身在康熙的右耳边，轻声儿唤道："父皇，醒醒啊，我是皇四子胤禛哪，有什么话要对儿臣讲吗？快说呀！"

胤祉则伏在康熙的左耳边，小声儿唤道："父皇，父皇啊，我是皇三子胤祉呀，有啥话就对儿臣说吧！"

康熙似乎听到了呼唤，微睁双目看了看两位皇子，然后又闭上了。

此情此景，令刘统勋非常生气，暗想道："关键时刻，皇三子和皇四子都在争夺帝位，又何止是他俩呢，哼！"

此时，后妃们得到了皇上病危的消息，大呼小叫地奔来，哭哭啼啼跪了一地，胤禛、胤祉也赶忙跪了下来。

康熙再次睁开眼睛，吃力地问道："弘历……在哪儿？"

温惠贵妃回头冲后喊了一声："吴尔珠，快让弘历进来！"

其实，弘历一直寸步不离地站在龙榻旁，看着病重的皇爷爷很是心疼，泪水不住地流，见长辈们都进来了，方退到门口儿。侍卫吴尔珠对他说："爷，皇上要见你，快进去！"

弘历急切地走到龙榻前，跪在皇爷爷身边，伸手轻轻抚摸着额头道："皇爷爷，快快好起来吧，孙儿还要跟皇爷爷去木兰围场秋狝呢！"

康熙断断续续地说了五个字："尔等……都……退下。"

众人听得真真切切，忙起身退了出去，胤禛心里一亮："有希望了，父皇单独召见我那四子，好预兆啊！"

康熙看着心爱的孙子已长大成人，且仪表堂堂，脸上浮现出欣慰的微笑，一句话也没说出来，头一歪断气了，终年六十九岁。

弘历惊恐地大叫："皇爷爷，别离开孙儿，快醒醒啊……"

众人拥进屋内，见皇上已经驾崩，顿时发出一片号啕声。这时，理藩院尚书隆科多分开人群走到屋内，大声儿说道："皇上有遗诏，微臣刚从"正大光明"匾后取出，请诸位恭听！"随即从衣袖里抽出遗诏，展开来宣道："传位于四子胤禛。"

宣罢，闹哄哄的屋内顿时鸦雀无声了。大家都知道，隆科多是雍亲王的舅舅，即皇后佟佳氏的娘家弟，当舅舅的能不保四阿哥嘛，那么遗诏的可信度就很难说了。皇三子胤祉首先开口了："隆科多，这遗诏是假的！"

隆科多毫不示弱："我长几个脑袋呀，竟冒天下之大不韪，敢捏造假诏？"

一时间，皇子们议论纷纷，有的说："怎么不是假诏？依规制，皇子排行前边一定要加个'皇'字，而'传位于四子'前面并没有'皇'字，这难道不蹊跷吗？"

有的认为："从遗诏上看，原本是传位给十四子胤禵的。一定是有人动了手脚，把'十'字改成'于'字了。"

有的则言："胤祯是胤禵的另一个名字，这谁都知道。如果隆科多将'祯'篡改为'禛'，不就变成'传位于四子胤禛'了吗？仅仅八个字的遗诏，'十'改'于'，'祯'改'禛'，又少了个'皇'字，怎能让人相信是真的呢！"

这么说，对康熙的遗诏真的都不相信吗？不！雍亲王相信，胤礽相信，孝恭仁皇后乌雅氏相信，与乌雅氏关系极为密切的温惠贵妃也相信。为啥呢？因为胤禛是皇上的宠儿，康熙对他的评价很高，曾曰："至其能体朕意，爱朕之心，殷勤恳切，可谓诚孝。"

乌雅氏见皇子们七嘴八舌的话不落地，质疑声越来越高，觉得不能任其下去了。她看了一眼儿子雍亲王，然后面冲大家极为严厉地说道："行了，差不多了，该收口了。可听好喽，皇位已有继承之人，先帝的遗诏就是铁证，胆敢抗诏，立斩！"

刑部大臣鄂尔泰表态道："皇上尸骨未寒，谁若故意闹事，本大臣绝不客气！"

隆科多紧接话茬儿："皇上生前有言，谁要明目张胆地夺帝位，斩不赦！"

刘统勋、阿喇尼、李天馥、索额图、席桂、明珠等大臣齐声说道："谁敢抗诏，斩！"

皇后及群臣一连三个"斩"字，令皇子们不寒而栗，无不想起父皇在秋狝时于黄幄里所说的三个"斩"字，一个个全闭嘴了。

四十五岁的胤禛于康熙六十一年十一月十三日顺顺当当地即位于太和殿，二十日正式登基，以次年为雍正元年。十二月，上生母皇太后乌雅氏徽号为仁寿皇太后。雍正元年二月，上康熙尊谥为合天弘运文武睿哲恭俭宽裕孝敬诚信功德大成仁皇帝，庙号圣祖。九月，厚葬于河北省遵化市昌瑞山南麓清东陵之景陵，旋祔太庙。

康熙驾崩时，留下了件遗憾的事，就是生前未能解决皇祖母孝庄文皇后的陵寝问题。至于其侍女苏麻喇姑，认为应该有个合适的安身之处，不过也搁置了，故而两位德高望重的女性之灵柩一直存放在安奉殿内。

一日早朝，文武大臣启奏完毕，雍正皇帝说："朕最近闲下来时便琢磨，自从孝庄文皇后的灵柩停放于安奉殿，大清国运昌盛，圣祖在位达六十一年，子孙繁衍，人丁兴旺，对此该如何解释呢？很简单，说明遵化马兰峪附近的东陵处是块风水宝地呀!"

众大臣齐曰:"皇上圣明!"

于是,雍正传下旨意,遍寻颇有名气的风水先生,到东陵周围相度地形地势,选择为孝庄文皇后安葬的陵寝地。

请来的风水先生经过十几天的反复踏查,望山、看水、观景,最后选定在昌瑞山下。而苏麻喇姑毕竟是侍女,尽管受到康熙帝和满朝文武的尊敬,也不能与孝庄文皇后同等对待,因为二人之间是主仆关系。雍正又亲自来到昌瑞山下,查看地形和水源,决定将苏麻喇姑的墓地选在东南新城的东墙外,距离孝庄文皇后的陵寝——昭西陵之地宫只有三里地。

雍正皇帝的安排得到了众人的赞许,认为恰到好处,既有主仆的区别,又有对侍女的尊敬。苏麻喇姑的陵墓规模较小,现今早已不复存在了,唯有地宫的宝顶尚在。人们只要去昭西陵,就会想起孝庄文皇后和苏麻喇姑的故事,且越传越远,成为佳话。

第十八章　雍正帝　喜怒无常令人惧
　　　　　　　身后事　其说不一成谜团

　　在没讲第五世皇帝雍正如何治理大清之前，咱们先看看他的成长历程。

　　胤禛生于康熙十七年十月三十日，史载他"生有异征，天表奇伟，隆准硕身，双耳垂肩，目光炯照，吐音洪亮，举止端凝"。六岁便入上书房读书，从师侍讲学士顾八代、张英、徐元梦等，耽于书史，博览不倦，立就万言。二十五年，即八岁开始随驾赴塞外，并多次奉命出巡。三十七年三月，与皇五子胤祺、皇七子胤祐、皇八子胤禩并封为多罗贝勒。三十八年，康熙为诸成年皇子建府邸，胤禛从皇宫阿哥所迁入"禛贝勒府"。四十八年十月，被册封为和硕雍亲王，原来的府邸又称"雍亲王府"。五十四年四月，康熙奉太后避暑塞外期间，召四皇子等人议西边用兵之计，胤禛进以用兵扑灭策妄阿拉布坦叛乱，得到父皇的赏识。七年后，康熙皇帝驾崩，胤禛即位，第二年改元，年号雍正，"雍亲王府"改称"雍和宫"。

　　前书讲过，胤禛当皇帝，是隆科多传的遗诏，故而皇子们对此多有猜忌。雍正深知，在这种情况下，要想君权稳定，必须"安内"。那么，如何"安内"呢？思来想去，觉得采取"顺我者昌，逆我者亡"的策略较为稳妥。首先为了树立皇帝的权威，将兄弟们"胤"字一律改成"允"字，与自己区别开来。然后任隆科多为总理事务大臣，使其摇身一变，由理藩院尚书成为朝中宰相。此举显然是布告大家，隆科多在众目睽睽之下，保雍亲王坐上了皇帝宝座，功不可没，必然受到重用。

　　雍正初年的第二大宠臣，乃镇守西北青海的年羹尧。年羹尧，字亮工，号双峰，汉军镶黄旗人，康熙进士，任内阁学士、四川巡抚。康熙四十六年，授四川总督。五十九年，封定西将军，授以川陕总督。雍正很欣赏年羹尧的才能，称其"实心用事""治事明敏"，故而对其恩赏有加，何况正需用贤治世。有一次，年羹尧飞马抵京师，向皇上报捷。雍正听罢，龙颜大悦，当众夸赞道："年大将军，你是大清王朝的一员虎将和盖世英雄啊，朕该重重嘉奖才是！"在场的文臣武将听了，个个称羡不已。果然没多久，年羹尧调任抚远大将军，主西北事务。

雍正怎样对待兄弟们呢？当年镇守边陲青海的十四阿哥允禵得知父皇驾崩的信儿时，葬礼已经完毕，回来后很生气，见到胤禛不肯行跪拜礼，质问道："四阿哥，只顾当皇上了吧？皇阿玛晏驾为什么不告诉我，居心何在呀？"

胤禛不紧不慢地说："十四弟，此言差矣。在父皇病重期间，朕曾派人前去报信儿，你却迟迟不归，不知缘何。一直到父皇的国丧结束，才慢慢腾腾地返回，哪里还有父子之情啊！"

允禵一听气坏了，指着胤禛的鼻尖儿吼道："胡说！光天化日之下，竟敢撒弥天大谎，我怎么没见到报信儿之人呢？"

胤禛丝毫不让："哼，是你撒谎还是朕撒谎？天才晓得！"

兄弟二人你一句我一句地叫起真儿来，各不相让，满朝文武谁也不敢参言。吵到最后，只听雍正大吼一声："来人哪，给朕绑喽！"话音未落，冲上来几名侍卫，用绳子三下五除二地把允禵捆了个结结实实。

到底谁心中有鬼呢？只有雍正最清楚。这个独裁皇帝为了保住帝位，使尽浑身解数，撒谎不说，还倒打一耙。

万般无奈之下，允禵暗想："帝位已经被四阿哥夺去了，就是再闹又能怎样呢？自己虽然和胤禛一母所生，但君权至上啊，唉！晚了，一切都晚了。"

胤禛见允禵不吱声儿了，随即命松绑，让十四阿哥赴清东陵为圣祖康熙守孝陵，侍大祭，从而解除了允禵统率大军的兵权，以除内忧，防患于未然。又将自认为文才武略一无可取、极力与自己争帝位的九阿哥允禟派往万里之外的西宁驻守，实际上是以变相充军的方式发配了。

雍正对五阿哥允祺也特别警惕，处处小心，察其言观其行。为什么呢？允祺十九岁时被康熙封为贝勒，十一年后又晋封恒亲王。而允祺和九阿哥允禟系一母所生，其生母为宜妃郭络罗氏。康熙驾崩时，宜妃坐在软轿上直奔灵堂，跑在胤禛的生母德妃乌雅氏前面，当时令胤禛十分不悦，心想："如果宜妃母子联手，待时机成熟造起反来，可就不好收拾了。"便于雍正元年二月，找借口指责苏努、允禟朋比为奸，开始打击朋党。利用皇权，命允禟去西宁镇守，且只许带极少兵马，名曰"守城护边"，实则被监视起来。雍正二年四月，称允䄉曾与允禵、允禟、允禩、允禟等私结党援，随即革除允禵郡王爵，永远拘禁。将已离宫的允禩削籍离宗，改名为"阿其那"。

雍正的"安内"果然奏效，众多阿哥遭到了不同程度的打击，唯被人"劫"走的八阿哥允禩尚不知是死是活。允禩一去杳如黄鹤，像是从世间蒸发了一样，成了胤禛的一块心病。后来仔细一想，觉得他翻不起什么大浪，用不着过多担心，也就释然了。

过了些日子，雍正对允禟仍不放心，遂于雍正三年七月，革去允禟贝子爵。四年正月，削籍离宗，令其改名"塞思黑"，调到保定后立即监禁起来，最后因患腹泻死在囚所里。雍正八年五月，诚亲王允祉被削爵圈禁。由此可见，雍正登基之后，从未讲什么仁慈，难怪有的大臣说："君臣之争，自古有之。"

那么，雍正皇帝对手下的大臣是如何"安内"的呢？拿年羹尧来说，当年不是称其为盖世英雄嘛，此乃雍正所采取的先安抚一下臣子之心，然后再抽出手来加以处置的办法。雍正三年四月，无缘无故地免去了年羹尧川陕总督和抚远大将军之职，调补其为杭州将军。皇上下令，岂敢不从？年羹尧遵旨去了杭州，心中却很不服，暗自琢磨："这个独裁专横的皇上可不简单，不能小觑呀！刚登基时，给我戴了三顶金光闪闪的帽子，什么'圣祖的忠臣''朕之功臣''国家良臣'，甚至还称过'稀有大臣'。如今看来，那些夸赞之词不是发自内心，而是表面文章，讲得非常肉麻，没一句是真的。"

是年七月，年羹尧被革去杭州将军，九月逮捕入狱，十二月，雍正以"大逆、欺罔、僭越、狂悖、专擅、贪黩、残忍、侵蚀、忌刻"等九大罪行共九十二款赐年羹尧自裁。

讲到这儿，诸位阿哥或许要问，与雍正甥舅关系的隆科多命运如何呢？一个字儿：惨！雍正对其采取的是先升后降，再置于死地的做法。

隆科多隶满洲镶黄旗，乃康熙帝孝懿仁皇后之弟，任理藩院尚书兼步兵统领。胤禛即位的次日，被提升为总理事务的四大臣之一，官至吏部尚书加太保，二十三日承袭一等公爵。他着实乐了些日子，一跃变成皇上的宠臣，能不高兴吗？常言道：乐极生悲呀，还真应了这句话了。不久，隆科多的官职开始一降再降，雍正三年，革步兵统领，被夺兵权，次年罢尚书。每回接旨时，还要违心地跪叩"谢主隆恩"，真是哑巴吃黄连，有苦说不出了。雍正五年十日，雍正以"大不敬、欺罔、奸党、不法、贪婪、紊乱朝政"等六大罪行共四十一款判处隆科多终身圈禁，次年六月死于禁所。

看吧，这就是曾鼎力相助雍亲王登基的结局！平日里，雍正常常暗自思忖，认为越是亲近的人越危险。朕夺嫡时，时任川陕总督的年羹尧就近将允禵控制在其手中，助朕争位成功，谙知内情隐事，此乃后患。隆科多之父佟国维，其子岳兴阿、玉柱原都是允禩的党羽，乃朕的政敌。他本人又是贵戚元老，辅政重臣，在朝中举足轻重。如果将来祖孙三人联合起来，干出对朕不利的事儿，后果将很难预料。故而他才狠下心来，把昔日的两位恩人都处治了，免除后患，达到了杀人灭口的目的。

雍正对文臣武将下了毒手，而对文人钱名世采用的又是什么花样儿呢？

钱名世，江南武进人，与年羹尧同在康熙年间科考中举，曾写诗赞扬过年大将军乃"难得的虎将""盖世英雄"等，并赠予之。

钱名世如此用词有错儿吗？雍正皇帝也曾这么讲过呀，怎么一个文人就不能说呢？这便是君权至上，可以翻脸不认人，该着钱名世倒霉。雍正对他的处治可谓"出奇料理"，谁都想不到。雍正不无得意地说过："对不同的人，惩罚也不同，应有针对性。怕疼的人，则狠狠打他的屁股；怕死的人，该砍掉他的脑袋；爱财的人，要抄没他的家产；削尖脑袋一心往上爬的人，须罢掉他的官职。"然而，雍正认为凡此种种，对钱名世来说均不合适。文人最注重自己的名声，如果罢了他的官，好嘛，本人正想归隐山林安度晚年呢；如果砍掉其脑袋，他会说："我死不足惜，留得清名在，万古魂不死，吾辈倒真想流芳百世"；如果把他放逐于宁古塔、海南岛或西北大沙漠，岂不借此开阔眼界，积累更多的原始素材，那可是求之不得呀，反倒成全了他。唯一可行的就是想个招儿让他臭名昭著，一臭到底，永世不得翻身！思谋来思谋去，忽然眼前一亮，有了！不妨先下令革职，然后发回江南武进原籍，并由一些文武官员赐字，送其离开京师。

平日里，皇帝给朝中臣子赐字，那是常有的事儿。臣僚能得到万岁的御笔，无不感到荣耀，会制成匾额悬挂在门楣或厅堂上，尽享天子的恩宠。若遇某官员被贬，同僚们前去送行，也是常见的礼节，无非表示"人在人情在，人走茶不凉"。如果文人送文人，通常是相聚一起，推杯换盏，吟诗作赋，表达惜别之情。或者以诗词赠予对方，常忆故人，互相勉励。

雍正当然不想对钱名世这么做，而是独出心裁，开了个先例，写下了四个狼毫大字——名教罪人。

儒家向以维护自己的名声为己任，并视为生命，宁愿两袖清风，绝不能受辱。雍正称钱名世为"名教罪人"，岂不玷污了他，折煞了他，分明是从精神上要了他的命啊，与指控清官为污吏、节妇为娼子有何区别？特别是钱名世连申辩的权利都没有，急得羞辱之泪流过双腮，白日黑夜眼望天棚不能入睡。更令他不解的是，皇上命地方官将"名教罪人"制成匾额，张挂于钱氏所居之宅，让黎民百姓都来参观。京师的官员们所写之送行诗，要求必须是挖苦、讥讽的词句，其中最受雍正皇帝欣赏的一首诗是这样写的：

> 名世已同名世罪，
> 匾额高悬家门楣。
> 亮工不异亮工奸，
> 留作话柄弃几辈。

尽人皆知，钱名世的字曰亮工，而年羹尧的字也叫亮工。显然，雍正之所以欣赏此话，自认为钱名世与年羹尧同属奸党，乡邻看过后，肯定会嗤之以鼻、唾弃几辈的。雍正还传口谕，命书记官将送行诗编辑成册，以警后人。

钱名世回乡那日，逾千官员抬匾为其长街送行，数万黎民百姓上街围观，把文人的面子丢了个一干二净、斯文扫地。愤怒、委屈已极的钱名世彻底心凉了，暗自思忖："这个雍正，典型的暴君，士可杀不可辱！让我把匾额悬挂于自家门口儿，不仅有损列祖列宗，子孙也抬不起头来。唉，为官一世，忠诚朝廷反受冤枉，生不如死啊！"果然不久，这个所谓的"无耻文人"终因羞愧难当，自饮毒酒而亡。

雍正最善于给反对自己的人扣上莫须有的罪名，经常采用诋毁名誉的手段惩治臣僚，即使把人整死，也不能让他安眠于地。大臣阿灵阿离世后，雍正写下了这样的碑文："不臣不弟暴悍贪庸阿灵阿之墓。"给大臣左都御史兼掌院学士揆叙所写的碑文是："不忠不孝阴险柔佞揆叙之墓。"由此可见，雍正从没因反对自己的人死去而放过，难怪好多臣僚对他敬而远之，整日提心吊胆。

雍正在强化封建专治、严惩异己等方面做得确实有些过分，那么是不是一无是处呢？不是，恰恰相反，他是一位励精图治，比较有作为的封建帝王。在位期间，为了国富民强，实行了一系列政治、经济、文化措施。政治上整顿吏治，完善密折制度，整饬旗务，谕八旗官员遵守俭朴之道，力改奢靡之习；经济上劝农务本，推行"摊丁入地"制度，置八旗教养兵，以解决满洲八旗、蒙古八旗和汉军的生计问题，恢复中俄贸易，通商富国；军事上治理边疆，于西北平定青海，经营西藏，用兵准噶尔；文化上整顿八旗官学，各省建立书院，命修《八旗通志》初集，纂修《大清律例》，修成《大清会典》《圣祖实录》《清圣祖圣训》等。

拿密折制度来说吧，大臣鄂尔泰曾感叹道："雍亲王继承先皇的帝位之后，实施了密折等一系列新举措，可谓独到而高明！"此话一点儿不假。

雍正由衷地言道："朕提出的密折制度，不仅仅是靠此法搜集讯报和监督官员，更主要的还是一种重要的政事商定及秘密决策手段。尔等已经目睹了，朕的改土归流、疏浚运河等事宜，皆是通过密折之情报，然后广征众议而传旨之程序进行的呀！"

鄂尔泰说："微臣之所以称密折制度独到，就在于对官员们的高度信任，并规定，只有皇上信得过的人，才准予有密奏权，从而使享有此权的官员逐渐增多了，成了万岁的耳目。明代朱元璋、朱棣依赖的特务机构，令人恐怖至极，很不得人心哪！而万岁实行的密折制度，颇受全国各府州县的欢迎，此为真正的高明之处！"

雍正笑道："鄂爱卿，不是在拍马屁吧？"

鄂尔泰忙解释道："微臣不敢，只是把官员们对圣上的称道如实禀报罢了。"

雍正说："爱卿啊，朕是最了解你的。你的字毅庵，姓西林觉罗，满洲镶蓝旗人，世袭贵族，二十岁中举，二十一岁做御前侍卫，是个有才之人。因为秉性刚直，不肯趋炎附势，所以到四十岁才是个内务府员外郎。你曾在一首诗中这样写道：'看来四十还如此，虽至百年亦枉然。'朕说得对吧？"

鄂尔泰不好意思地说："没错，皇上的记忆力超人，不过夸愚臣是'有才之人'，实在是过奖了。"

雍正沉思道："'德才'二字不可不讲，历代皇帝皆奉行司马昭的'三字经'，即清、慎、勤，也就是清廉、谨慎、勤勉。朕却不以为然，在藩邸多年，深知朝中官场习气，此三字早已变味儿了。'清'，变成了装穷，实则沽名钓誉也；'慎'，变成了胆小怕事，实则推诿扯皮也；'勤'，变成了琐碎，实则因小失大也。"

鄂尔泰点头赞同道："皇上圣明！"

雍正继续说道："结果如何呢？朕以为，清、慎、勤之美名中的所谓'清廉'，往往会变成'巧宦'和'循吏'了。这些官吏只知洁己，却不奉公，或者说大错不犯，小错不断，饱食终日，无所用心。"

鄂尔泰毕恭毕敬地表示道："听皇上一席话，胜读十年书啊！哦，请恕微臣直言，万岁心中的'德才'标准是什么呢？"

雍正说："朕的新标准便是公、忠、廉、能。忠君报国者，必'公'；公而忘私者，必'廉'；有公、忠之心者，必勤劳王事，而至于'能'。总之，当一个称职的官员，应该同时做到忠臣、清官、干吏、能员。当然了，也不是只讲清廉不犯错误就能保住禄位，即做那种太平官。拿吴桥知县常三乐来说吧，他操守廉洁，却懦弱不振，这样的官员只能免去，改任不理民事的学官了。"

雍正的确不一般，不仅恨贪官，也恨无所作为的庸官，更讨厌因循守旧、明哲保身的木偶官。他认为，凡是胆小怕事、办差不力、推诿扯皮的官吏，应一律免职；凡是见风使舵、溜须拍马、看人下菜碟的官员，要坚决罢黜；忠于朝廷、百姓拥护又有才能者，方可称得上德才兼备，就是好官。

尽管雍正如此说，官吏们仍心有余悸，不得不多加小心。如果被信任重用之人一旦惹怒了皇上，只要朱笔一挥，至少得在囚牢里蹲上几年。那是雍正四年的十二月，詹事陈万策曾经给钱名世写过一首最令皇上欣赏的讽刺诗，为此雍正赏赐其二十两黄金，陈万策乐得屁颠儿屁颠儿的。回家时，为了显摆自己，便端起架子来，向福建陆路提督丁士杰借轿子和仪仗用。后来这事儿不知怎么传到皇上耳朵里了，立马勃然大怒："岂有此理，这个丁士杰呀，竟给陈万策拍起了马屁！"随后传下旨意，立即将丁士杰押至吏部议处。

请看，这不是天大的笑话吗？丁士杰乃一品官，而陈万策是四品官，一品官怎么会给四品官拍马屁呢？丁士杰不服，赶忙呈上奏折，说明自己冤枉。雍正看罢，气不打一处来，啪地一拍龙案大怒道："一品官丁士杰，你连'塞思黑'和'阿其那'都不如！"此话啥意思呢？"塞思黑"指的是猪，"阿其那"指的是狗，就是骂丁士杰猪狗不如。随即操起朱笔在奏折上写道："卑贱无耻，令人指唾！"真是字字如匕首，刺得丁士杰愣怔之下，心里不由得流血了。

瞧，雍正帝发起脾气来，真够人喝一壶的。从此，丁士杰心灰意冷不说，越发谨小慎微了，根本放不开手脚，也就不可能有大作为了。

雍正还有个特点，即谈儒、信佛。雍正十一年五月的一天，雍正在宫中举行法会，亲自说法，并收下门徒十四人。雍正自号"破尘居士"，又号"圆明居士"。徒弟有"爱月居士"庄亲王允禄，"自得居士"果亲王允礼，"长春居士"宝亲王弘历，"旭日居士"和亲王弘昼，"如心居士"多罗郡王福彭，"坦然居士"大学士鄂尔泰，"澄怀居士"大学士张廷玉，"得意居士"右都御史张煦，文觉禅师元信雪鸿，悟修禅师明慧楚云，妙正真人娄近垣，大僧超善若水，大僧超鼎玉铉，大僧超盛如川。其中俗家八人，包括四位亲王，一位郡王，两位学士，一名御史，和尚、道士六人。显而易见，皇帝、王公、学士、和尚、道士皆有，却能不伦不类地聚在一起，可谓煞有介事了。

有人不解地问："皇上，真是奇了，当今天子开堂盘坐讲法呀？"

雍正笑道："佛教于东汉初传入我国，朕一向尊孔信佛，这有啥奇怪的？谈儒说法，仔细品品，其中的道理颇深哪！"

有人背地里偷偷议论："皇上非比常人，震怒时，杀人不眨眼；高兴时，批阅奏折竟禁不住流泪，难以琢磨也。"

其实，雍正早在藩邸时，就烧香礼佛。做了皇帝后，日理万机，有时通宵不眠，批阅奏章写下七八千字的御批是常事儿，成为满朝文武的佳话。他并没忘记照顾到那些儒学大臣的情绪，虽然谈佛略少了些，但一张口可就不得了，没完没了哇！

雍正讲过这样一个故事："雍正二年七月初二，朕曾在抚远大将军年羹尧的奏折上，自喻为'和尚'。当时，京城有个姓刘的道士，久负盛名，自称已有几百岁了，会看每个人的前世，声言怡亲王允祥的前世也是个道士。朕听了感到好笑，对怡亲王说：'他是个道士，你也是个道士，这是你们生前的缘分。可朕就不明白了，你这个道士比我这个和尚有力量吗？'怡亲王不能作答。于是，朕告诉他，什么真佛真仙真圣人，不过是大家共同为众生栽种福田而已。那些没有此力量的人，还得去当和尚、道士，各立门户，这样方使得呀！"

雍正此话显然是说，他作为皇帝，尽管没出家，却比出了家的和尚、道士还高明。听见了吧，雍正哪里只是未出家的和尚，简直是活佛、救世主了，天底下、地上头居然有为臣民谋利益的"佛爷皇帝"！由此也可以看出，雍正的儒学和佛学水平不低，比起那些腐儒和愚僧来，要高出一大截儿。

前书讲过，爱新觉罗·弘历是胤禛的第四子，胤禛继承皇位时，弘历刚十二岁，心中最怀念的是皇爷爷康熙。他清楚地记得，六七岁时，皇爷爷就辅导自己读书、练字。十一岁便随驾赴塞外狩猎，曾射获一只大黑熊，受到满朝文武的夸赞。在皇爷爷的关怀和调教下，苦练马上功夫，骑射超群，武艺高强。一次随驾木兰秋狝中，曾同皇爷爷一起追捕过皇帝亲自驯养的御鹰，遗憾的是祖孙俩事先并不知情啊！

如今，雍亲王做了皇帝，整天忙于朝政，顾不上其他事。弘历不知父皇为何不遵照祖制去木兰围场秋狝，难道沿袭多年的木兰秋狝从此礼废了吗？于是大胆地问道："皇阿玛，皇爷爷在位期间，不但设置了木兰围场，而且赴木兰秋狝达四十八次之多。儿臣不明白，父皇缘何不去木兰围场行围狩猎呢？"

雍正老大不高兴地反问道："皇儿的意思是不是说朕有意将木兰秋狝礼废？亏你想得出，难道朕不想赴木兰围场秋狝吗？朕知道，秋狝乃大清王朝的'家法'，更是'祖制'，朕敢不遵吗？朕在做四阿哥时，曾随驾去木兰围场狩猎十七次，受益匪浅。你却愚昧无知，也不动脑子琢磨琢磨，竟然提出这样的问题，简直是蠢笨透顶，哼！"

弘历的生母钮祜禄氏见雍正又发脾气了，忙劝道："皇上，消消气儿，何必冲皇四子动怒呢？他是好心，目的是请皇上对木兰秋狝之事予以考虑。"

雍正说："弘历自幼受到皇爷爷的偏爱，朕以为，父皇把他宠坏了！"

皇后又道："皇上，此言差矣。弘历打小就十分懂事，勤勉好学，礼貌有加，对皇上非常尊重。皇阿玛能将帝位传给皇上，要臣妾看哪，弘历还有很大功劳呢！"

雍正一愣，不解地问道："他有何功劳啊？"

皇后回道："弘历的所作所为，曾受到皇阿玛的赞许，还说什么……"

雍正着急了："说什么了？快讲！"

弘历接过话茬儿："皇爷爷还说'后继有人'哩！"

雍正听罢，低下眼来沉思道："是啊，'后继有人'不正说明弘历是块做皇帝的料嘛，看来父皇早有预见哪！"想至此，火气消了一大半儿，冲皇四子问道："弘历呀，你认为'后继有人'是何意呢？"

弘历见父皇语气缓和了，遂大胆地回道："皇阿玛，这其中的道理明摆着，当时皇爷爷讲'后继有人'，说明父皇承继皇爷爷之帝位是必然的了。"

雍正似乎刚刚大彻大悟，满肚子的气儿顿消，说道："嗯，皇儿所言，不无道理。唉，朕即位之后，政务缠身，连皇爷爷最惦念的热河避暑山庄修复得咋样了，都没有亲自去视察一番，哪有时间赴木兰围场秋狝哪！前些天，热河避暑山庄的总管哈雅尔图、副总管马尔汉连连派人递奏折，报询避暑山庄的备用木料等物被盗一案如何处理。朕因不能亲自前往，所以只对案犯朱笔批了个'斩'字，要他们当机立断，定斩不赦，仅此而已。"

弘历说："父皇自即位以来，旋乾转坤，雷厉风行，从不优柔寡断，令儿臣钦佩之至。"

雍正摇摇头道："你不是在拍朕的马屁吧？"

弘历慌忙跪在地上叩道："皇阿玛，儿臣不敢，所说的全是肺腑之言。"

雍正抬抬手道："好了，好了，平身吧，上朝的时间快到了，朕得更衣了，一会儿还与群臣议事呢！"说完，起身进内厅了。

雍正走后，皇后叮嘱道："弘历呀，同父皇说话，一定要讲究方式，不可直言。"

弘历说："母后，此话怎讲？望赐教。"

皇后说："你忘了，那隆科多是大清王朝有名的忠臣，可后来怎样？还不是被你父皇给整治了，宗室王公中被革爵、降封、削籍的也不少哇！"

弘历心中一惊："是啊，父皇一向喜怒难测，谁知在他生气时，哪个会倒霉呢！"

光阴荏苒，一些老臣，如刘统勋、阿喇尼等已被雍正劝退了。还好，皇上有旨："年高体弱的老爱卿退位之后，仍领取俸禄，以安度晚年。"

到了雍正十三年，即雍正帝五十八岁时，在位十三年。他曾自责道："是予之过。后世子孙当遵守皇考所行，习武木兰，毋忘家法。"看来，雍正始终没有忘记木兰秋狝。

是年八月二十日，雍正帝病倒在龙榻上，但仍支撑着打理朝政。二十二日病重，二十三日夜去世。按秘储遗诏，四子弘历即位，改次年为乾隆元年，是为清高宗。十一月十二日，上雍正尊谥为敬天昌运建中表正文武英明宽仁信毅大孝至诚宪皇帝，庙号世宗，葬于河北易县清西陵之泰陵。

相传，雍正患的是暴病，咽气时身边没人。当大伙儿拥进寝宫时，竟吓得纷纷后退，原来发现皇上没了脑袋，据说是女侠吕四娘将头颅取走了。

吕四娘乃清初浙江石门县儒生吕留良的孙女。吕留良博学多才，隐居著书，不仕清廷。崇奉程朱理学，宣扬"别夷夏之防"，主张反清复明，雍正对其恨之入骨。在大兴文字狱中，谕旨称其"著邪书，立逆说，丧心病狂，肆无忌惮"。雍正八年至十年，雍正连连降旨，大开杀戒，将吕留良一家满门抄斩。侥幸的是吕四娘在官府抄捕时外出玩耍，故而漏掉了，捡了一条命。从此，吕四娘孤苦一人，无家可归，后来被一位武艺高强的老尼姑收留并教她百般武艺。

五年过去了，吕四娘为给家人报仇，偷偷离开寺院，潜入京师。一日深夜，正值雍正昏昏欲睡之时，蒙面的吕四娘运用轻功飞身纵上宫墙，悄无声息地来到雍正的寝宫，手起刀落，咔嚓一声砍下了皇上的脑袋。随即一手提刀，一手拎着血淋淋的人头，跃出窗外，再纵上高大的宫墙疾遁。

雍正驾崩后，给这具有身无首的尸体安了个金脑袋，葬于河北易县清西陵之泰陵。于是有人说，雍正之死，犹如唐朝的黔州都督谢佑。由于女皇武则天不明是非，无端下旨，逼死了零陵王李明。后来，谢佑被复仇者暗杀，将其脑袋拎走了，做了李明之子李俊的尿壶。

诸位阿哥要问，雍正死时，项上到底有没有头呢？这已成了千古之谜。或许往后发掘泰陵时，打开雍正的棺椁，里面的尸骨有否头颅方会一目了然。民间曾流传一首民谣：

> 康熙的儿子叫雍正，
> 木兰秋狝被他停。
> 死时不见有脑袋，
> 安个金头瞎糊弄。
> 是真是假成悬案，
> 有朝一日掘泰陵。

俗话说，气大伤身，仔细想想颇有道理。雍正生前气性大，遇事好发火儿，伤肝伤脾，故而得了暴病，实在可惜呀！有人说，胤禛做四阿哥时，曾多次随驾前往木兰围场狩猎，为什么当了皇帝之后，就不再木兰秋狝了呢？其实此言有点儿冤枉他。雍亲王自打即位那天起，便着手治理朝纲，惩治贪官污吏，扶持清官，做了好多必办的事，着实下了一番苦功夫，已没有精力组织人马去塞外狩猎了。在他离世的前一天，冥冥之中，还因自己未能坚持木兰秋狝而自责呢！

第十九章 　怪老头　车搭瓦罐拦御驾　战洪涛　布尼阿森溺水亡

话说宝亲王弘历坐上金銮宝殿那天，时年二十五岁，史载其"生而神灵，天挺奇表，殊庭方广，隆准硕身，发音铿洪，举步岳重，规度恢远，凝然拔萃"。关于其身世，传说很多，有说他是胤禛在避暑山庄与汉族宫女李金桂所生，有说是胤禛用亲生儿偷换了大学士陈世倌的儿子等。

民间流播着这么一段传说，讲的是乾隆不忘祖训，每年或隔年，皆要带领大队人马赴塞外木兰围场进行狩猎活动。有一次，秋狝结束后，乾隆特意前往避暑山庄，住在烟波致爽殿寝宫。不知从哪儿吹来一阵风儿，言称乾隆皇上是私生子，还说他是汉人的儿子，不是满族后代。乾隆闻听此言，心里很不痛快，可又不便亲自过问自己的身世。

一天早膳后，乾隆脱掉戎装，换了一套商人穿的衣服，叫上几个贴身侍卫，骑马出了德汇门，往东一拐，顺着武烈河畔一直向北行。走出七八里地时，遇到一个农夫，正赶着牛急三火四地奔西沟去。

乾隆伸手拦住问道："老人家，请问这是去哪儿呀？"

农夫回道："去私子园。"

乾隆听了一怔："咦？叫啥名儿不好哇，干吗偏偏起这么个名儿啊？"随即又问："为什么叫'私子园'呢？"

农夫打了个唉声道："要说起'私子园'哪，话可就长了，还不是雍正作的孽。"

几名侍卫听后，顿时惊得目瞪口呆！这还了得，一个草民竟敢在光天化日之下出口不逊，大骂雍正皇帝，站在他面前的可是世宗的儿子呀！刚要抽刀，乾隆一抬手，暗示侍卫不要轻举妄动。他觉得农夫话里有话，遂装出一副若无其事的样子，接着问道："雍正皇帝已经驾崩多年了，你怎么还骂他呢？"

农夫说："咳，若不是雍正，我们村咋会叫'私子园'呢？多难听啊！"

"请问西边的这条沟，叫什么沟啊？"

"私子沟。"

乾隆自言自语道："这可怪了，'私子沟'通着'私子园'，到底啥意思呢？"

农夫说："其实呀，私子沟是个好地方，绿树成荫，百花盛开，鸟语蝉鸣，就是沟名儿不好听。"

于是，农夫同乾隆一边唠一边往沟里走，不一会儿就到了荷花塘。农夫往前一指道："你们看，这里有山、有水、有树、有荷花，景致挺美的。噢，忘问了，几位是来观景的吧？"

乾隆笑道："我是个做买卖的，常年在外，以四海为家。今日闲来无事，特带几个伙计出来逛逛，省得在屋里待着闷得慌。"

农夫洋洋得意地说："嘿，还真让我猜着了，早就看出你们是来游山玩水的。瞧见了吧，池塘里盛开的荷花多好看哪，那白荷花更为素洁，出淤泥而不染哪！我还忙着，你们在这儿赏景吧，失陪了！"说完转身便走。

乾隆立马着急了，唤道："哎，请等等，别走哇！刚才一路上谈到的私子沟、私子园，还有这荷花塘，其中肯定有故事。这么着吧，你给我们详细讲讲，如果耽误了干活儿，我愿出重金赔偿，总行了吧？"

农夫一听有赏银，乐了，爽快地答应道："好吧，那就把阿玛讲给我的故事跟你们学学。"说罢，与乾隆、侍卫们坐在荷塘岸边，有声有色地讲了起来："你们往南看，距荷花塘不远，就是热河避暑山庄，即'热河离宫'的后围墙，原先被人扒了个豁子，后来又堵上了。北面有座小山，山坡儿的向阳处盖有两间草房，里面住着一户以做豆腐为生的夫妻俩。据传讲，乾隆皇帝就降生在那户人家。"

乾隆一听，不禁一惊，侍卫们偷偷瞅了瞅皇上，谁也没敢吱声儿。

农夫接着讲道："草房里的夫妻俩养了一头小毛驴，院子里安着一盘石磨，早晨和傍晚各做一板儿豆腐，然后用毛驴车拉出去卖。单说雍正皇帝看中了一个叫妮儿的汉族宫女，想封她为妃，可皇太后却舍不得。为啥呢？因为妮儿是皇太后的贴身使唤丫头，每日伺候得周周到到，离开了觉得不舍得。可是雍正见妮儿姿色超群，心里痒痒的，老打她的主意。有一天，趁皇太后不在，把妮儿给糟踏了。从此，妮儿总是背着皇太后哭泣，过了些日子，肚子渐渐鼓起来了，皇太后一看就明白是咋回事儿了，心想：'这可怎么办？若是被朝廷的文武百官发现，皇上的脸面往哪儿搁呀？别说后妃有那么多，贵人、常在、答应也不少哇，咋还能出此等事呢？唉，这个没出息的雍正啊，妮儿怀了身孕，要是捅出去，不是有损于皇上的尊严吗？'琢磨半天，认为只能把妮儿偷偷处死，可又舍不得肚子里的孩子，毕竟是龙种啊！一天夜里，皇太后终于想出了办法，偷偷派几个心腹将离宫北角的后围墙拆了个大豁子，然后用一顶四人抬的小轿把妮儿由离宫的后围墙豁口儿抬出去，顺着山沟儿往西走。到哪儿去呢？谁也不知道，反正得找到一户百姓家，让妮儿住下来，生了孩子，就能遮人耳目了。几个心腹抬着妮儿在山沟儿里走着走着，发现前面有个地方亮着灯，就直奔那儿去了。上了一个缓缓的山坡儿，定睛一看，南山坡儿上坐落着两间草房，院子里有一对儿年轻夫妇正点着油灯赶着毛驴磨豆腐哩！一行人来到草房前，心腹按照皇太后的吩咐，劝说房主收留妮儿，声称孩子若能顺利地生下来，必有重赏，夫妻二人还真答应了。心腹见事已办妥，没敢耽搁，抬起空轿子悄悄儿返回了离宫。"

乾隆插问道："住在草房里的那对儿夫妻姓甚名谁？"

农夫答道："噢，男的叫李厚，女的叫赵玉花，他们可关心疼爱妮儿了，照顾得无微不至。你想想，普普通通的农户能有啥好嚼裹儿？家中养了几只鸡，下了蛋全留给妮儿吃。妮儿渴了，就舀一碗熬熟的豆浆，放点儿糖冲着喝。妮儿很是感激，扑通一声跪在地上哭着致谢道：'好心的大哥大嫂啊，谢谢你们！若是能把孩子生下来，不管是男是女，我会告诉他，永远不忘你们的恩情！'大嫂赶忙扶起妮儿，劝慰道：'妹子，多多保重，万不可哭坏了身子呀！看样子，没几个月就该生了吧？'妮儿点点头，眼泪一对儿一双地顺脸往下掉，说道：'大哥大嫂可能不知道，我是皇宫里的丫头，每天伺候皇太后。那儿简直是个大火坑，不是人待的地方，想跳都跳不出来。'大嫂叹了口气，问道：'咳，妹子，你是咋进皇宫的？'妮儿回道：'我本是汉人，可在选宫女时，竟然给挑上了，也不敢不去呀，结果被皇上……'大嫂说：'妹子，别犯愁，既来之则安之，养好身子骨儿要紧。生孩子是女人的大事儿，如同过一回鬼门关哪，小觑不得。'三个月后的一天早晨，皇太后起床梳妆时，高兴地对众妃说：'昨儿个夜里，我做了个梦，真是有趣儿呢！'妃子们齐声儿问道：'母后啊，做了个啥梦呀？快说说，让我们也分享一下母后的快乐！'皇太后笑道：'我梦见一头金狮子，驮着个白胖的哈哈济①进了一户做豆腐的百姓家，

---

① 满语：小子。

看来这家人日后必有大福啊！'众妃听了，也跟着笑了起来，纷纷说：'母后做的梦，总是与别人不一样，母后万福啦！'"

乾隆忍不住又插言了："皇太后做的梦准吗？"

农夫说："准得很呢！其实皇太后特别有心计，早就暗中派人盯着妮儿的动静了，当然知道她眼下的情况了。当皇太后吩咐心腹再到李厚家中看时，果然不出所料，妮儿顺利地产下一个又白又胖的哈哈济。孩子过满月那天头晌，皇太后向几个心腹交代，马上去豆腐房，务必把孩子抱回来。心腹很快便到了李厚家，对夫妻二人说：'皇太后有旨，由于你们照护妮儿生孩子有功，故而要什么给什么，点出来就行。'李厚也没客气，说道：'我们是庄稼人，只会侍弄地，想活着没粮吃不行，就是想多种点儿地呗！'来人满口答应，让李厚出外转一大圈儿，天黑之前回来，大圈儿内的土地全归他们夫妇俩。李厚一听，高兴极了，赶忙离家圈地去了。皇太后的心腹见李厚走了，遂上前从妮儿的怀里抢孩子，谁肯拱手相让啊，那是自己身上掉下来的肉哇！妮儿哭喊着紧紧抱着不撒手，赵玉花也替她苦苦哀求，但没用，人家根本不听，终于把孩子抢走了，抱回了离宫。"

乾隆听到这儿，眼圈儿红了，急切地问道："那孩子的额娘呢？"

农夫继续讲道："妮儿哭得死去活来，大嫂也六神无主了，不停地抹眼泪，一直在旁边劝，劝了好一阵子方醒过腔儿来，忙叮嘱妮儿：'妹子，在家等着，我去找你大哥，让他想想办法。'说完，推门就跑出去了，屋里只剩妮儿一个人了。她越哭越伤心，越寻思越难受，觉着心里连条缝儿都没有了。自己没名没分不说，亲生儿子也被抢走了，日后又见不着，还有什么活头儿？唉，天下既然没我妮儿的立足之地，死了倒干净，无牵无挂！想至此，起身从柜子里拿出一套干净衣裳换上了，对着镜子重新梳理了一下头发，出了院门，径直去了山坡儿下的荷花塘，心一横跳了进去。再说赵玉花急三火四地到处找丈夫，半个时辰过去了，却连个人影儿也没见着，向屯邻打听，皆言没看见。她心急如焚，惦念着家中孤身一人的妮儿，担心哭坏了身子，又怕万一有个好歹没法儿交代，掉头就往回赶。呼哧带喘地进了家门一看，哎呀，不好，妮儿没了！反身出去寻，一直寻到荷花塘，见水面儿漂着个人，仔细一瞅，正是可怜的妮儿！赵玉花呼天抢地趴在岸边，一声接一声地唤着妮儿，哪还能听得见呀？闻讯赶来的乡亲们含泪把妮儿捞了上来。那么，李厚在哪儿呢？他乐颠颠地出了家门去圈地，往西走了不到二里远，看见四个屯邻在靠道边的小窝棚里赌钱呢，一下子勾起了他的赌瘾，边走边想："我圈占了土地后，立马变成大财主了，有吃有喝又有钱，再不用为打发日子发愁了。不如先在这儿赌上几把，过过瘾，然后再圈地不迟。'于是收住脚步，摸了摸兜里的银子，一头钻进窝棚赌了起来。这一赌不要紧，啥都忘了，直到天快黑了，才呼啦一下想起还没圈地呢！忙起身出了窝棚，胡乱地跑了一小圈儿，算是在天黑之前圈上了。回家时，老远看见荷花塘岸边站着不少屯邻，隐约可闻有个女人在哭，寻声跑去，见妻子正抱着妮儿放声号啕呢！"

此刻，乾隆的心里难受极了，再也忍不住了，眼泪噼里啪啦往下掉。侍卫们全跟着抹眼泪，身旁的几匹马打着响鼻蔫头耷脑地站在那儿，不时用蹄子刨着地。乾隆擦了擦眼角儿的泪问道："请问老人家叫什么？"

农夫回道："我叫李爽，李厚是我父亲，他生前给我讲的这个故事。"

乾隆又问："家住何处？"

农夫抬手往西一指道："不远，就住在前边的私子园村。当年的豆腐房早没了，现在的村民有很多是从外地迁来的，大伙儿都知道妮儿生私孩子的事儿，从此这块儿便叫'私子园村'了。"

乾隆长叹一声道："咳，妮儿好可怜，是个苦命人哪！当年的皇太后不是梦见金狮子驮来一个胖娃娃吗？今后这里就叫'狮子沟'，'私子园村'改称'狮子园村'。村子的北面有三个山头儿，曾是李厚的圈地，干脆叫'小宫'吧，与南面的'离宫'相对。"

李爽连声儿说道："好好好，借你的吉言，狮子园村的日子定会越过越富裕！"

乾隆送给李爽一百两纹银，李爽乐呵呵地接过，一再表示感谢，转身刚欲离去，乾隆招招手道："且慢！还有一事不清楚，请赐教。"

李爽说："莫过谦，有啥不明白尽管问，只要是我知道的。"

乾隆问道："那位宫女死后葬在何处了？"

李爽回道："唉，妮儿可是太惨了，本应好好安葬一下，因为她生的孩子是雍正的龙种啊！可是皇太后实在狠毒，得知妮儿溺死的信儿后，竟暗中命心腹把她深埋在荷花塘里了。还说什么一个贱女子，既然愿意投进池塘，不妨了却她的心愿，永远待在水里吧！"

乾隆愤愤地自言自语道："太残忍了，哪里还有人性！"

李爽说："其实在村民的心中，妮儿仍活着，虽死犹生啊！"

乾隆问道："此话怎讲？"

李爽指着荷塘中的白荷花说："你们看，说来也奇了，妮儿被埋在池塘的深处后，转年春天便长出了很多新荷。到了夏日，满塘绽放着白荷花，高雅素洁，亭亭玉立，一尘不染。村民们皆言，白荷花乃妮儿的化身，永不离开'私子园村'，日夜守候着那皇宫中的孩儿。"

乾隆站在荷塘边，凝望着水中的白荷花，久久不语。侍卫们抬头看了看天，已近晌午，便扶皇上上了御骑，飞马回到避暑山庄。当夜，乾隆辗转反侧，通宵未眠，想象中的生母一直在眼前晃动。

过了些日子，当狮子园村荷塘的白荷花凋谢时，花儿结了莲子，乾隆命侍卫小心翼翼地采摘下莲子，挖出了泥里的藕，栽种在避暑山庄的浅水湖里了。从此以后，每当荷花盛开的时候，乾隆便趁夜深人静之时，悄悄儿离开烟波致爽殿，来到湖边，向白荷花拜上几拜。尤其是每年的八月十三生日这天，他必会伫立湖边，凝神望着水中的白荷花，泣涕涟涟，甚至长跪不起，深情地缅怀自己的生身母亲。

其实，此传说是真是假，没人弄得清，世人所知道的弘历乃世宗雍正皇帝的第四子，于康熙五十年八月十三日生于雍亲王府邸，其母为雍正孝圣宪皇后钮祜禄氏。弘历于雍正十三年八月按秘储遗诏继帝位后，凭着睿智和能力，接过当年的康熙盛世，继往开来，励精图治，实行宽严相济的为政之道，发展生产，整顿吏治，维护祖国统一，又出现了乾隆盛世，得到文武百官和百姓的拥戴。俗话说，一朝天子一朝臣，原来的一些老臣退了下来，新上任的臣子已经展露才干，诸如刘统勋的儿子刘墉，才华横溢的纪晓岚等，深受乾隆皇帝的恩宠。

冬末的一天，乾隆去清西陵祭拜了先皇雍正的泰陵，返回京师后，已到春暖花开之时，又带大队人马前往热河避暑山庄巡视修复工程的进度。当看到已基本完工时，兴奋异常，按捺不住内心的喜悦，不禁赞叹道："好哇，圣祖所言极是呀，此乃清王朝最大的皇家园林哪！"

乾隆在刘墉、纪晓岚等重臣陪伴下，在贴身侍卫于石岩、那仁福的保护下，观看了山庄内的澹泊敬诚殿、四知书屋、烟波致爽殿、云山胜地楼、松鹤斋、万壑松风、水心榭、清舒山馆、烟雨楼、万树园、金山亭等，又游览了当年康熙帝命名的三十六景。来到二十三景时，举目上望，触景生情，诗兴大发，顺口吟道：

春光六月天，
照影濯清涟。

逸韵风前别，

生香雨后鲜。

一路走来，到了十九景濒香泮时，又吟道：

香风摇荡绿波涵，

花正芳时伏数三。

词客关山月休怨，

来看塞北有江南。

吟罢，乾隆一行漫步至热河泉，见清澈的泉水从地下涌出，流经人工挖掘的澄湖、如意湖、上湖、下湖，再由银湖南部的五孔转向，沿长堤汇入武烈河。热河长一里多地，尽管是世界上最短的河，却闻名于世，该地之所以叫"热河避暑山庄"也正是缘于此。

乾隆看罢山庄美景，觉得有点儿累，便返回了烟波致爽殿。早有侍卫将大门打开，殿内明亮宽阔，富丽堂皇，共有殿堂七间，前廊连后厦，两侧的半封闭走廊与门殿相通，正中三间设有宝座，乃专为后妃准备的朝拜万岁之处。西次间是佛堂，东两间是皇上召御前大臣议事的地方，西暖阁即皇上的寝宫。晚膳后，乾隆早早歇息了，躺下没一会儿就睡着了。天快亮时做了个梦，梦见与侍卫于石岩等人一起骑马由京师郊区往城内走，走着走着，发现前边不远处有两位白发苍苍的老者，好像是一对儿相依为命的老夫妻，老头儿手推一架单轮儿木制车，两个王八肚儿的瓦罐儿搭在车架子上。身旁的老太婆见后边来了一伙儿骑马的兵将，赶忙附耳向老头儿嘀咕了几句，老头儿把单轮儿车停靠在一棵杨树旁，二人回身张开双臂拦住了乾隆的去路。

于石岩唰地抽出腰刀，吼道："哪儿来的刁民，还不快给皇上让路，不想活了是吧？"

二人一听是皇上驾到，扑通一声跪拜在地，齐声儿叩道："万岁爷呀，小民有要事禀报！"

乾隆勒住马缰，高声儿喝道："青天白日之下，竟敢在此拦驾，好大胆子！"

老头儿连连叩头道："万岁爷，小民确有要事禀报哇！"

乾隆根本不想理这个茬儿，又道："尔等听好了，再不躲开，定斩不赦！"

二人吓得忙站起身，老头儿拽过单轮儿车，趔趔趄趄地向京城而去，边走边回头喊："皇上啊，京师遇大旱了，小民是特意为京城送水的。请万岁仔细听听吧，两个瓦罐里的水正咕噜咕噜响哩！"

老太婆则回头大声儿叮咛道："皇上啊，这左边瓦罐儿装的是甜水，右边瓦罐儿装的是苦水。只需捅漏左边的瓦罐儿，京城就不用愁了，肯定有甜水喝啦！"

乾隆着急了，高喊道："停下，停下！尔等怎么知道京师大旱了？"这么一喊，一下子就醒了。

守在门口儿的侍卫于石岩听到了喊声，忙轻轻推开门，关切地问道："圣上，怎么了，出啥事儿了？"

乾隆坐了起来，看看四周，这才揉揉眼睛说："噢，朕做了个怪梦。"

于石岩问："皇上，梦见什么了？"

乾隆像没听见似的，自言自语道："奇了，真是奇了！"

用罢早膳，乾隆对大臣刘墉、纪晓岚说："朕昨晚睡得早，做了个十分怪异的梦，没个结果却突然醒了。"

刘墉问道："皇上，做了个怎样的梦啊？"

乾隆遂把梦中所见详细地讲了一遍，纪晓岚顺嘴来了一句："微臣可圆此梦！"说完知道不妥，忙捂住了嘴。

乾隆说："好哇，那就由爱卿来圆吧！"纪晓岚想了想，没接茬儿。

乾隆又道："圆哪，怎么不说话了？错了也没关系，朕不怪罪于你！"

纪晓岚轻声儿道："微臣……只是想试试，没啥把握，怕……"

乾隆故意摞下脸说："朕刚才不是讲了嘛，不用担心对与错。平日里，爱卿一向快言快语，今儿个怎么了？让你圆梦，反倒吞吞吐吐、婆婆妈妈起来了。"

纪晓岚只好开口了："皇上，那推水的老头儿、老太婆并不是世间的人，而是水公、水母，乃王八精变的，不该把他俩轻易放走啊！"

刘墉问道："纪大人，照您这么说，将他俩放走有何不好呢？"

纪晓岚说："放走了水公、水母，京城就没有水了，必将是座涸城。"

乾隆听了，立即下旨："明日起驾，返回京师！"

转天一早，乾隆带大队人马离开热河避暑山庄，六日后抵京师，未待气儿喘匀，便召文臣武将来太和殿议事。文武大臣鱼贯而入，乾隆先把那夜的梦境向大家讲了，然后说道："此梦非同一般，令朕担心，请爱卿们一起圆圆梦吧。"众臣你看看我，我瞅瞅你，谁也没言语。

这时，站在御座旁边的老太监张德贤问道："皇上，奴才有话，不知当讲不当讲？"

乾隆心中暗想："大堂之上，哪有太监说话的份儿？他既然想讲，或许有独出心裁的圆法，开个先例也无妨。"于是准允道："张公公，讲来！"

张德贤咧咧大扁嘴，说道："皇上，以奴才拙见，可派一员战将四处寻那水公、水母，如果能找到他俩，就……"

乾隆问："就什么？接着讲！"

"找到后，就捅漏其中的一个瓦罐儿，水自然会流出来。不过捅罐儿人不能停下，须立即拨马返回，万万不可留在原地！"

乾隆点点头说："此乃奇法圆奇梦，倒挺新鲜，或许有些道理，在座的哪位将军愿意前往啊？事成之后，必有重赏！"

话音刚落，虎彪彪的布尼阿森大将军出班奏道："皇上，愚将愿承担此任！"

乾隆一拍龙案道："甚好！布尼将军在沙场上出生入死，立过赫赫战功，今又主动请缨，令朕欣慰。望速速前往，祝你马到成功，再传捷报！"

布尼阿森退出太和殿后，带着丈八银枪披挂上马，扬鞭而去。在京城一连气儿找了十几条街，寻遍了旮旯胡同，却不见水公、水母的踪影。他没有灰心，继续往南寻，走到距城门二十里处时，天色忽然暗了下来，仰头上望，见从西北方向涌来大片黑压压的乌云，并能听到隐隐约约的雷声，离老远有两个人推着木轮车急匆匆地走着。仔细一瞅，原来是两位老者，一个老头儿，一个老太婆。手推车上挂着两个瓦罐儿，左悠一下，右晃一下，里边的水发出咕噜咕噜的响声。奇怪的是瓦罐儿虽不大，水声儿却挺大，听得清清楚楚。

布尼阿森明白了，两个装成人样儿的老者正是水公和水母，总算找到他们了，遂举起丈八银枪喝道："你俩快快停下，站住！"

水公、水母一听身后有人喊，愣装没听见，也不回头，推车的速度更快了。

布尼阿森又高声儿喊道："前边的两个王八精，给我站住，本将军可饶你不死！"没承想他越喊，水公、水母走得越快，简直像飞一般！气得大将军连抽骏马三鞭，眨眼工夫便跑到水公、水母的前面，紧握丈八银枪照准一个瓦罐儿猛力刺去，只听哐啷一声响，瓦罐儿被戳了个大窟窿，里面的水汨汨往外冒，瞬间流了个精光。

布尼阿森见此，知道不能耽搁，赶紧打马往城里跑。跑着跑着，头顶轰隆轰隆响起一串串炸雷，闪电撕扯着滚滚乌云，瓢泼大雨哗哗地落了下来，身后杀声震天，似有千军万马在追赶，心里思谋道："凭我大将军，又是满族的后代，皇上的忠良之将，从来就没败过阵，难道还怕什么水公、水母不成？"想至此，拨马就往回冲，决心杀它个回马枪。

万没料到这下可糟了，雨越下越大，加上捅漏的是右边那个瓦罐儿里面装的是苦水，遍地的雨水刹那间全变成了苦水，一片汪洋，且越涨越高。布尼阿森自幼生长在北方，不谙水性，想逃命已经来不及了，瞬间便连人带马被大水淹没了。待苦水落下去时，却不见了将军和骏马的踪影，而那对儿王八精早已凭借狂风暴雨回到渤海去了。大地恢复了原样儿，雨过风止，云散天晴。

单说布尼阿森大将军遵旨去追赶水公、水母后，乾隆皇上坐在龙椅上左等也不归，右等无音信，只好散朝，忧心忡忡地回到寝宫。此刻，天已大黑了，因心里惦着大将军，也没宽衣解带，只是和衣躺在龙榻上，翻来覆去睡不着，直到夜半更鼓响起来了，两眼仍瞅着棚顶毫无困意。这时，忽听于石岩急匆匆地跑来了，对当班侍卫那仁福说："快快禀奏皇上，大事不好了！"

乾隆连忙起身下地出了房门，问道："出啥事儿了，竟如此惊慌？"

于石岩禀道："回皇上，奴才刚刚得到消息，布尼阿森将军连人带马被大水卷走了！"

乾隆又问："你是怎么知道的？"

于石岩回道："奴才听老公公说的。"

"哪位老公公？"

"太监总管张德贤。"

"传张德贤速来见朕！"

不一会儿，张德贤小跑着来到寝宫，进得屋门双膝跪地叩道："皇上，昨晚关闭宫门时，奴才得知布尼阿森将军被洪水冲走了！"

乾隆听罢，龙颜大怒，喝道："哼！既然已经知道信儿了，为什么不立即禀报？你在宫中多年，难道这点儿规矩都不懂吗？"

老太监见皇上发火儿了，吓得语无伦次："奴才该死，生怕影响万岁歇息，所以没……咳，奴才不敢哪！"

乾隆盯问道："缘何不敢？"

"回禀皇上，奴才手拿这柄丈八银枪忽然来寝宫，岂不是一大忌吗？"

乾隆仔细看了看银枪，不禁一惊："噢？此乃布尼大将军所用的家什呀，怎么在你手里？"

张德贤回道："奴才见皇上等得着急，便差小的们出去寻大将军，结果死不见尸，只捡到了这柄银枪。"

乾隆叹了口气道："咳，平身吧。大将军久经沙场，弓马超群，屡立战功，忠勇可嘉。没承想竟一去不返，大清从此失去了一员难得的武将，令朕痛心哪！"说着，不禁潸然泪下，悲痛不已。

张德贤上前劝慰道："皇上，万望节哀呀，保重龙体要紧！"

乾隆掏出手帕，拭去泪水，问道："张公公，可知布尼阿森家中几口人吗？"

张德贤答曰："据奴才所知，京城布尼将军的府邸中，只有妻子富察氏和女儿布尼伊香。"

"格格芳龄几何？"

"刚刚十七岁。"

乾隆想了想，命道："传朕口谕，召富察氏和布尼伊香明日早朝后金銮殿见！"老太监"嗻"的一声退了出去。

第二天，早朝刚散，富察氏领着女儿准时来到金銮殿，跪地给皇上请了安。乾隆低下眼看了看，见母女俩衣着整洁，落落大方。布尼伊香身材苗条，柳眉杏眼，口如丹朱，鼻梁直挺，而且两手的指甲也很好看，是用吉纳衣尔哈①的汁儿调上白矾染的。打眼一瞅，姿色超群，犹如出水芙蓉，是个漂亮的满族姑娘。

富察氏叩道："万岁，有何训示，尽管吩咐。"

乾隆说："今天召你们母女来，是有件事告知。布尼阿森大将军乃朕的爱将，多年来南征北战，东挡西杀，为保卫江山社稷立下了汗马功劳。可有句俗语道：'马有转缰之灾，人有旦夕祸福'……"

富察氏听到这儿，激灵一下，忙插嘴道："皇上，捍卫大清，匹夫有责，这是夫君应尽的义务。他昨日未回府，不知……"

乾隆面带悲痛缓缓地说："将军是奉旨前去追赶水公、水母，途中遇到暴风骤雨，结果被大水吞没了。唉，朕万万没有料到，将军此去竟殉国了！"

母女俩一听，仿佛头上响起炸雷，顿时泪如雨下，富察氏边哭边说：

---

① 满语：凤仙花。

"皇上，奴才有句话，不知当讲不当讲？"

乾隆准允道："有话请讲，不必拘礼。"

富察氏抹了一下泪水道："皇上，奴才想见见夫君，女儿也应同她阿玛告个别……"

乾隆忙说："噢，尔等的心情朕能理解，今晨已传下旨意，派人去寻找大将军，必须活见人死见尸，请放心吧。"

母女二人齐声儿叩道："皇上圣明，谢主隆恩！"

天擦黑儿时，出外寻找布尼阿森的衙役在一深沟处发现了大将军的尸体，用车拉了回来。富察氏见了夫君，未等哭出声来，眼前一黑便晕倒在地。乾隆命张德贤传来太医，经过半个多时辰的救治，富察氏才慢慢苏醒过来，见女儿守在身边早泣不成声，遂抱着布尼伊香号啕大哭，边哭边说："我苦命的女儿啊，你阿玛扔下咱娘儿俩走了，今后可怎么活呀？"周围的人见此，也跟着掉泪，纷纷上前劝慰。

乾隆下令，将布尼阿森的棺椁停放于临时搭建的灵堂中，日夜守护，祭奠焚香。然后转身去了富察氏母女歇息的房间，问道："布尼夫人，大将军生前对自己的后事有过遗嘱吗？"

富察氏难过得只顾抹眼泪了，哪里还记得什么遗嘱啊，聪明伶俐的布尼伊香立即插言道："皇上，小女想起来了，阿玛曾说过，待百年之后，一定要葬在塞外的故土。"

乾隆又问："伊香格格，大将军的故土具体在何处哇？"

布尼伊香禀道："回皇上，木兰围场东界外的狍子沟村便是阿玛的老家。"

富察氏点点头说："还是年轻啊，记忆力好，她阿玛确实讲过此话。皇上，如能满足夫君的凤愿，九泉之下也能瞑目了。"

乾隆听罢，召来重臣刘墉，交代道："刘爱卿，布尼将军的祭礼由你操办，将其厚葬于木兰围场东界外的狍子沟村。噢，对了，将狍子沟村更名为'将军屯'，以示纪念。"

刘墉躬身道："微臣遵旨。"然后退了下去。

翌日，富察氏母女同乘八抬大轿，紧随布尼将军的灵车出了京城，经十多天的长途跋涉，总算到了布尼阿森的老家。其父布尼仁坤出门一看，方知儿子已殉难，顿时老泪纵横，拍打着棺椁哭得死去活来，在众人的极力劝说下才止住了哭声。

下晌，忽见两匹快骥飞奔而至，信使翻身下马，专程送来乾隆皇帝的御笔题字"大将军布尼阿森之墓"，并传圣上口谕："为布尼阿森大将军修建一座'将军牌坊'。"

出殡这天，本屯的族众，十里八村的亲朋好友以及署衙的官员到后，须先入席用饭。宾朋吃与不吃，都得在桌旁坐一会儿，这是当地满洲人的习俗。常言道："送葬的不准空肚子。"如果饿着肚子送逝者上路，会说东家太吝啬，不讲情义。

饭后，用六十四人抬的大杠抬起棺椁，上头蒙着雕龙画凤的棺罩儿，缓缓向墓地走去。棺椁前面并排十四人高举着白纸剪成的引魂幡，后面是二十四乘，每人手中握着一支呼噜枪，即豹尾枪。紧接着是和尚、道士和喇嘛，个个身披法衣，手执法器，一路敲敲打打背诵着经文，为死者超度亡灵。其后是引魂车和引魂轿，缓缓而行，车轿内装满了纸钱。队尾则是旗、锣、伞、扇、鞭、板、锁、棍，还有纸人、纸马、纸鹰、纸狗、纸骆驼、纸狮子、纸鹿、纸鹤等，此乃满族先祖留下来的特有遗风。

在出殡的队伍中，有四人不断向空中抛撒着纸钱儿，伴随着此起彼伏的哭声纷纷扬扬地飘落到地上，凄婉而悲切。

到了墓地，墓穴早就挖好了，墓碑已备在旁边，"大将军布尼阿森之墓"九个大字灼灼闪光。棺椁开始下葬，又是一阵恸哭，僧道、喇嘛诵经不止。入穴完毕，挥锹填土，立上墓碑，送殡的人在大将军墓碑前用酒洗把手，至此，隆重的葬礼才算结束。

到了后晌，京师来的官员陆续回返了，将军屯布尼家的院子渐渐平静下来。白发苍苍的布尼仁坤已经六十多岁了，坐在樱桃树下的石凳上越寻思越难受，不禁放声儿大哭，边哭边叨咕："天哪，老朽这是什么命啊，少年丧父，中年丧妻，老年丧子，人生三大不幸全让我摊上了！阿布卡恩都力呀，睁眼看看我那将军儿吧，他咋不吱一声就走了呢……"尽管亲朋好友一个劲儿地劝慰要节哀，可老人家忍不住，眼泪不住地流。傍黑儿时，又到儿子的墓地拍打着坟头儿号啕，难过至极。

埋葬了大将军的第四天晚上，布尼仁坤进屋刚要歇息，忽从京师驰来两匹快骥，至院门前，两位官差翻身下马，高声儿喊道："皇上有旨，请布尼仁坤接旨！"

老人家一下子怔住了，茫然不知所措！

第二十章 乾隆帝　登门指婚含寓意
伊香女　遵旨下嫁王爷府

话接前书，当布尼仁坤听到一声"皇上有旨"后，忙出得门来，见两个官差疾步进入院内，其中一位说："圣旨到！"

布尼仁坤带领几位家人一齐跪地叩道："奴才接旨！"

官差将圣旨展开，宣道："奉天承运，皇帝诏曰，大将军布尼阿森效忠朝廷，为固大清江山多次赴边陲御敌，战功卓著。近日不幸殒命于洪水之中，令朕惋惜，特赐'功德匾'一块，钦此。"

布尼仁坤双手接过御笔题字，与家人同声儿致谢道："谢主隆恩，皇上万岁！万万岁！"

官差问道："老人家，皇上曾下旨，为布尼大将军修座'功德牌坊'，可建好否？"

布尼仁坤回道："已经竣工，请转告皇上，望释念。"

两位官差在布尼家用了晚饭，留住一宿，翌日清晨策马离开将军屯，回返京师。布尼仁坤让管家那洪瑞去装帧店制作了匾额，将"功德匾"三字镶入镜框中，悬挂在门楣之上，不少邻里乡亲前来观瞧，个个赞不绝口。

过了五七三十五天，前来为大将军送殡的亲朋好友才一一散去，将军的夫人和女儿暂先留住下来。富察氏见阿玛茶饭懒用，整日唉声叹气，心里格外焦急。难怪老爷子愁眉紧锁，不幸的事儿一件连着一件，搁到谁身上也受不了。他七岁丧父，从小苦读私塾，十八岁中秀才。三十一岁那年，身有疾患的妻子撒手人寰，扔下四个儿子。四十岁刚过，二儿子布尼阿臣因病离世，未留下一儿一女，二儿媳另行改嫁了。三儿子布尼阿良常年在外经商，南来北往，很少回家。其妻童玉英挺孝敬老人的，不过平日孤守空房，总有个人的难处。四儿子布尼阿德是个无德的东西，整天游手好闲，不务正业，吃喝嫖赌抽占全了，经常在烟馆儿、妓院过夜。布尼仁坤为其操透了心，咋说都不听，有时气得破口大骂："老四这个畜生，好事儿找不着他，丢人现眼的事儿少不了他，哪里还像布尼家的子孙！"骂完便把布尼阿德硬按在祖宗的灵位前咣咣磕头，让他好好儿反省反省，但毫无作用。有一次，老人家听说四少爷又去春悦楼鬼混了，一时火儿起，拿起绳子就去了春悦楼，把四少爷从屋里拽出来捆了个结结实实，令他务必改邪归正，可根本没管用，依然我行我素。万万没想到的是四儿子未调教好，引以为豪的大儿子布尼阿森奉旨办差而死于非命，老爷子如五雷轰顶，悲痛不已。富察氏和布尼伊香同样难过至极，只能暗自落泪，不知用何言安慰老人家。

有天一早，布尼阿德晃晃荡荡地回到家中，布尼仁坤悄悄儿出了门，将族中德高望重的穆昆达和妻弟请来了，让他把布尼阿德带至祖坟那儿。到了地儿，布尼仁坤说："今天是七月十五，尽管不是'拿祭祀'的日子，却是给祖宗上坟填土的日子。你这个不忠不孝的族中败类，为什么不洁身自好，非得赌钱、抽大烟、逛窑子呢？不但给布尼家丢尽了脸，而且给族人抹了黑。四儿呀，我特意请来了穆昆达老人，你的舅父也来了，自己看着办吧。要是不想面对祖坟指天发誓，痛改前非，重新做人，谁都饶不了你！"

四少爷眼珠子一瞪说："我一没偷鸡摸狗，二没杀人放火，只是去可玩儿的地方乐一乐，再抽几口大烟，何错之有？人生在世就那么几十年，咋活不是活呢！"

诸位阿哥，大家听听，这小子说话不是活气死人嘛！膀大腰圆的舅父实在听不下去了，噌地跳了过来，一把将他摁在祖坟前，大声儿喊道："穆昆达，把这个不孝之子交给您老了，狠狠打！"

穆昆达见布尼阿德扑扑棱棱地仍不老实，一点儿没悔改的意思，遂挥起一根柞木杆儿朝他屁股蛋子啪啪啪猛抽，边打边问："老四，改还是不改？回答呀，到底改不改？说！"

四少爷的嘴死硬，这么狠打猛抽，愣是一声儿不吭。站在一旁的舅父看在眼里，疼在心里，过了一会儿，叹了口气制止道："咳，穆昆达呀，停手吧，他是属驴的，越打越犟，没治了。"

穆昆达喘口气儿说："今天哪，就是你这个当舅舅的再心疼，也别想为族中的败类求情，我不会答应，非制服他不可！"

舅父咬咬牙道："嗯，穆昆达说得对，接着打，让他记住！"话音未落，柞木杆儿又雨点儿般地落了下去。

没承想布尼阿德还真能挺，屁股肿起老高，火辣辣地疼，就是不说

'改'字儿。布尼仁坤气得浑身直哆嗦，跺着脚骂道："畜生啊，畜生，我咋生了你这么个东西，哪辈子作孽了，天哪！"

半个时辰后，穆昆达和舅父不得不一边一个地把挨了一顿胖揍的布尼阿德架回了家，一进屋便趴在炕上动弹不得，三嫂童玉英见此，赶忙去了厨房，为四少爷端茶、送饭、煎药，一边忙活着，一边关切地问道："四弟呀，那种伤风败俗、不敬不孝祖宗的事儿，你咋就改不了呢？"

布尼阿德咧了咧嘴说："三嫂，阿德不是不想改，实在是难哪！就说抽大烟吧，我早想戒了，可一旦烟瘾上来，那个折腾人劲儿真受不了哇！"

童玉英无奈地打了个唉声道："咱大哥入土了，大嫂和侄女已守四十多天了，明日要起程回京师了。你三哥在外做生意，不能常回来，家里的事儿全靠老爷子一个人撑着，你咋就不能伸把手呢……"

童玉英话没说完，只听布尼阿德"哎哟"一声怪叫，躺在地上打起滚儿来，头向墙上撞，一把拽住童玉英的衣袖儿哀求道："三嫂啊，我又犯烟瘾了，先借给四弟二两银子行不？"

童玉英立马来气了，根本没理那个茬儿，抽身就走，回头甩出一句话："哼，没记性的东西！"

转天清晨，童玉英同大嫂和侄女来到将军墓前，点燃了陈香，烧了纸钱儿，伊香哭着说："阿玛，女儿今日要走了，同额娘一起返京师。伊香知道，额娘的身子骨儿弱，您放心吧，女儿会细心照料她的。玛发的年纪大了，您走后，老人家的心情很不好，吃不下饭睡不好觉，谁劝也不行，大伙儿干着急没办法。四叔又不务正业，游手好闲，让玛发操碎了心，阿玛如果还健在，一定会管教他的。可是您却离我们而去了，再也不回来了，我的好阿玛呀，女儿和全家都想您哪……"

富察氏擦了擦眼泪，扶起泣不成声的女儿，从将军墓一步一回头地回到家中。用罢早饭，布尼仁坤让管家用马车送母女俩至热河避暑山庄，再乘轿回返京师将军府。

再说自从布尼阿森离世之后，多少天来，乾隆皇帝思念过度，无心批阅堆积如山的奏折，眼前经常浮现大将军的身影。这日，天刚擦黑儿，乾隆用罢晚膳，回到寝宫，太监点燃蜡烛便退下了。过了半个时辰，门外传来悠长的喊声："注意喽——熄灭烛火，以防火灾哟——"侍女将烛火熄灭，撂下门帘儿，龙榻上的乾隆渐渐睡着了。

到了亥时，寝宫外边的侍卫那仁福和于石岩忽然听到皇上笑了两声，急忙走进屋内，点亮蜡烛想看个究竟。只见万岁仍在睡着，面容却时而红润时而苍白，龙眉时而展开时而紧锁。正纳闷儿时，皇上又笑了起来，二人吓得毛发直立，于石岩悄声儿问那仁福："哎呀，皇上这是咋了？"

那仁福在于石岩耳边说："是啊，我也琢磨呢，八成是在做梦吧？"说完，怕惊动正在熟睡的圣上，二人一前一后悄无声息地退了出去。

三更时分，乾隆从睡梦中醒来，坐起身揉揉眼睛唤道："来人！"

于石岩、那仁福应声儿掀帘儿进了屋，齐声儿问道："皇上醒了，龙体无恙吧？"

乾隆反问道："朕清楚地记得，睡前已熄灭蜡烛，咋又亮起来了呢？"

于石岩禀道："回皇上，万岁在睡觉时，不知缘何忽然大笑。奴才不放心，赶忙进来细看，便点燃了蜡烛。"

乾隆说："朕做了个梦，梦见布尼阿森大将军前来看朕，并跪求多多关心他女儿布尼伊香的婚姻大事。朕爽快地答应道：'布尼将军，放心吧，此乃小事一桩，朕一定办好！'说完，朕与大将军开心地笑了起来。大将军又谈了些别后的思念之情，不过朕一句也没记住，总之聊得很是畅快！"两名侍卫听罢，这才一块石头落了地。

早膳过后，乾隆心中有事，遂乘轿前往布尼阿森大将军的府邸。富察氏和女儿见皇上百忙之中驾到，忙跪叩道："圣上驾临寒舍，恕奴才事先不知，未能迎驾。"

乾隆笑道："尔等快快平身，不必拘礼。"

母女俩谢过隆恩后方起身，布尼伊香有些不知所措，正欲回避，乾隆招招手道："格格且慢，朕可是为一桩家事而来。"

富察氏忙道："请皇上赐教。"

乾隆说："布尼阿森是朕的爱将，已去世百天，甚为怀念。今日，朕带三千两纹银特意登门造访，是想以此接济尔等的生活。从今以后，你们母女可享受大将军的每月俸禄，以示朕之关怀。"

母女俩又一次谢过，乾隆告诉她们："昨晚朕做了个梦，梦中与布尼将军相见，他恳求朕多多关心伊香格格的终身大事，朕答应了。睡醒后思来想去，觉得最好还是认布尼伊香为义女，不知尔等意下如何？"

富察氏听了，激动得热泪盈眶，忙冲女儿说："伊香，别傻站着了，快给义父磕头！"

伊香格格万没料到当今天子竟认自己为义女，不禁喜出望外，扑通一声跪拜在地，叩道："父皇在上，请受女儿一拜！"

乾隆弯下身把干女儿扶了起来，笑道："既然是自家人了，就不必多礼，坐吧，朕还有话要问呢！"

布尼伊香仍站在原地说："父皇在此，哪有女儿坐下之礼？请圣上训示。"

富察氏插嘴道："伊香所言极是，皇上有何训示请讲。"

乾隆说："自古以来，有句俗话叫作'男大当婚，女大当嫁'，朕还不知女儿年方几何呢！"

布尼伊香抿嘴一笑，并不言语，羞羞答答地躲到了额娘身后。富察氏见此，赶忙接过了话茬儿："看这孩子，都多大了，还不懂事儿，再过几天就年满十八了。"

乾隆瞅着伊香说"嗯，太好了，年岁正相当。朕欲给女儿找个婆家，距京师远了点儿，不过成婚之后，会有享不尽的荣华富贵。"

布尼伊香听了，脸腾地红了，紧张得心快蹦到嗓子眼儿了，富察氏紧接着问了一句："皇上，不知婆家在何地，家中都有啥人呀？"

乾隆缓缓言道："说来话长，婆家是蒙古族，住在喀喇沁旗王爷府。朕的姑姑名叫端静公主，康熙爷的五女儿，当年下嫁喀喇沁旗王爷宝音朝克图。在乌兰布通之战中，王爷中箭身亡，抛下端静公主独居，膝下一儿宝音扎鲁早殇，圣祖又封宝音朝克图的二弟宝音拉木索为贝勒王爷。成婚之后，生下宝音扎布，现年二十岁了，尚未有妻室。朕以为，伊香格格要是下嫁宝音扎布，岂不是一桩美满姻缘？"

富察氏沉思道："哦，如此说来，伊香许给宝音扎布，那就成了圣祖的五公主——端静二小叔子的儿媳了。"

乾隆点点头道："正是，伊香格格嫁过去，端静公主不光同朕，同伊香也是皇亲国戚了。"

富察氏回头瞅了瞅身后的女儿，问道："伊香，父皇的话都听清了吧，咋想的呀？"

布尼伊香的脸越发红了，一时不知如何回答才好，局促不安地拽着衣襟儿不吭声儿。

乾隆仔细端详着伊香，心中暗想："格格出息了，真是女大十八变哪，越长越好看了。"于是说道："女儿，有啥话别放在肚子里，讲出来吧，如果……"

伊香忙道："父皇，刚才所说的一席话女儿想过了，觉得……"

乾隆插问道："觉得什么？对这桩婚事到底是愿意呢，还是不愿意？"

布尼伊香回道："听说喀喇沁旗地处塞外，气候寒冷，习俗与满族不同，且距京师千里之遥。如若嫁旗王爷之子，饮食起居不习惯倒是次要的，将来想回京拜望父皇和额娘可就不那么容易了。"

乾隆说："女儿所言不无道理，但朕每年皆赴塞北木兰秋狝，到那时见朕不是很容易吗？之所以指婚将女儿下嫁喀喇沁旗王爷之子，除了对你今后的生活着想外，更重要的是通过满蒙联姻，能够加强朝廷与蒙古各部、旗之间的团结与沟通，有百利而无一弊呀！"

富察氏闻听此言着急了："万岁乃当今天子，金口玉言，说一不二。伊香啊，若是同意这门婚事，就点点头吧！"

布尼伊香深知，皇上一言九鼎，谁长几个脑袋敢冒死抗旨呀？遂向乾隆跪拜道："女儿遵旨，叩谢父皇隆恩！"

乾隆大笑道："甚好，甚好啊！女儿果然是善解朕意之人，马上择良辰吉日完婚。朕派人先去喀喇沁旗王爷府，给王爷宝音拉木索送信儿，让他赶紧做好准备，以便迎娶儿媳！"

过了半个月，布尼伊香带着两个侍女，一个叫周玉凤，一个叫李秀珍，在钦差和众多护卫兵丁的陪同下，骑马离开京师，后头的大篷车拉着皇上陪嫁的金鞍、银镫、珍珠、玛瑙、绫罗绸缎和玉器等。六日后抵达热河避暑山庄，暂住两宿继续北行，马不停蹄地又走了五天，终于到了喀喇沁旗王爷府。

旗府上下听说京师来人了，蜂拥而至，见了如花似玉的新娘和随身携带的嫁妆，乐得又拍手又击掌的，个个喜笑颜开，皆称宝音扎布娶了个天上难找、地上难寻的仙女。可是，新郎官始终未出现，他在哪儿呢？伊香琢磨开了："本公主是皇上的干女儿，出嫁乃一生中之大事，却不见新郎官的身影，于礼于法都说不过去，这不是羞辱我吗？真是岂有此理！"越想越生气，脸色变白了，眼圈儿也红了。

侍女周玉凤逗趣儿道："伊香公主，今天并非成婚日，咱得歇息两天才举行婚礼呢，急的哪门子呀！"

布尼伊香不依不饶："说点儿正经的，都啥时候了还扯淡？传旗王爷来见本公主！"

周玉凤回头冲大伙儿喊道："传你们的王爷来见伊香公主！"

争看新娘子的族人听说伊香是位公主，惊得目瞪口呆，不知所措，站在原地没动。

侍女李秀珍一看，也喝道："没听明白咋的？愣着干什么，快去传宝音拉木索!"

这时，一位老夫人走上前来，彬彬有礼地说："伊香公主，休要发怒，宝音扎布他……"

话没说完，周玉凤抢着问道："老人家，您尊姓大名啊？"

老妇人依旧礼貌地回道："噢，我是圣祖康熙的五女儿端静。"

布尼伊香一听，赶忙躬身施礼道："姑奶，侄孙女这厢有礼了！"

端静笑道："你是……哎哟，伊香公主，怎么一见面就称呼老身姑奶呀？快到屋里叙话！"说完，转过头向争看新娘子的父老乡亲摆了摆手道："今天不是成婚日，大家先回去吧，过两天再来，着急喝喜酒了吧？好饭不怕晚，到时候有的是酒喝，管够！"

众人散去，端静挽着伊香进入已贴了"喜"字的屋内，坐在椅子上，仍乐呵呵地问道："伊香格格，有一事不明，为何称你是'公主'呀？"

伊香遂把自己认当今皇上为义父的来龙去脉详细讲了一遍，端静高兴地说："哎呀，真是巧了，不是一家人，不进一家门哪！"然后告诉伊香和两个侍女，王爷与新郎官骑马去蒙古包处理毁羊案件去了，故而未能亲自迎接公主的到来，望多多见谅。

布尼伊香听罢，满肚子的气顿时烟消云散，红着脸致歉道："对不起，请原谅侄孙女无知，宝音扎布因要事出行，我不了解缘由胡乱发火儿，真是不该。噢，姑奶，今年高寿啊？"

端静回道："唉，老喽，六十有五了。"说着，又呵呵地笑了起来，边笑边问："伊香公主的令尊是……"

"我阿玛叫布尼阿森，是效忠皇上的将军，不过已为大清殉难于洪水之中。"

端静一愣，思索道："嗯，听说过此人，没承想……唉！"

二人边唠嗑儿边喝着奶茶，旗王府备了丰盛的晚宴，只等宝音拉木索和儿子宝音扎布的到来。

天擦黑儿时，外边传来一阵嗒嗒的马蹄声，端静乐了："哎哟，你们看，说曹操人就到了，那爷儿俩回来啦！"

布尼伊香心头一震，暗想："新郎官长啥模样啊，会不会是个吓人的丑八怪呀？真要那样可就糟透了！"

正琢磨呢，宝音拉木索与宝音扎布一前一后进到屋内，宝音扎布冲布尼伊香施礼道："赛拜诺，一路辛苦了！"然后站在一旁。

伊香一怔，向端静问道："姑奶，啥叫'赛拜诺'呀？蒙古语我听不懂。"

宝音扎布的脸一下子红到了脖子根儿，不好意思地摸摸后脑勺儿，端静说道："我刚嫁到喀喇沁旗王爷府时，也不懂蒙古语，慢慢地就学会了。当年父皇康熙帝赴木兰围场秋狝时，曾有意考问过我，要求用蒙古语说出各种飞禽走兽的名称。我呢，真都回答对了，父皇因此将一处围猎点命名为'公主围'。咳，如今老了，说起话来啰啰唆唆的，还总是跑题。噢，方才你问'赛拜诺'是啥意思，那是向你问好哩！"

布尼伊香赶忙回敬宝音扎布："你也赛拜诺！"

端静笑得眼睛眯成一道缝儿，手指伊香说："哟，你们看，她立刻就学会了，好个聪明的公主啊！我光顾乐了，都忘了介绍了，这位是旗府贝勒王爷——宝音扎布的阿玛宝音拉木索。"

布尼伊香深施一礼道："阿玛赛拜诺，祝您老身体安康！"

宝音拉木索爽朗地摆摆手道："免礼了，免礼了，一家人不必客气！"

伊香公主吩咐侍女李秀珍把镀金龙头手杖拿了出来，对端静说："姑奶，这根手杖是父皇让我给您捎来的，喜不喜欢呀？"

端静接过手杖，看了又看，掂了又掂，拄着手杖踱着方步，满脸笑成一朵大菊花儿，说道："好，好哇！我那天子侄儿还想着他的姑姑哩！"

晚宴后，伊香公主在侍女的服侍下早早躺下了，却翻来覆去睡不着，眼前浮现的全是宝音扎布的身影。魁梧的身材，浓重的双眉，古铜色的圆脸，炯炯有神的眼中透着粗犷与亲切。同他结为夫妻，如能白头偕老，也是小女的福分了。想到这儿，蒙着头偷偷乐了，一种幸福感油然而生。

第二天，用罢早饭，宝音扎布对布尼伊香说："明儿个就是咱俩成亲的大好日子，眼下又无其他事，公主若有兴趣的话，可在侍女的陪伴下，去大草原玩玩儿。"

伊香问道："那你呢，也去吗？"

宝音扎布回道："我得同阿玛再去查查那桩毁羊案件，不能陪你了，请见谅。"

伊香说："不用陪，你去吧，公务要紧。不过想问问，我已到家两日，怎么没见咱额娘呢？"

宝音扎布长叹一声道："咳，额娘她……生下我的第三天，就因产后风离世了。"

伊香致歉道："宝音扎布，对不起，我不该问。"

宝音扎布说："没什么，不知者不怪嘛！伊香公主，蒙古族牧民皆是骑射能手，好多人问我，你那新娘子会不会骑马呀？"

伊香反问道："你是怎么回答的？"

宝音扎布说："我明确地告诉他们，满洲人是马上民族，善于狩猎，箭法了不得，哪能不会骑马呢？"

伊香点点头道："说得好，知我者宝音扎布也，今天就让牧民们开开眼！"

宝音扎布告辞后，伊香和两个侍女各骑一匹快马离开王府大院儿，向广阔的大草原奔驰而去……

第二十一章

三更夜　夫妻不和酿惨祸
顾大局　违心断案难服人

莽莽草原，天高云淡，这里是百卉争艳的大花园，这里是百鸟鸣叫的天堂。蜜蜂旋绕，蝴蝶翻飞，蜻蜓起舞，迎接着布尼伊香的马儿。蒙古包星罗棋布，犹如一朵朵盛开的白莲花儿，成群的牛、羊、马点缀其间，宛若一幅幅五彩缤纷的图画。举目四望，高山流水，悬崖峭壁，松林叠翠，令人心旷神怡。

布尼伊香自幼跟阿玛学习骑术，功夫不同寻常，还身怀绝技呢！草原上牧民很多，同去的姐妹也不少，一位格格请求道："尊敬的伊香公主，露几招儿吧，让姐妹们和小伙子们见识见识好吗？"

布尼伊香爽快地答应道："既然大伙儿都想看，那好吧，本公主就献丑了！"说完挥鞭催马疾驰，时而立姿，时而卧姿，时而滚马，时而侧翻，技法高超，变换自如，围观的族众不禁鼓起掌来。一个正在牧马的后生激将道："嗨，伊香公主，除了这几招儿，再不会有新骑术了吧？"

布尼伊香寻思道："噢，你是隔着门缝儿瞅人哪，把本公主给看扁了！"想至此，开始拿绝活儿了，什么"纺车上马"呀，"反背上马"呀，"抓鬃上马"呀，"夺鞍上马"呀，最后又来了个"过梭"。

俗话讲"外行看热闹，内行看门道"，此话不假。一个叫蒙括帖木儿的小伙儿说："奇了，真是奇了！伊香公主，你咋学会这么多骑术哇？"

伊香将缰绳一勒，骏马立即停了下来，遂举着马鞭说："满洲人不论男女，五岁始练童子功，是在马背上长大的，生活环境十分恶劣，不会骑射就不能生存，这还用问吗？"

蒙括帖木儿笑嘻嘻地又问道："伊香公主，最后那个骑术叫啥名儿啊？"

伊香回道："那叫'过梭'。蒙括帖木儿，要是真想开眼，就骑马跟在后头。注意，必须盯住我，给你再练一遍'过梭'如何呀？"

小伙子连声儿道："好好好，等着瞧，蒙括帖木儿来啦！"话音未落，已翻身上马，挥鞭蹁镫，双腿一夹来到了伊香公主的马后。

伊香紧催坐骑，嗒嗒嗒的蹄声裹挟着疾风一路而去，突然双手将鞍鞒一按，向后跃身一纵，腾空而起，只一眨眼的工夫，就稳稳坐在身后小伙子的马背上了，蒙括帖木儿瞬间便落下马去。

围观的牧民们初始目瞪口呆，继而欢声雷动，拍手叫好儿，纷纷竖起大拇指赞不绝口。这时，蒙括帖木儿方从地上爬起来，咧着嘴一瘸一拐地走到自己马前，看来的确是摔疼了。有人逗趣儿道："蒙括呀，谁都知道你有能耐，是个无人可比的骑射能手，今天太阳咋从西边出来了呢？莫非是在马上待腻歪了，自己跳下去的？"

蒙括帖木儿捂着屁股说："唉，别扯了，我还纳闷儿呢，不知是怎么摔下来的，你们不也没看清嘛！"人群里顿时暴发一阵大笑声。

主仆三人在归来的路上，周玉凤不解地问："伊香公主，我一直没弄明白，蒙括帖木儿怎么突然落马了呢？"

李秀珍也笑道："是啊，是啊，听说那小伙子是个骑射能手，咋连马都坐不住呀？"

布尼伊香故作神秘地说："'过梭'骑术的先决条件是前后有两匹马，前边的骑手在一纵离马的同时，要准确无误地坐在后边那匹马的背上。我在腾空一跃，快落到跟上来的马背上时，顺手轻轻一拨，蒙括帖木儿可不就掉下去了。"

周玉凤恍然大悟，又问："公主啊，为什么非得让他下马呢？"

伊香抿嘴一笑道："傻丫头，若不这么做，本公主不是与那个毛头小伙子骑在一匹上了嘛，我才不会让他占便宜呢！"说完，自己先乐了，逗得两个侍女也咯咯咯地笑个不停。

转天，布尼伊香与宝音扎布举行了隆重的婚礼，十里八村的亲朋好友从四面八方赶来，挤满了王府大院儿。六人抬的花轿颤颤悠悠地围着王府转一圈儿后，于大门外停下，新娘在噼噼啪啪的鞭炮声中被新郎搀扶着下了轿，进入院内，站在院中央，喧嚷的人群立马静了下来。

礼仪官站在二人身边，高声儿喊道："一拜天地！"新郎、新娘跪拜。

"二拜高堂！"新郎、新娘同拜。

"夫妻对拜！"新郎、新娘头碰头地又拜。之后，将头上蒙着红盖头的新娘送入洞房，开始"坐福"，前来贺喜的人则分别坐到十多间摆着婚宴的桌子边入席喝酒，划拳行令，连连举杯，又唱又舞，热闹非凡。

宴罢，亲朋好友、邻里邻居以及远道而来的牧民们陆续散去，洞房里"坐福"的新娘一动不动。直到天大黑了，红蜡烛燃尽两支，新郎还没有进入洞房。此刻的布尼伊香心中如同揣个小兔子，嘣嘣直跳，两颊绯红，等啊，等啊，仍不见新郎为自己掀开红盖头。当第三支蜡烛快燃尽时，宝音扎布带着一股浓烈的酒气晃晃荡荡地进得屋来，一头扎到炕上。伊香心想："哎呀，郎君原来是个酒罐子，喝起来便没有节制呀！"又一想："在大喜的日子里，他得挨桌给客人敬酒，能不多喝吗？本来盼望着能早早揭去红盖头，从此为人妻，没想到宝音扎布竟然酩酊大醉，咳！"无奈之下，伊香只好举手为自己掀了盖头，侧头一看，天哪！宝音扎布已躺在炕上睡着了，且鼾声如雷，顿时觉得好不委屈。正在这时，耳边隐约响起了散去的乡民们一路走一路唱的喜歌：

> 从东方来了两匹飞奔的骏马，
> 疾驰着的英姿多么飘逸潇洒。
> 成对儿的马儿将白头到老啊，
> 同舟共济留下一生情缘佳话。

伊香听着听着，扑哧一声乐了，心里又感到无比甜蜜。她低下头来，仔细打量着宝音扎布，发现他醉酒后的神态突然间似乎变得有些难看，暗想道："唉，粗柳簸箕细柳斗，世上哪有嫌郎君丑的呢？蒙古族待人一向热情豪爽，有难同当，如同兄弟手足，此乃有口皆碑，这就是美呀！"于是小声儿唤道："郎君哪，郎君，先别睡，咱俩还未饮交杯酒哩！"宝音扎布仍呼噜不止。

伊香又轻轻推了推："额驸啊，额驸，快醒醒，等喝完交杯酒再歇息好吗？"

或许是心灵的呼唤吧，熟睡的宝音扎布终于醒了，睁眼看了看伊香，忙致歉道："伊香，是我不好，对不起。"

伊香羞涩地问道："郎君呀，因何出此言呢？"

宝音扎布回道："你来王府已经三天了，我却没时间陪伴，总是忙啊忙。应该带妻子观赏一下此地的风光，尽情地玩玩儿，就像草原上一对儿情投意合的鸿雁，可丈夫却没做到哇！"

伊香笑了笑道："这不能怪你，有要务在身，谁也奈何不了，以后有的是机会出外游玩。"说罢，夫妻俩臂环臂地喝了交杯酒，方一同上了婚床，宝音扎布将伊香紧紧搂在怀里，亲昵地说："亲爱的美人儿呀，咱们是天子做的大媒，难得啊，真可谓有缘千里来相会呀！"

伊香感到幸福极了，柔声儿道："从今以后，你我将风雨同舟，有福同享，有苦同受，有难同当，恩恩爱爱，纵然风吹浪打，也永不分离！"

四目相对，激动得犹如干柴烈火，童男玉女一阵云雨过后，伊香喃喃地说："郎君呀，我心爱的宝音扎布，睡吧，睡吧，愿你做个好梦。"夫妻二人这才沉沉睡去，一直到鸡鸣破晓，东方大亮。

日月如梭，四季更迭，一晃四年过去了，宝音扎布和伊香的宝贝儿子宝音巴图已经三岁了，啥都会说了。孩子长得白白胖胖，一对儿水灵灵的大眼睛格外有神，两腮还各有一个圆圆的小酒窝儿。布尼伊香美滋滋地对丈夫说："他阿玛呀，咱儿子长得蛮有福相呢，将来肯定是块好料！"

宝音扎布则笑得合不拢嘴："是啊是啊，讲得没错，宝音巴图会是个英雄好汉的。咱俩到老了那天，说不定能得到儿子的孝敬哩，等着瞧吧！"

可是，在后来的一些日子里，不知为什么，宝音扎布经常夜不归宿，令贤惠的妻子愁眉不展。即使回到家，脾气也很不好，为一点儿小事儿就发火儿，夫妻二人经常吵嘴，大伤感情。

这年的秋天，一个夜深人静之时，二人又你一句我一句地吵了起来，越吵声儿越高，宝音扎布火冒三丈，飞起一个窝心脚踢在妻子的胸口儿处。一声惨叫过后，伊香摔在床下，口喷鲜血头一歪便没气儿了。

宝音扎布见妻子已经气绝身亡，顿时慌了神儿，吓得魂不附体。他万万没料到只一脚能将皇上的义女踢死，惹下了惊天大祸，一时不知如何是好。又恰值金色的秋天，布尼伊香这朵美丽的鲜花竟忽然凋谢了，枯死了，而乾隆此刻正率领众臣、射牲手及蒙古各旗府的王公们在塞外进行木兰秋狝呢！

单说年逾七旬的公主——端静见到伊香的尸体后，气得欲哭无泪，举起龙头拐杖高声儿喝道："宝音扎布真是胆大包天，来人哪，把他给我绑喽！"

老公主一声令下，家丁们七手八脚地把宝音扎布捆了个结结实实。端静接着又道："秀珍、玉凤，伙计、丫头们都听着，必须保护好现场，稍有懈怠，皇上怪罪下来，定斩不赦！"随即命六个身强力壮的差役将宝音扎布捆在马背上，速速去木兰围场，交乾隆皇帝圣裁。

一行七人马不停蹄地疾行了四五个时辰，天擦黑儿时到达木兰围场的库尔齐勒围猎点，正赶上合围刚刚结束。乾隆在众臣和各旗府王公贵族的护卫下，兴致勃勃地走下看城，一侍卫传报道："启禀皇上，喀喇沁旗王府的差役押着杀人重犯前来，现于黄幄处恭候审理。"

乾隆听罢，心头一震："哎呀，喀喇沁旗王府不正是朕的姑姑端静公主和义女布尼伊香的居所嘛，莫非她们有什么不测……"他不敢往下想了，立即口谕道："传喀喇沁旗领队宝音拉木索速到黄幄见朕！"

乾隆骑在马上，一边走一边思索："喀喇沁旗发生命案，应在当地查明惩处才是，为何非押着凶手至木兰围场由朕亲审呢？"只一袋烟工夫，便到了黄幄门前，见一被五花大绑的蒙族后生站在一旁，几个押送案犯的差役跪拜道："奴才叩见皇上！"

乾隆低下眼问道："是谁让尔等把要犯送到这儿的？"

其中一差役回道："禀皇上，该犯重罪在身，端静公主特令奴才将他捆绑，交由万岁处治。"

乾隆回头命道："传旨，文臣武将速到黄幄参审命案！"说完，下马进了黄幄。随猎的文武群臣鱼贯而入，站立两侧，乾隆端坐龙椅开口道："一年一度的木兰秋狝固然重要，但在练兵的同时，不能忘了民生和社会治安。朕今日于此地升朝，只因有一命案需要审理，并与众爱卿共议之。"然后冲门外喊道："带杀人凶犯上堂！"

话音刚落，宝音扎布被押上堂来，双膝跪地，低头不语。

正在这时，宝音拉木索匆匆进入黄幄，叩道："皇上，不知万岁传奴才有何训示？"

乾隆指了指案犯道："看看吧，堂下被绑的是喀喇沁旗人，可认识？"

宝音拉木索不看便罢，一瞅险些晕倒在地，浑身颤抖着问道："宝音扎布，你……你狗胆包天，光天化日之下，竟敢随便杀人？"

宝音扎布声泪俱下，咣咣磕着响头道："阿玛，孩儿不孝，情急之下，一脚踢死了妻子布尼伊香啊！"

乾隆见此，一时怔住了，指着宝音扎布冲宝音拉木索惊问道："他……他是……"

宝音拉木索有气无力地回道："禀皇上，他就是布尼伊香公主的丈夫，奴才的犬子啊！"

乾隆惊中犯疑，又问："宝音扎布就是朕那个曾见面的皇婿？"

宝音拉木索回道："正是。"

乾隆听罢，犹如炸雷落在头顶，顿时勃然大怒，一拍龙案喝道："大胆狂徒，报上姓名，缘何杀人，如实讲来！"

宝音扎布诺诺道："奴才名叫宝音扎布，家居喀喇沁旗王府。因夫妻吵架，一时冲动，误将布尼伊香踢死。奴才悔不当初，犯有杀妻之罪，罪该万死！"

乾隆问道："何时置妻子于死地的？"

宝音扎布回道："昨日夜半三更。"

乾隆气得脸都白了："好个宝音扎布哇，竟敢无视国法，致人死命。朕再问你，布尼伊香死于何处？"

宝音扎布答曰："奴才本与妻子坐在炕上吵嘴，怎奈越吵越来气，便抬起脚将其踢于床下。万没料到她一口气儿没上来，就……奴才有罪呀！"

大臣刘墉小声儿冲纪晓岚耳语道："纪大人，如果我没记错的话，布尼伊香可是皇上的义女呀！"

纪晓岚点点头道："谁说不是呢，真是天有不测风云哪，单看万岁对这桩人命案如何断了。"

正在这个节骨眼儿上，侍卫前来传报："禀皇上，克什克腾、巴林、翁牛特、奈曼等旗府随猎的王爷们聚在黄幄之外，请求觐见。"

乾隆与众臣无不一惊，没想到一桩人命案使得各旗王爷如此关注，而且知道得这么快！乾隆想了想，抬抬手准允道："好吧，请他们进来。"

各旗王爷进得黄幄，一齐跪拜道："吾皇万岁！万万岁！"

其中一位王爷叩道："启禀皇上，奴才前来见驾，是想聆听宝音扎布案的审定，不知可否？"

乾隆抬了抬手道："尔等平身，朕准了。"

得！此事显然复杂化了。乾隆暗自思忖："众王爷来了，朕该如何断案呢？死者布尼伊香乃已故布尼阿森大将军的女儿，又是朕的义女，昨日命丧黄泉。若判宝音扎布死罪，倒是杀人偿命，无可非议。可是真要那么断，岂不影响朝廷与蒙古的关系？一旦各民族的大团结受损，对于大清王朝来说，必将是百害而无一利。唉，怎么办更妥帖呢？"想至此，开口问道："众爱卿和诸位王爷，案情大家都清楚了，尔等认为该如何判哪？"

有的大臣说："启禀皇上，自古以来，杀人者必偿命，宝音扎布应立斩不赦！"

有的武将道："宝音扎布可能是活腻歪了，所犯之罪国法难容，该推出去斩首！"在场的其他文臣武将亦纷纷表示赞同。

乾隆见各旗王爷都没吱声儿，又问："诸位王爷是何见解呀？有话请讲，不必拘礼。"

克什克腾旗府王爷首先开口道："奴才遵从皇上的决断。"

巴林旗府王爷说："奴才以为，可否考虑由于误伤致死而轻罚之。"

奈曼旗府王爷奏道："杀人偿命，天经地义，没说的！"

翁牛特等旗府王爷则异口同声地表示："万望皇上三思而后行！"

乾隆见众说纷纭，莫衷一是，反倒长出了一口气，冲宝音扎布命道："宝音扎布，再重述一遍，布尼伊香是怎么丧命的，死于何处？大声儿回话！"

宝音扎布提高声音禀道："奴才同爱妻布尼伊香因家庭琐事于三更夜半争吵起来，一气之下，抬脚将她踢到床下，没承想却断气了。"

乾隆又问："公主到底绝命于床上，还是床下？如实招来！"

宝音扎布说："奴才不敢有半句谎言，布尼伊香确实死于床下了。"

乾隆转向宝音扎布的阿玛接着问道："宝音拉木索王爷，回朕的话，布尼伊香究竟死于何处哇？"

宝音拉木索叩道："回禀万岁，奴才离开旗府随驾木兰称狝已五六天了，其间未曾登过府门，自然不知儿媳的死因和亡于何处。奴才的犬子尽管性情暴烈，脾气急躁，但从小就不会说谎。为弄清真相，不妨遣人去喀喇沁旗王府的出事现场，一看便知。"

乾隆点点头说："嗯，王爷所言极是。刘大人，纪大人——"

刘墉、纪晓岚齐声儿答道："微臣在。"

"你二人速去喀喇沁旗王府察看行凶现场，朕边秋狝边等待尔等复命。"

刘墉、纪晓岚领命道："臣遵旨！"

两位大臣出得黄幄翻身上马，向喀喇沁旗疾驰而去。宝音扎布被差役带下堂，暂行关押，待再升朝时继续审处。

两天后，刘墉、纪晓岚飞马返回，向皇上做了详尽的禀报。说是布尼伊香千真万确死于床下，现场原封未动，王府的上下人等一直轮流守护着。

乾隆听罢，立即中止秋狝，召文武大臣和诸位王爷齐聚黄幄议事。他看了看大家，言道："刘爱卿、纪爱卿乃朕的老臣，办事向来认真，一丝不苟。今日，他们从喀喇沁旗火速归来，把前去察验的结果当着众臣和各旗王爷的面儿再讲一遍。"

刘墉说道:"布尼伊香公主之死,惨状目不忍睹,令人震惊。她仰面躺在床下,胸口处呈紫黑色,口鼻内尚有血迹。经明察暗访得知,那天深夜,更倌儿听到宝音扎布夫妇吵得很厉害,但不知因为何事。大约过了一袋烟的工夫,布尼伊香公主突然一声惨叫后,再也没有声音了。多亏了端静老人家头脑清醒,马上命家丁保护好现场,不得离开半步。我与纪大人到达旗府时,见宝音扎布夫妇的房门上了锁,是端静公主亲自开了房门方看到了现场。"

纪晓岚补充道:"在布尼伊香公主的尸体旁,放着一个尿壶,已经破裂了,可能是倒地时压碎的。"在场的人听了,个个捂着嘴忍俊不禁,谁也不敢笑出声儿来。

乾隆问道:"诸位爱卿、王爷,有何异议呀?请直言!"

几位大臣和一两个王爷表态道:"事实清楚,杀人者当以命还,斩不赦!"其他王爷没吭声儿。

乾隆话题一转:"夫妻之间的关系理应融洽,但天天在一起,免不了磕磕碰碰,生气吵嘴乃常有之事。俗话讲:'一日夫妻百日恩。'布尼伊香公主如果死在床上,不言而喻,称之为天配的美好姻缘。可是她亡命于床下了,只能证明夫妻感情破裂了,离心离德了。既然如此,朕念及朝廷与蒙古各部族的亲密关系,从大清江山社稷的长远考虑,决定将宝音扎布无罪释放!"

各旗府的王爷一时全怔住了,以为耳朵出了毛病,你瞅瞅我,我瞧瞧你,随即扑通通一齐跪在地上,叩道:"皇上圣明,万岁!万岁!万万岁!"

这一案件经乾隆亲断,就不了了之了,宝音扎布被当场释放,骑马返回喀喇沁旗王府,忙着处理布尼伊香的后事去了。

众臣则少不了暗中议论,有的叹道:"唉,皇上怎么了,可谓聪明一世,糊涂一时呀,哪有置人于死地而不抵命之理?"

也有的说:"即使圣上出于稳定清廷与各民族的统一关系,公主毕竟是皇上的义女,宝音扎布人命在身,总不能判其无罪吧?"

刘墉冲纪晓岚轻声儿耳语道:"当今天子开口,一言九鼎,谁敢说个'不'字儿?"

纪晓岚压低声音说:"是啊,君让臣死,臣不敢不死;君留一命,臣当然得活着。君臣,君臣,其中的学问颇深哪!"

"皇上如此断案，难以服人，这是我刘老锅子的真话。"

"我赞同，可不服有何用？唉！"

刘墉又道："纪大人，看见了吧，在大堂之上，蒙古各旗的诸位王爷一听圣上宣布赦免宝音扎布，立马齐呼'皇上万万岁'哩！"

纪晓岚说："皇上本是圣明天子，没承想今日断案却一反常态，难以服臣。只因顾及国家一统，昧着良心断案，不该呀！"

刘墉吓得赶忙捂住他的嘴："纪大人，小声点儿，不想要脑袋了？"

纪晓岚哧哧一笑道："一个脑袋值万金，从今往后不胡云，你我二人心相印，悄悄话儿情最深！"

三天之后，旗府为布尼伊香公主举行了隆重的葬礼，按照生前所言，葬于喀喇沁旗东南方向五十里处的山下，位在其父布尼阿森"将军墓"的后面，取名曰"公主陵"。

身居京师的富察氏听到女儿离世的噩耗后，号啕痛哭，连续几天不吃不喝，突发急病也一命呜呼了。乾隆皇上当即口谕，命人将富察氏的灵柩运至木兰围场东界外的将军屯，按满族习俗厚葬于"将军墓"中，夫妻并骨，相伴而安。

其实，在如何对待宝音扎布这件事上，乾隆一点儿不糊涂，深知布尼伊香之死一案断得不公平。再加上富察氏的突然归天，令他几天来一直辗转反侧，彻夜难眠，暗自琢磨："为了大清王朝与蒙古各部旗的团结合作，共同护卫北疆，一致对外，为了百年大计，使得黎民安居乐业，只能忍痛委屈公主了，不草草了结又能怎样呢？"想至此，眼前又浮现出伊香抛下的孩子，不由得泪湿枕巾……

第二十二章　张公公　当众受辱起歹意
皇外孙　不归路上陷贼窝

布尼伊香抛下的小儿子名叫宝音巴图，没有了母亲，就像刚刚学会吃奶的羔羊失去了哺乳的母羊，整天哭叫着要额娘。乾隆因惦记小外孙，觉得孩子可怜，一日狩猎归来后，换上微服，在侍卫于石岩、那仁福的护卫下，骑马前往喀喇沁旗王府。

主仆三人来到府门前，乾隆进入厅堂，首先拜见了姑姑端静公主。姑侄相见，分外亲热，激动万分，端静边擦眼泪边问候道："皇上啊，近来可好？姑姑想念侄儿呀！"

乾隆动情地说："朕一切都好，姑姑勿念，今日是特意来拜望老人家的，顺便看看伊香的孩子。姑姑，您的头发全白了，有什么烦心的事儿吗？"

端静公主叹了口气道："唉，倒也没啥，只是布尼伊香这一走哇，姑姑放不下她呀，心都要碎了！"说罢，唤了声贴身丫头，让将宝音巴图领过来，见见当今圣上。

端静这一吩咐，府中上下人等方知皇上驾到，呼啦啦跪了一地，齐声儿叩道："奴才祝皇上万福！"

乾隆说："尔等平身，退下吧！"

端静紧接着叮嘱了一句："皇上是微服省亲，都把嘴闭严了，不得到处乱传！"众人诺诺连声儿地退下。

不大一会儿，贴身丫头领着聪明可爱的宝音巴图进来了。孩子看见陌生人一点儿不拘束，伸出小手指着乾隆问道："你是谁，我怎么不认识？"

端静喝道："宝音巴图，不得无礼，那可是你的姥爷呀！"

宝音巴图不解地又问："姥爷是啥呀？"

乾隆不愿任何人提及布尼伊香，一想起义女，就深感内疚，于是忙接过话茬儿："'姥爷'嘛，在南方称'外公'，北方才称'姥爷'。"

宝音巴图摇了摇头再问："你没有回答我，'姥爷'是个什么东西呀？"

端静一听来气了，戳了一下孩子的脑瓜门儿，高声儿呵斥道："大胆，竟敢在皇上面前如此问话，真没教养！"

乾隆不仅没生气，还把宝音巴图抱了起来，拍着他的头顶耐心解释道："孩子，'姥爷'乃人称，位居长辈，就是自己额娘的阿玛。你呢，是姥爷的外孙，明白了吗？"

宝音巴图摸摸后脑勺儿说："姥爷，外孙越听越糊涂了，不问了，不问了！不过我很喜欢姥爷，看上去像个好人。"几句话，逗得在场的人都笑了。

乾隆饶有兴致地问道："外孙哪，愿不愿意跟好人一起玩儿呀？"

宝音巴图不假思索地回答："愿意！"

乾隆说："好吧，姥爷带你去京师玩玩儿！"宝音巴图听了，高兴得拍着小手又蹦又跳的，端静却扭头偷偷儿抹起了眼泪。

乾隆与姑姑聊了一会儿便起身告辞，出得府门翻身上马，侍卫于石岩抱着宝音巴图坐在马背上，三人紧催坐骑向驻地驰去。途经行宫时，乾隆下令小住两日，白天在侍卫的陪同下领着小外孙玩儿，孩子渐渐与姥爷熟悉了。第三天赶至黄幄，率大队人马进行布围，狩猎结束便起程返回京师。到了皇宫，乾隆命管家为小外孙精心挑选了一位嬷嬷①，天天不离左右，对他百般呵护。一个月后，宝音巴图玩儿腻了，非缠着跟姥爷在一起不可。乾隆日理万机，哪有空闲陪小外孙呀，便唤来老太监张德贤，吩咐道："张公公，空闲时，替朕带着外孙到宫中各处玩玩儿，省得孩子想家。"

张德贤讨好地说："奴才早有此意呀，只是……"

"只是什么？有话请讲。"

张德贤骨碌着眼珠子说："奴才日夜侍奉在主子身边，见皇上对小外孙喜爱有加，百依百顺，唯恐天长日久影响万岁的龙体安康啊！所以，很想为皇上分担，由奴才哄着宝音巴图玩耍，只是没敢说出口。"

乾隆满意地点点头道："嗯，皇宫里这么多大小公公，知朕者莫过于张公公。好吧，从今以后，你就多操点儿心，照管朕的小外孙吧！"

张德贤叩道："老奴遵旨。"

从此，除了嬷嬷按时为宝音巴图喂饭、洗澡、洗衣外，张德贤一有

---

① 满语：奶妈。

时间就哄着孩子于宫中花园内玩耍。有时，孩子正在兴头上，就让张德贤假装是匹老马，四肢着地，宝音巴图骑在他背上。张德贤不但不敢有丝毫的不快，而且还得按孩子的要求去做，在鞭子的驱赶下，仿效马儿咴儿咴儿的叫声，逗得围观的嫔妃、侍女们大笑不止。

宝音巴图乐呵呵地问道："老马呀，你是公马呢，还是母马呢？说，快说呀！"嫔妃和侍女一听，赶忙扭过身掩面走开了。

张德贤见身边没人了，遂对孩子坦言道："小主子，公公原来是匹公马驹儿，后来呀，就变成了阉骟之马了。"

宝音巴图盯问道："骟马是啥玩意儿呀？"

张德贤咧了咧老婆嘴说："这骟马嘛，就是似公非公，似母非母呗。"

宝音巴图寻思半天也没弄明白，大声儿嚷道："我听不懂，来来来，你骑我吧！"

张德贤连连摆手道："不不不，老奴怎敢骑皇上的外孙呢？小主子，还是骑公公吧！"

于是，宝音巴图挥动着手中的小马鞭，边喊着："驾！驾！"边抽打着老公公的屁股，不时地围过来一些差役、侍从，指指点点地议论着，交头接耳地讪笑着。

张德贤在众人的耻笑之下，浑身淌汗，老脸臊得通红，哪怕有道地缝儿都能钻进去，心中暗想："宝音巴图啊，小兔崽子，你等着，有朝一日，张某人非报这被羞辱的一箭之仇不可！"过了一会儿，他说："小主子，公公实在太累了，快让老马歇一会儿吧！"

宝音巴图答应道："好吧，饶你一回，明天还玩儿！"说罢翻身下了"马"，眯缝着一对儿大眼睛问道："张公公，知道我属啥吗？"

张德贤摇摇头说："哎呀，老奴不知道，小主子属什么？"

"告诉你吧，我是属龙的！"

张德贤趁机忙道："好嘛，既然属龙，就该'金龙攀玉柱'啊，不应骑马呀！"

宝音巴图眼珠儿一转，想了想说："公公所言极是，今后我得攀玉柱，再不骑马了。"

过了些日子，宝音巴图同老太监玩腻了，又去缠磨乾隆，整天与其形影不离，每当上朝时，他也跟着。乾隆没招儿了，只好把小外孙带在身边。

一天下晌，君臣议事，乾隆端坐在太和殿的龙椅上，文武群臣身穿朝服、头戴官帽站立两侧,宝音巴图则于一边玩耍。一个时辰过去了,乾隆不觉困意袭来,连打两个哈欠,竟伏在龙案上睡着了。众臣你看看我,我瞧瞧你,谁也没吱声儿,耐心地等待皇上醒来。

乾隆睡着睡着做了个梦,梦见小外孙就地一滚变成一条巨龙,全身鳞光闪闪,龙头摇上摆下,龙须忽弯忽直,双目瞪得溜圆。哪承想巨龙突然腾空而起,落下时将乾隆死死缠住,且越缠越紧,憋得喘不过气来,大张着嘴巴愣是说不出一句话!情急之下,用尽平生力气挥拳向巨龙砸去,随之"啪"的一声响,便从噩梦中惊醒了。这时,在场的人才发现龙案上的一摞奏折被皇上的拳头砸得散落在地,个个惊得目瞪口呆。乾隆扭头一看,见宝音巴图正攀缘在一根低矮的玉柱上玩耍,笑嘻嘻地瞅着姥爷呢!

乾隆擦了擦头上的冷汗,低下眼由左至右扫视了一圈儿,然后说道:"朕刚才似乎睡着了,还做了个可怕的梦,是被吓醒的。"

身边的侍女忙奉上香茗,乾隆呷了一口茶后,向众臣讲述了梦中所见。大臣刘墉出班奏道:"启禀万岁,此梦……臣不敢说。"

"刘爱卿,但讲无妨,朕不怪罪于你。"

刘墉直言道:"皇上,依臣看,此梦凶多吉少。"

群臣跪地齐呼:"圣上,此梦吉少凶多啊!"

乾隆听罢,不禁勃然大怒:"尔等如此放肆,成何体统?散朝!"

皇上生气了,谁还敢吱声儿?文臣武将赶忙退下了,免不了私下去议论。

乾隆一甩袖子离朝,无心用晚膳,回到寝宫躺在龙榻上,直至夜深人静之时仍无睡意,老是想着白天在太和殿小醋做的那一梦。忽然,隐隐约约听到门外有人低声儿抽泣,遂问道:"谁在那儿哭哇?"

侍卫于石岩进屋禀道:"回皇上,是张公公在哭。"

乾隆感到很奇怪:"噢?为啥呀,传他进来。"

老太监来到屋内,乾隆抬头一看,果然见他眼角儿有泪,遂关切地问道:"张公公,怎么了,缘何这么伤心哪?"

张德贤扑通一声跪在地上,叩道:"皇上,今日上朝之时,奴才就站在万岁旁边,耳闻目睹,深知大清的江山难保啊!"

乾隆一惊:"朕做噩梦并非头　回,金龙缠身,攀爬玉柱,在睡梦中已见过至少三次了,为啥说朕的社稷难保呢?"

张德贤放低了声音:"奴才有话,但不敢言。"

乾隆说："你在朕身边多年，忠心耿耿，无话不讲，今夜这是怎么了？想说啥直陈，不用顾虑，讲！"

张德贤并非等闲之辈，表面和善，暗地不存好心，阴险毒辣，诡计多端。他见报仇的时机已到，便无中生有地禀道："皇上，前些天老奴领着宝音巴图一起玩耍时，亲眼见那小小的顽童两只胳膊平伸呈飞翔状，说什么'我是龙，迟早得飞起来，做大清的皇上'！当时吓得老奴忙用手捂住了他的嘴。这几天越想越害怕，实在忍不住了才暗暗掉泪，老奴万般担心圣上和国家的安危呀！"

乾隆听了，果真吃惊不小，心里思谋开了："小外孙呀，朕待你不薄哇，心疼你，可怜你，不图报恩，总不能恩将仇报吧？要是那样的话，不成狼崽子了吗？这还了得！"又联想到下晌大臣们对噩梦的评价，于是问道："张公公，你看得如何办才好呢？"

张德贤故作思忖状，吞吞吐吐地说："办法嘛，老奴以为……只要皇上舍得……就一定能行。"说到此，话头子一下子打住了。

乾隆着急了："张公公，有话尽管讲，错了也没关系，朕不怪罪于你。"

张德贤凑到皇上身边，向四下看了看没有旁人，遂附在耳边唧唧哝哝了好一会儿，乾隆边听边点头，最后叹了口气道："唉，从长远考虑只能如此了，张公公，此事天知、地知、你知、朕知，必须保密，绝不可外传，否则拿脑袋是问。天亮之后，按朕旨意速去办理吧，越快越好！"

张德贤叩道："奴才遵旨。"然后退着出了寝宫，长长地出了一口气，觉得头顶儿的乌云就要散了，终于可以如愿以偿了，心里乐开了花。

翌日清晨，用过早膳，张德贤告诉宝音巴图，说是领小主子出宫痛痛快快地玩儿几天。孩子高兴极了，与老公公同乘一顶八抬大轿，又带了几个护卫离开京师。一行人走走停停，观山玩水，好不惬意。宝音巴图更是乐不可支，睁着一对儿大眼睛东瞧瞧西望望，觉得什么都新鲜，外边的世界真是太美了！过了古北口不远处，听见树上的乌鸦在叫，天快黑了。张德贤无心观景，正坐在轿子里胡思乱想呢，忽然从路边的密林中闪出三十多个蒙面人来，个个挥剑舞矛，拦住了去路。领头儿的是个留着络腮胡子的壮汉，黑红脸膛儿，膀大腰圆，眼冒凶光，厉声儿问道："干什么的？快快留下买路钱，方可饶你们不死！"

一个护兵喝道："哪儿来的强盗，活腻歪了吧？我这把大刀正好想开荤了！"话音未落，双方便交了手，厮杀在一起。刀来剑往，叮当乱响，火星四溅，只一会儿工夫，随轿而来的六个护兵死了三对儿。

八个轿夫一看大势不好，慌乱之中，使出吃奶的力气与贼寇继续打斗。无奈武技低下，不是人家的对手，未待施展招法呢，也全躺在了血泊里。贼寇掀开轿帘儿一看，见一老头儿带个孩子龟缩在里边，看穿着似乎是有钱人，一把将他们薅了出来，然后划火点燃了轿子。火光冲天，噼噼啪啪响个不停，轿子很快变成了灰烬。

贼寇们带着张德贤和宝音巴图走进一个又宽又深的山洞，洞内点着几盏大碗麻油灯，忽明忽暗，阴森可怕。仔细一瞅，洞中有洞，七拐八弯，相互连通。领头儿的令两个黑大汉将一老一小分别关押在紧里边的小洞穴中，孩子吓得哀号不止，后来就听不到哭声儿了。

张德贤被关在昏暗的刑讯洞内，身上横七竖八地捆着绳子，吊于一根立起的石柱子上。他四下瞅了瞅，啥也看不清，寻思道："唉，本来一切都与皇上合计好了，将宝音巴图骗出京师后，他就有去无回了，心中的恶气总算出了。谁料到刚过了古北口，未等下手呢，却让贼寇给劫了。听动静，小崽子似乎被杀了，倒也好，省得我费事了，不过这条老命或许也保不住了……"

容不得老太监多想，站在石椅旁边那个领头儿的开口问道："从实招来，你是干啥的，往哪儿去？"

张德贤像没听见似的，两眼一闭，一声儿不吭。这时，一顿皮鞭狠狠抽来，只觉得皮肉撕裂般地疼痛。开始他还算嘴硬，左一个"强盗"、右一个"恶棍"地骂着，没一会儿便受不了了，苦苦央求道："各位好汉手下留情，我说，我说，快放我下来吧！"

黑大汉将吊绳儿刚松了几扣，就听有人高叫道："哎呀，咋这么骚哇，哪儿来的骚味儿呀？"他们哪里晓得，老太监连疼带吓的，一泡尿全撒在裤裆里啦！

张德贤坐在一块石头上，身子下面湿漉漉的，为了活命，哆哆嗦嗦地敷衍道："我是皇宫里的人，奉圣上之命，送皇上的小外孙宝音巴图去木兰围场。没想到途中遇到了你们，这才……"

那伙人听罢，大吃一惊，闹了半天劫的是当今皇上的至亲，一个个面面相觑，不知所措。领头儿的没在乎，追问道："你带孩子去木兰围场干什么？说！"

张德贤一时不知该如何回答是好，停顿了一下，领头儿的根本不容空儿，"啪"地给了他一个大嘴巴，吼道："看来还是未讲真话呀，来人哪，把狗杂种吊起来，皮鞭、棍子、烙铁轮番伺候！"

贪生怕死的张德贤早已魂飞魄散，连说"饶命"，只好道出了实情："按出发前的打算，准备在去往木兰围场的途中，把慢性毒药给宝音巴图灌进肚儿。到达围场东界外的'将军墓'附近时，药效差不多该发作了，毒死后将他埋掉，神不知鬼不觉。"

领头儿的听不下去了，气得牙关咬得咯咯响，瞪着眼睛吼道："残忍，实在太残忍了，不就是个孩子嘛！我孙守信活了这么大岁数，啥没经着过，啥没见着过？还是头一回听说有如此害人的！"

领头儿的所言字字句句，张德贤听得真真切切，原本耷拉的脑袋突然抬起，大睁着双眼惊愕地盯着他，心想："当年玄烨称帝时，我是刚进宫的小太监，曾听说庄头儿刘进大告御状，举报密云知县孙有民贪赃枉法，鱼肉百姓。皇上闻奏，特派大臣刘统勋前往密云、古北口一带明察暗访，获知孙有民罪过果然不轻。孙有民有个侄子，名叫孙守信，长了一脸络腮胡子，是个盗匪，朝廷多次悬赏并派兵捉拿，始终未果，难道眼前这个莽汉真是他吗？或许重名重姓也未可知。不管怎样，如果命不该绝，得想法儿回到京师，将此情向皇上禀报，还需把路上被盗贼拦劫之事如实说清。"又一琢磨："哎呀，不行，万万不可！真要讲出实情，我并没来得及亲手处置宝音巴图，生死尚且不知。皇上若是因而震怒，怪罪下来，我这条老命不就没了吗？"想至此，连着打了几个冷战，浑身起了一层鸡皮疙瘩，尿也跟着来了，于是请求道："各位好汉，我要撒尿！"

黑大汉骂道："你他妈的，刚才已尿到裤裆里了，哪来那么多黄汤啊？"

张德贤捂着下身，一边原地转圈儿一边哀告："我要憋不住了，请各位老大高抬贵手，快呀……"

黑大汉侧过头问孙守信："大寨主，让他撒？"

孙守信说："拉屎撒尿老天都不管，咱们怎能眼瞅着他憋死呢？尿！"

黑大汉提溜着张德贤走到山洞外的拐角儿处，推他一把道："老不死的，放闸吧！"

张德贤忙解开裤带，背过身去，蹲在地上哗哗地撒起尿来。黑大汉一瞅，差点儿没笑出声儿来，回过头高喊道："哎，兄弟们，都来看哪，真新鲜呀，这老家伙不是个爷们儿！"

山洞内的人纷纷跑了出来，二寨主三彪围着张德贤打量了一圈儿，讪笑着大惊小怪地问道："哎哟，你咋啦？撒尿怎么像个娘们儿呀？"

张德贤忙站起身系上裤带说："我……我是太监。"

三彪挥了挥手道："兄弟们，把他的裤子扒下来，看看到底是公是母！"

话音刚落，大伙儿七手八脚地把张德贤摁倒在地，扯下了裤子，仔细一瞧，无不捧腹大笑！有的讥讽道："阉啦，原来是个正经八百的老太监哪，哈哈哈……"

有的嘲弄道："阉了好哇，非公非母可是宝贝呀，天上难找地上难寻哪！"

张德贤用双手紧紧捂着那惹眼的地方，脸色红一阵白一阵的，臊得快要哭了，心想："在皇宫里，即使当小太监那会儿，也没人敢上来就扒裤子呀，当今皇上都另眼看咱。这帮畜生真没教养，要不咋称强盗呢，气煞我也，急煞我也，羞煞我也！"

孙守信见奚落得差不多了，便制止道："行了，有什么可笑的？少见多怪！"

张德贤一看大寨主发话了，这才像有挺大委屈似的提起裤子小声儿说道："我虽然少了那玩意儿，但也是个穷人家的孩子，全是生活逼的呀！"

二寨主三彪吼道："胡扯，闭上你那臭嘴！如果是个受苦的孩子，只能在家好好儿干活儿，不可能混进皇宫里吃香的、喝辣的，身穿绫罗绸缎，唬谁呀？"

张德贤辩解道："各位好汉，我说的全是真的，小的不敢有半句谎话。九岁那年夏天，暴雨成灾，庄稼全被淹了，颗粒无收。家家大人、孩子吃了上顿没下顿，饿得头昏眼花，只剩下躺在被窝儿里数星星的劲儿了。有一天，阿玛从地里回来，给我一个玉米饼子。待吃完后，突然手拿着刀把我摁到土炕上净身，疼得当即昏死过去。他边流泪边说：'孩子，别恨阿玛，实在是没招儿啊，除此别无活路了。'过了一个多月，身子将养得差不多了，阿玛托人好不容易把我送进了皇宫，当了个小太监，伺候皇上。"

听了张德贤的一席话，在场的人半信半疑，大寨主孙守信认为没必要同他较真儿，于是说道："张老太监，既然小时候是受苦之人，就不该那么狠毒，还想要一个无辜孩子的性命，其罪过死一万次都不屈。本寨主可以不杀你，但有个条件，必须如实讲清那个男孩儿的来历，不然这条老命还是保不住哇！"

张德贤扑通一声跪在地上，咣咣磕头谢不杀之恩，并详详细细介绍了宝音巴图的身世。孙守信听罢，问道："张老太监，身上带多少银子呀？"

张德贤回道："实不相瞒，只带了一百五十两纹银，在轿内的小花包里裹着呢！"

孙守信不由得"哎呀"一声，忙命人去烧成灰的轿子处寻找，五个弟兄撒腿朝山下跑去。他回过头来继续说道："老太监，你得把送宝音巴图途经之地的路线图画出来，本寨主从不失信，画好后立即放你回京师。"

狡诈的张德贤此刻并不晓得宝音巴图是否还活着，便试探道："小的在此谢谢了，恳求各位老大，请允许我带孩子一起走吧。"

孙守信说："这不成，孩子由本寨主留下了，你一个人走。"

张德贤这才知道宝音巴图没死，皇上交办的差事泡汤了，后悔当初咋不早点儿下毒呢！刚刚画完路线图，下山寻找银子的弟兄们就返回来了，说是找到了那一百五十两纹银。孙守信接过银子，在手上掂了掂道："这样吧，你们五个每人一两，其余的留给大伙儿用了。"

张德贤忙说："大寨主，小的一点儿盘缠没有了，咋回京师呀？"

二寨主三彪呵斥道："哼！你这个秃驴，天天吃香的喝辣的，也该尝尝苦头了。要想活命，就别顾面子了，一路乞讨往回滚吧！"

张德贤假意央求道："大寨主，求您了，让我看一眼宝音巴图行吗？"

孙守信拒绝道："不行，别磨牙了，快走吧！"

张德贤赶忙走出山洞，下了山回头一看，隐隐约约见石壁上写有三个大字——鹰嘴岭，心想："看起来，此地便是孙守信一伙儿的贼窝了，偏偏让我张某人碰上了。还算不错，躲过一劫，好险哪！"

放走了老太监，孙守信同二寨主合计了一番后，派三个弟兄按照张德贤所画的路线图，连夜飞马去了木兰围场东界外的"将军墓"和"公主陵"地方。两日后，"公主陵"的右边多了一座"孩子坟"，墓碑上写着"布尼伊香公主之子宝音巴图之墓"。当地的乡亲们突见"孩子坟"，个个惊恐万分，一阵风似的传开了："哎呀呀，真乃世道莫测、人生苦短啊！伊香公主死得够惨了，唯一的儿子也随母而去，这是缘何呀？"一时间，大家议论纷纷。

再说老太监张德贤离开鹰嘴岭后，一路上连滚带爬，衣裳被树枝刮得一条条，鞋也磨破了，十个脚指头全露在外头。饿了，要碗饭吃；渴了，喝口井水，真可谓狼狈不堪。几天后的夜晚，总算到了京师，来至皇宫前，见宫门已关闭，只好在街边蹲了一宿。

第二天一早，官门开了，张德贤刚要往里走，却被守门的兵丁拦住了，喝道："大胆刁民，竟敢私闯皇宫，该当何罪？"

张德贤啪地扇了兵丁一个耳光，硬气十足地吼道："你有眼无珠哇，光天化日之下拦挡本宫太监总管，活腻歪了吧？"

兵丁仔细一打量，吓得一激灵，慌忙致歉道："哎呀，原来是总管大人哪，都怪小的瞎了眼没认出来，请张公公息怒！"

张德贤一甩袖子进了院儿，回到自己房中换了套干净衣裳，便去寝宫面见皇上。进得屋来，扑通一声跪地叩道："万岁，奴才奉旨去木兰围场，刚刚归来。"

乾隆问道："按旨行事了吗？"

张德贤禀道："回皇上，奴才办得干净利落，请释念。不过途中遇上了一群强盗，轿子和纹银被抢，护兵和轿夫在与歹徒搏斗时全部献身了！"

"死者如何处理的？"

"就地埋了。"

乾隆说："哦，知道了。张公公辛苦了，歇息去吧，赏银二百两。"

张德贤叩道："谢主隆恩！"然后退了下去。瞧啊，这个老奴撒起谎来既不脸红，又有狗胆，不知天下有"羞耻"二字，看来全是为了明哲保身了。

第二十三章

连阴雨　紫桦升火想联翩
水泉边　守株待鹿谈何易

"孩子坟"的出现，令喀喇沁旗的宝音拉木索、宝音扎布和老公主端静无不大吃一惊，也使布尼大院儿的布尼仁坤一家悲痛万分。他们百思不得其解，可怜巴巴的宝音巴图小小年纪，究竟是怎么死的呢？对此，乾隆倒很坦然。认为从大清的江山社稷考虑，再喜欢小外孙，也只能忍痛割爱，别无他法，并且做到了天衣无缝，天知、地知、朕知，没有什么可担忧的了。而事实上，老太监张德贤和鹰嘴岭的两个寨主心里最清楚，宝音巴图并没死，"孩子坟"是座空坟。

又是一年的夏末初秋，乾隆的精神特别好，一天早膳后传旨，命文武大臣及兵将抓紧做好起程准备，前往热河避暑山庄驻跸几日，再北行至木兰围场布围狩猎。

第三天，东方露出一片霞红，乾隆率大队人马浩浩荡荡地离开京师，走在身边的侍卫和珅满脸堆笑道："圣上，此次赴木兰围场秋狝，免不了路遇坎坷，天气多变，万望多多保重龙体呀！"

乾隆若有所思地说："朕在少年时，曾多次跟随圣祖康熙爷走过这条道，已是轻车熟路了，不必担心。和侍卫，隶属哪个旗呀，家居何处哇？"

和珅毕恭毕敬地禀道："回皇上，奴才原系正红旗，后被编入正白旗，生于乾隆十五年正月初三，住在京师西直门驴肉胡同。"

乾隆又问："平日可读些书？"

"奴才自幼学诗作画，读过'五经''四书'，然学识浅薄。企盼在皇上的训示下，悉心领悟，增长才干，使得头脑愈加聪颖，身手愈加矫健，万岁的恩泽将永世不忘！"

诸位阿哥，看看这和珅，尽管年纪不大，又刚刚升迁，那张嘴却甜得很，别的没学会，先学会溜须拍马了，活像条摇尾乞怜的哈巴狗。

朝廷曾盛传这样一件事儿：有一年夏末，乾隆带贵妃伊似娘娘去热河避暑山庄消夏。一天，二人用过早膳，伊似娘娘问道："万岁，明日就赴木兰围场秋狝了，要不要先去大佛寺烧香拜佛，以求保佑人马平安呢？"

乾隆拍了一下脑门儿说："哎呀，还是爱妃想得周到，朕差点儿忘了，马上就去！"随即传下旨意，赶紧备轿，前往大佛寺。

乾隆与伊似娘娘一块儿出了烟波致爽殿，见轿已备好，二人分别各乘一轿。没承想伊似娘娘弯腰刚要上轿，突然放了个响屁，轿夫们个个捂着嘴乐，又赶紧憋回去了，无不吓出一身冷汗。为啥呀？要是让皇上和贵妃看见，不掉脑袋才怪呢！

其实，贵妃已经听到轿夫的暗笑声儿了，顿时臊得两颊绯红。正在这时，将方才的一切看在眼里的随驾一等侍卫和珅扑通一声跪在伊似娘娘面前，连连叩头道："奴才无礼，奴才有罪！"

伊似娘娘心领神会，回头看了一眼和珅，说道："和大人，你天天不得闲，可能是没休息好，肚子着凉了吧？"

和珅连忙随声附和："贵妃娘娘说得极是，奴才昨晚的确凉着了，折腾了半宿没消停。"

伊似娘娘笑了笑道："俗话说：'宁在人前失了礼，不让冷气攻了心。'以后多注意就是了。好了，得抓紧了，还得赶路呢！"

和珅拉长声儿喊道："起轿喽——坐好哟——"

轿夫们听了二人的对话，面面相觑，闹了半天刚才的响屁是和珅放的呀！

乾隆和伊似娘娘在大佛寺烧完香，拜过佛，返回避暑山庄用午膳。伊似娘娘一想到在众人面前丢了面子，心里就不是滋味，茶饭懒用。乾隆以为贵妃身子骨儿可能稍有不适，故而无食欲，便没太在意。到了晚膳时，娘娘只吃几口，又放下了筷子。乾隆挽着贵妃回到烟波致爽殿寝宫，关切地问道："爱妃，怎么了？为啥老是闷闷不乐，没有胃口呢？"

伊似娘娘叹了口气道："唉，奴家难以启齿呀！"

乾隆更奇怪了："噢？什么大不了的事儿呀，别装在肚子里，说说看！"

伊似娘娘自然不敢隐瞒，遂将去大佛寺上香起驾时，不小心放屁的事儿一五一十说了，并对和珅的临阵应变能力好一顿夸奖。

乾隆听罢，心中暗想："和珅这小子可是个鬼精灵，见机行事，游刃有余，实在太聪明了，朕得用他。"

从此，和珅越发在溜须拍马上下功夫，成了皇上的红人，乾隆封他为户部尚书，又擢升为九门提督，还将十女儿固伦和孝公主许配其儿子丰绅殷德，此为后话。

话接前书，乾隆在刘墉和纪晓岚等重臣的伴驾下，晓行夜宿，第六天傍晚抵达热河避暑山庄。大队人马分两处安歇，一部分前往热河上营村，一部分留在喀喇河屯行宫，皇上及文臣武将驻跸避暑山庄。

翌日早膳后，乾隆换好衣装，飞身上了御骑，游览山庄内的三十六景。信马由缰地走到"万壑松风"时，举目四望，不由得想起了当年圣祖康熙爷辅导自己读书、练字和箭射雁阵的情景，顿时心血来潮，命和珅呈上文房四宝，展开宣纸蘸饱墨，挥毫写下了三个大字——纪恩堂。然后令工匠制成匾额，悬挂在"万壑松风"顶端处，以示缅怀皇爷爷的恩德。

站在一旁的纪晓岚左瞅右瞧地端详了半天，悄悄儿问刘墉："刘大人，这三个御笔大字写得如何呀？"

刘墉赞道："字字传神，力透纸背，无人可比！"

善于阿谀奉承的和珅也装模作样地说："嗯，沉稳遒劲，雄健豪放，真乃神来之笔呀！"

刘墉与纪晓岚对视一笑，顺嘴来了一句："拍马也得小心哟，弄不好会拍到马蹄儿上的！"逗得纪晓岚转过身捂着嘴乐，和珅自然听出矛头是指向自己的，心中甚是不悦，狠狠瞪了刘墉一眼。

乾隆看罢三十六景，太阳快要落山了，反身登上正门城楼，举目远眺，在晚霞的映照下，群峰参差错落，山峦起伏叠嶂，松林苍翠幽深，水面波光粼粼，不禁高声儿赞叹道："好一派绝妙的美景啊！"随即提笔以满、藏、汉、维、蒙五种文字写下了"丽正门"三个大字，五种文字象征着大清王朝各民族之间的团结与平等，接着即兴吟诗一首：

> 岩城埤堄固金汤，
> 谼荡门开向午阳。
> 两字新题标丽正，
> 车书恒此会遐方。

吟罢，侧过头来考问和珅："和侍卫，告诉朕，'丽正'是何意呀？"

和珅答道："回皇上，'丽'，光亮也，源于《易经》的'日月丽于天'之意；'正'，即指正南方向。"

乾隆点了点头，又问："朕所吟之诗中，有'车书'二字，那是何意呀？"

和珅回道："'车书'二字系指大清国车同轨、书同文，含天下一统之意。"

乾隆很是满意，暗想道："朕没看错，一等侍卫果然了不得，看来读了不少书哇！"接着问道："和侍卫，元世祖忽必烈于至元九年改金'中都'为'大都'，这'大都'指的是何地呀？"

和珅想了想，答道："回皇上，'大都'系指现在的京师。当时的正门即'丽正门'，明代将'丽正门'改称'正阳门'，而今圣上把避暑山庄的正门改为'丽正门'了。"

乾隆听罢，夸奖道："嗯，和侍卫所言极是，不可小瞧也！朕念你多文博识，勤勉好学，任命为副都统。"

和珅受到当今天子的赞许和宠信，得意得快分辨不清东南西北了，正所谓骑着毛驴吃豆包——乐颠馅儿了，激动得声泪俱下，扑通一声跪地叩拜道："谢主隆恩，皇上万岁！万万岁！"

刘墉和纪晓岚见此，皆咧了咧嘴，言不由衷地齐声儿道："皇上慧眼识才，明鉴啊！"

乾隆说："和珅哪，今后要多多向刘大人、纪大人求教，古人云：'三人行必有吾师'，唯如此，方能有所长进。"

和珅表示道："皇上，请放心，微臣将谨记圣上的谆谆教诲。"

刘墉、纪晓岚忽听和珅一个"臣"字出口，往日一口一个"奴才"没了，还真有点儿不习惯。二人互相瞅了瞅，小声儿嘀咕道："溜须拍马真管用，立竿见影，咱俩不会也！"说完朗声儿笑了起来。

乾隆回望一眼山庄内的山区、平原区和湖区，慨叹道："避暑山庄的三个区加起来，占地面积达八千四百亩，确实不小哇！"

和珅赶忙接过了话茬儿："是呀，面积相当于两个颐和园，比同期所建的圆明园、畅春园和万春园面积的总和还要略大一些。"说完看了看刘墉、纪晓岚，二人像没听见似的，未搭言。

夜晚，乾隆本应安歇在烟波致爽殿的西暖阁，却选住了新赐名儿的"纪恩堂"，因为那是少年时，皇爷爷教诲自己的地方。他躺在卧榻上，浮想联翩，困意全消，直到东方露出鱼肚白，才迷迷糊糊睡着了。

第三天一早，乾隆率领大队人马出了避暑山庄，沿武烈河北上，经伊逊河畔继续向北进发，连续五天行军，只在波罗河屯行宫稍作歇息，晌午抵达木兰围场的最南端——东入崖口。用过午膳，接着往围内走，只半个时辰便到了七十二围之一的永安莽喀围猎点。此处山高林密，幽谷纵横，由北向南流淌的伊逊河水犹如一条九曲八弯的玉带，在崇山峻岭中时隐时现。烈日当头，热得难耐，和珅由于体胖肚子大，显得十分笨拙，喘着大气道："原以为塞外的天气凉爽呢，没承想下晌又闷又热，衣服从里到外全湿透了。"

刘墉逗趣儿道："和大人好哇，肉多呀，胖得像个……咳，哪能不出汗呢？"

和珅一点儿不让份儿："哟，刘大人此话何意呀？胖是福相，总比干吃不长肉强，起码没浪费粮食呢！"

纪晓岚插言道："刘大人哪，常言道：人不可貌相，海水不可斗量。几天前和大人还是个侍卫呢，如今时来运转，已升任副都统了，可喜可贺呀！我听明白了，刚才刘大人是想比喻和大人胖得像个弥勒佛，妙哇，此乃美称也！"

和珅心想："哼，越抹越黑，他刘罗锅子的脑袋瓜儿想啥，以为谁不知道哇，那意思是说我胖得像头蠢猪！"

三人正说话间，忽然从山上的密林中传出异常响动，仔细一瞅，原来是只山豹子蹿了出来。走在前面的乾隆手疾眼快，箭搭弓弦，只听"嗖"的一声，利箭刚好射在豹子的脑门儿上，当即扑倒在地。和珅赶忙跑到跟前去看，哪承想山豹子一个滚翻站了起来，吓得他连连后退。就在这个节骨眼儿上，又听"嗖"的一声，乾隆发出的第二箭射入山豹子的口中，豹子嚎叫几声后毙命。早已魂不附体的和珅回转身来跪地哆哆嗦嗦叩谢道："皇上啊，若不是……再补一箭，微臣的小命儿可就没了……谢主隆恩！"

乾隆笑道："山豹子尽管凶恶，但没啥可怕的，牛刀小试而已。朕年少时跟随圣祖康熙爷木兰秋狝，有一次曾在此处射死一只巨熊，刘大人还记得吧？"

刘墉说："记得，记得，那时圣上刚刚十二岁。"

侍卫那仁福冲于石岩悄悄儿耳语道："皇上真了不起，箭技高超，想当年可称得上射猎神童啊！"

纪晓岚说："大清王朝之所以出现康乾盛世，当然有很多原因，其中最重要的一点，则是先祖们的睿智、胆略以及与天地争雄的气魄。"

乾隆沉思道："是啊，太祖努尔哈赤、太宗皇太极、世祖福临、圣祖玄烨、世宗胤禛哪位不是骑射高手？朕的父皇雍正帝在位期间，虽然未赴木兰围场秋狝，但当四阿哥时，也曾随康熙帝到过木兰围场多次，并大显身手，很受朕的皇爷爷恩宠哩！"

这时，大家感到天色暗了下来，抬头一望，方才还响晴的天空已被乌云覆盖。乾隆说："尔等都看见了吧，要下雨了，二八月里的塞上气候犹如娃娃脸般变幻莫测，说晴就晴，说阴就阴。赶紧搭帐篷，就地歇息，埋锅造饭！"

不大工夫，秋雨果然伴着雷鸣闪电哗哗地下开了，落在帐篷上发出噼里啪啦的响声。

一个时辰后，雨停了，没有干柴，无法生火。乾隆口谕，令厨子们晚些时候做饭，赶紧砍些柴草晾一晾。

打算纵然不错，可老天爷却与行围的人马较上劲儿了，不到半个时辰，雨又下起来了。伙房和御厨房的厨子们十分焦急，没有干柴，点火开灶成了一大难题。人是铁，饭是钢，一顿不吃饿得慌呀！这可如何是好呢？

乾隆披着行军斗篷，指着近处山坡儿的白皮树考问侍卫那仁福："你看，前面那长着白皮的树是什么树种啊？"

那仁福答道："回禀皇上，此树名叫白桦。"

"白桦树皮现在能否点燃？"

"它已被雨水浇湿了，点不着。"

乾隆往前走了几步，指着一丛紫皮树丛又道："这是什么树种啊？"

那仁福答曰："回皇上，此树名叫紫桦，与别的树种不同的是，即使淋湿了照样能燃。"

乾隆慨叹道："这么看，白桦即便成材也是白活，关键时刻不顶用，朕恨不得劂开它的皮。紫桦的树皮是紫色，尽管不成材，却能在任何情况下点燃，可烧水做饭，解燃眉之急，出门不用犯愁没火，令朕心悦也！"

话音刚落，就听山坡儿上的白桦林嘎巴嘎巴直响，定睛细看，白桦树的树皮全裂开了。乾隆见此，大为惊愕，当即吟诗一首：

> 白桦与紫桦，
>
> 一小又一大。
>
> 紫的不怕湿，

白的活个瞎。
成材又何用，
点火不用它。
紫桦虽无材，
温暖千万家。

从此，人们所见到的白桦树皮都是裂开的。据讲，它是受了皇上的训斥，再也长不出那平滑规整的皮了。只要是下雨天，就没有用白桦引火的，而是用紫桦当烧柴。为啥呢？因为紫桦的树皮带有一种油性，遇火就着，人们又叫它"油桦"，很好烧哩！

大队人马用罢晚膳，天已大黑了，遂各自回帐歇息。乾隆躺在黄幄内难以入睡，可能是触景生情吧，眼前总是映现昔日圣祖带自己木兰秋狝的情景，由此想起了皇叔们于围场射猎的英姿，还有那身陷囹圄的八皇叔允禩。八皇叔啊，八皇叔，如今仍健在人世吗？生活在哪里，过得好不？已经过去那么多年了，变化挺大呀，救您远离囚牢的大伯父早在愁苦中病故了，父皇的胞兄胞弟们有的也陆续离开了人间。八皇叔啊，当年诸皇子争夺帝位的时候，朕才十三四岁，知道父皇对您是不公平的。朕曾记得，八皇叔的母舅叫噶达浑，后削去贱籍，升格为旗民，赐世袭佐领职务。八皇叔虽任命为总理事务大臣，但好景不长，很快便被囚禁入牢，多亏大伯父相救方得以逃生。八皇叔啊，您仁慈大度，人缘儿又好，平日一有工夫就哄着小侄子弘历玩耍，可尽兴了，朕这辈子也不能忘却，并经常在梦中与您相见。唉，往事如同过往烟云，不想了，不想了，睡觉吧！"心里这么想，脑袋却像开锅了似的，翻过来调过去地折腾了好一阵子，五更时总算睡着了。

翌日，是个万里无云、艳阳高照的好天气，乾隆口谕："大队人马化整为零，在方圆不超过五十里的区域内，各选哨鹿地点狩猎，结束后返回宿营地歇息。"

兵马散开后，乾隆令侍卫于石岩、那仁福与自己为一个哨鹿小组，二人既高兴又担心。高兴的是能陪在皇上身边射猎，这样的机会不多，可借此学习哨鹿方法；担心的是稍有不慎，会遭到皇上的训斥，甚至有掉脑袋的可能。那仁福悄悄儿叮嘱同伴儿："石岩老弟，要处处留神，多加小心哪！"

主仆三人来到山脚处的水泉边，乾隆头戴鹿角帽，身披鹿皮衣，手握火枪，趴在一棵枫树下的草丛中。两个侍卫穿着平时的猎服，备好弓箭卧在皇上身边，显然是打算来一场"守株待鹿"。

要说起"守株待鹿"，并非一定得捕马鹿、麋鹿、梅花鹿，凡是野生兽类来到泉边饮水，皆可以猎杀。有经验的猎手都知道，只要是大热天，飞禽走兽肯定会来泉边找水喝的。

乾隆拿出用桦树皮做的长哨儿放在嘴边吹，呦——呦——呦，酷似鹿的鸣叫声，两个侍卫对视一笑，不敢说话。

烈日当头，已近晌午，阳光直射下来，令主仆三人汗流浃背。天气热倒能忍耐，可成群的蚊虫不消停，左一口右一口咬得那仁福和于石岩身上、脸上全是包，实在难受啊！而乾隆并不遭罪，因为他头上戴着鹿角帽，身上穿着鹿皮衣呢，远远看上去，活像一只大公鹿哩！

大约过了半袋烟工夫，一只猛虎从密林中优哉游哉地走了出来，两个侍卫心中猛然一惊！糟了，这凶恶的老虎小觑不得，是射获呢，还是放走呢？

老虎慢腾腾地来到泉水边，伸出粉红色的舌头舔水喝，还不时地抬头朝四处望望，然后再低下头来继续喝水。

恰在这时，一条花脖子大蛇向于石岩脚底爬了过来，他忙下意识地一收腿，将正在喝水的老虎惊动了。它抬头瞪眼细看，发现草丛里卧着一只"鹿"，遂张开血盆大口扑向扮成鹿的乾隆。说时迟，那时快，乾隆随即扣动扳机，乒的一声，老虎头部受了伤。那兽气得两眼通红，咆哮着再次向乾隆扑了过来，两个侍卫嗖嗖嗖地同时发出利箭，箭箭射进老虎嘴中。与此同时，乾隆又开了一枪，老虎中弹栽倒在地，打了几个滚儿便不动了。

主仆三人兴奋异常，没料到原本的"哨鹿"之举，却猎获了一只斑斓猛虎。于石岩喜形于色地说："皇上的枪法太准了，两枪全击中老虎的要害处，它当然就没命了！"

乾隆笑道："尔等的箭法也不错呀，如果没有利箭配合，老虎哪会死得这么快呢？"

那仁福晃着头道："守株待鹿，不见鹿来，却见猛虎，偏得呀！"

乾隆说："仔细想想，也不算偏得，大凡有老虎、豹子的地方，一般很少有鹿。狮子和老虎乃兽中之王，只要它们在，其他的动物还敢着边吗，早吓跑了。刚才老虎来到泉边饮水时，突然发现朕这只大鹿，还以为可以美美地饱餐一顿呢，没承想竟撞在朕的枪口上了，哈哈哈……"

主仆三人回到宿营地时，各哨鹿小组已全部归来，有的驮回了野鹿，有的背着几只山豹子，有的扛着狐狸、野狼，收获颇丰。乾隆擦了把脸冲大臣们问道："尔等今日用哨鹿之法狩猎，有何感受啊？"

和珅不无显摆地抢先答道："回禀皇上，微臣在哨鹿中，头一次明白了所谓'机智勇敢'四个字的真谛。"

乾隆接着问刘墉："刘大人，你呢？"

刘墉回道："微臣的感受是在烈日当头、蚊虫叮咬之下，要学会忍耐、冷静，抓住时机出箭，支支不虚发！"

乾隆点点头，又问纪晓岚："纪大人是怎么想的？"

纪晓岚答曰："回皇上，微臣与刘大人有同感，至于'机智勇敢'四个字，那是出猎必备的条件，不必多言。"

和珅愤愤地暗想："这纪大烟袋和刘罗锅子，真不是东西，分明是故意在皇上跟前卖关子，小瞧我和珅，哼，等着瞧！"

乾隆满意地说："尔等所言不无道理，听得出刘大人、纪大人更有切身体会。想当年朕随康熙爷赴木兰围场哨鹿那回，就是因为忍受不了烈日暴晒、蚊虫叮咬，在拍打叮在腮上的蚊子时发出了响动，野鹿才闻声儿逃跑的，致使哨鹿失败了。所以，忍耐、冷静乃哨鹿之根本，唯如此方能获胜。"

晚膳时，意犹未尽的乾隆对纪晓岚说："纪爱卿，朕打算明天头晌去围场的东南界看一看。听当地人介绍，那里的风景很美，适合布围，陪朕一同前往如何？"

纪晓岚回道："伴驾观景，乃微臣的荣幸，求之不得，是骑马去还是乘轿去呢？"

乾隆笑道："木兰行围，山高水险，哪有乘轿之理？当然是骑马喽！"

用罢晚饭，大家早早歇息了。这一夜，个个睡得格外香甜，因为经过一天的哨鹿，皆已累得精疲力竭了。

翌日头晌，君臣二人各骑一匹快马，在几个侍卫的保护下，向着围场东南方向驰去。一路上，乾隆边观赏风景，边与纪晓岚吟诗作对子，兴趣颇浓。刚上了山冈，发现前边不远处云雾翻卷，鸟兽惊慌失措，四处奔逃。挥鞭打马准备继续前行时，马的前蹄却腾空而起，咴儿咴儿直叫，就是不肯迈步。

乾隆心想："这可有点儿蹊跷，什么东西在此作祟，竟敢拦住朕的去路？"随即命侍卫前去看个究竟。更奇怪的侍卫们每前进一步，都被浓重的乌云拥回两步，实在是无能为力。于是，乾隆翻身下了御马，派一侍卫去围界外请位风水先生来。

工夫不大，风水先生就到了，看了看眼前的大山，说道："这座山人称'蛇山'，云雾翻腾处有条缸口粗的巨蛇，正在拦路爽身，万万不可靠近它，小心伤着。"

乾隆请风水先生想个镇蛇妖的办法，并许诺事成后，赏银三百两。风水先生说："镇蛇妖不难，只需皇上下道圣旨，招来七七四十九个石匠，八八六十四个瓦匠，九九八十一个木匠，在山上修一溜儿七座塔，每座塔压住蛇妖一段儿身子。到那时，巨蛇想动也动不了，将永世不得翻身也！"

乾隆答应道："好哇，能制服蛇妖，使其不再伤及无辜百姓，朕何乐而不为呢！"

按照皇上的旨意，说干就干，很快从围界外周边的村子招来了如数的石匠、瓦匠和木匠，狩猎的一部分兵丁也参与其中，只用了十多天，七座塔便建成了。风水先生面对七座塔念了几通咒语，果然刚刚还翻滚的乌云退去了，巨大的蛇妖被牢牢压在七座塔底下了。风水先生怀揣三百两赏银回到家中，把修塔镇蛇妖的事儿跟乡亲们一说，都高兴极了，遂奔走相告，十里八村立马全知道了，皆言乾隆皇上为百姓铲除了蛇妖，做了件大好事，真乃皇恩浩荡啊！

其实，乾隆为镇住蛇妖，召集齐各种工匠后，并未远走，也没心思布围了，而是指派其他大臣组织狩猎活动，自己则与纪晓岚坐在黄幄里，一是下棋，二是吟诗作画，等待蛇山七座塔竣工的消息。

竣工的头天夜里，下了一场雨，到了后半夜便停了。清晨，一轮红日跃上东方，万里无云，响晴响晴的。乾隆得到了七座塔顺利建成的禀报后，忙在大臣纪晓岚和侍卫的保护下，各骑一匹快马向蛇山驰去。到了山脚下，见一老羊倌儿坐在路旁的石头上，满脸愁容，不停地抹眼泪。纪晓岚翻身下马，关切地问道："老人家，缘何在此啼哭哇？"

老羊倌儿指指山上的羊群回道："我是给张姓财主放羊的羊倌儿，名叫佟二虎。不知为啥，近几天每次来此放牧，晚上往回返时，总是少一只羊，一连七天了，整整少了七只。气得东家不仅不给工钱，还不让吃饱饭，并声言，若是再丢了羊，就要我的老命！"说着，又呜呜地哭了起来。

乾隆心中暗想："要说呢，老羊倌儿真够可怜的，他也不知何因每天都丢一只羊，有啥法儿呢？"遂示意纪晓岚别耽搁，继续往前走，尽快看到日夜盼望的七座塔。

快晌午了，天气又闷又热，君臣二人脸上都挂满了汗珠儿。当来到第一座塔前时，乾隆手指一棵放倒的杨树说："朕累了，坐下来歇一会儿吧。"

纪晓岚下马一看，杨树的枝干黑不溜秋的，树皮粗糙，便扶着皇上坐在一段较粗的树干上，然后从腰间抽出大烟袋，装了一铜锅子旱烟，点着后吧嗒吧嗒地抽了起来。嘿，真舒服哇，浑身骨头节儿都觉得松软，又来精神又解乏。

纪晓岚抽完了烟，翻转烟袋锅儿往坐着的树干上啪啪磕了两下，火星儿四溅，没承想树干动了，就地打了个滚儿直立起来，你道那是啥呀？嗨，是条又粗又长的大蟒蛇！刚才它一动不动地躺在地上，是趁着雨过天晴，在温暖的阳光照射下，晾晒全身的蛇鳞，晒着晒着，竟舒舒服服地睡着了。纪晓岚手拿烟袋锅儿往它身上一磕，那未烧完的烟火粘在蟒蛇皮上了，立马给烫醒了！

大蟒蛇一气之下，身子往起一蹿，头朝上悬在了空中，又粗又长的尾巴啪啪啪用力一顿甩，顷刻间将新修的七座塔全扫平了。被压在塔下的那条蟒蛇乘势将身子一缩又一伸，摇头摆尾腾空而起，与救它的大蟒蛇盘绕在一起，首尾相交，那样子可亲热啦！

这是咋回事儿呢？原来被压在七座塔下的是条母蛇，躺在阳光下晒鳞的是条公蛇，乃亲密的夫妻俩。前些日子，公蛇去东北大兴安岭蛇族探亲，母蛇左等右等不回，便发起了脾气，开始兴风作浪，结果被压在了七座塔下。公蛇得到信儿后，急匆匆地从大兴安岭返回蛇山，但已经晚了。公蛇没招儿了，昼夜守在七座塔下，等待母蛇脱离险境。饿了，就偷吃羊群里的羊；渴了，就喝伊逊河的水，连续等了七天，始终未能如愿。

谁也没想到纪晓岚陪着乾隆坐在了睡着的公蛇身上，一磕烟袋锅儿，把它烫醒了。一怒之下，力气倍增，不但毁了七座塔，而且救出了压在塔底下的母蛇！

乾隆和纪晓岚望着悬在空中的一对儿大蟒蛇，吓得一句话说不出来，当即晕过去了。几个侍卫连喊带叫了半天，君臣二人才从昏迷中醒来，忽听空中有个声音高喊："皇上，让你受惊了！"

众人抬头上望，见一页白纸飘飘悠悠地落了下来，纪晓岚捡起来看了看，回身对乾隆说："万岁，这对儿蛇妖走了，迁至大兴安岭的密林中了。"

乾隆接过白纸，只见上面写道：

> 七座塔已经倒了，
> 我们夫妻团聚了，
> 远离木兰搬家了，
> 兴安岭处安居了。

从此，蛇山上再也见不到蟒蛇了，老羊倌儿的羊一只不少了。百姓皆言，多亏乾隆皇上木兰秋狝时来到蛇山观光，否则那对儿巨蛇不可能搬走哩！

第二十四章

履承诺　山民私建娘娘庙
遭谋害　白马长啸告冤情

转日用罢早膳，侍卫于石岩掀开门帘儿进得黄幄，向乾隆禀报："皇上，前方二十余里处发现一座娘娘庙，不知何人闯入围场所建。"

乾隆一惊，随口问道："果真如此？"

于石岩答曰："奴才亲眼所见。"

乾隆命道："叫上那仁福，随朕前去看个究竟！"说着出了黄幄，翻身跨上御骑，在两个侍卫的陪同下挥鞭而去。路上边走边想："自从圣祖康熙爷设置木兰围场以来，早已定下严格的皇规，任何人不得私自闯入皇家猎苑建房修屋。是谁如此大胆，敢冒天下之大不韪，在这里建娘娘庙呢？再说了，占地一万五千多平方公里的木兰围场设有八营房、四十卡伦，并派专职兵卒管护，怎么还会发生私自筑屋之事？"这么琢磨着，不知不觉已走了近二十里，果然前方不远处现出了娘娘庙。

乾隆吩咐两个侍卫："尔等先去庙中细查一下，如发现有人，立即绑喽！"

那仁福和于石岩领命走进庙门，见院子左侧有三间屋子，房门全上了锁。反身刚刚出了庙门，见一农夫背着柴草姗姗而来，不由分说上前将他绑了。乾隆走到跟前，命来人打开房门，走进屋内。

经审讯得知，此人姓金名玉柱，原籍木兰围场界外的梨花沟村。一家三口儿，额娘和阿玛都是老实人，以种田为生。后来，阿玛身患重病，无钱请郎中医治，觉得自己没多少时候了，便有气无力地对儿子说："玉柱呀，阿玛死后，你一定要孝敬额娘，千万别亏待她呀！"说完没几天就断了气。

玉柱长到十七岁，额娘托人给儿子保媒，娶了媳妇，日子还算过得去。可时间一长，玉柱开始觉得额娘碍眼，在儿媳的挑唆下渐渐变样儿了，对老人家非打即骂，还逼其上山砍柴。若是干活儿少了，小两口儿不是呵斥，就是不给饭吃。老额娘有苦无处诉，有泪肚里流，非常可怜。

一天头晌，玉柱上山打猎，忽觉天暗了下来。抬头一瞅，见刚刚还晴朗的天空飘来一片乌云，而且越来越浓重，一道闪电划过，随之响起了震耳欲聋的雷声。

说也奇怪，那电闪雷鸣在金玉柱的头顶上绕来转去，久久不肯散开。玉柱害怕了，扛着猎枪滚下山，起身撒腿就往家跑。可电闪雷鸣并不就此罢休，仍紧跟着他，还哗哗地下起雨来。玉柱顿时明白了，是因为自己对额娘不敬不孝，老天爷气不过，特意来惩罚逆子的。他赶忙双膝跪地，对着老天爷咣咣咣地磕起了响头，边磕边说："我是个不孝之子，对额娘犯下了打骂、虐待之罪，该遭天打五雷轰。从今以后，一定改恶从善，百般孝敬生身母亲，恳求老天爷宽恕小的一命吧！"

金玉柱说了一遍又一遍，可电闪雷鸣像没听见似的，还是围着他转，雨下得更大了。他惶恐地继续磕着头，大声儿许诺道："如果老天爷饶小的不死，我保证勤俭过日子，积攒些银子，选择合适地址修建一座娘娘庙。逢年过节，必会去庙里烧香，用以赎不孝之罪！"

话音刚落，令人奇怪的事儿发生了，雨住了，云散了，天晴了，太阳出来了。当金玉柱三步并作两步地走进自家院门时，一下子惊呆了，只见妻子竟横躺在院子里放挺了！

老额娘一见儿子便唠叨开了："玉柱哇，这雷雨天的，额娘正惦念你呢！唉，回来就好，回来就好啊！"

玉柱打着冷战问："额娘啊，我媳妇……是怎么死的？"

额娘说："她呀，是遭报应了，老天有眼哪！"

额娘接着告诉儿子，当她们娘儿俩坐在炕上听着外边打雷的时候，突然一个大火球飞进屋来，儿媳吓得忙跳下炕，火球随之跟其后；儿媳推门进了外屋，火球立即追到外屋；儿媳反身跑到院子里，火球一闪飞到她的头顶，紧接着嘎巴一声脆响，儿媳一个跟头扑倒在地，再也没起来。

玉柱又问："我媳妇临死时，说过什么吗？"

老额娘摇了摇头道："啥也没说就咽气了，这才叫善有善报、恶有恶报呢！以前不是不报，只是时辰未到，苍天果然没饶了她。"

金玉柱扑通一声跪在额娘面前，详详细细地讲了打猎途中的遭遇以及风雨雷电袭来的细情，并表示今后一定孝敬老人家。额娘听罢，含着泪点了点头，玉柱这才驾车把媳妇的尸体拉到后山埋了。从此，老额娘在悔过自新的玉柱孝敬下，日子好过多了，天天乐呵呵的，一直活到九十九，临终时叮嘱道："儿呀，你曾对天发过誓，等有了钱，选个地方修建一座娘娘庙，千万别忘啊！"

玉柱说："额娘，放心吧，儿记着呢！"老人家这才微笑着安详地闭上了眼睛。

乾隆听罢玉柱的身世，很受感动，动情地说："古人云，浪子回头金不换，还算是好样儿的。朕问你，圣祖康熙有言在先，木兰围场之内，既不准造楼台亭阁，也不准建寺院庙宇，那么这座娘娘庙你是何时建的呢？"

金玉柱一听眼前这位是当今天子，顿时吓得浑身发抖，哆哆嗦嗦地回道："对于皇规玉律，奴才实在不知，万望恕罪。奴才只是为实现对苍天许下的诺言，于前年春天修建了这座娘娘庙，按照额娘的模样泥塑了一位仁慈的娘娘。又在庙旁盖了三间房舍，作为奴才居住的地儿，逢年过节好为娘娘焚香，以示孝心。"

乾隆问道："可拜过土地？"

"回皇上，奴才拜过了。"

又问："可拜过苍天？"

"奴才也拜过了。"

乾隆说："好吧，明晨起来，你再最后拜一次娘娘吧，它将不复存在了。"

"奴才遵旨！"

此时，天已晌午，乾隆和两名侍卫不再耽搁，上马回到了宿营地。

翌日清晨，金玉柱遵圣旨于娘娘庙内点燃三炷陈香，连连磕头拜道："娘娘庙，庙娘娘，我是当年不孝郎。上山打猎遇雷雨，吓得遍岭躲又藏。闪电围绕团团转，乌云压顶炸雷响。急忙走往回家路，忽然想起拜上苍。从此不再欺老母，逆子尽孝建庙堂。妻子不孝罪应得，被雷击死命该亡。虽然此庙已建起，却违皇家的规章。昨日皇上降御旨，拆庙是为护围场。"说完起身刚出了庙门，只听身后一声巨响，忙回头看去，娘娘庙倒塌了。

金玉柱正愣怔之时，见两匹骏马疾驰而来，到了近前，方认出是皇上的侍卫于石岩、那仁福。二人翻身下马，向娘娘庙处看了看，齐声儿说道："嘿，皇上昨夜那一梦真灵啊，娘娘庙果然不用拆就塌了。"

那仁福走到金玉柱跟前，拍着他的肩膀说："玉柱，皇上念你改邪归正，孝敬老母，是个孝子，这才命我俩送来五十两纹银，以示奖励，但前提是必须拆掉娘娘庙和三间房舍。没料到未待拆除，庙已经倒塌了，真乃天意呀！"

金玉柱双膝跪地叩谢道："谢主隆恩，皇上万岁！万万岁！"

两位侍卫传罢圣旨，奖了纹银，拨马返回。到了营地，进入黄幄向皇上复命，乾隆不无高兴地说："金玉柱的可贵之处，就在于逆子回头，从此一心孝敬额娘，直到为其养老送终，是个好后生。"

话音刚落，黄幄外传来一阵儿马的嘶鸣声儿，于石岩出去一瞅，见一匹白马正围着黄幄边叫边绕圈儿呢！他好生奇怪，忙回身向乾隆禀报："皇上，幄外有匹扬鬃抖尾的白马，不知何因围着黄幄转圈儿。"

乾隆一怔："噢？别看白马不会说话，围着黄幄转圈儿必有要事。"边说边走出黄幄，冲白马问道："马儿呀，马儿，为何在此转个不停呢？"

白马立刻停住了，向皇上仰头一声长嘶，两眼吧嗒吧嗒地掉下了热泪。

乾隆十分不解，又问道："马儿呀，告诉朕，为啥落泪呀？"

白马果然通人性，听懂了问话，于是用前蹄一下又一下地刨起地来。

乾隆说："马儿呀，马儿，倘若有冤情，就向朕点点头好吗？"白马向皇上连点了三下头。

乾隆又道："马儿呀，朕明白了，你在前边引路，带朕去看个究竟吧！"说罢一骗腿儿上了御骑。

白马再次点了点头，转身向西北方走去，不时地回头看看乾隆。走着走着，白马放开蹄子开始小跑，乾隆紧随其后，两个侍卫不离左右，那仁福冲于石岩悄声儿说道："看见了吧，白马显然是来找皇上告状的。"

于石岩表示赞同："是啊，马掉泪可不容易，说不准是桩冤案呢！"

大约走了两个时辰，前边现出一户人家，乾隆心想："看来，私闯皇围绝非金玉柱一家，这不又有一户吗，如此下去怎么得了？待朕查清之后，定要从严惩处！"

主仆三人到了这家院门外，告状的白马圆瞪双目，冲着院门咴儿咴儿直叫。未等叫门呢，身后又驰来一匹枣红马，马背上坐着一人，乾隆定睛细一看，原来是大臣纪晓岚赶到了。

这时，一个三十岁左右的壮汉"咯吱"一声推开了院门，见眼前立着四位骑马人，心中不禁一惊，问道："诸位是从哪里来呀？"

于石岩喝道："皇上驾临，还不跪下！"

壮汉吓得一哆嗦，扑通一声跪在门里，连连叩头道："奴才不知皇上驾到，有失远迎，万望恕罪！"

纪晓岚见状，向那仁福使了个眼色，二人立即绕到小院儿的后门，以防歹人从那里溜掉。

于石岩又道："你是啥都不懂还是故意的，怎能隔着一道门槛儿叩头呢？赶紧躲开，请皇上进院儿！"

壮汉磕头如捣蒜："奴才知罪，奴才知罪！"忙站起身恭请皇上进入院内。

乾隆端坐在一方石墩子上，开口问道："姓甚名谁，老家是哪里？"

壮汉回道："奴才姓董，名双合，家住直隶省静海县董家庄。"

又问："为何私闯皇围建房，可知罪吗？"

董双合回道："只知圣驾光临，有失远迎，不知此地是皇围，奴才有罪。"

此时此刻的董双合，看起来已面无惧色，较前变得沉稳多了。乾隆见他的表现前后判若两人，觉得有些奇怪，遂提高声音再问道："家中都有何人？"

董双合答曰："唉，奴才天生命苦，自幼父母双亡。长大娶妻刘氏，没承想是个短命之人，她……也死了。皇上若不相信，请到屋里看看吧！"说话的语调格外响亮。

这时，院子里那匹告状的白马又咴儿咴儿地叫开了，还用力地喷了两下鼻响。

乾隆在于石岩的护卫下，先去了东屋，里面空无一人。反身又来到西屋，董双合随后跟进，身子靠在一个红躺柜上，说道："皇上，奴才方才讲的全是实情，自从红颜薄命的妻子死后，奴才孤独一身……"说到这儿，竟哭起来了。

此刻，堵在后门口儿的纪晓岚和那仁福从门缝儿往院内看了看，里面杂草丛生，不见有人，只长着一棵粗壮的老榆树。纪晓岚说："仁福，你先跳进院墙，再将后门打开。"

那仁福遵照纪大人的吩咐，身子向上一纵跳入院内，开了后门，两人放轻脚步往里走，经过老榆树跟前时，树根周围的茅草堆上忽地飞起一群绿头苍蝇。聪明的纪晓岚眼珠儿一转明白了，冲那仁福耳语道："妥了，案子破了！"

那仁福一头雾水："啊？纪大人，我弄不懂，怎么破的？"

纪晓岚光笑没回答，与那仁福来到西屋，见皇上正在审问董双合，也未言语。

过了一会儿，董双合虽有问必答，但仍靠在躺柜上，一动不动。纪晓岚见状，说道："回禀万岁，微臣已将此案破了！"

乾隆很是惊讶："噢？破了？"

纪晓岚说："请圣上命董双合将躺柜打开，就会知晓了。"

乾隆喝道："董双合，快将身后的躺柜打开！"

刚刚还很平静的董双合在乾隆的喝令下，浑身一震，如五雷轰顶，脸色惨白，两腿一软瘫坐在地，动弹不得。

那仁福走上前，抬起右脚"哐啷"一声踢掉柜锁，打开一看，里面竟藏着个妖艳的女人！那仁福伸出有力的大手一把将她薅了出来，女人满脸是汗地号啕道："天哪，这事儿全是董双合出主意干的，万望皇上饶命啊！"

乾隆大怒道："你这刁妇，哪里来的？讲！"

女人吓得浑身抖成一个团儿，诺诺道："奴才就是……这家的，乃……董双合之妻刘氏。"

乾隆啪地一拍桌子吼道："你不是死了吗，为何藏在柜子里？如实招来！"

刘氏忙道："奴才没死，那是编造的谎话呀！"

纪晓岚上前一步说："万岁，微臣以为，董双合大有杀人灭口之嫌。"

乾隆问："爱卿，此话怎讲？"

纪晓岚引皇上来到后院儿的老榆树下，告知："万岁，这堆茅草下，肯定埋着屈死的人。"

乾隆冲两个侍卫使了个眼色，那仁福和于石岩挥锹抡镐，三下五除二将树根下的黄土刨开了，露出一个大卸八块的死尸！乾隆二话没说，回转身令侍卫把西屋的两个木箱撬开，见箱内装着白马的鞍、镫和一些纹银。

董双合行凶杀人之事已经水落石出，深知蒙混不过去，只好坦白交代。原来，死者名叫布尼阿良，做买卖的，与董双合是经商的朋友。三天前的傍晚，布尼阿良骑着白马路过木兰围场时，正好赶上下雨，并巧遇了董双合，被其十分热情地请进家中。二人一进屋，刘氏见丈夫的朋友来了，赶忙起身去厨房做饭，只两袋烟的工夫便端上桌来，好酒好菜相待，推杯换盏又划拳，不胜酒力的布尼阿良没一会儿便醉倒在炕上。夫妻俩一合计，布尼阿良长期在外经商，身上肯定带着不少纹银，不如趁机据为己有，可谓得来全不费功夫。于是找出快刀，把熟睡中的布尼阿良杀了，然后将尸体卸成块儿，埋在后院儿的老榆树下，再用茅草盖上。

万没料到这一切被拴在桩子上的白马看见了，难过得不吃不喝，眼角儿始终挂着泪痕。第三天一早，它用力挣断绳子跑出院外，董双合心中有鬼，到处搜寻，却不见白马的踪影。

通人性的白马跑啊跑，一心想报案，可周围全是密林和深山，杳无人烟。不歇气儿地跑到晌午，终于见到了黄幄，这才告了冤状。

乾隆感慨地说："这匹白驹为破案立了大功，朕收下它了，从今以后，就作为朕的白龙马了。"随即口谕，命侍卫将董双合夫妇推出院外，立即斩首，再放一把火！

主仆四人带上收缴的银子，牵着立了功的白龙马，踏上了归途。回头望去，董家宅院已是大火熊熊，噼啪作响，很快变成一片灰烬。坐在御骑上的乾隆冲纪晓岚问道："爱卿，朕下令杀掉董双合夫妇，你对此是怎么想的呀？"

纪晓岚答道："回皇上，微臣以为他们私闯皇围，搭建民房，此为一大罪；再者，董双合夫妇生前只认钱不认友，图财害命，犯下了不可饶恕的死罪。两罪并罚，杀人偿命，死有余辜！"

乾隆言道："说得好！朕每岁一举木兰秋狝，是准许各路商人尾随而来做买卖的，因此布尼阿良无罪。爱卿，这位遇难的商人很是耳熟，好像在哪儿听过。"

纪晓岚沉思道："微臣也有同感。"

"这么说，爱卿曾见过他？"

纪晓岚回忆道："有一次，木兰秋狝结束后，于波罗河屯举行庆典。一位名叫布尼阿良的商人从京师古玩店购进一批汉玉、唐彩、宋画、清瓷，在庆典上叫卖。由于他经营得法，薄利多销，皇上还赞许其生财有道哩！"

乾隆听罢，拍拍脑门儿道："哎呀，朕想起来了，此人就是布尼阿良。好端端的一个生意人，竟被所谓的'朋友'杀害了，董双合夫妇真是可恶可憎啊！"

纪晓岚说："皇上，布尼阿良会不会是布尼阿森大将军的亲人也未可知。"

乾隆点点头道："或许是吧，不是没有可能啊！"

其实，布尼阿良正是住在将军屯的布尼仁坤的三儿子，老人家眼下尚未听到此噩耗罢了。

第二十五章

围猎场　号角声声旌旗舞
棋盘山　弈棋失信损皇威

话接前书，乾隆返回黄崿后，命于石岩把从董双合家缴获的银两交到御厨房和各队的伙房，作为贴补膳食之用，随即率大队人马起程，转移到七十二围之一的乌兰哈达围猎点，做布围的准备。

当夜，兵将们和衣而卧，到了五更时分，军号响起，"猎士五更行"的大练兵开拔了。朝中随驾的众臣，满蒙王公贵族，蒙古四十九旗兵丁，满洲八旗，青海、西藏等地前来随猎的王公等，按先后顺序分为左右两翼，均以蓝旗领先，形成一个方圆几十里的包围圈儿，待天彻底亮时，合围开始了。

端坐在看城上的乾隆见时辰已到，站起身来，命侍卫于石岩、那仁福随自己下场射猎。主仆三人身着戎装，各骑一匹追风马，英姿飒爽地驰入圈儿内。

包围圈儿一点点地缩小再缩小，飞禽走兽渐渐多了起来，獐、狍、狼、兔、鹿、獾子、猞猁、山豹、狐狸、野猪、黄羊、黑熊、黄鼬，包括凶猛的老虎等，惊恐得窜来窜去，发出阵阵哀鸣。与此同时，鹌鹑、山鸡、沙半鸡、猫头鹰、野鸭、鸿雁、飞狐、鹞鹰、啄木鸟、乌鸦、喜鹊、白天鹅以及叫不出名字的各种禽类也漫天乱飞，惨叫声声。

此时此刻，乾隆手握虎神枪，正在追赶一只山豹子，紧随其后的于石岩、那仁福挥鞭催马，时刻护卫着皇上的安危。惊恐万分的山豹子眼瞅被乾隆追上了，情急之下纵身一跃，利爪抓住一棵大杨树，噌噌噌爬上了树杈儿。乾隆举枪刚要打，山豹又一纵身，跳到另一树杈儿上。当第二次举枪准备射击时，山豹突然跳下树，朝着乾隆扑去。就在这千钧一发之际，侍卫那仁福朝着张牙舞爪的山豹嗖地发出一箭，没承想马失前蹄，扑通一声跪在地上，那射出的箭转瞬间紧贴着乾隆的右耳飞过！

哎呀，好险哪！幸亏乾隆听到飞来的箭羽声，头一歪，箭矢擦耳而过，保住了性命。此举吓得于石岩大张着嘴巴，一句话也说不出来，半天合不上。惊得失了前蹄的兔褐马一个滚翻站了起来，一声长嘶，将背上呆若木鸡的那仁福猛然甩到地上，扬鬃竖尾地跑远了。而那扑向乾隆的山豹子趁三人愣怔之时，赶紧穿山跃涧地逃了。

那仁福深知刚才那一箭差点儿置万岁于死地，自己犯下了弥天大罪，罪该万死！天天不离身的快马偏偏又跑了，作为一名侍卫，该如何向朝廷交代呀？他连忙疾步走到皇上面前，哆哆嗦嗦地问道："皇上……伤着哪儿没？奴才……"

乾隆打断道："尽管未受伤，却险些丧了命！那仁福，你的马呢？"

"回皇上，奴才的马被惊跑了。"

乾隆愠怒道："那还傻站着干什么，快去寻！"

那仁福这才反身去找马，心像揣个小兔子似的嘣嘣直跳，一边走一边琢磨："这下算完了，彻底完了！多年以来，始终伺候在万岁身边，从无差错，今天是怎么了？都怪那该死的兔褐马，险些要了皇上……"他不敢往下想了。

乾隆有惊无险，虽然身子骨儿无恙，但已无心观猎了，便在于石岩的陪同下，回到黄幄歇息。

大臣刘墉、纪晓岚、和珅听说皇上狩猎时遇到了山豹的突袭，受了惊吓，哪能放心得下？急忙赶到黄幄探望。

乾隆问道："尔等前来作甚？"

和珅忙道："皇上，龙体可好？"

乾隆笑道："朕一向福大命大，身体无恙，尔等放心吧！"

和珅小心翼翼地说："臣等耳闻，圣上险些在那仁福的利箭之下……"

于石岩接过了话茬儿："那仁福在射豹时，所骑的兔褐马失了前蹄……所以……咳，真乃万幸啊！"

和珅怒道："这个那仁福，还能干点儿啥？纯粹是个废物！"

乾隆说："爱卿啊，朕不是好端端的嘛，快去同将士们一块儿围猎吧！"三位大臣这才退出黄幄。

天近傍晚，围猎结束了，大队人马返回宿营地。而前去找马的那仁福仍在到处搜寻，左瞅右瞧，终于发现了目标，总算没白费劲儿。他牵着马往回走，路上遇到一位生意人，随口问道："这位大哥，在哪儿发财呀？"

生意人回道："咳，做的是小本生意，只倒腾些针头线脑儿、顶针、花红彩线什么的，哪能发财呀！"

那仁福说："大哥，老弟有事相求，请你把我绑上行吗？"

生意人一惊，忙推辞道："这可使不得，怎能随便捆人呢，老弟该不是逼着大哥犯法吧？不成，绝对不成！"

那仁福接着恳求道："大哥，别急嘛，请听老弟说。我一不问你尊姓大名，二不问家住哪里，只求把我绑上，你就走人。即使是犯法，天地这么大，谁能找到你呀！"

生意人说："无故绑人，我心中有愧呀，这怎么行呢？"

那仁福继续商量道："把我捆上之后，给你五钱银子，以示酬谢，总可以了吧？"

买卖人一听给银子，果然动心了，不过嘴上还是说："这……这五钱银子……"

那仁福立马改口道："若是嫌少，给你一两纹银如何？"

生意人暗自高兴，心想："这个傻小子，是缺心眼儿呢，还是有钱没地方花了？天底下、地上头，哪有无故绑了人还能得到赏银的？可此等好事儿却偏偏让我摊上了，天上掉馅饼干吗不吃呀！"于是，接过那仁福递过来的绳子，将他捆了个结结实实，得了一两纹银后，转身就要走。

那仁福说："大哥，请把我捅到马背上再走吧，谢谢你啦！"

生意人又将那仁福捅到马背上，待坐稳后，方紧催红马扬长而去。

天已大黑了，仍不见那仁福寻马归来，于石岩心里很是焦急，站也不是坐也不是，想出门迎迎。刚走没多远，见那仁福五花大绑地坐在马背上回来了，不由得倒抽了一口凉气，惊问道："那老弟，怎么会是这样，出啥事儿了？"

那仁福没解释，只是说："于大哥，领我去见皇上吧！"

于石岩牵着缰绳来到黄幄外，将那仁福从马背上扶下来，告诉他："那老弟，在此稍等，我去回禀皇上。"然后走进黄幄，通禀道："皇上，侍卫那仁福骑着兔褐马回来了。"

乾隆问："他人呢？"

于石岩回道："在黄幄外候见。"

乾隆说："传那仁福！"

那仁福进得黄幄，双膝跪地叩道："奴才给万岁请安了！"

乾隆抬眼一看，吃惊不小："哎呀呀，那仁福，这是谁干的？"

那仁福低着头回道："是奴才请人绑的。"

乾隆双目紧盯着那仁福，不解地问道："你有何罪，为什么请人把自己捆上？"

那仁福眼含热泪回道："奴才伴驾，其差事是皇上遇到危险时，以生命保护之。可是在今日的合围中，奴才射向山豹子的箭却歪了，不仅仅是惊了圣驾，而是差点儿没……奴才有罪，万死不赦！奴才找回跑走的马后，特意求人把自己捆上，以此向圣上请罪。"

乾隆听罢，仰头哈哈大笑道："那仁福，你见朕遇到危险时，及时将箭射出，正是为了朕不被山豹所伤，忠勇可嘉呀！可惜的是马失了前蹄，那离弦之箭当然就不准了，险些射在朕的头上，这怎么能怪罪于你呢？"说完冲幄外唤了一声："于石岩——"

"奴才在！"

"给那仁福松绑，平身说话！"

于石岩"嗻"地应了一声，进入黄幄，走上前为那仁福解开了绳子。那仁福感激涕零，然不敢急于平身，匍匐在地叩谢道："奴才谢主隆恩，万岁的大恩大德将永世不忘！"

乾隆摆了摆手道："好了，好了，平身吧。一大天了，早该饿了，快去用膳吧！"那仁福再次叩头谢过皇上，方退着出了黄幄。

翌日清晨，一抹朝阳爬上东山头儿时，乾隆已散步归来。早膳后，谕旨下，大队人马向东进发。大约走了两个多时辰，真可谓秋阳似火、酷热难当啊，将士们个个汗流浃背，气喘吁吁，乾隆发话了："传朕口谕，大队人马散开，就地找荫凉处边歇息边用膳！"

和珅不知怎么溜须好了，忙凑到跟前满脸堆笑地说："皇上向以仁慈为怀，体恤士卒，难怪官兵们有口皆碑。万岁，打算选在哪儿歇息呢？"

乾隆抬眼一看，见前边不远有座山，便朝山巅一指道："看见了吧，那山顶很是平坦，还长着一棵奇特的古松。何不登上去，一边观赏四周的景致，一边坐在树荫下弈棋呢？"

和珅献媚道："皇上所言极是，既可环眺山川，又可摆棋对弈，别有一番情趣呢！"

于是，那仁福将御骑拴在山下的树上，然后同于石岩一起护卫着皇上及刘墉、纪晓岚、和珅登上了山顶。见有一棵生长多年的粗大老松树，枝叶犹如一柄撑开的巨伞，凉风习习，令人感到十分惬意。

乾隆举目四望，南面有锥子山，西面有窟窿山，北面有骆驼岭，东面有观景山。群山底下，纵横交织的河流、溪水犹如曲曲弯弯的银色飘带装扮着大地，白绿相间，犹如仙境。看着看着，不禁诗兴大发，随口吟道：

> 北窥锥峰挂晓月，
> 南视一线碧云天。
> 高耸群山拱北斗，
> 蜿蜒溪流伴鸟暄。

三位大臣听后，和珅是连声叫好儿，刘墉是频频点头，纪晓岚则说："皇上这首五言绝句，所指的是南面的窟窿山了。"

乾隆未置可否，似乎诗兴未尽，面对遥远的北方又吟诗一首：

> 一岭界南北，
> 天高地涌翠。
> 林涛荡日月，
> 翔鹤舞云飞。

吟罢，还是和珅抢先叫好儿，并急于表态道："皇上，微臣猜出来了，这首诗是赞颂塞罕坝的。"

乾隆摇了摇头："差矣！塞罕坝距此百余里，朕并非千里眼，怎会看到坝上的林涛、翔鹤、云飞呢？"

不知羞耻的和珅紧接着又道："哦，对对对，皇上是在赞美骆驼岭哩！"

乾隆纠正道："错也！朕秋狝时到过骆驼岭，那儿只是一座形似骆驼的山，根本不见树林。"

刘墉、纪晓岚相对一笑，同声儿说道："万岁是在歌颂岱尹梁。"

乾隆满意地点点头："二位爱卿所言正是啊！"

和珅深知自己的文才远不如刘墉和纪晓岚，遂话题一转："皇上，棋盘已经摆好了，请坐下对弈吧。"

乾隆笑了笑道："好哇，尔等谁来与朕对弈呀？已好久没下了。"

刘墉第一个站出来："微臣愿向皇上请教。"

于是，君臣二人相对而坐，"马"来"车"往、"士"走"象"飞地下起棋来。刘墉边下边想："臣与君对弈，臣只能败，绝不能胜。臣一旦赢了君，岂不有损皇上的威望？"果然，没一会儿工夫，刘墉输了一局。

乾隆大悦，兴致勃勃地问："谁再与朕来一盘哪？"

和珅表示道："微臣之棋艺与皇上相差甚远，甘拜下风。"

纪晓岚则说："微臣不会下象棋，请皇上见谅。"

这时，站在乾隆身边的侍卫那仁福忍不住了，小心翼翼地问道："皇上，奴才可以试一试吗？"

乾隆笑道："既然是对弈，在棋盘上就意味着公平，不分主仆。好，朕与你以棋友而论吧！"

常言道："伴君如伴虎。"那仁福毕竟年轻，初出茅庐，对其中的利弊关系体会不深。一上手，便用车、马、炮联合进攻，不一会儿就把皇上的棋路杀乱了，且越战越勇。乾隆面无表情，眉头紧一阵儿松一阵儿，身边观棋的三位大臣和侍卫于石岩都为那仁福捏了一把汗，更为其处境担心。如果一个小小的侍卫真要赢了这盘棋，那皇上的脸面与威风不就……唉！这个不知天高地厚、胡砍乱杀的愣头儿青啊，你没长脑袋呀，不是自讨苦吃嘛！

乾隆见自己"城"中的老"将"无路可走了，大势已成败局，知道要丢面子了，这可如何是好呢？心里特别着急。

恰在这时，旗兵上山来报："皇上，不好了！密林中蹿出两只猛虎，正咆哮如雷地往山这边奔呢！"

乾隆一听，正好就坡儿下驴，起身对那仁福说："这盘棋尚未下完，你在此耐心等候，待朕擒虎归来再接着下！"

"奴才遵旨。"

单说乾隆同刘墉、纪晓岚、和珅及于石岩匆匆下山，果然看见两只老虎在没命地撵一只向山那边落荒而逃的麋鹿，身后的众兵丁纷纷追赶前边的老虎。虽然密集的利箭如雨，却无济于事，支支不中的。乾隆手握虎神枪，紧催御骑赶了上来，老虎突然放弃快到手的麋鹿，仓皇逃命。乾隆紧追不舍，越过岱尹梁，又至骆驼岭，人、虎、马皆已筋疲力尽。乾隆将座下的白龙马换成赤骝马，率领兵将们继续前行，心想："即使射杀不了猛虎，也没啥遗憾的，因为朕没有放过这极好的练兵机会！"

乾隆追着追着，四下一瞅，眼前就是塞罕坝根儿了。回头看看，随驾的所剩不多，知道大多数人马早就落伍了。

于石岩说："皇上，已追出百余里了，还追吗？"

乾隆命道："接着追！"

正说话间，两只老虎忽然不见了，逃得无影无踪。乾隆尽管极其扫兴，却也有几分欣慰，因为毕竟对大队人马的体力、耐力是一次考验。他翻身下了御骑，坐在一棵枫树下歇息，侧过头冲身边的侍卫问道："此处距下棋的那座山有多远？"

于石岩回道："大约一百二十里。"

又问："那么多人都掉队了，你咋跟上了呢？"

于石岩答曰："身为皇上的贴身侍卫，唯一要做的，就是在任何情况下，都要把圣上的安危放在第一位，绝不能有丝毫差错，哪怕付出生命的代价。因此，贴身侍卫是不可以掉队的，就是累死在半道儿上，这颗忠诚之心也要紧跟皇上。"

乾隆点点头道："嗯，讲得好，有你这样的侍卫，朕放心了！"

主仆二人等了将近一个时辰，大队人马才陆续赶上来，全副戎装的乾隆站在一块青石板上，目光炯炯地盯着远方，久久不说话，显然是一种无声的威慑力。众兵将一看，知道圣上震怒了，吓得赶忙列队，听候训示。

乾隆回过头瞅了瞅，厉声儿喝问："尔等为何掉队呀？"大家低头不语，没一个敢吱声儿的。

乾隆转而问一位矮个儿大臣："你回答朕，咋掉的队呀？"

大臣诺诺道："卑臣体力不支，所以……"

乾隆说："体力的强弱不是先天的，而在于后天的磨炼，关键是肯不肯流汗。朕问你，今天跑出一百多里，只为追杀那只猛虎吗？"

大臣回道："是的，捕获了猛虎，就达到狩猎的目的了。"

乾隆吼道："放屁！简直一派胡言，谁来回答朕的问题？"

刘墉开口了："回禀皇上，狩猎绝非目的，而是一种举措。旨在演兵习武，激励斗志，提高兵将的实战能力。"

乾隆的语调有所缓和："刘爱卿所言极是。噢，朕也问问你，刚才在半路上歇息了吗？"

刘墉答道："回皇上，微臣是个罗锅儿，身子直不起来。追赶猛虎时，虽然没有歇息，但得步步登高，感到前紧后松，喘不过气来，故而落在后边了。"

乾隆听罢，自顾自地笑了，然后问道："尔等为何不笑呀？作为大清王朝的将士，竟然追不上朕，把脸丢在道上了，没脸笑了是吧？刘大人尽管长个罗锅儿，貌不惊人，却比谁都美，美就美在他努力克服自身的缺陷、不甘落后的劲头儿以及那颗视虎为敌的忠心！"

和珅悄悄儿冲纪晓岚耳语道："纪大人，皇上讲得多好哇，鞭辟入里！"

纪晓岚说："是啊，是啊，一个人要想受到同僚的尊敬，则必须表里如一，说到做到，忠字当头。"

和珅红着脸敷衍道："是了，是了。"接着又不失时机地表现自己，带头大声儿表态道："演兵习武，贵在坚持，不怕苦累，增强实战能力，臣等牢牢铭记在心！"大家你看看我，我瞧瞧你，谁也没接茬儿，而是偷偷捂着嘴乐。

乾隆传下口谕，命大队人马登上塞罕坝，于原地安营扎寨，明日在坝上连续进行几场布围、合围，不准懈怠，违者斩！

果然，在其后的八天里，于坝上进行了五场合围，兵将们情绪高涨，射猎勇猛，收获颇丰，皇上满心欢喜。

这一日，乾隆率大队人马离开塞罕坝，向英机图围猎点转移，途经曾下过棋的那座高山。大臣纪晓岚早有预感，便轻声儿提醒皇上："万岁，左边那座山的顶端，就是几天前弈棋的地方。"

乾隆一拍脑门儿叫道："哎呀，不好！朕曾命那仁福在那儿等着，还有一盘未下完的棋呢！"说罢，带领纪晓岚、刘墉、和珅及侍卫于石岩向山顶儿攀去。

于石岩小声儿问纪晓岚："纪大人，依您看，那仁福还活着吗？"

纪晓岚压低声音说："活没活着说不准，要我看呀，一定'合'着呢！"

于石岩猜测道："想来不可能活着，已经过去八九天了，饿也饿死了。"

纪晓岚又道："我说'合'着，是那仁福的两眼已经合上了。咳，古往今来好多事，谁能说得清啊！"

君臣五人来到山顶一看，见那仁福仍端坐在棋盘前，两眼闭合，神态奇异，脸色铁青，双眉紧锁，早没气儿了。

乾隆显得十分难过，面含悲情地缓缓言道："那仁福随朕多年，忠心耿耿，舍身护驾，世人皆知。没想到他却在这里久等朕的归来，不吃不喝，恪守信义，尽忠而死，唉！"说罢下山，立即口谕，将贴身侍卫那仁福厚葬于山顶的古松树下。

其实，当日观看象棋者心里都明白，那盘棋那仁福所走之"马"正踩着乾隆的"车"呢，"城"中老"将"左躲右藏，蹿上跳下也无济于事，老"将"必死无疑，很显然，乾隆的棋已成败局。那仁福啊，那仁福，面对这种局势，为啥不让皇上缓一步呢？如能聪明地退一步，乾隆的棋势也许会转败为胜了。

说实在的，在皇上已成败局之时，忽闻山下出现猛虎，乾隆仍命那仁福守在棋盘旁，待捕虎归来时，再下那盘未完的棋，这不是弈棋失信吗？而那仁福呢，遵旨一等就是八九天，结果被"忠心耿耿"渴死了，饿死了。

从此以后，人们将乾隆皇上与侍卫那仁福对弈的那座高山称为"棋盘山"。

第二十六章

口袋沟　利箭戳地泉水涌
岳乐围　御笔题就殪虎记

侍卫那仁福死在棋盘山老松树下的棋盘旁边之情景，经常在乾隆眼前浮现，挥之不去。五天后的一个夜里，睡在黄幄内的乾隆做了个梦，梦见眼前出现三个人：一个是刚刚死去的那仁福，一个是离世较久的干女儿布尼伊香，再一个是掩埋在"孩子坟"中的布尼伊香唯一的儿子宝音巴图。

乾隆惊愕地问道："尔等不是已经死了吗？怎么……"

那仁福板着脸质问道："皇上，我虽死犹生，灵魂还活着。你身为当朝天子，执掌生杀大权，为啥草菅人命？"

布尼伊香流着泪哭诉道："皇阿玛，女儿走得冤哪，是被驸马的一个窝心脚活活踢死的。你缘何不能秉公断案，还女儿以公道，反倒判驸马无罪呢？"

小外孙宝音巴图则愤愤地指责道："皇姥爷，外孙的额娘死得够惨了，你不仅不给她做主，还要加害于我，这是为什么？"

布尼伊香又道："女儿虽然与那仁福素不相识，但我俩在阴曹地府相遇了。各自诉了冤情之后，认为必须找皇上说说理，让死因大白于天下！"

乾隆见三个野鬼寸步不让，都要找自己讨个公道，急得一时不知如何是好。气也不够使了，口干舌又燥，只是指着他们"你你你"的，说不出一句完整话。

突然，隐约中听到咴儿咴儿的马叫声，乾隆方从睡梦中醒来，低眼一看，发现左胳膊压住了胸口儿，怪不得喘不上气儿来呢！忙起身披衣下了地，掀开门帘儿问道："谁的马这么不安分，竟来搅扰朕？"

黄幄外传来于石岩的回话："是皇上的'功劳马'回来了。"

乾隆自言自语道："哦，功劳马，就是那匹告御状的白龙马呀！"遂出得门来一瞅，果然是它，欣喜得上前抱住马脖子动情地说："功劳马呀，

233

白龙马,让朕好想啊!朕与你同去追杀那两只猛虎时,半道上见你体力不支,便换了另一匹,你跑到哪里去了?"

白龙马似乎听懂主人的话了,双目盯着乾隆打了个响鼻,前蹄刨了两下地。

乾隆又道:"白龙马呀,朕的好伙伴,多年来,你与朕形影相随,出生入死,感情太深了。从今往后,无论在什么情况下,都不要与朕再分开了,好吗?"白龙马的眼中涌出了泪水,点了点头。

用罢早膳,乾隆抬头望了望天,瓦蓝瓦蓝的,随即传下口谕,命大队人马整装向北进发,另行选择围猎点布围。

官兵们前行了约两个时辰,走进一条月牙儿形的山沟儿,乾隆东瞅瞅西瞧瞧,笑道:"尔等看哪,此沟很像月亮湾啊!"

天越来越热,已近晌午,关东的气候真可谓早穿皮袄午披纱,晚围火炉吃西瓜。乾隆觉得浑身发燥,嘴里往外冒火,口渴难耐,一时又找不到水喝,便同大臣刘墉、纪晓岚、和珅等人打马疾驰来到名叫口袋沟的山沟儿,坐在一块青石板上歇息,并命贴身侍卫赶紧寻找水源。

于石岩领命而去,半个时辰后返回,禀道:"皇上,奴才连着找了周围三条山沟儿,还去了后边的月亮湾,都没有泉水和小溪。令奴才奇怪的是,一回到这条陡峭的山沟儿,顿觉凉爽,不知何故。"

乾隆听罢,仰头上望,烈日高照,仍在散发着余威,不由得舔舔干裂的嘴唇,从箭囊里抽出一支利箭往地上一戳道:"没想到哇,朕竟被水难住了,水呀,水!"

嘿!"水"字刚出口,就听咕噜一声响,从箭头儿戳出的小孔里冒出一股儿泉水来。乾隆龙颜大悦,接着又戳了几下,清澈的泉水咕嘟咕嘟地往上蹿,越涌越旺。乾隆此刻可顾不了那么多了,趴在地上大口大口地喝开了,然后一抹嘴巴说:"诸位爱卿,快喝呀,还愣着干啥?"

待大臣人等喝足了水,精神头儿也就来了,君臣之间的话较前多了起来。乾隆兴奋地说:"朕是有福之人哪,刚提到水,它就从地里冒出来了,乃天助朕也!"

和珅赶忙接过了话茬儿:"是皇上关爱群臣,体恤将士,感动了上苍啊!"

刘墉慨叹道:"天地皆有情,总是在关键时刻伸出援助之手啊!"

纪晓岚则说:"山有山脉,水有水脉,皇上的箭准哪,正好扎在水脉上啦!"

乾隆边听臣子们发着感慨边寻思："后边的人马尚未赶上来，他们肯定渴得嗓子直冒烟，怎么还没到呢？"回头望了望，脱口来了一句："唉，这些兵……"话未说完，只见仍在不断涌出的泉水立刻结成了冰，晶莹剔透，明光锃亮！

偏赶这时候，大队人马自远而近驰来，到了跟前看到满地的冰，不禁欢呼起来，立刻拿出家什凿冰取水。有些兵丁嘴急，抱起冰块儿嘎嘣嘎嘣地啃咬着，个个喜笑颜开！

和珅见此场景来神儿了，挺着大肚子晃着头奉承道："皇上一言九鼎，刚说出个'兵'字儿来，泉水就结成了冰，岂不是当今天子的威力嘛！"

刘墉插嘴道："和大人如此说来……哼！"显然是后半句又咽回去了。

纪晓岚一字一板地说："这条沟属于小气候，夏秋结冰，并不罕见。从现今来看，春天也会结冰的，冬天更不必说，只要沟中有水，一年四季都能结冰。"

乾隆表示赞同："嗯，纪爱卿所言不无道理。"

纪晓岚紧接着说："皇上，微臣有个提议，不知当讲不当讲？"

乾隆朗声儿准允道："纪爱卿请讲！"

"请皇上赐予此沟一个新名字如何？"

"好哇，容朕想想……就叫……'冰冻沟'吧！"

纪晓岚说："皇上，这冰冻沟可有利用价值呀，能储存所猎获的大量飞禽走兽啊！一来不会腐烂，二可增补一些野味，三可减少辎重车辆运载猎物的负担，岂不一举三得？"

乾隆赞同道："纪大人想得妙哇，如果储存得好，冰冻沟就成了名副其实的冷藏库啦！"当即口谕，派二十名兵丁驻扎在冰冻沟处，负责搭建帐篷，安排伙食，管好冷冻事宜。每次围猎所剩之吃不完猎物，一部分带走，一部分送到冰冻沟储存。

旨下，乾隆一时兴起，吟了几句顺口溜：

> 月亮湾里热死牛，
> 口袋沟里凉飕飕。
> 两沟相连热与冷，
> 南北有别两气候。
> 木兰秋狝由此过，
> 一股清泉朝外流。

积水瞬间结成冰，

君臣欢悦笑眉头。

储存猎物防腐烂，

多亏有了冰冻沟。

　　吟罢，众臣赞不绝口，齐说口袋沟受了皇封，泉水结冰，成了冷藏猎物的冰冻沟，此乃天意也！

　　大队人马歇息了一袋烟的工夫，起身继续前行，走出没到三里地呢，被一座横在面前的高山挡住了去路，乾隆方恍然大悟："噢，朕愚也！此沟原名儿口袋沟，当然无法前行了。"于是，命人马返回月亮湾之后再北行。

　　出了月亮湾沟，接着北行二三里，便到岳乐围围猎点了。只见东山的西南角儿，立着百丈陡坡，犹如刀削斧砍一般。山上高耸着峭壁，山下溪水潺潺，鱼翔浅底。峭壁北端的山坡儿渐缓，有一石洞，岩鸽飞翔，咕咕鸣叫，犹如仙境，令人陶醉。

　　乾隆围着石洞转了一圈儿，想起了当年于此处殪虎的情景，遂让刘墉给大伙儿讲讲这件往事，刘大人自然从命。

　　那是乾隆十七年秋九月的一天，乾隆木兰秋狝来到岳乐围围猎点时，忽见一蒙古猎人匆匆赶来，告知："北面山坡儿的石洞中，有对儿凶猛的斑斓猛虎，是从大兴安岭过来的一雌一雄东北虎，厉害得很，须多加小心才是！"说完就走了。

　　乾隆当然知道普通百姓不得进入皇围，早有规定，应该擒住猎人治罪。但一想到眼前石洞中有猛虎，兴致就来了，便没搭那个茬儿，而是把注意力全集中在殪虎上了。他坚信自己的武功了得，还有弹不虚发的枪法，遂对将士们说："大家原地不动，此虎由朕一人来殪！"然后拎着虎神枪向山坡儿走去。

　　乾隆很快来到了石洞前，没等脚跟儿站稳呢，从洞内噌地蹿出两只虎，忙举枪欲射击时，老虎转身返回洞中，一出一进速度之快也就眨眼之时。乾隆寻思道："这两只虎果然身形庞大，凶猛异常，非一般的虎可比。大兴安岭的余脉和燕山北麓的余脉在此处交会，说它是东北虎，确实无疑。"想至此，更加跃跃欲试，迅疾向石洞对面的巨石处闪去，并朝洞内发了第一枪。

　　猛虎受到惊吓，再次从洞中蹿出，乾隆立马补了一枪，虎又进洞了。

他开始琢磨了："两只虎好生奇怪，遇到有人袭击，为何还不肯离洞呢？噢，对了，一定是那雌虎产下了虎崽儿，不忍丢下呀！"想罢，就蹲在天然石洞斜对面的巨石后耐心等待。

过了约半个时辰，两只猛虎第三次由洞而出，乾隆举枪劲射，随着乒的一声响，雄虎身受重伤，雌虎张着血盆大口向自己扑来。乾隆乒乒连发两枪，雌虎也受伤了。两只猛虎四目圆睁，咆哮不止，合力向乾隆反扑。手疾眼快的乾隆乒地一枪射进雄虎的口中，只听嗷的一声惨叫，雄虎倒地挣扎了一会儿便不动了。雌虎见状，怒不可遏，腾身而起猛扑未果，立即钻入洞中。

乾隆再次隐到岩石后，久等不见虎出，便端着虎神枪贴着洞壁向洞内窥视。洞口儿周围较暗，洞底处有些光亮，侧耳听了听，没有一点儿动静，思谋道："咋没声儿呢，难道那只受伤的雌虎死在洞里了？不会，朕并未打到它的要害处。"

胆大心细的乾隆没再多想，俯身钻进洞内，见此洞不大，四壁光滑，隐约可见水渍。他瞪大双眼一步一步小心翼翼地往里走着，四下搜寻着，越走越觉得不对，嗨！哪还有什么虎哇，原来洞底亮光处还有一透天小洞，直达山顶，那受伤的雌虎肯定从此出口处逃走了。乾隆从小洞口儿钻出，抬头一瞅，哎呀，雌虎正带着一只虎崽儿拼命往前边的密林中跑呢！

在原地等候的随围大臣刘墉自然不知情，他抬头向山坡儿上望了望，叹了口气道："唉，皇上殪虎，却不让臣等靠前。可万岁自打钻入石洞，就未见出来，这也太危险了……"

兵将们一听，不敢往下想了，撒开腿呼啦啦向山坡儿冲去，想尽快搭救皇上。其实，他们哪里知道，此时的乾隆已经钻出石洞的后出口，正徒步追赶着受伤的雌虎呢！

将士们跑上山坡儿，围石洞找了一圈儿，只看到了那只毙命的雄虎。再绕到后洞口儿，见一大一小两只老虎在前边跑，乾隆皇上随其后紧追不舍，心里全明白了。为助皇上一臂之力，大家也撒腿追呀追，连呼带喊地撵出十余里，雌虎带着虎崽儿钻进了密林，再也不见影儿。

乾隆坐在一块方石头上，上气不接下气地命道："传朕……口谕，将马都牵过来吧，朕……实在太累了！"

刘墉走上前关切地说："皇上，微臣以为，此种狩猎方法不可取。"

"此话怎讲？"

"两只虎虽然被皇上猎杀了一只，但那可是最凶猛的野兽哇，多危险哪！"

乾隆笑道："何止两只呀，算上虎崽儿，一共三只哩！"

"皇上，正因如此，微臣和众官兵才为万岁担心呢！"

乾隆满不在乎地说："想当年朕跟随圣祖爷木兰秋狝时，在永安葬喀围猎点曾射死一只张牙舞爪的巨熊，谁人不知，谁人不晓？那时朕才十二岁，天不怕地不怕，今日殪虎有啥可怕的？"

刘墉深知，论武功和韬略，乾隆帝并不亚于圣祖康熙，不但枪法好，而且胆大心细，为其担心是多余的，便不再劝了，点了点头道："皇上所言极是，据微臣所知，当年射熊的壮举已载入史册了。"

刘墉讲罢乾隆殪虎的故事，众臣和将士们交口称赞，无不佩服皇上的机敏和胆略。和珅则不然，认为一个大臣对于皇上而言，关怀应胜于赞美，到了该凸显自己的时候了，忙不迭地抢先说道："皇上，当年在此殪虎时，倘若卑臣在场，一定力劝万岁不要一人面对两只猛虎，太冒险了！"

乾隆哈哈大笑道："和大人，朕没记错的话，你是乾隆十五年出生的。朕十七年在石洞处殪虎时，你才两岁哟，怎么可能在现场呢，总不能抱着去吧？"

乾隆的几句话，逗得大家忍俊不禁，和珅知道自己想溜须却没溜到正地方，忙红着脸解释道："皇上，卑臣是要说……"

"你想说什么？"

"皇上，卑臣琢磨着，能否在此修建一座殪虎碑，以展示万岁殪虎的英姿，留作纪念。"

乾隆的脸上掠过一丝不易察觉的笑容，四下扫了一眼问道："尔等以为如何呀？"

纪晓岚表态道："和大人所言不无道理，应该修座碑，以昭示皇上的胆识与武功，启迪后人。"

刘墉赞同道："是啊，是啊，大清的历史理应记载皇上殪虎的情景，供后人效仿，流芳百世！"

其他的大臣和众兵将也异口同声地表示赞成，一致认为建殪虎碑非常必要，可谓英明之举。于是，乾隆命人呈上文房四宝，提起御笔，用满、汉、蒙、藏四种文字写下了《虎神枪记》，正面为汉字行书，笔势犹如大江出峡，汹涌澎湃。整幅碑文四百一十六字，详尽地记述了用虎神枪，即火药枪射杀洞中伏虎的经过，碑文如下：

虎神枪者，我皇祖所贻武功良具，用以殪猛兽者也。国家肇兴东土，累洽重熙，惟是诘戎扬烈之则，守而弗失。皇祖岁幸木兰行围，诸蒙古部落云集景从。予小子虽不敏，缵承之志，其敢弗曁？故数年以来，巡狩塞上，一如曩时。蒙业藉灵，四十九旗及青海喀尔喀之仰流而来者，亦较前无异焉。若辈皆善射重武，使无以示之，非所以继先志也。围中有虎，未尝不亲往射之。弓矢所不及，则未尝不用此枪。用之未尝不中。壬申秋，于岳乐围场中，猎人以有虎告而未之见也。一蒙古云：虎匿隔谷山洞间，彼亲见之，相去盖三百余步。朕约略向山洞施枪，意以惊使出耳。乃正中虎，虎咆哮而出，负隅跳跃者久之。复入。复施一枪，则复中之，遂以毙焉。盖向之发无不中，乃于溪谷丛薄目所能见之地，斯已奇矣。而兹岳乐所中，则隔谷幽洞，并未见眈眈阚如之形，于揣度无意间，馥焉深入，不移时而殪猛兽，则奇之最奇，其称为神，良有以也。夫万乘之尊，讵宜如孟克、特库之流。夸一夫之勇哉。（孟克，喀尔沁蒙古人；特库，满洲人，今为内务大臣。皆能独博猛兽，如冯妇者）而习武示度，必资神器，以效奇而愉快。则是枪也，与兑戈、和弓同为宗社法守，不亦宜乎？

乾隆十七年岁在壬申秋九月

御制并书

书罢，从西山坡儿下来，越过窄窄的沟膛，向东攀行不远，在一天然石洞旁的峭壁上，写下了七寸见方的十七个大字，即"乾隆十七年秋上用虎神枪殪伏虎于此洞"。摩崖文字乃直行排列，同样是满、汉、蒙、藏四种文字，尤以雄浑的楷书汉字最为醒目，透出一种凝重古朴之风。

不久，虎神枪记碑于天然石洞的对面——西山坡儿的平坦之处矗立起来了，由碑顶、碑额、碑身、碑座四部分组成，通高四米五，碑身高二米三、宽一米二五、厚半米。

后来，乾隆在一次木兰秋狝经过岳乐园围猎点时，曾亲自到"虎神枪记"石碑处观瞧良久。看到那藏虎的天然石洞，那陡峭的石壁，那嶙峋的巨石，那奇异的美景，不由得心旷神怡，感慨万千，随口吟诗一首：

当年殪虎此洞间，
而今未改归时颜。
巨石林立峭壁陡，
怎惧猎手心胆寒。
可惜跑掉虎与仔，
只因追杀下征鞍。
不知贻害藏何处，
来日再见除祸端。

　　从此诗看得出，乾隆当时有些后悔，如果骑马不懈地追杀那已逃走的雌虎与虎仔，不就为民除掉祸患了吗？

第二十七章 | 窟窿山　触景生情吟联对
　　　　　 | 同出游　君臣观光话语多

　　乾隆率文臣武将及射牲手们进行了几场围猎后，决定经热河避暑山庄返回京师。行进途中，经过僧机图围猎点时，远远望去，群山连绵，遍生古松，老干虬枝，高与天齐，自有一种雄浑磅礴之势。走到近处，眼前突现一座高耸入云的山峰，山腰处有一如城门大小的圆形山洞。乾隆深感奇特，不忍离去，遂命大队人马暂留在山下歇息，自己则带着刘墉、和珅、纪晓岚三位大臣攀缘而上。来至山峰的中间，向窟窿的一面望去，能看到另一面的蓝天、白云、树木，犹如一面镜子映照着天地。

　　君臣四人站在山洞处环目四望，两边景色尽收眼底。山南峰峦起伏，参差错落；山北古树参天，枝繁叶茂。乾隆越看越兴奋，越激动，当即给此山赐名为"窟窿山"。他指着山的西面说："爱卿请看，沟谷两侧各有一尊栩栩如生、自然形成的石狮，站在沟谷间跃跃欲试的样子，很像'双狮锁门'哩！"

　　刘墉连声儿赞叹道："是啊，像，非常像，皇上的想象力太丰富了，如果不说出来，真以为是'双狮锁门'呢！"

　　乾隆又指着左山坡儿惊喜地说："嚯！那山坡儿上的巨龟，恰似'金龟汲水'呀！"

　　和珅连连拍手道："皇上比喻得恰如其分，形似神也似，果然是'金龟汲水'哩！"

　　乾隆转过身指看右山坡儿说："再看那坡儿的斜面，似乎有一群大大小小的石麒麟，此乃'麒麟翔舞'也。"

　　纪晓岚不禁诗兴大发，摇头晃脑地吟道：

> 窟窿山处景最奇，
> 狮子麒麟金龟鱼。
> 非是人为巧雕刻，

鬼斧神工成野趣。

君臣四人被这里的美景彻底迷住了，左观右瞧，东看西瞅，站在窟窿处流连忘返。

纪晓岚提醒道："皇上，要不要继续登高远眺呢？"

乾隆兴致丝毫未减："好哇，再往高处走走！"

于是，君臣四人登上了窟窿山顶峰，放眼望去，见西南方向有一山，山形奇特，上尖下粗，似锥子擎天而立，故而称"锥峰山"，与脚下的窟窿山遥遥相对。

据民间传讲，这把锥子是织女的心爱之物，与牛郎分别时带到天上。后来，不幸失手落入尘寰，化了幽燕深处的锥峰山。

君臣转过身向西北方向眺望，见云雾中横着一道山梁，形似宽宽的扁担。而北面的山腰上，立着一尊巨大的石人，如同真人一般，活灵活现。此情此景引出了乾隆的雅兴，做联对的欲望油然而生，笑问道："三位爱卿，朕好久未做联对了，谁先出上联儿呀？"

和珅说："当然得请万岁出上联儿了。"

乾隆触景生情，想了想吟出上联儿：

窟窿山，锥子山，窟窿要靠锥子钻。

嘿，乾隆这上联儿出得真叫绝！和珅本来想在皇上面前露一手，可是绞尽脑汁吭哧了半天，终未吟得出下联儿来。纪晓岚偷偷瞟了他一眼，心里暗想："不知天高地厚的和珅，以为会溜须拍马就啥都行啊？这回嘴巴咋张不开了呢，有你好受的！"

乾隆看了看大家，不无得意地说："朕随便出了上联儿，却难住了尔等，谁出下联儿呀？"

刘墉瞅着和珅激将道："肯定是和大人对下联儿啦！"

乾隆说："好哇，和大人，请吧！"

皇上一点将不要紧，一言九鼎啊，把个和珅憋得满脸通红，两个眼珠子几乎要冒出来了，然而半个字儿也没迸出来。

乾隆只好解围道："别难为和大人了，让他继续想，纪大人接吧。"

纪晓岚可是个才子，对他来讲，作联对是小菜一碟儿呀！于是不慌不忙地吟道：

扁担梁，石人梁，扁担还需石人扛。

乾隆龙颜大悦道："嘿！朕的上联儿是：'窟窿山，锥子山，窟窿要靠锥子钻。'纪大人下联儿对的是：'扁担梁，石人梁，扁担还需石人扛。'妙哉，真是妙哇，人才难得也！"

和珅言不由衷地说："皇上，微臣远不如纪大人。"

乾隆摆了摆手道："不能这么讲，每个人都有长处和短处，只是程度不同而已，相互之间取长补短嘛！"

和珅是个表里不一之人，哪能真的服气呀，心里狠狠地骂了刘墉、纪晓岚几句，却不敢骂出声儿来。

乾隆作为皇上，很善于察言观色，对刘墉、纪晓岚两位大臣与和珅之间的面和心不和早有耳闻，却佯装不知，低头看了看郁郁葱葱的芳草，又出了个上联儿：

有草念莲，无草也念连，连字左边三滴水，伤痛之人泪涟涟。

吟罢问道："三位爱卿，谁来对下联儿呀？"

和珅刚刚出了丑，又丢人又现眼，为挽回面子，赶忙自告奋勇道："皇上，微臣想试试。"

乾隆认为得给和珅一个台阶下，不能让他太尴尬，便道："好好好，请接下联儿。"

和珅咳了一声，吟道：

有水念湖，无水也念胡，胡字左边一把米，我心一时好糊涂。

乾隆听罢微微一笑，故意问道："刘大人、纪大人，依二位看，和大人对得如何呀？"

刘墉哈哈大笑，头摇得如同拨浪鼓，边笑边说："不好，不好！"

纪晓岚嘴一咧，慢条斯理地评价道："前半截儿嘛——尚可，后半截儿可实在不敢恭维。刘大人之所以连称'不好，不好'，其原因恐怕就在于此吧！"

乾隆发现眼前的臣子不仅关系不和，且愈演愈烈，不断升级，便一语双关地说："三位爱卿啊，朕以为，做人要大度坦荡，心地应该水样清。

有水念清，无水也念青。为官处事须清廉，廉洁奉公第一宗。同心协力齐奋进，旨在建功保朝廷。行了，行了，到此为止吧，不多说了。"

三人齐声儿道："皇上圣明，微臣铭记在心！"

稍许，君臣四人有说有笑地走下山来，见众兵将已歇息得差不多了，重新上马启行。一路上，马不停蹄，人不歇脚，经东入崖口、皇姑屯，五天后方到达热河避暑山庄。搭好帐篷，用罢晚膳，当夜歇息不提。

转天一早，乾隆命大部分人马先行一步，返回京师。自己则在众臣和侍卫的陪同下，又逐一游览了由康熙帝赐名的三十六景，边看边想："木兰围场设有七十二围，朕若在山庄内增设三十六景，同圣祖的三十六景加在一起，便是七十二景。这样一来，北有木兰围场的七十二围，南有避暑山庄的七十二景，遥遥相对，岂不更好？"

用罢午膳，乾隆回到烟波致爽殿小睡一会儿，起身后伏在龙案上开始给新三十六景起名字，琢磨道："圣祖康熙皆四字一景，朕则要三字一景，以有所区别。"经过整整一个下晌加半宿的冥思苦索，终于拟出了三十六景构想的初稿，各个景点分别赐了名字，即丽正门、勤政殿、松鹤斋、如意湖、青雀舫、绮望楼、驯鹿坡、水心榭、臣志堂、畅远台、静好堂、冷香亭、采菱渡、观莲所、清辉亭、般若相、沧浪屿、一片云、苹香沜、万树园、试马埭、嘉树轩、乐成阁、宿云簷、澄观斋、翠云岩、罨画窗、凌太虚、千尺雪、宁静斋、玉琴轩、临芳墅、知鱼矶、涌翠岩、素尚斋、永恬居。每景皆为三个字，考究新颖，不落俗套，可见在定景之时所耗费的心血。

早膳后，刘墉、和珅、纪晓岚来烟波致爽殿叩见皇上，看罢三十六景初稿，大为称道，十分赞赏。认为所起的景名儿可谓奇思妙想，好就好在与圣祖的三十六景合在一起，成了七十二景，与木兰围场的七十二围相映成趣。在三位爱卿对新三十六景赞不绝口之时，乾隆心里美滋滋的，不无得意地说："尔等哪里知晓，朕还有一些想法，将来必成为现实。"

纪晓岚颇感兴趣，盯问道："皇上，既然有新的设想，为何不讲出来，让臣等共同分享圣上的快乐呢？"

乾隆喜形于色，一扬手道："也罢！"随即命侍卫取来一卷儿图纸，展开一瞧，上面只有些圈圈、框框，根本看不明白。

刘墉问道："皇上，这些标志都是什么意思呀？"

乾隆解释道："朕并非工程设计师，画图纸可不是专长，所以只能用圈圈、框框、勾勾、点点来代替。"然后手指一个大圈圈继续道："这里，位于避暑山庄以北，想建一座规模宏大的普宁寺，以此作为朕平定准噶尔达瓦齐割据势力的纪念。蒙古族一向敬佛，兴黄教。如果建成普宁寺，蒙古族王侯来避暑山庄觐见朕时，既可在寺内诵经，又可谈法，方便多了。"

和珅表示道："皇上明鉴，修建普宁寺势在必行！"

纪晓岚点点头道："皇上，此乃高瞻远瞩之举，英明！"

刘墉说："圣上，修建普宁寺，将更有益于大清朝廷与各少数民族之间的沟通，增强团结。"

乾隆手指上方的一个方框框接着说道："这里拟建一座普乐寺，坐落于武烈河东的山岗上，寺内设旭光阁等。"

刘墉插问道："皇上，既然叫'旭光阁'，一定是个圆圆的亭子吧？"

乾隆说："正是，'旭光阁'俗称'圆亭子'。尔等来看，由避暑山庄往东瞅，磬锤峰就在普乐寺的身后。在落日余晖的映照下，金碧辉煌的旭光阁和灰褐色的磬锤峰色彩各异，层次分明，衬之以巍峨的山峦、绿色的田野，自然与人工建筑浑然一体，真可谓诗情画意呀！"

和珅兴冲冲地问道："皇上，怎么想到修建普乐寺了呢？"

乾隆说："非朕独家所思，还有内蒙古喇嘛教领袖章嘉活佛的主意哩！那是朕继承父皇帝位第五年的秋八月，朕率文武群臣和射牲手们赴木兰围场秋狝，章嘉活佛听到信儿后，来围场见驾，朕对他自是十分热情。在黄幄里，章嘉活佛手捻佛珠开口道：'皇上，老衲给万岁提个建议如何？'朕巴不得听听活佛有什么想法，便点头准允了。章嘉活佛说：'据大藏经书记载，有位上乐王佛，乃扶轮王佛的化身，居常向东，济世安民，普度众生。老衲思虑再三，才决定前来见驾的，建议皇上可考虑在避暑山庄外围建座寺庙。此庙外要有两道门，开三条大道，中间建一座大殿，后面建一座'阇城'，由磴道盘折而上。特别要提到的是，'阇城'中置龛，寺的中轴线恰好对着磬锤峰。如此这般，必人人皈依佛法，匍匐在皇权之下，大清的江山社稷将永保太平。'章嘉身为活佛，朕对其一向敬重，没承想他的一番话正对朕的心思，所以才决定建普乐寺的。不仅如此，朕以为还应建几座寺庙，诸如'须弥福寿之庙''普陀宗乘之庙''殊像寺''普佑寺''广缘寺''罗汉堂'等。竣工之后，信奉喇嘛教的各族牧民都来避暑山庄烧香拜佛，诵经说法，岂不很好嘛！"

三位大臣听罢，齐声儿叫好儿，说道："皇上广开言路，采纳众议，令人赞佩也！"

乾隆端起茶杯，呷了一口香茗又道："康熙年间，圣祖玄烨六十大寿时，蒙古各部王公贵族纷纷前来祝寿。为博得皇上的欢心，他们当场承诺于武烈河东建两座寺庙，一座为'溥仁寺'，一座为'溥善寺'。两个月后，果未食言，寺庙立起来了。其中的溥仁寺采用了汉族庙宇的样式，由门殿、天王殿、正殿、东西配殿、后殿等几部分组成。正殿名儿为'慈云普荫'，内供迦什、释迦牟尼、弥勒三世佛，两侧有十八罗汉。后殿名儿为'宝象长新'，内供九尊无量寿佛。不言而喻，早在康熙年间，圣祖就开始关注佛事活动了。"

乾隆的这番话，清楚地道出了心中所想，不但要在避暑山庄内增设三十六景，而且欲于外围修建一些寺庙，并已纳入议事日程。三位大臣边听边频频点头，看得出皇上非常重视朝廷同各少数民族之间的关系，试图通过共同的信仰，努力增强团结与合作，以共谋大计。

乾隆兴奋不已，接着问道："尔等如果有兴趣的话，午膳后，再陪朕游览一下山庄的美景如何呀？"

和珅表示道："微臣愿随圣上一饱眼福！"

刘墉则言："皇上才华横溢，想象力极为丰富，旧地重游，必触景生情继而诗兴大发呀，微臣巴不得陪同前往！"

纪晓岚笑着说："是啊，能亲耳聆听万岁吟诗，可谓难得的享受啊！"

乾隆用罢午膳，又喝了一杯香茗，心情格外舒畅，遂问侍卫于石岩："你知道此茶是用什么水沏的吗？"

于石岩答道："回禀皇上，此茶用水系山庄荷叶上的清露。"

乾隆笑道："朕每次到避暑山庄消夏，都用荷叶露沏茶，味道特别好。木兰秋狝时，多用伊逊河之水沏茶，清淡可口，也不错。"

说话间，刘墉、和珅、纪晓岚已候在黄幄外，乾隆起身出得门来，在众贴身侍卫的保护下，与三位大臣一块儿向南走去。登上正门城楼之上远眺，东面是德汇门，西面是碧峰门，两门之间乃丽正门。环目四望，山明水秀，林海无际，云雾缭绕，顿觉心旷神怡。

自丽正门而入，穿过外午门，方至内午门。门楣上高悬着制作精美的雕龙木匾，上刻圣祖玄烨御笔题写的"避暑山庄"四个镏金大字。当年，康熙常在此处接见官员，检阅侍卫的步射技能，故而又叫"阅射门"。爱新觉罗·弘历十一岁那年在阅射门练射时，发出二十箭，中的十九箭，令围观者无不瞠目结舌。

乾隆一边看着，一边思索着、回忆着，言道："朕登基之后，想起往事，曾不止一次地产生过疑问。当年只是个十来岁的顽童，尽管有时跟着皇祖父读书、练射，可无论如何，箭技也不会达到发出二十箭而中的十九箭呀，会不会有人偷偷做了手脚？几十年来，已成朕心中的一个谜团了。"

和珅忙道："不会，不会，怎么可能呢？皇上自幼能骑善射，谁人不知，谁人不晓？十二岁那年跟随圣祖木兰秋狝时，还独自射死一只巨熊呢！"

刘墉悄悄儿冲纪晓岚耳语道："看，和珅又拍上了。"

纪晓岚微微一笑，小声儿奚落道："自古以来，凡直不起腰者，唯如此方能站住脚跟，也就无时不在瞅准机会尽显迎合主子之才干了。"

君臣一行转道儿往北走，来到山庄的正殿——澹泊敬诚殿，此乃朝廷举行盛大庆典的地方。比如为皇上庆寿哇，必要的礼仪活动啊，接受王公贵族和各少数民族政教首领的朝拜呀，还有各国使臣的觐见等。

乾隆伸手向上指着悬挂于殿内北墙上的匾额问道："和大人，朕问你，圣祖康熙手书的'澹泊敬诚'四字中的'澹泊'二字，该作何解释呀？"

和珅在突然发问之下，不由得紧张起来，脑子一片空白，支支吾吾地回道："澹泊……泊……哦，皇上，是出于《易经》吧？"

乾隆说："和大人，本是问你的，怎么反倒问朕了？"又侧过头冲纪晓岚抬了抬下颌儿道："纪大人，你来说说看。"

纪晓岚朗声儿回答："'澹泊'二字，源于《易经》，即'不烦不忧，澹泊不失'。三国时期，宰相诸葛亮在《诫子书》中曰：'澹泊以明志，宁静以致远'，圣祖康熙的原意就在于此。"

乾隆听罢，连连称赞："讲得好，讲得好哇，不愧为才子，名副其实也！尔等请看，殿内的北墙形制很是特别，中三间为隔扇门，西侧四间的墙壁上装有楠木书格，原存放康熙年间编纂的《古今图书集成》一万卷。每当六七月份，夏雨连绵，楠木散发出来的香味儿沁人肺腑。庭院中还移植了四十余棵古松，苍劲挺拔，枝叶铺展如伞盖，既避免了视野上的空旷，又使室内的淡雅与室外的苍翠交相辉映，烘托出'澹泊以明志'的清幽意境，可谓敬诚殿一绝呀！"三位大臣点头称是。

君臣离开澹泊敬诚殿继续前行，途经皇上的寝宫烟波致爽殿，穿过云山胜地楼，便置身于三十六景中的第一景——ㄌ壑松风。举目四望，松涛阵阵，白鹤翔鸣，芳草萋萋，恬静优美，令人陶醉。乾隆站在高处，微闭双目，任柔风拂面，感慨万千。刘墉见此，上前一步说："据微臣所知，皇上对这个地方最有感情了，甚至难以释怀。继帝位之后，为不忘圣祖爷的恩宠，将此处改名为'纪恩堂'。听说皇上十二岁那年，圣祖爷在'万壑松风'辅导读书练字时，还选派身边两名年轻的妃子照料圣上呢！"

乾隆点点头道："千真万确！当年皇爷爷的两个妃子住在'静住室'，对朕精心照料，百般呵护，令朕永生难忘。为缅怀恩重如山的圣祖爷，朕于乾隆二十一年，将圣祖爷的两位妃子之住所改名为'鉴始斋'，以此纪念之。"说到此处，眼圈儿红了，不禁潸然泪下。看来，乾隆又是一位重情重义的皇上，不仅仅对圣祖爷，对其妃子亦然，令几位臣子钦敬不已。

君臣下了纪恩堂，步入十里塞湖，走上芝径云堤，乃三十六景中的第二景。它是仿杭州西子湖的苏堤构建的，夹水为堤，逶迤曲折，形似"芝"字，连接着三岛，即采菱渡、月色江声、如意洲。登高远眺，一堤三岛酷似一株灵芝草，堤为株梗儿，岛为苞蕾；又如一簇美丽的流云，堤为云气，岛为云团；还像一块如意，堤为柄，岛为头。当年，康熙皇帝之所以给第二景起名"芝径云堤"，皆缘于此。

乾隆兴奋地说："入夏之后，芝径云堤会越发秀丽宜人，满目新绿。伴着潋滟的湖光水色，四周层林尽染，步移景动，千姿百态。湖岸边，垂柳袅袅，轻拂水面，彩莲朵朵，荷香阵阵，胜景天成，大有西子湖'苏堤春晓'之风韵啊！"

三位大臣顺着皇上手指方向望去，芝径云堤的西侧，石砌卷门上镌刻着乾隆手书"拥翠"二字，取其四周青山碧水环抱之意。此处建"环碧"一景，北端滨水立草亭一座，形似斗笠，乃清帝采菱之所，名曰"采菱渡"。

乾隆笑问道："眼下正是摆船采菱的季节，尔等想不想试试呀？"

刘墉等人齐声儿回道："谢皇上，微臣求之不得！"

于是，君臣同乘一艘游船，在湖面上兴致勃勃地采起菱角来。乾隆采着采着，来了诗兴，随口吟道：

菱花菱实满池塘，
谷口风来拂炷香。
何必江南罗绮月，
请看塞北水云乡。

君臣在船上待了半个时辰，采了不少菱角，上得岸来略歇息一会儿，又前往延薰山馆，这里是三十六景中的第四景。乾隆环视了一圈儿，然后说道："待朕设定的三十六景建成后，此处更是消暑歇乏的好地方了！"

和珅忙迎合道："皇上所言极是，佳地佳景佳心情，君臣尽在诗画中！"

刘墉紧接着来了一句："皇帝之庄真避暑，百姓却在热河中！"

乾隆听了，猛地一惊，吼道："啊？这是什么话！"

刘墉万万没有料到，只因自己随口冒出的一句感慨，竟把皇上惹得勃然大怒，当即吓得脸色惨白，大气儿不敢出。而那和珅却幸灾乐祸，认为刘墉的脑袋这下恐怕难保，遂火上浇油道："哎哟，我说刘大人，胆儿不小哇，脑后何时长反骨了？"

纪晓岚立马接过了话茬儿："和大人，这就不对了，不懂可以问，不该曲解所言之意。刘大人讲的是句谚语，能向圣上如实禀报，证明他忠心耿耿，怎么能说长反骨了呢？风马牛不相及嘛！"

乾隆听了纪晓岚这番话，脸色稍好了些，仍不解地问刘墉："刘大人，告诉朕，'百姓却在热河中'究竟何意？"

刘墉长出了一口气，擦了擦额头上的冷汗回道："请皇上息怒，龙体要紧，微臣刚才所言的确是句谚语。记得万岁曾有'此地空气清爽，大胜京师'之语，也听百姓讲过'皇上深居宫内，宫外城街狭窄，房屋低矮，民人皆蜗处其中，兼之户灶相接，炎热实甚'。所以，民间方流传'皇帝之庄真避暑，百姓却在热河中'之谚语。"

纪晓岚接着说道："臣以为，宫外城街狭窄、户灶相接、民人蜗居、炎热实甚等状况有目共睹，有耳皆闻。而'皇帝之庄真避暑'也是事实，热河避暑山庄俗称'热河离宫'，'百姓却在热河中'不正对吗？说明万岁爱民、惜民呀！"

诸位阿哥，看到了吧，纪晓岚不愧是位足智多谋、能言善辩的大臣，掷地有声，机灵着呢！

乾隆听后，若有所思地点点头，满肚子的气顿时烟消云散，笑道："爱卿所言极是，知朕者，当属纪大人也！"

君臣又转了转，感到有些累了，便按原路返回了黄幄。纪晓岚和刘墉见皇上转怒为喜，像什么事儿也没发生一样，这才放下心来，借故退了出去。

用罢晚膳，乾隆觉得疲乏得很，喝了杯香茗，早早躺在龙榻上睡了。

三更时做了个梦，梦见小外孙宝音巴图在侍女李秀珍的引领下，疾步来到黄幄，愤怒地指着他的鼻尖儿说："皇姥爷，你不但狠毒，而且没有亲情，办事不公，就是不公！"这一惊不要紧，突然醒了，浑身冒冷汗。四下瞅了瞅，如豆的灯光若明若暗，一闪一闪的，心里琢磨开了："怪了，死去的宝音巴图咋又出现在梦境里了？难道在阴间也不放过朕，非讨个公道不可？还有那个李秀珍，朕记得她，布尼伊香下嫁到喀喇沁旗王爷府时，是朕亲自点名儿让她和周玉凤陪同前往的，做干女儿的侍女。如今，这两个丫头离开王爷府了吗？李秀珍怎么还会与宝音巴图在一起呢？即使是梦，也让朕倒抽一口凉气呀！"越寻思越躺不住，睡意全消，索性披衣坐了起来。看看窗外，天已大亮，思来想去，决定不在避暑山庄逗留了，早膳后，大队人马即刻返京师。

第二十八章 | 鹰嘴岭　秀珍巧遇皇外孙
恻隐心　仗义放还寻生路

单说布尼伊香死后，侍女李秀珍无时不在思念公主，一提起就哭，眼泪从未干过。而周玉凤却不然，看不出难过不说，原先伺候公主，现在整天围着驸马转。伊香的尸骨未寒呢，宝音扎布便耐不住了，与周玉凤眉来眼去的，没多长时间竟睡在了一起。年迈的端静公主见二人生米已煮成熟饭，只能默认，将周玉凤娶进了家门。

不久，端静得了重病，一命归天。王爷府上下人等好一阵忙乱，将公主下葬后，李秀珍暗想："圣祖康熙的五女儿已离世了，用不着我服侍了；可爱的宝音巴图也死了，无须我照料了；一块儿来王爷府的周玉凤原本是侍女，眼下却嫁给了驸马，难道今后得伺候她吗？如果不情愿，还留在喀喇沁旗王府干什么？若是不走，继续待下去，做事稍有不慎，肯定没好果子吃。与其这样，不如离开，可往哪儿去呢？唉，车到山前必有路，船到码头自然直，只能凭运气了。"

当天深夜，外边漆黑漆黑的，伸手不见五指，王爷府的人正在熟睡。李秀珍身背包裹，手拿雨伞，悄无声息地推门出了屋，纵身跃过偏门旁的矮墙。偏赶这时，乌云滚动的夜空划过一道闪电，将大地照得通亮，随之响起轰隆隆的雷声，李秀珍吓得赶忙趴在草丛里隐住了身子。过了一会儿，侧耳听听，没啥动静，刚要起身，下雨了，且越下越大，头发、衣服全淋湿了，她反倒乐了。因为越是恶劣的天气，哪怕雷雨交加，越是安全，不易被人发现。待雨小了些，方起身撑伞，深一脚浅一脚地消失在黑茫茫的夜色中。

李秀珍走了一程，移开伞往前瞅了瞅，黑乎乎的一片，知道那是片密林，若想不绕道儿，必须从中穿过。她径直进了林子，没走多远就辨不清东南西北了，只是不停步地向前走着、跑着。

天蒙蒙亮时，雨停了，风止了，云散了，呼哧带喘的李秀珍再也迈不动步了，遂坐在一块青石板上歇息。打开包裹，取出一块奶豆腐放进嘴里嚼着，觉得格外香甜。

寂静的山林散发着野草的清香，落在树上的喜鹊喳喳地叫着，吵得李秀珍心烦意乱，自己何尝不是一只离巢孤雁呢？既然决心飞出巢穴，就不能再回头，可是该往何处飞呢？在哪里落脚呢？她不知道。

太阳升起的时候，李秀珍把外衣脱下来铺在青石板上，很快便晾干了，心想："多亏临走时带了一把雨伞，否则从里到外都会被雨淋湿的，若是着凉病在路上，岂不更糟！"她起身穿上衣服继续往前走，抬眼一看，见一只饿狼站在山坡上东张西望地寻找猎物，心里不禁一惊："我的妈呀，野狼既狡猾又凶狠，说不定这条小命就葬送在它的嘴里了！"正寻思呢，偏巧一只山兔由林中蹿出，从饿狼的眼前横向穿过，饿狼猛然扑过去，一口咬住山兔的脖子，叼起来向后山跑了。李秀珍这才松了一口气，心想："真是命不该绝呀，不过弱小的山兔替代我成了它的盘中餐，倒很是让人心疼。狼是可怕的，更可怕的是世上还有两条腿的黑心狼——人哪，让你防不胜防啊！记得小时候，阿玛曾说过：'山牲口虽然害人，但也怕人，只要你有勇气，它是不敢轻易招惹的。'额娘也嘱咐过：'只要心眼儿放得正，不做亏心事，到啥时候都不怕鬼叫门，阿布卡恩都力会保佑善良人平安无事的。'二老的话讲得对呀，事实不正是如此吗？"

李秀珍不再想了，迅速走出密林，一扭头，发现林子右侧的一条毒蛇悄悄儿向身边爬来。她慌忙跳开，折断一根粗树枝握在手中，照着蛇的七寸处一顿猛抽，终于将其打死了，有生以来第一次感到自己十分勇敢。

李秀珍跌跌撞撞地向东走着，饿了，吃块玉米饼；渴了，喝口山泉水；累了，躺在野地上歇一会儿，别说没碰到人，鬼都没见着。直至太阳落山了，才发现山坡处支一撮罗子①，到跟前一瞅，里边空无一人，地上铺着一层厚厚的干草。怪了，谁在野外搭建帐篷呢？哦，对了，大概是猎人上山打猎时，为临时有个歇脚的地方而搭的。她钻了进去，感到浑身像散架子了似的，一点劲儿没有了，躺下很快便睡着了。迷迷糊糊中，似乎置身于一个前不着村、后不着店的地方，转来转去了好一会儿，怎么也找不到家了。正着急时，日夜思念的阿玛笑眯眯地走来了，关切地对她说："女儿呀，别难过，更用不着发愁，天无绝人之路。你有个姑姑，名叫李淑芬，婆家住在木兰围场东界外的狍子沟村，去找她吧！"说

---

① 索伦语：帐篷。

完转身就走了。李秀珍想喊阿玛，却发不出声儿来，一下子急醒了，原来刚才做了个梦。咳，阿玛呀，你一定是看到女儿有难处不放心哪，才特意前来指点的，这么想着，翻了个身又睡了。

天亮了，李秀珍钻出撮罗子，伸了伸懒腰，继续朝前走。两个时辰后，经过一条山沟儿时，忽然感到分外凉爽。正纳闷儿呢，见前面不远处有十多个人晃来晃去的，正从深沟里往外搬运堆放的猎物。她怕被发现，赶忙躲避，脚下一滑摔倒了。仔细一瞅，原来身下是层冰，上面被刮来的黄土覆盖着。真是奇了，秋八月天，山沟儿里怎么会结冰呢，是不是到冰冻沟了？遂站起身，再抬头看去，那些搬运猎物的人不见了，心想："才刚明明看见了十几个人，怎么没影儿了呢？是不是由于又累又饿，精神恍惚，看花眼了？"

李秀珍不停地走啊走，身上带的干粮吃光了，只好采些野果子充饥。翻过了九十九座高山，蹚过了九十九条大河，终于踏上了一条较宽的山路。她长舒了一口气："这下好办了，身上带着三十两纹银，还怕买不到吃的？"

傍晚，太阳落到西山背后，天渐渐黑了。李秀珍发现东边不远处有几盏忽明忽暗的灯火，知道那肯定是个村子，不妨找户人家借住一宿。于是加快了脚步，感到步步登高，看来村子坐落在山坡儿上。

正这时，前面有人一声大喊："站住，干什么的？若不回答，老子可就不客气了！"

李秀珍猛然一惊，心里有些发毛，忙回道："我是过路的，天黑了，想找个宿。"

对方自言自语道："噢？还是个女的！"

话音刚落，上来两个拿刀持棒的壮汉，一把将李秀珍摁倒在地，动弹不得。李秀珍边挣扎边问："你们是什么人？没招没惹的，竟这般无礼！"

其中一个壮汉皮笑肉不笑地说："你不是要借宿吗？行啊，哈哈哈，跟老子走吧！"

李秀珍一激灵，心想："完了，这哪是村子呀，碰上山贼了，想跑都很难。好不容易离开王爷府，没料到又进了虎狼窝，这可咋办？"

不容分说，两个壮汉一把抓起李秀珍，推推搡搡地带进一个山洞。洞内烛光闪闪，大洞连小洞，左拐右弯地足有五六个洞。当走进最里面正中间的石洞时，只见石壁上挂着几盏麻油碗灯，照得四周通亮，一个年近五十、满脸络腮胡子的男人坐在豹皮椅上，眼前放张八仙桌，桌上摆了几盘儿菜，正饮酒吃肉呢！

壮汉走到跟前，小声儿附耳道："大寨主，小的抓了个女的，说是路过，我看不像，黑灯瞎火的，跑到咱们领地干啥？"

"络腮胡子"抬眼瞅了瞅，厉声儿问道："姓甚名谁，赶紧报上来！胆儿不小哇，竟敢独自闯我鹰嘴岭山寨，活腻歪了吧？"

李秀珍愤愤地反问道："你们是干什么的，凭啥随便抓人？"

"络腮胡子"晃着脑袋不无得意地说："想知道吗？可以告诉你，我们杀富济贫，占山为王，甘愿做草寇。本寨主姓孙名守信，在这一带是出了名的，方圆百里无人不知，无人不晓。"

李秀珍不屑地撇了撇嘴道："哼，说的比唱的好听，谁信哪！"

孙守信扑哧一声笑了："哟嗬，没看出你还挺硬气的。坐下说话，来呀，坐！"

李秀珍站着没动，壮汉拽过她，强行按坐在大寨主斜对面的一把椅子上。孙守信的语气有所缓和，说道："小女子，不要害怕，一看你就是个受苦人。本寨主向来同情弱者，专与官府作对，说到做到。若是只放空炮，说了不算数，能当这个寨主吗？你还没回答我，姓甚名谁呀？"

"小女名叫李秀珍。"

"家住哪里？"

李秀珍眼珠儿一转，编造道："父母早年双亡，孤独一人，没有家，以乞讨为生。"

"今年多大了，有婆家吗？"

"小女二十八了，从未婚配。"

孙守信叹道："唉，可怜哪，可怜，看你这样子，想必是饥渴难当啊！"说着转向身边的小卒："传我的命令，请夫人前来，带着秀珍女用饭！"

李秀珍心中暗想："别看寨主长得像个大凶鬼，说话嗓门儿粗，心眼儿倒挺好使。"

小卒应声儿而去，孙守信左等右等不见夫人影儿，火气一下子就上来了，骂道："妈的，穷磨蹭啥呢，怎么还不来？"

话音刚落，小卒跑来回禀道："大寨主，夫人正哄孩子睡觉呢，马上就到。"

孙守信一听，方知火儿发得没道理，也就不吱声儿了，顺手拿过烟袋点上，边抽边等。

没一会儿，寨主夫人来了，看上去四十岁左右，长着一对儿笑眼，面目慈祥。她轻声儿问孙守信："当家的，找我有事儿吗？"待转过头来时，才发现一女子坐在侧边，惊诧地又问："哎，这位妇人从哪儿来呀？"

孙守信忙不迭地说："嗨嗨，啥眼神儿呀，人家还没出门子呢，咋成妇人了？快带她去吃饭吧，填饱肚子要紧，吃完有的是时间唠。"

寨主夫人遂把李秀珍领进另一个相通的洞内，地中间儿的饭桌上早已摆满了山鸡肉、熏兔肉、狍子肉、鹌鹑肉等，还有一瓷盆儿蘑菇汤和两盘儿白面饼。

李秀珍看着这些吃食，可能是条件反射吧，体内立马响起了饥肠辘辘声儿，心想："饭菜蛮不错嘛，跟他们客气啥呀，不吃白不吃！"索性坐在桌边，冲寨主夫人故作亲切状："嫂夫人，我这样称呼你，不会见怪吧？"

寨主夫人朗声儿笑道："哎，怎么会呢，我过去可是穷苦人哪！自从到了鹰嘴岭之后，虽然不偷不摸，也沾上贼性味儿了。我说妹子，别光瞅着，快伸筷呀，正好嫂子没吃晚饭哩，今天咱姐儿俩算是有缘，来来来，先喝几杯见面酒！"说着，斟满了两杯酒，端起一杯放在李秀珍面前。

李秀珍说："真对不起，妹子不会喝酒，让我以茶代酒，先敬嫂夫人吧！"

"好哇，来，干了！"

两人连干三杯之后，秀珍问："嫂夫人，尊姓大名啊？"

寨主夫人用手背抹了一下嘴道："嗨，什么尊呀姓的，咱们之间没那么多客套。我叫王彩霞，说是压寨夫人，实际就是个普普通通的女人。身边有个捡来的六岁男孩儿，长得虎头虎脑的，大眼睛，高鼻梁，白胖白胖的，可招人喜欢了。刚捡来时，看见我怯生生的，总是躲着。后来渐渐熟了，也敢说话了，开口就叫'额娘'。我是汉族，不习惯孩子称'额娘'，便让他改称'娘'，现在就叫我娘啦！"

李秀珍问："这孩子叫啥名儿啊？"

王彩霞回道："名字起的可有趣儿了，说是叫……哦，叫'饱噎扒吐'。名如其人哪，刚来时，每顿饭都吃得很饱，口急呀，有时就噎住了，一扒拉便吐出来了。"说着，咯咯咯地笑了起来。

李秀珍的心嘣嘣直跳，以为听错了，又问："嫂夫人，这孩子叫宝音巴图吧？"

王彩霞说："我也听不清楚他究竟叫啥，难道真是'饱噎扒吐'？他阿玛咋给起这么个怪名儿呢！"

李秀珍顾不上吃饭了，站起身说："嫂夫人，带妹子去看看宝音巴图，他在哪儿？"

王彩霞一把将她按下："坐坐坐，急什么，先吃饭。妹子，知道桌子上的这些肉从哪儿弄的吗？那是寨主和弟兄们从木兰围场冰冻沟偷来的！"

李秀珍一愣："冰冻沟？猎物？偷的？"

王彩霞接着又道："据说那些猎物是当今天子率兵马于秋狝期间捕获的，临走时没带走，特意储存在冰冻沟内。皇上是最大的富户，要啥有啥，不偷他偷谁呀？妹子，快尝尝，可好吃了！"

听了王彩霞的一席话，李秀珍明白了大半。不解的是宝音巴图不是死了吗？怎么会在鹰嘴岭，或许是重名儿？她不敢多想了，赶忙扒拉几口饭，撂下碗筷便让王彩霞领着去看孩子。

二人悄无声息地来到孙夫人的卧室，见小男孩儿躺在炕上，面冲墙，正睡得香呢！李秀珍轻轻伏下身子，仔仔细细地打量着，左瞅右瞧了半天，不由得惊呼道："哎呀呀，老天保佑啊，真是宝音巴图，他还活着，活着！"

男孩儿被喊声惊醒了，双目愣愣地盯着李秀珍，忽然眼前一亮，问道："你是李姨娘吧？"

李秀珍激动得弯下身将宝音巴图抱在怀里，亲了又亲，流着泪说："孩子，没错，我就是旗王府的李姨娘，好想你呀！"

宝音巴图也哭了："李姨娘，我天天想你，以为见不到了呢！"

李秀珍紧紧搂着宝音巴图，任泪水滴在孩子的脸上，生怕他再次离开自己。王彩霞看到此情此景也被感动了，不停地抹眼泪，走上前劝道："妹子，别哭了，这是好事儿呀！今夜咱娘儿仨睡在一起，我把宝音巴图的不幸遭遇跟你详细讲讲，孩子命苦哇！"

李秀珍问："那大寨主住哪儿呀？"

王彩霞笑道："放心吧，总不会睡在外边，有的是地方，不用管他！"

夜深了，住在各洞的人早已安歇了，唯独王彩霞仍在向李秀珍述说着往事。李秀珍终于理出头绪了，原来布尼伊香不幸身亡之后，皇上将宝音巴图带到京师宫中，老太监张德贤没事儿便哄孩子玩耍。由于常把他当马骑，张德贤很是生气，遂暗生歹意。一日乾隆升朝时，因困意袭来，当堂睡着了，梦见一条凶龙缠住了身子。惊醒之后，却发现小外孙宝音巴图正在攀爬玉柱呢！乾隆心有余悸，认为此梦凶多吉少，便让老太监圆梦。张德贤借机开始胡诌，说什么宝音巴图是条龙，长成后必翻恶浪，大清江山难保，皇上得被篡位。并且出谋划策，认为应置宝音巴图于死地，不留祸患，乾隆竟准允了。张德贤奉旨，带上宝音巴图前往木兰围场东界外的将军屯，准备途中给孩子灌服慢性毒药，死后掩埋在他额娘布尼伊香的公主陵旁。万没料到，正当张德贤领着宝音巴图经过鹰嘴岭附近时，被大寨主孙守信手下的弟兄们拦住，将二人带进了山洞。经询问知其因，决定放走张德贤，留下孩子。从此，宝音巴图由寨主夫人抚养，成了她的宝贝。

王彩霞讲罢，已是口干舌燥，翻过身去很快进入了梦乡，李秀珍却搂着宝音巴图久久不能入睡。

翌日早膳时，孙守信与夫人王彩霞、李秀珍、宝音巴图同桌而坐，并命小卒把二寨主唤来。

不一会儿，三彪进来了，两眼直勾勾地盯着李秀珍。见她尽管快三十了，却不失美色，遂侧过身问孙守信："大哥，这位是……"

"噢，她是……"

王彩霞插言道："她原是伺候宝音巴图的姨娘，名叫李秀珍，昨晚来到鹰嘴岭。二寨主，快入座吧！"

三彪坐下后，大伙儿边吃边唠，一会儿就熟悉了。淘气的宝音巴图起身揪住大寨主的胡子说："李姨娘，快看呀，孙爸爸的胡子好像黑羊毛！"

李秀珍忙制止道："宝音巴图，快放手，不得无理！"

宝音巴图松开手，回身一屁股坐在王彩霞的腿上，笑嘻嘻地说："娘，爹爹的胡子好玩儿极了，跟狗尾巴差不多！"

李秀珍大声儿呵斥道："宝音巴图，胡说什么？越来越不像话了！"

孙守信不仅没生气，反而哈哈大笑道："这个小淘气呀，野狗不吃死孩子，纯粹是活人惯的！"

李秀珍觉得桌子对面的盗匪头子并没坏透腔儿，性格挺豪爽，大口喝酒，大口吃菜，不计较小事儿，不让人感到害怕。

二寨主话语不多，只是一杯接一杯地饮酒，双眼不时地扫视着李秀珍。

大寨主夹起一块肉放进嘴里，边嚼边问："夫人，昨晚睡得好吗？"

王彩霞回道："还好，前半夜我和妹子没睡，把宝音巴图的遭遇从头至尾讲了一遍。"

孙守信笑道："这孩子福大命大造化大，恰巧让咱们碰上了，那'孩子坟'是座空坟哪！宝音巴图，将来若当了大官，可不能忘了孙爸爸的恩情哟！"

李秀珍又是一惊，难道大寨主所说的什么"孩子坟"，其中还有一段儿不寻常的故事吗？

二寨主三彪开口了："宝音巴图之所以保住了性命，多亏大寨主想得周到，小施一计呀！他按照老太监身带的一张线路图，派人去将军屯外的'将军墓''公主陵'处，修了一座'孩子坟'，假装宝音巴图已死。又将谋害孩子的张德贤放走，让他回到京师复命，皇上自然信以为真，不会再追究宝音巴图的死活了，也就保住了孩子的平安。"

孙守信愤愤不平地说："我虽然被称作蟊贼之首，但从不抢穷苦人家，而是专门杀富济贫！秀珍姑娘，依我看哪，你干脆在鹰嘴岭住下吧，这儿不挺好嘛！"

李秀珍起身致谢道："谢谢大寨主的好意及对宝音巴图的关照，如果可以的话，我打算今天就带孩子走，行吗？"

孙守信想了想，答应道："也好。我这里保存老太监张德贤的一张线路图，你把它带在身边，会有用的。噢，对了，身上还有盘缠吗？"

李秀珍回道："有，请大寨主放心吧，多谢了！"

饭后，李秀珍带着宝音巴图，背上包裹和雨伞，怀揣线路图出了山洞。小卒们按照大寨主的吩咐，早已站在洞口儿两侧，以示相送。王彩霞千叮咛万嘱咐路上要小心，尽量走大道，离林子远点儿，避开野兽的偷袭。

当二人走下山坡儿再回头时，见三彪失望地一直瞅着他们，只听有人说："二寨主，这么俊俏的美人咋放走了呢？留下当夫人岂不更好！"

三彪骂道："放你娘的屁！再胡说八道，老子剥了你的皮！"

李秀珍带着宝音巴图终于离开了鹰嘴岭，欢欢喜喜地上路了，谁能知道将来还会遇到多少磨难呢！

第二十九章　青草坡　突遭不幸被蛇咬
　　　　　　遇豹袭　有惊无险谢猎人

李秀珍领着宝音巴图径直向东北方向而去，一路上走走停停，两个时辰过去了，已近晌午，烈日当头，酷暑难耐。出了古北口地域后，宝音巴图嚷嚷着走不动了，二人便坐在一棵古松树下歇息。李秀珍去泉眼处灌了一葫芦清泉水递给孩子，口干舌燥的宝音巴图仰起脖儿咕嘟咕嘟喝了半葫芦，浑身顿觉清爽了不少。

李秀珍掏出手帕给他擦了擦嘴，说道："宝音巴图，从今以后，无论遇到什么人，你都管我叫姑姑，记住了吗？"

宝音巴图很是纳闷儿："那……我不是一直称你李姨娘吗？为什么非得……"

李秀珍打断道："必须叫我姑姑，听话！你眼下还小，弄不明白什么原因，将来就会知道了。"

宝音巴图似懂非懂地用力点点头："好吧，我听李姨娘的，从今往后，改称姑姑，反正姨和姑都一样。"

李秀珍笑着拍了拍他的肩膀说："嗯，这才是好孩子！"然后打开包裹，拿出寨主夫人给装的吃食，二人胡乱嚼了点儿，又继续上路了。

塞北大地峰峦叠嶂，山重水复，河谷纵横。姑侄俩跨过一岭又一岭，蹚过一水又一水，来到了一片茂密的草坡儿。刚想找个地方歇一会儿，只听宝音巴图"哎呀"一声大叫，身子晃了几晃，一屁股坐在地上，两手捂着左小腿哭喊道："姑姑，我被咬了，好疼啊！"

李秀珍赶忙蹲下身子，撸起宝音巴图的裤角儿仔细一瞅，吓得"妈呀"一声，只见小腿处有一豆粒儿大的口子，正往外流血呢！心想："糟糕，孩子被毒蛇咬伤了！"随即趴在地上，嘴对着伤口用力吸吮着毒液，吸一口吐一口。这种救治方法是她在喀喇沁旗王府当侍女时，听山里人讲的。毒蛇分泌的毒液非常厉害，一旦被毒蛇咬伤，必须尽快从伤口处将毒液吸出来，不然会在体内扩散，命就难保了。然而尽管救得及时，却没能如愿，眼看孩子的左小腿迅速红肿起来，不一会儿便昏过去了。李秀珍背起宝音巴图就跑，拐过山脚，发现不远处有个村庄，几缕炊烟袅袅升起。她三步并作两步地一溜儿小跑，气喘吁吁地进了一户农家，推开门，见一老太婆正在烧火做饭，急切地问道："老人家，孩子被毒蛇咬了，村里有郎中吗？"

老太婆站起身瞅了瞅，说道："哎呀，伤得不轻啊，你们从哪儿来的呀？快进里屋！"

李秀珍边往里屋走边回道："噢，是路过，给您老添麻烦了。"到了炕沿边儿，把宝音巴图放在炕头儿，孩子已不能说话了。

老太婆随手扯过布单子给宝音巴图盖上，反身就往外走，回头冲李秀珍叮嘱道："看好孩子，千万不能乱动，我去请郎中！"

不大一会儿，只听院门"咣啷"一声响，老太婆领着一位年近五旬的郎中匆匆忙忙进院儿了。二人来到屋内，郎中看了看宝音巴图的伤口，遂从布包里取出一皮条儿，将左腿从膝盖以上紧紧勒住，自管自地说："塞外的山区每到夏季，虽然蛇多，但毒蛇很少。咳，这孩子也够不走运的了，怎么偏偏被毒蛇咬了呢？"说着，便用嘴吸吮着伤口的毒液。

此刻，宝音巴图的那条伤腿已从膝盖下方红肿到脚腕处了，郎中边吮边吐，吐了六七口后方舒了一口气，冲老太婆说："你看，伤口开始往外淌污血了，此乃好征兆啊！噢，老人家，你这儿有獭骨药吗？"

老太婆反问道："郎中先生，什么是'獭骨'哇？"

郎中答道："獭骨，就是生在南方的……唉，不说了，说了也没用，你家肯定没有。"

老太婆拍着脑门儿想了想，回忆道："我那老头子活着的时候，曾用抽烟纸包了几粒儿丹药，好像是解蛇毒的，不过不知叫啥名儿。临终时嘱咐我，一定把药保管好，指不定哪天用得上。"说着，便去西屋取来一个小纸包，递给了郎中。

郎中打开一看，乐了："咋这么巧呢，孩子命不该绝呀，有救啦，有救啦！"说着，把五粒儿丹药放在一个小碗里，倒进温水，药粒儿渐渐溶解。郎中面露喜色，解释道："此药的名字叫'红山刮骨丹'，是专治毒箭伤、毒镖伤的。据前辈讲，用它治疗蛇毒也很管用，不妨试一试。别着急，稍等一会儿，待药彻底溶解之后，方可给孩子服下……"

老太婆插嘴道："唉，红山刮骨丹若真那么灵验可太好了，愿阿布卡恩都力保佑孩子吧！"

郎中接着说道："此药是用什么原料做的呢？在我国南方的红山里有种獭兽，把它的骨头研成末儿制成的丹药，即'红山刮骨丹'，是解毒的良药啊！"

李秀珍见宝音巴图双目紧闭，全身抽搐，不禁慌了神儿，面向郎中颤声儿恳求道："先生，让您费心了，请一定救活孩子呀，我给您磕头了！"说着扑通一声跪在地上，咣咣地磕着响头。郎中和老太婆忙上前将她扶起，一再劝慰别着急，孩子会好的。郎中见药已完全溶解，伸手摸摸宝音巴图的脉象，仍在无力地跳动。他深知，抢救中毒者耽误不得，必须争分夺秒，遂用一根竹筷子将孩子的嘴撬开，冲李秀珍吩咐道："你把药灌进他嘴里，慢一点儿。"

李秀珍端起碗，由于紧张，手不听使唤，抖得厉害，没法儿灌药。郎中忙道："这哪行？快把碗给老人家，由她来！"

老太婆接过碗，小心地一点点儿把药灌了下去，没多大工夫，伤口处便流出黑红色的黏液来。郎中露出一丝笑意，点点头道："不幸的孩子，还行，挺过来了，小命儿保住了！"

宝音巴图慢慢睁开双眼，看了看眼前的三个人，其中有两位不认识，遂盯着李秀珍问道："姑姑，这是在哪儿，我怎么了？"

李秀珍见宝音巴图醒了，心里的一块石头落了地，泪水顺着腮帮子滚了下来，告诉他："宝音巴图，你快把姑姑吓死了，多亏路过这个村，老奶奶和郎中先生救了一命啊，姑姑替你向恩人致谢了！"说着，要再次跪地磕头。

老太婆忙上前一步搀扶道："快快起来，千万别磕，这不是折我的阳寿嘛！"

郎中笑道："救人于危难之中，应该的，谁都不会袖手旁观。这也是满族的传统美德，不必客气！"

李秀珍转过头面冲老太婆请求道："老人家，为表达谢意，小辈儿想借您的宝地，由我出银子，留郎中用罢晚膳再走，您看行吗？"

郎中执意不肯，老太婆却爽快地答应道："好哇，我这就去屠户家买些肉，你们等着，一会儿就回！"说完，拿上秀珍递过来的二两纹银，乐呵呵地出了家门，郎中只好留了下来。

李秀珍笑问道："先生，我小侄儿不要紧的吧？"

郎中回道："服了红山刮骨丹之后，伤情大有好转，如果再晚些时候可就难说了。噢，孩子得多喝点儿绿豆粥，少活动，再将养四天五天的便没事儿了。"

李秀珍又拿出五两纹银递给郎中："先生，这是我们的一点儿心意，别嫌少，请收下。"

郎中推却道："救死扶伤乃郎中的职责，你们也不容易，银子就不要了。"

李秀珍坚持道："先生，请一定收下。"

郎中这才接了过去，说道："好吧，恭敬不如从命，我就不客气了。"

这时，老太婆提着肉回来了，进厨房麻利地炒了四盘儿菜，又烫上一壶酒，以此招待郎中。三人围坐在桌边，郎中几杯酒下肚，话开始多了，先问李秀珍和小侄儿叫啥名儿，又问孩子几岁了。李秀珍一一作答，并问其尊姓大名及家中几口人，郎中回道："我叫马俊荣，行医数十年，医术是老辈传下来的。家中儿女双全，还有个二十岁的孙子，名叫马常富，在木兰围场当护围兵。"

李秀珍把盏执壶，分别为郎中和老太婆斟满酒，又给自己倒了一杯茶，然后举杯说道："我的小侄儿之所以能保住性命，是前世积的德，遇上贵人了。多亏老人家的灵丹妙药，加上医道高明的马先生给以救治，才转危为安，感激之情难以言表。我不会喝酒，为表达谢意，只好以茶代酒，谢谢你们！祝二位老人家事事顺利，健康长寿！"

郎中和老太婆一饮而尽，放下酒杯，老太婆感叹道："咳，说一千道一万，归根到底，还是孩子的福大命大呀，老的也跟着延寿哇！"

三人边吃边聊，一个时辰过去了，酒足饭饱，郎中告辞了。老太婆指着他的背影儿说："马郎中人称'酒罐子'，天天吃香的喝辣的，在我们燕子峪小山村是出了名的。"

李秀珍问道："老人家，家中就您一个人？"

老太婆说："我有个闺女，前几天去了她姨妈家，打算住一阵子再回来。唉，老头子去世早，日子难熬哇！"

这夜，老太婆由于又请郎中又做饭的，感到有些累了，早早睡下了。得了救的宝音巴图只喝了半碗绿豆粥，觉得浑身没劲儿，伤口时不时地阵痛，放下碗筷也上炕躺下了。唯李秀珍眼望棚顶，思绪翻滚，难以入睡。想起了布尼伊香的离去，宝音巴图的不幸遭遇，又想起了自己趁夜色偷偷离开喀喇沁旗王爷府的情景。府中上下人等怎么也不会料到，一夜之间，侍女竟不见了。他们肯定到处寻，找不到会胡乱猜测："李秀珍八成被恶狼给掏了，早成一堆烂肉了，否则咋不见她人影儿呢……"这么想着，直到天快亮时，才打了个盹儿。

李秀珍姑侄俩在燕子峪的老太婆家中住了七天，宝音巴图很听话，从不出家门，伤口慢慢愈合了。

这天清晨，吃过早饭，李秀珍准备领着宝音巴图继续登程。老太婆舍不得姑侄俩走，留又留不住，只好烙了十几张荞面饼，做了些路上吃的干粮，还拿出一包肉干儿，让他们一并带上。李秀珍从内衣兜儿里掏出十两纹银送给老人家，以示酬谢，老人说啥不肯收。万般无奈之下，李秀珍拉着宝音巴图跪在老人面前，叩谢道："老人家，常言道，受人滴水之恩，当涌泉相报。若不收下这点儿银子，我的内心不安，将和孩子长跪不起！"

老人没招儿了，眼含热泪收下了纹银，将姑侄二人送出院门外，叮嘱道："秀珍哪，前面的路还很远吧？千万小心哪，别走夜路，晚了就找户人家住一宿，平平安安回去。"

李秀珍频频点头应着，给老人家磕了个头，然后领着宝音巴图离去了。老太婆刚刚回到屋里，没想到姑侄俩又返回来了，老人高兴地说："今儿个阴天，早就说你们不该走，咋样，走不成了吧？"

李秀珍笑道："老人家，我们还是得走，只是怕路上遇到雨，担心小侄儿伤刚好别淋着，所以才回来的，想跟您要两件旧衣服穿。"

老太婆说："旧衣裳倒有，不过都是我那短命的老头子穿过的，哪能让你俩穿呢？不吉利呀！"

李秀珍忙道："老人家，能穿就行，我们不忌讳这些。"

老人搊开柜子盖儿，从里面拎出个大包袱，解开一看，有几件单裤子单袄，还有一双没穿过的粗布鞋。李秀珍乐了："老人家，我就穿这单裤、单袄、布鞋吧，另外再带一件衣服。噢，墙上挂着的那顶草帽能借我用一下吗？"

老人说："啥借不借的，只要你需要，随便拿，不用客气！"

于是，李秀珍套上了单衣单裤，头戴草帽，足蹬粗布鞋，又给宝音巴图披上件外衣，逗得孩子咯咯直乐："快看哪，好有趣儿哟，姑姑变成和我一样的人了。"

老人也笑弯了腰，边笑边指着李秀珍说："瞧瞧，可不是咋的，摇身一变，赫赫①成哈哈②了！"

说笑间，李秀珍趁老人不注意，又将二两纹银压在炕头儿的枕头底下，这才出了院门。

姑侄俩在深山老峪中艰难跋涉着，快到晌午时，宝音巴图实在走不动了，二人便坐在一根朽木上歇脚。吃了干粮，喝了清泉水，随后又上路了。时近黄昏，眼前出现几间茅舍，紧走了几步，见道边立着一个木牌儿，上写"皇姑屯"三个字。李秀珍推开一间茅舍的大门，院内空荡荡的，且杂草丛生。进了屋四下一瞅，南面搭的火炕，炕上铺两张兽皮，一床七窟窿八眼儿的破被堆在炕头儿，显然是猎人临时住的地方。她和宝音巴图上了炕，扯过被子盖在身上，累得闭上眼睛就睡着了。

翌日清晨，李秀珍睁眼一看，天气晴朗，万里无云。她赶忙叫醒宝音巴图，二人胡乱吃了点儿干粮后，按照怀揣的线路图出门向北走去。由于连日的步行，年幼的宝音巴图吃不住劲了，双腿好像铅灌的，沉得迈不动步，只好走一程，李秀珍就得背他一程，待歇过乏了，再放下让孩子自己走。再长的路，也是越走越短哪，按照线路图所指，前边不远处，便是进入木兰围场的东入崖口了。

东入崖口又称"石片子村"，当姑侄二人踏上这片土地时，顿觉清新气爽，心情舒畅，并被美丽的景色迷住了。树上的鸟儿为他们歌唱，草中的百花朝他们点头微笑，伊逊河的鱼儿为他们跳跃，巍峨的群山将他们拥抱，苍翠的山林给他们遮阴，调皮的松鼠上蹿下跳与他们捉迷藏。二人边走边观赏，尽情享受大自然的恩赐，为抄近道儿，转而进入一条幽深的峡谷。没走多远，突然间，从密林中蹿出一只山豹子，径直朝姑侄俩猛扑过来！情急之下，李秀珍一把拽过宝音巴图挡在自己身后，边躲闪着山豹子的利爪边连连呼喊："救命啊，快来人哪，救命啊！"惊恐的喊声在群山峡谷中回荡。

就在这个节骨眼儿上，忽听乒的一声枪响，正在撕扯李秀珍的山豹子惊恐地回头瞅了一眼，随即向上一纵，噌噌噌爬到树上去了。

真是老天有眼哪，李秀珍和宝音巴图经过千难万险之后，在东入崖口处突遇豹子袭击，依然命不该绝！原来那开枪的是位年近七旬的猎人，听到呼救声后，立马赶到这里，冲豹子就是一枪。他见李秀珍的外衣和

---

① 满语：女人。
② 满语：男人。

裤腿儿已被撕得一条条，露出了里面的女儿装，心里琢磨开了："奇怪呀，本是个哈哈，为啥内着赫赫服，莫非是女扮男装？"想至此，赶忙脱下布褂子扔了过去："闺女，快穿上！"

李秀珍接过褂子，低头看了看自己狼狈不堪的样子，脸腾地红了，慌忙转过身去，穿上了老猎人的粗布衣，然后扑通一声跪在地上叩谢道："老玛发，大恩人哪，谢谢危难之中救了我和小侄儿一命！"

老猎人忙道："闺女，快起来，千万别言谢，小事一桩！不用害怕了，刚才那一枪，山豹子肯定受伤了才逃的。"

李秀珍往树上指了指道："老玛发，它没跑，正在树杈儿上蹲着哩！"

老猎人抬头上望："在哪儿呢？我咋看不到呢？难怪没打中它，老喽，眼神儿不行了。"

李秀珍伸出右手说："来，给我猎枪！"

老猎人递过枪，李秀珍接在手上，转身照准躲在树杈儿缝隙间的豹子嘭地发了一枪，凶恶的豹子一头从树上栽了下来，蹬了蹬腿儿便不动了。

老猎人不由得惊呼道："没承想闺女还有这两下子，行啊，好枪法呀！"

话音刚落，只见一兵卒骑着快马由北而来，到了跟前翻身跳下，厉声儿喝道："大胆刁民，竟敢私闯皇围，该当何罪？"

老猎人不慌不忙地问道："后生啊，你是木兰围场的护围兵吧？"

兵卒说："废话！不是护围兵，在这儿干啥？"

老猎人指指四周："你仔细看看，这里是东入崖口，再往前走才是围场界内呢，我们所站之地乃围场界外呀！"

兵卒显得很不耐烦："没工夫听你啰唆，跟我走，必惩不赦！"

老猎人不仅没在乎，还来了犟劲儿了，反问道："后生，东入崖口又名'石片子村'，这里要算皇围之地的话，那么请问，住在石片子村的人不也是私闯皇围，随意修屋建房吗，你该作何解释？"

护围兵被老猎人问得哑口无言，侧过头瞅了瞅李秀珍，立即岔开了话题："喂，你咋还不男不女的呢？从哪儿来，叫啥名儿？"

李秀珍理直气壮地回道："本格格由此路过，姓李名秀珍！"

站在一旁的宝音巴图小嘴儿来得快，不问自答："我叫宝音巴图！"

护围兵忍不住乐了："哟嗬，小小的宝音巴图，有种，长大想当英雄好汉哪？"

宝音巴图说："我姑姑才是英雄呢，别看你是护围兵，不一定赶得上她。看，这只山豹子就是姑姑一枪打下来的！"孩子的两句话，把老猎人逗得捋着银须笑了起来。

护围兵脸涨得通红，转身刚要走，李秀珍忙问道："你姓马，对不对？"

护围兵一愣："你怎么知道的？"

李秀珍一脸的不屑："我不但知道你姓马，还能说出你多大岁数，叫啥名儿，住在哪儿。"

护围兵又一愣："噢？说说看。"

"你叫马常富，今年二十了。你爷爷叫马俊荣，是个郎中，家住燕子峪村。"

马常富惊得目瞪口呆，摸着后脑勺儿自言自语道："奇了，真是奇了，她咋知道这么详细呢？"

当老猎人扛上山豹子与李秀珍和宝音巴图走远后，马常富也一骗腿儿上了马，无意间发现草丛中有一白纸筒儿，捡起一看，上面写着"京师至将军屯线路一览图"，很显然，这是李秀珍刚才躲避豹子撕扯时丢掉的。马常富如获至宝，小心地揣在怀里，上马疾驰而去。

李秀珍领着宝音巴图跟在老猎人身后穿过一片树林，又走了约半个时辰，便开口问道："老玛发，你听说过'将军屯'吗，去那儿得怎么走近呢？"

老猎人回道："将军屯原来叫狍子沟，自从布尼阿森大将军安葬在狍子沟附近后，狍子沟就改称将军屯了。你俩从这个三岔路口儿往左拐，顺着那条小路一直朝前走，再有一个时辰就到将军屯了。噢，咱们也该分手了，你把这只山豹子扛上吧！"说着，将肩上的山豹子撂在地上。

李秀珍笑道："哎呀，老玛发，我怎么会要豹子呢？"

"闺女，狩猎有个规矩，谁打的归谁。豹子是你打死的，当然应该归你了。"

李秀珍说："若不是老玛发及时赶到，我不仅用不上猎枪，命也得搭上，感谢还来不及呢，山豹子送给您老啦！"

老猎人又是一阵哈哈大笑，边笑边夸赞道："一个闺女家能如此仗义，不简单哪，好，我收下了！"

李秀珍再次跪地，感谢老玛发的救命之恩，然后领着宝音巴图向将军屯方向走去。老猎人望着他们的背影儿，直到看不见了，才转身拐进一片树林。

第三十章　孩子坟　假戏真做掩耳目
公主陵　含悲祭扫亡灵魂

话说李秀珍和宝音巴图不歇气儿地走了一昼夜，果然看见前边不远处有一村庄，立马来了精神，不由得加快了脚步。进了村子，正对村口儿有户人家，院门上方悬挂一块黑底金字匾额，上写"布尼大院"四个大字。

李秀珍上前叩响门环，无人应声，一个打此经过的胳膊上挎着柳条筐的白发老妇人问道："闺女，你们找谁呀？"

李秀珍笑着问道："老人家，请问这是布尼仁坤家吗？"

老妇人点点头道："没错，正是布尼老爷的门户。"

李秀珍高兴极了，一把搂过宝音巴图，激动地说："小侄儿呀，咱们千山万水来寻亲，总算没白跑，终于找到啦！"随即又抬起手嘭嘭嘭敲门。

一中年汉子从屋里出来了，推开院门上下打量了一番，根本不认识二人，心里琢磨开了："眼前的女子衣服、裤子都刮烂了，身边的孩子满脸泥道道儿，看那疲惫不堪的样子，一准是远道而来，可我家老爷没有这样的亲戚呀！不过俗话讲，人不可貌相，海水不可斗量，或许真是本家呢，否则哪敢敲出这么大动静啊？还是小心接待为好。"想至此，遂问道："你找谁呀？"

李秀珍反问道："你姓布尼吗？"

开门人回道："不，我姓那，名洪瑞，是布尼老爷的管家。"

"你们老爷叫布尼仁坤吧？"

"正是，请问你是老爷的什么人哪？"

李秀珍回道："我是布尼仁坤的妻侄女。"又指了指宝音巴图："他是布尼仁坤的重外孙。"

"哎呀呀，原来是自家人哪，请进，快请进！"

姑侄俩走进布尼大院儿，只见东面和西面盖有两排整齐的房舍，且粉刷一新，正当中是三间高大的瓦房。窗下的花坛里鲜花绽放，争相夺艳，旁边的老榆树犹如一柄巨大的绿伞为主人遮阴，院子整洁、舒适、恬静，置身其中，心情也会格外舒畅。那管家抢前一步，高声儿喊道："老爷，喜事儿呀，咱家来稀客啦！"

正在喝茶的布尼仁坤听管家这么一喊，忙放下杯子起身出屋，来到院子定睛细看，当时就怔住了："哎哟，哪来的什么稀客呀，看二人的那身打扮，活像四处讨要的乞丐！"正愣神儿时，李秀珍向布尼仁坤鞠躬道："侄女给姑父大人施礼了！"

宝音巴图见状，也照此行之："重外孙给姑父大人施礼了！"

李秀珍赶紧纠正道："宝音巴图，辈分都不分了？你得叫太姥爷，快跪下，给太姥爷磕头！"

宝音巴图听话地跪在地上，咣咣咣磕了三个响头，站起身嘻嘻一笑说："对不起，太姥爷，我不认识您，这是第一次见。"

此情此景，把布尼仁坤弄蒙了，心想："这可怪了，啥时候冒出个侄女和重外孙呢？以前没听说呀！也不必急，孔夫子讲的是仁，孟子取的是义，老夫我素来以仁、义、礼、智、信为先，不能慢待客人，不妨细唠唠再做打算。"于是，让那管家带客人去洗洗脸、换换衣服，然后到客厅叙话。

听到院子里有人说话，住在东厢房的布尼仁坤三儿媳童玉英推门出了屋，四下瞅了瞅，问道："阿玛，谁来了？人呢？"

布尼仁坤回道："他们正在洗脸更衣，说是本家的侄女和重外孙，以前未曾谋面，一会儿就会弄清的。你若是没啥事儿，也到客厅见见吧。噢，正想问呢，老四在家吗？"

童玉英用鼻子哼了一声道："四弟哪天着过家呀，不是去饭馆儿吃喝，就是聚众赌钱，外加抽大烟、逛窑子，好事找不着他。唉，这个布尼阿德呀，改不了了，啥时候能让人省心哪！"

布尼仁坤气得骂了一句："布尼家哪辈子欠的，出了这么个四六不懂、败坏门风的畜生，可悲呀！"然后一甩袖子进屋了。

客厅里，李秀珍和宝音巴图端端正正坐在靠背椅上，洗过脸换了衣服才露出本来模样。童玉英为客人端上茶，布尼仁坤微笑着开口了："俗话讲，不是一家人，不进一家门。你们既然来了，那就有话直言，请告诉老夫，你二人和布尼家究竟怎么论的亲戚关系？"

李秀珍回道："我本家姓李，亲姑姑名叫李淑芬，嫁给了布尼家，成了老爷的夫人，我自然该称您老为姑父。布尼伊香在世的时候，曾听她不止一次地说过，公主的老家在木兰围场东界外不远的狍子沟村。自打布尼阿森大将军为国捐躯，狍子沟村就更名儿为将军屯了。布尼阿森大将军膝下无儿，只有一女，名叫布尼伊香，被乾隆皇上认作干女儿，从此有了公主身份。为了加强满蒙的沟通，皇上指婚，让布尼伊香下嫁给喀喇沁旗王爷府的宝音扎布。刚开始日子过得还行，夫妻之间的感情也挺好，有说有笑的。后来不知为什么，宝音扎布的脾气变得越来越暴躁，说发火儿就发火儿。一天夜里，二人因为一点儿小事儿发生了口角，在气头儿上的宝音扎布飞起一脚踢了过去，正中公主的心窝儿，伊香当即口吐白沫儿丧了命。唉，真惨哪，还抛下一个不懂事的孩子。"

布尼仁坤听得真真切切，胡须不停地抖动，未等李秀珍讲完，便急不可耐地插问道："这一切，你是怎么知道的？"

"伊香当年下嫁时，带走两个侍女以照顾起居，我是其中的一个。公主抛下的孩子，就是坐在姑父面前的重外孙宝音巴图。"

布尼仁坤惊诧地大张着嘴巴，双眼盯着宝音巴图连连摇头："不对呀，他不是我重外孙，宝音巴图已经死了，埋在'孩子坟'了，这事儿十里八村都知道的。"

李秀珍说："姑父，他根本没死，那座'孩子坟'是空坟、假坟。"

布尼仁坤越发不解："你说什么？宝音巴图没死，这是真的吗？"

李秀珍使劲儿点了点头："千真万确！"接着把宝音巴图的不幸遭遇详详细细讲了一遍。

布尼仁坤听罢，激动得两行热泪顺腮滚下，抱起重外孙亲了又亲，颤声儿说道："我不是在做梦吧？宝音巴图啊，你还活着，活着！真是好人有好报哇，老夫终于见到活生生的重外孙了，此乃阿布卡恩都力的福佑啊！"

宝音巴图伸出小手边给布尼仁坤擦眼泪边劝慰道："太姥爷，别难过，我不是好好儿的嘛！"

布尼仁坤拍了拍宝音巴图的小脑瓜儿说："孩子，太姥爷这是高兴啊，做梦都没想到能与大难不死的重外孙相见哪！"坐在旁边的那管家和童玉英也一个劲儿地抹眼泪。

布尼仁坤又问侄女怎么找到将军屯的，李秀珍告知："我身上有张去将军屯的线路图，一路走一路打听，总有热心人相帮，便来到布尼大院了。姑父，姑姑还好吗？"

布尼仁坤没有马上回答，良久才叹道："唉，你那姑姑患了急病，五年前就去世了。要是能活到今天，见到远道而来的侄女和重外孙，还不得乐得合不拢嘴呀！"

那洪瑞见此，忙将话题岔开："老爷，怪不得一大早喜鹊就喳喳地叫呢，是来布尼家报喜的呀！重外孙还活着，又见到了妻侄女，真该庆贺一番。我去吩咐厨子，快些准备晚膳，多做点儿好吃的，为他俩接风洗尘，如何？"

布尼仁坤笑着点点头道："好，好哇，快去安排吧！"

半个时辰后，酒菜摆上桌，全家热热闹闹地聚在一起共饮。宝音巴图坐在太姥爷身边，李秀珍一次次地给姑父敬酒，大伙儿有说有笑，其乐融融，直到月上树梢儿才作罢。

布尼仁坤因为高兴，多喝了几杯，有些醉意，由管家搀扶着回到自己房间歇息了。李秀珍和宝音巴图去了东厢房，与童玉英住在一间屋，孩子太累了，躺下便睡着了。李秀珍由于见到了亲人，兴奋异常，毫无倦意，仍喋喋不休地同三嫂唠着家常，童玉英也愿意陪着。

秀珍问："三嫂，怎么没见三哥呢，他不在家呀？"

一句不经意的问话，触到了童玉英的伤痛处，两行热泪滚了下来，难过地说："唉，秀珍妹子，布尼阿良死得惨哪！他这些年一直在外边做生意，万没料到碰着歹人了，遇害后连尸首都没见着。值得欣慰的是朝廷很快抓到了杀人凶犯董双合夫妇，经审讯，二人供认不讳，已被正法，总算报了冤仇了！"

李秀珍忙劝道："三嫂，别哭了，都怪我不该打听三哥，让你伤心了。"

童玉英拭了拭泪道："说哪里话，家中出了这么大的事儿，应该让你知道。阿良被害后，我打算孤守空房，不再改嫁，好好儿伺候老爷，尽晚辈的孝道，让老人感到有依靠。这样，阿良的在天之灵也会心安的，没白疼我一回，算是对得起他了。"秀珍听罢，赞许地点了点头。

二人又聊了一会儿，童玉英说："秀珍妹子，你今天刚到，连日奔波肯定累了，早点儿歇着吧，以后有的是时间唠，睡吧！"秀珍答应一声翻过身去，很快进入了梦乡。

转天一早，李秀珍和童玉英叠了一些金元宝，管家带着陈香和供品，与布尼仁坤、宝音巴图一起去村北为李淑芬、布尼阿臣、布尼阿良、布尼阿森、富察氏、布尼伊香上坟填土，祭拜亡灵。

一行人穿过高大的将军牌坊，往前走没多远，便看见布尼家族的祖坟了。到了跟前，点燃陈香，摆上供品，李秀珍的眼泪就止不住了，跪在姑姑李淑芬的墓碑前，边烧纸边哭诉道："姑姑呀，娘家侄女来看你了，是秀珍不孝，走了没送您老。昨天到了将军屯，方惊闻姑姑五年前去世，秀珍肠子都悔青了，没有见上最后一面。您老在那边还好吗？家人天天想姑姑，这一走丢下姑父，孤独一人，谁照顾他呀！姑姑啊，听见侄女说的话了吗？听到就应一声……"

站在一旁的童玉英听了，心里老大不高兴，暗想道："秀珍这是咋的了，老爷子怎么没人管了，我不天天伺候着吗？说这话真让人伤心！"

李秀珍祭拜完了姑姑，又跪在布尼阿森夫妇的墓前，拍着坟头儿一阵痛哭，诉说着别后的伤感和思念。当再跪在布尼伊香的公主陵前时，更是涕泪纵横，放声儿号啕："公主啊，我是侍女李秀珍哪，带着宝音巴图看你来了。自公主走后，你唯一的儿子被皇上带到京城，于宫中玩耍。周玉凤整天围着驸马转，勾勾搭搭不正经，出于门风的考虑，老主子不得不答应将她娶进了家门。我一气之下，在一个雨夜中跑出王爷府，一路乞讨，却落入鹰嘴岭的贼窝之中，真是逃出火坑又入虎口，可没承想巧遇了宝音巴图。你哪里知道哇，宝音巴图身遭苦难，差点儿没让大太监张德贤害死。在寻找将军屯布尼大院的途中，宝音巴图又被毒蛇咬伤，还险些遭野兽残害，是阿布卡恩都力保佑他命不该绝呀，快睁开眼看看你的宝贝儿子吧，他就在你的面前。"又扭过头对身边的宝音巴图说："孩子，还不快跪下，给你可怜的额娘磕头！"

懂事的宝音巴图扑通一声跪在公主陵前，边磕头边哇哇大哭，颤声儿说道："额娘啊，额娘，我是宝音巴图，早就想来看您，可孩儿还小，一个人来不了。儿知道，额娘在那边一定惦记着宝音巴图，放心吧，我挺好的。今日，孩儿和姑姑给您烧去好多金元宝，都收下吧，别舍不得，可劲儿花，过些日子再送些来。额娘啊，您看见了吗？倒是说话呀，孩儿天天想您哪！"

在场的人听了宝音巴图带着哭腔儿的诉说，无不为母子之间的深情动容，暗自落泪不止。布尼仁坤老泪纵横，仰望苍穹大声儿叩问："阿布卡恩都力呀，布尼家族为啥这么多苦难哪？大儿子为朝廷献身了，二儿子突患重病，命赴黄泉，三儿子遭歹人暗害。还有我那重外孙，刚刚六岁就吃了不少苦，遭了不少罪，请告诉老夫，究竟是为什么呀？"

那洪瑞担心主子悲伤过度，身子骨儿吃不消，便走上前劝慰道："老爷，千万节哀呀，身体要紧。常言道：大难不死，必有后福。宝音巴图长大错不了。您看看，重外孙天庭饱满，地阁方圆，虎虎有生气，长得多有福相啊！"

布尼仁坤听了老管家这番话，又瞅瞅重外孙，心情略平静了些。当回过头看见那座孩子坟时，火气一下子上来了，大怒道："谁这么阴损哪，孩子明明活得好好儿的，竟偷偷给修了座假坟，老夫今天非平了它不可！"说着，拿过铁锹就铲。

李秀珍赶忙上前阻拦道："姑父，听侄女的，此坟绝不能平！否则，祸患很可能接踵而来，宝音巴图将难以立足。"

布尼仁坤说："秀珍，既然是座假坟，就该铲除。再说了，每次祭拜看到它，多不吉利呀！"

那洪瑞解释道："老爷，秀珍所言极是。您想啊，留着这座坟，不但能以假乱真，而且还能掩人耳目，再不会对宝音巴图构成威胁，从此可以放心大胆地活着了，是不是呀？"

布尼仁坤听后，仔细想了想，觉得秀珍和管家说得不无道理，只好作罢。

那洪瑞见主子的火气消了，又进一步出主意道："老爷，依小的看，既然决定保留'孩子坟'，最好把宝音巴图的名字也改喽。一可省得犯忌讳，二可免去不必要的麻烦，两全其美。"

李秀珍赞同道："那管家说得对呀，大家都知道宝音巴图不在人世了，就该假戏真做。我带着他离开鹰嘴岭时，也是这么思谋的，把孩子当成我的侄子，我做他的姑姑，相对安全些。我琢磨着，从今往后，干脆叫他李纪恩吧，你们看如何呀？"

未待布尼仁坤定夺呢，那洪瑞抢先表态了："嚯，这个名字好哇，秀珍格格的姑姑姓李，昨天又领着宝音巴图投奔到老爷的门下，孩子日后不会忘记老爷的恩德，真是妙哉！"

童玉英插言道："嗯，我看行。宝音巴图，我们就叫你李纪恩了，咋样啊？"

宝音巴图拍手道："好好好，我记住了，从今往后，有谁再问名姓时，不说叫宝音巴图了，改称李纪恩了。"

孩子的几句话，把大伙儿全逗乐了，布尼仁坤这才将着胡须发话了："行吧，就这么定了。李纪恩哪，我的重外孙，太姥爷明天去学堂请个先生，教你读书写字，想不想学呀？"

李纪恩仰起小脸儿瞅着布尼仁坤说："当然想，太好了，谢谢太姥爷！

我一定认真读书，下苦功夫学，长大后成为一个能做大事儿的人。"话音刚落，在场的人不约而同地竖起了大拇指。

第二天，布尼仁坤请来一位私塾先生，名叫宋之焕。从此，他陪着李纪恩同吃同住，于书房辅导孩子学习古文，先生教得认真，学生学得用心，进步很快。

然而一连好几天，李秀珍却神不守舍，闷闷不乐。童玉英问她："妹子呀，嫂子见你总是愁眉紧锁，出啥事儿了？"

李秀珍打了个唉声道："三嫂哪里知道，我把一张线路图弄丢了，怎么也没找着。"

"什么线路图？"

李秀珍向三嫂细说了一遍，童玉英听罢，笑道："嗨，我当什么呢，不就是张线路图嘛，丢就丢呗！人都到将军屯了，也找到了姑父，留着它还有啥用？看把你愁的！"

话说回来，事实上，那张线路图果真派上了用场。前书讲了，李秀珍领着宝音巴图途经东入崖口遭遇山豹子并被撕扯之时，线路图掉进草丛里。护围兵马常富捡到后，想起当时那个孩子称自己叫宝音巴图，便琢磨开了："哎呀，将军屯村北的'孩子坟'中，不就埋葬着宝音巴图吗？奇怪呀，难道他没死？或许是重名重姓？这张线路图又是怎么回事呢？"一连串的疑问，令他百思不得其解，最后决定前往京师，面见皇上。

这日，马常富将卡伦哨所做了一番安排，各处检查一下，没发现什么异常，便带上干粮骑马奔京师而去。途中经热河避暑山庄，见天色已晚，小宿于上营村车马店，翌日一早继续赶路。当快到古北口时，下马来到泉边，蹲下身捧起水边喝边思谋："真让人弄不懂，东入崖口遇到的那个看上去快三十岁的女人咋对我家了如指掌呢？既知道我叫马常富，又知道爷爷叫马俊荣，还知道我是燕子峪村的人，此前从未见过她呀！不行，我得回家看看，或许爷爷能帮着解开这个谜。"

马常富喝足了水，马也饮得差不多了，遂调转马头向燕子峪村奔去。只用了一袋烟的工夫便来到自家院前，推门进屋，爷爷刚刚出诊归来。

马俊荣见孙子登门了，很是高兴，笑问道："常富啊，太阳从西边出来了，今儿个咋有时间回家呀？"

马常富擦了擦汗回道："玛发，孙儿要去京师，正好从咱家路过，顺便进来看看。怎么样，您老的身子骨儿一向可好？"

马俊荣说："放心吧，玛发结实着呢！近些天十里八村患病的人挺多，天天东村走西屯窜的，忙得脚不沾地儿哟！"

"玛发，村民得的都是啥病啊？"

"近日气候异常，忽高忽低，多为伤风发热。噢，还有被毒蛇咬伤的。"

马常富一怔："谁被毒蛇咬伤了？"

"一位年轻的女子带着个五六岁的男孩儿从草坡处经过时，突然蹿出一条蛇，把孩子的左小腿给咬了。女子背起孩子跑到西屯的张家，你张奶奶见伤势挺重，忙把我叫了去，用'红山刮骨丹'给治的。二人在张奶奶家一住就是七天，直到孩子的腿消肿了，不疼了，基本痊愈了才走的。"

马常富紧接着问道："玛发，知道他们俩叫啥名儿吗？"

马俊荣想了想说："噢，对了，男孩儿叫宝音巴图，女子叫李秀珍，是姑侄俩，瞅着怪可怜的。别看李秀珍是个女子，为人很仗义，用药付钱，你想不要都不行，是个难得的好人哪！"

马常富听罢，乐不可支，猜测被证实了，小男孩儿就是在东入崖口见到的宝音巴图，他没死，还活着！

马俊荣见孙子直愣神儿，遂问道："常富啊，你去京师干什么呀？"

马常富得意地回道："玛发，这还用问嘛，当然是有要事去京师了，还得向皇上禀报呢！"

马俊荣拍着孙子的肩膀说："今逢乾隆盛世，百姓安居乐业，作为满洲人，更要效忠皇上，好好儿干，给咱马氏家族争光！你先上炕歇着，玛发亲自炒菜，慰劳慰劳孙儿，在家住一宿，明天再走。"

马常富摇摇头道："不住了，还有二百多里地呢，得快去快回。"

马俊荣也不强留，没一会儿就做好了饭，马常富吃饱了，喝得了，又骑马上路了。

两天后的傍黑儿，马常富进了京师，急三火四地来到皇宫门前，伸头往里一瞅，正是刚刚清宫准备关闭宫门的时候。心想："一个小小的护围兵，面见皇上谈何容易，得用什么办法才能达到目的呀？"正寻思呢，远远看见皇上在侍卫的护卫下，太监提着灯笼头前引路往寝宫走。情急之下，马常富不顾一切地闯进宫来，紧跑几步迎驾跪倒在地，叩道："奴才叩见皇上，万岁！万万岁！奴才系木兰围场的护围兵马常富，千里迢迢赶来，有要事禀报！"

老太监张德贤喝道："大胆！竟敢私闯皇宫拦驾，活腻歪了吧？快滚开！"

马常富重复道："奴才日夜兼程抵达京师，为的是叩见皇上，因一事非禀不可。要杀要砍，毫无怨言，容奴才禀报之后再处治不迟。"

乾隆暗自琢磨："护围兵敢冒天下之大不韪闯宫拦驾，朕还是第一次见到，非要事绝不至如此。"想到这儿，抬抬手命令道："朕今日就破例了，马常富，随朕去寝宫吧！"

"谢主隆恩！"

乾隆前脚儿刚迈进寝宫门槛儿，便回头吩咐道："张公公，你留步吧。"

张德贤没动地儿："皇上，奴才是担心万岁的安危呀！"

乾隆笑道："不必多虑，鸡犬还能升天吗？朕自有安排。于石岩，你也回避吧！"贴身侍卫和老太监"嗻"的一声退下了。

一个不起眼儿的护围兵，却要单独面见皇上，这是何等的胆大妄为呀，马常富可真豁出去了。他跟随皇上进了寝宫后，四下一瞅，两侧早已站满了手持大刀的武士，顿时吓得筛了糠，浑身抖个不停。

乾隆坐在龙椅上，厉声儿问道："马常富，说吧，见朕作甚哪？"

马常富扑通一声跪在地上，双手举着一纸筒儿禀道："万岁，奴才巡逻时，于东入崖口的草坡儿捡到一张从京师至将军屯的线路图，特呈给皇上过目。"

一武士出班，接过线路图呈给皇上，又退回原位。

乾隆展开线路图，看了看，心头不由一震："此线路图好面熟啊，哎呀，想起来了，这不是朕暗中指派张公公送宝音巴图去将军屯，准备在途中用慢性毒药置其于死地的那张行路导引图吗，怎么会失落在东入崖口处呢？其中必有原因。于是问道："你捡到这张图时，在场的还有何人哪？"

马常富回道："当时有一女子，名叫李秀珍，领着个男孩儿，自称宝音巴图，是姑侄俩。他们险些被山豹子吃掉，是奴才奋不顾身施救，才保住了二人的性命。姑侄俩匆匆忙忙离去后，奴才在出事地点发现了这张图，好像是那女子丢掉的。"

瞧，马常富为能得到皇上的赏赐，竟红口白牙地编出这么一套嗑儿来，恬不知耻地把自己装扮成一位救人于危难的英雄。而乾隆听到宝音巴图的名字时，犹如头顶响起一声炸雷，不禁大吃一惊！这一惊非同小可，浑身的汗毛都竖起来了，光天化日之下，真的见到鬼了不成？然而乾隆毕竟是皇上，略微稳了稳后，故作镇定地说："马常富，朕念你效忠朝廷，决定免去私闯皇宫之罪，退下吧，明日清晨即可返回木兰围场了。"

马常富"嗻"的一声退了下去，心里很不是滋味儿，堵得透不过气来。原本来京师送线路图，是想借此揭开宝音巴图生死之秘密，皇上定会论功行赏。没承想不仅无功可言，还险些丢了小命，上哪儿说理去！他垂头丧气地走出寝宫，被候在门外的张德贤等大小太监轰出了宫门，只能拖着疲惫的身子消失在黑夜中。

第三十一章

老布尼　声泪俱下训逆子
张德贤　欺君之罪命归阴

　　话接前书。乾隆皇上得到线路图之后，犹如一块石头压在心头，闷闷不乐。当夜，躺在龙榻上辗转反侧，难以入睡，往事在脑海里一件件闪现："老太监张德贤十六岁便进了皇宫，做事小心谨慎，从不偷懒，渐渐由不起眼儿的小太监晋升为掌管八百多太监的总管，也算是有些功绩。平时给人的印象是面容慈和，善解人意，还有一副热心肠。但是，在如何对待宝音巴图这件事上，却像变了个人似的，一反常态，充分暴露了他的自私、狭隘和狠毒的一面。小外孙生性贪玩儿，没事儿时将张德贤当马骑，没想到由此怀恨在心。朕偶见宝音巴图攀爬玉柱，本是小孩子淘气，张德贤却认为意味着长大要当皇上，大清的江山可能难保了。现在想起来，没有丝毫道理，纯粹是无稽之谈。张德贤并没就此罢休，而是进一步出主意，建议把宝音巴图送走，于途中给其灌进慢性毒药，置无辜的孩子于死地，不能留下祸患。朕没有经过认真考虑，轻易听信了他的谗言，答应实施之。朕好糊涂啊，犯了个大错呀，宝音巴图的不幸遭遇，朕有不可推卸的责任。而张公公是怎么做的呢？一去不少天，回来复命时，声称宝音巴图已按计划毒死了。万没料到，一向遵规守矩的张德贤胆大包天，欺骗了朕，是只狡猾的不折不扣的老狐狸！尽管当朕得知宝音巴图已离世，难过得暗地里哭过多少次，那毕竟是自己的外孙呀，可张德贤不该撒谎啊！朕对不起为国捐躯的布尼阿森大将军，也对不起布尼阿森之妻——忧郁而死的富察氏，更对不起含冤而去的布尼伊香公主。朕曾在赴木兰围场秋狝的黄幄中梦见过干女儿，也是忠良之将布尼阿森的亲生女儿，是朕指婚让其下嫁喀喇沁旗王爷府宝音扎布为妻的。加强与各少数民族之间的沟通与团结固然重要，但驸马一脚要了伊香的命，朕没有任何理由以无罪赦免他呀！断案不公，失之偏颇，怎能让九泉之下的布尼伊香服气呢？所幸的是布尼伊香唯一的儿子宝音巴图仍活在世上，公主陵旁的'孩子坟'是座空坟、假坟，这不是空穴来风，一定事出有因。唉，昔日伤心事，后悔莫及也。皇权皇威不可减，待明日，朕将单独审问张德贤，务必弄清真相。若不除掉他，谋害小外孙之举早早晚晚会大白于天下，到那时可就不好收拾了。哼！张德贤哪，张德贤，杀人灭口并不罕见，更何况犯了欺君之罪呢，你的末日到了!"

第二天，用罢早膳，乾隆传旨，命张公公来见。张德贤以为皇上单独召见自己，不是赏赐，就是夸赞劳苦功高，暗暗高兴，乐颠颠地去了。

寝宫之内，异常寂静，乾隆坐在龙椅上闭目养神。寝宫之外，已是刀枪林立，侍卫们严密警戒着。

张公公到后，双膝跪地叩道："奴才叩见皇上，不知有何吩咐，请示下。"

要按平常，皇帝接受宦官叩拜，自然说句"平身"，今日却不同，乾隆目不转睛地盯着他问道："张公公，朕的小外孙安葬快两年了吧?"

张德贤回道："哦，整整两周年了，皇上的记忆力真好!"

乾隆轻蔑地一笑："张公公，你再讲一遍，宝音巴图是怎么死的?"

张德贤说："按照事先的安排，奴才带宝音巴图上路后，在距将军屯不远处便给灌下了慢性毒药，到公主陵时，他已经死了。奴才将其掩埋，将坟地取名儿'孩子坟'，并在墓碑上写了'宝音巴图之墓'。一切办妥，方返回京师向皇上复命。"

乾隆勃然大怒："混账！张德贤，你胆大包天，犯下欺君之罪，不觉脸红吗?"

张德贤惊恐万状："奴才不敢，奴才不敢!"

乾隆抬手扔出一纸筒儿啪地打在张德贤脸上，吼道："这张线路图是怎么回事儿呀，缘何落在侍女李秀珍手里？讲!"

张老公公吓得屁滚尿流，磕头如捣蒜："奴才有罪，罪该万死，望圣上饶奴才一命啊!"

乾隆说："只要你如实招来，无半句假话，朕会考虑的。"

满头冷汗的张德贤为求活命，遂将宝音巴图于鹰嘴岭如何被盗贼劫持，自己受到的拷打和侮辱，以及在什么情况下供出的打算毒死宝音巴图和盘托出。

乾隆听罢，寻思道："为保朕在百姓中的声望，在文臣武将中的威名，只有将张德贤秘密处死，谋害小外孙的丑行才不至于败露，也达到了杀人灭口之目的。"想至此，大声儿喊道："来人哪!"

贴身侍卫于石岩疾步而入，问道："皇上，有何示下，奴才听着哩!"

乾隆招了招手道："附耳上来。"于石岩赶紧凑了过去。

乾隆一只手捂着嘴，在于石岩耳边小声儿嘀咕着，不知说了些什么。于石岩边听边点头，瞅了张德贤一眼，"嗻"地应了一声退下了。

乾隆正襟危坐，换了一种语气说："张公公，你年事已高，该歇息了，回家颐养天年吧！"

张德贤叩道："奴才遵旨，谢主隆恩！"

乾隆哈哈大笑道："张公公，享福去吧，可以跪安了！"

话音刚落，侍卫们一拥而入，将张德贤的嘴巴用一块白布塞上，像老鹰捉小鸡似的拎了出去。

五天后的傍晚，在京郊的一座木桥下，人们发现水中漂浮着一个鼓鼓囊囊的麻袋，袋口儿用麻绳儿扎着。有好事者将麻袋捞到岸边，刚解开绳子，一股恶臭扑鼻而来。拽下麻袋一看，哎呀，这不是皇宫中的太监总管张德贤嘛，他也有今天哪！一时间，在场的人议论纷纷，争相猜测，且越传越远。

要说起来，宝音巴图真是命大，或许是天意吧！自从跟着李秀珍来到了太姥爷家，不仅换了生活环境，也开始享福了。每日天刚亮就起床，去林子里打打拳，然后回来用早饭。之后，去书房安静地苦读，先学《百家姓》，后学《三字经》，再学《诗经》《易经》《中庸》《大学》等，私塾先生教得认真，好强的宝音巴图学得用心。读书累了，便练习写字，换换脑子。感到疲倦了，就跟着管家那洪瑞去草场，练习骑马射箭。

有一天，布尼仁坤去书房检查宝音巴图的学业，先是面带微笑地坐在一边，仔细倾听重外孙流利的背书声，继而满意地点点头说："嗯，不错，生来就有天分，将来肯定是个当官的料！"

整天伺候他的李秀珍也夸赞道："这孩子聪明伶俐，用功好学，还特别懂事，将来绝对不会忘记太姥爷养育之恩的！"

布尼仁坤嘿嘿笑道："是啊，是啊，要不怎么给他更名李纪恩呢，名儿如其人哪！"

李秀珍说："姑父，我想了很久，有件事想同您老商量商量。"

"噢？有话请讲。"

"姑父，李纪恩是宝音扎布的儿子，乃蒙古族的后代。我不愿孩子是蒙古族，想将他改为满洲旗人，您看如何？"

未等布尼仁坤表态呢，李纪恩接过了话茬儿："不，我得有记性，再也不骑人了。小时候骑着老太监玩耍，险些丢了小命儿，谁当'骑人'

呀!"几句话,把布尼仁坤、李秀珍、童玉英以及私塾先生逗得哈哈大笑。

李纪恩涨红了脸,又道:"你们还笑呢,我可说了,就是不当'骑人'!"

童玉英解释道:"纪恩哪,要你当旗人,就是改为满洲人,不是所谓的'骑人',方才是误听了。"

李纪恩歪着头问道:"那……你们是满洲人吗?"

布尼仁坤说:"是呀,我们都是满洲人。"

李纪恩这才点头答应道:"好吧,我当旗人,曾听姑姑说,皇上也是旗人哩!不过,我看皇上断案不公,没替冤死的额娘讨回公道。案子要是全这么断的话,别说百姓不服,连我这个孩子都不服!"

布尼仁坤吓得赶忙捂住重外孙的嘴:"孩子,以后可千万不许胡说呀,是要杀头的!"

李纪恩满不在乎地又来了一句:"哼!将来我要是当了皇上啊,首先就做到理事、断案公正,那才能得到臣僚的拥护呢!"

李秀珍来气了,训斥道:"纪恩,咋这么不听长辈劝呢?有些话不是想说就可以说的,顺嘴胡咧咧会惹是非的,记住了吗?"

李纪恩赶忙认错儿:"姑姑,别生气了,是纪恩不懂事儿,以后再不说了,我要读书练字去了。"

布尼仁坤笑了笑,爱抚地摸了摸重外孙的小脑袋瓜儿,起身出了书房。刚走到门口儿,偏巧不争气的布尼阿德推门进了院儿,脚像踩着棉花似的,晃晃荡荡地往西厢房走。他一看四儿这个样子,就气不打一处来,喝道:"老四,给我站住,有话问你!"

布尼阿德停下脚步,反问道:"阿玛,啥事儿呀?还气呼呼的。"

布尼仁坤不是好声儿地质问道:"你去哪儿了,为什么连着好几天不回家?"

布尼阿德极不情愿地回道:"我嘛,还是那句老话,吃香的喝辣的去了,咋了,不行啊?"

布尼仁坤一手叉腰,一手指着老四喊道:"什么?你再说一遍!"

布尼阿德说:"我呀,每天闲来无事,吃点儿固体肉,吸点儿气体烟,喝点儿液体酒,悠游自在,神仙都比不了。就是死了,也落一副好下水,值啊!"布尼仁坤怒不可遏,冲老四的左脸"啪"地扇了一记响亮的耳光!

布尼阿德急了,跳着脚叫号儿:"你敢打我?不是想知道吗,告诉你,我不但吃喝玩乐，而且还……还押宝、打牌、推牌九了呢！咋着？有力气就把我打死吧，来呀，快上手哇！"

布尼仁坤脸都白了，抬手又是一耳光，声嘶力竭地吼道："夜里不归，去哪儿留宿了？说！"

布尼阿德觉得头重脚轻，站立不稳，打着饱嗝儿说："我……实话告诉你吧，这些天有时……去大烟馆儿过过瘾，有时还去春悦楼……舒服舒服。"

布尼仁坤气得浑身发抖，干张嘴说不出话来，身子一歪晕倒了。众人惊得一时不知如何是好，开始是手足无措，继而连呼带叫。李秀珍赶忙半跪在地抱住姑父，摩挲前胸和后背，并急切地吩咐那管家："快去请郎中！"

此时的布尼阿德却像没事儿人似的，一溜歪斜地回到西厢房，上炕倒头便睡。全家老小目睹了他的所作所为，皆摇头叹气，毫无办法。

不大工夫，郎中赶来了，见布尼老爷人事不知，又掐人中又针灸的，过了一会儿才慢慢苏醒过来。大伙儿把他抬到卧房，李秀珍、童玉英照顾在侧，煎汤煎药，百般伺候。童玉英告诉李秀珍："老爷的心脏有毛病，总觉得胸闷、气短，最怕生气。婆母去世后，老爷心情不好，抑郁成疾，病也经常犯。特别是不孝的四弟让老爷操心，游手好闲、抽大烟、逛窑子不说，还到处惹是生非，而今三十多岁了，连媳妇都没娶呢！"

李秀珍问："三嫂，春悦楼是个啥去处哇？"

童玉英打了个唉声道："是妓院，也称窑子馆，好人不去那种地方。春悦楼在离将军屯不远的一个小镇上，门脸儿不小，设有大烟馆儿、赌场、当铺等。咱家老四呀，那是生就的骨头长就的肉，经常到春悦楼鬼混，把银子折腾光了就回家偷东西，然后拿到春悦楼的当铺里换钱。有了银子，不是抽大烟，就是逛窑子，一件好事不做，老爷气得多次犯病。春悦楼有个如花似玉的头牌，名叫阎翠花，诗词歌赋、吹拉弹唱全行，老四每回都指名儿点她，看样子俩人或许分不开了呢！"

说话间，布尼阿德一觉醒来，已是傍晚时分。偏偏在这个时候，烟瘾犯了，赶忙起身想出屋弄大烟去，可不知是谁将房门反锁了。烟瘾一上来，浑身像散了架子似的，立马哆嗦成一个团儿，龟缩在墙角儿，又流泪又打哈欠的。他推不开门，便连踢带踹、大喊大叫："哪个王八蛋把门锁上了？我要出去，快开门！"

正在吃饭的家人听到布尼阿德咣咣的踹门声儿，知道他又犯毛病了，童玉英忙站起身，布尼仁坤摆手制止道："老三家的，坐下，不许去！"

童玉英仍站在桌边，劝道："阿玛，别生气，我去去就来，四弟这会儿难受着呢！"

"我知道，不用管，看他能折腾到什么时候！"

"阿玛，还是看看去吧，不然又要……"

"你先坐下，吃完饭再说！"

童玉英深知老爷子的脾气倔，劝也没用，没再言声，重又坐在桌旁。刚拿起筷子，就听西厢房啪嚓啪嚓响，紧接着老四"哎呀"一声便没动静了。大伙儿跑出去一看，天哪！原来布尼阿德用镐头砸碎了窗棂子，爬上窗台后站立不稳，一头摔在窗下，脑门子磕了个大青包，正在地上打滚儿呢，嘴角儿还流着哈喇子，话也说不清了，不停地哀告道："求求……你们了，快去……买点儿大烟吧，只吸一口……就行，要不我快死了……"

布尼仁坤气得胡子直抖，指着四儿子骂道："混账东西，还能不能有个出息，瞧你这副德行，真给布尼家丢脸！"

童玉英见老四难受得直撞墙，毕竟是自己的小叔子嘛，哪能不心疼呢，忙走到跟前劝道："四弟呀，犯大烟瘾的滋味不好受是吧？以后可别抽了。听三嫂的话，咬牙挺一挺，过了这个劲儿就好了。"

没承想布尼阿德不仅不领情，还瞪着眼睛出言不逊："放……你娘的臭屁！真是站着说话不腰疼，要不……你来试试……"

布尼仁坤喊道："老三家的，别跟不会说人话的畜生一般见识，替阿玛掌他的嘴，掌！"

童玉英听了，没动地儿。也是啊，一个当嫂子的，哪能打小叔子呢？她蹲下身来，仍耐心地劝慰道："四弟呀，别胡闹了，要是觉着骂两句能减轻痛苦，那你就骂，嫂子不说啥。嫂子想说的还是那句话，忍着点儿，戒掉大烟吧，对自己对家人都好，总得听劝不是？"

布尼阿德哪有精神头儿听这些。只觉得胸口儿憋闷，喘不过气来，满嘴冒火，身上像有无数的小虫子在一口一口地啃咬着，抓心挠肝般难受。他两手拽着头发在地上翻过来滚过去，两腿乱蹬，嗷嗷直叫，几个人都摁不住。

李秀珍看在眼里，疼在心里，急得直搓手，小声儿问老爷子："姑父，这可怎么办哪？"

布尼仁坤叹了口气道："唉，没别的招儿，只能用老办法。那管家，去仓房找条绳子来，把他捆上！"

那洪瑞感到十分为难："老爷，我……我……"

布尼仁坤当然知道管家不敢，又道："捆吧，我要有力气，还用得着你嘛！"

站在旁边的李纪恩始终没吱声儿，只是瞪着眼睛一眨不眨地盯着满地打滚儿的四姥爷，他不明白大烟缘何能把好好儿的人折磨成这样。当布尼仁坤发话让将老四捆起来时，小家伙不让了，上前阻拦道："不许绑！"然后回过头冲布尼阿德嚷开了："四姥爷，还不向太姥爷求饶，就说你错了，以后再不抽了，快说呀！"

此刻，神志模糊的阿德已分不清东西南北、男女老幼了，两眼直愣愣地瞅着小小的李纪恩，乞求道："阿玛呀，阿德是你的儿呀，不能这么狠心吧？我快要死了，就算最后一次求你了，看在额娘的份儿上，给买点儿大烟吸几口吧，不然，你就再也见不到四儿了！"此情此景，令人啼笑皆非，布尼仁坤无奈地冲管家挥了挥手。

那洪瑞找来了麻绳儿，蹲下身来对布尼阿德说："四少爷，老爷知道你不好受，可有什么办法呢？看你又撞墙又薅头发的，摁也摁不住，担心如此下去伤着身子，只得用绳子捆上。老爷能不心疼自己的儿子嘛！这是对你好，千万别介意呀！"

布尼阿德早不耐烦了："啰唆啥呀，绑绑绑，绑上我倒好受些！"

那管家抖开绳子，喊来另一家丁，费了挺大的劲儿总算把一直在折腾的老四捆上了，抬到屋里后，布尼阿德仍不住地哀告："阿玛，快给四儿弄大烟来呀，我挺不住了，求求你，让儿吸一口吧！"

布尼仁坤又急又气地来到后屋，跪在祖宗牌位前，老泪纵横地哭诉道："列祖列宗，我布尼仁坤不忠不孝啊，生出个孽障。四儿布尼阿德不务正业，游手好闲，吃喝嫖赌抽五毒俱全，给先祖抹了黑，给家族丢了脸。怪就怪老夫教子无方，爱子无法，没有严加管教，愧对族人，愧对祖宗，我有罪呀……"

家人安顿完布尼阿德，忽然发现老爷不见了，遍寻了房前屋后也没有，最后在列祖列宗牌位前找到了。童玉英、李秀珍赶忙上前将其搀扶出屋，回到上房后，一再劝慰老人家别跟儿子真生气，身子骨儿要紧，早点儿歇息，也好顺顺气……

时值夏末，昼长夜短，天已经放亮了，两只落在神杆上吃食的乌鸦被惊飞了。昨晚前半夜，布尼阿德折腾得筋疲力尽，直至后半夜，犯烟瘾的难受劲儿才过去，还美美地睡了一大觉，睁开眼睛仍要大烟抽。

布尼仁坤余怒未消，起床后披衣出了院门，不大工夫，领着族中德高望众的穆昆达来了，后边还跟着几个壮小伙儿，一进院儿就吩咐那洪瑞："那管家，吃完早饭，你把老四带到祖坟上，请穆昆达狠狠教训一下这个孽障！"

那洪瑞诺诺道："老爷，我只是个管家，怎么能带四少爷去……"

布尼仁坤打断道："让你去，你就去，哪那么多废话？我已托人去请他舅舅了。俗话说：'娘亲舅大。'让他舅舅亲眼看看自己外甥的所作所为，好好儿整治整治这个逆子！"

过了一袋烟工夫，布尼阿德的舅舅果然急匆匆地赶来了，随大伙儿一块儿进了西厢房。他看了一眼躺在炕上的外甥，见脸色苍白，眼眶儿发黑，知道这是犯烟瘾折腾的，无奈地叹了口气道："咳，阿德呀，你老大不小了，啥时候能让人省点儿心呢？"然后回过头来问穆昆达："族长，家丑想瞒也瞒不了，我外甥是有毛病，您看得怎么调教好呢？"

穆昆达说："这些年，族中的生老病死、婚丧嫁娶、家族矛盾以及不同姓氏的后生结拜兄弟等鸡零狗碎的事儿，只要打声招呼，我都到场。对于族中个别子孙的不孝敬父母、不遵祖训、伤风败俗等行为，我也要管。你家老四的所作所为早听说了，今天恰逢七月十五，是'拿祭祀'和给祖先上坟的日子，正好把布尼阿德带过去，在祖坟前好好儿教训教训他。"

布尼阿德斜楞一眼穆昆达，嘲讽道："哎呀，你都这把年纪了，有力气惩治人吗？也不怕累着。行了，还是积点儿德吧！"

穆昆达激动地说："既然族中老幼选我当头儿，就得承担起来，不该有负众望。正因为是上了年纪了，所以才更看重族规祖训，懂得什么是礼义廉耻，决不能眼瞅着后世子孙走下坡路，做长辈的必须得管，否则对不起祖宗！"

布尼阿德仍不服气，刚要还嘴，布尼仁坤上前"啪"地抽了一巴掌，吼道："你这个死不回头的败类，蛮不讲理，出口伤人，竟敢在穆昆达面前要横，真是不可救药了！族长，老四交给你了，说吧，该怎么处治这逆子？"

穆昆达朝同来的几个后生挥了挥手道："来人，先把老四带到祖宗牌位前，看我怎么收拾他！"

话音刚落，三个壮小伙儿一把将布尼阿德从炕上薅起来，拖到后房的祖宗牌位前，强行摁倒在地。穆昆达说："阿德，你必须在家祖面前许下诺言，痛改前非，重新做人，唯如此，方可免受皮肉之苦！"

布尼阿德一脸的不屑，冷笑道："哼，你若不怕折了自己的阳寿，那就把能耐都使出来吧，老子什么没见过？算啥呀，倒是想尝尝你到底有多厉害，来吧，上手哇！"

布尼仁坤见儿子还嘴硬，气得声泪俱下，仰天长叹道："苍天哪，原谅老夫吧，我没管好这个忤逆不孝的儿子呀！"

站在旁边的舅舅眼睛都红了，怒冲头顶，大喊道："穆昆达，不要手软，狠狠打！"

惩治不肖子孙，通常是父母不能为其讲情，只有亲娘舅可以，此乃族中的规矩。可是今天，舅舅非但没为外甥讲情，还请求族长教训他，可见已气得忍无可忍。

穆昆达手握一根柞木条子，照布尼阿德的屁股左一下右一下一顿猛抽，没一会儿，裤子便开了花，一道道的血印子露了出来，布尼阿德装出来的钢条儿早没了，疼得嗷嗷直叫。那啪啪的响声震人耳鼓，布尼仁坤觉得心都在流血，犹如刀尖儿一下下剜自己身上的肉。但他知道，这种情况下，绝对不能讲情，心软就前功尽弃了。可是亲娘舅却忍不住了，泪流满面地求情道："尊敬的族长啊，布尼阿德这个败类给族中人丢尽了脸，究其责，皆因做舅舅的管教不严所致。请看在我死去的姐姐李淑芬和乡里乡亲的份儿上，就饶了他这回吧，以后一定严加管教！"

穆昆达一听舅舅发话了，立马停了手，叹口气道："唉，也罢，给你面子吧，可以饶恕他。不然，我还想带他去祖坟呢，啥时候认识到自己的错儿，咱啥时候罢休！"

布尼阿德带着满屁股的伤痕，被家人扶进了西厢房，不能躺着，只能趴在炕上。尽管如此，他觉得被柞木条子抽的疼劲儿比起犯大烟瘾来要轻松得多，谁没吸谁不知道哇，那顿折腾简直难以忍受啊！

这些日子，布尼仁坤一想到不争气的四儿子，便唉声叹气的，也就越发思念为国献身的大儿子布尼阿森、英年早逝的二儿子布尼阿臣和被恶人暗害的三儿子布尼阿良。老人有四个儿子，先后死了仨，只盼布尼阿德能掌家继业。可他不是那样的，根本不食人间烟火，有啥办法？一点儿辙没有！要是大儿子还健在的话，那该多好啊，不但是皇上的忠勇良将，而且是老阿玛终生依靠的孝子。遗憾的是他走了，外孙女布尼伊香也离去了，只留下了亲骨肉曾外孙宝音巴图，现在的李纪恩。他的未来能怎样，除非具有未卜先知的能耐，否则谁能说得准呢！

第三十二章

围巢穴　盗匪夜半被剿尽
留后世　秋狝途中竖诗碑

乾隆除掉老太监张德贤之后，心病没了，心情格外地好。转年初秋时节，他开始琢磨了："当年圣祖肇建热河避暑山庄时，曾命尚书哈雅尔图和兵部尚书马尔汉全权负责相关事宜。如今，两位大臣先后故去了，山庄外围的八大庙工程也该启动了，由谁当总管合适呢？"思来想去，认为非和珅莫属，因为他办事让人放心。于是一天早膳后传旨，任命和珅兼任热河避暑山庄外围的寺庙建造总管。

按理说，荣任建造外八庙工程总管该高兴才是，可和珅并不愿担此任。为啥呢？谁都知道，每当夏季，热河避暑山庄气候宜人，称得上绝好的消暑圣地。一到冬季，气温低且干燥，寒气逼人，远没有京师暖和，正经得遭点儿罪。和珅又不敢进出半个"不"字儿，敢抗圣命，脑袋还要不要了？只得违心地接旨道："谢圣上栽培，微臣一定把山庄外围的寺庙建好，请万岁放心。"

乾隆笑道："和爱卿随朕多年，做事谨慎周到，有何不放心的？朕赐你权力，在建造工程中，若有不服管教者、消极怠工者、无端闹事者、贪污盗窃者，一律斩不赦！"

和珅叩道："谢皇上夸奖，微臣将不辱使命！"

乾隆喝了口香茗又道："和爱卿啊，朕后天就率大队人马赴木兰围场秋狝，你随朕出发。经过热河避暑山庄时，便可留在那里了，荣任你的寺庙工程总管。"

"微臣遵旨！"

第三天，乾隆率大队人马离开京师，前往木兰围场。经过古北口时，重臣刘墉禀道："皇上，听说此地段有一股盗匪，拦路抢劫，夜袭住户，十分猖獗，百姓不得安宁。"

乾隆说："是啊，爱卿之言，朕也有所耳闻。早在康熙年间，密云一带有位知县，名叫孙有民。此人欺压百姓，搜刮民财，治政无能，被圣祖免职回家了。孙有民有个侄子，早年离家成了盗匪，专干美其名曰'杀富济贫'之事，朝廷始终没有将其捉拿归案。倘若还活着，必会继续作恶，是个地地道道的祸害！"

刘墉又道："皇上，据讲鹰嘴岭离此不远，山中有连环洞穴，盗匪就住在洞内。"

乾隆四下瞅了瞅，心中暗想："据张德贤供述，盗匪活动于鹰嘴岭地域，所藏的洞穴在路右边不远处的山坡儿上，四周全是林子。如果白天围剿，盗匪容易逃之夭夭，因而只能晚上进行。"于是，佯装继续往前赶路，让人看起来根本没有停下来的打算。

当大队人马途经冰冻沟时，竟令将士们猛吃一惊，个个目瞪口呆！只见沟口处的冰面上血迹斑斑，一片狼藉，横陈着七具清兵尸体。有的紧闭着嘴，口中叼着半拉儿耳朵；有的手背划开一道又长又深的口子，手里握着一根砍下的长辫子；有的龇牙咧嘴，满脸是血；有的身首分离，已辨不出原来的模样。冰面儿上散落着一些死禽死兽，肠子都流出来了，被饿狼撕扯得七零八落。

很显然，这七个看护储存在冰冻沟猎物的清军官兵，与前来抢劫猎物的盗匪展开了一场惊心动魄的搏斗！

乾隆看了眼前的惨状，很是难过，寻思道："冰冻沟储存的猎物遭劫，毫无疑问，乃鹰嘴岭盗匪所为。若能早知这帮家伙欲劫冰冻肉，朕必将率领兵马围剿鹰嘴岭，斩草除根！七个兵丁为了保护冰冻沟的猎物，舍生忘死，尽职尽责，英勇可嘉，此魂此魄值得发扬光大！"想至此，传下命令，将已故兵丁的尸体埋在冰冻沟的东山坡上。

将士们遵旨，将七具尸体移至东山坡掩埋后继续前行，直至太阳快要落下西山，晚霞渐渐收回余光时，大队人马方驻扎于巴克什营行宫。乾隆传旨，令所有人等用罢晚膳早点儿歇息，和衣而卧。

纪晓岚悄声儿问刘墉："刘大人，皇上为何命大家和衣而卧呢？"

刘墉回道："我也正琢磨呢，想必皇上自有安排，说不定今夜就有行动哩！"

夜深人静之时，众将士早已进入梦乡，鼾声大作。突然，响起一阵急促的号角声，五百多官兵从睡梦中惊醒。集合完毕，乾隆骑在一匹高头大马上，挥了挥利剑道："尔等听着，必须由此按路返回，鹰嘴岭洞穴住着盗匪三十余人。长期以来，他们拦路抢劫，闯门入户，搅扰民心，甚为嚣张。今夜，朕亲自率队驰赴鹰嘴岭，采取合围的战术，攻其不备，一举歼之。立功者赏，怯阵者罚，出发！"

一声号令，振奋军心，趁着皎洁的月色，战骑扬鬃竖尾，直奔鹰嘴岭而去……

这天，恰逢鹰嘴岭大寨主孙守信六十岁生日，在二寨主三彪的提议下，从早晨开始，兄弟们就为大寨主摆酒庆寿。晚宴时，又是一通儿推杯换盏，划拳行令，吆五喝六，个个喝得酩酊大醉，东倒西歪。酒足饭饱的孙守信被两个兄弟从桌旁扶了起来，搀进大寨主的洞间儿，和夫人王彩霞一块儿睡下。醉醺醺的二寨主三彪检查了一遍岗哨，觉得平安无事，也晃晃悠悠地回到自己的洞间儿歇了。

深夜，整座鹰嘴岭凡是有人住的洞穴听起来并不消停，有打呼噜的，有说梦话的，有放响屁的，有吧嗒嘴的，还有喊爹骂娘的，丑态百出。清军将士到了近前，翻身下马，等候命令。这时，前去刺探的兵丁回来向乾隆禀道："皇上，洞口儿处两个夜哨已被奴才送上了西天，请圣上示下。"

乾隆命道："兵分四路，从东西南北四个方向包抄过去，必须干净利落地把盗匪全部歼灭！"

官兵们各就各位，牛角号骤然响起，各路围兵一齐拥向洞口儿，百余人进入洞内，一阵儿叮叮当当的兵器碰撞声过后，盗匪们还没弄清咋回事儿呢，已躺在血泊之中了，可谓速战速决呀！

乾隆在侍卫于石岩的保护下，燃起火把，步入洞中。举目察看时，发现此洞里边果真是左拐右折的连环洞，给人一种阴森森的感觉。桌椅板凳、瓢盆锅碗、铺的盖的一片狼藉，地上满是横七竖八的尸体，显然是刚才双方厮杀的结果。望着这一切，感触万端，想起了小外孙宝音巴图身陷此洞的情形，想起了犯欺君之罪的老太监张德贤的供词，不禁勃然大怒，命道："把洞中所有的东西全部烧掉，寸草不留！"一兵卒听令，用火把将两捆木柴点着了，大火忽地蹿起，红彤彤一片。

天渐微明，鹰嘴岭山坡儿的洞口儿处仍冒着滚滚浓烟，乾隆率众兵马向热河避暑山庄疾驰而去，抵达目的地时，和珅满脸堆笑地说："皇上，昨夜剿匪，喜获大捷。奴才既然已奉命当了建造外八庙工程的总管，总该安排一次盛宴，为万岁接风洗尘呀！"

乾隆笑道："知朕者，和大人也！"

和珅受宠若惊，忙叩道："谢主隆恩！微臣还有一个请求，想最后参加一次秋狝活动，不知可否？"

乾隆侃快地答应道："好，朕准了！"和珅乐坏了，屁颠儿屁颠儿地张罗酒宴去了。

乾隆在热河避暑山庄歇息一夜，转天一早，便带领大队人马向北进发，五日后抵达木兰围场东入崖口。再往北走，就进入木兰围场七十二围之一的永安莽喀围猎点了。乾隆坐在山坡儿上举目四望，触景生情，想起了当年跟随圣祖康熙木兰秋狝的情景。纪晓岚开口问道："皇上，微臣见万岁时而面带微笑，时而陷入沉思，必有难忘之事，何不说与臣等，以共享万岁之喜悦呢？"

乾隆说："是啊，朕回忆起值得纪念的一件往事，当年只有十二岁呀！"

刘墉插言道："皇上，微臣能猜得出万岁想到了什么。"

"噢？刘爱卿说说看。"

"微臣曾听家父刘统勋说过，皇上十二岁时，便跟随康熙帝赴木兰围场秋狝，于永安莽喀围猎点亲手射死一只巨熊。怎么样，微臣猜得对不对呀？"

乾隆听罢，哈哈大笑道："是也，是也！"

纪晓岚说："皇上幼年时，就有如此惊人之举，为何不在此竖一座诗碑呢？不但名留千古，而且启迪后人，岂不一举两得？"

刘墉也在一旁帮腔儿："皇上在岳乐围猎点殪虎时，曾建一座'虎神枪记'碑。臣以为，在永安莽喀围猎点修建一座永安莽喀诗碑，意义重大，再好不过了。"

乾隆不无得意地笑道："尔等所言极是。如今，朕已逾六旬，按照大清律条规定，年龄在六十以上者，即免试马射。可是朕这般年纪，仍驰射如常，实为奇迹吧？好，依爱卿所言，就在山岗之上修建一座'永安莽喀'诗碑吧！"

侍卫于石岩忙呈上文房四宝，乾隆提笔蘸墨，挥毫写道：

永安莽喀（国语沙谓之永安，岗谓之莽喀，是地为入崖口第一围场）

第一围场犹近边，麋麇革兽已樊然。
诸蕃扈是儿孙辈，列爵称非左右贤。
驰爱平冈策紫骏，中联四鹿控朱弦。
部旗常例笑何谓，六十才过日老年。

（兵部八旗遇考验武职，年六十以上者即免试马射。余春秋六十有四，驰射如常，甚矣！部旗成例之可笑也。）

乾隆甲午仲秋月廿日　御制并书

此话什么意思呢？即进一步强调兵部八旗每当考验武职的时候，六十岁以上者，皆可以免试马射。可是我乾隆帝呢，已经六十有四了，仍然骑马射箭，不减当年。而兵部八旗那些年过六旬的人，就可以因老而免试，岂不可笑吗？

由此可见，御笔碑文以诗记事，不但描述了蒙古诸部随猎扈从飞马驰猎于平冈之上的情景，而且也显露出乾隆为六十有四仍然驰射如常而沾沾自喜。

碑文写好后，选择了良辰吉日，乾隆亲临现场监工督办，经过能工巧匠的昼夜忙碌，"永安莽喀"诗碑终于矗立在第一围猎点的山头儿上了。诗碑由碑顶、碑额、碑身、碑座四部分组成，碑文用满、汉、蒙、藏四种文字书写，正面为汉文。

众臣看了乾隆的御笔碑文，齐呼："皇上万岁！万岁！万万岁！"无不为圣上的龙体康健而祝福。白云缭绕，百鸟齐鸣，微风习习，无不在尽情歌唱乾隆皇上的独具匠心。

乾隆站在山头儿上，遥望"永安莽喀"诗碑以东不远处，似乎想起了什么，遂回过头来问众人："尔等知道前面那个村子为啥叫'袜子沟'吗？"

在场的能工巧匠们皆摇头表示不知道，于是，乾隆让大家小歇一会儿，兴致勃勃地讲了一段儿往事。

一年夏末，乾隆一身庄稼人打扮，去南方私访民情。走到一大沟旁的村子时，见有个农夫正在打谷场上扬场，便进了场院，一边向农夫打听年景如何，一边学习用木锨扬谷。一个时辰过后，告别农夫，继续上路。

乾隆连续私访二十三天，说来挺不容易的，怕暴露自己的皇帝身份，处处事事得十分小心，有时甚至睡觉都不敢解带宽衣。当回到热河避暑山庄时，已是深秋了，木兰秋狝还没有进行。随驾的大臣刘墉、贴身侍卫于石岩见北方天气已经很凉了，连山坡儿的枫树叶儿都变红了，刘墉试探道："皇上刚从南方私访回来，一路很是辛苦，需要调养一下。以微臣之见，今年就不进行木兰秋狝了吧？"

于石岩也表示道："皇上，刘大人此言不无道理，为了万岁的安康，秋狝还是免了吧！"

乾隆摇摇头说："尔等的心意朕领了，不过木兰秋狝每岁一举，乃大清王朝的祖训哪，怎么能违背呢？传朕旨意，明晨从热河避暑山庄起程，木兰秋狝不可误！"

翌日一早，乾隆率大队人马沿武烈河北上，五日后抵达木兰围场东入崖口。当天傍晚，乾隆与刘墉、于石岩骑马来到东南方向的深山老峪中，未等喘口气儿呢，忽见前方有只大黄羊从密林中蹿出。君臣三人对视了一下，遂扬鞭催马，奋力猛追。别看黄羊一般情况下总是四平八稳的，一旦遇险境跑起来，像鹿一样快！乾隆可是"马上皇帝"呀，骑术好着哪，在其后紧追不舍。追到一条大沟边，黄羊实在跑不动了，扑通一声躺倒在地，口吐白沫儿，四蹄乱蹬。乾隆跳下马，疾速跑到跟前，把半死不活的黄羊用绳儿捆上四蹄，笑着说："黄羊啊，黄羊，你逃得再快，也快不过朕的催马抖缰啊！"

乾隆正洋洋得意呢，落在后面的大臣刘墉和贴身侍卫于石岩呼哧带喘地赶到了。于石岩年轻啊，眼睛又尖，一看乾隆的脚，着急了，说道："皇上，方才只顾追黄羊了吧，那只鞋袜……"说到这儿，立马闭嘴了，后半句咽回去了。

刘墉也瞅了一眼皇上的脚，没敢吱声儿，只是背过脸偷偷乐。

乾隆见二人躲躲闪闪的，低头一看，差点儿没笑出声儿来，原来右脚的鞋和袜子全跑掉了，当即编了一首顺口溜，自嘲道：

> 为追黄羊进沟膛，
> 丢掉鞋袜怪模样。
> 多亏侍卫提醒朕，
> 双足险些被扎伤。

皇上丢了鞋袜还了得，急得刘墉和于石岩四处寻，并唤来护围兵一块儿找。眼见日头落进西山后了，旷野暗了下来，寻找毫无结果。好在有备用的，乾隆换上了新鞋新袜，把黄羊搭在侍卫的马背上，君臣暂先返回驻地。

第二天清晨，一位名叫傅贵增的护围兵找到了乾隆的鞋和袜，捧在手中一看，哎呀呀，袜筒儿里还有七八颗谷粒儿呢！他没敢耽搁，倒出谷粒儿，将鞋和袜送到了黄幄。

第二年春天，傅贵增把从皇上袜筒儿里取出的谷粒儿种在地里，长出小苗儿后，精心侍弄，到了秋天，打了不少谷子。从此，年年春天种，秋天收，并把谷子碾成小米积存起来，却不敢吃一粒儿，因为这是皇上带来的谷种啊！

又是一年秋天，乾隆来木兰围场狩猎，途经丢鞋袜的那条沟时，感到有点儿饿了。偏巧护围兵傅贵增巡逻来到这里，忙上前跪拜道："万岁，奴才有金黄小米三石二斗，恳请皇上受用！"

常言道：饥不择食。乾隆乐呵呵地答应尝尝他家的小米饭，并令就地搭起锅灶。

傅贵增"嗻"地应了一声，起身跑回家，很快拿来了小米，搭锅造饭，做好后盛在碗里端给皇上。乾隆左一碗右一碗地吃开了，越吃越香，边往嘴里扒拉边问道："傅贵增，这小米是从哪儿弄来的呀？"

傅贵增回道："启禀万岁爷，那年圣上在大沟边追捕黄羊时，丢了鞋和袜。奴才找到后，见袜筒儿里有七八颗谷粒儿，便抖搂出来，于春天种在山沟里。经过精心侍弄，种了收，收了种，共积攒了三石二斗小米。今儿个吃的小米饭，就是那七八颗谷粒儿产出来的呀！"

乾隆听罢，恍然大悟，原来那年去南方私访民情时，曾跟一农夫学习打场扬谷子，谷粒儿进到袜筒儿里了，于是顺口吟道：

> 当年狩猎追黄羊，
> 一只袜子丢沟膛。
> 谁料七八谷子粒，
> 精心耕种谷满仓。
> 山珍海味皆吃遍，
> 不比这里小米香。
> 朕封此处袜子沟，
> 产出谷子造福民。

从那以后，不仅乾隆皇帝亲赐的"袜子沟"出了名，袜子沟所产的小米也闻名遐迩。

书归正传。乾隆讲罢往事下了山，率领大队人马来到七十二围的永安湃围猎点时，放眼望去，四周山势如龙，壁立千仞，峰峦之上，满目的苍松翠柏，不禁跃跃欲试，立马传下旨意，抓紧时间布置一场围猎。

　　一切就绪后，合围开始了。射牲手们一个比一个勇猛，你追我撵，擒鹿捕豹，射杀了大量野兽。乾隆兴奋异常，决定在高高的山梁上，再修建一座"永安湃围场殪虎"诗碑。他说："此次合围，收获甚丰，修建此碑之目的，只为留作纪念。"说罢一挥手，于石岩再次呈上文房四宝，乾隆欣然提笔写下了碑文：

永安湃围场殪虎

白沙翠柏山四围，国语永安名久垂。
林天石海滂湃披，北人使马如舟师，
陆离淫裔张鱼丽，藏幽伏莽毋或遗。
猎虞报有虎负嵎，遂往殪之率伙飞。
要遮前后缘岖巇，威不可挡曳尾驰，
失险遽卧浅草坡，隔谷下马相高卑。
虎神枪一发毙之，厄鲁回部胥扈随。
咋舌脱帽钦服其，此亦偶然何足奇。
先是射鹿命炙炊，借草为席树为帷。
割尝遍赐染指谁？君臣和乐逮海涯。
灵器世守皇祖贻，兑戈和弓竹矢垂。
同珍其谁日不宜？

乾隆二十六年岁在辛巳秋九月御笔

　　文中，记叙了乾隆于永安湃围猎点用虎神枪殪虎和弯弓射鹿的经过，狩猎结束后随围群臣的交口称赞，以及燃篝火燔烤野味，君臣和乐的欢快情景。

　　话接前书，乾隆一气呵成写罢碑文，传下旨意，命能工巧匠赶紧备料修碑。诗碑刻完的第二天，正赶上乾隆狩猎之后从永安湃围猎点路过，见众工匠为竖诗碑在那儿犯愁呢！于是上前问道："尔等为何眉头紧锁呀？"

　　工头儿禀道："回皇上，此碑立到山梁上实有所难，奴才运不上去呀！"

乾隆说："光愁没用，那诗碑不会自己挪上去吧？得动动脑筋哪！"

经过皇上的指点，其中一工匠拍拍脑门儿道："哎，有了，咱们找些粗绳子把诗碑拴好，再用八头牛拖到山顶不就成了嘛！"

说干就干，工匠们找来八条粗绳子，一头儿拴牢诗碑，一头儿套在牛脖子上，喊着号子赶着牛，往山上拖呀拖。刚刚到了半山腰，八头牛累得呼哧呼哧直喘，实在拖不动了。大伙儿高声儿喊着号子帮牛使劲儿，八头牛低着头、弓着腰，哞哞叫着往上拽，可那沉重的诗碑却纹丝不动。此刻，只要牛一松劲儿，连同诗碑就会跌入山涧，不仅牛得死，诗碑也得摔得粉碎，这可就不吉利了，因为那是乾隆皇上的御笔诗碑呀！

乾隆看在眼里，急在心里，忙脱掉戎装，噌噌噌跑到半山腰，随手折了一根树枝，用力赶起牛来，八条牛还是拖不动。他仔细一瞅，嘿！原来全是母牛。母牛倒也蛮有力气，但不如牤牛，如果是八条牤牛拖诗碑，或许早就拽到山顶了。

正这时，只见半空中飘来片状云雾，云头刚落，现出一头大牤牛，站在了八头母牛中间。工匠们忙把又粗又长的绳子套在大牤牛的脖子上，另一头儿拴在诗碑上，乾隆喊着长长的号子，九头牛同心合力，伸长脖子弓起腰，撅着尾巴"哞"的一声吼，果真把诗碑拖到了山梁上。

未待工匠们松口气儿呢，山坡儿旁边的密林里忽地起了一阵风，刮得树木哗哗山响，秋叶纷纷飘落下来。大伙儿定睛细看，不好，一只斑斓猛虎从林中蹿出，朝站在山顶的乾隆扑来！八头母牛一见老虎，吓得毛儿竖起，浑身哆嗦。而那头大牤牛可不得了，眼珠子瞪得如铜铃儿，"哞哞"地连叫两声，尖利的大犄角往前一伸，"刺啦"一声把老虎的肚子豁开了，肠子随之淌了出来，殷红的血流了一地，把山顶的平台处都染红了，老虎立马蹬了腿儿。众人再看时，哪还有大牤牛的踪影？原来，谁也不曾料到，那大牤牛竟是一头帮着拖诗碑的"神牛"。

众工匠醒过腔儿来后，不由得发出一片欢呼："托皇上的齐天洪福，神牛前来护驾，感动阿布卡恩都力啦！"

乾隆伸开双臂仰天长叹道："天助朕也！"

众人再一次齐呼："天意呀，天意！"

乾隆动情地说："朕常教导尔等，凡事皆须齐心合力，拧成一股绳儿方能成功啊！"

那座巨大的诗碑很快矗立在山顶上了，高二米三一，宽一米一二，碑顶雕有四条彩龙，四周刻着龙形花纹，形态逼真。碑的后面立着一棵百年古松，枝叶繁茂，形如伞盖，与挺拔的石碑互相映衬，甚是雄伟壮观。众工匠抬头望着诗碑上的"永安湃围场殪虎"七个御笔大字，欢呼雀跃，声震山野。乾隆龙颜大悦，随口吟诗一首：

> 牤牛拖碑是天意，
> 武耀文雄显帝威。
> 岁月悠悠来秋狝，
> 猛虎不返白云飞。
> 同心协力险化夷，
> 皇家猎苑必永垂。
> 碑前古松是佐证，
> 谁人怎忘沙地围。

吟罢，在一片鸟语雁鸣中，穿上戎装下山了。

转年，乾隆率人马赴木兰围场秋狝途经永安湃围猎点时，又写下了一首七言诗，刻在"永安湃围场殪虎"诗碑的侧面：

永安湃围场作

崖口入临围场首，东南胥号永安便。（东伊逊崖口内，首围为永安莽喀；西伊玛图口内，首围为此永安湃。围场内地多仍蒙古名，唯此二处则国语。永安为沙，莽喀渭冈，湃为处，均皇祖所赐名，而以汉学书永安，亦协猎场古语也。）

贻谋家法廑禹迹，式猎塞疆非舜田。

咏或群燕天子日，所无逸励古稀年。

围中鹿少才见一，一箭中之胜获千。（今日围场多狍，只一鹿，偶一箭中之，蒙古王公、扎萨克见者无不欢忭。自庚辰臂病，久弗步射木兰，借马力尚可马射。今年逾古稀，挽强亦不如前。即自亦不知其何以中，盖由自幼学习资深耳。）

乾隆四十七年壬寅秋八月　御笔

从诗中，可见乾隆的箭技了得，即使围中的鹿少，哪怕只看到一只，也能射猎。从诗的注文中可知，乾隆皇帝的武功底子甚厚，到了晚年，身子骨儿大不如从前，仍能盘马弯弓，并引以为豪，此乃后话。

诸位阿哥，讲述者要说的是，乾隆何止仅仅修建了"虎神枪记"碑、"永安莽喀"诗碑以及"永安湃围场殪虎"诗碑呢？在位期间，巡幸木兰围场时，共建诗碑六座，无不表述着行围狩猎的目的与重要性，即"皇家木兰秋狝事，旨在练兵固边陲"。民间传讲，说乾隆皇帝好大喜功，为了表现自己才建诗碑的，此乃大错特错也！

乾隆建诗碑，多来源于清帝的"哨鹿"狩猎方式。每年农历秋分前后，皇帝亲率大队人马奔赴木兰围场秋狝，通常以一万两千人的规模分三班抵达。每次选择十几围或二十几围，以野外狩猎的方式，达到演兵习武的目的。各部院的官员不得回避，必须参加，"令其娴习骑射"。蒙古各部落的首领也不例外，皆聚集到木兰围场，伴驾狩猎。这些人中，有青海蒙古、喀尔喀蒙古、内蒙古六盟四十九旗的王公贵族，还有察哈尔八旗的蒙古官兵。内蒙古喀喇沁、科尔特、翁牛特、巴林、敖汉、克什克腾等旗，亦派出大量骑兵，年例一千二百五十人，向导一百人，随围枪手、打鹿枪手、长枪手约三百人，协同随围，"若有断续不整者，即以军法处之"。乾隆之所以在秋狝途中建诗碑，旨在促进民族统一，加强团结，演兵习武，提高武技，巩固边陲，抵御沙俄，保卫大清江山。

乾隆帝所建的六座诗碑是：

乾隆十六年秋八月，在伊逊哈巴奇围猎点修建了"入崖口有作"诗碑。因其位于东庙宫南山之巅，居高临下，故而十里之外即可看到。

同年，在卜克围猎点修建了"于木兰作"诗碑，坐落于卜克达巴罕山巅的平坦处，展示了通过木兰习武，各民族大团结的盛景。

乾隆十七年秋九月，在达颜德尔围猎点修建了"古长城说"诗碑，立于岱伊梁北坡儿，上述"朕发现了我国古长城的遗址"。此古长城在木兰围场东西绵亘四百多里，间有斥堠屯城的遗址，系燕、秦时期所建。证明早在两千多年以前，长城以北的广大地域已正式纳入中国版图，为后人研究燕、秦时期的军事设施——长城提供了重要依据。

同年，于岳乐围猎点修建了"虎神枪记"诗碑，记述了乾隆殪虎的英姿。

乾隆二十六年，于永安湃围猎点的山梁上，修建了"永安湃围场殪虎"诗碑，记述了木兰行围的壮观场景和殪虎后的愉悦心情。

乾隆三十九年秋八月，在永安莽喀围猎点修建了"永安莽喀"诗碑，与"入崖口有作"诗碑遥遥相对。

乾隆每当回忆起建诗碑之举，总是说："朕在木兰秋狝时，猎获了大量的珍禽异兽，常常津津乐道，然绝不是好大喜功，而是固国所必须。"又道："北有木兰围场，南有热河避暑山庄，西南临京师，三位一体也。如此环链，岂不乐哉，安哉！"

然而令人奇怪的是，多年来，这些诗碑上从来不落鸟，其中的"虎神枪记"诗碑、"古长城说"碑、"永安莽喀"诗碑的碑文是用四种文字书写，这是咋回事儿呢？原来竖立"永安莽喀"诗碑那天晌午，山头儿上空从四面八方飞来数不清的鸟，遮天蔽日，鸣叫不止。乾隆十分不解，便问身边的大臣和珅："和爱卿啊，今日在此竖诗碑，缘何飞来这么多鸟呢？"

和珅被问得一下子怔住了，搜肠刮肚地思谋了好一会儿，又抬头看了看天，方答道："回皇上的话，微臣以为，挑选良辰吉日竖碑，碑文乃万岁御笔所书，感动了众多的飞鸟，它们是特来向圣上祝贺的！"

乾隆听后，龙颜大悦，哈哈大笑道："和爱卿所言极是呀，朕……"话未说完，没承想两滴鸟屎落在乾隆的脸上了，一股臭味扑鼻而入，顿时呕吐不止，遂冲群鸟怒问道："你们这些小小的畜逆，为何如此无礼？"

和珅忙掏出一块丝帕，小心地将乾隆脸上的鸟屎擦掉，然后说道："万岁，请息怒，这些鸟在头上绕来绕去，不肯远飞，必有所求……"

"求朕干什么？讲！"

和珅见皇上余怒未消，很是惶恐不安，绞尽脑汁想啊想，忽然眼前一亮，忙道："微臣以为，或许是希望此碑文能用满、汉、蒙、藏四种文字书写，以示皇上对各民族的关怀。"

乾隆略一思忖，又问："这究竟是你的意思呢，还是群鸟的心愿呢？"

和珅骨碌着大眼珠子回道："卑臣是个笨拙之人，想不到这些，此乃空中的飞鸟对当今天子的恳求啊！"

乾隆认为和珅说得有道理，随即命于石岩呈上文房四宝，将宣纸铺在山坡儿上，饱蘸浓墨，挥毫书就了满、汉、蒙、藏四种文字的碑文。写罢，群鸟上下飞舞，叽叽喳喳叫个不停，似乎在表示对皇上的此举很满意。乾隆仰头大声儿说道："飞鸟啊，请你们不要落在木兰围场的诗碑上，以保诗碑文的洁净哩！"

群鸟在乾隆的头顶绕了一圈儿后，呼啦一下全飞走了。打那以后，木兰围场的所有诗碑从来不落鸟，更不见诗碑上有鸟粪。民间传讲，这是当年金口玉言的乾隆皇帝竖碑时，鸟受了皇封，所以再也不落于诗碑上了。

第三十三章

断炊烟　欣喜野菜得充饥
穿峡谷　巨石飞落脱险境

塞罕坝的雨接连下三天了，仍没有停下的迹象，还在紧一阵儿、慢一阵儿没完没了地下着。雨天行围狩猎，困难重重，多有不便。文臣武将及射牲手们本来带的衣服就不多，淋湿了便没得换，又凉又潮，座座帐篷里没有了往日的欢声笑语。更可怕的是河水暴涨，溢出两岸，冲毁了桥梁，给养一时供应不上。辎重车也因山高路险，道路泥泞，无法行进。眼看大队人马即将断炊，连皇上的御膳都没有保障了，急得御膳房的厨子们抓耳挠腮。

乾隆在黄幄里根本坐不住，不停地来回踱步，一筹莫展。他深知御厨的难处，巧妇难为无米之炊嘛，遂传令御厨们来见。

御厨到后，乾隆说：“路途尚且遥远，朕虽指令辎重车队速速赶来，但天不作美，大雨难停。从今日起，御膳从简，过去一顿饭十几道菜，现在五六道就可以了，能做到吗？”御厨们跪而不语，低着头，面带愁容。

乾隆问道：“朕刚才说的话，尔等听清了吗？”

御厨们答道：“回皇上，奴才听清了。”

乾隆说：“平身吧。”

御厨们像没听见似的，仍跪在地上不起来，只是你看看我，我瞅瞅你。

乾隆又问：“尔等怎么了，为何不回话，不平身哪？”

御厨长答道：“奴才不敢回，不过确实有话要说，不知当讲不当讲。”

乾隆抬了抬手道：“讲！朕恕你无罪。”

御厨长禀道：“皇上，御膳房里的米、面、油、盐、肉所剩无几，大队人马的吃食就更不用说了。奴才深知，一国之君无炊，岂不影响了龙体安康，这可怎么办哪？”

乾隆低下眼沉思道：“世上无难事，只怕有心人。朕知道，太祖、太宗、世祖、圣祖、世宗诸帝，都曾遇到这样或那样的困难，然没有被吓倒，而是大踏步地走过来了。朕此次带领人马巡幸塞外木兰围场，碰到了连阴雨，给养供应不上，难道就一蹶不振了吗？尔等动动脑筋吧，只要有吃的东西，填饱肚子便成。噢，还有哇，随猎的文武群臣和射牲手们也该想想办法，大家应齐心合力，渡过眼前的难关。"

御厨们齐声儿道："奴才遵旨！"

"好了，尔等跪安吧。"

御厨们"嗻"地应了一声后，方起身忐忑不安地退出了黄幄。

刚才的情景，被贴身侍卫于石岩看在眼里，于是主动请缨："皇上，可否也让奴才去试试？"

乾隆准允道："好啊，去吧！"

细雨霏霏，乌云压顶，天空如同一张偌大的鬼脸，于石岩东跑一下，西颠一下，漫山遍野地寻找能吃的东西。忽然眼前一亮，嘿，有办法了！随即蹲在一棵大树下，出神地望着。只见树的周围长着肉墩墩、圆溜溜、白嫩嫩、鲜灵灵的蘑菇，形成一个不小的蘑菇圈，直径大约两丈多，犹如一个洁白的大银环。

于石岩采下一瓣儿蘑菇放进嘴里嚼了嚼，软软的，且软中发脆，没有丝毫异味。他高兴极了，一连气儿采了五六十朵，装在随身带的篮子里，回到驻地直接送进了御膳房，请厨师煲汤。

过了两袋烟工夫，蘑菇汤煲好了，放上佐料。于石岩和御厨长尝了尝，嚯，好鲜哪！于是，二人各端着一碗蘑菇汤来到黄幄，放在桌子上，一股清香味儿扑鼻而来，御厨长说："皇上，此乃蘑菇汤，请品尝一下吧。"乾隆瞅了瞅，吧嗒吧嗒嘴，没敢动筷。

于石岩问道："圣上，奴才先喝一口，可否？"实际上，他刚才已经尝过了，只是怕皇上不放心。

乾隆笑道："好吧，你先来。"

于石岩用竹筷子夹了一片蘑菇送进嘴里，边嚼边说："好吃极了，又鲜嫩又可口，请皇上享用吧！"

乾隆拿起象牙筷子伸进碗里，看了又看，这才夹了一片蘑菇放进嘴里细细品着，随即龙颜大悦道："哎呀呀，不错，味道不一般呢！"

于石岩说："皇上，既然味道好，那就多吃点儿吧！"

乾隆早饿得挺不住了，哪还顾得上说话呀，端起碗连吃带喝的，只一会儿工夫，便将两碗蘑菇汤喝了个精光！放下碗后，掏出手帕擦了擦嘴，高兴地问道："这美味佳肴，是谁发现的呀？"

于石岩答道："禀皇上，是奴才从山野里找到的。"

"走，带朕去看看！"

"皇上，外边正下雨呢！"

乾隆笑道："下雨何妨？朕这些年就是从风雨中走过来的。听说当年圣祖带领大队人马赴木兰围场狩猎走到三星潭时，碰到了一只三条腿的金蟾，进而演绎了一场金蟾救主的壮举。此事告诉人们，在遇到困难或身处险境之际，不要惊慌，应注意观察周围的事物，多动脑筋想办法克服之。尔等看到了吧，今天若不是御前侍卫上山寻找可吃的东西，朕哪能一饱口福呢？走吧，别磨蹭了，去山野，快点儿！"

于石岩"嗻"的一声退出黄幄，取来一把雨伞为皇上撑着，后面紧跟着纪晓岚、和珅，大臣刘墉因胸闷气短头发涨，已躺了两天了，故而未能伴驾上山。

君臣一行到了山上，果然发现不少大树的四周都有蘑菇圈儿，一片一片的，白得耀眼。乾隆目不转睛地盯着树根，问道："和爱卿，为什么大树的周围能长出这么多蘑菇呢？"

和珅寻思了半天，支吾道："因为……因为天无绝人之路！"

乾隆强忍住笑，说道："爱卿啊，这不是所答非所问吗？"然后转过头来又问纪晓岚："纪爱卿，你怎么看？"

纪晓岚说："微臣学识浅薄，不知缘何，亦不敢妄言。"

乾隆见两位大学士都回答不出来，身边再没别人了，只好问御前侍卫："于石岩，你来答吧！"

于石岩瞅了瞅纪晓岚、和珅，禀道："皇上，奴才不敢。"

乾隆鼓励道："但说无妨，朕不会怪罪的。"

于石岩这才开口道："圣上每岁都赴木兰围场秋狝，不仅率领大队人马，文臣武将及各部落的王公贵族也前来伴驾。宿营时，因没有马圈，只能将坐骑拴在树干上。马拉的粪便与青草、树叶儿混合在一起，经过几场雨的浸泡，分解发酵之后就沤成肥料了，肥效高且持久，树周围长出一圈儿一圈儿的蘑菇当然就不奇怪了。"

和珅、纪晓岚听了，连连点头，认为言之有理。

乾隆无不折服地说："世上万物皆遵循着一定的生长规律，蘑菇也不例外，在特定的环境下方能钻出地面，破土而生。御前侍卫能讲出其中的道理，很不简单，令朕欣喜也！朕此次率领大队人马巡幸木兰围场，没承想竟然在困境中遇到一片又一片的蘑菇圈儿救急，真乃天意呀！于石岩伴驾有功，当以重赏，赏纹银三百两，并晋升为一等侍卫。"

于石岩激动万分，忙跪拜道："奴才谢主隆恩！"

乾隆在二位大臣和御前侍卫的陪同下，从山上回到黄崿，立即下旨，所有的将士全部上山采蘑菇，以解燃眉之急。又想到刘墉正在病中，不知病势是否减轻了，还没来得及歇歇呢，便特意前去探望。一进帐篷，刘墉见皇上来了，忙起身要下床叩拜，却被乾隆扶住了："爱卿，快躺下，不必拘礼。朕听说你这两天身子骨儿不佳，怎么样，好些了吗？"

刘墉回道："多谢皇上关心，卑臣已请郎中瞧过了，开了处方抓了药，较前强多了，只是仍感到有些头晕。"

乾隆冲于石岩命道："传朕旨意，请御医前来诊治。"

于石岩"嗻"地应了一声退了出去，不大工夫，便领着御医进入帐篷内。御医放下脉枕为刘墉把脉，号了左手再号右手，然后说道："刘大人因诸事繁重，使得肝阳升越，气血充盈于上，冲至脑海，心血外溢，导致头昏脑涨，只有制止血液妄行，疏通堵塞之处，方可奏效。"

于石岩听罢，忙启奏道："皇上，奴才听说有治这种病的野菜，可否取来试一试？"

乾隆准允道："当然可以，快去取吧！"

于石岩出了帐篷，翻身上马，向驻扎的营房疾驰而去。到了地儿，进后厨房把两大柳篓咸蕨菜搬出来放在马背上。驮回来后，见皇上与刘大人正聊着呢，便进了厨房，把蕨菜放进盆子里用水浸泡，再洗干净，然后请厨师炒了两盘儿，端到刘墉面前说："刘大人，尝尝吧，可以当药吃哩！"

乾隆伸过脖子瞅了瞅，笑道："哎哟，朕以为啥宝贝呢，原来是圣祖命名的'长寿菜'呀！这种野菜又称'山菜之王''佳肴之冠'，既去火又去病，多吃点儿，没准儿病体就痊愈啦！"

刘墉谢过皇上，拿起筷子大口大口地吃了起来，边嚼边说："嗯，虽然腌咸了，但仍很爽口，还有点苦味儿，好吃！"

第二天，刘墉觉得好多了，头不那么晕也不涨了，浑身轻松了不少。乾隆听说刘大人病势见轻，便唤来于石岩问道："看来'长寿菜'确实有药理作用，应该贮存一些，眼下能否去山上采？"

于石岩说："皇上，农历五月份麦收前后几天内，采撷长寿菜最合适。现在是初秋时节，长寿菜长二尺多高了，顶端有个小穗儿，形似佛爷手，已经老了，不能吃了。"

"昨天为刘大人做的长寿菜不是新采的吧？"

"不是。五月份采下后，一时吃不完，便撒上盐腌咸了，故而炒熟仍呈嫩绿色。"

"木兰围场生长的长寿菜多不多？"

"皇上，围场的山上到处都是，年产量数百万斤呢！"

乾隆高兴地点点头道："好哇，从今往后，朕每年农历五月份就命人来木兰围场采长寿菜，然后运往京师，让文臣武将和后妃们也尝个鲜。"

于石岩说："皇上想得周全，现在尽管没有新鲜的长寿菜，却有很多鲜蘑可采，一年四季皆可吃到山野菜。"

乾隆龙颜大悦道："是啊，大清国遍地都是宝哇，取之不尽，用之不竭呀！"

连续下了多日的大雨终于停了，塞罕坝放晴了，太阳出来了，落在后边的辎重车赶上来了，刘墉的病也痊愈了，乾隆的心情随之好多了。

这天，乾隆考虑到雨后的地面还没干，便令将士们进行一场小规模的围猎，自己则在刘墉的陪同下，扮作僧人出外私访。

君臣二人各骑一头小毛驴，向东走了两个时辰，方看见一个村庄，于是来到一户人家大院儿前高声儿叫门。从屋里走出一位老者，姓关，人称"关不量"。为啥叫这么个名儿呢？原来关财主心地特别善良，经常舍粮助贫，远近出了名。每当遇到灾年，对前来借粮的牧民从来不用斗量，用多少拿多少，可自行从粮囤子中取出往袋子里装，故而大伙儿送了个雅号"关不量"。

乾隆揖了一礼道："施主，老僧不是来化斋的，而是想借点儿粮食。请用斗量，也好心中有个数，日后将如数奉还。"

关不量说："长老啊，您有所不知，老夫是托当今皇上的洪福才过上了好日子。长老眼下一时有难处，粮食不足前来求借，我哪能用斗量呢？不然还叫什么'关不量'啊！想用多少，尽管往口袋里装吧！"

乾隆笑道："也好，我们改日来取，先谢谢了！"说完，和刘墉去了另一家。

这户也是个财主，姓牛，外号儿"牛皮斗"。乾隆刚向其说明来意，牛皮斗眼珠子一瞪道："今年水大，收成不好，虽然有些存粮，但不多。不过想借粮并不难，还得按老规矩办，否则一粒儿没有！"

啥规矩呢？牛财主往外借粮时，总是先将用牛皮制作的斗放在一个鼓包儿上，然后往斗里装粮，那能装多少哇？这招儿够损的！当借粮人返还时，则先把斗放在洼坑里，再往里装粮食。这一借一还，同是一个牛皮斗，数量可就差多了，到头来，全是欠粮户吃了亏。明知是小斗出，大斗进，可又没办法，总不能硬挺着饿死吧？难怪村民称牛财主为"牛皮斗"，名副其实！

乾隆强忍怒火，又道："施主啊，照你的规矩办，老僧即使借到了粮，也还不起呀，能否化点儿斋饭哪？饿得实在受不了啦，请行行好吧！"

牛皮斗冷笑道："这年头儿，别说你俩上门讨吃的，就是当今皇上来借粮，我也得掂量掂量能不能借呢！明白告诉你们，白要吃的，门儿都没有！"

乾隆气得刚要发作，刘墉忙使了个眼色，拉着皇上转身就走了。往回返的路上，君臣二人边赶着毛驴边聊，一抬头，发现前边不远处的山坡儿下有个小饭馆儿，门前挂着幌子。时值晌午，乾隆还真感到有点儿饿了，二人又换了一套武士的衣裳，到了门前拴好驴，掀开门帘儿进去了。落座之后仔细一打量，哪里是什么饭馆儿呀，只是用几根桦木杆子支起的帐篷，里面放了三张木桌，十分简陋。

刘墉问店主："有菜谱吗？赶紧递上来。"

店主解释道："二位客官，对不起，本家的店小，只我们夫妇俩经营，没菜谱，统共三样儿菜。"

乾隆问道："哪三样儿啊？"

店主回道："叫花子鸡、长寿菜和丝窝豆腐。"

乾隆很是纳闷儿："'叫花子'是指穷困潦倒去各家讨吃讨喝的乞丐呀，可这'叫花子鸡'又是啥呢？朕不妨尝尝。"遂说道："店主，那就来'叫花子鸡'吧！"

店主问："请问客官，上几只？"

乾隆早就饥肠辘辘了，顺口答道："上四只，再端壶酒来。"

店主赔着笑脸儿道："好嘞！"然后冲后厨房喊了一嗓子："四只叫花子鸡喽！"店主的媳妇一听客官要吃家里的拿手菜，赶紧忙碌起来。

其实，叫花子鸡不仅乾隆从未吃过，刘墉也是头一次听说这么个菜名儿。店主又问道："二位客官，想不想品尝一下本店独具特色的长寿菜和丝窝豆腐呢？"

刘墉问道："这长寿菜又名儿蕨菜，只因有'蕨'字，绝呀绝的，听起来不吉利，所以才称长寿菜、如意菜对吧？"

店主笑答："看来，这位客官经得多，见得广啊，长寿菜正是本地盛产的蕨菜哩！"

乾隆问道："店主，丝窝豆腐是用什么做的呀？"

店主回道："丝窝豆腐，顾名思义，就是用豆腐做的，味道可好了，上盘儿尝尝？"

乾隆说："好吧，来两盘儿丝窝豆腐。长寿菜嘛，不久前吃过，就不用上了。"

店主说了句："请二位客官稍等，马上就好！"随即去了厨房，不一会儿，便端着两盘儿丝窝豆腐摆到桌子上，又放了一壶烧酒，说道："客官请慢用，叫花子鸡很快就来。"

丝窝豆腐这道菜，乍看起来极为平常，没啥特殊的。再说了，皇帝专有御膳房和御厨师，什么山珍海味没做过呀，普通的豆腐算啥名菜呀，不就是加工一下嘛！可是当乾隆仔细一瞅，发现丝窝豆腐很不一般，热腾腾、颤巍巍，白里透黄，用筷子一夹，断层处带有丝窝，如同冻豆腐一般。放进嘴里尝尝，不但柔润可口，而且挺有嚼头儿，比天鹅肉还有滋味，欣喜地冲刘墉说："快动筷呀，好吃着呢！"

君臣二人的肚子早就造反了，叽里咕噜直叫，三下五除二就把两盘儿丝窝豆腐吃了个精光，差不多有七分饱了。刚撂下筷子，店主和媳妇各端一个圆青瓷盘儿，上面分别放着两个烫手的大泥蛋。乾隆一看，顿时沉下脸来，暗想道："店主的脑袋有毛病啊？朕才用完美味丝窝豆腐，他却端来大泥蛋，真是岂有此理！"

刘墉也气不打一处来，大声儿质问道："你这店主，成心过不去咋的，怎么让我们吃泥蛋呢？"

店主的媳妇吓得手足无措，店主忙解释道："二位客官，这不是泥蛋，不是泥蛋哪！"

刘墉震怒道："住口！明明是泥蛋，还敢犟嘴？"

店主心里清楚，看来二位客官未曾吃过叫花子鸡，不知泥蛋里装的是啥，显然是错怪自己了，便不慌不忙地说："客官请息怒，待我把泥蛋一一砸开，方可见端倪。"说着，手举小槌子轻轻一敲，泥蛋裂开了，里面是只冒着热气的烤鸡，香味儿扑鼻，使人禁不住流口水。女店主拿过小槌儿，连续敲开两个泥蛋，现出两只滚着油花儿，肉色白里透红，香喷喷的烤鸡。乾隆见此，赶忙制止道："且慢，给朕留一个！"说着，拿起小槌子敲开第四个泥蛋，开心地笑了。

乾隆一着急说漏了嘴，"朕"字儿出了口，店主和媳妇方恍然大悟，原来是皇上驾到，慌忙跪在地上叩道："奴才不知万岁爷光临，多有怠慢，请皇上恕罪！"

乾隆朗声儿大笑道："二位何罪之有？快快平身，不知者不怪，朕要品尝叫花子鸡了！"说着，拧下一只鸡大腿儿送进嘴里嚼着，边嚼边连声儿称赞："香，香！外焦里嫩，味道好极了，朕从未吃过哩！"于是，君臣二人你一个翅膀，我一块肉地吃开了，两只鸡很快进了肚，剩下的那两只实在吃不下了，乾隆吩咐道："刘大人，给朕带上，回去让贵妃们尝尝！"

店主忙说："皇上，奴才这就去再烧几只，以表对万岁的孝心。"

乾隆笑道："好哇，朕心领了，叫花子鸡确实不错，很好吃，是如何烤制的？"

店主说："小民和媳妇自幼家中贫寒，父母死得早，一片瓦没留下。结了婚后，由于连年遭受旱涝之灾，生活无着，无奈之下，只好沿街乞讨，成了叫花子。夜晚住在林子里，有时能捡到冻死的山鸡，可是没有锅炖，就用黄泥将山鸡包好，再放到架起的柴草上点火烤，边烤边翻个儿。估摸着差不多快熟了，把外面的泥摔掉，撕下肉一尝，没承想这泥蛋子烤鸡比馆子里做的各种名堂的鸡都香。后来，奴才就在山坡儿下搭了帐篷，开了这么个小饭馆儿，首道菜即叫花子鸡。所不同的是烤好后又加了些佐料，味儿更浓了，时间一久，便成了本店独一无二的风味菜了。"

乾隆又问："是不是因为你曾沦为叫花子，所以烤制出的鸡就称叫花子鸡了？"

店主答曰："回皇上，正是。奴才是个山民，从小受苦，没钱进学堂，一个大字儿不识。自己尚没个正经名儿呢，哪会给烧出的菜起名儿啊，一寻思曾沿街乞讨，索性称它'叫花子鸡'吧！"

乾隆思索了一下，问道："你愿不愿意随朕一起进宫？如果愿意，可到御膳房当差，把烤制叫花子鸡的手艺传授给御厨们，如何？"

店主惊喜不已，扑通一声跪地叩道："奴才愿意，求之不得呀，谢主隆恩！可奴才的媳妇……"

乾隆说："她也随你一起进京，同在宫中御膳房，丝窝豆腐那道菜朕还没吃够呢！"

夫妻俩谢天谢地谢皇上，立马拆了帐篷拔了锅，跟着君臣二人回到了营地。直到木兰秋狝结束，才随大队人马进了北京城，在御膳房当差。

从此，乾隆的餐桌上多了两道菜，一道是丝窝豆腐，一道是叫花子鸡，皇上、皇太后、贵妃们吃得格外香，这是后话。

话接前书，转天一早，乾隆令两个侍卫去东边的屯子，将财主关不量和牛皮斗带到黄幄。

侍卫"嘚"的一声催马而去，进了屯子找到关不量和牛皮斗，说明来意后，二人十分震惊，实在想不出皇上为啥要见他俩。可哪敢不去呀，赶紧收拾收拾，换了身儿新衣，跟着侍卫前往营地。

黄幄内，乾隆正襟危坐，刘墉则坐在龙案的右侧。侍卫将关不量和牛皮斗带了进来，二人扑通一声跪在龙案前，叩道："奴才叩见皇上，万岁！万岁！万万岁！"

乾隆说："关财主、牛财主，抬起头来！"

二人抬头一看，倒抽了一口凉气，顿时怔住了："哎呀，这不是昨天去村子里化斋借粮的那两个僧人吗？原来其中的长老就是当今的圣上啊！"关不量忙又叩道："奴才眼拙，怠慢了皇上，万望恕罪呀！"

此刻的牛皮斗早已吓得屎尿齐流、魂飞魄散、六神无主了，浑身哆嗦成一个团儿，咣咣磕着响头道："奴才有眼无珠，竟把皇上当作上门求借化斋的僧人了，奴才有罪呀！"说着，啪啪地扇自己两个嘴巴。

乾隆先让关不量平身，然后冲牛皮斗喝道："牛皮斗，你好大胆子，竟敢用小斗出、大斗进的损招儿盘剥百姓，该当何罪？"

牛皮斗连连告饶道："奴才罪该万死，从此再不敢了，请万岁爷高抬贵手，饶小的一命吧！"

乾隆啪地一拍龙案大怒道："牛皮斗，你心肠狠毒，阴险狡诈，趁年成不好勒索民财，坑害百姓，朕岂能饶你？拉出去砍了！"

话音刚落，两个侍卫出班，将牛皮斗架出黄幄之外，交给刀斧手，拖到一处山脚下，手起刀落咔嚓一声响，牛皮斗的脑袋掉了。

乾隆由怒转喜，对关不量说："关财主，朕早就听说你乐善好施，扶危济困。昨日果然亲眼所见，做得对呀，不愧为'关不量'的美称，赏银二百两！"

"谢主隆恩！"关不量接过赏银退出了黄幄，高高兴兴地回家了。

第二天，乾隆派人给关财主送去一个枕头，关不量很是奇怪，寻思道："因老夫做了善事，皇上已经给了奖赏，今日为何又送枕头呢？"小心翼翼地拆开一看，见里面有一首乾隆写在纸上的亲笔诗：

三块黑瓦盖个庙，

里边住个白老道。

伏播土里长巧埋，

不到寒露就熟了。

读罢，思索良久，呼啦一下明白了："巧埋粒儿的外面有三片薄薄的皮儿，如同三块瓦包裹着白仁儿，那白仁儿自然是'白老道'了。伏天种在地里，寒露之前就可以收割了，这是皇上赐我关不量的巧埋呀！"

于是，到了伏天，关不量将巧埋种子种在地里，时间不长，果然发芽儿出土，红茎绿叶儿，开白花儿，寒露之前便成熟了。收割后，打完场，把巧埋粒儿磨成面，做成疙瘩汤、卷子、面条、饸饹等，可好吃了。打那以后，十里八村的乡民纷纷来到关不量家讨要巧埋种子，年年播种，岁岁丰收，日久天长，人们就将"巧埋"叫成"荞麦"了，这也是后话。

又是一个响晴的天，早膳后没什么事儿，刘墉和纪晓岚凑到一块儿闲聊。刘墉说："纪大人，不知你听说了没有，前些天因滞留在后的辎重车上少量物资被贼匪所劫，皇上很是生气，曾训斥过军机大臣和珅，指出他司职不够严谨。和珅虽然口头上承认自己应管的事儿没干好，还左一个'奴才知罪'、右一个'奴才有罪'的，但心里却一百个不服。在这一点上，你我都不行，比不了人家。和珅那真叫有两下子，表里不一，还能做到脸不变色心不跳，让人看不出来，不服气行吗？皇上对他宠爱有加，十分信任，难道背地里做的那些贪赃枉法之事皇上竟一点儿不知道吗？我都替圣上着急。"

纪晓岚笑了笑道："刘大人，依我看，不必急。常言道：善有善报，恶有恶报，不是不报，时辰不到哇！"

刘墉竖起大拇指表示赞同："纪大人高见，高见哪！不过我还是想不明白，和珅行踪再诡秘，也有露马脚的时候，皇上真的丝毫没有察觉吗？"

纪晓岚说："刘大人，你是个聪明人，怎么老问此事呢？你想啊，和珅是个善于揣摩皇上意旨的人，且谄媚有术，处处迎合，事无巨细，极尽讨好之能事，圣上不仅被其蒙蔽利用，还自以为明察秋毫呢！再说了，皇上的十女儿固伦和孝公主已下嫁他儿子丰绅殷德了，人家是儿女亲家了，这层关系谁能抵得上啊！"刘墉"呃"了一声，点了点头，二人会意地笑了。

正在这时，一小太监前来传报："刘大人，纪大人，皇上有旨，大队人马启程北上，遇有禽兽较多的地方，组织围猎。"

刘墉、纪晓岚边起身边答应道："知道了。"

号角声声，旌旗猎猎，在蓝天白云的映衬下迎风招展，众将士和射牲手们整队待发。乾隆身穿戎装，坐在御骑上，走在最前面，大队人马紧随其后，浩浩荡荡地向北行进，掀起一路烟尘。当进入一条狭长的山谷时，御马发出咴儿咴儿的叫声，而且几次转身想往回走。乾隆没太在意，朝马屁股上抽了几鞭子，继续朝前走。幽谷越来越深，两边耸立着直上直下的山崖，陡得令人看了瘆得慌。

突然，头顶传来轰隆隆一声响，乾隆仰头上望，见一块又大又长的巨石带着风声从山崖顶端顺岩壁而下。由于速度快，其间遇到凸凹之处时，石头弹跳着飞也似地往下滚，冲乾隆的御骑方向而来，将士们惊得目瞪口呆！

在这千钧一发之际，说时迟，那时快，只见贴身侍卫于石岩挥鞭打马跃到御骑右侧，在起身的同时伸出左臂，瞬间将皇上挟裹到自己的马背上，御马咴儿咴儿叫着跑开了，巨石随之落地，将泥土砸起老高，乾隆连人带马躲过了一劫，真是好险哪！令人奇怪的是那巨石犹如数丈高的大石棒，竟没有倒下，而是直挺挺地立在幽谷深处了。

乾隆从马上跳下，脑门儿全是冷汗，半天说不出话来。众人见圣上安然无恙，都长出了一口气，大声儿齐呼："皇上万福，万岁！万万岁！"呼喊声震撼着大地，久久在山谷间回荡。

由于事发突然，乾隆似乎刚刚醒过腔儿来，问道："于石岩，你是怎么救的朕？"

于石岩回道："奴才一时心急，来不及多想，就把皇上从御骑……奴才知罪！"

乾隆不解地问："噢？何罪之有？"

于石岩说："皇上骑的是千里御马，可奴才却把万岁从御马上挟裹下来，这……这……"

乾隆笑道："这什么呀？这就对了！若不是你手疾眼快，果敢地将朕从马背上救下，后果不堪设想啊，朕的命恐怕……嗨，天意也！"说到这儿，看了一眼飞落在地的巨石，又道："这种不可思议的有惊无险，朕还是第一次遇到，那块巨石高十余丈，竟能完整地落地，真乃神也，朕就命名它为'飞来石'吧！于石岩，好样儿的，临危不惧，救驾有功，朕要重重赏你！"

于石岩叩道："谢主隆恩！"

和珅凑到跟前说："皇上，此次木兰秋狝，大难当头亦能龙体安康，这可是大清各族百姓的福分哪！"

刘墉感叹道："皇上多年来下江南，出塞北，克服了各种各样的艰难险阻，实乃阿布卡恩都力护佑也！"

纪晓岚为表达对皇上的崇敬，当即吟诗一首：

当今天子亲赴围，
峡谷深处巨石飞。
有惊无险福为贵，
狝途无处不神威。

吟罢，将士们又一次高呼："皇上万岁！万岁！万万岁！"欢呼声此起彼伏，经久不息，飞禽在空中起舞，以示祝贺，连刚刚落在飞来石顶上的花喜鹊也喳喳地叫着报喜呢！

第三十四章

翠花女　一曲弹奏动君心
沟口处　散步喜获白宝狐

花喜鹊的叫声，令人心情愉悦，侍卫于石岩边走边高兴地说："喜鹊喳喳叫，必有客人到！"

乾隆骑在高头大马上，也是一脸的笑意，放眼看去，前边的路平坦多了，遂侧过头来问身边的大臣刘墉："刘大人，此处是什么地方？"

刘墉回道："皇上，这里是七十二围中的索约勒集围猎点。"

乾隆环目四望，飞禽走兽还真不少，紧接着又问："刘爱卿依你看，可否在此进行一场围猎？"

刘墉回道："万岁，索约勒集很适合射猎，当然可以合围。"

乾隆说："好！传朕口谕，立即布围。合围结束后，去热水泉洗澡，以解疲劳。"

于是，大队人马以三组分散开来，到指定的位置后，开始合围。寂静的山林顿时沸腾了，马蹄声如暴风骤雨，箭羽似漫天的飞蝗，飞禽走兽随着包围圈儿的逐渐缩小，东奔西窜地寻找着逃生的出口。乾隆坐在看城上正兴致勃勃地观瞧呢，忽听侍卫禀报："皇上，一老者请求觐见！"

乾隆双眼仍盯着射猎的将士们，随口问道："从哪儿来的？"

"打将军屯来。"

乾隆一怔，收回目光又问："此人姓甚名谁？"

"老者自称布尼仁坤，说是有个儿子叫布尼阿森，是位大将军，已为国殉难了。"

"只布尼仁坤一人吗？"

"不，共计三位，其中有个女的，说是一家人，还是赶着一辆双套马车，车上似乎拉了不少东西，装得满满的。"

"拉的什么？"

"奴才不知，也看不见，用麻布苫得严严实实。"

"传朕口谕，让他们直接到黄崿！"侍卫"嗻"的一声退了下去。乾隆随即走下看城，在于石岩的陪同下，提前返回黄幄，单等布尼仁坤及家人觐见。

于石岩守护在黄幄之外，不一会儿，只见一行三人走了过来，前面是位老者，遂问道："请问老人家是布尼仁坤吗？"

老者彬彬有礼地回道："正是老朽，刚刚接到圣谕，前来觐见皇上。"

于石岩告知"请稍等"，然后反身进入黄幄，禀道："万岁，来人已到，正在幄外候见。"

乾隆说："传他们进来。"

布尼仁坤、那洪瑞、阎翠花鱼贯进得黄幄，跪地叩道："奴才叩见皇上！"

乾隆笑问道："尔等是从将军屯而来？"

布尼仁坤答道："奴才一行三人来自将军屯布尼家大院，奴才姓布尼，名仁坤，乃布尼阿森将军的阿玛。"

乾隆抬了一下手道："尔等快快平身，坐下说话！"

三人站起身，坐在椅子上，方仔细打量眼前的皇上。见当今天子身着全副戎装，威风凛凛，相貌不凡，眉宇间显露出令人慑服的刚毅和果敢。

乾隆说道："布尼仁坤，朕与你初次相见，甚为高兴，这二位是……"

布尼仁坤忙介绍道："噢，这位乃老奴的管家，名叫那洪瑞，那个是老奴的四儿媳，名叫阎翠花。"

乾隆不经意间瞅了瞅阎翠花，突然眼前一亮，嚯，好美的女子呀！身材苗条，柳眉杏眼，挺而直的鼻梁，朱红的樱桃小口似笑非笑，皮肤白皙，指如竹笋，笑里含情，楚楚动人。或许是怕自己失态吧，赶忙又收回了目光，问道："尔等前来作甚？"

布尼仁坤回道："近些日子天气不好，连连降雨。一来呢，奴才担心圣上和众官兵饮食遇到困难，特让管家准备了一车粉条送来，还有点儿蘑菇，以解决秋狝之急需；二来呢，圣上赐奴才之子布尼阿森'功德匾'及'将军牌坊'御笔题词，全家人感激不尽，特来觐见万岁谢恩的！"

乾隆说："尔等的效忠大清之心令朕感动，好哇，粉条和蘑菇全收下了。翠花女，你来此作甚哪？"

阎翠花莞尔一笑道："回禀皇上，民女是顺便坐车去娘家省亲，从索约勒集围猎点路过，借此给万岁请安的！"

乾隆无不关切地说："木兰围场系皇围禁地，你用过午膳后，还是随家人一块儿回将军屯吧。不然，一旦碰上护围兵，会认为你私闯皇围，将在脸部刺上'闯围场'三个字的，并要依法论处。"

阎翠花叩道："谢皇上指点，民女遵旨。"

乾隆又道："说来，朕与布尼家沾点儿亲呢！"

阎翠花一愣："噢？民女不知万岁与布尼家是何亲戚，请圣上示下。"

乾隆说："布尼仁坤老人家的长子——布尼阿森大将军生前是朕的良将，将军之女布尼伊香是朕的干女儿，朕不就与布尼家沾了亲吗？朕每次想到布尼家，总是禁不住伤感哪！"

布尼仁坤问道："皇上，除了老奴的大儿子布尼阿森为国尽忠、孙女布尼伊香意外身亡外，还为布尼家的什么事儿难过呢？"

乾隆叹了口气道："唉，你可能不知道，那布尼阿良……"

布尼仁坤插言道："他是老奴的三儿子呀！"

乾隆说："天有不测风云哪！布尼阿良是个商人，贩卖瓷制品和名画儿，朕与他曾在波罗河屯的秋狝大典上见过一面。不幸的是后来因避雨投宿到董双合家，夫妻二人贪图钱财，将布尼阿良暗害了。懂事的白马找到朕告状，朕亲自前去查问，弄清了真相，将董双合夫妇正法了。朕一直没有将此事告知，只怕您老悲伤过度，身子骨儿吃不消哇！"

布尼仁坤眼含热泪叩道："皇上，布尼阿良遇害的噩耗早已传到将军屯了。奴才听说后，那些日子难过得茶不思、饭不想，彻夜难眠哪！是皇上替奴才报了仇，讨得了公道，圣恩难忘，在此谢谢了！"

乾隆想了解一下外孙宝音巴图的近况，可话到嘴儿又咽回去了，深知愧对了可怜的孩子，只好不再问，遂将话题一转："天近晌午，尔等陪朕一起用膳如何呀？"

布尼仁坤忙拒绝道："不可，不可，奴才怎能与皇上平起平坐呢？"

乾隆说："哎，有何不可？就这么定了，朕发话不是一言九鼎嘛！"

布尼仁坤一时不知如何是好，阎翠花接过了话茬儿："皇上如此平易近人，与小民同桌用膳，真是感激不尽，民女在此代表全家谢主隆恩！"

布尼仁坤斜了阎翠花一眼，心里骂道："哼！不知羞臊的东西，竟敢在万岁面前无拘无束，口若悬河，成何体统？要不是四儿百般胡闹，非要用重金将你从春悦楼赎出来，一个窑姐儿怎能跨入布尼家的门槛儿？唉，自己也是个有头有脸儿的人，在逆子面前却束手无策，愧对了祖宗啊！不过还好，自从给他们二人完婚后，吃喝嫖赌抽五毒俱全的布尼阿德彻底改邪归正了，这倒是件幸事。"

黄幄里，乾隆同布尼仁坤、那洪瑞、阎翠花围桌而坐，兴冲冲地端起御酒说道："今日相聚，各位不必拘于礼节，可尽情地喝，朕先赐酒三杯！"

阎翠花忙站起身连连摆手道："哎呀，不妥，不妥！还是让民女代表全家先敬皇上三杯吧，哪有一国之君为草民敬酒的呢？"

布尼仁坤暗想道："这个阎翠花呀，话都听不明白，还一个劲儿插言。皇上说的是'赐酒三杯'，你咋听成'敬酒'了呢？赶紧一边儿眯着得了！"

乾隆一点儿不介意，朗声儿说道："好好好，那就由翠花女敬朕吧！"

阎翠花故作羞涩地一笑道："这第一杯酒，敬祝皇上万岁，万岁，万万岁！干！"说完一仰脖儿，咕噜一声咽下肚，大伙儿跟着喝干杯中酒。

阎翠花把盏执壶为皇上斟满酒，柳叶儿眉一挑又道："这第二杯酒，敬祝大清的江山社稷永固长存，兴旺发达，干！"在场的人一饮而尽。

阎翠花端起第三杯酒，樱桃小口微张，风情万种地说："这第三杯酒，祝贺大清盛世国泰民安，感谢皇恩浩荡，干！"

乾隆第一个喝干杯中酒，哈哈大笑道："好一个妖媚动人的翠花女，出口不俗也，喝得痛快，接着来！"

管家那洪瑞瞅瞅主人，没言声儿，只是闷头儿喝。布尼仁坤脸色微红，头晕目眩，不得不告饶道："皇上，奴才不胜酒力，万望多多海涵。"

乾隆放下杯子道："好吧，不喝了，这些山珍海味要多吃一些哟！"说罢一摆手，众歌女鱼贯而入，边歌边舞，以助酒兴，个个舞姿翩翩，歌声悠扬，婉转动听。乾隆两眼直勾勾地盯着阎翠花，问道："翠花女，能否也来唱一曲，让朕高兴？"

阎翠花回道："万岁，民女平时只是学了点儿皮毛，唱得不好，如不嫌弃，那就献丑了。"

乾隆说："好！让她们为你伴奏，如何？"

阎翠花答曰："噢，不必了，只需借用一把琵琶，自弹自唱便可！"

乾隆乐得嘴都合不拢了："知朕者，翠花女也，朕就喜欢听自弹自唱的！"说罢冲舞女们一挥手："留下一把琵琶，全退下吧！"众舞女转身出了黄幄。

阎翠花大大方方地端坐在木椅上，怀抱琵琶弹了起来，即兴而唱：

饮罢御酒醉奴魂，

帷外秋色胜阳春。

坡前枫树迎霜老，

天子万寿福分深。

今日面君皆有幸，

圣上待奴倍似亲。

再若相见难知时，

终生不忘主隆恩！

阎翠花不愧为名妓，边弹边唱，自编自演，深受皇上的赏识。乾隆眯缝着双眼看着阎翠花，龙颜大悦道："好，唱得好极了，朕没听够哇！放心吧，朕与翠花女还会有相见之日的，到那时再听你唱！"

其实，乾隆并不知道阎翠花的身世及栖身青楼多年的经历，只是觉得这位姿色超群的农家女子能唱出如此动听的曲子，非同一般，实为少有，肯定是个见过世面的人，便冲布尼仁坤问道："尔等何时回返将军屯哪？"

布尼仁坤答道："奴才的事已办完，现在就准备回去了。"

乾隆点了点头，随即命人呈上一件黄马褂儿、一副金耳环和一根御用马鞭，将黄马褂儿赏赐给布尼仁坤，金耳环赐予阎翠花，御用马鞭赐予那洪瑞。三人谢过隆恩，退出黄帷，卸完马车上的粉条和蘑菇，有说有笑地回家了。

翌日清晨，侍卫于石岩陪着皇上出外散步，走到树林边，乾隆指着山坡下的沟口处问道："快看，那是什么东西？"

于石岩定睛细瞅，不由得惊呼道："嘿，皇上，那是只罕见的白狐狸呀！"

乾隆摇摇头道："不对吧？朕只见过灰狐狸、火狐狸，怎么会有白狐狸呢？"

于石岩说："灰狐狸长的是灰毛，火狐狸是红毛，眼前的这只之所以叫白狐狸，因其全身长着白毛，是只难得的宝狐啊！"

话音刚落，乾隆忽然手指前方急切地嚷道："哎呀，你看，白狐狸跑了！"

于石岩平静地说："皇上，它跑不远，一会儿就得回到沟口儿。"

乾隆问："你怎么知道？"

于石岩说："民间有一歌谣是这么唱的：头翅子猫子二翅子鸡，蹲在沟口儿打狐狸。"

乾隆不解地问:"此话怎讲?"

于石岩解释道:"猫子指山兔而言,头一次最好打,如果被惊跑,就难捕获了。鸡指野鸡而言,第一回若没打中,它就飞了。"

乾隆点点头说:"嗯,有道理,那就蹲在沟口儿等着那只白狐狸?"

于石岩见皇上来了兴致,又道:"圣上,还有一首民谣哩!"

"噢?说说看。"

"那民谣唱的是:狍子奔鞍鹿奔尖,狐狸奔沟口儿,二翅子野鸡变老蔫儿。"

"此话又怎讲?"

"'鞍',是指狍子爱走山凹处;'尖',是指鹿爱走山顶处;野鸡第一次逃脱后,落在草丛里只顾头不顾尾,就打蔫了,很好抓。"

乾隆感叹道:"看来凡事都有一定的规律,打猎也不例外,其中蕴含着很多知识。行了,同朕一起去捉白狐狸吧!"

"皇上,奴才有话,不知当讲不当讲?"

"讲吧,朕不怪罪你就是了。"

于石岩大着胆子说:"要想捕到那只白狐狸,万岁得听奴才的吩咐才成,不能轻举妄动。"

乾隆暗想:"朕是一国之君,怎么能听奴才的吩咐呢?"又一琢磨,无论如何,得把白狐狸抓到手呀,那是只宝狐哇!于是答应道:"好吧,今日猎狐可以主仆不分,朕听你的便是了。"

二人走到沟口儿,于石岩弯下身仔细瞅了瞅周围的地面,然后告知:"皇上,从狐狸刚才留下的脚印儿看,这是只公狐狸。"

乾隆笑道:"又没捉到它,怎么会知道是公是母?岂不是胡猜!"

于石岩说:"皇上请看,如果是母狐狸,留下的脚印儿应该是圆而短,而眼前的脚印儿却是长而尖。因此,奴才断定,这只白狐狸是公的。"

乾隆不服气:"于石岩,敢与朕打赌吗?"

"奴才万万不敢。"

"为何不敢哪?"

于石岩低下头说:"天底下,地上头,哪有奴才敢跟皇上打赌的。"

乾隆笑道:"怎么没有?朕与你一块儿打猎,你同朕打个赌,天底下,地上头,不就有主仆打赌的了吗?哈哈哈……"

于石岩没辙了,只得答应:"奴才遵旨,请圣上示下。"

乾隆说："听好喽，如果这只白狐狸是公的，朕输你十两纹银；若是个母的，你向朕谢罪，怎么样？"

于石岩叩道："奴才遵旨。"心里却偷着乐："哪有这么好的事儿呀，这不是天上往下掉馅饼吗？皇上输定了！"

乾隆和于石岩蹲在沟口儿的草丛里等啊等，一个时辰过去了，仍不见白狐狸来。腿木了，腰酸了，头顶飞舞的蚊虫不时地叮咬着二人的脸，乾隆有点儿挺不住了，问道："于石岩，朕就这么傻等啊？"

于石岩轻声儿叮嘱道："皇上，请再坚持一会儿，不要说话。"

乾隆像个孩子似的自言自语道："那……朕就不吱声儿了。有啥法儿呢，既然打了赌，已是芥菜缨子炖豆腐——有言（盐）在先了，忍着吧！"

诸位阿哥，你们瞧，一国之君有时也是很可爱的。因为他同样有七情六欲，不是神，而是个完完整整的人哪！

没一袋烟工夫，一只白狐狸果然向沟口儿走来了，站在泉边刚要喝水，乾隆早按捺不住了，"嗖"地射出一箭，狐狸惨叫一声噌地蹿起，带着箭伤逃跑了。

于石岩吩咐道："皇上，快追，狐狸受伤了，肯定跑不快！"

话音未落，主仆二人起身猛追，于石岩边跑边说："皇上是名副其实的神箭手啊，从白狐狸滴在地上的血迹看，利箭射中它的左前腿了。"

乾隆更惊诧了，瞪大眼睛问："你又是怎么知道的？还敢与朕打赌吗？如果白狐狸真是左前腿受了伤，朕再输你五两纹银。记住喽，两次打赌，共计十五两银子了。"

二人说话间，急于逃命的白狐狸由于腿部受了伤，跑着跑着竟一头栽倒了。于石岩噌噌噌几大步蹿过去，狐狸刚要起身，被他一把摁住了，定睛一看，乐了，狐狸的左前腿正往外冒血呢！

这时，乾隆也呼哧带喘地赶到了，于石岩忙迎上前搀扶道："皇上，快快坐下歇息，奴才把白狐狸抱过来，请万岁审视是公是母以及受伤之处吧！"

于石岩将白狐狸放在皇上面前，乾隆仔细一瞅，四脚长而尖，果然是雄性，左前腿有伤，不得不服气地点点头，遂刨根问底儿道："你是怎么知道朕射中它的左前腿了？"

于石岩解释道："只要是四条腿的动物，在它猛跑的时候，后腿都是跨到前腿的前面才落地。所以，前边的两个脚印儿是后腿的脚印儿，而路上留下的血迹恰恰是在前边两个脚印儿之后，由此证明，狐狸伤的是左前腿。"

乾隆开心地笑了："同你狩猎，受益匪浅，朕输了，而且认输！"

于石岩又道："请万岁再看，白狐狸的两条前腿内侧，各长着三根儿又长又粗的毛。很显然，这是一只狡猾的老狐狸，已经活了几十年了。"说着，用手轻轻抚摸那块儿的皮毛，又长又粗的毛立刻挓挲开了，而且发出一阵哗哗哼哼的响声。乾隆兴奋地嚷道："嘿，没错，果然是只宝狐哇！"

于石岩说："皇上，将这种白狐狸的皮熟好后，做件皮袄穿在身上，倘若遇上风雪天，雪花儿距皮袄四五寸远就开始融化，很神奇吧？"说完抬头看了看天："哟，已经下晌了，皇上，快回去吧，大家指不定正在为找不到圣上而万分焦急呢！"

乾隆拍拍咕咕叫的肚子逗趣儿道："嗯，还真是有点儿饿了，你听，肠子肚子正打架呢，回吧！"

于石岩把白狐狸的四条腿用绳子绑上，装进麻袋扛在肩上，护卫着皇上向驻地走去。

第三十五章

祭骨塔　降魔更名镇龙塔
思同胞　辗转反侧难入眠

　　话说乾隆皇上在于石岩的护卫下，正汗淋淋地往回走呢，忽见左前方刘墉和纪晓岚带着十几位将士飞马奔来，到了跟前翻身下马，齐声儿问候道："皇上回来了！"

　　乾隆问道："尔等这是去哪里呀？"

　　刘墉回答："奴才们不见了万岁，心急如焚，已寻找良久，无不担心圣上的安危呀！"

　　乾隆笑着说："今晨散步走得远了些，有于石岩陪着，朕怕啥呀？说也巧了，刚好在沟口处碰到一只白狐狸，那不，在麻袋里装着呢！"

　　于石岩放下麻袋，解开袋口儿，大伙儿上前一看，无不惊呼！纪晓岚说："皇上，白狐狸可是个稀罕物，极少见。"

　　乾隆点点头道："是呀，若没有于侍卫在身边，朕一个人恐怕很难捕获这只宝狐哩！"

　　于石岩忙道："皇上过奖了，其实，这只宝狐正是万岁射获的。"

　　乾隆一行很快回到了驻地，官兵们这个高兴啊！一来终于找到了皇上，且安然无恙，一直悬着的心总算落了地；二来喜获白宝狐，千载难逢，大家也跟着开了眼界。

　　乾隆回到黄幄，换了衣服洗了手，用膳之后，可能是因为折腾了大半晌，感到又困又乏，躺下便睡了。第二天一早，率领大队人马离开索约勒集围猎点向东而行，两个时辰后，抵达七十二围之一的英图围猎点。侍卫于石岩抬眼望了望前面的山岗，向乾隆禀道："皇上请看，山岗上的橡树密集，层层叠叠，橡树籽儿落了满地。奴才以为，野猪必然光顾此地，而且会成群结队地来，目的是抢食橡树籽儿。"

　　乾隆问："依你看，这个围猎点仅仅有野猪吗？"

　　于石岩回道："不只有野猪，橡树林中很可能有老虎。"

　　"何以见得？"

"老虎是兽中之王，通常情况下，只要见了野猪，食欲必大增。因而猎人们常讲：有猪必有虎，看你如何捕。"

"说具体点儿，该如何捕呢？"

"可将大队人马悄悄儿藏于橡树林中，不得发出声响，耐心等待时机。一旦发现老虎紧跟野猪身后狂撵，一声令下，群起而猎之，那便是虎、猪毙命之时。"

乾隆深知，于石岩不但具有丰富的狩猎经验，而且胆大心细，从不放空炮，故而认可了他的推测。特别是按此方法捕杀老虎，已经突破了常规，只在方圆五六里的山岗上布围。若是正常情况下，起码也得在方圆四五十里的旷野上进行。这下好哇，射牲手们既省了体力，又减少了奔波之苦。于是，命将士们歇息片刻，席地而坐，用罢午膳，分散隐蔽于橡树林中。

一切就绪，也就是一袋烟的工夫，大大小小的野猪果然窜至橡树林子抢食佳肴来了。又过了一会儿，忽地旋起一阵风，树摇枝颤，三只斑斓猛虎向觅食的野猪群冲去，野猪跑散，东奔西逃，一时间虎啸猪嚎。这时，围猎的号角声响了，趴在草丛中的官兵们一跃而起，支支利箭带着箭羽的呼啸声，伴着密集的虎神枪声向猛虎射去，老虎不得不放弃狂奔的野猪而逃命。然而实在是太晚了，已经没地方可逃了，箭矢雨点儿般铺天盖地袭来，三只咆哮如雷的猛虎刹那间倒下了。与此同时，二十多头野猪在枪箭的猛射中毙命，只有十来头冲出了包围圈，幸运逃脱。于空中盘旋的飞禽俯瞰遍地的血污，听着满山冈的哀鸣和胜利的欢呼声，惊恐万状，展翅飞走了，一场紧张激烈的合围在旌旗飘舞中宣告结束。

乾隆龙颜大悦地对贴身侍卫说："于石岩，事实证明，你的推测准确无误。看来民间流传的'有猪必有虎'之猎谚还真灵，此乃人们在长年累月的狩猎实践中，通过认真观察，不断积累之经验也！"

围猎罢，将士们按皇上的旨意，马不停蹄地向七十二围之一的布都尔围猎点进发。途经布都尔沟，再往南走了约半个时辰，老远望去，有一白色建筑物在风吹林涛的起伏中时隐时现，乾隆立即命两个兵丁前去看个究竟。

工夫不大，兵丁飞马返回禀报，说是密林前边不远处有座白塔。乾隆很是奇怪，心中暗想："朕多次木兰秋狝，未曾到过布都尔围猎点，这里咋会立一白塔呢？"于是叫上刘墉、纪晓岚、和珅，在于石岩的护卫下，紧催御骑穿过密林来到塔前，翻身下马仔细观瞧。见塔高十三丈，系单体建筑，空心形塔，砖木石结构。塔座为正方形，边长三丈余，高两丈余，底座正面设半圆形拱门，用青灰石经过精细加工堆砌而成。塔座上砌三层椭圆形塔身，高约三丈三尺，每层正面均有拱门，塔身上置宝珠形顶，高约六尺。循半圆形拱门而入，塔内铺设了上下三层楼板和楼梯，可供人登高远眺。塔前有座寺庙，庙内的正殿塑有刘备、关羽、张飞的泥像，院子里长着古松多棵。

乾隆围着白塔和寺庙里里外外转了一圈儿，方问纪晓岚："爱卿，此塔是哪朝哪代建的？"

纪晓岚回道："臣以为它是元代白塔。"

"何以见得？"

"微臣刚才观瞧白塔时，发现正面拱门的上方刻着'祭骨塔'三个字，很有可能是元代成吉思汗击败蒙古各部落之后，率大军向南挺进，从此路过并打了一仗。接着继续南进，攻克了紫荆关、居庸关，进入华北大地，由首都燕京①迁至汴京②，又发兵南下……"

乾隆打断了纪晓岚的话，转而问刘墉："爱卿，你怎么看？"

刘墉回道："皇上，臣以为纪大人学识渊博，所言颇有道理，臣在这方面远不如纪大人。"

乾隆又问纪晓岚："如此壮观的白塔，为何叫'祭骨塔'呢？"

纪晓岚答道："那时的两军之争极其残酷，与对手在此兵刃相见，必有伤亡。成吉思汗为祭祀死难的将士，建造白塔以示纪念，故而起名曰'祭骨塔'。"

乾隆听罢点点头，步入寺庙，在刘备、关羽、张飞的泥塑像前焚香祭拜之后，出了庙门正欲上马时，忽见一位白胡子老者径直来到跟前，说道："皇上，请留步，老朽有话要说。"

乾隆十分诧异，大白天的，怎么突然冒出个老头儿呢？遂笑道："老人家，想说什么尽管讲。"

老翁捋捋银须道："万岁请看，此塔的南面是榆树沟、东面是橡树沟、碾子沟，北面是松树沟、杨树沟、布都沟、燕格柏沟，西北是岳鹿沟，而白塔的正西则是伊玛图河。这八沟即八条跃跃欲试的恶龙，它们的头已伸向白塔之下的深泉中了，一旦时机成熟，恶龙就要争先恐后地蹿出来。

---

① 今北京。
② 今开封。

恶龙出世，作孽多端，皇上的江山必将危在旦夕，社稷难保啊！"

乾隆听罢，惊出了一身冷汗，忙问道："老人家，请告诉朕，该如何镇住八条恶龙呢？"

老翁又捋捋银须道："皇上，老朽愿献良策。其实，要想镇住恶龙并不难，在白塔的底下，用一口巨大的铁锅紧紧扣严泉水，那八个龙头就被捂住了。它要想回转身子逃脱根本不可能，天长日久，便活活憋死了。"说完，眨眼工夫不见了踪影。

乾隆高声儿问道："老人家，你是何方神仙？"

话音未落，忽觉脚下颤了三颤，一个声音回道："老朽是此地的土地爷，快快动手吧，千万别错过良机，不然将后悔莫及也！"

乾隆当即口谕，派人速去热河避暑山庄，寻找当地铁匠，铸造巨型铁锅。又命大臣和珅一同回到山庄，着手山庄以北的"外八庙"筹建事宜，务必尽职尽责，不可延误。和珅遵旨，同几个兵丁翻身上马，疾驰而去。

第五天头儿上，挥汗如雨的众铁匠终于将巨型铁锅铸成，并运到了祭骨塔下。将士们连续四昼夜轮班深挖洞，功夫没有白下，一条斜向的圆洞顺利地穿过了塔底的泉水之处。众人合力把铁锅移到塔的底部，紧紧扣严泉水，八条恶龙的头被捂住了。乾隆这才放下心来，说道："从即日起，'祭骨塔'更名为'镇龙塔'了！"

众人听了，高声儿呼喊道："皇上万岁！万岁！万万岁！终于把孽龙的头扣住了，用不了多久，八条恶龙就憋死啦！"欢呼声此起彼伏，响彻云霄。

乾隆龙颜大悦，诗兴大发，随即朗声儿吟道：

横云挂月几百秋，

元代白塔祭祀修。

今日更名镇龙塔，

为保江山胜几筹。

刘墉听罢，说道："皇上一直悬着的心总算落了地，此后每每想到镇龙塔，便能睡个好觉了。"

纪晓岚赞同道："是呀，古往今来，世事沧桑，哪一位帝王不担心社稷江山呢？皇上今日有感而发，表述心迹，正说明万岁的圣明啊！"

天色已晚，将士们回到各自的帐篷中歇息用膳。乾隆前脚儿刚迈入黄幄，就听飞驰而至两匹快骠，来人翻身下马，呼哧带喘地对于石岩说："奴才求见皇上，有要事禀报！"

于石岩问道："你们从何而来？"

细作①急切地回道："由京师来，请快通禀吧！"

乾隆听得一清二楚，回头吩咐道："于石岩，让他们进来！"

细作进入黄幄，跪拜道："禀皇上，土尔扈特部十五万人几天前返回国内，第一站是新疆，前日抵达京师。首领渥巴锡一行得知万岁正在木兰秋狝，决定今天清晨起程，向木兰围场而来，估计用不了多久，就该到围场了。"

乾隆大喜道："朕已经盼很久了，做梦都想见到他们哪，可为何不在京师等朕呢？"

细作回道："渥巴锡说，皇上日理万机，且正在秋狝演兵之际，理应来围场觐见万岁，以示忠心！"

乾隆不禁感叹道："好哇，异国游子终于回来了，此乃大清王朝一大盛事啊！噢，尔等跪安吧，于石岩，快带他俩去用膳，想必早就饿了。"

于石岩应了一声"遵旨"，然后带着两位报信人退出了黄幄。

乾隆突闻喜讯，兴奋不已，晚膳时多饮了几杯。本打算早点儿安歇，可躺在龙榻上无论如何也睡不着了，不由得想起了土尔扈特人的不幸……

那是康熙五十一年的五月，一个由图理琛等人组成的使节团从京师出发，前往遥遥数万里的伏尔加河下游，探望我多民族国家成员之一的土尔扈特部。这既是大清王朝于公元一七一二年六月派出的途经欧洲的第一个使节团，也是康熙皇上在处理厄鲁特蒙古问题的一次重大历史事件。

那么，土尔扈特部为什么远离祖国而西迁至伏尔加河下游游牧呢？此举还得从明朝末年说起。

土尔扈特部是我国西北厄鲁特蒙古四部之一，明朝时期称厄鲁特为"瓦剌"。厄鲁特蒙古包括四大部，即准噶尔、和硕特、杜尔伯特、土尔扈特，每部的首领各统各部，相互并不相属。他们主要游牧于新疆天山以北，巴尔喀什湖以东以及南面的和吹河、塔拉斯河流域、阿尔泰山地

---

① 满语：报信人。

区，其中的土尔扈特部则在塔尔巴哈台所属的额什尔努发，经常受到沙皇俄国的侵略和袭扰。

沙皇俄国原本是欧洲国家，十六世纪末，其势力越过乌拉尔山，不断向西伯利亚扩张。十几个春秋过去了，他们占领了西伯利亚，同我国的厄鲁特蒙古游牧地区接壤。

十六世纪二十年代，明王朝处于崩溃的前夕，经济衰微，政治极端腐败。李自成领导的农民起义序幕拉开之后，明王朝无力顾及新疆事务，而土尔扈特部与准噶尔部的关系亦日趋恶化。准噶尔部的势力强大，其首领是噶尔丹的父亲——巴图尔浑，他一心想兼并土尔扈特部。无奈之下，土尔扈特部用了三年时间，北移至伏尔加河下游，开始了游牧生活。

土尔扈特部远离了祖国，似孤雁一样无依无靠，不得不忍受沙俄的欺压和掠夺，部众对故乡十分怀念，然而再也无力重返大清的土地。

清顺治和康熙年间，经过一番努力，土尔扈特部启程返回祖国，途中却遭到了沙俄军队的阻击。在这种情况下，康熙只好派图理琛使团去伏尔加河下游探望土尔扈特部，之所以有图理琛参加，主要考虑他能力强，有智谋。

图理琛生于康熙六年，通晓满、汉文字，历任内阁侍读，兵部执事郎中等职。后来在任礼部牛羊总管期间，因管理不善，被谴责罢黜，于家中闲居达七年之久。当得知康熙欲派使节团赴伏尔加河下游探访土尔扈特部时，遂呈文请缨前往，得到康熙恩准。康熙说："朕既然答应你参加使节团，就得恢复原官职，以便于协调。也知道你曾撰写过《异域录》一书，且闻名中外。此次虽然用你的名字组成使节团前往，但从各个方面考虑，你不该是带队的，不知能否理解？"

图理琛真诚地表示："只要能为大清王朝做些有益的事情，微臣足矣！"

康熙大悦："好，你的效忠之心令朕赞佩，希望能如愿也。这个使节团由理藩院郎中纳颜、厄鲁特蒙古的舒哥、米斯等五人，随从武官三人，二十二个家仆以及阿喇布珠尔的四人组成，前往伏尔加河下游，肯定十分辛苦，思想上要有所准备。"

图理琛叩道："微臣愿为皇上效劳，哪怕千难万险，在所不辞！"

经过两年多的艰苦跋涉，图理琛使节团一行终于抵达伏尔加河下游，除了与沙俄的有关官方接触外，更多的时间是与土尔扈特部生活在一起，了解身处异国同胞兄弟的生活、游牧以及屡遭沙俄欺压等方面情况。返回大清国时，不仅向皇上通禀了土尔扈特部怀念故乡、日夜思归的迫切心情，也带回了土尔扈特部首领托使节团呈给康熙皇帝的礼物。

图理琛使臣向康熙复命时，声泪俱下地奏道："我们的骨肉同胞身居异国他乡，吃了不少苦，遭了不少罪，日夜思念着有一日能够万里东归故土啊！但沙俄政府却扬言，土尔扈特部想要回归大清国，真乃不可思议，纯粹是白日做梦！"

康熙听罢图理琛的禀报，怒不可遏，啪地一拍龙案吼道："什么'不可思议''白日做梦'？简直一派胡言！朕坚信不疑，有一天这个梦必会成真，让罗刹①鬼等着瞧吧！"

天渐渐亮了，一夜未眠的乾隆仍振奋不已，他要挑选一个理想的地方，隆重接待土尔扈特部首领的归来。可是选哪儿好呢？当然是木兰围场了。在木兰围场的什么地方更有意义呢？一时很难定下来。

早膳后，乾隆口谕，命众臣速来黄幄议事，合计一下在何处接见万里东归的土尔扈特部以及所有需要安排的各项事宜。

众臣鱼贯进入黄幄，经过认真的商讨之后，意见基本趋向一致，最后乾隆表态道："这样吧，接见土尔扈特部之地，就定在伊绵峪了，尔等以为如何？"

纪晓岚立即表示赞同："万岁明鉴，'伊绵峪'乃回归之意啊，妙极了！"

刘墉更无二话："圣上所言极是，非伊绵峪莫属！"

众臣齐呼："皇上圣明！"

关于如何安排等项事宜，决定让东归的土尔扈特部首领与众官兵在一起，整个活动于木兰秋狝之大队人马中进行。一时间，欢声笑语不断，个个拭目以待，准备迎接祖国的骨肉同胞归来！

---

① 原意指恶鬼，此为对沙俄侵略者的蔑称。

第三十六章 | 伊绵峪　御驾亲迎渥巴锡
忆东归　万里征途洒血泪

秋风瑟瑟，黄叶纷飞，乾隆率领随围的六千名官兵及各少数民族的王公贵族向东北方向的布呼图口进发。一路上，心情很不平静，想到远离祖国一百四十多年的土尔扈特部终于回来了，感慨万千，便侧过头问身边的大臣刘墉和纪晓岚："爱卿，依尔等看，游子东归说明了什么？"

刘墉想了想道："这叫水流千转归大海。"

纪晓岚说："可谓叶落归根。"

乾隆点点头道："爱卿说得好！大清的国民就该繁衍生息在大清的土地上，无论到啥时候，这儿都是他们的根，朕在木兰秋狝期间于演兵之地接见游子归来，真是别有一番滋味在心头啊！"

刘墉问道："皇上，那……伊绵峪在什么地方啊？"

乾隆反问道："爱卿知道'布呼图口'吗？"

刘墉说："知道，去年木兰秋狝时，微臣曾随圣上去过那儿。"

纪晓岚插话道："皇上，微臣也没到过伊绵峪。"

乾隆笑着解释道："这'伊绵峪'嘛，乃朕给布呼图口赐的满蒙合成名儿，意为'回归'。今日选在回归之处接见土尔扈特部的首领渥巴锡一行，正如纪爱卿所说的落叶归根，不是很有意义嘛！"

二位大臣赞同道："皇上圣明！"

行军阵容格外严整，将士们手握的箭柄上，皆刻着自己的名字和所在旗队，马尾上系着役属，按照八旗编队，井然有序。抵达伊绵峪时，乾隆停了下来，对二位重臣说："此处原来叫布呼图口，蒙古语乃鹿之意，朕将其赐名'伊绵峪'。从地理位置来看，附近有自北向南的燕秦长城，曾设城堡驻兵戍守，为军事要地。北面是英金、乌拉岱、伊逊三条河流的分水岭——岱尹梁，可谓众壑朝宗，气势雄伟。而那条达颜河与滦河汇合，再流经中原北部的直隶平原入渤海，有万方归宗之寓意也。尔等务要牢记，此次木兰秋狝，是朕即位后的第十二次，又恰逢三十六年九九重阳。在这个日子里，于伊绵峪接见渥巴锡一行，此举必将载入中外史册！"

刘墉、纪晓岚齐声儿表示道："微臣铭记在心，不负圣上所望！"

君臣正说话间，一细作疾驰而来，到了乾隆跟前翻身下马，禀道："皇上，渥巴锡一行随后就到。"

乾隆立即传下口谕，众人马准备迎接，如有列队不整或动作迟缓者，严惩不贷！

六千名官兵分列道路两旁，旌旗迎风飘扬，鼓乐奏响《迎军曲》，声震山野。乾隆龙袍加身，英姿飒爽，座下一匹枣红马，站于队列最前面。正举目张望时，只见首领渥巴锡的坐骑从左边山脚闪出，后头紧跟着策伯克多尔济、舍楞、巴木巴尔等。在约距半里地处下了马，疾步前行，向迎接他们的队伍走来。到了乾隆跟前，未待开口已泪流满面，扑通跪在地上，渥巴锡叩道："圣上，土尔扈特部终于回家了，早就期盼着这一天哪！奴才代表土尔扈特部祝皇上万岁！万岁！万万岁！大清王朝万岁！"

这里要插说一句。由于大清国是由多民族组成的，在这种特定的语言环境中，乾隆帝通晓汉、满、蒙、藏、维等几个民族的语言，而且深知，土尔扈特部远离家乡百多年，很多人听不懂汉语或满语，所以只能以蒙古语与他们交流。他此刻同样激动不已，眼含热泪，弯下身将渥巴锡一行一个个搀扶起来，动情地说："土尔扈特部历经了一百四十多年的苦难，今天终于回到祖国的怀抱了，噩梦将一去不复返，新的生活在等待着尔等！"

六千人的队伍沸腾了！锣鼓敲打着，军乐奏响着，众将士和各少数民族的王公贵族及射牲手们欢呼着，跳跃着，呼喊着：

"欢迎土尔扈特部万里东归！"

"土尔扈特兄弟辛苦了！"

"大清各族同胞永不分离，亲如一家！"

"向英雄的土尔扈特人致敬！"

呼喊声此起彼伏，撼天动地，声震塞外山野！乾隆与渥巴锡紧紧拥抱在一起，渥巴锡像个孩子似的哭成了泪人，颤声儿重复着一句话："土尔扈特人回家了，回家了，回到母亲身边了！"

乾隆拍着他的肩膀说："回来就好，回来就好啊！当年朕曾派图理琛使节团前往伏尔加河下游探望土尔扈特部，返回后，不仅带到了尔等的心意，也把大清国民在异国他乡的生活情况详细地禀报于朕，朕全知道哇！"

激动过后，乾隆请渥巴锡一行来到宽敞的黄幄之内，等各自落座，又亲自为他们端上茶，渥巴锡等人忙起身接过，刚要跪叩，乾隆摆手制止道："不必拘礼，尔等恐怕早就累了，先稍作歇息。噢，进入大清境内后，行程顺利吗？"

渥巴锡答道："回皇上，一路很顺利，在各地皆受到了热情接待。"

乾隆摇摇头道："不见得吧？朕知道，包布腾巴勒珠做事一向认真，有令必行；吴达善、文绶在办理抚恤事宜上，迅速稳妥，朕已命吏部按功嘉奖。不过沿途有些地方官吏令朕实在不满意，诸如总兵阿明阿、山西按察使德文、宣化镇守使恒德、口北道明奇、知府博尔敦等，或有旨不遵，或办事敷衍，朕已将其全都革职，遣往伊犁赎罪。咳，尔等刚回来，不谈这些了。土尔扈特部遭受沙皇俄国的百般欺凌，时间之长令人发指，国仇是不会忘记的，这笔账早晚要算！"

提起沙皇俄国，渥巴锡讲起了土尔扈特部族在伏尔加河下游的年年岁岁以及东归途中的经历。

当年，土尔扈特部刚迁移到伏尔加河下游，沙皇俄国就多次胁迫土尔扈特部族众归顺沙皇，遭到了严词拒绝。一七六八年，俄皇叶卡捷琳娜二世发动对土耳其的战争，战斗一打响，沙俄便驱赶着土尔扈特部十六岁以上的男丁上前线，结果死伤七八万之多。除征兵外，还向其派粮、派款、缴纳皮张、摊派各种名目的赋税、掠夺部落的牲畜等，使土尔扈特人感到生活无望，陷入了无底深渊，长此下去，土尔扈特部就有覆灭的危险。摆在族众面前的唯一出路就是克服荆棘载途的千难万险，争取回到生养自己的故乡。

部落首领渥巴锡经过仔细考虑，将各王公召集在一起，商讨关于回归祖国的大计。有人说，回到故乡当然好，这是土尔扈特部子子孙孙向往已久的大事。然路途遥远，困难重重，一些不可知的意外情况随时可能发生。对此，那些携儿带女者、老弱病残者难以承受，恐怕还没等回到祖国呢，就毙倒在途中了。更多的人则认为，我们必须坚定信念，同心同德，团结一致，把回归看成是胜败在此一举，没有退路，哪怕是破釜沉舟，也要达到目的。于是，决定万里东归，想尽一切办法回到太阳升起的地方。

当年的十一月，朔风呼啸，大雪纷飞，滴水成冰。可没承想伏尔加河不但未结冰，而且水流湍急，住在河北岸的一万九千多户土尔扈特族众根本无法渡过汹涌澎湃的伏尔加河，真是天不助人也！无奈之下，河南岸的四十六万余户准备启程，王公们焚毁了木制的宫殿，众牧民抛弃了毡房，赶着牛、马、羊，分三路进入伏尔加河与乌拉尔河之间白雪皑皑的大草原，开始了万里征程。

临行前，两岸的同胞隔河相望，眼含热泪，频频招手。心中暗暗祝福，祈求苍天保佑，走的一路平安，留下的身体无恙。作为部落首领的渥巴锡，眼睁睁地看着北岸的同胞由于河水未结冰而只能留在那里，继续遭受沙俄的欺压，永远回不了故土，难过得心都在流血！

远征的第三天，天不作美，气温骤降，鹅毛大雪下个不停，山根儿底下雪深儿尺厚。别说老人和孩子受不了，座下的马也打着响鼻儿，望而却步。不仅如此，还时不时地遇到沙俄小股儿军队的前堵后截，双方必施之以武力。在这种情况下，有些人开始动摇了，甚至想打退堂鼓。年轻的首领渥巴锡看在眼里，急在心里，在风雪中大声儿鼓励道："父老乡亲们，兄弟姐妹们，不要气馁，必须坚持住，开弓没有回头箭，停下就意味着死亡！大家要互相帮助，携手共进，决不让一个族人掉队。每前进一步，就离故乡近了一步，祖国在等待着我们！团结起来，齐心合力，不要松劲儿，胜利属于土尔扈特部！"

族众听了部落首领的激情动员，顿时来了精神，士气大增，互相勉励着，高声儿呼喊着，在策伯克多尔济、舍楞、巴木巴尔的前后照应下，打马奋力向前驰去。尽管有沙俄军队的围追堵截，天气恶劣，白毛风逞凶肆虐，他们却毫不畏惧。一路上，采取边战边走、不恋战的策略，多次击退沙俄伏兵的阻拦，土尔扈特部的伤亡也是惨重的，两万多人倒在了血泊中。经过连续五天的晓行夜宿，终于穿越了风雪弥漫的哥萨克大草原，朝着奥琴峡谷进发。可马不停蹄地刚到那儿，沙俄军队便将中路的土尔扈特人围困在峡谷里，强迫他们返回到原住地，扬言如有不从者，杀勿论！别说妇女和老弱病残哪，嗷嗷待哺的婴儿也不放过。

在罗刹鬼狂妄的叫嚣面前，土尔扈特人不仅没有被吓倒，反而更加坚定了回归祖国的决心，在中路首领策伯克多尔济的带领下，左突右冲，终于冲出了奥琴峡谷，然而前面的达尔盖河迫使速度放慢了。冰面儿很滑，随队的牛羊时不时跌倒，还不能丢下，因为在粮食不够的情况下，那得吃一路杀一路。马蹄虽然钉了掌儿，由于风大，把残雪都刮到岸边了，露出了光溜溜的冰面儿，无论如何也跑不快。而罗刹鬼仍不肯放弃，步步紧逼，在后面连喊带叫的："喂，土尔扈特人，快站住，赶紧回到伏尔加河下游去，对你们的过失可以既往不咎，否则，一个也别想活着走出去！"

事也凑巧，偏赶这日，土尔扈特的二十多个眷属正值临产，一阵阵的腹痛令她们不能正常骑马，天又黑了，情况十分危急。为了使产妇能将孩子平安生下来，渥巴锡决定，先把产妇转移到对岸较安全的地方，由妇女照看着，其他人全力阻击罗刹的围堵。

祭鼓敲起来了，牛角号吹响了，箭羽呼啸着弹出弓弦，老人们唱起悲壮的乌春^①：

> 婴儿生夸莫非阿妈，
> 民族生夸不离国家。
> 部落生夸今日东归，
> 冤魂生夸归我中华。

两个时辰后，四周忽然静了下来，一声声婴啼划破了夜空，新的生命给世间带来了吉祥，顽强的土尔扈特人奇迹般地摆脱了罗刹的追剿，忍着伤痛，带着对死去的同胞和亲人的无限眷恋，向着东方的故乡疾驰而去。饿了，宰杀牛羊甚至心爱的马，以畜肉充饥；渴了，以牲血补水；冷了，身披羊皮取暖。一路上，不知跨过了多少座高山，蹚过了多少条大河，穿过了多少片密林，终于踏上了大清国的热土，四十六万余户的族众，只剩下三分之一，以血肉之躯谱写了万里东归可歌可泣的壮丽诗篇！

乾隆听了渥巴锡的一番讲述，感慨不已，问道："渥巴锡，你当时年方几何？"

渥巴锡答道："回皇上，奴才二十六岁。"

乾隆夸赞道："真是壮志未酬誓不休啊，土尔扈特是英雄的民族，个个都是好样儿的！万里东归，震惊世界，此乃人间奇迹也，其意志和行动神明可鉴，是用至死不当异国奴隶的可贵精神铸就的。尔等对大清至诚至真，感天动地，可敬可佩！"

话音刚落，渥巴锡打开包裹，取出其先祖精心保存的明朝永乐年间

---

① 满语：歌。

的封玉印、官窑瓷器、拉古尔木碗、玉器等敬献皇上，以表游子万里归来之爱国之情。乾隆当即赐其顶戴花翎及官服，并谈了对此次回归的认定："朕以为，始逆命而终徕服，谓之归降；弗加征而自臣属，谓之归顺；若今之土尔扈特携全部舍异域投诚乡化，跋涉万里而来，乃归顺，非归降也。"

乾隆为给渥巴锡一行接风洗尘，特意令御膳房准备了盛宴，摆在宽大的黄幄内，山珍野味应有尽有，宫廷御酒香味醇厚。乾隆按照蒙古族的习俗，首先端起大碗，沉痛地说："诸位文臣武将、王公贵族及蒙古各部首领们，请与朕共同举杯，为土尔扈特部在万里东归途中被罗刹杀戮的父老兄弟姐妹敬上这杯酒。他们生为大清的人，死为大清的鬼，灵魂会安息的。"然后将杯中酒洒在地上，其他人亦照做。

渥巴锡等人刚想向皇上敬酒，乾隆却端起酒杯摆手道："不，朕今天高兴，得先敬尔等。这第一杯酒，是给尔等接风洗尘的，一路辛苦了，干！"说完一仰脖儿下了肚，在场的人也喝了个精光。

乾隆又端起杯子说："这第二杯酒，朕提议，为大清国各民族之间的团结，干！"咕嘟一声，杯子又见了底儿，大伙儿的杯子也空了。

乾隆再次端起酒杯言道："这第三杯酒，为让国人永记蒙古土尔扈特部万里归来之壮举，树碑立传，名垂千古，大家干啦！"

三杯酒下肚后，众人的话匣子打开了，你一言我一语地话不落地儿，推杯换盏，边聊边喝，酣畅淋漓。酒兴正浓时，一队歌女鱼贯而入，又唱又舞，以示祝贺，气氛异常热烈。紧接着一曲《将军令》响起，奏毕，乾隆正襟危坐，面带笑容地封渥巴锡为土尔扈特部卓里克图汗，策伯克多尔济为土尔扈特部布延图亲王，舍楞为土尔扈特部粥里克图郡王，巴木巴尔为土尔扈特部毕锡呼埒勒图郡王，以下近四十人分别封为贝勒、贝子、辅国公、台吉等，爵禄有差。同时，向归来的土尔扈特部赈济马匹、牛、羊二十余万头（只），米麦四万一千石，茶二万余封，皮袄五万一千件，棉布六万余匹，棉花五万九千斤，毡庐四百余具，由新疆、甘肃、陕西、内蒙陆续送达准噶尔、科布多等地，以渡难关，发展生产。

渥巴锡等人热泪盈眶，激动万分，高声儿齐呼："谢主隆恩，万岁！万岁！万万岁！"

傍晚，在东山坡下举行了盛大的篝火宴，所有的随围将士皆参加，足有六七千人之多。乾隆陪同渥巴锡汗、策伯克多尔济亲王、舍楞郡王、巴木巴尔郡王坐于首席，文武大臣及各族的王公贵族坐于两侧，正前方是最大的篝火堆。篝火熊熊，映衬着每个人的脸膛，照亮了塞北美丽的木兰围场。火堆上支起了不少烤肉架，十几人或二十几人围坐在一起，在火上燔烤着兽肉，有鹿肉、羊肉、狍子肉、熊肉等。兽油吱吱作响，散发着特有的香味儿，令人食欲倍增。众人吃着大块儿肉，喝着大碗酒，划拳行令，并唱起了高亢的古歌。年轻的将士则随着乐曲的节奏跳起奔放的舞蹈，越跳越欢快，加入的人越来越多，时不时地大声儿呼喊着："土尔扈特，巴图鲁！"意思是说土尔扈特人全是好样儿的，个个称得上英雄好汉！大家唱呀、跳哇、蹦啊，毫不遮掩内心的激情，相互感染着，尽情释放着，木兰围场之伊绵峪沸腾了！

　　乾隆看着眼前的热烈场面，不禁开怀大笑，举着酒杯与东归的勇士们相碰，与文武大臣们对饮，与王公贵族们比个高下，还不由自主地随着众将哼哼古调。大家一直狂欢到深夜，篝火宴才宣告结束，乾隆邀渥巴锡汗共进黄幄安歇。

　　第二日，天刚蒙蒙亮，乾隆一觉醒来，隔着幔帐一看，却不见了睡在侧帐的渥巴锡汗。情急之下，赶紧穿衣坐起，刚想命御前侍卫于石岩去唤醒睡在旁边帐篷中的刘墉、纪晓岚，又一琢磨："昨晚篝火宴结束得晚，就算马上躺下，也只睡了两个时辰，还是别叫了。再说了，如果被王公贵族们知道了，会怎么想？说不定得胡乱猜测，那样会更糟！渥巴锡呀，渥巴锡，你让朕好生奇怪呀，刚刚回到故乡，为何拔腿又离开了呢？或许是有什么事儿没交代完，还是有啥想不通的？可以同朕讲嘛，总不该不辞而别吧？唉，真把朕弄糊涂了，你到底去哪儿了？"他百思不得其解，再也坐不住了，遂起身下地出了黄幄，抬头四望，见狩猎时常带在身边的御鹰正站在黄幄上方的横竿儿上，于是走到跟前说道："御鹰啊，御鹰，朕每次木兰秋狝皆少不了你，必伴驾左右。今晨天一亮，朕发现渥巴锡汗不见了，快去帮朕找找吧！"御鹰似乎明白了主人的话，"啾啾"叫了两声，展翅飞走了。

　　不大一会儿，那只驯化有素、通晓人性的御鹰双爪紧勾着一顶武官帽子飞回来了，乾隆一瞅，猛然大吃一惊，寻思道："哎呀，这顶帽子是昨天午宴时，朕钦赐渥巴锡汗的。此处的狼虫虎豹经常出没于山林和草丛，莫非他……"他不敢往下想了，只担心是没用的，必须付诸行动，赶忙唤来侍卫于石岩，然后对御鹰说："鹰啊鹰，朕问你，这顶帽子是从何处找来的？快带朕一起去寻渥巴锡汗吧！"

　　御鹰又"啾啾"叫了两声，于前头引路，乾隆和于石岩紧随其后。

御鹰飞一段路，便落在地上等一下后面的主人，接着再往前飞，并不停地鸣叫着。大约走了一袋烟的工夫，君臣二人发现北山脚下的一片淖尔岸边，有个手持长杆儿的人正聚精会神地钓鱼哩！乾隆仔细一瞅，乐了，来到身后笑着说："渥巴锡汗，瘾头儿不小哇，一大早就跑出来了！"

渥巴锡汗见皇上来了，忙起身跪拜道："万岁，奴才昨晚可能是太兴奋了，一夜未眠。天刚破晓，寻思躺着也是难熬，不如到此垂钓，索性就来了，望圣上恕罪！"

乾隆弯下身来边扶边说："快快平身，渥巴锡汗，你经常钓鱼吗？"

渥巴锡答道："回皇上，不是经常。只是住在异国他乡时，每当听到罗刹鬼骂土尔扈特人，愤懑之情，难以言表。为了排解心中的郁闷，便拿着鱼竿儿到伏尔加河垂钓，一待就是一天。"

乾隆故作惊讶地又问："渥巴锡汗，你的帽子呢？"

渥巴锡回道："皇上，说来很让人纳闷儿，奴才正等鱼上钩儿呢，忽觉头上刮起一阵风，一摸脑袋，帽子没了，真是怪事儿呀！"

乾隆哈哈大笑道："渥巴锡汗，放心吧，你的帽子没丢，在黄幄里呢！"

渥巴锡听罢，可谓丈二和尚摸不着头脑，顿时怔住了。乾隆便告诉他御鹰抓走那顶帽子的来龙去脉，渥巴锡这才恍然大悟，感叹道："圣上的御鹰都能如此忠诚，何况子民呢，必拥戴之至也！"

乾隆朗声儿大笑道："渥巴锡汗，你就是忠于大清国的一只勇于搏击风雨的雄鹰啊，朕心悦也！"

渥巴锡又一次受到皇上的夸赞，高兴极了，遂收起鱼竿儿，君臣三人有说有笑地回到了黄幄。

第三十七章 | 王道士　骑驴微服暗私访
　　　　　 | 望道石　留下民女双脚印

　　话接前书。早膳时，乾隆对渥巴锡汗一行说："尔等远离故土一个多世纪了，今日归来，总要游览一下祖国的大好河山和塞外木兰围场的奇峰异景。如果有兴趣的话，还可参加秋狝活动，尔等以为如何呀？"

　　渥巴锡叩道："圣恩难报，谢皇上！自打进入大清国境内，奴才们对所看到的一山一水、一草一木，都深感无比亲切。木兰秋狝的壮观场面更是闻所未闻，奴才们早已跃跃欲试，只等一声令下了！"

　　乾隆笑道："好哇，那么说定了，这两天朕就不陪尔等了。待秋狝结束后，与朕一块儿前往热河避暑山庄歇息几天，观赏一下那里的七十二景，然后返京师。"说罢传下口谕，命刘墉、纪晓岚等重臣陪着渥巴锡汗一行各处转转，好好儿玩一玩，放松放松。

　　膳后，乾隆在贴身侍卫于石岩的陪同下，微服前往木兰围场东界外的刘家庄私访。为啥偏去那儿呢？因为近几天来，乾隆闻奏，刘家庄连续发生几起村民财物被盗案。是谁偷的呢？大伙儿只是怀疑某个人，但没有证据，便想去看个究竟。

　　快到晌午时，围场东边红桩界外正在地里干活儿的村民见从界内走出两个骑着毛驴的道人，看样子一位是道长，一位是徒儿。他们进了庄子，来到一户杨姓人家的大院儿前，高声儿叫门。出来开门的是父女俩，走在前面的阿玛四十五六岁，紧跟在后头的闺女十八九岁，名叫杨彩凤。道长上前一步说："施主，打扰了。老衲姓王，与徒儿外出化缘，口渴难耐，想找点儿水喝，顺便歇歇脚，不知可否？"

　　父女俩二话没说，热情地请师徒二人进了东下屋，彩凤端来饭菜放在炕桌上，又忙着烧水去了，阿玛把两头驴拴在院内的木桩儿上。待一切停当，彩凤让二位师父吃完饭好好儿歇会儿，不用急着走，然后随阿玛去后院儿挖菜窖。

　　师徒二人吃饱喝足，躺在炕上睡了个午觉。待醒来时，徒儿去院子一瞅，哎？怪了，师父骑的那头驴咋没了呢？忙跑回屋告知："师父，您的那头大叫驴不见了！"

道长想了想说："八成是被贼偷走了，鞍子还在不在？"

徒儿回道："也丢了，那可是副金鞍哪！"

在后院儿干活儿的父女俩正巧回屋喝水，听师徒说驴丢了，赶紧出去房前屋后地找，哪还有叫驴的踪影？没承想一个时辰后，叫驴回来了，背上却没有了金鞍。四人仔细一分析，认为窃贼偷驴是假，盗走金鞍是真。毛驴肯定是饿了，这才跑回来，向主人要草料吃。正唠着呢，那毛驴像能听懂人语似的，一声儿接一声儿地大叫起来。

道长手指毛驴道："看见了吧，它这是饿坏了，意思请房东快给点儿草料吧！"

杨彩凤说："二位师父，按常理，应先付草料钱，然后才喂驴。"

徒儿不高兴了，问道："我们虽然是出家人，但并不缺钱，难道是怕给不起银子吗？"

彩凤笑道："师父，请别生气，出家人向以化缘度日，哪有多少银子呀！不是有那么句话嘛：'穷道士，道士穷，只靠化缘度一生。'我说得没错儿吧？"

徒儿毫不相让："施主，你这是隔着门缝儿瞧人，把人看扁了。我们牵着驴进院儿时，你没看见呀，那头黑叫驴背上的鞍子可是金铸的。可以判定，偷驴人是冲金鞍来的，趁我和师父睡觉时，轻易得手了。"

彩凤胸有成竹地说："真要是这样，此案不难破。"

道长问道："为啥说好破呢？"

彩凤言道："道长，咱们不妨试试，先别喂毛驴草料，当饿得实在受不了时，必然得返回去找吃的。它走后，让您的徒弟偷偷跟着毛驴，千万不能被其他人看见。一路跟下来，毛驴进了哪家大门，破案线索不就有了吗？"

道长点头赞同道："嗯，施主言之有理，饥饿的毛驴没有等待的耐性，必然重回原来的地方。徒儿跟着它进的那户人家，毫无疑问，定是藏金鞍的贼窝。"说着冲驴屁股"啪啪啪"拍了三巴掌，毛驴猛然一惊，叫着跑出了院子，道长示意徒儿紧紧跟随。

毛驴跑到村西头儿一户人家院门前，五十来岁的家主开门一看，毛驴又回来了，心中不禁一阵慌乱，脸色顿时变白。紧跟其后的徒儿看在眼里，遂上前揖礼问道："施主，请问尊姓大名？"

施主答道：“我叫刘七，小师父有啥事儿？”

徒儿又问：“刘施主，这头毛驴是你家的吧？”

刘七心想：“谁都知道我日子过得穷，不仅没钱，鸡鸭鹅狗皆无。如果被人发现家中有头毛驴，不引起怀疑才怪呢！”于是说道：“小师父，你是不知道哇，我家穷得连只猫都养不起，哪还养得起毛驴呀，不是我家的！”说着，手拿木棍将毛驴赶出了院子。

徒儿回到杨家，将跟踪的结果细说了一遍，不等道长开口，彩凤笑道：“怎么样，线索找到了吧？那刘七做贼心虚，怕露出破绽，当然不敢称毛驴是他家的。要我看哪，说不定后边还有大戏唱哩！”

道长紧接着问：“此话怎讲？”

彩凤也不解释，只扔出一句：“等着瞧吧！”

当天深夜，人们酣然入梦，突然从村西头儿传来一阵惊恐的喊声：“不好了，着火了，快来救火呀！”杨家父女俩及住在东下屋的两位道人一骨碌爬起，穿衣下地跑到院子朝西一望，哎呀呀，大火映红了半边天！道长和徒儿刚要拔腿去救火，杨彩凤说：“晚了，太晚了，只能到失火现场看一看了。”

待四人跑到村西头儿，见大火已经被乡亲们扑灭了，一个三十多岁的妇女孙氏正坐在自家门口儿号啕大哭呢，边哭边叨咕：“刘七呀，你好狠心哪，抛下我一个人走了。天哪，往后的日子可怎么熬哇……”

站在旁边的屯邻看着这可怜巴巴的女人，有的一再劝慰，有的陪着流泪，杨彩凤走上前问道：“大嫂，家中着火是谁先发现的呀？”

孙氏仍哭着说：“我先看见的，发现起火后，就赶忙跑出去喊人，可刘七还是被烧死了，他这是哪辈子造的孽哟！”

彩凤又问：“大嫂，你是不是同刘大哥睡在同一间屋子里？”

孙氏一怔，显得十分慌乱，忙改口道：“哪儿呀，刘七告诉我，他白天偷了一头毛驴，后来又被人家找走了。心里很害怕，一直不落地，担心将来事发，越寻思越睡不着觉，便打发我去西村娘家合计一下得咋办。我虽然对此很是生气，可有啥法儿呀，只好照办。刚出村不远，心里还琢磨千万别遇上狼啊鬼的，忽觉身后有红光射来。回头一看，糟了，家中燃起了大火，抽身就往回跑，边跑边喊着火了，快救火呀！等到了家，大火已被乡亲们扑灭了，忙进烧塌的屋子一看，刘七横躺在炕上，浑身如同黑炭，活活烧死了。妹子，你说我这是啥命啊，咋这么苦哟！”

彩凤再问：“大嫂，刘大哥去偷人家的毛驴，你事先不知道吗？”

孙氏回道："不知道，他的嘴巴严着呢，一点儿口风儿没透。"

彩凤给两位道士使了个眼色，三人一块儿来到刘七的屋子，见他确实变成僵尸了。可细心的彩凤却发现死者双目圆睁，紧紧攥着两个拳头，心中不禁一惊！

此时，天已大亮，彩凤一行四人回到家中。道长宽衣洗脸，然后坐在椅子上说道："刘七盗驴，人证物证俱在，此案已经结了。"

彩凤的阿玛则认为："刘七被大火烧死，此乃火烧凉冰窖，天意该燃！"

彩凤姑娘却不这么想，竟语出惊人："盗驴案算是破了，但余案未结。"

道长愣住了："噢？彩凤格格，此话怎讲？"

彩凤说："刘七盗驴不假，当晚被大火烧死，这也是事实。不过，事情没那么简单，其中必有案中之案！"

道长分析道："据老衲观察，纵火者就是刘七本人。白天偷了驴，毛驴跑走后又回来了，他害怕了，夜晚便点火烧房，实属畏罪自杀，哪有什么案中案呢？"

彩凤则言："道长，不知您是否听清了，刘妻在号啕大哭的同时，诉说了刘七是如何死的，前后讲的不一样。先是说第一个发现家里起火，忙跑出去喊人救火。后来改口说去西村娘家的路上，回头看见家里起火，显然有意隐瞒真相。她为什么说谎呢？常听老辈人讲，破案要讲究眼观六路，耳听八方，道长方才肯定是疏忽了。您仔细想想，如果真像刘妻说的那样，出村不远，发现自家起火，并边往家跑边呼喊救火。在这短短的时间内，乡亲们灭火总有个过程吧？不会那么快呀！可她到家时，大火已被扑灭了，说明什么？她是先放了火，待燃起来后，才跑出家门。走了一段路，约莫火着得差不多了，才喊人救火，余火很快被扑灭了。如此做的目的，不妨这么看：刘七偷驴，是孙氏的主意，而且是冲金鞍子去的。得手后，刘妻为杀人灭口，独吞金鞍，先杀了丈夫，然后放火焚尸，造成自焚的假象。跑出家门后，借家中起火，又匆匆赶回来，以证明自己不在现场，此人实在狡猾。我以为，一个女人杀膀大腰圆的刘七有些困难，很可能其中有奸情，为图财而预谋行凶，置刘七于死地。"

道长听罢，摇摇头道："这……不太可能吧？"

彩凤说："据讲，人遭火烧时，大多是闭着眼两手乱抓、使劲儿扑拉火，五指是伸开的。而死者刘七呢？不但圆睁双目，而且两手紧握成拳头，岂不让人感到奇怪吗？"

道长沉思片刻，问道："彩凤格格，你根据啥认为是因奸情和图财，致使刘七被害呢？"

彩凤说："村民常私下议论，刘七的老婆有个姘夫，住在南村，名叫赵六。据此可以推测，刘七偷驴盗金鞍后，其妻与赵六私下密谋，将刘七害死，独吞金鞍。刘七若命绝，这对儿野鸳鸯便可以如愿了，快快乐乐地过舒服日子了。"

道长点了点头，夸赞道："好一个聪颖超人的姑娘，推理成立，所言极是！"说着脱下道袍，穿上龙袍，命侍卫于石岩立即抓捕赵六及淫妇孙氏，在村街口儿设立公堂，当众审理此案，于石岩"嗻"地应了一声离去了。

父女俩这一惊非同小可，吓得扑通一声跪在地上叩道："草民不知皇上驾到，口无遮拦，罪该万死，望圣上恕罪！"

乾隆笑道："尔等平身。朕扮作道士，微服私访，意在察看民情。彩凤格格聪明伶俐，协助分析案情有功，待案中案完结之后，朕必有重赏！"

父女俩叩道："谢主隆恩！"

过了一袋烟的工夫，于石岩带着县衙役返回来了，护卫着皇上来到村街口儿。百姓见当今天子来了，呼啦啦跪了一地，齐呼："皇上万岁！万岁！万万岁！"

侍卫于石岩威严地大声儿宣道："乡亲们，今日皇上要当众审理本土发生的凶杀偷盗案，要保持肃静！"随即搬来桌案和椅子，请皇上落座，接着喊道："将嫌犯赵六押上堂来！"

赵六被两个衙役推了上来，摁倒在地，口中却连连喊道："万岁，奴才冤枉，奴才冤枉啊！"

乾隆啪地一拍惊堂木，喝道："大胆刁民，你可知罪，缘何喊冤？"

赵六辩称："刘七之死，纯属犯了偷窃罪，自焚而亡。有人说与奴才有关，这是没有根据的胡言，请皇上明察！"

乾隆问道："你与刘七之妻孙氏长期通奸，可有此事？"

赵六一听，当即吓傻了，浑身哆嗦成一个团儿，咣咣磕着响头道："皇上，奴才冤出大天了，谁不知道哇，孙氏是个有名的淫妇，奴才与她没有任何关系！"

在场的人无不愤怒，皆言赵六与淫妇孙氏长期厮混，有一回，二人竟合伙儿下药，险些把刘七毒死！赵六这下可蒙了，一句话也说不出来，瘫在地上筛糠不止。

乾隆命衙役把赵六押下去候审，将孙氏带上来。孙氏一看，竟是皇上亲审，吓得扑通一声跪在堂前，未曾说话便尿了裤子。

乾隆问道："你这个狡猾的刁妇，死到临头，还有啥话可讲？"

孙氏说："皇上，刘七之死，全是赵六的主意呀！"

"是谁纵火烧的房啊？"

"回皇上，是赵六放的火。"

"你与赵六是怎样置刘七于死地的？从实招来！"

"当晚，我摁住刘七的双腿，赵六狠掐刘七的喉咙，一直到没气儿了才松手。"

"金鞍在何处？"

"奴才真的不知道，只知刘七经常偷东西，村子里前些日子发生的失窃案全是他干的。昨天又偷了金鞍，死后被赵六拿走藏起来了。"

乾隆喝道："带赵六！"

当衙役再次将赵六押上堂时，只见他面无血色，双目无神，两腿发软。乾隆问道："赵六，你把金鞍藏在哪儿了？"

赵六全身一抖："我……我……"

乾隆说："还想抵赖是不是？来人哪，大刑伺候！"

赵六忙交代道："那……刘七所盗金鞍，被我藏……藏在自家院内的空鸡窝里了。"

乾隆又问："杀人灭口，是谁出的主意？讲！"

赵六不得不承认："是我的主意。"

设立在村街口儿的大堂处沸腾了，人们群情激愤，纷纷斥责奸夫淫妇凶恶狠毒，夺人性命，罪不可赦，请求皇上将二人就地正法，以除民害。

赵六和孙氏早已吓得魂飞魄散，屁滚尿流，语不成声。乾隆令其在所交代的罪状上签名画押，然后大声儿宣判道："刘七盗窃他人财物，犯下了重罪，然人已死，就不追究了。现将杀人凶犯赵六、孙氏推出村外，斩首示众！"

话音刚落，衙役将二人拖至村外，手起刀落，只听"咔嚓咔嚓"两声，两颗人头落地，脖腔子里的血蹿出，喷了一地。一时间，百姓欢声雷动，齐赞皇上英明，判案果断，以理服人！

众人散去后，乾隆同贴身侍卫于石岩回到杨家，父女俩再次跪拜道："奴才有眼无珠，错把万岁当道人，请皇上恕罪！"

乾隆笑道："朕是微服私访，尔等分辨不出，应在情理之中，何罪之有哇？不但无罪，而且为破案立下功劳，朕赏尔等纹银一百两！"

彩凤双手接过纹银，谢主隆恩，乾隆问道："格格年方几何呀？"

彩凤回道："禀皇上，小女十八岁了。"

乾隆笑问："择婿否？"

彩凤的阿玛答道："彩凤的额娘早年因病故去，抛下父女二人孤苦度日，眼下她还没有婆家哩！"

乾隆深有感触地说："朕之所以能顺利破获此案，多亏彩凤格格相帮，既了解了民情，又惩治了罪犯。百姓的智慧是无穷的，朕若有这么个机灵乖巧的女儿，该多好啊！"

彩凤的阿玛一听，心里乐开了花，扭头冲闺女说："小凤啊，还不快快谢过皇上！"

彩凤扑通一声跪拜道："皇上，小女想认万岁为义父，可以吗？"

乾隆思忖道："这……这就……"

彩凤说："义父啊，小女这就给义父磕头了，请受干女儿一拜！"说着，咣咣咣连磕了三个响头。

乾隆忙弯下身来边扶边笑道："快快请起，哈哈哈，朕又有个干女儿喽！"

彩凤激动得热泪盈眶，颤声儿道："义父啊，干女儿此时此刻感到从未有过的快乐，荣幸之至呀！"

乾隆问道："彩凤，朕木兰秋狝结束后，将返回京师。到那时，为皇女儿择个贤婿如何呀？"

彩凤说："谢皇上，女儿只等父皇的佳音了。"

彩凤的阿玛也眼含热泪致谢道："托皇上的洪福，小民感恩不尽哪！"

然而自从乾隆走后，彩凤格格等了一年又一年，天天从早到晚站在村外路边的巨石上张望，风雨不误，却始终未见报信人的影儿。姑娘等啊盼哪，直等得青丝变成了白发，脚下的石头踏出了一双深深的脚窝儿，仍不见京师传信儿来。阿玛急出了一场大病，吃啥药都不好使，三个月后抱憾而亡。彩凤号啕痛哭，一气之下，写诗一首：

　　　　当年道士到杨家，

丢驴破案我帮他。
皇上答应牵红线，
为女择个好婆家。
而今虽死魂魄在，
九泉之下也骂他！

　　不久，彩凤因郁郁寡欢，含悲而亡。乡亲们安葬了格格，不知是谁，将那首遗诗刻在彩凤经常站立的村外路边的那块巨石上，虽经数年的风风雨雨，但字迹依然清晰，人们便给巨石取名为"望道石"。每当行人由此经过看到六句诗时，就不由得忆起当年乾隆微服私访到此破案的往事，也想起了杨彩凤朝朝暮暮站在望道石上盼望佳音到来的情景。可是直到今天，谁也说不清望眼欲穿的彩凤格格为什么没有收到京师的婚讯，难怪她一怒之下，于临终前遗诗骂了乾隆皇帝，此乃后话。

第三十八章 | 燃篝火　波罗河屯共庆典
　　　　　　万树园　皇恩浩荡不夜天

　　乾隆破了东村屡屡发生的盗窃案后，在侍卫于石岩的护卫下，骑着毛驴回到了秋狝大营。四下一看，各个帐篷里皆静悄悄的，只有一些勤杂人员和后厨在不停地忙活着，远处不时传来阵阵呐喊声，知道狩猎尚未结束。于是下得驴来，又跨上御骑，打马驰往围猎场。到了猎场的东南角儿，快步登上看城，只见体魄健壮的渥巴锡和年龄稍大的策伯克多尔济、巴木巴尔、舍楞等人正端枪张弓，飞马追赶着四处奔逃的飞禽走兽，骑术十分娴熟，枪法、箭法更是令人称奇。将士们及王公贵族也不含糊，个个举叉执刀，如下山猛虎般疾驰，所到之处，狼豕横尸旷野，狍鹿毙倒在地。乾隆越看越兴奋，腾地站起身来，高声儿喊道："好样儿的，大清的巴图鲁！"

　　半个时辰后，随着一声号响，大队人马收猎了。乾隆引领渥巴锡等人来到黄幄，当然少不了刘墉和纪晓岚，待各位就座后，笑着夸赞道："尔等马上功夫非凡，骑射惊人，朕心悦也！怎么样啊，这两天的饮食、起居如何，还习惯吧？"

　　渥巴锡汗回道："请皇上释念，臣等一切均好，回家了嘛，处处看着眼顺。非常感谢刘大人、纪大人的关照，方方面面考虑得周到细致，照顾得无微不至。"

　　舍楞接过了话茬儿："皇上这两日私访离围，臣等不仅参加了秋狝活动，还游览了美丽的塞外风光，对久违的故乡真是倍感亲切呀！"

　　君臣说话间，晚膳摆好了，乾隆坐在主人席上，举起酒杯说道："明日一早，朕将率领大队人马返程，途中在波罗河屯行宫举行庆典，一来欢迎渥巴锡汗一行回京，二来与随驾的各少数民族王公大臣作别。然后前往热河避暑山庄小住几日，观赏　下那里的建筑和景点，冉起程回京师。来，大家与朕共饮，干杯！"在场的人皆喝干了杯中酒。

　　巴木巴尔感叹道："皇上，微臣早就耳闻，塞外有条热河，并在那儿肇建了避暑山庄，遗憾的是一直没机会去。这回终于如愿了，可一饱眼福了，祖先倘若地下有知，也会替后辈高兴的！"

乾隆点点头说："是啊，是啊，热河避暑山庄可谓一处规模宏大的行宫。它的四周奇峰环绕，树林丛杂，兽嬉禽鸣，景致独特，天成佳境。如若感兴趣，朕可带尔等游览一下那里的风光，领略鬼斧神工之妙，必会流连忘返哩！"

众臣见皇上的心情特别好，也来了兴致，陪着边吃边聊。在一次次的推杯换盏中，一杯杯琼浆玉液下肚，大家精神焕发，相谈甚欢直到月挂中天，方各自安歇。

第二天，用罢早膳，乾隆率众臣和随驾的官兵起程，经木兰围场东入崖口，第四天的下晌抵达波罗河屯。按照惯例，各少数民族的王公贵族将皇上送至这里，就该告辞了，各自返回自己的部落，木兰秋狝也随之结束。然而乾隆今日却破例了，让翁牛特、喀喇沁、巴林、克什克腾及青海、甘肃、察哈尔等四十九旗的将士和射牲手们多留一宿，参加晚上的庆典，以对土尔扈特部渥巴锡汗率众归来再次表示敬意与祝贺！

盛宴在波罗河屯行宫外的一片宽敞之地举行，熊熊篝火燃起来了，噼啪作响，渥巴锡汗一行及众王公、大臣一边陪皇上饮酒，一边观看歌女们翩翩起舞。在火光的映照和酒精的作用下，个个脸上红扑扑的，显露着喜悦的神情，无不笑逐颜开。

酒过三巡，紧接着便是宴塞四事活动。所谓"宴塞四事"，即相扑、诈马、教跳、什榜。相扑，是事先挑选出的身强力壮者一对一地摔跤；诈马，即众人参与的赛马；教跳，是指调教生马驹；什榜，就是由射牲手表演精彩的马技。这四项活动将庆典推向了高潮，摔跤手你来我往，毫不相让；骑士们前后交错，你争我夺；驭手们各显神通，驾轻就熟；马技高超者翻转腾挪，如足踏地。宴塞四事无不令人大开眼界，一阵阵惊呼声和掌声此起彼伏，久久在山谷里回荡……

转天，乾隆身骑白龙马，渥巴锡汗一行同护驾的各少数民族之王公贵族相互致意，作别后，率领众臣和将士们向热河避暑山庄进发。一路观山赏景，有说有笑，兴致勃勃地抵达山庄时，天近黄昏。乾隆见人马劳顿，特意安排渥巴锡汗一行于澹泊敬诚殿小憩，然后开晚宴。渥巴锡汗激动万分，颤声儿说道："皇上，臣等自回归故乡以来，受到了方方面面的热情接待，特别是圣上给予无微不至的关照，令奴才泪湿衣襟，皇恩浩荡，感激不尽哪！"

乾隆看起来毫无倦意，言道："朕在木兰围场接见尔等，是朕继承父皇雍正之位后的三十六年秋九月初八，这一年的这一天，是个值得纪念的日子，将永远载入史册。晚宴后，早点儿安歇，明日朕带领尔等游览山庄内的七十二景，如何呀？"

渥巴锡汗跪叩道："谢皇上！木兰围场划分为七十二围，避暑山庄建有七十二景，此乃巧合也！"

乾隆笑着纠正道："并非巧合，而是朕有意设计的。圣祖英明，在位期间酌设了木兰围场，划分为七十二围，又在避暑山庄建了三十六景。朕后来增建了三十六景，加在一起便成七十二景了，正好与木兰围场七十二围相对应，这不是很好嘛！"

渥巴锡汗说："皇上圣明，此意非凡也！"

翌日头晌，乾隆在刘墉、纪晓岚的陪同下，带领渥巴锡汗一行游览了避暑山庄的主要景点，并于湖区乘舟，一路观赏美丽的山光水色。午宴后，一行人又前往位于山庄八里之外北山坡儿上的普宁寺，乾隆介绍道："该寺建于乾隆二十年。当年，清政府平定了准噶尔部达瓦奇的割据势力及于叛乱中投俄的阿睦尔撒纳，为庆祝胜利，方建此寺以示纪念。寺内主体建筑大乘之阁内，供着世界上最大的木质佛像——千手千眼观世音菩萨，所以又叫'大佛寺'。大佛高七丈三尺，腰围五丈余，重达一百一十吨。额头上长着三只眼睛，寓意深长，即能够看到过去、现在和将来。大佛两旁有善才像、龙女像，两侧墙壁上立万佛龛，龛内供藏泥贴金无量寿佛一万零九十尊。实际上，大佛只有四十二只手臂，称为'四十二臂观音'。"

渥巴锡饶有兴趣地问道："皇上，大佛咋有那么多手臂呢？"

乾隆讲道："传说大佛曾经立下誓言，在众生没有度化成佛之前，自己不成佛。后来，他数着念珠算算一共度化了多少人，却发现众生实在太多了，短时间内难以完成。怎么办呢？思来想去，遂将身体分成了四十二段儿，结果被师父无量寿佛看见了。不仅劝其不必忧伤，不要着急，还把四十二段儿身体收拢起来，使之合而为一，留下了四十二只手臂。每只手的掌心处又长出一只眼睛，表示一个化身，从此称其为'四十二臂观音'了。"

策伯克多尔济接着问道："皇上，大佛为什么又称'千手千眼观世音菩萨'呢？"

乾隆说："噢，是这样。大佛的四十二只手臂去掉合掌的那两只，还有四十只，每只预示着二十五有，'有'是代表佛教中因果报应的。四十乘以二十五，其积数为一千，故而称大佛为'千手千眼观世音菩萨'。"

乾隆不厌其烦的讲解，令渥巴锡、策伯克多尔济、舍楞、巴木巴尔等人感慨万千，边听边点头。甚至觉得似乎不是一国之君在同他们说话，而是一位出类拔萃的长辈在谆谆教导自己的孩子，君臣之间的距离顿时拉近了，愈加亲密无间。

乾隆一行看完普宁寺，接着又参观了于乾隆二十五年建的普佑寺、乾隆二十九年建的安远庙、乾隆三十二年建的"普陀宗乘之庙"、乾隆三十九年建的"殊像寺"等，讲得详细，听得认真，获益匪浅。

当晚，乾隆旨下，在万树园为渥巴锡一行举行盛大酒会。开宴之前，乾隆带领渥巴锡一行来到园内的西山脚下，此处是一大片空地，被山顶上的"南山积雪"等几组建筑衬托得格外明亮。往左一看，距山脚二十几步远的试马埭处，一群骁勇强壮的建锐营骑士在候旨。只见乾隆一摆手，四位骑手在灯光和彩旗的映照下，开始展示高难度的马技。他们站在马背上，一会儿滚翻，一会儿下旋，一会儿屈腿仰卧，一会儿鹞子挺身直立。腾跃灵活，翻转自如，令人目不暇接，时而又让人紧张得心几乎提到了嗓子眼儿，真可谓惊心动魄的马上技呀，众人无不拍手叫绝！

看罢，乾隆与渥巴锡一行入席参宴，在锣鼓笛箫及唢呐齐奏"将军令""迎春曲"等乐曲声中，彩女翩翩起舞，歌声婉转悠扬。众人一边饮酒，一边观看歌舞，有的则低声儿哼唱着。与此同时，赴约到访的国际友人——意大利画家郎世宁支起画架，忙着为盛大的欢庆场面挥笔作画。盛宴上充满了团结友爱的气氛，渥巴锡汗代表土尔扈特部一次次地向皇上敬酒，表达由衷的感恩之情以及效忠朝廷的决心。乾隆欣然接受，语重心长地劝慰土尔扈特人努力抚平内心的创伤，重建家园。

席间，乾隆还特意将热河避暑山庄寺庙建造总管和珅唤到跟前，交代道："和爱卿，朕已写好普陀宗乘之庙的碑文，将石碑竖在该庙的碑亭处吧！"

和珅叩道："微臣遵旨。"

乾隆又道："和爱卿，在'普陀宗乘之庙碑'山门的两旁，再竖两座石碑，一座是'优恤土尔扈特部众记碑'，一座是'土尔扈特全部归顺记碑'，三座石碑并排矗立。朕写的这两篇碑记，要请能工巧匠用满、汉、蒙、藏四种文字镌刻在碑身四面，不得有误，听清了吗？"

和珅答道："听清了，万岁圣明，臣遵旨！"

欢宴结束后，乾隆口谕，命随行大臣刘墉、纪晓岚于次日引领渥巴锡一行畅游避暑山庄四周的奇峰异石和独特的绮丽景色，必须陪好玩儿好，不可懈怠。

翌日，渥巴锡汗一行由刘墉、纪晓岚陪同，骑马过了武烈河，在东岸观瞧大自然无偿赐予的具有鬼斧神工之妙的罗汉山。远远望去，在云雾之间，它犹如一尊背山面水的大肚弥勒佛，袒腹端坐祈祷，笑容可掬，若有所思，神态十分感人。

渥巴锡笑问道："这位罗汉在想些什么？"

纪晓岚风趣地回答："噢，或许在想终日诵经之事吧！"

刘墉接过了话茬儿："因终日诵经，长此以往，由枯燥无味变得腻烦了。看吧，正所谓'一尊罗汉倚东山，北掷磬锤南挂冠'。"

渥巴锡不解地问："此话怎讲？"

纪晓岚解释道："罗汉因枯燥而腻烦，一气之下，将右手中的磬锤掷向北边，形成了'磬锤峰'；左手则把僧帽甩向南边，形成了'僧冠峰'。"

刘墉生怕话落地似的，赶忙接住："其实，也不尽然。弥勒佛很可能是受不住佛门的清苦，羡慕人世间的美好生活，凡心萌动，故而将僧帽、磬锤抛掷南北，从此歇工不干啦！"

纪晓岚附和道："是啊，是啊，不然的话，弥勒佛为啥总是目不转睛地盯着避暑山庄呀！"

众人听罢，被二位大臣逗得哈哈大笑，笑声在山谷中回荡，好像沟沟坎坎儿也跟着乐开了怀！

磬锤峰、罗汉山、僧冠峰由北向南排列在一条直线上，一行人看完罗汉山和磬锤峰之后，来到了北面的雕佛石壁。石壁坐西朝东，上面刻有七尊佛像，自南向北依次为吉祥天女、米粒日巴、不动金刚、五世班禅、宗喀巴、七世达赖、弥勒佛，雕刻精细，造型生动，线条流畅。原来，这里是一片寺庙群，钟磬之声朝暮可闻，烟香之气昼夜缭绕，使得磬锤峰笼罩在一片神秘的色彩之中。

在距磬锤峰南面半里处的崖边上，有一块硕大而有趣的巨石，形似蛤蟆，人称"蛤蟆石"。它张大嘴巴，昂首突目，摆出一副扑食欲跃的架势，很是招人喜爱。据传讲，亿万年前，此处曾是一片汪洋，磬锤峰是龙干的定海神针，蛤蟆和磬锤峰形影不离。如果有一天，一旦磬锤峰倒了，蛤蟆就跟着跑了。然而在汪洋大海退去后，人们发现磬锤峰未倒，蛤蟆也没跑。

观罢蛤蟆石，刘墉、纪晓岚又引领渥巴锡一行来到河西岸的僧冠峰。纪晓岚介绍道："此峰俗称'僧帽山'，南倚九华山，北距避暑山庄不远，西与绵亘曲折的山峦相连。形状酷似一顶僧人帽，朝暮之际，云雾升腾，似薄纱轻绢，清丽淡雅。每到严冬，特别是雪过初晴时，峰岭洁白如玉，别有一番情趣。当地有句谚语，说的是'下雨戴雨帽，刮风戴风帽，看到僧冠峰，天气早知道'。一年四季，无论是砍柴的樵人，还是在武烈河捕鱼的渔民，或者上山打猎的猎人，乃至由此经过的商贾，只要看到僧冠峰顶的景色变化，就能预测出天气的变化。比如当人们感到空气潮湿时，云层必被压在僧冠峰山顶，或在山间缭绕，这预示着大雨即将到来。当云层偏向山顶一边时，像一面抖动的旗，便是要刮风的预兆。"

渥巴锡汗点点头道："没错，真是这样。土尔扈特人都知道，观察天上云层的变化，可知有无雨；揣摩地上的动物神态，可知阴晴冷暖。"

刘墉听了，悄悄儿问纪晓岚："他们咋会了解得这般清楚？"

纪晓岚笑了笑道："土尔扈特人的祖先以及渥巴锡、策伯克多尔济、舍楞、巴木巴尔的同族人于伏尔加河下游繁衍生息了那么多年，在生产、生活中，肯定积累了观测天气变化的丰富经验。我方才讲的这些，纯粹是王婆卖瓜，自卖自夸喽！"

刘墉逗趣儿道："要我看呀，头一回卖倒有人打听，再卖此瓜就没有认账了。好了，得抓紧时间了，咱带他们去参观天桥山和朝阳洞山吧！"

一行人来到天桥山下，纪晓岚这回没讲金牛星过桥的神话故事，而是从地貌学的角度，谈了水流的重要。如果岩层的拱桥下方有水流，便称作"天生桥"；没有水流，则称作"天生拱"；天生拱上升到石墙之上，位置较高时，就称作"天生窗"。据此，准确地讲，天桥山应当称为"天生窗"。

刘墉摊开两手道："可是，人们已经习惯把它叫成'天桥山'了。"

纪晓岚说："有趣的是早在康熙年间，就把这座山称为'窗'了，圣祖曾在《天桥山歌》中写道：

亭子四面云山顶，
东瞻案行拖横岭。
岭上天桥对我亭，
与梁谁架虚无境。
仙人来往扶栏游，

彼岸奚借一苇浮。

祖龙鞭石空费力，

何如天造非人谋。

武夷长虹事乃幻，

谢傅永安桑海变。

恰似嵩山玉女窗，

中秋月每从中见。

　　二人不再争辩了，带着渥巴锡一行继续往前走，到了距天桥山东南五里处，便看见早在康熙四十四年时下诏营建并赐名"博阅观"的朝阳洞山了。放眼望去，山腰处有上下两层大溶洞，且洞洞连通。洞口儿处，建有九神庙、关帝庙；洞内设了佛祠，塑造了十八罗汉像以及枣红马、马童各一对儿；西口处，建有寺庙殿堂；洞顶崖壁上，镌刻着"洞天福地""大观"等；东口处，矗立一座石碑，上写"朝阳洞"三个大字。

　　渥巴锡一行观罢朝阳洞山之后，天色已晚，刘墉说："本想到前面的汤泉看看，不过时候不早了，明天再去吧。"大家转身上马往回返，一路边走边聊。

　　巴木巴尔问道："汤泉也是一处行宫吗？"

　　刘墉回道："因汤泉是处热水泉，不在皇上北行赴木兰围场秋狝的路上，所以既非驻宫，也非茶宫，只是个沐浴之地。"

　　渥巴锡问："驻宫与茶宫有何区别呢？"

　　纪晓岚说："二者统称为'行宫'。'驻宫'乃帝王出行时，停留暂住的地方，规模大，设左、中、右三宫院，分为宫殿区和苑景区两部分。'茶宫'通常只有一个院落，房间较少，是帝王休息、喝茶、用膳之处，故而又称'打尖宫'。"

　　刘墉补充道："从行宫的功能分，如热河、喀喇河屯、两间房、鞍子岭、化育沟、波罗河屯、唐三营、张三营、蓝旗营、王家营、二沟、巴克什营、中关、常山峪、阿穆呼朗图、济尔哈朗图等，都属于驻宫。什巴尔台、黄土坎、钓鱼台等，皆为茶宫。皇上去木兰围场秋狝或往返于京师至热河避暑山庄之间，途中就住宿在驻宫，于茶宫中休息、饮茶、用膳。在天气好、道路通畅的情况下，从京师至避暑山庄一般要走七天，从避暑山庄至木兰围场又需五六天，这么长时间，不设驻宫哪行？"

　　策伯克多尔济无不感慨地说："东归之后，皇上在木兰围场接见了我们，并于波罗河屯行宫举行了庆典。到了热河避暑山庄，又在万树园摆宴，领着游览了周围的湖光山色，参拜了普宁寺、普佑寺、安远庙等名寺，畅游了磬锤峰、罗汉山、天桥山等景点，还给土尔扈特人赈济了许多粮、茶、牛、羊等物，谁能不为此感动得热泪盈眶呢？在哪儿都不如回家温暖哪！"

说话间，已到山庄的丽正门前，大家下得马来，由侧门鱼贯而入，没承想乾隆帝正笑容满面地等着他们哩！

渥巴锡一行忙走到跟前跪拜道："圣上乃一国之君，日理万机，却抽身在此迎候臣等，感动之至，祝皇上万岁！万岁！万万岁！"

乾隆笑道："尔等快快平身！土尔扈特部克服重重困难，历经八个多月回到祖国，此乃清朝最大的国事，难道朕不该多陪陪各位吗？"说罢，君臣开心得朗声儿大笑起来。

用罢晚膳，君臣又聊了一会儿后，各自安歇了。翌日清晨，一切准备就绪，乾隆率渥巴锡一行及众将士和射牲手们向京师驰去。

第三十九章 香妃泪　点点滴滴故乡情
　　　　　　　　皇太后　赐茶毒死伊犁女

　　大队人马抵达京师后，乾隆经慎重考虑，并与刘墉、纪晓岚等重臣进一步商酌，方对回归的土尔扈特部进行了妥善安置。渥巴锡所在部乃和鄂尔勒克的后裔，称旧土尔扈特，由渥巴锡统领，分为东西南北四路，共十旗，于新疆准噶尔盆地的西边游牧，归伊犁将军管辖；舍楞一支乃和鄂尔勒克叔父卫衮察布察齐的后裔，称新土尔扈特，分为二旗，由舍楞统领，于科布多地域游牧，归科布多大臣兼辖；随渥巴锡归来的和硕特恭格贝勒自成巴图色特启勒图盟，属于四路中南路的一支，依附于土尔扈特游牧。众王对此十分满意，决定不再耽搁，向皇上谢过隆恩后，各自去了新的安置地。

　　乾隆由于赴木兰围场秋狝，这段时间没在京师，朝中要处理的事情太多了，仅必看的奏折就堆了一大摞。加上每天早晚要上朝，听取文臣武将方方面面的奏报，直累得头昏脑涨，疲惫不堪，心情也有些烦躁。

　　这天，乾隆刚用过午膳，可能是因为喝了几杯酒，自觉一阵困意袭来，便在侍御太监的伺候下，宽衣解带躺在龙榻上睡了。迷迷糊糊中，看见已故的和卓氏，即香妃泪涟涟地向他走来，且一脸的哀怨。乾隆问道："爱妃呀，何以哭成这般模样？是不是又想家了？"香妃像没听见似的，一句都不答，在寝宫内转了一圈儿后，头也不回地匆匆离去了。乾隆情急之下，忙喊道："爱妃，朕好想你呀，别走，快回来！"忽地坐起身便醒了，原来是场梦。于是穿衣下了地，在侍御太监的搀扶下，前往香妃原来的住处。推门一看，屋内空空如也，桌子和窗台落满了灰尘，棚顶儿有不少蜘蛛网，一片凄凉，看来已很久没有打扫了。乾隆呆立在门口儿，心一阵发紧，鼻子一酸，眼泪扑簌簌地落了下来，想起了与香妃在一起的岁月和一些往事，犹如就在眼前……

　　香妃何许人也？乃回部台吉和卓扎赍之女，叛回酋长霍集占的妃子。清军平定新疆叛乱之时，霍集占被杀，其妃子和一些家眷押往京师。

乾隆见被俘的眷属中，有位超凡脱俗的美貌女子，身材苗条，亭亭玉立，皮肤白皙，模样俊秀，一双大而有神的明眸透着机灵和聪颖，妩媚而文静，有如仙女下凡，此人就是霍集占抛下的爱妃和卓氏。当乾隆走到近前时，忽然闻到一股儿从她身上散发出的奇异香味儿，遂命赶紧为其松绑，带入宫中。

和卓氏乾隆二十五年二月四日入宫后，封为和贵人，得到乾隆的宠爱。二十七年五月，被册封为容嫔。三十三年十月，晋为容妃，其兄图尔都也因功晋封辅国公。尽管如此，和卓氏却经常啼哭，郁郁寡欢，茶不思饭不想，日渐消瘦，几乎成了泪人。乾隆甚为不安，怕她思念故乡，特意在京师西苑增设了回族营，将其被俘的同族安置在那里吃住。又为香妃修建了清真礼拜寺和望乡楼，在想念家乡时，可登上望乡楼朝西北方向张望。乾隆以为，香妃刚到异地，若想不思乡，需要时间，慢慢就会好的。可没承想香妃每日仍然望着北方掉眼泪，而且哭得愈加厉害，那样子很是令人怜惜。乾隆不由得问道："爱妃呀，你远离家乡伊犁，来到京城，朕是不是什么地方慢待了你？"

香妃抽抽搭搭地哀求道："皇上，妾离家多日，甚是想念，请放妾回去吧。"

乾隆说："这里有享不尽的荣华富贵，穿不败的绫罗绸缎，吃不完的山珍海味，看不够的山川美景，缘何非回故土？"

香妃不语，只是不停地抹眼泪，侍女们轮番相劝，竟一点儿听不进。乾隆见此，心急如焚，却束手无策。

一年夏末，乾隆准备带着母后钮祜禄氏和香妃去热河避暑山庄，一来让母后好好儿劝劝香妃，既来之则安之；二来陪香妃散散心，尽快减缓思乡之情。乾隆对香妃说："爱妃，每年的夏末秋初，朕都要率大队人马奔赴木兰围场秋狝，你在宫中会感到寂寞的，跟朕一块儿先去热河避暑山庄散散心好吗？"香妃听罢，十分无奈，愁眉不展地点点头。

十几天后，大队人马起程，前往热河避暑山庄。到那儿以后，钮祜禄氏住在榛子峪沟的松鹤清樾，乾隆与香妃同宿烟波致爽殿，仍不见其脸上露出笑容，似乎有块大石头压在她的心头。

一日头晌，乾隆于澹泊敬诚殿召集群臣议事，开门见山地说："众爱卿，几年来，有件事让朕很伤脑筋，望尔等多出主意。香妃自从到京师之后，日夜思念家乡伊犁，眼泪从未干过。朕以为带她到避暑山庄来，换换环境会好些，却依然如故，尔等看看得怎么办呢？"

和珅首先开口道："皇上，香妃的家乡有条伊犁河，河畔建座伊犁庙。而避暑山庄的东边有条武烈河，可在河东山岗处建座伊犁庙，香妃看到这河、这庙，可能就不想家了。"

刘墉说："万岁可带香妃去木兰围场秋狝，也可在山庄内的万树园玩一玩，那里有草场、蒙古包，还有成群的梅花鹿，香妃看了或许会高兴起来。"

纪晓岚言道："圣上，臣以为不妨派一位大臣带着画匠前往新疆伊犁，将伊犁河畔的伊犁庙按原样儿画下来。然后挑选能工巧匠，于武烈河东修建一座与图同样的伊犁庙，香妃便会感到如同到家了。"

乾隆当即表示赞成："此招儿可行也！不过，带谁去新疆画伊犁庙的图更有把握呢？"

众臣齐声儿推荐道："意大利画家郎世宁啊！"

乾隆说："朕以为这个办法很好，大清王朝很早就有与蒙古等族和亲的先例，朕将香妃纳为皇妃，也是与新疆回族和亲嘛，对推行团结各少数民族之国策大有益处呢！"

和珅不失时机地奉迎道："万岁所言极是，圣明，圣明啊！"

乾隆问道："诸位爱卿，派谁前往新疆伊犁呢？"

刘墉自荐道："京师距新疆路途遥远，待把伊犁庙的图画完返回，起码得两个月。微臣争取在一个月内办完此差，早去早回，请万岁恩准。"

乾隆说："朕深知刘大人办事能力强，且认真谨慎，那就别一个月了，四十天咋样？"

刘墉答道："请圣上放心，三十天便可。"

乾隆爽快地应允道："好吧，明日即可登程，要不要带上郎世宁啊？"

刘墉摇摇头道："不必了，微臣一人前往。"

坐在一旁的和珅心里不是滋味了，寻思道："哎呀，这可是件美差，却让刘墉抢到手了。一旦将伊犁庙画下来，按时复命，皇上一定很高兴。多年来，圣上对我十分欣赏，从一个侍卫提升为户部尚书、大学士、九门提督，可谓青云直上，步步登高。如果能将此差事办得圆满，说不定会继续升职呢，到那时，我和珅可就居于一人之下、万人之上了。刘罗锅呀，刘罗锅，你这个让人讨厌的家伙，有一天美梦成真可不得了，更不把我和珅当回事儿了，还不得阴一句阳一句地总甩话儿给我听啊？不过你也别乐得太早了，能画得同真伊犁庙一模一样，哪儿那么容易呀，等着瞧吧！"

翌日清晨，刘墉微服出了丽正门，在两个侍卫的陪同下，跨马向京师驰去。一路晓行夜宿，辛苦自不必说，七天之后抵达京师。因有要务在身，也顾不上歇息，打马径直前往西苑回族营。为什么去那儿呢？前书讲过，平息新疆叛乱时，俘虏的叛匪眷属大多安置在回族营，包括香妃伊犁的同族。其中一些年长者对伊犁庙的构造及有关情况定会非常了解，或许通过他们的记忆和描述，能够找到一条绘画伊犁庙的捷径。如能如愿，既省时又省力，岂不更好？

刘墉在京城算是老人儿了，别看有罗锅，却不俗，一瞅就是个当官的，好多人都认识他。不但脾气随和，极少摆架子，而且人缘挺好，常到百姓中去，见面皆尊称"刘大人"。当主仆三人快到回族营时，见几位老人正坐在路边树下乘凉，其中一白胡子老头儿手里拿着一幅画图，大伙儿边看边指指点点地说着什么。刘墉翻身下马，走到跟前问道："老人家，围在这儿看什么呢？"

一位脸膛红黑的老者抬眼瞅了瞅，认出了身着微服的刘墉："哎哟，原来是刘大人哪，今儿个咋这么闲着呀？"

刘墉笑道："嚯，您老的眼力不错呀，本官今日闲来无事，到街上随便逛逛。"

白胡子老头儿指着一张画图说："刘大人走南闯北，可能没注意到此地吧？这是新疆的伊犁庙，画得同真的一模一样。"

刘墉心中大喜，忙相请道："老人家，能否请几位去附近的悦欣饭庄喝杯茶呀？"

白胡子老头儿忙致谢道："在下替老哥儿几个谢了！刘大人能有此美意，求之不得，这是修来的福分。不过哪有让大人请之理，还是我们孝敬大人吧！"

刘墉说："一撇一捺乃为'人'，咱们都是人，我请不该吗？"

几位老者不再说什么了，乐呵呵地随刘墉来到悦欣饭庄，侍卫点了茶饭。待上齐后，刘墉为几位老人家敬了茶，然后说道："诸位老人家都是德高望重之人，本官有件事想和大家商量一下，不知……"

一位老者忙插言道："刘大人，有啥话尽管讲，只要老哥儿几个能办到的，忙一定得帮！"

刘墉说："那我就不客气了，本官想借这张新疆伊犁庙的画图用一用，你们看可否？"

白胡子老头儿拍了一下大腿道："咳，我当啥事儿呢，这好办，在我们手里也没大用，说什么借呀，送给刘大人啦！"几位老者齐声儿表示赞同。

刘墉高兴极了，心想："真是踏破铁鞋无觅处，得来全不费功夫啊！"遂谢过老人家，又向诸位敬茶。老回族们喝得喜笑颜开，各自吃饱之后，方各自散去。

转天，刘墉在侍卫的保护下启行，返回热河避暑山庄，向皇上做了禀报。乾隆看罢伊犁庙图，甚为喜悦，赶忙唤来香妃，递上画图。香妃仔细观瞧了半天，眼前一亮，不由得惊诧道："皇上，这是妾家乡的伊犁庙啊，竟画得二样不差！"

乾隆立即下旨，召木、石、瓦、扎、油、漆、画、糊八大作坊巧匠，于武烈河东岸高岗处肇建伊犁庙。

八大庙建造总管和珅这下可忙坏了，从各个作坊召集了百余名能工巧匠，运来大量的石料、木材及各种建筑材料，用了将近半年的时间，终于将伊犁庙建成了。其主体建筑为普度殿，坐落在六十四间回廊的中央，下层墙上嵌有藏式盲窗，顶部为重檐歇山顶，覆盖着黑色琉璃瓦。在青山、蓝天、白云的映衬下，更显别具一格，巍峨、肃穆。殿分三层：一层供绿度母，二层供三世佛，两层的四壁皆绘有佛国源流壁画，三层供大威德金刚像，并存放着乾隆皇帝赴木兰围场行围狩猎时所用的甲胄等。

据讲，伊犁庙刚刚封顶，"乾隆认罪伏法"的故事便在百姓中传开了。说是主管大臣和珅为寻不到一块合适的楠木做佛像前的供桌而犯了愁，实在没辙的情况下，不得不向皇上启奏道："万岁呀，奴才找了很多地方，可供桌的制作材料还是弄不到啊！"

乾隆生气地骂道："哼！真乃废物，堂堂大清国，难道连一块做供桌的木料都没有吗？和爱卿，你那些能耐哪儿去了，岂不愧对了朕的一片用心？"

和珅吓得一缩脖儿："奴才该死，万望圣上恕罪，容奴才再安排人去找楠木。"

乾隆没好气儿地说："三天之内，无论用什么办法则必取之。若找不到做供桌的楠木，朕拿你是问！"

和珅吓得又一缩脖儿："奴才明白，这就去办。"

到了第三天头儿上，大臣刘墉奏道："启禀万岁，奴才在私访中得知，为了一块做供桌的木料，有人盗掘了明朝一位大臣的陵墓，该当何罪？"

乾隆一拍龙案道："真是胆大包天，竟敢挖坟掘墓，斩不赦！"

刘墉又问:"皇上,那纵容盗墓之人又该如何处置呢?"

乾隆觉得刘墉的发问有些奇怪,遂反问道:"刘爱卿,到底咋回事儿?详细道来!"于是,刘墉便将盗墓者为了做伊犁庙的供桌而私取楠木的经过从头至尾说了一遍。

乾隆听罢,心里思谋开了:"当初为使香妃不再思念家乡,朕决定,专门为她修建一座同新疆一样的伊犁庙。可是,为求供桌的一块木料,有人不顾一切地盗取明墓中的楠木,当初朕若不说'无论用什么办法则必取之',谁敢冒此天下之大不韪呢?岂不是朕有意无意地纵容盗墓挖坟之举嘛!如果当今天子在亲定的律令面前躲躲闪闪,试图掩盖,立法还有何用?"想至此,走下御座,抬手轻拍了一下脑门儿,打了个唉声道:"朕有罪呀!"

站在一旁的和珅慌了神儿,忙小心翼翼地问道:"皇上,何罪之有啊?"

乾隆叹道:"咳,为得供桌用的一块楠木料,朕曾说过,无论用什么办法则必取之,却没想到因此付出了盗明墓的代价。朕好糊涂啊,考虑得实在不周啊,这不是朕也有罪吗?"

和珅见事情严重了,扑通一声跪在地上,叩道:"皇上乃一朝之主,金口玉言,哪有犯罪之理?即使真的触犯了大清律令,又能怎样?自古以来就有'刑不上大夫'之说嘛!"

乾隆摆摆手道:"和爱卿,此言差矣,王子犯法与庶民同罪呀!"

刘墉见皇上如此认真,深受感动,看来不治乾隆的罪怕是不行了,可谁又能给万岁治罪呢?一时犯了愁。正不知所措之时,只听乾隆又道:"刘爱卿,该治朕什么罪,就按律令办吧!"

刘墉灵机一动,请求道:"万岁,天近黄昏,能不能容奴才想一想,明天再议呢?"

乾隆当然知道刘墉是个聪明人,把自己的脾气禀性全吃透了,于是欣然准允道:"也好,按刘爱卿之意办吧!"

第二天早饭后,刘墉急匆匆来到烟波致爽殿,见皇上双膝跪地叩道:"奴才想了一夜,万岁一向执法如山,并早已闻名于世,令朝中文武百官及各族黎民百姓十分钦佩。既然皇上犯了法,就要以身作则,以法处治。"说着,从左边的袖口儿内取出一条黄金项链,双手颤抖着举过头顶。

乾隆不解地问:"刘爱卿,此乃何物?"

刘墉答道："王子犯法，与庶民同罪，这是万岁的刑枷呀！"

乾隆暗自高兴，微微低下头来，任刘墉把项链套在了自己的脖颈上。刘墉又从右边的袖口儿内取出一对儿银镯，递到皇上手里，乾隆问道："此镯何用？"

刘墉答道："这是万岁的手铐啊！"

乾隆会意地笑了笑，将银镯分别戴在左右手腕上。

卞晌，乾隆骑上白龙马，带领大队人马出了热河避暑山庄德汇门，沿着武烈河畔向北驰去。和珅讨好地说："万岁，此次木兰秋狝，定能凯旋！"

乾隆像没听见似的，一声儿没吭，只侧过头瞅刘墉，刘墉立刻接过了话茬儿："万岁出庄，赴围行猎，以此代替充军发配了！"

乾隆这才朗声儿笑道："好你个知朕、懂朕、敬朕的刘爱卿啊，聪明之至！哈哈哈……"那笑声，在塞外的高山峡谷中久久回荡。

闲话少叙，单说伊犁庙交工后，乾隆带着香妃围着庙从里到外看了一圈儿，然后问道："爱妃，此庙就是仿照新疆伊犁河畔的固尔扎庙，即伊犁庙建成的，你可满意？"

香妃回道："皇上用心良苦，妾非常感激，谢主隆恩。它尽管同家乡的庙一样，却是仿造的，妾的根在新疆啊！"说着，眼泪顺着脸颊一对儿一双地往下掉，看来仍忘不了美丽的故乡。

乾隆爱怜地说："爱妃若是还想家，朕拟在避暑山庄的东北角儿再建一座'梳妆楼'，楼上安一面丈八镜子，对着新建的伊犁庙。爱妃每日清晨起床梳妆时，必然面对镜子，便可看到镜中的伊犁庙了。"

香妃很是感动，躬身颤声儿道："看起来，今后想回新疆伊犁，比登天还难了。妾自幼生性倔强而刚烈，对皇上缺乏礼仪，万望多加体谅，在此谢恩了！"

乾隆龙颜大悦，闻了闻香妃体表溢出的奇香，说道："爱妃，你只要不再哭哭啼啼，以宫为家，伴在朕的身边，足矣！"

当天夜里，香妃在乾隆百般体贴和无微不至的关照下，同皇上来到了烟波致爽殿，乃乾隆帝的寝宫。此殿是座面阔七间的建筑，其中两间设有宝座，两间设有佛堂，最西边的一连三间便是皇上夜宿的地方。乾隆并不急于入睡，爱妃身上那醉人的奇香令他如坠云里雾里，然而香妃却无意宽衣解带。她又哭了，泪水点点滴滴滚落下来，里面蕴含的全是思念家乡之情，并再一次想起了清军平息新疆叛乱，首领霍集占被杀的情景。自己身为霍集占的爱妃，却被清军所俘，怎能摇身一变，成了乾隆的妃子呢？眼前的乾隆帝是我家族的仇人啊！想到这些，香妃的心里很不是滋味，直到夜深人静之时，依然不愿上龙榻与皇上共枕。乾隆并未因此而生气，只是细心呵护，轻声儿抚慰。

这一夜，住在松鹤清樾的皇太后钮祜禄氏也没入睡，心里琢磨开了："皇儿弘历聪明伶俐，勤奋好学，跟随圣祖爷多次赴木兰围场秋狝。刀枪剑戟超群，能骑善射，武功高强，不但知识渊博，而且治国有方，发展了康乾盛世，满朝文武皆竖大拇指。可是，自打香妃被俘后，弘历召其做了嫔妃，便不比从前了。这满身奇香的年轻女子气质不凡，容貌超群，总是思念家乡，记挂前夫，性烈情忠。无论皇儿对她如何宠爱，并修建伊犁庙和梳妆楼哄其开心，然始终不能回心转意，且洁身自爱，不为皇儿的情感所动，该怎么办才好呢？弘历作为一国之君，不能整日迷恋于香妃的姿色之中，那要误大事的。连日来，各省、州、县的奏折尽管堆了一大摞，皇上却无心批阅，长此下去，大清的江山社稷何去何从？"

香妃在承德避暑山庄无心游玩，对什么都不感兴趣，整日以泪洗面。此时已入初秋，乾隆问她能不能随驾去木兰围场狩猎，香妃仍摇头拒绝。皇太后钮祜禄氏得知后，很是生气，传香妃到松鹤青樾来见。

香妃急忙前往，一进屋便跪叩见礼，皇太后严厉地问道："香妃，你身为罪妇，本应为奴，此乃大清王朝之成例。然皇上却给以大赦，可谓仁至义尽，为何不愿做嫔妃呢？"

香妃反问道："世人皆知，我早已是霍集占的妃子，怎能再当他人之妃？"

太后大怒道："你虽身溢奇香，但既不是花香，也不是粉香，香有何用？你尽管柳眉微蹙，杏脸含颦，令人怜爱，却不愿顺从，到底何意，内心想些什么？"

香妃说："我只想了一个字……"

太后紧逼："讲！"

香妃毫不含糊地脱口而出："死！"

太后吼道："好哇，早该成全你这贱人了！"随即命其退下，遣人去烟波致爽殿请皇上来见。

乾隆在和珅的陪伴下，来到松鹤青樾，见母后脸色不大对劲儿，遂问候道："母后一向可好？皇儿为您老请安了，不知发生了什么让母后不快之事？"

太后问道："皇上，木兰秋狝的时间已到，为何不遵循祖制前往，是不是忙忘了？"

乾隆先是沉默不语，思虑良久方回道："请母后放心，皇儿不会忘记木兰秋狝的，否则对不起列祖列宗啊！"

太后又问："既然如此，那么何时由避暑山庄动身呢？"

乾隆答道："皇儿打算明日起程。"

太后说："那好，去做准备吧，明日清晨将亲送皇儿出丽正门。"

乾隆致谢道："皇儿谢母后关爱！"

第二天早膳后，乾隆率领大队人马向北边的木兰围场进发了，太后前来送行。乾隆边走边想："香妃呀，朕的爱妃，等朕秋狝归来再相见吧！"

乾隆离开避暑山庄的第七天，钮祜禄氏又传香妃，令其到松鹤青樾。香妃遵命，在两个回族侍女的陪同下立即前往，进了厅门便向太后施礼问安。钮祜禄氏低下眼来瞅了瞅，用鼻子哼了一声，转而勃然大怒道："香妃，你个妖艳的刁妇，知道'顺天者存，逆天者亡'这句话的意思吗？"

香妃是个回民，不懂汉语，示意本族的侍女译给她听。侍女讲译后，香妃双目圆瞪，盯着皇太后一字一板地说道："我只求一个字——死！"

太后轻蔑地笑道："香妃，可要想好哇，要你的命如同踩死一只蚂蚁，不费吹灰之力！"

香妃清楚自己活在人世的时日已终，气愤地指着钮祜禄氏大声儿说道："老妖婆，告诉你，洁身自爱是我做人的本分。想杀就杀，想剐就剐，悉听尊便！"

皇太后挨了骂，这还了得？遂让侍女将一杯放了毒药的茶水送到香妃面前，命道："上路之前，送你一杯茶，喝了吧！"

香妃双手端起茶杯，略停顿了一下，太后不阴不阳地激将道："怎么不喝呀？往日的能耐不是挺大嘛，这会儿知道怕了，纯粹是个胆小鬼！"

香妃昂首问道："我有何罪？"

太后拿出一把匕首"啪"地往桌子上一放，高声儿喝道："狂妄的罪妇，死到临头还明知故问，你可认识它？"

香妃一愣："我……我……"

"哼！若想人不知，除非己莫为。你竟敢将这把刀子放在自己的枕头下，随时准备刺杀皇上，难道不该去死吗？"

香妃冤枉极了，有口难辩，一气之下，仰脖儿将清茶咕嘟嘟全喝了下去，不一会儿便口吐白沫儿倒地而亡。

香妃死后，热河避暑山庄突然显得异常寂静，一向话多的外八庙建造工程总管和珅时常坐在水心榭的长廊处发呆。这一日，当他听到传报皇上狩猎归来了，起身往西一望，见大队人马已经过了上河营村，赶忙迎出丽正门，拦驾跪地禀道："圣上，大事不好！"

乾隆忙问："和爱卿，为啥如此惊慌？"

和珅回道："禀皇上，香妃她……她走了。"

乾隆不由得一惊："怎么不追回来，她去哪儿了？"

和珅禀道："皇上，香妃已死，回不来了。"

乾隆顿时怔住了，身子一晃，险些跌下马来。侍卫于石岩赶紧上前扶住，搀其徒步走进避暑山庄，乾隆边走边问："和爱卿，香妃因何而死？"

和珅回道："据太后讲，香妃的枕下藏着一柄锋利的匕首，一直在找机会妄图行刺圣上。太后得知后大怒，便赐其一杯放了毒药的清茶，饮后而亡。"

"香妃死时，面容如何？"

"死如生前，面容平静、安详，只是那扑鼻的香气没有了。"

"尸体停在何处，入殓了吗？"

"奉太后旨意，尸体运抵京师，已入葬五日了。"

乾隆心想："既然太后赐香妃一死，还能说什么？总不该为此落个不孝之子的名声吧？"遂长叹一声道："唉，香妃愚也，这个结果是她自找的，没有享受人间荣华富贵的福气哟！"

乾隆此次秋狝本已疲惫不堪，归来后又得知爱妃死去的噩耗，对他的打击太大了，实在挺不住了，第二天就病倒了。避暑山庄的上下人等吓坏了，钮祜禄氏更是急得不知所措，后经御医的精心诊治，病情才有好转。为了排解胸中郁闷，这日一早，乾隆下了一道圣旨，命文武群臣和随围的满、汉、回、藏、维等族的王公们于万树园观看射箭比武，并给优胜者丰厚的奖赏。

当日头晌，万里无云，秋风习习，比武射箭的场地布置完毕，弓箭手们个个英姿飒爽，陆续进入场地。乾隆端坐在看台上，两边站立着执刀仗剑的侍卫，只见他一挥手，示意比赛开始！在鼓乐声中，弓箭手们翻身上马，先跑了几个趟子试射，然后依次射靶，每人十箭。

比武正在进行中，忽然从回部队列后边闪出一个全副武装的年轻人，回族装束，仪表堂堂，容貌英俊。他疾步走到乾隆面前，双膝跪地，叩道："皇上万岁！万万岁！"

乾隆侧过头冲站在身边的大臣和珅问道："何许人也？"

和珅回道："禀皇上，此人乃香妃的胞弟王旭。"

乾隆又问："他来作甚？"

和珅说："王旭声称远道而来，也想参加射箭比赛，请求皇上恩准。"

乾隆暗想："既然是香妃的胞弟，又是远道而来的贵客，当然不能拒绝，爱妃地下有知，亦会高兴的。"于是笑着答应道："王旭，朕恩准你参赛，望能获得优胜，为此次比武增色！"

王旭谢过，起身跨上自带的白骆驼向后退去，驼铃声声，引得围观者都转向了他。当退至距临时搭建的看台三十来步远时，王旭箭搭弓弦，两腿一夹，在白骆驼四蹄翻飞的瞬间，嗖的一声将箭射出，不偏不倚，正中靶心，激起一片喝彩声！紧接着又发一箭，再中靶心，欢呼声此起彼伏，不绝于耳，连乾隆也高兴得鼓起掌来。就在这时，王旭拨转驼头，于全场人紧盯着靶子之际来了个急转身，利箭嗖地朝皇上脑门儿射去！乾隆急忙一低头，随之当啷一声响，那锋利的箭矢将皇冠射掉了，王旭迅疾离去。

面对此情此景，在场的人一时全蒙了，待缓过神儿来时，久经沙场的于石岩大喊道："快，抓刺客！"

话音未落，百人跃上马背向前猛追，卷起一片烟尘。王旭骑着白骆驼慌不择路，竟向东北方向逃去，哪知那东北方向没有门呀，这可怎么办？情急之下，他向骆驼的屁股啪啪啪猛抽三鞭，通人性的白骆驼悬身一跃而起，眨眼工夫已驮着王旭蹿出宫墙，飞也似的向狮子沟跑去。众将士紧随其后狂追，在狮子沟的沟里沟外寻找了好几个来回，哪还有刺客的踪影？原来，王旭到狮子沟后，又向疯魔岭驰去。他又气又恨，恨自己无能，未能替姐姐报仇，便骑着那头骆驼纵身跳下万丈深渊摔死了。

此刻的射箭场上早乱成一锅粥了，大家已没心思继续比武了，乾隆惊得目瞪口呆，过了好一会儿方问道："刺……刺客从哪儿跑的？"

于石岩回道："禀皇上，他是从东北那一段儿宫墙上方蹿出跑掉的。"

乾隆大怒道："来人哪，把这段儿宫墙给朕斩喽！"

众臣明知不妥，可哪敢不从？皆跪在地上嗫嗫地答应着，唯独大臣纪晓岚冒死启禀道："皇上，请息怒，那宫墙不能拆呀！"

乾隆问道:"朕的宝剑什么都可以斩,宫墙为何不能拆除?"

纪晓岚说:"回皇上的话,若将那段儿宫墙彻底拆除,中间势必出现一个大大的豁口儿,这样一来,避暑山庄内岂不更不安全了吗?"

乾隆略一思忖,自言自语道:"是呀,是呀,宫墙不能有缺口。"遂又扭过头问和珅:"和爱卿,你看该怎么办?"

和珅想了想,回道:"这段儿宫墙不但不能拆,而且还得加固,以防胆大妄为者再来寻衅。"

乾隆点点头道:"朕准了,这件事儿就由和爱卿去办吧!"说完,在侍卫的前呼后拥下,回到寝宫烟波致爽殿歇息。

第二天,和珅带领工匠来到东北方王旭逃跑的那段儿宫墙处,于墙外加修了一道墙,墙里也另修了一道墙,那段儿围墙便被里外两道墙夹在中间了。正因如此,宫墙的外墙便向外凸了很大一截儿,成鼓肚子状,当地百姓称它"鼓肚子城",有首于民间流传的民谣为证:

> 当年乾隆设赛场,
> 万树园里比武忙。
> 刺客王旭潜入内,
> 誓为胞姐报冤仇。
> 谁料利箭未中用,
> 驾驼蹿宫离险地。
> 从此加修鼓肚城,
> 里外又增两道墙。

第四十章 皇八叔　意外现身显通寺
李纪恩　赴京赶考双喜临

单说乾隆自打看过香妃原来的住处，睹物思人，郁郁寡欢，愁眉不展。纪晓岚见此，暗中着急，这样下去哪成啊！于是几次来到皇上的寝宫，劝慰道："圣上，愁肠满腹，日久天长对龙体不利。微臣以为，不妨去外地玩儿几天，借此散散心嘛！"

乾隆略一思忖，点点头道："嗯，未尝不可，去哪儿好呢？"

纪晓岚想了想，说道："皇上自即位以来，巡幸江南六次，这回去五台山一游如何？"

乾隆立马接受了此建议："好，朕明日起程。"

第二天清晨，乾隆在大臣纪晓岚，侍卫于石岩及百名武士的伴驾下，微服离开京师，向山西五台山进发。一路晓行夜宿，游山赏景，二十天后，抵达坐落于五台山峰顶的显通寺。乾隆停在山门之前，仔细观瞧一番后，不无敬重地说道："显通寺的名字由来已久，汉明帝称其'大服灵鹫寺'，唐代武则天改为'太华严寺'，明代称它'显通寺'，规模宏大也。"

纪晓岚点头表示赞同："皇上所言极是，此寺的规模确实不小，设了四百余间殿堂。其中，以观音殿、文殊殿、大佛殿、无量殿、千钵殿、铜殿、藏经殿等七殿为主。"

君臣进了山门，来到大殿前，见众多僧人正在咿咿唔唔地诵经。身居中间的是位身披袈裟的老僧，约八十高龄，脸色微红，慈眉善目，看样子体格很健壮。

于石岩走上前去，深施一礼，问道："您是寺中的住持吧？"

老僧微睁双目，两掌合一回道："老衲正是，请问施主从何而来？"

于石岩说："自京师来，特意游览五台山诸多风光的，打扰各位师父了。"

老住持上下打量一番，又道："看来三位并非凡人，请问施主，同来的两位是何人哪？"

于石岩说："实不相瞒，前面的那位乃当今皇上，站在身后的那位是朝廷重臣纪晓岚。"

老住持听罢，忙带着众徒弟向乾隆跪拜道："不知皇上驾到，有失远迎，万望恕罪！"

乾隆站在那儿一动不动，仔细端详着这位年迈的住持，忽然眼前一亮，浑身一震，问道："敢问住持，尊父姓甚名谁？法号怎么称呼？"

住持说："谢皇上关怀，老衲的法号'月空'，其他的此处不便细讲，请去书房叙谈如何？"

乾隆激动得心怦怦直跳，几乎快跳到嗓子眼儿了，随即一抬手道："前边引路！"

老住持带着皇上来到书房坐定，纪晓岚、于石岩立于两侧，一徒弟奉上香茗，住持手指纪晓岚、于石岩说："两位是不是……"

乾隆忙命道："噢，尔等先回避吧，朕与住持有话说。"

纪晓岚、于石岩"嗻"地应了一声，退了下去。

此刻的乾隆早已急不可待，忙起身抱住老住持，眼含热泪颤声儿道："是皇八叔允禩吧？您让侄子好找哇，朕就是当年的小弘历呀！朕几下江南去寻，连皇叔的影儿都未见着，没想到在五台山遇上了，真乃天意呀！"

允禩同样激动不已，紧紧地拥着侄子，任泪水顺脸流淌，多年前的往事又浮现在眼前……

那还是康熙年间，诸皇子明争暗斗，一心想登上皇帝宝座，故而各结心腹党羽。皇次子允礽在木兰围场被圣祖康熙废黜太子之后，诸皇子的争斗并未就此善罢甘休，而是愈演愈烈。后来，康熙下旨，将八皇子允禩软禁在京师，从此身陷囹圄。一天深夜，已废掉的太子允礽令看守救出了允禩，允禩连夜逃进深山，从人们的视野中消失了，几十年来杳如黄鹤……

过了一会儿，允禩问道："皇上，那些皇叔们的身体如何？都还健在吗？"

乾隆打了个唉声道："皇八叔啊，已经过去这么多年了，说来一言难尽哪！当年的三阿哥诚亲王允祉，五阿哥恒亲王允祺，七阿哥淳亲王允祐，九阿哥贝子允禟，十阿哥敦郡王允䄉，十三阿哥怡亲王允祥，十四阿哥恂郡王允禵，十五阿哥愉郡王允禑，十六阿哥庄亲王允禄，十七阿哥果亲王允礼，二十阿哥贝勒允祎等皆已先后离世了。"

允祹慨叹道："皇上啊，雍正帝驾崩时，我早已是出家之人了，不问世间诸事，只能暗自拭泪也。"

乾隆说："皇八叔，侄儿常常梦到您，今日相见，甚为高兴，想不到……"

"想不到什么？"

"民间对皇八叔其说不一，有的称您已在康熙五十五年被处决了，有的说是削了王爵，后来病故了。书上讲的是于雍正四年正月，因狂妄悖乱、包藏祸心、自绝于天等罪而被革去黄带子，圈禁高墙，改其名曰'阿其那'，同年九月幽毙。没想到几十年后，皇八叔却在五台山显通寺现身了，原来根本没死啊！"

允祹笑道："民间传的不可信，书上所说的乃文人之言，八叔不是活得好好儿的吗？哈哈哈……"

乾隆不解地问："皇八叔，您上哪儿不好，为啥非要出家守空门呢？"

允祹说："唯有出家之人，方可万事皆空。深居山间寺庙，没有丝毫烦恼，不受干扰，旨在图个清静。一心向佛，修身养性，岂不更好？善哉、妙哉也！"

乾隆与老住持——当年的八阿哥允祹谈了很久，双方都感到有说不完的话、唠不完的嗑儿，两个时辰过去了，允祹像忽然想起啥事儿似的，拍了一下脑门儿道："哎呀，光顾聊了，皇上，还没用膳吧？就在本寺用斋饭如何？"

乾隆摆摆手道："不必了，吃的用的全备着呢！皇八叔，寺院有什么需要朕帮忙的吗？"

允祹说："如果国库充盈，请皇上资助一些银两，用来修缮寺内的房舍和殿堂，不知可否？"

乾隆爽快地答应道："行，拨两万两纹银，够否？"

"不需那么多，一万五千两足矣。"

"皇八叔，不要客气，还是两万两吧。如果用不完，可以改善一下师父们的伙食嘛！"

"谢主隆恩！老衲和众徒儿感激之至，皇上万岁！万万岁！"

于是，乾隆一行在山上搭好黄幄和帐篷，痛痛快快地玩儿了几天，每日不忘去显通寺烧香拜佛。告辞那天，住持月空师父带领众徒弟相送，走下一百零八级台阶，来到山根儿处，彼此依依惜别。乾隆在纪晓岚和于石岩的陪伴下返回京师，一路上心情好多了，笑容始终挂在脸上。二十天后抵达京师，立即下旨，拨国银两万两资助五台山显通寺，履行了自己对皇八叔允禩的承诺。

光阴荏苒，转瞬已是三年，到了盛暑时节，科考在即。乾隆每日不但忙于处理国事，而且需要于皇宫坐镇，随时了解考场的准备情况。

科考的日子越来越近了，这下可忙坏了将军屯布尼大院的一家人。当年的宝音巴图，后更名李纪恩的布尼伊香之子，如今已二十一岁了，在私塾先生的教授和布尼仁坤的关照下，学业有很大长进。不仅四书五经倒背如流，还写了一手好文章，字也漂亮，笔法圆润秀美，笔势流畅沉稳。

这日，李纪恩来到姥爷布尼阿森及额娘布尼伊香的墓前，焚香烧纸跪地磕头，乞求保佑进京赶考成功。第二天清晨，管家那洪瑞备好双套大篷车，拉着李秀珍和李纪恩准备上路了，出门送行的布尼仁坤语重心长地叮嘱道："纪恩哪，一定要记住，身在考场，必须做到聚精会神，思维清晰，不慌不忙不躁，方能写出好文章。再给你带上五百两纹银路上用，该花就花，别舍不得。"

李纪恩双手接过银子，跪叩道："谢谢太姥爷，您的话我都记住了，请勿挂念，我会认真、细致、全力以赴答卷的。"

布尼阿德、阎翠花夫妇以及布尼阿良的遗孀童玉英也是千叮咛万嘱咐的，什么路上要小心，别着凉啊；吃东西要细嚼慢咽，别伤着胃呀；每天多喝水，又解渴又去火呀等，李纪恩边听边一一点头应着。童玉英仍不放心，转过头来告诉管家："那洪瑞呀，出门在外不容易，多费心了，可得把纪恩和秀珍平平安安送到京师呀！"

那洪瑞笑道："知道了，你和阿德两口子好好儿照顾老爷就行了，都请回吧，我们要赶路了！"

布尼阿德说："那管家，不用惦着家里，我早戒烟戒赌了，有三嫂和我们两口子在，还有啥不放心的？会伺候好老爷子的。只要纪恩功成名就，便是布尼大院积德了，也对得起列祖列宗了。"

全家人送走了李纪恩和李秀珍，布尼阿德与妻子阎翠花回到自己的屋内，见宝贝儿子布尼林丹刚刚睡醒，抬手揉了揉水灵灵的大眼睛，问道：阿玛、额娘，你们干啥去了？"

阎翠花回道："林丹哪，纪恩进京赶考去了，我们送送他。"

布尼林丹拍手道："嘿，他肯定金榜题名，说不定能考上状元哩！"

布尼阿德说:"瞧这孩子,懂个啥呀,不过可以借你的吉言哟!"

布尼林丹小嘴一噘道:"阿玛,别看我才六岁,可辈儿大呀,是纪恩的舅呢,怎么不懂啊?"

小家伙的话,逗得夫妻二人忍不住笑了,阎翠花问:"儿呀,纪恩进京赶考,你咋想的?"

林丹小脸儿一绷说:"我要像纪恩那样,跟先生好好儿学,长大也进京赶考。"

布尼阿德鼓励道:"嗯,有种,我儿将来一定能给阿玛和额娘争气!"

话说十三天后,那洪瑞赶着大篷车顺利抵达京师,来到一小胡同内的车马店,定了两间客房,李纪恩和管家住在靠东边的那间,李秀珍住在他俩对过儿。用罢晚膳,李纪恩打了一盆温水,为李秀珍洗脚,用手巾擦干后,说道:"额娘,一路辛苦了,早点儿歇息吧!"

李秀珍眼含热泪言道:"纪恩哪,这么多年来,你一直喊我额娘,且关爱有加,难得这份儿孝心哪!说着,再也忍不住了,眼泪噼里啪啦往下掉。

"额娘,您怎么哭了?"

"孩子,我这是高兴啊!"

李纪恩说:"额娘,布尼伊香额娘虽生下了我,却早早离世了,是您将我养大。没有您的关怀和抚育,哪有纪恩的今日呀,您就是我的亲额娘,此恩此情,比天高比地厚啊!"

"孩子,额娘懂你的心,知足了。洗洗脸去睡吧,养足精神,还得准备考试呢!"

李纪恩应了一声,端着水盆出去了。

这一夜,李秀珍尽管十分疲惫,却翻来覆去难以入睡,往事一件件浮现在眼前。想起了李纪恩的身世,自己的命运以及地下有知的主人布尼伊香。十五年来,抚养纪恩长大成人,宁可终身不嫁,一直守着布尼伊香抛下的苦命孩子。也多亏姑父布尼仁坤老人家施以援手和耐心调教,方使得这棵小苗苗没有枯萎,终于长成材了⋯⋯

而李纪恩呢,刚刚合上双眼,可能是太累了的缘故,很快便睡着了。忽然四周变得雾蒙蒙的,模糊一片,一位着白绸丝裤的年轻女子来到了房间。李纪恩感到好生奇怪,遂问道:"何许人也?你我素不相识,前来作甚呀?"

女子站在床头儿,微笑道:"儿呀,我是你的亲额娘啊,难道不认识了吗？"

李纪恩睁大眼睛辨认着，一时不知说什么好，女子又道："宝音巴图啊，二十年前，额娘被你那粗暴的阿玛一脚踢死了，你怎么会忘记呢？"

李纪恩惊诧地问："您真是我的额娘布尼伊香吗？"

女子说："没错，额娘虽然死了，但魂灵还在。今日吾儿上京赶考，额娘不太放心，特意前来看望。你要切记，身临考场之时，即是检验所学有为无为之时，要冷静，不慌张，认真思虑考题后再下笔。额娘知道吾儿一直在刻苦读书，下了不少功夫，可谓破万卷，相信到时候定会下笔如有神的。应考那天，额娘就站在你的身边，祝儿一臂之力！"

李纪恩刚要发问，额娘一闪身不见了踪影，忙起身出去追，一下子醒了。抬头看看天，东方已破晓，心想："真是奇了，额娘怎会知道儿子进京赶考的消息呢，难道始终伴随在我身边？"遂叫醒了睡在旁边的管家，将梦境详详细细地说了一遍，那洪瑞笑道："这有啥奇怪的？那是你额娘在暗中保佑你呢，少爷的好运来啦！"

第三天一早，李纪恩用罢早膳，向考场走去。走着走着，总觉得身后有人用力推着他，不得不加快了脚步。进了考场只剩不多时便开考了，险些被监考的拦下。走在他身后的几个考生因迟到而没让入内，李纪恩暗自庆幸，如果再晚几步，同样会被拒之门外的。

考场上，气氛十分紧张，静静的，空气似乎都凝固了。考卷发到手后，大略浏览一番，觉得试题有些离奇古怪。有的考生憋得直挠脑瓜皮，有的则垂头丧气，有的干脆撂笔不答了。唯有李纪恩不慌不忙地泼墨挥毫，笔走龙蛇，圈圈点点，越写越顺。待做完文章正欲第一个交卷时，却几次起身，几次站不起来。这时，有个声音在耳边悄悄儿响起："吾儿，别着急，为啥不检查一下试卷呢？你落下几个很重要的字没有填写，此卷的考生是谁？那上面有姓名吗？"

李纪恩往试卷的下方一瞅，天哪，竟忘记写上自己的名字了，这还了得！于是，赶紧填上"李纪恩"三个字，又从头至尾认真看了两遍做好的文章，才轻轻松松地交了卷。

考试毕，监考人刘墉、纪晓岚分别通读了李纪恩的文章，皆拍案叫绝："写得好，太好了，格调清新，意境超逸，真乃笔底生花呀，简直是位奇才！"并兴冲冲地拿着卷子向皇上做了禀报。

乾隆看完后，龙颜大悦道："后生可畏呀，文章的笔触简练而鲜明，内在的含义丰富，寓意深长，字迹工整匀称，人才呀，不可多得也！"

皇上这关都通过了，李纪恩自然成了状元郎，乾隆立即口谕，传头名状元李纪恩觐见。

李纪恩到后，双膝跪地叩请了圣安，并祝皇上万万岁！乾隆问了家住哪里，年方几何，哪一旗人，是否婚配等，李纪恩一一作答。乾隆随即起身去了太后钮祜禄处，商量九公主静蓉的婚姻大事。过了一会儿，又唤静蓉来见，指婚将其嫁给当今头名状元李纪恩。

静蓉听罢，脸色绯红，犹犹豫豫地说："父皇啊，女儿尚未见过李纪恩，怎么就……要是嫁了个丑八怪，岂不让女儿一辈子不开心嘛！"

太后笑道："瞧，这丫头可不一般，嘴巴厉害着呢！孙女呀，不必担心，奶奶把李纪恩传来，让你上上下下看个够！"

不大工夫，李纪恩遵旨，跟随刘墉、纪晓岚来到太后、皇上面前，行过大礼后，乾隆手指静蓉介绍道："状元郎，这位是朕的九公主静蓉。"

李纪恩向九公主鞠躬道："小生这厢有礼了！"

静蓉爽快地抬抬手道："免了，坐下说话。"

李纪恩谢过皇太后、万岁爷、静蓉公主，这才直起身来，礼貌地坐在下首。静蓉侧过头，从上到下仔细打量着，俏丽的脸庞不禁现出一丝羞色，心想："噢，原来是位眉目清秀、举止端庄、风度翩翩的状元郎啊！"刘墉、纪晓岚见此，会意地笑了笑，谁也没吱声儿。

太后仍乐呵呵地说："我这宝贝孙女呀，聪明伶俐，自幼就喜欢舞文弄墨。李纪恩此次进京赶考，文章做得好，中了头名状元。你们两个若是在一起，谁看谁都得说，正可谓女秀才配状元郎，天作之合呀！"

乾隆笑道："那好哇，朕为他们做主了，择个良辰吉日，尽早完婚如何呀？"

静蓉公主表示道："女儿遵命，听从父皇和奶奶的安排便是了。"说完，捂着羞红的脸跑出了房门。

李纪恩跪拜道："圣恩难却，奴才遵示了。"

众人无不朗声儿大笑，拍手道贺，刘墉感叹道："皇上，此乃天生的一对儿，这就叫'有缘千里来相会'呀！"

纪晓岚则言："皇太后，此乃地配的一双，这就叫'无缘相会也枉然'哟！"

五日后，经过精心的准备，李纪恩与静蓉举行了结亲大典，在热闹的贺喜声中，大家将一对儿新人送入了洞房。

婚后第三天，李纪恩身着状元袍，骑上高头大马，那洪瑞骑着进京时拉车的那匹辕马，李秀珍和静蓉公主同乘皇上赐予的金顶轿，在武士们的保护下离开京师，前往将军屯布尼大院烧香祭祖。一路晓行夜宿，沿途驻扎六十里行宫歇息，第七天头儿上，抵达热河避暑山庄，新郎和新娘夜宿之地选在"如意洲"。晨起漫步湖边，一边观赏山庄的美景，一边轻声儿交谈，恩恩爱爱，柔情蜜意，形影不离。新娘静蓉问道："夫君，以前曾到过避暑山庄吗？"

李纪恩摇摇头道："从未来过，本是一介草民，哪有游览皇家御用避暑之地的机会呀！"

静蓉莞尔一笑道："夫君可谓今非昔比、福从天降啊，不仅是头名状元，深受父皇的喜爱，而且成了额驸啦！"

二人正兴致勃勃地唠着呢，李纪恩偶然一抬头，忽见一条金灿灿的鲤鱼噌地跃出水面，紧接着一反身扎进水里，激起了层层涟漪，不禁惊叫道："娘子，快看，好大一条锦鲤呀！"

静蓉抿嘴一笑道："什么锦鲤呀，那是鲤鱼跳龙门哩！夫君，别往前走了，该回去用早膳了。"李纪恩点点头，挽着娘子转身往回返。

早膳后，李纪恩和静蓉叫上李秀珍、那洪瑞，在武士们的保护下，骑马的骑马，乘车的乘车，尽情游览避暑山庄的七十二景。李纪恩置身于奇山异岭之中，眼望四周的绮丽风光，顿觉心旷神怡，不禁诗兴大发，面向群峰大声儿吟道：

避暑山庄景最奇，
风摩岭上望东睨。
罗汉山大人尽见，
磬锤峰高话非虚。
蛤蟆石儿向南卧，
德汇门前淌热溪。
鸡冠挂月三千尺，
僧帽峰连云百余。
朝阳双塔藏仙子，
元宝穴内长灵芝。

吟罢，静蓉公主带头拍手叫好儿，随即也顺口吟道：

避暑山庄景不凡，
风摩岭高耸云天。
罗汉山上悬日月，
热河水流德汇前。
西邻元宝风光美，
东接对冠景色岚。
僧冠峰向朝阳洞，
天桥双塔住神仙。
锤峰落照金山寺，
万年蛤蟆舞翩跹。

李纪恩听罢，高兴极了，连声儿夸赞道："吟得好，不愧为才女呀！"

静蓉公主不好意思地说："不敢当，若不是夫君先赋诗一首，我怎会吟得出来？这可是受驸马的启发哟！"

夫妻二人在回返如意洲的路上，认真合计了一番，决定明日一早起程，前往将军屯。

第四十一章

将军屯　男女老少齐祝贺
状元郎　真心实意谢众恩

话说李纪恩、静蓉公主一行离开避暑山庄后，一路马不停蹄，当晚夜宿于喀喇河屯行宫。翌日一早继续赶路，途经两处行宫，傍黑儿到达波罗河屯。第三天往北行，两日后到了东入崖口，再往前走就进入木兰围场境地了。

李秀珍撩起轿帘儿朝外一瞅，近处怪石嶙峋，远处古树参天，九曲八弯的伊逊河水缓缓向南流淌，松林中百鸟鸣叫，鹤飞鹊舞。此情此景，令她百感交集，往事一幕幕浮现在眼前：当年带着宝音巴图投奔将军屯姑父家时，在此处曾遭到野兽的袭击，姑侄俩险些丧命，多亏老猎人相救。刚刚转危为安，没承想却碰上了护围兵马常富，一再阻拦不许经过皇围，还捡走了那份丢失的线路图。不过阿布卡恩都力总是护佑弱者，命途多舛的宝音巴图真是福大命大，如今学有所成，如愿考中了头名状元，还娶了皇上的女儿为妻……

乘坐同一辆轿子的静蓉公主发现坐在身边的婆母时而眉头紧锁，时而满脸笑意，遂问道："额娘啊，您老想什么呢？"

李秀珍欲言又止，不想让公主过早地知道李纪恩更名改姓的底细，于是反问道："公主，能不能停下轿子歇一会儿再走？"

静蓉说："当然可以，这里的风景很美哩！"随即命轿夫们落轿。

走在前面的李纪恩见身后的轿子停下了，忙翻身下马，走到轿前关切地问道："额娘，累了吧？要不要吃点儿啥？"

李秀珍下得轿来，说道："我不饿，纪恩哪，还记得这个地方吗？"

李纪恩摇了摇头道："孩儿好像没啥印象，额娘，这是哪儿呀？"

心直口快的静蓉公主接过了话茬儿："夫君从未来过此地，自然不知道这是东入崖口了，再往前走，就快到木兰围场了。"

李秀珍问："你怎么知道的？"

静蓉公主回道："其实我也没来过，是听父皇说的。"

说话间，由北边驰来两匹快骥，原来是护围兵巡逻至此，到了跟前大声儿警告道："你们是干什么的？再往里走，就是皇家猎苑了，任何人不得入内！"

静蓉问道："如果进了皇家猎苑，能怎么样？"

其中一个护围兵说："私闯皇围，轻者刺字发配，重者斩首。"

静蓉又问："噢？若是皇室的人来呢，你敢不敢斩？"

护围兵迟疑着："你是……"

"本公主的阿玛乃当今圣上！"说着，唰地抽出一柄闪着银光的利剑晃了晃。

护围兵吓得慌忙跪拜道："公主饶命，奴才有眼不识泰山，有失远迎，万望恕罪！"

静蓉将利剑入鞘，一抬手道："起来吧！本公主念及你能够尽职尽责，认真护围，可饶尔等不死。好好儿看看，认识眼前这位皇家状元吗？"

两个护围兵哪敢起身呀，仍跪在地上叩道："状元爷，奴才有眼无珠，大人不记小人过，请高抬贵手饶了小的吧！"

李纪恩说："公主已经讲了，你们尽职尽责，应当表扬才是，快起来吧！"二人这才起身而立。

李秀珍走到看上去有三十七八岁的护围兵跟前，问道："你叫马常富吧？"

马常富一愣："是啊，是啊，老人家怎么知道小的名字？"

李秀珍气不打一处来："原来真是你，我还知道你家住在燕子峪，你爷爷是个郎中，叫马俊荣，对不对？"

马常富惊得目瞪口呆，良久方问道："老人家，您是……"

李秀珍命道："来，同我到一边说话！"边说边往高岗儿处走。

马常富赶紧跟了过去，走到距轿车十几米远便停下了，李秀珍厉声儿问道："马常富，你是想说真话，还是说假话？"

"老人家，别生气，有事尽管问，小的肯定讲真话。"

"我问你，十五年前，在此地捡的那张线路图放在哪儿了？"

马常富越发疑惑不解，反问道："老人家，您到底是谁呀？"

李秀珍用鼻子哼了一声道："很想知道是吧？说出来会把你小子吓死，我就是头名状元的额娘，公主的婆母！如实招来，那张线路图呢？"

马常富诺诺道："小的……当年是捡了一张线路图，不过转天就进京交给皇上了。"

李秀珍心中一惊，说道："记住，线路图的事儿千万不能告诉别人，倘若走漏了风声，可别怪我不客气，小心你的脑袋！"

马常富吓得声儿都变了，带着哭腔儿保证道："老人家，请……放心，线路图的事儿……只有小的知、万岁知、您老人家知。要是……说出一个字儿，天打五雷轰！"

李秀珍喝道："谅你也不敢，走吧！"

马常富讨好道："别价呀，小的还想为老人家效劳呢！只要您吩咐，小的可带皇家一行通过木兰围场七十二围中的第一围——永安莽喀，抄近路，少走五十里就到将军屯了。"

李秀珍略一思忖，说道："也罢，头前带路，到达东围界后就滚回去吧！"

马常富忙不迭地答应道："哎，哎！"

静蓉公主和李秀珍重新上了金顶轿，李纪恩、那洪瑞则骗腿儿上了马，在武士的护卫下，由两个护围兵带路前行，到达围场的东围界时，两个护围兵跪送众人出了皇围，这才回到护围驻地的卡伦。

管家那洪瑞紧催快马先行一步，去将军屯布尼家大院报信儿，李纪恩考中状元归来。刚到村口儿，只见全村老幼齐出动，早已等在那儿迎候了。他们咋知道的呢？原来朝廷已向全国下达了通告，公布了三甲名单。将军屯的百姓得知这一消息后，无不兴高采烈，奔走相告，连着三天敲锣打鼓，燃放鞭炮，庆祝这一大喜事。有的说："布尼家大院出了个布尼阿森大将军，其外孙又考中了头名状元，本是双喜临门哪！"

有的言称："将军屯是块风水宝地呀，既出将军又出状元，全屯的人脸上都有光啊！"

也有的叹道："咳，可惜呀，布尼阿森将军去世早，要不然得多高兴啊！"

布尼仁坤一家更不用说了，个个欣喜若狂，李纪恩不仅中了状元，还娶了当今皇上的女儿，成为皇亲国戚啦！此刻，穆昆达、教授李纪恩学业的宋老先生和布尼仁坤老爷站在迎接队伍的最前面，一只手遮在额头上，正在翘首企盼哩！不远处，李纪恩翻身下了马，后面的金顶轿子稳稳地落定，李秀珍告诉静蓉："公主，您是皇上的女儿，不用下轿了。"

静蓉笑了笑道："不必拘礼，还是下轿的好，入乡随俗嘛，不可以皇室压人。"说着，同李秀珍一块儿下了轿，紧走几步，与状元郎并肩前行。

村民们一看，一位是身披红袍的头名状元，一位是身着绫罗、赛过仙女的九公主，加上那光闪闪的金顶轿，别说父老乡亲没见过，连穆昆达、布尼仁坤老爷也是头回见，不禁又惊又喜，真乃大开眼界呀！

穆昆达换了一身儿新装，高兴得哈哈大笑着，白胡须不停地抖动。布尼仁坤身穿皇上赐的黄马褂儿，显得格外精神，乐得嘴都合不拢了。宋老先生虽然也很激动，但还得尽量装着点儿，时而面带几分严肃，在众人面前，须显现出先生的风范。

李纪恩疾步走到三人跟前，向娘子分别介绍道："这位是待我恩重如山的太姥爷。"

静蓉公主向布尼仁坤深施一礼道："太姥爷万福！"

李纪恩又道："这位是德高望重的穆昆达，这位是我的业师宋老先生。"静蓉公主稍稍屈身点点头，表示对二位长者的敬意。

李纪恩一扭头，看见了人群中的童玉英，立马招呼道："三姥姥也来了！"

静蓉也随口问了声："三姥姥好！"

布尼阿德和阎翠花两口子早就神气十足地来到外孙身边了，嘿嘿嘿一个劲儿地笑，李纪恩介绍道："这二位是四姥爷和四姥姥。"

静蓉公主礼貌地问候道："四姥爷、四姥姥好！"

阎翠花朗声儿说道："好好好！从今往后啊，公主不但是皇上的女儿，也是布家大院的媳妇。你看，姥姥戴的金耳环，还是圣上赐的哩！"边说边拉住静蓉的手。李秀珍也向姑父、哥嫂们见了礼，李纪恩则与乡亲们一面走一面聊着，三人在众人的簇拥下进了布尼大院。

全族人在院子里又说又笑地热闹了好一阵子后，穆昆达对大家说："乡亲们，先各回各家吧，让状元郎和公主歇歇，路上走得很累了，有啥话以后有的是时间唠！"众人当然听族长的，很快散去了。

那洪瑞唤来几个仆人，把随车带来的绸绢、布匹及一些装饰品卸了下来，静蓉公主将这些东西分发给家人，作为见面礼，当然也少不了穆昆达和宋老先生的。

布尼仁坤吩咐道："那洪瑞，告诉厨房，饭菜要准备得丰盛些，为重外孙纪恩、侄女秀珍，特别是重外孙媳妇静蓉公主接风洗尘。老三家、老四家，你俩也去厨房帮着忙活忙活，能指点指点就更好了。"

静蓉一听着急了，忙道："太姥爷，别麻烦了，我喜欢吃满族的家乡菜，越简单越好。"

布尼仁坤说："公主啊，没啥麻烦的，进了布尼大院，就是到家了，千万不要客气。"

李纪恩不失时机地点拨道："太姥爷，静蓉最爱吃黏米饽饽了。"

布尼仁坤说："那好哇，赶紧告诉后厨，多做点儿黏食。"

李秀珍抬眼看了看李纪恩，问道："纪恩哪，知道今天是什么日子吗？"

李纪恩笑着回道："额娘，还用问嘛，是公主驾到的好日子呗！"

李秀珍点点头道："嗯，说得没错，不仅如此，还是你的生日呢！"

静蓉笑得眼睛眯成一条缝儿，拍手道："太好了，今天是六月初一，驸马的生日，我记住了！"

布尼仁坤见静蓉虽是皇上的女儿，却生性直率，举止大方，没有丝毫的矫揉造作之态，十分可爱，喜欢得不得了，暗暗庆幸纪恩娶了个好媳妇。

餐厅里摆放着两张圆桌，只半个时辰，心灵手巧的厨师们便把花样翻新的黏食端了上来。黄米饽饽中，分为苏叶饽、荷花饽、澄沙饽、蜜果饽，有的带馅儿，有的没馅儿。形状各异，有金山形、观音形、牡丹形等。还别出心裁，将饽饽做成鱼、虫、鸟、兽及各种动物，五颜六色，形象逼真，栩栩如生，令人赞叹不已。鸡、鸭、鱼、肉等佳肴烧得更是独具特色，一道道菜将桌面儿全摆满了，并备了上等好酒。

众人按大小辈分围桌而坐，布尼仁坤请公主坐在首席，静蓉不肯，但又不能违拗长者的安排，只好遵从。

布尼仁坤说："公主驾到，使得布尼大院蓬荜生辉，老夫高兴啊！来来来，让我们共同举杯，祝静蓉公主安康，万事如意！"

静蓉忙摆手道："太姥爷，使不得，使不得呀！您那么大年纪了，还要为小辈儿举杯，这不是折我的寿嘛！"

布尼仁坤说："哪里，哪里，尽管布尼家与圣上结成皇亲国戚，然公主乃当今天子的女儿，大家敬您是应该的呀！"

静蓉没辙了，赶紧求助于纪恩："夫君，在这张餐桌上，咱俩的辈分最小。作为重外孙媳妇，我怎能接受长辈的敬酒呢，绝对不行！"

李纪恩笑道："娘子，就不必推辞了。你的夫君能考取功名，全托皇上的洪福啊，来，干吧！"在座的人一饮而尽，静蓉只能跟从。

干过三杯，李纪恩站起身来，首先向尊敬的太姥爷布尼仁坤敬酒，又向恩重如山的李秀珍、辛勤授业的宋老先生敬酒，再向关心自己成长的穆昆达、姥爷、姥姥及管家那洪瑞敬酒，然后走到武士们的桌前，说道："各位的差事办得不错，从京师护送至将军屯，一路晓行夜宿，辛苦了。我在此以酒相谢，来，大家一起干！"说完一仰脖儿，杯中酒下了肚，武士们皆随之。

酒席宴上，个个放量豪饮，谈笑风生，兴奋异常，纷纷为李纪恩和静蓉公主喜结良缘祝贺，为布尼大院双喜临门祝贺！

此刻，布尼阿德酒兴正浓，红扑扑的脸上挂满了笑意，更显容光焕发，早已不是以前的那个让人烦的烟鬼了。见大伙儿越喝越高兴，便起身提议道："今天非同往日，正所谓喜鹊登枝头，喜事挤上门。为了助兴，让我妻给诸位弹奏一曲《全家乐》好不好哇？"

静蓉第一个鼓起掌来："太好了，没承想姥姥还会弹曲唱歌呢，请快露一手吧，我们洗耳恭听！"

阎翠花大大方方地说："如果大家愿意听，我就献丑了。"随即回到西厢房，取来琵琶抱在怀中，坐在椅子上清了清嗓子，边弹边唱：

> 六月里来三伏天，
> 皇女乘轿过木兰。
> 布尼大院多喜庆，
> 外孙红袍加身归。
> 推杯换盏饮美酒，
> 欢声笑语尽开颜。
> 状元公主结连理，
> 窗外喜鹊舞翩跹。
> 多亏盛世皇恩重，
> 天子赐咱太平年。

唱罢，在热烈的掌声中，静蓉大声儿称赞道："嘿！姥姥可不简单，自编自弹自唱，真是深山出俊鸟儿啊！"

阎翠花笑了笑说："谢公主夸奖！"

有领头儿的了，其他人也跃跃欲试，你放歌一首我再接着和，歌声响彻布尼大院，差点儿没把房盖儿鼓开，直到深夜才作罢。此刻，仆人早将新郎新娘的卧室拾掇完了，温水也备好了。李纪恩扶着静蓉回屋后，洗把脸便歇息了，明天一早还得去祭拜将军墓和公主陵呢！

翌日清晨，用罢早膳，李纪恩和静蓉一个骑马，一个乘金顶轿，在武士的护卫下，准备前往村北的将军墓和公主陵。这时，活泼可爱的布尼林丹从屋子里跑出来了，非要跟着去不可，李秀珍咋哄都不听，只好让他同自己坐在那洪瑞赶的篷车里。

临近将军牌楼时，纪恩翻身下了马，疾步走到公主陵前，同李秀珍一起跪拜在地，摆上供品，燃香焚纸，静蓉则站在夫君的身后。李纪恩一连磕了三个头道："额娘啊，有些天没跟您唠嗑儿了，在那边还好吗？孩儿和李姨看您来了。十几年来，孩儿在太姥爷一家的关照下慢慢长大，从不敢懈怠，刻苦读书，以求学业有成。前些日子离家赴京赶考，额娘一直在眷佑着孩儿，睡梦中能聆听您的教诲，考场上能得到您的提醒。功夫不负有心人，终于如愿以偿，考取了头名状元。儿知道，您听到这个喜讯，定会感到欣慰的。额娘啊，孩儿无时无刻不在想您哪，多希望您能陪在孩儿身边呀……"说在这儿，已泪流满面，泣不成声。

李秀珍也流着泪说："伊香公主啊，这些天想儿子了吧？我们在京师也惦着你呀！为了能活得平安顺遂，宝音巴图早就改名儿了，现在叫李纪恩。十几年来，我一直在身边照顾，盼他能早日成才，所以终身未嫁。时间长了，孩子跟我的感情越来越深，执意称'额娘'，只好答应了。这次进京赶考，纪恩准备得很充分，也挺争气，不仅如愿拿到了头名新科状元，还被皇上看中，指婚让纪恩娶圣上的女儿——九公主静蓉。五天前二人喜结良缘，纪恩成了当今天子的乘龙快婿了，布尼家自然是皇亲国戚了，真是让人高兴啊！伊香公主啊，可以放心了，孩子的一切都好，不用惦念了。今儿个呀，你的儿媳静蓉公主也跟着纪恩一块儿来了，是个很懂事理的孩子，大家都喜欢她，你该含笑九泉了。"

静蓉听了李秀珍的一番话，似明白又糊涂，理不出个头绪来，便问李纪恩："夫君，我咋听不明白呢，到底是怎么回事呀？"

李纪恩擦了擦眼泪道："娘子，先别问了，我心里难受着呢！"

李秀珍却忍不住了："公主，布尼伊香是纪恩的亲额娘，又是当今皇上的义女。从辈分上说，伊香是公主的姐姐；从布尼家来说，伊香是公主的婆母。要我看哪，往后只能各论各叫了。"

静蓉沉默不语，心里愈加不解："怪了，夫君随谁姓了，无论如何不该姓李吧？看来身世蛮复杂的。"

站在一旁眨着一对儿大眼睛的布尼林丹插话了："咳，大人之间的事儿，有时我也弄不懂。曾听屯邻讲，我额娘是阿玛从妓院赎出来的，到布尼家才有了我。一起玩儿的小伙伴们却说，我不是额娘生的，是阿玛从路边土沟里捡来的，到现在也不知道自己究竟咋来的。"

听了小林丹的话，三人面面相觑，谁也没吱声儿。

祭拜完公主陵，李纪恩又跪在大将军布尼阿森的墓碑前，摆上供品，烧纸焚香，磕了三个头，然后告诉静蓉："将军墓中合葬着大清朝的一员百战百胜的勇将——布尼阿森大将军及其妻富察氏的遗骨。二位老人家乃布尼伊香的亲生父母，也是我的外祖父和外祖母。"

静蓉公主听罢，先向将军墓三鞠躬，然后站在布尼伊香的墓前行了大礼，令李秀珍、李纪恩，包括管家那洪瑞都十分感动。静蓉又回过头来对李秀珍说："额娘，我眼下虽然不十分了解夫君的身世，但已经知道您是纪恩的大恩人。作为纪恩的妻室，理应向您致谢，给额娘鞠躬了！"边说边深深地行了一礼。

李秀珍连连摆手道："公主哇，使不得，使不得呀！"

管家那洪瑞接茬儿道："怎么使不得？使得！没有你，就没有纪恩的今天，你是布尼家的有功之臣哩！"

一行人又来到孩子坟前，静蓉公主瞄了瞄，问道："夫君，孩子坟里葬的是谁呀？"

李纪恩答道："是我。"

静蓉忙捂住纪恩的嘴巴，面露不悦："夫君，身为驸马，举止言行不能失于检点，怎能胡乱讲话呢？多不吉利呀！"

李秀珍解释道："公主，千万别生气，纪恩说得没错。孩子坟是座空坟，原来是准备埋葬他的，那是状元小时候的事儿了。"

静蓉公主又被弄糊涂了，惊诧得大睁着双眼愣在那儿，李纪恩拉着她的手说："娘子，咱们回去吧，我会把一切讲给你听的。"

静蓉没吱声儿，带着满腹的疑团登上金顶轿，跟随丈夫回到了布尼大院。

第四十二章 | 雷击火　题文凭吊夷齐松
修宝塔　老妇献策解难题

　　李纪恩一行从墓地回到布尼大院后，静蓉公主感到有些累了，便去了为新郎新娘特意准备的卧室歇息。布尼林丹是个闲不住的孩子，天天同小伙伴们在外面疯跑，此刻想拽着玛发一起玩儿，于是去了爷爷的房间。推门一看，屋内空无一人，转身又回到西厢房，见额娘一个人坐在炕上发呆，遂问道："额娘，阿玛呢？"

　　阎翠花回道："阿玛和玛发带着供品去后房了。"

　　布尼林丹跑去一看，二位长辈刚上完香，正跪在列祖列宗牌位前虔诚地磕头呢！

　　这时，李纪恩也来了，不声不响地跪在太姥爷身旁叩起头来。布尼林丹走到李纪恩身旁，跪地磕了三个头后，起身笑嘻嘻地问道："状元郎，我家祖宗姓布尼，你姓李，怎么也来祭祖哇？"

　　李纪恩小声儿说："小小年纪懂什么？我有布尼家的血统，当然应祭拜列祖列宗了。"

　　布尼林丹也不含糊："要是讲血统，你数不上，我才是正宗的布尼后代呢！"

　　祭拜祖宗本是件十分严肃的事儿，不能随便讲话，有不恭不敬之嫌。布尼仁坤听着小孙子不倒不正的话，立马来气了，瞪了林丹一眼，暗示他赶紧闭嘴。布尼阿德瞅了瞅儿子，没说什么，心想："小兔羔子，知道啥呀，你才不姓布尼哩！"

　　祭拜完毕，四人出了香烟缭绕的后房，布尼仁坤问李纪恩："你们啥时候从墓地回来的？"

　　李纪恩答道："没多一会儿，静蓉有些累，我让她回屋歇着了。"

　　布尼仁坤说："纪恩哪，你也歇歇吧，吃完晌饭若是愿意动弹，可领着静蓉去咱家开办的作坊和店铺走走！"纪恩应了一声，把太姥爷扶进了厅堂。

活泼可爱的布尼林丹跟着阿玛回到了西厢房，进屋后急巴巴地问额娘："额娘，孩儿是你生的吗？"

阎翠花佯装生气道："傻孩子，咋又冒虎嗑儿呢，不是额娘生的，难道是石头缝儿里蹦出来的？以后不许再问了！"

布尼林丹见额娘不高兴了，便撒起娇来："额娘，别生气嘛，那些小伙伴儿都说我是玛发从路边土沟里捡来的，到底是不是真的呀？"

布尼阿德沉不住气了，啪地一拍桌子道："混账东西，不是额娘生的，怎么会姓布尼呢？"

小林丹不敢再问了，扑通一声跪在父母面前，哭着认错儿道："是孩儿不好，往后再不听伙伴们瞎说了，请阿玛、额娘息怒！"

阎翠花弯下身把儿子扶起来搂在怀里，两行热泪顺腮而下，轻轻拍着林丹的头说："孩子，知错就改，额娘不生气。"

林丹破涕为笑："谢谢额娘！"随即一阵风似的跑出门找伙伴们玩儿去了，布尼阿德与阎翠花对视了一眼，默默无语。

事实上，小林丹不姓布尼。那是六年前的一天清晨，布尼仁坤拎着鸟笼子到村外的小树林散步，忽听不远处传来婴儿的啼哭声。寻声找去，见路边儿的土沟里躺着一个用小花被包着的婴儿，打开一看，是个男孩儿。四下一瞅，连个人影儿都没有，不知是谁扔的，心里骂道："真是作孽呀，这也是条小生命啊，养不起可以送人嘛，总不该丢在外面喂狼啊！"于是重新把孩子包好，抱回家中，进了西厢房就对不能生养的四儿媳说："老四家，我捡了个宝贝，你把他当亲儿子养吧，孩子可怜哪！"

翠花赶忙接了过来，放到炕上打开被一看，惊喜地说："哟，还是个男娃呢！阿玛，放心吧，我会把他抚养成人的。"

布尼仁坤点点头道："缘分哪，我这辈子得了四个儿子，却没一个孙子，可老天给咱送来了。这孩子就叫布尼林丹吧，布尼家总算有后了，能续上香火啦！"

布尼阿德趴在炕沿边儿大睁着眼睛一眨不眨地瞅哇瞅，咋看看不够，嘿嘿笑道："阿玛，这孩子模样挺周正，一脸的福相，长大肯定错不了。就是瘦了点儿，去集市上买只母羊吧，喂他羊奶喝。"

童玉英闻讯也跑来了，刚看了一眼孩子就喜欢得不得了，抱在怀里一口口地亲着小脸蛋儿，笑着说："做善事积德呀，咱布尼家添丁进口了，终于有条根喽！"嘴上这么说，心里却不是滋味，想起了死去的丈夫："唉，嫁到布尼家，还没开怀呢，阿良就走了，我的命好苦哇！"

从此，全家人把布尼林丹看成掌上明珠，阿德两口子更是精心呵护，视如己出，含在嘴里怕化了，抱在怀里怕跑了，冬天怕冷着，夏天怕热着。布尼仁坤每当看到宝贝孙子，总是笑得合不拢嘴，啥愁事儿都没了。还特意去了趟首饰店，打制一把长命锁挂在小林丹的脖子上，希望孙子健健康康，平平安安，长大后进入学堂念书，将来功成名就，光宗耀祖。

话再说回来，静蓉和李纪恩用罢午膳，在童玉英的引领下，先看了自家办的土豆加工作坊，尽管规模不大，运转得还行，销量也不错。然后又来到专卖瓷器的店铺转转，静蓉边看边问："三姥姥，这些瓷器是谁购进的？"

问者无心，听者有意。童玉英一阵心酸，打了个唉声道："你三姥爷一直在外做生意，货都是由他进，早已是行家里手了。自打被歹人暗害之后，只能由所带的徒弟选购了，品种比前些年少多了。开店铺就是这样，品种越多，销量越高。反之，品种越少、越单调，销量越低，门前自然就冷落了，眼下咱家只是硬撑着。"

静蓉见三姥姥的眼圈儿红了，知道问得有些唐突，马上致歉道："三姥姥，对不起，不该问起此事，让您难过了。"

童玉英摆摆手道："没什么，公主不知，问又何妨？不必往心里去。"说着，眼泪扑簌簌地滚落下来。

三人回到家时，天已擦黑儿了，用罢晚膳，又聊了一会儿，方各自安歇。夜深了，静蓉躺在床上翻来覆去睡不着，李纪恩知道她在想心事，因为头晌在墓地产生的疑团一直没有解开，遂主动将自己的不幸身世向妻子详细说了一遍。静蓉听得眼泪汪汪的，十分同情夫君的遭遇，并对李秀珍更加敬重，决定为这位含辛茹苦的额娘修建一座贞节牌坊，立在将军牌坊的后面。

翌日一早，李纪恩将静蓉的想法告知了太姥爷，布尼仁坤很高兴，一个劲儿地点头称是，并吩咐管家那洪瑞赶紧备料，再雇几个工匠。五天后，贞节牌坊立起来了，上面刻着李秀珍的名字。纪恩和静蓉陪着额娘前去看过后，李秀珍激动得热泪盈眶，感慨万端，喃喃道："既然为我建起了贞节牌坊，往后就应守在这儿，同将军屯的家人一起安度晚年。"

静蓉一听着急了："额娘，您老千万别这么想，受了大半辈子苦了，也该享福了。我和纪恩已合计好了，您得跟我们回京师，在李府颐养天年。"

李纪恩说："额娘啊，您是我最亲的人，没有母亲在身边，孩儿的心怎能落地呢？咱娘儿俩永远不分开！"李秀珍见儿子和儿媳态度很坚决，没再说什么，只好点头答应了。

娘儿仨回到了布尼大院，用午膳时，静蓉又想起了孩子坟，便道："夫君，那座空空的孩子坟还留着作甚？多不吉利呀，干脆铲掉吧！"

纪恩瞅了瞅太姥爷，老人眉头紧锁，没吭声儿。大家则表示赞同，那洪瑞更是急不可耐，准备下晌就带人去把孩子坟夷成平地。布尼仁坤制止道："还是留一留吧，天有不测风云，世事难料，谁知以后会发生什么变故呢？先别平了。"老爷子发话了，家人当然得依他。

转天头晌，纪恩小两口儿和李秀珍在武士的护卫下离开将军屯，向京师方向而去。路上走走停停，观山赏景，十三天后抵达京师，安居在状元的宅第"李府"。李纪恩和静蓉正欲前去向父皇请安，小太监告知，皇上已去木兰围场狩猎了。

单说乾隆率领大队人马在木兰围场进行了三次规模较大的合围之后，这天用过早膳，来到了僧机图围猎点，忽然被不远处的两棵同根异干的古松吸引住了。放眼一看，古松生长在幽深峡谷东侧的玲珑山山坡儿上，犹如蚕娘卧居其中。松边深谷处，流水淙淙，波光粼粼，清澈见底。乾隆示意侍卫丈量一下树高，于石岩疾步走到树下，原地跃起，噌噌噌攀缘而上，掏出尺子一段段儿量，古松竟有四十多米高。

乾隆问纪晓岚："爱卿，古代有则故事，就是说同根异干的，朕记不清了，具体是怎么个内容了？"

纪晓岚略一思忖，说道："皇上，确有这么个传说，很有趣儿呢！"

"给朕讲讲。"

纪晓岚轻咳一声，有声有色地讲道："古时候，孤竹国国君有两个儿子，长子伯夷，次子叔齐。国君常暗自思忖：'等我年老时，没精力执政了，就立长子伯夷做国君。'心里这么想，后来不知为啥变了，遗命立次子叔齐为国君。叔齐大惑不解，真心诚意地对兄长说：'立我为国君哪成啊，应该由长子嗣位呀！'伯夷一再推却道：'父命不可违，必遵旨而行，还是由弟弟嗣位吧！'说完，怕叔齐左右为难，竟连夜逃走了。叔齐闻讯，赶忙前去追赶，要将兄长请回来。伯夷和叔齐以国事为重，不争权不夺势，亲密无间，同心同德，兄弟之情甚笃，可谓本是同根生，一奶同胞如同一人，被朝野上下传为佳话。"

乾隆听罢，抬头仰望着两棵同根异干的古松，感叹不已，随即令笔墨伺候，提笔写下了《夷齐松歌》：

逾僧机图之巅而南少折西有松焉，侧依翠壁俯临回溪，双干遥撑云霄而上者，以寻丈计，其顶乃虬蟠插折，若楼若宫，自远望之谓两树之生，有如相肖乎！既至树下，实则同根也，乃名之曰：夷齐而系以歌。

有山盘盘，有水潺潺，逢二老兮其间，远而望之前者友而后者恭，若伯仲叶也。近而睇之曰斯，迈而月斯，征乃同根生也。二老之芳踪吾不得而知也，考之古则有其人曰夷齐也。夫何饥西山而僵仆者挺朔漠而轮囷维彼与此人！？孰主孰宾岂谁周粟之不食兮。盖自赋质以来，曾烟火未亲诟？黄衣虞夏之不可见兮；玄黄初判落落者与天地而长存，雪覆曦暄何凉何燠夏茂冬彤何同何独兽伏鸟栖，何征何逐胡倚赢封？何荣何辱吁嗟大隐兮！此山木。

从中可以看出，乾隆称那两棵同根异干的古松为"夷齐松"，并对它十分感兴趣，评价很高。纪晓岚和刘墉也齐声儿赞道："皇上触景生情，有感而发，此歌甚好也！"

刘墉又道："微臣敢问，皇上即位后的十七年九月初八曾到这里行围，当时挥就一首七言绝句，可还记否？"

乾隆边寻思边道："噢，那首诗是……"

纪晓岚呼啦一下想起来了："是《僧机图峰》！"随即吟诵道：

> 僧机仿佛嵌空云，
> 崒嵂玲珑信莫群。
> 设使飞移文翰地，
> 度星挂月号纷纷。

吟罢仔细一想，对皇上于木兰秋狝中，如此念念不忘夷齐松感到十分费解，便小声儿问刘墉："刘大人，'僧机图'三个字乃蒙古语，想必圣上是在表达团结各少数民族、统一大清江山之期望吧？"

刘墉点点头道："纪大人所言不无道理。请看，玲珑山的前面是窟窿山，海拔甚高，皇上赴塞北木兰秋狝多次驻跸于此。夷齐松根植在玲珑山的山坡儿上，在周围群峰的衬托下显得非常壮观，山下还有四季恒温的奇泉供人享用，难怪皇上总惦记这里呢！"

　　乾隆见天色已晚，立即口谕，命大队人马于附近搭帐建幄，埋锅造饭，就地宿营。一阵忙乱之后，将士们用罢晚膳，觉得又乏又累，倒头便睡。夜半三更之时，帐篷外响起了震耳欲聋的雷声，倾盆大雨骤降，一道道闪电形成一团团火球，在同根异干的古松周围蹿上跃下。刹那间，夷齐松燃起了熊熊大火，发出噼噼啪啪的响声，变成了巨大的火柱，将树尖儿上方的浓云冲散，映红了半边天。

　　早已跑出黄幄的乾隆见火势越来越猛，心急如焚，令将士们赶紧扑救。大家试了几次都不行，肆虐的火焰烤得脸生疼，头发被烧焦，难以靠近，只好作罢，无不望火兴叹。直到东方露出鱼肚白，方雷停雨止，夷齐松只剩下焦糊的枯干在风中挺立着。

　　乾隆目睹了夷齐松的惨状，难过至极，不禁落下泪来，颤声儿吟道：

> 面对夷齐惨遭雷，
> 重到松烧灭熄飞。
> 昔日茂盛今不见，
> 怎不痛心暗拭泪。

　　接着，又面向玲珑山方向沉思许久，挥笔写下了七言诗《凭吊夷齐松》：

> 泪眼凭吊夷齐松，
> 不见往日苍翠容。
> 再来秋狝不忍睹，
> 只因原貌难复生。

　　乾隆此刻心情很不好，不想在玲珑山继续停留，遂率领大队人马南行，奔热河避暑山庄驰去。刚到山庄，寺庙建造总管和珅便乐颠颠地从工地赶来，叩道："圣上，微臣正盼着呢，皇驾就到了。在微臣的督办下，广缘寺和须弥福寿之庙已如期竣工，请皇上察验。"

　　乾隆抬抬手道："平身吧，朕有些累了，先歇歇，过两天再去看。朕这些日子一直在琢磨，万树园的地脉不错，要不要增加一处建筑呢？"

　　和珅恭恭敬敬地说："请万岁明示。"

　　"朕经多次仔细观察，发现万树园天、地、南、北、西、东六方皆合，在此建座'六和塔'名副其实，爱卿以为如何呀？"

"皇上圣明，所赐的塔名恰如其分，能否交给微臣继续督建？"

"好吧，那就辛苦爱卿了。"

"微臣遵旨。皇上，六和塔欲建多高呢？"

"八角九层即可，但要六合。"

和珅领旨后，为了讨皇上欢心，一点儿没耽搁，向工匠们详细交代一番便开工了。因为人是现成的，料不用再备，利用建寺庙所剩的砖和沙石即可。工地上热火朝天，和珅亲临现场监督，生怕出纰漏，一切都在有序地进行。没承想挖基槽时，刚进四米深，却从地下咕嘟嘟地冒出水来。工头儿看了看，放下铁锹说："一准是挖到泉眼上了，不然，咋能有这么多水呢？"

和珅却不以为然："什么泉眼不泉眼的，别不懂装懂，接着往下挖！"

工头儿没辙了，只好带着大伙儿继续挖，可越挖水越多，没法儿进行了，工头儿便同和珅商量道："和大人，这样干肯定是徒劳，要不要改动一下塔址呢？"

和珅没好气儿地说："在此建塔是皇上定的，绝不能更改，赶紧想办法堵泉眼！"

是啊，皇上一言九鼎，谁敢抗旨不遵哪？工头儿很是无奈，心想："如果六和塔不能按时交工，皇上怪罪下来，还不得拿我是问哪，得长几个脑袋够砍呀？"

到了晌午时分，尽管工匠们费了挺大的劲儿，却无法堵住泉眼，和珅急得抓耳挠腮。这时，在工地伙房里做饭的老妇佟阿婆一头儿担着小米饭，一头儿担着豆腐脑儿颤悠悠地来了。放下扁担，站在基槽旁边朝下瞅了瞅，哎哟，咋挖泉眼上了，还往外翻花呢！见工匠们个个愁眉苦脸的，便像没事儿人似的招呼道："师傅们，快来吃饭吧，人是铁，饭是钢，一顿不吃饿得慌，填饱肚子要紧哪！"

工头儿无精打采地说："佟阿婆呀，讲的是这么个理儿，可您老哪里知道哇，吃是死，不吃也是死，活儿是没法儿干了！"边说边蹲在地上盛了一碗豆腐脑儿，刚喝一口，又"哇"的一声吐出来了："哎呀，咋这么苦啊？"

佟阿婆指了指装豆腐脑儿的木桶道："卤水点豆腐，一物降一物，不过得恰到好处。今儿个呀，卤水放得太多了，当然苦了，将就着吃吧！"说完，笑吟吟地回伙房了。

工头儿是个聪明人，脑瓜儿特别好使，佟阿婆的话提醒了他，忙起身到基槽边往里瞅，突然眼前一亮："嘿，有招儿了，用青石粉掺上卤水一搅拌，变成卤水泥，然后泼到泉眼上，不就堵住了嘛！"索性饭也不吃了，让工匠们赶紧去伙房提卤水，取来青石粉一试，果然奏效，泉眼被堵了个严严实实，再也不往外冒水了。

六和塔的肇建进度很快，只用了五五二十五天，已修到第九层了。需要在几十丈的高处，安装一个两千多斤重的铜刹鎏金宝顶，而且得采取焊接的方法。可是当工匠们站在脚手架上时，不免又犯愁了，怎样才能把那么重的宝顶运上来呢？一时束手无策。

到了晌午，佟阿婆挑着饭菜来了，仰头一看，工匠们正坐在脚手架上发愁哩！她边喊大伙儿下来吃饭，边围着塔身转了三圈儿，然后冲工头儿喊道："不就是那宝顶运不上去吗？唉，能有啥法儿呀，我已是土埋脖子的人了，不顶用喽！"说完，仍笑吟吟地回伙房了。

工头儿又开始咂摸佟阿婆的话了："土埋脖子是啥意思呢？"寻思半天，呼啦一下明白了，随即吩咐大家往塔身旁边堆黄土，从低处向高处堆，一直堆到塔脖儿那儿，再推着铜刹鎏金宝顶沿斜坡儿滚到第九层处，焊接到塔的顶端。此招儿确实很管用，在工匠们的齐心合力下，六和塔提前竣工了。大伙儿高兴异常，纷纷夸赞佟阿婆了不得，经验丰富着呢，可称得上建筑的行家里手啦！总管和珅更是乐得拍手打掌的，胸脯挺得高高的，屁颠儿屁颠儿地跑去向皇上禀报道："万岁，经过微臣的督建，六和塔已经提前完工了。"

乾隆听罢很高兴，放下手中的奏折，亲自到现场观看八角九层，通高六十七米的砖砌宝塔，果然十分壮观。在阳光的照耀下，宝顶灿然炫目，鲜明华丽，正灼灼闪光哩！不禁龙颜大悦道："朕年过七旬，走南闯北，只听说鲁班师傅巧夺天工，但并不是想象的那么快捷。而六和塔建得既漂亮又有速度，兼容并包，了不起呀！和爱卿啊，朕知道这个差事交给你肯定行，辛苦了！"

和珅说："遵旨而行，乃微臣之必须，愿为皇上效犬马之劳！"

乾隆问道："和爱卿，你是如何解决堵泉眼和安装塔顶这两个难题的？"

和珅不敢撒谎，只好回道："工地伙房有位做饭的老妇，在她的指点下，难题才迎刃而解。"

乾隆十分诧异："噢？一个伙房的老太婆能出好主意，果真有这等奇事？快传老妇来见朕！"

不大一会儿，佟阿婆在侍卫的引领下，来到乾隆面前，跪拜道："奴才给圣上叩头请安了，皇上万岁！万岁！万万岁！"

乾隆说："平身吧。朕听大臣传报，在肇建六和塔的过程中，你献计献策，方使得宝塔提前竣工，可有此事？"

佟阿婆答道："回皇上，奴才只不过随便说说而已。奴才的老伴儿是泥瓦匠，长年出外干活儿，大小活儿都接，四海为家。奴才跟着他走过不少地方，做饭、洗衣啥都干，有时去工地送水送饭。天长日久的，熏也熏出来了，便懂了一些泥水活计。"

乾隆又问："老人家，姓什么呀，今年多大年纪了？"

佟阿婆回道："奴才姓佟，七十有二了。"

乾隆命人笔墨伺候，提起御笔写下"女鲁班"三个大字，吩咐制成匾额，再备纹银五百两，然后对佟阿婆说："老人家，都这把年纪了，早该歇息了。朕赐你'女鲁班'之美称，拿上这五百两银子回乡过太平日子吧！"

佟阿婆受宠若惊，扑通一声双膝跪地，连连叩谢皇上隆恩！和珅张罗来一辆带篷儿的马车，让佟阿婆简单收拾一下随身携带的包裹，坐上车回家了。到家后，将御笔匾额端端正正地挂在墙上，全族老幼无不感到荣幸之至。此消息像长了翅膀一样很快在十里八村传开了，一位老秀才特意骑着毛驴登门拜望，见皇上亲赐的匾额写道：

> 塞外深山出俊鸟，
> 惊动华夏清王朝。
> 阿婆可谓女鲁班，
> 御赐金匾赠老嫂。
> 光宗耀祖谈何易，
> 皇恩浩荡要记牢。

第四十三章 | 叹鬼斧　参天古榆封神树
滴泪洞　愧汗举荐石洞生

　　和珅督管的热河避暑山庄外八庙的肇建已全部完工，可谓大功告成，乾隆对他自是高看一眼。再加上乾隆的十女儿早已是和珅的儿媳了，二人结为亲家，故而更是百般信任。

　　一天，和珅神神秘秘地告诉乾隆："微臣听说山庄以西的双塔山上长着灵芝草，那可是宝物哇，人若服之，能长生不老、益寿万年哪！"

　　乾隆笑道："朕也早有耳闻，能否长生不老倒没考证，不过曾登攀过双塔山。遗憾的是刚到山腰处，便刮起了飞沙走石，根本睁不开眼，只好退了下来。"

　　和珅说："皇上，何不再去试试？如果真能如愿，得到灵芝，微臣也跟着高兴不是。"

　　乾隆摆了摆手道："不急，以后再说吧。朕明日返京师，爱卿已离宫好长时间了，一起回吧！"

　　"微臣遵旨。"

　　诸位阿哥，看见了吧，和珅可是个专会看眼色行事的老家伙，多年来，在御前还摸索出一套自认为切实可行的"经验"呢！乾隆笑，他就跟着笑；乾隆喜，他就跟着喜；乾隆怒，他就跟着怒。你别说，此招儿还真挺奏效的，越来越得到乾隆的信任了，暗地里这个乐呀！

　　翌日用罢早膳，乾隆率大队人马起程，七日后抵达京师。此后的三年中，乾隆多次率人马往返于京师至木兰围场、热河避暑山庄之间，七十二围的各个围猎点皆留下了众将士和射牲手们的足迹。那么，本来木兰围场就是最大的演兵习武之地，为什么还要去热河避暑山庄呢？其实乾隆有自己的想法。一来可以消夏避暑，游览一下塞外的奇山秀水；二来可在山庄内开展一些小型的练兵活动，比如组织将士们赛马呀，摔跤哇，射箭哪，使文武百官时刻不忘武备，何乐而不为呢？

　　又是一年的夏末秋初，乾隆率领大队人马及蒙古各部落的王公贵族赴木兰围场狩猎，刘墉、纪晓岚、和珅等大臣伴驾而行。当到达围场的天然门户东入崖口时，官兵们已累得汗流浃背，口干舌燥。乾隆口谕，原地歇息，人吃饭马加料。趁此空当儿，纪晓岚和刘墉不顾疲劳，登上了对面的山岗，那里矗立着"入崖口有作"诗碑，碑文是昔日乾隆皇帝御笔亲书：

> 朝家重习武，灵圃成自天。
> 匪今而斯今，祖制垂奕年。
> 巉岩围叠嶂，崖口为之关。
> 壁立众山断，伊逊奔赴川。
> 秋狝常经过，每为迟吟鞯。
> 双峰开霁烟，一水流潺湲。
> 翠叶复黄葩，高低入影妍。
> 去年巡洛伊，伊亦有崖口。
> 三涂及七谷，较此夫何有。
> 一得考功诗，膻芗传至兹。
> 我为是崖叹，表章将待谁？

五言绝句行书阴刻，线条流畅，既有对崖口一带群山环抱、层峦叠嶂、古树参天、伊逊河蜿蜒南流等山容水态的描写，也有对当今天子岁举秋狝之典，重视练兵习武，以垂祖制的记述。二人边看边细细品味，啧啧称赞，齐颂此乃上乘之作。

将士们吃饱了，喝足了，拔锅熄火，继续北上。途经第三个围猎点时，一探路的小校前来向乾隆禀报："皇上，奴才发现前面不远处有两棵同根异干的古榆，实为罕见。"

乾隆闻奏，心中一震，寻思道："噢？真是奇了！朕在三年前的那次木兰秋狝时，曾目睹玲珑山坡儿生长之两棵同根异干的夷齐松，对其情有独钟。可惜当夜却遭雷击起火，烧得面目全非，朕心如火焚，难过至极。没承想而今又遇两棵同根异干的古榆，看来只有塞外的黑土才能创造出这样的奇迹，不能不让人慨叹大自然的鬼斧神工！"想至此，打马向前，来到古榆树下。首先映入眼帘的是那粗壮的树身，伸开两臂一量，足有六七搂粗。仰脖儿上望，高大笔直，枝繁叶茂，遮天蔽日，十分壮观。树高百尺有余，枝杈纵横交错，树冠在阵阵秋风的吹拂下，犹如九条巨龙于空中飞舞。缕缕祥云在翠绿的叶片间时而升腾，时而飘浮，雾霭蒙蒙，如梦如幻。树旁有一眼山泉，酷似圆筒形水井，泉水清澈见底，且能闻到一股儿幽香的气味环绕其间。乾隆惊诧不已，自顾自地说：

> 昔日偶遇夷齐松，
> 今日巧逢九龙榆，
> 树下泉水清又甜，
> 仙气宜人奉吉利。

又回头冲众官兵喊道："尔等不是有拉肚子的吗？快饮泉水试试吧，或许借此灵丹妙药能去病哩！"

皇上既然发话了，谁不想借吉言治病啊？一些兵将呼呼啦啦跑到泉眼边，伏下身子咕嘟咕嘟地喝开泉水了，还没忘了让马也饮个够。喝罢，乾隆命道："今天不走了，在远离古榆百丈之内安营，以观饮用泉水之功效！"

将士们听令，立刻搭建黄幄和帐篷，埋锅造饭，膳后各自安歇不提。

转天一早，那些拉肚子的官兵果然止住了，疼痛顿消，真乃神奇也！乾隆龙颜大悦道：

> 两棵古榆同根生，
> 相依为命好弟兄。
> 谁知九龙降仙气，
> 饮用清泉也治病！

和珅啥时候都忘不了献媚取宠，立马见缝插针："皇上一言九鼎，如能赐古榆和清泉以美名，乃黎民百姓之福也！"

乾隆随口吟道：

> 神医治病去疾顽，
> 神泉饮罢笑语喧。
> 泉水清清解口渴，
> 神树九龙舞翩跹。

和珅拍手称赞道:"好一首七言诗呀,触景生情,有感而发,真乃绝妙之作。皇上,还没给古榆和清泉赐名呢!"

刘墉哈哈大笑道:"和大人,此言休矣。"

和珅不解地问:"刘大人,此话怎讲?"

纪晓岚接过了话茬儿:"和大人,皇上已经赐名了,还需烦劳吗?"

和珅瞪着眼睛愣怔:"皇上并没赐名呀,刚刚不是吟诗了嘛!"

纪晓岚说:"万岁将古榆赐名为'神树',把清泉赐名为'神泉',难道不是吗?"

和珅这才恍然大悟,羞得满脸通红,恨不得把滚圆的脑袋扎进裤裆里。

乾隆微微一笑,问道:"朕已封古榆为'神树',清泉为'神泉',依尔等看,拿什么作为供品敬献给二神呢?"

刘墉说:"皇上,昨天在经过围猎点时,不是射获几只白狍子吗?臣以为那就是最好的供品了。"

乾隆赞同道:"嗯,刘爱卿所言极是!"随即命人将两只白毛狍子抬到"神树"与"神泉"之间的青石板上,点燃陈香,又在一块红布上挥就四个醒目的大字"信者则灵",挂在树枝上,以供后人祭祀。

乾隆祭罢二神,带领大队人马继续北行,两个时辰后登上塞罕坝,只见野花尚未凋谢,在秋风中摇曳,彩浪滚滚,还有许多白蘑在阳光的照射下泛着银光。乾隆顿时来了兴致,侧过头对纪晓岚说:"怎么样,做个联对吧,朕出上联儿,爱卿对下联儿。"

纪晓岚笑着点点头道:"皇上先请。"

乾隆立马说出上联儿:"塞上金莲恰似金钉钉地。"

纪晓岚随口对下联儿:"京中白塔犹如银钻钻天。"

乾隆夸赞道:"纪爱卿果然不凡,出语惊人,下联儿对得何等好啊!"

下晌,大队人马来到七十二围之一的杜格岱围猎点,乾隆口谕,就地安营扎寨,今夜布围,明日合围。

黄幄内,乾隆同几位大臣共饮,并继续做联对。

乾隆呷一口酒后出了上联儿:"笔墨千秋秀。"

和珅抢先对了下联儿:"岁月向西沉。"

乾隆听了,好不生气,暗自思谋:"和珅这是怎么了,咋能对出如此下联儿呢?风马牛不相及嘛!"想至此,冲刘墉说:"爱卿,你来对下联儿。"

刘墉放下杯子开了口:"文章万古春。"

纪晓岚拍手道:"好!笔墨千秋秀,文章万古春,妙极了!皇上,和大人的下联儿不妥,是不是该罚三杯呀?"

乾隆一挥手:"罚不赦!"

和珅只好乖乖连喝了三杯,那张胖脸由红变白,由白变紫,如同猪肝一般。

乾隆婉转地问道:"和爱卿啊,这几年一直忙于避暑山庄四周的寺庙肇建,没工夫读书了,是不是呀?"

和珅诺诺道:"知微臣者,莫过圣上啊!"

乾隆又呷了一口酒,说出上联儿:"千里河川如画里。"然后让纪晓岚对下联儿。

纪晓岚奔儿都没打,接了句:"万座山岭绣乾坤。"

乾隆龙颜大悦道:"好联儿,不愧是才子,来,干了这杯酒!"

纪晓岚与皇上碰杯后,一仰脖儿下了肚,转过头来冲和珅说道:"和大人,今天老哥儿几个陪万岁多饮几杯,为的是高兴,咱俩划几拳?"

和珅见纪晓岚两次受到皇上的夸赞,心里很不是滋味。偏偏又提出与自己划拳行酒令,担心划不过人家,再丢人现眼,只好推却道:"不行不行,实在是不胜酒力,还是免了吧!"

乾隆此刻兴致正浓,立马插嘴道:"纪爱卿,朕与你较量两拳如何?"

纪晓岚忙道:"皇上,微臣不敢。"

乾隆笑道:"怎么?没上阵先言败,这可不是往日的纪大人。先讲好喽,朕与爱卿划拳,不说酒令,以联对决胜负!"

"微臣遵旨。"

于是,君臣二人开始划拳,同时出手,乾隆道:"拳头巴掌手。"

纪晓岚道:"荷叶莲花藕。"

刘墉品了品说:"嗯,一种东西能说出三个名称,妙哉,第一回合平局!"

接下来,二人一连划了十几个回合,始终分不出输赢。刘墉坐在旁边乐呵呵地陪着,听着水平高超的独特酒令,时不时地还评价一番。和珅则如坐针毡,对这种以联对行酒令,他是既不敢参与,也评价不了,望尘莫及。

君臣边喝边聊,直到傍晚方结束,刘墉和纪晓岚各自回到帐内歇息。和珅因对下联儿时出了丑,心里一直堵得慌,加上多喝了几杯,早晕乎乎的了，乾隆令于石岩搀扶其离开了黄幄。

当夜，和珅头痛欲裂，口渴难耐。待喝足了水，已折腾到五更，刚刚入睡，出猎的号角吹响了，知道这是开始布围了。此刻虽然觉得很难受，但不敢不参加，因朝廷有规定，无故缺席者以军法论处。他极不情愿地爬了起来，低头一看，发现昨晚上床未脱衣服，便穿鞋下了地，晃晃悠悠地走出帐篷。

官兵们纪律严整，行动迅速，到了围猎地，半个时辰内布围完毕，天亮时开始合围。乾隆首先催御马驰入围内，嗖嗖嗖连发三箭，一只野兔和两只狐狸应声儿倒地。众将士一看，箭箭中的，顿时欢呼雷动，齐颂皇上神箭也！乾隆勒紧马缰跃出围外，在侍卫于石岩的陪同下登上看城，继续观猎。

接下来是刘墉、纪晓岚、和珅等文臣武将同蒙古各部王公贵族入围，弯弓搭箭，进行激烈的射杀。没过多一会儿，迷迷糊糊的和珅身子一歪，扑通一声滚落在地，摔了个嘴啃泥。

乾隆猛然一惊，喊道："和爱卿，怎么了？"

和珅躺在那儿哼哼唧唧地动弹不得，一兵丁将他扶起搀出包围圈儿，来到皇上面前。乾隆不无担心地问道："爱卿，摔哪儿了？伤着没有，为何突然落马？"

和珅当然清楚自己是因喝多了酒，头重脚轻，没坐稳才挨摔的。可哪敢说真情啊，不得不撒谎道："请万岁释念，微臣因马失前蹄而摔，幸好身子骨儿无恙。"

乾隆这才放下心来，哈哈大笑道："好你个和爱卿，人马无恙，有惊无险，总算报平安啦！"

一天的紧张围猎结束了，收获颇丰，共捕获野兔四百一十二只，山豹九只，野猪二十五头，马鹿十九只，虎三只，狼二十只，狍子三十只，飞狐七只，狐狸二十八只，黑熊五头，还有各种飞禽一千零三十一只。

大队人马回到宿营地，点起篝火，燔烤野味，热闹异常。乾隆与众臣边吃边聊，有说有笑，唯独和珅早早回帐歇息了。刘墉小声儿问纪晓岚："和珅落马，纪大人有何感想啊？"

纪晓岚附耳答道："这是一种不祥之兆，和珅早晚会落下马来，摔个身败名裂，等着瞧吧！"

转天一早，乾隆率领大队人马向七十二围之一的鄂伦索和图围猎点转移，"鄂伦索和图"系蒙古语，即多谷之意。距围猎点还有二里来地时，乾隆走着走着，四下一瞅，觉得这里的地形地势很是熟悉。仔细一琢磨，呼啦一下想起了二十年前秋狝途中的一段风流韵事，立即传下口谕，命大队人马稍作歇息，然后于前面的鄂伦索和图围猎点进行一场小型的狩猎活动。部署完毕，换上僧服，带着侍卫于石岩骑马向东而去。

一个时辰后，君臣二人来到一个大峡谷的沟口儿处，乾隆前前后后看了又看，自言自语道："没错，就是这里。"

于石岩对皇上的举止感到莫名其妙，但不敢问，只是默默地小心护卫着。正这时，忽见从山坡儿上下来个背着柴草的后生，径直进了山洞。乾隆很是奇怪，心想："小伙子是谁呢，去山洞做什么？"为了探个究竟，便吩咐于石岩："你在此等候，朕到山洞里瞧瞧。"

乾隆走到山洞前，靠近洞口儿听了听，没啥动静，遂进入洞内。见冲着洞口儿搭一石炕，炕边儿卧一石槽，槽内装着长年累月滴积的水，洞顶处的水珠儿还在吧嗒吧嗒地往石槽里掉呢！

小伙子一抬头，见眼前站着个僧人，忙彬彬有礼地招呼道："师父，请坐吧，从何而来呀？"

乾隆回道："老衲四海为家，正好从此路过，讨碗水喝。"

小伙子递过大碗说："石槽子里有的是水，请师父尽管用。"

乾隆舀了半碗水尝了尝，又苦又涩，随口问道："小施主，平时也喝这水吗？"

小伙子回道："当然了，水是从洞顶石缝儿中滴落下来的，此洞名叫'滴泪洞'。"

乾隆一惊："缘何称'滴泪洞'呢？"

小伙子说："这有啥奇怪的？我还叫'石洞生'哩！"

乾隆又一惊："噢？小施主，你是此洞生人吗？"

石洞生说："是啊！当年我额娘上山挖野菜，不幸遇上几个歹人，强行带到这个山洞，被那领头儿的破身了，致使还是格格的她身怀有孕。回到家中，肚子渐渐鼓了起来，无奈之下，只好趁家人不注意又来到山洞。从此，孤零零一个人，天天哭泣，日日苦熬，十个月后生下了我，一把屎一把尿地拉扯大。她思念家人，又不能回去，一天趁我上山砍柴之机，来到山坡儿的树下吊死了。"

乾隆沉默良久，问道："你额娘叫啥名儿？"

"她叫阿其雅。"

"那你怎么姓石呢？"

"因为我是在石洞里生的，没有阿玛，所以就姓石了，取名儿洞生。师父，请问您总是一个人云游吗？"

乾隆想了想，回道："老衲身居浙江灵隐寺，闲来无事，就想出来走走，顺便给乡民治治疑难杂症，还可观赏一下长城内外的山山水水。"

石洞生说："师父，哪有庙宇的僧人四处乱逛的？唉，我真想出家当和尚，可不知是否能收留咱。"

乾隆两眼一亮："小施主，果真有此打算吗？"

"不瞒您说，早就这么想了。当了和尚，不愁吃不愁穿，脱离凡尘，一心诵经，多好啊！"

乾隆深知眼前的后生是自己的龙种，得绝对保密，不能让第二个人知晓，于是说道："小施主，既然有此决心，就要想办法实现。山西五台山风景秀丽，有不少寺庙，其中的一座叫显通寺，寺内的住持法号月空，是老衲的八叔。如果真想出家，可去找他，会收你为徒的。"

石洞生疑惑地问道："月空住持与我素不相识，怎会无缘无故收一个陌生人为徒？好像不太可能。"

乾隆说："这样吧，老衲给你写封信随身带着，路上千万小心，不能遗失，到了显通寺交给住持。动身之前，别忘了给额娘上坟添土，以示孝心。小施主，你这儿有笔墨、纸张吗？"

石洞生边答应边取了来，乾隆挥笔写了一封信，又从怀中掏出二百两纹银，叮嘱道："把信装在内衣口袋里，这点儿银子你带上，作为路上的盘缠，尽快动身吧！"

石洞生接过书信和纹银，激动万分，热泪盈眶，双膝跪地咣咣地磕起了响头。乾隆忙把他扶起来，说道："老衲看小施主可怜，很是心疼啊，只有这个办法能救你出苦海了。切记，去五台山找月空住持，别耽搁了。"

石洞生表示道："师父，明日清晨我去额娘坟上燃香、焚纸、添土，跟老人家说说话，然后立即动身，请放心就是了。"

乾隆连连点头道："好，好啊，老衲就此告辞了，阿弥陀佛！"说完转身离去了。

乾隆走后，石洞生手拿书信翻过来调过去地看，遗憾的是认不了几个字儿，不知写些啥。折好后，又小心翼翼地放进衣兜儿里，准备明儿个去额娘的坟前祭拜、告别之后，前往五台山。

当乾隆和侍卫于石岩返回鄂伦索和图围猎点时，小型狩猎活动早已收围，将士们正在用晚膳。乾隆一点儿食欲没有，勉强吃了几口，便借口累了，一头钻进黄幄，躺在龙榻上又想起了住在滴泪洞里的石洞生，不禁暗自落泪。朕这不是造孽嘛，二十年前因喝鹿血欲火燃身，结果让一个农家女未婚先孕，从此人家吃了不少苦、遭了不少罪。严格的礼教让她没脸活在世上，上天无路，入地无门，又怕对不起无辜的孩子，待茹苦含辛地把儿子养大后，方狠心地了断了自己的性命。好在已安排皇子石洞生去五台山显通寺投奔月空住持了，总算有个习武、诵经、修行之处了，八叔只要看见信的落款自会明白。有什么办法呢，爱新觉罗·允裸又何尝不是如此呀，实为无奈之举。人心就像一座秘密的储存库，朕也是常人，只能将自己的隐私深藏在心底了。想至此，打了个唉声，轻声儿吟道：

当年秋狝饮鹿血，
寻欢作乐乱纲常。
农家女子受欺辱，
生下龙种洞作房。
多亏寻索遇后生，
叙谈之中是儿郎。
身带密件去五台，
皇叔见信定思量。
收下洞生当和尚，
往事怎能说端详。
愧对皇子藏心内，
了却昔日事一桩。

第四十四章 | 瞻寺庙　有感而发留赞语
　　　　　　　　悦鑫楼　喜得天子赐楹联

　　第二天，乾隆率大队人马出了东入崖口，同随围的蒙古各部王公贵族道别后，一路旌旗猎猎，尘土飞扬，五日后抵达热河避暑山庄，住进烟波致爽殿，用过午膳，立即召众臣议事。

　　臣子们鱼贯而入，各自依序而坐，乾隆开口道："众爱卿皆知，山庄内的'文津阁'于乾隆四十七年告竣，历时十九载，将作为编纂《四库全书》的地方。此项工程浩繁，需投入大量的人力物力，不可小觑。朕对此早已深思熟虑，因全书分为经、史、子、集四大部，故称'四库'。拟选录书籍三千五百部，近八万卷，装订三万六千册，约七亿七千余万字。完成之后，不仅是华夏历史上最大的一部丛书，也是世界文库罕见之巨著。至于装帧，纪爱卿啊，你是《四库全书》的总编纂，最有发言权了，有何见解呀？"

　　纪晓岚轻咳了一声道："臣以为，《四库全书》的装帧要十分考究，经、史、子、集四部分可分别采用绿、红、蓝、灰等色，用来象征春、夏、秋、冬四季。"

　　乾隆点点头道："嗯，想法很好，看来纪爱卿成竹在胸啊！为便于贮存此书，朕早已下诏，于京师皇宫内建文渊阁，盛京建文溯阁，圆明园建文源阁，避暑山庄建文津阁。纪爱卿，这一编纂工程需要多长时间，投入多少人力，心里有谱儿没？"

　　纪晓岚答曰："回皇上，微臣眼下尚且说不准。"

　　乾隆说："是啊，难为爱卿了，待以后再议吧。"说完转向和珅道："和爱卿啊，你在山庄周围的寺庙肇建中，操了不少心，费了不少力，日夜辛劳，功不可没。朕准你歇息三个月，带一部分人马明日起程，先回京师吧！"

　　和珅得到皇上的当众表扬，受宠若惊，忙叩道："谢皇上，微臣遵旨。"

　　乾隆问道："众爱卿，还有什么事儿吗？"环视了一圈儿后，见群臣无语，又道："今日，朕打算与爱卿们一起参观刚刚修缮的文津阁以及新建成的须弥福寿之庙和广缘寺，各位以为如何呀？"

众臣齐声儿回道："皇上圣明！"于是，乾隆在臣子们的簇拥下，兴致勃勃地去了文津阁。

文津阁，其形制仿浙江宁波范氏天一阁藏书楼，石砌虎皮墙环绕院落，院子正中建阁，坐北朝南，乃园中之园。外观可见两层，实为三层，上下层之间夹一暗层。浙江宁波范氏天一阁名称源于《易经》"天一生水""地六成水"，以"天一"为楼，求以水克火。文津阁第一层广为六间，第二层即暗屋，为一间，意也在于此。阁前建一大水池，上题"池伴月"，当地百姓称其"伴月池"。池东有巨石为桥，将大池分为两个小池，池下设暗渠，与长条湖相通，为的是控制池内水位。水池东、西、南三面以假山环绕，呈半月形，怪石叠置，嶙峋峥嵘。沿石磴儿而上，西有四角趣亭，东有月台碑，上刻乾隆手书"月台"二字，山下有洞府，贯通前后。

众臣站在文津阁前向池中望去，只见一弯新月于水面轻轻晃动，有风月摇，无风月止，如梦如幻，堪称奇观。仰头上望，天空丽日高悬，光芒四射，可谓名副其实的日月同辉。经仔细看才会明白，这是利用山洞南壁凿出的缺口，在水中倒映出一弯新月。文津阁的后面，铺设了冰纹石路，垒砌了花坛、假山，造就了一种清幽恬淡的环境氛围。"伴月池"也好，"池伴月"也罢，反正一个意思，无非是水池中有月亮。明明骄阳似火，悬在碧空，池子里却倒映出一弯明月，这到底是咋回事呢？在避暑山庄的庄内、庄外，流传着一段儿十分有趣儿的故事。

据讲，乾隆帝每到夏季，都要离开京师，前往塞外热河避暑山庄歇息。玩儿得高兴时，必大摆宴席，与群臣众将推杯换盏，以求同乐。这天，乾隆又命在向月楼设宴，召文武大臣共饮。席上，乾隆一边与大家聊着，一边遥望着山庄内的美景，只见湖中鱼跃，山坡鹿驰，枝头百鸟，一派诗情画意，不禁酒兴更浓，连碰几杯后，显出有些醉意了。

这时，太阳已经西斜，没一会儿，落日的余辉映在了向月楼的金匾上，灼灼闪光。乾隆仰头上看御笔亲题的"向月楼"三个大字，忽然想起诗仙李白的《把酒问月》一诗，便晃着头吟诵起来："青天有月来几时，我今停杯一问之……"当吟到"唯愿当歌对酒时，月光长照金樽里"时，众臣无不为皇上的惊人记忆力拍手叫好儿，乾隆微微笑着频频点头。

此刻，和珅已喝得晕乎乎的了，眯缝着眼睛接了茬儿："可惜呀，可惜，一年四季天天总是昼夜交替，那月光哪能长照在金樽里呢？"别看他平日说话一向小心翼翼，专会看眼色行事，这会儿借着酒劲儿，说得还真有些道理。是啊，白天看不见月亮，何谈月光照在金樽里？

乾隆却不以为然，醉眼蒙眬地说："唐朝那个女皇武则天能让百花在冬季开放，朕是当朝天子，拥有五湖四海，要比武则天大得多哩，难道就不能让月光白天照到朕的酒杯里吗？"

众臣听了，面面相觑，偷偷瞅瞅皇上，谁也没敢吱声儿。乾隆又将酒杯往桌子上重重一蹾，大声儿命道："和珅听旨！"

和珅吓得忙跪在地上叩道："卑臣在。"

乾隆说："传朕旨意，在热河避暑山庄之地，朕白天也要看到月亮，赶紧去办，不得有误！"尽管说的是醉话，但若不照办，必会被杀头的。

和珅平时仰仗着皇上对自己的宠爱，在群臣面前，一向飞扬跋扈，欺上压下。自打领了旨，就寝食不安，左右为难，硬是愁蔫巴了。忽一日，想起手下有个老管家，馊点子不少，便急匆匆地回了京师。管家见了和大人，忙迎上前问道："老爷辛苦了，不是去热河避暑山庄了嘛，咋这么快就回来了？"

和珅心烦意乱地把皇上如何降旨的原委一学，老管家悄声儿说："唉，当今天子喝糊涂了吧，哪有大白天能看见月亮的？这不是瞎扯嘛！"想了想又道："老爷，不必犯愁，老奴倒有一主意。"

和珅眼前一亮，忙问："啥主意？快说说看！"

管家嘿嘿一笑道："自古有句俗话，叫作'百巧匠为先'。老爷可以命令百名工匠造一个月亮，如果造不出来，责任一推六二五，拿他们问罪不就结了嘛！"

和珅听罢，心中一阵儿窃喜，忙返回热河避暑山庄，叫来修建外八庙的一百个能工巧匠，狐假虎威地说："谁能在两个月内，以一技之长造出白天能看见的月亮，赏银一千两。如果到期造不出来，别怪我不客气，定斩不赦！"

众工匠深知和珅可不是好对付的，心狠手辣，说得出也做得出。不过谁也不是神仙，哪有那么大本事呀，这不是难为人吗？大家你看看我，我瞅瞅你，谁也没言语。

眼见一天天过去了，离期限越来越近了，造月亮的办法还是没有想出来。工匠们聚在工棚子里一筹莫展，摸摸自己的后脖颈子，飕飕直冒凉风啊！有些年轻工匠急得一个劲儿地哭，眼泪流干了，嗓子也哑了。这时，忽听屋外有人大声儿吆喝道："卖月亮喽，卖月亮！"

大伙儿感到很是奇怪，卖啥的都听说过，从未见有卖月亮的，呼啦啦跑出去一看，原来是个挑着木桶的疯疯老头儿正在那儿扯脖子喊呢！老头儿侧过头来瞅了瞅，问道："哎，你们买月亮不？说话呀，到底买不买呀？"

工匠们愣了一会儿，随即七嘴八舌地冲老头儿去了："疯老头儿，你是大白天说胡话吧？哪有什么月亮啊！"

"喂，咱们既无冤又无仇，大伙儿都快急死了，你这么大岁数了，干吗幸灾乐祸呀？"

"疯老头儿，没心思跟你开玩笑，赶紧走吧，该干啥就干啥去！"

老头儿认真地说："我没开玩笑，更谈不上幸灾乐祸，真有月亮掉在东边那口井里了。若是不信，跟我去看看嘛，反正离这儿也不远。"说完，自顾自地往东走去。

工匠们好奇呀，紧随其后，走出不远便发现一口井。上了井台儿低头往里一瞅，一年轻工匠当时就泄气了："井里也没有月亮呀，老人家，你可真会折腾人！"

老头儿笑道："月亮真掉到井里了，我用木桶捞半天了，就是捞不上来。你们别急嘛，多瞅一会儿，肯定能看见。"

工匠们也来了好信儿了，围着水井定睛细看，过了半袋烟工夫，哎呀，水面儿果然漂起一轮圆圆的月亮！

这是咋回事儿呢？原来此时正值晌午，石盘圆井口儿正好倒映在水面儿上，和月亮一样。可是刚才咋没看见井中有月亮呢？那是时辰不到，唯晌午才能映倒影儿。

待工匠们回过神儿来时，疯疯老头儿不见了，一位老师傅恍然大悟："老天保佑啊，这是鲁班爷给咱指路来了！老少爷们儿，咱就采用井台儿倒映水中的原理，修建一个水池，然后在水池旁边用太湖石堆起一座假山遮阴，再把假山凿出一个月牙儿形的洞，月牙儿洞便倒映在水池里了，这不就成了大白天所看到的月亮了吗？"

工匠们经鲁班爷的暗中指点，又听了老师傅的一番话，立马来了精神，遂向和珅提出赶紧调拨石料，于避暑山庄内文津阁前的荷花池旁动工。石料备齐后，只用了三天时间，水池中的"月亮"便造出来了。和珅来到池边一看，心中大喜，随即又装腔作势地晃着头言道："月牙儿弯弯像银镰，弯弯银镰不成圆。月亮还是圆月好，大清王朝保平安！"

工匠们听和大人这么一说，马上把月牙儿形的洞改成了圆形，如同一轮满月倒映在荷花池中，微风吹来，水面上泛起层层涟漪，"圆月"如影如形，颇富诗情画意。

和珅乐颠颠地跑去禀报了皇上，乾隆在侍卫于石岩的陪同下，来到荷花池边，观看了倒映在池中的一轮"圆月"后，龙颜大悦道："水中映月可称得上一绝呀，此情此景，真乃巧夺天工啊！"

和珅凑到跟前讨好儿道："皇上，这帮工匠没脑子，初始只造出一弯'月牙儿'，显得太小气了。多亏微臣发现得早，让他们重造了一轮'明月'，万岁还满意吧？"

乾隆脸一沉，斥责道："依朕看，工匠们聪明得很，只有你没长脑子，是个地道的蠢材！人有悲欢离合，月有阴晴圆缺，这才符合实际。你为何独出心裁，非让选一轮'圆月'不可呀？岂有此理！"

善于溜须拍马的和珅这回可拍在马蹄子上了，没承想被皇上骂了个烧鸡大窝脖儿，只好令工匠们把"圆月"改成一弯"月牙儿"了。乾隆为在荷花池里白天能看到"月亮"而兴奋不已，于是令备上笔墨，亲笔题写了"池伴月"三个金光闪闪的大字。

话接前书，君臣围着文津阁观瞧了一圈儿后，乾隆笑眯眯地问纪晓岚："纪总编纂，怎么样，看了文津阁之后，满意否？"

纪晓岚回道："微臣非常满意，此处有山有水，静谧无声，是个编书的好地方。"

乾隆说："爱卿啊，从今天起，你就不必每年随驾木兰秋狝了，只需带领文人用心编好《四库全书》即可。噢，朕记得《热河志》也是爱卿编纂的，是吧？"

纪晓岚回答："皇上的记忆力惊人，是微臣带领一些文人所编。"

乾隆点点头道："嗯，这就对了。有人说是和珅所编，岂不可笑？他那时还是个七岁的顽童呢！朕早就想过，当年圣祖踏查此地并择定庄址时，附近的上河营村已经形成了人口众多的城镇。只因山庄内有一热河泉，便定地名为'热河'，山庄为'热河避暑山庄'。为了继承列祖列宗的传统美德，从这个意义上说，更改一下名字也无妨。朕赐此地名儿为'承德'，山庄为'承德避暑山庄'，这不是很好吗，尔等以为如何呀？"

众臣齐呼："皇上圣明！"

君臣一行看罢文津阁，出了丽正门往北去，来到须弥福寿之庙。此庙于乾隆四十五年建成，当年正值乾隆七十寿辰，后藏政教首领六世班禅准备长途跋涉来山庄祝寿，朝廷上下人等对此极为重视。乾隆下旨，参照顺治九年达赖五世赴京师朝见顺治皇上，顺治谕旨于德胜门外修建西黄寺以供达赖五世居住的先例，仿照六世班禅西藏日喀则的住所——扎什伦布寺的形制，在热河避暑山庄北面的狮子沟阳坡儿修建须弥福寿之庙，供六世班禅讲经、居住之用，故而又叫"班禅行宫"。

"须弥福寿"乃藏语"扎什伦布"的汉译，"扎什"汉译为"福寿"，即吉祥之意；"伦布"汉译为"须弥"，即山之意，"扎什伦布"即"吉祥山"。

须弥福寿之庙的总体建筑，体现了西藏依山势而立的特点，庙前的石桥、山门、碑亭以及琉璃牌坊为汉族形制，以一条较明显的中线为轴，采取左右基本对称的排列布局。后面设的大红台，乃全寺的主体工程，位居寺庙的中心。

大红台由三座殿组成，正面是上下三层的妙高庄严殿，殿顶覆盖着耗资三万多两黄金制成的鱼鳞状镏金铜瓦，四道殿脊上各有两条做工精细的金龙，每条重一吨。殿脊中央的金顶乃经幢，在蓝天白云的衬托下，更显金碧辉煌，庄严富丽。殿内正中为宗喀巴，北为释迦牟尼，东为六世班禅念经的宝座。大红台西北角儿，建的是吉祥法喜殿，乃六世班禅的住所。大红台正北，建的是万法宗源殿，乃班禅弟子们的歇宿之处。

寺庙北端矗立着一座琉璃万寿塔，是庙宇中轴线最北的建筑，坐落在山巅上。塔身呈八角形，绿琉璃砖堆砌，饰以精致的佛龛，高耸天际。

诸位阿哥，提起须弥福寿之庙妙高庄严殿的四脊八龙盘顶，民间还有一段儿传说呢！据讲此庙刚建成时，妙高庄严殿的顶端平平，没有任何雕饰。当乾隆听了传报称庙已竣工，便急不可耐地率群臣众将特意从京师赶来，绕着寺庙前后左右仔仔细细地看了一圈儿后，颇为满意，龙颜大悦道："嚯，不错嘛，六世班禅来热河朝拜可一饱眼福啦！不过，朕总觉得妙高庄严殿的顶端好像缺点儿什么。"

站在身边的外八庙肇建总管和珅眼珠儿滴溜溜儿一转，轻声儿问道："皇上，殿顶处是不是缺少能腾云驾雾的金……"

乾隆一拍脑门儿道："噢，是了，缺金龙也，笔墨伺候！"

和珅不失时机地递上一句："万岁英明！"

太监呈上文房四宝，展开宣纸，乾隆提笔一通儿刷刷点点，九条形态各异的巨龙跃然纸上，然后冲和珅命道："爱卿，立即传旨，由工匠们按照朕的'九龙图'铸造九条金龙，使光秃秃的殿顶显现出'九龙盘顶'之效。要抓紧时间，一个月之内必须完工，误期定斩不赦！"

　　圣旨一下，惊动了众多能工巧匠，争相观瞧皇上御笔所画的"九龙图"。见画面上的九条龙有的在腾云驾雾，有的正兴风播雨，有的像大蛇一样钻来窜去，有的蜷曲着身子头朝上仰，有的则头朝下摆动着长尾，活灵活现，栩栩如生，若想铸造成功，并非易事。可时间不等人哪，大家赶忙动手先制作铜质模型，再将金子化成金水，浇铸金龙。然而反复多次，竟一条也没铸成，原因是火候儿不够，金水变为了金疙瘩。眼看工期过去一半儿了，继续耽误下去，后果不堪设想，工匠们心急如焚。

　　领头儿的老金匠姓于，人称于师傅，做金匠活儿是家中祖传。他比谁都着急，知道如果浇铸不出皇上所画的九条金龙，自己掉脑袋事小，所有的工匠性命同样保不住，抛下家中年迈的父母和老婆孩子，让他们今后的日子怎么过呀？拼死拼活也得拿下这个差事。于是走到炉前，打开炉门看了看，自言自语道："唉，投入的金子足够了，火候儿不到难成啊！"这么叨咕着，忽然想起太祖父曾经讲过，用一对儿一母所生的童男童女祭炉，才能铸成金龙，可是谁能舍得自己的亲生骨肉啊！听说西藏的班禅活佛已经上路了，是专程来热河避暑山庄向乾隆帝朝拜的。若是按期浇铸不成金龙，不但皇上金口玉言的"九龙盘顶"是句空话，而且一旦传出去，必将影响朝廷与藏民之间的团结。事已至此，为了救大伙儿的性命，只能将膝下的一双孪生儿女祭炉了。

　　当于师傅把这个决定告诉工匠们后，工匠们个个惊得目瞪口呆，随即扑通通跪了一地。其中一年轻工匠说："于师傅，你已是五十多岁的人了，膝下只有一双仅仅四岁的儿女，怎么能用来祭炉呢？绝对不行！"

　　于师傅弯下身将众工匠一一扶起来，眼含热泪道："各位兄弟，咱们再试一次吧，如果能成功，就不用儿女祭炉了。"众人信以为真，便各忙各的去了。

　　于师傅转身回了家，再返回时，身后背着个大包袱。他来到熔炉前瞅了瞅，里面的金子已经溶化成了金水，遂把跟前的几个工匠支开，趁炉火正旺时，将包袱投进了炉内，炉火顷刻间变成了红金颜色。大家围过来一看，感到好生奇怪，未待寻思过味儿来，此时的于师傅再也忍不住了，泪水扑簌簌地顺脸往下掉，颤声儿吩咐道："兄弟们，眼下火候儿够了，开炉！"

　　当众工匠把炉门儿打开时，见九条形态各异的金龙终于浇铸成功，大家欢呼雀跃，别提有多高兴了！然后又往龙身上镏一层金水，再合力运到殿顶，镶嵌在殿脊上。随之"九龙盘顶"的奇观出现了，仰望天空，已被金龙映照得金光闪闪，灼灼耀眼！

七天之后，即八月十二日，乾隆皇上七十大寿的前一天，六世班禅一行从西藏赶到了热河。活佛跪在班禅新宫内所供的佛祖前上香、叩头、礼拜，乾隆则于新宫院内设宴，准备为班禅接风洗尘。

此时此刻，失去一双亲生儿女的于师傅悄悄儿跪在殿后，一边冲苍天磕头，一边低声儿呜咽，泣诉着自己的无奈，请求儿女原谅并遥祝他们一路走好。与此同时，又为割舍亲生骨肉而保住了众工匠的性命之举聊以自慰。

殿前，六世班禅拜毕，来到新宫院内入宴，乾隆手指上方的"九龙盘顶"说："活佛，请往上看，那九条金龙乃朕所画，由工匠们铸成，给须弥福寿之庙增添了奇光异彩。来，为班禅行宫的顺利竣工干杯！"

宾主刚刚举起酒杯，忽地下起了瓢泼大雨，一个小太监惊诧地喊道："快看哪，殿顶的金龙活了，活了！"

大家抬头一瞅，九条金龙果然扭动着身躯不停地翻上跃下，其中最大的那条金龙突然向上一腾身，在哗哗的雨声中，头也不回地飞走了。

那么，原本晴朗的天空为什么会忽降大雨呢？原来于师傅在殿后为失去一双儿女而痛哭时，九条金龙也悲愤地流下了眼泪，泪水越多，落在人间的雨水越大。

乾隆气得厉声儿问道："朕刚才似乎听到有人在殿后啼哭，是谁呀？"

小太监禀道："回皇上，就是那个领头儿铸造金龙的老金匠于师傅。"

乾隆怒不可遏："什么？老金匠竟敢在此捣乱，真是胆大包天，他若不哭天抹泪的，大金龙可能就飞不走了。来人哪，带于金匠，推出新宫之外斩首示众！"

小太监说："启禀万岁，金匠于师傅已被那条大金龙驮走啦！"

乾隆大吃一惊："啊？"身子一晃，徒然坐在龙椅上了。

从此，班禅行宫的殿顶儿少了一条金龙，只剩下八条了。

闲话少叙，乾隆领众臣看罢须弥福寿之庙，开口问道："诸位爱卿，知道朕为什么肇建此庙吗？"

有的答道："微臣以为，圣上是为了促进朝廷和西域的沟通与联系。"

有的回禀道："建庙是为了巩固大清的江山社稷，增强各民族之间的团结，共同抵御外敌的入侵。"

纪晓岚则说："圣祖康熙有言在先，即'一座喇嘛庙，胜抵十万兵'。"

乾隆哈哈大笑道："还是纪爱卿讲得好哇，引用了圣祖爷的'一座喇嘛庙，胜抵十万兵'之言，这在保卫边防，合远人之心，成巩固之业，将起到不可估量的作用，不可小觑也！热河避暑山庄从康熙四十三年破土动工，到康熙五十年初见规模，用了近八年的时间。此后山庄便成了朝廷的重要活动场所，除避暑消夏、游戏娱乐、处理朝政大事外，还召见、宴请各少数民族的王公贵族。康熙五十二年，正值圣祖六十大寿，蒙古各部的王公贵族纷纷来山庄朝拜祝贺。为了博得圣祖的欢心，他们提出在山庄正东武烈河西岸兴建溥仁寺（前寺）和溥善寺（后寺），这是外八庙中的第一批建筑。康熙五十二年至乾隆四十五年的六十八年间，先后兴建了十二座寺庙，这是为什么呢？朕以为，兴黄教，方得蒙古各部，所系非小，不可不保之。"

刘墉赞同道："皇上所言极是。微臣曾记得乾隆十八年，史称'三车凌'的厄鲁特蒙古杜尔伯特部首领车凌台吉、车凌乌巴什和车凌孟克，因不堪忍受准噶尔部的野蛮掠夺和欺辱，率属下三千余户一万多人离开了长期游牧的额尔齐斯河，迁入内地。"

纪晓岚接茬儿道："是呀，在清廷同准噶尔割据势力的斗争过程中，出现这种大规模的内迁当属首次。"

乾隆说："因此，朕非常重视蒙古各部，决定于次年在热河避暑山庄召见'三车凌'。朕清楚地记得五月十二日那天，于澹泊敬诚殿封车凌台吉为亲王，车凌乌巴什为郡王，车凌孟克为贝勒，并连续宴请'三车凌'八次之多。朕深知他们生活困苦，衣食无着，不但给以赈济，而且安置在普宁寺以东、安远庙以北处定居，尽量帮助解决所遇到的困难，牧民们感激不尽哪！"说到这儿，抬头看了看天："噢，快晌午了，就不去广缘寺了，它的建筑规模在外八庙中是最小的，以后再看，今天先回吧。"

话要简说，乾隆用罢午膳，兴致不减，冲刘墉和纪晓岚问道："两位爱卿，朕的心情很好，下晌再游玩一番，尔等以为如何？"

二人异口同声地回道："微臣遵旨。"

乾隆笑呵呵地说："爱卿有所不知，据讲，今天是赶集的日子，那就微服出游吧！"

君臣三人稍作歇息后，在侍卫于石岩的陪同下，出了山庄丽正门，很快便来到集市，融入了熙熙攘攘的人群中。乾隆边走边说："两位爱卿，难道不觉得只要出得门来，就不由得你不见景生情吗？这样吧，君臣仍做联对，见啥说啥，朕出上联儿，你俩对下联儿，如何？"

刘墉、纪晓岚齐声儿道："微臣遵旨。"

这时，乾隆发现大道边儿站着一对年轻夫妇，看样子似乎丈夫要出远门，妻子来送别，依依不舍的，随即出了上联儿："夫妻情恋恋留留留恋恋愈恋愈留愈留愈恋。"

刘墉笑着推托道："纪大人，我可对不上下联儿，还是你先来吧！"

纪晓岚张嘴就有："今古事生生死死死死生生先生先死先死先生。"

乾隆满意地点点头道："嗯，不错，怪才也。"

君臣继续向前走着，从一户人家门口儿路过时，里面传出隆隆的响声。乾隆往院子里一瞅，只见一个十七八岁的姑娘满头是汗，正怀抱磨杆儿转着圈儿推磨呢！于是又出上联儿："磨盘大磨眼小可吞粗吐细。"

刘墉随口对下联儿："秤杆直秤钩弯能知重掂轻。"

乾隆笑道："刘爱卿，这下联儿对得好哇！你怎么想到秤杆儿、秤钩儿了呢？"

刘墉说："微臣刚好看到一商贩正提溜着秤称米，所以才有了此下联儿。"

乾隆走到一段地势较高的街面上，朝东一望，可见武烈河东崖的罗汉山，侧过头又见南面的僧冠山，便再出上联儿："罗汉光头为何不戴僧冠帽。"

纪晓岚一怔："嘿，皇上这上联儿真够绝！"随即猛然想起承德美景中的鸡冠山和天桥山，下联儿有了："金鸡无翅岂能飞越天桥山。"

乾隆又满意地点点头，走到一个荷花池边，水中有鸭子戏水，遂四出上联儿："白鸭荡波数数三双一只。"

话音刚落，刘墉眼见一条大鲤鱼噌地蹿出水面，又一头扎进水中，立马来了灵感，轻松对下联儿："金鲤跃水量量九寸八分。"

君臣漫步在大街上，跟着人流往西一拐，只听从普宁寺传来一阵悠扬的晚钟声，乾隆微闭双目，摇头晃脑地五出上联儿："风送钟声花街过又响又脆。"

纪晓岚应了下联儿："月映萤火竹下飞越晚越明。"

乾隆举目四望，忽见左前方围着一堆人，都往地上瞧，还指指点点地小声儿说着什么，忙回头说了句："走，看看咋回事儿！"

君臣四人疾步走到跟前，拨开人群一瞅，地上躺着一白胡子老者，脸色灰暗，双眼紧闭，浑身瘦成皮包骨。伸手试试鼻息，呼吸还算均匀，摸了摸额头，滚烫滚烫的。据围观者介绍，老头儿孤苦一人，没儿没女，已经病七八天了，这是在去药铺的路上摔倒的。乾隆吩咐于石岩："待老人家醒转过来，扶他去药铺找坐堂郎中瞧瞧病，抓些药后再送到家，快去快回！"交代完后，便同刘墉、纪晓岚转身离开了。

乾隆见天已擦黑儿了，集市上的人渐渐少了，道两旁的饭馆儿生意正火，食客们进进出出，便指着左边挂双幌儿的悦鑫楼说："朕肚子饿了，就在这家用膳吧！"

君臣三人进去后，一个跑堂儿的俊小伙儿迎上前，引领着径直登上二楼，见雅间儿一间挨着一间，窗明几净，四壁雪白，墙上挂着一幅幅名人字画。君臣选了个僻静的房间坐下，俊小伙儿满脸带笑地递上菜谱说："三位爷，本店煎炒烹炸、满汉全席、风味小吃应有尽有，喜欢吃什么，请随意点。"

乾隆接过菜谱仔细翻看，发现每道菜名全是用满、汉、蒙、藏、维五种文字书写的，很是不解，抬眼问道："堂倌儿，悦鑫楼的伙计懂得这五种语言吗？"

俊小伙儿彬彬有礼地答道："回爷的话，小的刚来一年，只会四种语言，维吾尔语眼下还说不好。"

乾隆欣喜地点点头，改用藏语说道："哎呀，小堂倌儿不简单哪，真是天下之大，人才济济呀，悦鑫楼一定会兴旺发达的！"

俊小伙儿用藏语致谢道："谢谢爷的夸奖，扎西德勒！"

乾隆高兴异常，又用蒙古语问道："看得出来，你们这些伙计不是此地人，老家在哪儿？"

俊小伙儿也用蒙古语回答："店主和伙计都是山西人，特意到这儿开饭馆儿，已将近三十年了。"

乾隆不再问了，开始照菜谱点菜，什么红烧鹿肉、八仙过海闹罗汉、西湖醋鱼、豆瓣海参、五彩鸳鸯蛋、清炒长寿菜、清炖细鳞鱼、山鸡炖白蘑等，又要了一瓶木兰秋狝陈酿。

俊小伙儿边听边记，又重复一遍所点的菜名儿，说道："请三位爷稍等，先用茶，一会儿就上菜！"然后转身下楼了。

乾隆刚呷了一口茶，忽然像想起什么似的"哎呀"一声："糟糕，朕身上没银子，于石岩带着呢！已经把菜点了，不知他啥时候回来，能不能找到这儿呀？"

刘墉答道："皇上，不必着急，放心吧，于石岩很快会回来的。"

说话间，菜全齐了，刚刚下楼的俊小伙儿双手捧着个点心盒子又来了，把点心盒子放在桌子上，打开盒盖儿说："三位爷，这里装着四色豌豆糕、绿豆糕，上面浇了一层糖汁儿，油亮亮的，可好吃了。中间放一碗清水，还有一打纸条儿，图个大吉大利，抓把彩吧！"

乾隆瞅了瞅，觉得挺有趣儿，问道："何谓抓彩呀？"

俊小伙儿说："这位爷，可从一打纸条儿中随便抽出一张放进清水里，便有字显现了，那就是彩。"

乾隆饶有兴致地照做了，纸条儿上显现出八个字儿：四平八稳，万事如意。俊小伙儿连声儿道："爷中彩了，中彩了，请吃糕点吧！"

乾隆吃了一块豌豆糕，又抽出一张纸条儿放进水碗里，纸条儿上立即显现出四个字儿：一路平安。乾隆龙颜大悦，笑得前仰后合，从腰间拿出一个玉佩递给俊小伙儿说："小堂倌儿，今日爷特别开心，送你留作纪念吧！"

俊小伙儿躬身接过，深施一礼，致谢道："谢谢爷，祝爷万事如意，笑口常开！"说完，退出了雅间儿。

君臣三人早就饿了，几杯酒下肚，桌上的菜吃得溜溜光，饭可一口吃不下了。店主拿起算盘噼里啪啦一扒拉，酒饭钱共计纹银三两二钱一分。乾隆说："店家，今天外出闲逛，忘带银子了，打个欠据行吗？"

店主笑道："悦鑫楼有个老规矩，不赊不欠。"

嘿！堂堂的当今天子和两个重臣吃了酒楼的菜肴竟身无分文，岂不太丢脸面吗？

正在这个节骨眼儿上，侍卫于石岩汗津津地赶来了，向乾隆叩道："皇上，奴才有罪，回来晚了。奴才将那位老者送到家后，到处寻万岁爷和两位大人，又找遍了裴翠楼、香悦楼、塞北春、聚仙斋、同月轩等名店，最后才来到悦鑫楼，请皇上恕罪！"

乾隆抬抬手道："平身吧。朕正为付不了店家银子着急呢，来得正是时候，可谓及时雨哟！"

于石岩忙问店家："共计多少银两？"

店主扑通一声跪在地上，叩道："奴才不知圣上驾到，有失远迎，万望恕罪！所消费的银两分文不取，全是孝敬皇上的，请都请不到哩！"

乾隆说："吃饭花钱，天经地义，哪有不付银子之理？于石岩，付五两纹银，不必找了！"

店主再三推辞，无论如何也不收，乾隆故意板着脸说："店家，朕让你收，就必须接，不必多说了。"

店主只好将银子接下，致谢道："谢主隆恩！"

乾隆侧过头问纪晓岚："爱卿，是不是赐悦鑫楼一副对联儿呀？"

纪晓岚这才醒过腔儿来："店家，笔墨伺候！"

店主乐颠颠地取来文房四宝呈上，乾隆御笔一挥，写下这样一副楹联：

名震塞外三千里

味压江南十二楼

乾隆在悦鑫楼店主、伙计们的跪送下，同两位大臣和侍卫有说有笑地回返避暑山庄。从此，悦鑫楼门前车马多成了一大景观，前来就餐的人络绎不绝，生意越来越兴隆，皆因乾隆皇上御笔赐楹联一举，此乃后话。

第四十五章

补缺漏　晓岚罚银变赏银
灯光下　语重心长示皇子

　　君臣四人回到避暑山庄后，在前往驻地的途中，经过西山根儿下的买卖街，见一些人正在以物易物，有的则购买必备的日用品。乾隆寻思道："买卖街虽然已设集市多年，购物方便了，但由于只限庄内的官员和眷属交易，远不如庄外的集市繁华。山庄有规定，闲来无事者，不准去庄外逛街，庄外的人也不能随便进入庄内。不管怎样，康乾盛世，天下太平，黎民安居乐业是有目共睹的。"这么想着，不禁有些洋洋得意，脚步也变得轻松了。到了烟波致爽殿，御厨们已备好了晚膳，因在悦鑫楼吃过了，御膳也就免了，早早去寝宫安歇了。

　　翌日清晨，乾隆一觉醒来，洗漱完毕，传纪晓岚觐见。纪晓岚急匆匆地赶到烟波致爽殿，进门叩道："皇上，有何示下？"

　　乾隆忙说："快快平身，爱卿啊，朕今日返京师，你也一同回吧！"

　　纪晓岚禀道："皇上，微臣今冬就要在文津阁编纂《四库全书》了，此前还要做些准备，因而不打算回京师了。"

　　乾隆说："是呀，朕原来也是这么想的。不过考虑到立秋之后，霜雪铺地，塞外一天比一天冷了。爱卿随朕多年，岁数也不小了，不能在山庄受风寒之苦了。回到京师，差事照做，可以在宫内的文渊阁或圆明园的文源阁编纂《四库全书》。待到春暖花开之时，再来山庄的文津阁继续编你的书嘛，朕觉得这样安排才更为妥当。"

　　纪晓岚听罢，深受感动，红着眼圈儿叩道："谢皇上，圣恩难却，微臣遵旨。"

　　早饭后，乾隆翻身上了御骑，率领大队人马回返京师。

　　一晃腊月过去了，大年到了。正月初一头晌，丰绅殷德带着固伦和孝公主，手提礼品上了轿，出了位于西直门驴肉胡同的和府，前去给老岳父拜年。头名状元李纪恩偕妻子静蓉也上了轿，出了李府，去给老丈人拜年。来到皇宫，进了养心殿，双双叩拜在地，乾隆甚为高兴，笑着说："免了，免了，不必拘于礼节，坐吧。今天是大年，举国同庆，待会儿陪朕多喝几杯，大家乐呵乐呵！"

四人谢过，落座后，与皇阿玛边饮茶边叙谈，气氛十分和谐，更显家的温馨。唠着唠着，乾隆忽然想起了将军屯，便问李纪恩："住在布尼大院的布尼仁坤一向可好？"

李纪恩回道："托皇上的洪福，老人家好着哪，还让我代问圣安呢！"

乾隆说："朕前些年赴木兰围场秋狝时，布尼仁坤曾带着四儿媳给大队人马送来一车粉条和蘑菇，解了燃眉之急，他那儿媳叫……"

九公主静蓉插言道："叫阎翠花，有自弹自唱的本事呢！"

乾隆说："对对对，是叫阎翠花，在黄幄内，为朕弹唱过一曲。这女子可不一般哪，不仅能歌善舞，诗词歌赋也样样儿通。待朕再举办'百叟会'时，定邀布尼仁坤参加，让他四儿媳陪着一块儿来。"

李纪恩叩道："皇女婿代太姥爷谢主隆恩了！"

十公主固伦和孝转移了话题："皇阿玛，女儿不孝，平时很少前来请安，您不怪罪吧？"

乾隆摆摆手道："哪里，哪里，这不是带着皇婿来了嘛，朕该高兴才是呀，怎么会怪罪呢？"

丰绅殷德接过了话茬儿："为此事，家父经常责备我，说是对皇阿玛的拜望和孝敬做得很不够。"

乾隆说："你阿玛是朕的重臣之一，忠心耿耿，尽职尽责，为朕办了很多大事。记得朕六下江南时，他夜以继日地监督打造车船，操了不少心。近些年，又督建承德避暑山庄的外八庙，且全部按时竣工，功不可没呀！"

丰绅殷德说："皇阿玛，这都是应该的。作为大清的重臣，必须效忠皇室，鞠躬尽瘁，死而后已。"

乾隆看了看两个公主，又瞅了瞅二位驸马，叹了口气道："唉，朕老喽，蜡头儿不高了，可还没看到你们两家给朕生小外孙呢！"

两对儿年轻夫妇互相对视了一眼，抿嘴儿笑了笑，没敢搭茬儿。天南海北地聊了一会儿后，陪父皇共进家宴，举杯贺岁。宴罢，告辞离宫，姐妹俩互道珍重，各自回府了。

立春刚过，纪晓岚便带领五百多名文人学士前往承德避暑山庄，七天后抵达。安排好了住处，将所有的人集中在文津阁，开始着手进行《四库全书》前期资料的汇总。编纂是个细致活儿，每一字、每一句都须仔细推敲，马虎不得，十分辛苦。大学士纪晓岚学术基础厚实，博古通今，才思敏捷，智慧过人，乾隆对他一向恩宠有加。也清楚这位爱卿是个稳健持重的人，既然接下了编纂《四库全书》的差事，就说明有把握做好，不用为之担心。纪晓岚当然知道自己肩上的担子很重，丝毫不敢懈怠，连续两个月没有离开文津阁半步，整天钻在资料堆里拣选所需。

七月初，八十高龄的乾隆率十五子永琰及文武百官和随从侍卫驰离京师，经古北口、喀喇河屯抵达承德避暑山庄。山庄又称"离宫"，按照惯例，一般要住上两三日，再北上木兰行围。

这天午饭后，纪晓岚正在文津阁书馆中翻阅着前几天编纂的章节，不知什么时候，乾隆走了进来。他听到身后有脚步声，回头一看，见是皇上，忙跪地请圣安。乾隆说："平身吧。爱卿啊，朕知道你很累，大热的天也不歇息，可得悠着点儿，身子骨儿要紧哪！"边说边坐在桌旁，顺手拿起一本已编完的文稿，刚看了没几页，便皱起眉来："哎？这《杨子法言》里对于晋、唐及宋的注释人名怎么没有哇？"

纪晓岚吓了一跳，赶忙凑过去看，果然漏掉了。他深知大事不好，扑通一声跪在地上回道："皇上，是微臣一时疏忽了。"

乾隆厉声儿责问："疏忽？说得轻巧！朕再问你，朕写的那篇《御制杨子法言》同样没有编入《四库全书》，这也是一时疏忽吗？"

纪晓岚被问得惶恐不安，不知如何回答是好，额头上沁出了汗珠儿，强装镇静地说："皇上，由于微臣盲目追赶进度，一时粗心大意才出的错儿，微臣请罪！"

乾隆表情依旧很严厉："一时，一时，请罪，请罪，难道这就是你唯一能说给朕听的吗？有何用？哼！"

此刻，平日里伶牙俐齿的纪晓岚无话可说了，一脸愧疚地低下了头。乾隆对这位爱臣十分了解，堪为知己，怎能因此治他的罪呢？于是语气有些缓和，直呼其名道："好你个纪昀呀，让朕说啥好呢？你字晓岚、春帆，号石云，身为进士，官至礼部尚书、协办大学士，有《阅微草堂笔记》等传世，谁人不知，谁人不晓？可没承想朕任命你为《四库全书》之总纂官，却不认真司其职，疏忽大意，重要的注释和文稿屡屡漏编，岂能原谅？你说吧，怎么办？"

纪晓岚连连道："微臣有罪，微臣有罪！"

乾隆余怒未消："平身吧！书中所漏掉的内容，务要抓紧时间补编。"

纪晓岚"喳"地应了一声站起身来，刚要去查书卡，乾隆又道："等等，朕的话还没说完呢！"

纪晓岚立即站住了："微臣候旨。"

乾隆想了想道："不管是谁，都要接受教训，罚银是必须的，返工所花费的银两由你出。如在十天之内把漏编的补上，罚银一百两；如过期补不上，惩银加一倍！"

"微臣遵旨，待补编完成之后，马上去木兰围场向皇上禀报。"

乾隆说："朕今年来山庄较早，一来处理政务，二来消夏避暑，有的是时间。待夏末初秋，再赴木兰狩猎不迟。"说完，转身就走了。

纪晓岚挨了皇上的一顿申斥，心里很不痛快："唉，为了编纂《四库全书》，我是夜以继日、废寝忘食，拼着老命干哪，费了多少心血、流了多少汗水呀！只因一时疏忽，出现了漏编，皇上就大动肝火，真有些不近情理了。老虎不是也有打盹儿的时候吗？再说了，书并没有最后定稿，欠缺和不足是可以弥补的，或许初审时就会发现缺漏。"尽管这么想，却不敢怠慢，收拾收拾赶紧去了京师。一路上马不停蹄，饿了，吃点儿自带的干粮；渴了，喝几口山泉水；累了，躺在草地上歇一会儿。到了晚上，夜宿在沿途的行宫，第二天一早换匹马继续赶路。驰进京师后，连口匀乎气儿都没来得及喘，一头钻进文渊阁和文源阁的书堆里，很快就查到了《御制杨子法言》和漏编的资料。用过午膳，带上干粮，日夜兼程地返回了承德避暑山庄，往返只用了三天。当晚，便把漏编的那部分补齐了，仔细地检查一遍，直到万无一失。这一夜，他睡了个好觉，鼾声大作。

转天头晌，天儿闷热闷热的，一丝风没有。纪晓岚本来就胖，再加上喝热茶，浑身不停地冒汗，刚擦掉又出了一层。索性脱掉上衣，挽起裤角儿，盘上辫子，坐在椅子上边改文稿边扇扇子。

万没想到乾隆这时来了文津阁，所到之处，文人学士纷纷跪请圣安。纪晓岚一听慌神儿了，穿衣服已经来不及了，只好光着脊梁钻进书案下边的空当儿里，双手拽着布帘儿的两个下角儿将自己遮挡好，单等皇上离开文津阁再出来。

纪晓岚听到皇上的脚步声离自己所在的房间越来越近，吓得一动不敢动，大气儿不敢喘。乾隆走到跟前推门一看，房间没人，觉得很是奇怪："咦？不对吧，纪爱卿哪儿去了？"四下仔细一瞅，见书案下边的布帘儿在微微抖动，不禁乐了，心想："这个纪爱卿啊，竟与朕捉起迷藏来了，好嘛，看你能藏到什么时候！"遂放轻脚步悄悄儿进了屋，搬过一把椅子坐在书案的侧边，静观其变。

大约过了一袋烟的工夫，蜷缩在书案下的纪晓岚开始犯嘀咕了："皇上到底是进来了还是走了，咋一点儿动静没有呢？唉，既然钻进来了，那就再等一会儿吧。如果贸然出去，一旦被圣上看到了这副尊容，成何体统啊？只能是'心'字头上加把刀——忍一忍吧。不过又闷又热的，时间长了，也真是汗水煮石头——难熬啊！"想至此，又听了听，仍然没有动静，一直提溜着的心这才放下了："看来呀，皇上见房间无人，进都没进就走了。"刚要掀帘儿往出钻，还是觉得没有十分的把握，便探出半个头往门那儿瞅了瞅，连个人影儿都没有，遂冲屋外大声儿问道："喂——老头子走了吗？"

乾隆正悠然自得地坐在椅子上耐心等着呢，忽听纪晓岚竟称自己是"老头子"，气得从椅子上弹了起来，大怒道："纪昀，你好生无礼，活腻歪了吧？"

纪晓岚大吃一惊，吓得浑身直哆嗦，只好乖乖地从书案下爬了出来，穿上衣服，扑通一声跪在乾隆面前："皇上，微臣……方才……"

乾隆见纪晓岚衣着不整、满脸通红、汗淋淋的狼狈相，越发气不打一处来，喝问道："纪总纂，朕前几天发现的那些漏掉部分补齐了吗？"

纪晓岚禀道："回皇上，已经补编上了。"

"朕有旨在先，想必不会忘吧，一百两罚银备了吗？"

"回皇上，准备好了，书案上那个红包便是。"

"朕再问你，为何称朕'老头子'？"

"这……这……"

"'这这'是什么意思呀？若能说得清，朕恕你无罪；若是说不清……哼！"

文津阁其他房间的文人学士们一直在门外竖着耳朵静听君臣的对话，忽听皇上一声"哼"，深知大事不好，说不定脑袋就得搬家，都为总编纂捏了一把汗。于是，也顾不得皇上正在气头上了，赶忙推门进了屋，扑通通跪了一地，为纪晓岚求情，请万岁开恩。乾隆哪里肯依？一定要纪晓岚当着大家的面儿讲清楚，为何叫他"老头子"。

纪晓岚情急之下，灵机一动，立马变得镇定如常了，奏道："微臣以为，圣上就是'老头子'，此乃京师百姓对万岁的尊称，并非晓岚信口开河，胡言乱语，请容禀。"

"讲！"

"皇上称之万岁，岂不是'老'吗？皇上居万民之上，岂不是'头'吗？皇上即万乘之尊的天子，岂不是'子'吗？把这三个字加在一起，皇上岂不是'老头子'吗？"

乾隆听罢，满肚子怒气呼啦一下全消了，转而龙颜大悦道："尔等都平身吧！纪晓岚哪，纪晓岚，让朕说啥好呢，老头子委屈你了，别见怪！"

众人齐呼："皇上圣明！"

乾隆面冲大家说："纪总纂言之有理，朕心悦诚服也，那所罚的一百两纹银就作为朕赐他的赏银吧！"

纪晓岚及文人学士无不喜形于色，连忙跪叩谢恩，皆言皇上体恤臣僚，通情达理，乃古今中外最为明智的"老头子"。

当乾隆乐滋滋地离开文津阁后，纪晓岚擦了擦额头上的冷汗，长出一口气道："'老头子'这是脑袋上顶娃娃——真会抬举人哩！"

同僚们也如释重负，纷纷竖起大拇指，对总纂的能言善辩、机敏过人佩服得五体投地。

翌日清晨，乾隆率大队人马起程，赴木兰围场狩猎。到那儿以后，连续七八天组织布围、合围，还特意让皇儿参与指挥和调动，自己则稳坐在看城上观其行。永琰曾多次伴驾木兰秋狝，积累了丰富的射猎经验，不但是指挥者，而且次次打头阵，几场大规模的围猎结束后，乾隆对其深感满意。

一天晚上，乾隆将永琰唤到黄幄，父子二人在灯下一边喝茶，一边小声儿密谈。乾隆说："永琰哪，今年三十五了吧？朕已经八十有四了。朕知道，古来有尧传位于舜，舜传位于禹，可谓旷古盛典。帝尧传位时，已做了七十三载皇帝。帝舜三十征庸，三十在位，又三十余载已到百岁。朕虽精力充沛，或许要比尧舜长寿，但在帝位的时间决不超越圣祖。朕当年二十六岁即位，曾经对天发誓，做皇帝六十年，须传位嗣子。"

永琰插言道："父皇之意，儿臣明白，不过……"

"听朕把话说完，鉴于皇次子永琏不幸早逝，时过多年，到了该立皇太子的时候了。你六岁始入上书房读书，十三岁已通五经，又以工部侍郎谢墉为师。十七岁从侍讲学士朱珪，二十三岁随父皇出巡，二十九岁受封为嘉亲王，著有《味余书室全集》等。多年来，自律甚严，尽心尽力，忠贞不贰，所作所为，令朕欣慰。常言道：人生自古谁无死？这是自然法则，谁也逃脱不了，朕也如此。你要有个思想准备，有朝一日，朕就……”

永琰眼角儿闪出了泪花，伏在乾隆的肩头，喃喃道："父皇啊，请别那么想，儿臣坚信不疑，父皇定能万寿无疆，龙体康泰的！"

乾隆叮嘱道："永琰哪，你的一片忠孝之心，朕早已体察到了。今日所言，实为破了先例，望皇儿万勿对他人提起，一定要切记呀！"

"请父皇放心，儿臣记住了。望父皇今后再不要讲那些不吉利的话，儿臣会吃不好、睡不安、坐不宁的。"

乾隆点点头道："好吧，朕答应皇儿，不再说了，只此一次。朕有些累了，你也早点儿歇息吧！"永琰起身叩了圣安，退出黄幄。

第二天，乾隆口谕，命永琰率射牲手们于木兰围场所立诗碑处进行一次合围。而他并没在看城上观猎，却在侍卫于石岩等人的陪同下走到石碑前，仔细地反反复复看自己的御笔碑文，看他那样子，似乎第一次见到，竟激动得热泪盈眶。当狩猎结束经过东入崖口时，乾隆驻足回首远望，感慨万千，随口吟道：

> 刀光映日护龙威，
> 马啸人欢箭羽飞。
> 眼前旧事随流水，
> 只留天子六座碑。

吟罢，率大队人马继续前行，经波罗河屯返回承德避暑山庄。歇息两日后，乾隆自觉养足了精神，为了却自己的一桩心愿，决意再登双塔山，遂对永琰说："皇儿，朕曾两登双塔山，但都失败了。今日天气晴好，你陪朕再登一次，以后恐怕没有这个机会了。"永琰当然理解皇阿玛的心情，用力点了点头。

午膳毕，乾隆在众臣、永琰、侍卫于石岩以及二百多将士的伴驾下，来到了山庄以西三十多里外的双塔山下。仰头上望，此山高耸入云，陡峭险峻。山顶处两根粗大的石柱比肩而立，形似宝塔，峰巅有小砖塔一座，故统称"双塔山"。其中一石柱前边长着两小片韭菜，据说那就是仙草，吃了可长生不老。

永琰下令，命官兵搭立木梯，皇上可登梯而上，总比攀山要省力气。半个时辰后，一切准备就绪，乾隆脱下龙袍，在侍卫的保护下登上了木梯。当爬到半山腰时，突然狂风大作，飞沙走石，吹得木梯晃来晃去，仿佛故意作对似的，根本没法儿继续爬了，只能望山兴叹。

就在乾隆张着嘴巴大口大口喘气时，一片韭菜叶儿飘然而下，不偏不倚，恰好落进乾隆的嘴里。他赶忙嚼了嚼咽进肚儿，顿觉浑身清爽，耳聪目明，高兴得大喊道："朕尽管登山不成，却也尝到了仙草之美味，此乃天意也！"

众人齐呼："皇上万岁！万岁！万万岁！"呼喊声伴着风声回响在深山峡谷中。

第四十六章　辞御座　禅位颙琰接大宝
金山亭　中秋赏月乐开怀

　　乾隆五十九年，八十四岁高龄的乾隆帝最后一次木兰秋狝后，决定从此再不巡幸木兰了。乾隆六十年九月初三，即乾隆八十五岁时，亲至勤政殿，召诸皇子、皇孙及王公大臣觐见，商议嗣位之事。尽管在场的人其说不一，然早就胸有成竹的乾隆最后还是正式册立皇十五子永琰为皇太子，并改名颙琰，开启了乾隆三十八年亲书颙琰之名，藏于乾清宫"正大光明"匾后的密笺，宣示密储。定于次年正月禅位，由颙琰即位，行授受礼，改元嘉庆。嘉庆元年正月，颙琰受禅即位，举行归政大典。乾隆帝则颐养在宁寿宫内，成了清代唯一的太上皇，仍行训政。

　　三十七岁的颙琰坐上了皇帝宝座之后，励精图治，崇俭黜奢，提倡务实，整饬吏治，成效显著，不过仍感到无法彻底放开手脚治理国家。为什么会是这样呢？因为乾隆虽然做了太上皇，但并没有像历史上有些太上皇那样"明不统天下"，有名无实。他是牢牢控制着权力不放，什么事儿都管，连奏章也要一一批复，是个真正君临于皇帝之上的太上皇，有名有实。只要是出外巡幸哪、拜谒祖陵啊、举行各种祭祀活动呀等，嘉庆必得陪伴左右，言听计从，自己不敢有任何决断，也不敢提出与其相反的意见，更不敢公开顶撞，可谓百依百顺、地地道道的儿皇帝。

　　就拿权相和珅来说吧，他是乾隆的宠臣，提职极快，由侍卫直线晋升副都统、侍郎、尚书、大学士等要职，地位显赫，且与乾隆又是儿女亲家，其弟和琳出任四川总督，乃势要之家。他擅权纳贿，贪赃枉法，网罗亲信，祸国殃民，聚敛了惊人的财富。甚至还私自征调民伕，在蓟县为自己大修陵墓，百姓称之为"和陵"。正因如此，嘉庆对这个控制朝政达二十年、飞扬跋扈的贪官极其不满，必欲处治之。可是又不能妄动，首先太上皇那儿就通不过，只能耐心等待，寻找除掉和珅的有利时机。

　　这天，嘉庆来到宁寿宫，给太上皇请安。乾隆问道："颙琰哪，自打做了一国之君，有何感受哇？"

嘉庆说："父皇，一个国家的命运掌握在儿臣手里，觉得肩上的担子太重。有太上皇坐镇，心中就托底了，有靠山了，望今后多多训示才是。"

乾隆笑道："皇儿啊，想想看，圣祖八岁即位于太和殿，世宗四十五岁即位，皇儿三十七岁继位，世世代代皆如此，皇帝也都当得不错，你有啥不托底的？大胆干吧！"

嘉庆说："康乾盛世，早已闻名海内外，儿臣将竭尽全力在本朝继续发扬光大。"

乾隆问道："颙琰哪，朕之所以在位六十年就让位于你，知道这是为何吗？"

嘉庆回道："圣祖康熙坐天下六十一年，父皇却在六十年时让位于儿臣，这是不想等同或超过圣祖在位的时间。如果不嗣位，认为是对圣祖非礼，甚或不敬不孝。其实，父皇自从吃了双塔山上的一叶儿仙草，精神越来越饱满了，龙体亦愈加康健了。"

乾隆点点头道："是啊，是啊，朕也觉得精神头儿较先前足了，还打算后天去易县的西陵拜谒泰陵，皇儿能去吗？"

嘉庆说："父皇如此尽孝，令儿臣感动，一定陪同前往。噢，是否让和珅和大人也一块儿去呢？他跟随父皇多年，亦步亦趋，俯首帖耳，没有功劳还有苦劳啊，此行不应少了他。"

乾隆笑道："好好好，想得周到，尽管当了皇上，却不忘忠臣，难得，难得呀！"

其实，这是嘉庆的一计。自打坐上了金銮宝殿，便无时无刻不在提防和珅，绝不给贪官以任何结党营私的机会，想尽办法把他安置在太上皇身边，使其失去单独行动的可能。

这天，风和日丽，柳芽儿微露，大地泛绿。太上皇乾隆骑着高头骏马，嘉庆与和珅陪伴左右，在众多侍卫的保护下，偕眷属向直隶省易县易水河畔缓缓而去，沿路各州、府、县的官吏隆重迎送自不必说。

清西陵的陵区内，山川秀丽，景色宜人。西临太行山的东麓，北有永宁山，东面的金龙峪等山峦盘旋远去，南面的九龙山巍峨秀丽。泰陵是雍正皇帝的陵墓，位于易县城西三十华里的永宁山下，全长五里，御路贯通，规制与其他皇帝陵寝大致相同，按照从南到北、从前到后的顺序，由石像生、大碑楼、大小石桥、龙凤门、小碑亭、神厨库、东西朝房、隆恩门、东西配殿、隆恩殿、琉璃门、二柱门、石祭台、方城、月牙城、明楼、宝顶、地宫等建筑组成。泰陵的最前端有一座联拱式的五孔桥，桥下群鱼戏水，清澈见底。桥北耸立着三座高大的石牌坊，一座面南，两座面向东西，与北面的大戏门相对应，形成一个宽阔的"四合院"，青花石铺地。

陵区的总门叫大红门，不仅是整个清西陵的门户，也是泰陵的门户。大红门为单檐庑殿顶式，砖石垒砌，油灰灌浆，顶覆黄色琉璃瓦，前后古松相衬，左右山水环绕，气势雄浑。大红门前的神道上，有两个石雕麒麟守护，前腿挺立，后腿蹲坐，昂首翘尾，遍身鳞甲，威风凛凛。西侧是两座"官员人等到此下马"的下马碑，无论官多大，必须在此下马，方能步入陵区，违者将犯杀身之罪。

乾隆在太监的搀扶下，于下马碑前下了御骑，回头一看，见十三岁的皇孙绵庆和八岁的玄孙载锡也早早下了马，满意地自言自语道："哦，看来皇孙们已经懂事了。"

载锡来到乾隆跟前，问道："祖太爷爷，您怎么也下马呀？"

乾隆呵呵笑道："泰陵是祖太爷父皇安寝的地方，前来谒见长辈哪能不下马呢？此为敬孝之礼也。"

乾隆、嘉庆和众皇孙们进入正门时，首先映入眼帘的是中轴线的大碑楼。在正门右侧的具服殿更换了衣服后，走上一座七孔石拱桥，便见安设在圣德神功碑楼与龙凤门之间的神道两旁之石雕群，有石狮、石象、石马以及石雕文臣和武将。造型优美生动，神态逼真，座座成双配对，面面相观，石雕群总称为"石像生"，并各有其不同的寓意。

绵庆一边看一边指着石雕群问太上皇："皇爷爷，那巨狮张着大嘴，瞪着双眼的样子好吓人哪，它象征什么呀？"

乾隆解释道："狮子为百兽之长，凶猛狂暴，吼声震天，群兽闻之无不惶恐，置立于陵前，乃势力强大的象征。"

玄孙载锡插问道："祖太爷爷，大象和马代表啥呀？"

"大象驯服、温顺而有力量，寓意皇帝广有善良顺从，真心拥戴他的臣民。骏马善于奔驰，象征帝王虽去，雄威犹在，还会骑上马背巡视华夏，开疆扬威！"

也难怪呀，童年是最具好奇心的时段，只要自己不懂的事儿，总爱打破砂锅问到底。绵庆又开口了："皇爷爷，石像生里为什么还有文臣武将呢？"

乾隆说："你仔细看看，那文臣武将均为当朝一品的装束，是朝中百官的代表，象征皇帝拥有生死相随的忠臣良将，参政议政，协助皇上更好地处理国家大事，以显示大清江山的稳固、天子的威望和尊严。"

乾隆一行沿着御路前行，绕过蜘蛛山，经过镶有云龙、花卉、琉璃瓦的龙凤门，再登上三孔石拱桥，泰陵的后部建筑小碑亭、神厨库、东西朝房、宫门、大殿、明楼等显露出来了。走下三孔石桥，穿过龙凤门，过了正面的隆恩门，便是陵区最大的建筑——隆恩殿了，这里是陵寝祭祀的主要场所。

隆恩殿又称"享殿"，位于隆恩门与进入后寝部分的琉璃花门之间，建在巨大的汉白玉须弥座上。面阔五间，进深三间，重檐九脊歇山式顶，顶覆黄琉璃瓦，下檐单翘，檐下的匾额上用满、汉两种文字大书"隆恩殿"三个金字。殿内四根合抱明柱沥粉贴金，殿顶饰旋子花的油漆彩画，梁枋上装饰着金钱大点金。枋心彩画是"江山一统"和"普照乾坤"，色彩调和，气氛肃穆，富丽而森严。殿内有三间暖阁，中间为明间，设神龛仙楼，供奉帝后的牌位。西暖阁内安置宝床，床上设檀香龛座，供奉妃嫔牌位，刻有帝后的庙号。东暖阁为佛楼，供奉着金银佛像。殿前对称摆着两座铜鼎，伴以铜鹤、铜鹿。在一块汉白玉石上雕刻着龙凤戏珠，神态逼真，犹如游龙活凤在白云中翔舞。庙号碑楼建在方城顶上，重檐歇山式，斜坡舒展，翼角翘翻。楼内有石碑一座，碑身正面朝南，上刻"世宗宪皇帝之陵"，以满、汉、蒙三种文字刻之，额题也以满、汉、蒙三种文字嵌陵名"泰陵"。庙号碑楼的后面便是括有宝顶与地宫的宝城，有乌道通之，宝城之下是地宫，乃安葬雍正皇帝的地方。

乾隆一行在祭祀时，载锡小声儿问绵庆："听说雍正皇帝是被武功盖世的女侠吕四娘割去脑袋死的，为求全尸入葬而安了个金头，是真的吗？"

绵庆忙捂住载锡嘴巴说："小孩子懂什么？不许胡说，小心你的脑袋！"

载锡吓得一缩脖儿，瞅瞅周围，好像没人注意，摸摸自己的小脑袋瓜儿还在，这才长出了一口气，侧过头来问太上皇："祖太爷爷，您听见玄孙刚才说的话了吗？"

乾隆说："祖太爷老了，耳朵背呀，你那么小的声儿，哪能听得到哇！"

然而载锡的话，却被站在身边的和珅听得一清二楚，和珅不禁一惊！暗自打了个冷战。

众人谒罢雄奇宏伟的泰陵，三日后回返京师，嘉庆见父皇身体健壮，自是高兴。乾隆对嘉庆说："过些日子就是八月中秋了，今年的百叟会照例进行，地点仍在承德避暑山庄，想着及时下昭，别忘邀请将军屯的布尼仁坤到场。老人家的年纪大了，腿脚可能早就不灵便了，可让其家属送他去山庄。"

嘉庆赶忙答应道："儿臣知道了。请父皇放心，您的生日是八月十三，恰好赶上八十五寿辰。承德避暑山庄气候又凉爽，朝中文武百官和参加百叟会的老人皆去那儿为父皇祝寿，还可游览山庄美景，陪父皇于金山亭观赏中秋圆月，再把戏班子请来，岂不乐乎？"

乾隆高兴地说："甚好！皇儿不愧是当今天子，地位变了，办事也不一样了，大有长进哪！"

嘉庆笑了笑道："感谢父皇多年来对儿臣的谆谆教诲。"

八月初，乾隆提前来到承德避暑山庄，除再次游览了七十二景外，还在众多侍卫的保护下，去庄外的集市转了转。见市场热闹极了，有卖皮张的，有卖米面杂粮的，有卖各种瓷器的，也有卖日用品的。小商小贩的吆喝声，买卖双方的讨价还价声，以物易物成交的欢笑声，鸡鸭鹅狗的叫声交织在一起，显现出一派繁华景象，乾隆心里很是高兴，为康乾盛世带给百姓的和乐太平而感到欣慰。

将军屯的布尼仁坤接到前去参加百叟会的信儿后，激动得热泪盈眶，晚上连觉都睡不着了，心想："全是托太上皇的洪福啊，让我一个耄耋老人还能再次见到当年万众瞩目的乾隆皇帝，这是布尼家族的莫大荣幸，圣上的恩德将永世铭记。此去承德避暑山庄为太上皇祝寿，该带些什么礼物，由谁送我去好呢？"一时踌躇不决。

单说嘉庆为安排太上皇的寿诞颇费了一番脑筋，方方面面想得十分周到，生怕有半点儿闪失。庆寿的前三天，各少数民族的王公贵族、外国使节、朝中百官及全国各地应邀的老叟们及官员已陆续抵达承德避暑山庄，所送的寿礼之贵重令人瞠目，寿联儿之多令人目不暇接。那么，将军屯的布尼仁坤反复琢磨了好几天，究竟带的什么礼物呢？生活在塞外的人一看便知，乃六六三十六桶腌渍的蕨菜，又名"如意菜""长寿菜"。一位来自黑龙江的老叟笑道："我说布尼老爷子，你咋想的呀，怎么能送太上皇蕨菜呢？这也称得上寿礼，老糊涂了吧？"布尼仁坤笑了笑，没搭言。

八月十二日，乾隆闲来无事，邀请几位老叟来澹泊敬诚殿叙家常。布尼仁坤穿着当年乾隆在木兰围场赐予的黄马褂儿，精神抖擞地先到一步，跪拜道："奴才给太上皇请安，祝太上皇万岁！万岁！万万岁！"

乾隆问道："你是大将军布尼阿森的阿玛吧？"

布尼仁坤回道："奴才正是。"

"快快平身，赐座！"

"奴才谢太上皇深恩！"布尼仁坤起身坐在椅子上，又道："听说此次百叟会恰逢太上皇八十五寿辰，奴才特带来三十六桶长寿菜，不成敬意。"

乾隆听了，非常高兴，笑着说："长寿菜好哇，又有很长时间没品尝了。当年木兰秋狝时，曾断了炊烟，是你及时给大队人马送来了粉条和蘑菇，解了燃眉之急。今日又将长寿菜作为寿礼奉上，说明朕的干女儿布尼伊香的姥爷是个有心人哪，谢谢啦！噢，你是怎么来的，有眷属陪同吗？"

布尼仁坤答道："回太上皇，是管家那洪瑞赶车，四儿布尼阿德和儿媳阎翠花陪着奴才一块儿来到山庄的。"

乾隆又问："他们现住何处？"

布尼仁坤回道："住在草市街的一家车马店里。"

乾隆说："八月节晚上，把阎翠花他们也请到金山亭，同朕一起赏月。"

布尼仁坤叩道："谢主隆恩！"

说话间，进来一个白胡子老头儿，跪地给太上皇请安。乾隆不禁一愣，问道："请问老者姓甚名谁，从哪儿来？"

来人回道："奴才姓吴名小二，家住木兰围场以东的压带山，特来给太上皇祝寿的！"

乾隆感到老者来得有点儿蹊跷，一边寻思一边自言自语道："压带山……吴小二……朕怎么没有印象呢？"

吴小二说："事出有因哪，太上皇或许回忆不起来了，奴才可记得清清楚楚，不过不敢说。"

乾隆准允道："但讲无妨！"于是，吴小二讲起来几十年前的一件往事。

有一年，乾隆率大队人马赴木兰围场狩猎，结束后，趁将士们歇息之机，带着两名侍卫出围微服私访。当三人经过一户人家门前时，感到有些饿了，便高声儿喊房主人，出来开门的就是吴小二。三人进屋后，说明了来意，吴小二犯愁了，哪有什么好吃的招待客人呀？家里除了苞米面没别的。只好自家吃啥，客人也跟着吃啥，遂让妻子蒸锅黄金塔，炸碗鸡蛋酱，炒两盘儿山野菜。

三人盘腿儿坐在炕桌边喝着茶，过不一会儿，饭菜摆上了桌。乾隆伸手拿起一个黄金塔左瞅右瞧的，不知是啥面做的，因从来没吃过。咬了一口，嚯，不仅清香可口，还有点甜味儿呢！于是，主仆三人你一个我一个地就着鸡蛋酱吃开了，也就一袋烟的工夫，饭菜全进了肚儿。吃完抹抹嘴下了地，乾隆一摸里怀，糟了，没带银子！这可咋办，吃了人家的饭，哪有不付钱之理？吴小二却笑道："别说没带银子，就是身上有，我也不会收，咱满洲人家都讲究有忙必帮，出门不管走到哪家门口儿，只要饿了，进屋端起碗就吃，谁也不能背着锅走路不是？"

乾隆说："谢谢你，不过我从来不欠任何人的账，今天也不能破例，改日会给你们送来的，告辞了！"

一行三人离开吴小二家后，刚走到后山坡儿，乾隆忽然眼前一亮："哎，有办法了，何不将内衣扎的玉带解下来顶账呢？"遂脱掉外面套的微服，解下玉带，用一块石头压在半山坡儿上，还写了一首诗：

> 皇上私访进农家，
> 饥肠辘辘喝杯茶。
> 喜吃一顿黄金塔，
> 未付银子多尴尬。
> 只好解下金玉带，
> 权作饭费不亏他。

第二天，吴小二上山砍柴时，正巧发现了压在半山坡儿的玉带和一纸诗文，蹲下身仔细一瞅，这才恍然大悟："哎呀，没承想在自家用膳的原来是当今天子啊！"他顾不得砍柴了，赶忙拿起玉带和御笔诗返回家中，将这天大的喜事告知了妻子，夫妇二人激动得热泪盈眶，相拥而泣！

一晃几十年过去了，吴小二和老伴儿皆已年迈，乾隆帝留下的玉带和御笔诗仍放在箱子里，完好无损。欣逢太上皇和当今皇上举办百叟会，吴小二特意带上那件宝物来到承德避暑山庄，准备借面见太上皇之机交还之。

吴小二讲完后，双手将一个红绸子包裹举过头顶，跪叩道："太上皇啊，奴才将一直保存的玉带和御笔诗带来了，算是为太上皇祝寿的贺礼啦！"

乾隆接过包裹打开一看，里面正是自己用过的玉带和当年写下的那首诗，内心十分感动，动情地说："吴小二，你是大清的忠实子民，难得一片忠君之情啊！噢，围场北边的那座压带山，就是由于朕留下玉带而得名的吧？"

吴小二回道："正是，十里八村的百姓得知此事后给山起的名儿，全托太上皇的洪福啊！"

乾隆又问："记得当年在你家吃的是黄金塔，用啥面做的呀，咋那么好吃呢？"

吴小二不好意思地回道："唉，什么黄金塔呀，就是用玉米面蒸的窝窝头哟！"

坐在一旁的布尼仁坤听了，脸憋得通红，想笑又不敢笑。乾隆若有所思地说："此乃饥不择食也。若是肚饿，吃糠甜如蜜；若是饱腹，吃蜜也不甜哪！"说罢，收下玉带和御笔诗，并赐吴小二纹银二百两。

翌日，于澹泊敬诚殿摆宴，祝贺太上皇八十五岁寿辰，百叟会亦同时举行。宴会开始了，与会的众老叟先祝太上皇万寿无疆，又祝圣上龙体安康，万岁，万岁，万万岁！乾隆和嘉庆欠身离座，祝百叟们福寿双全，合家欢乐，万事如意！君臣频频举杯，百叟声声祝福，气氛欢快热烈，个个笑逐颜开。宴会进入高潮时，在悠扬的乐曲声中，歌女们翩翩起舞，为太上皇、皇上助兴。最后，由乾隆提议，嘉庆皇上赐每位老叟一册《避暑山庄七十二景》画图及《木兰秋狝图》。

八月十五这天，乾隆传谕，邀布尼仁坤、阎翠花、布尼阿德及管家那洪瑞傍晚到金山亭共同赏月，显然是太上皇对布尼家的恩赐。

金山亭位于热河泉以南，坐落在澄湖中心的一个小岛上，四面临水，建有六面三层的上帝阁。中秋之夜，一轮圆月高悬在空中，在一盏盏彩灯的映衬下，看起来格外明亮。乾隆与布尼仁坤及其家人围桌而坐，桌子上摆着香茗以及各式各样的月饼、糖果、葡萄、苹果等，大家边饮酒边聊天，沉浸在温馨的秋夜之中。乾隆呷了一口茶，感慨地说："值此中秋佳节，朕能有机会与尔等在金山亭赏月，甚为高兴。回首往事，历历在目，始终不能忘怀，何况朕与布尼家还沾亲带故哩！"

布尼仁坤点点头道："太上皇所言极是呀！奴才的大儿子布尼阿森曾是太上皇身边的一员大将，他的女儿布尼伊香是太上皇的义女，伊香又是奴才的外孙女。如此看来，太上皇与布尼家何止是沾了亲，而是正正经经的亲戚关系，当年太上皇所赐的'功德匾'仍在布尼大院的门楣上挂着呢！"

乾隆说："是啊，是啊，记得翠花歌儿唱得非常好听，给朕弹奏一曲如何呀？"

阎翠花莞尔一笑道："奴婢遵旨。"然后怀抱琵琶轻声儿唱道：

八月中秋月儿明，
奴家来到金山亭。
喝着宫廷玉液酒，
吃着五色彩月饼。
甜在嘴里暖在心，
点点滴滴润吾胸。
华灯映照湖中水，
鱼跃龙门荷花丛。
月亮圆了又要缺，
明日随父返家中。
男耕女织敬长辈，
不忘天子待奴情。
多谢施以隆恩意，
和和美美奔前程。
祝愿万岁永当年，
就像泰山不老松。
辅佐嘉庆新皇帝，
举国上下唱太平。

乾隆听罢，龙颜大悦，夸赞道："翠花呀，太好了，曲调优美，唱词动听，是你编的吗？"

阎翠花又是莞尔一笑："回太上皇，奴家不才，只是触景生情，自编、自弹、自唱罢了。"

乾隆开怀大笑道："还说什么不才哟，听得都快醉喽，哈哈哈……"高兴之余，还自管自地哼唱了一段儿小曲，翠花打着节拍，配合得十分默契。唱罢一挥手，小太监双手举着一个装满礼物的托盘走到太上皇跟前，乾隆赐布尼仁坤龙头手杖一根，阎翠花金镯子一副，布尼阿德金麒麟一个，管家那洪瑞貂皮大衣一件。

一家四口儿受宠若惊，叩谢隆恩，再次祝太上皇福如东海长流水，寿比南山不老松。乾隆有些不舍地问道："听说尔等明日就回将军屯？"

布尼仁坤答曰："是啊，来山庄好几天了，明日一早，奴才就带家人返程了。"乾隆点点头，定睛凝视着翠花，似乎想说点儿什么。

阎翠花从太上皇的眼神儿中，早已悟出了那心底的话，随即柔声儿笑道："太上皇啊，此次一别，不知何时再相见，让奴家给太上皇放松放松吧！"边说边走到乾隆的身后，轻轻地为其捶肩揉背。

乾隆微闭双目，尽情享受着那轻巧的双手在肩背上游刃有余地摩挲，感到十分惬意："嗯，好舒服啊，可惜朕已经老喽！哎，布尼仁坤哪，能不能晚走一天呢？"

布尼仁坤言道："请太上皇示下。"

乾隆说："明日头晌，尔等先去游览避暑山庄的七十二景，下晌再参观一下普宁寺、广缘寺等寺庙，总得有点儿收获呀！"

阎翠花忙不迭地接了茬儿："谢太上皇隆恩！"

布尼仁坤表示道："多谢太上皇的一番美意，盛情难却呀，老奴遵旨就是了。"

布尼阿德、那洪瑞没吱声儿，不是好眼神地瞅了瞅阎翠花，心里骂道："这个贱女人，浑身没二两沉，有你啥事儿呀？一边眯着得了！"

第四十七章

驾龙舟　十里塞湖美如画
观大佛　翠花心潮似浪涌

翌日，万里无云，阳光灿烂，微风吹拂，山庄里的如意湖、上湖、下湖、内湖、半月湖波光粼粼，看似一片白亮亮的洲岛堤岸。乾隆在驸马李纪恩的陪同下，同各少数民族王公贵族、外国使节、朝中百官、参加百叟会的老者及布尼仁坤一家四口儿一同来到如意湖边，李纪恩扶太上皇登上龙舟，阎翠花竟也紧随其后，迫不及待地同乾隆同乘一只龙舟。布尼仁坤、布尼阿德和那洪瑞坐在另一只船上，其他人分乘七十多只小船，自行划桨游览十里湖区。

李纪恩眼望湖面问太上皇："父皇，听说这片湖区又向东扩展了，真的如此？"

乾隆点点头道："是呀，自从避暑山庄建成之后，便挖土造湖，又将湖区向东扩展，增辟了镜湖和银湖。与此同时，在洲岛湖滨兴建了大量的亭榭楼阁，湖畔植下垂柳，岸边不再砌石，以求自然美。"

阎翠花插言道："太上皇，十里湖区真是太美了，山明水秀，犹如天成仙境一般啊！"

乾隆同翠花女同舟游赏，心情格外好，哈哈笑道："是呀，是呀，避暑山庄地处塞北，亦可说十里塞湖美如画哩！"

翠花柔声儿问道："太上皇啊，这么多的湖，是各自独立呢，还是相互连接呢？"

乾隆答曰："湖湖相连，有榭、亭、长廊、小桥，龙舟从桥下通过，可前往任何一片湖。"

李纪恩听着二人的一问一答，很难插上话，且讨厌阎翠花的矫揉造作，心中暗想："这个昔日的烟花女子，是个见过世面的人，后来从良嫁给了四姥爷。平时看起来倒也安分，可一见到太上皇就不是她了，嗲声嗲气，举止轻浮，把布尼家的脸面都丢尽了！"

船工们挥动双桨奋力向前划着，龙舟在湖中荡漾，泛起层层涟漪。

一条金鲤噌地跃出水面，又一头扎进水中，乾隆看在眼里，诗兴大发，随口吟道：

秋水与天澄，
行云倒浦凝。
抚今还忆昔，
乾惕寸衷增。

阎翠花的脑袋瓜儿那叫真灵，立即怀抱琵琶，利用太上皇所吟之诗句唱上了：

秋水与天澄（哎），
行云（那么）倒浦凝。
抚今（那么）还忆昔（哎），
乾惕寸衷增。

悠扬的歌声在十里塞湖上空回荡，垂柳乐得弯下腰身，鱼儿高兴得蹿上跃下。乾隆又听歌儿又观景，脸上始终挂着微笑，双眼盯着阎翠花寻思道："只在一次木兰秋狝时，与这女子见过一面，当时颇有好感。如今趁百曳会之机，再次与她相逢，总算了却心愿了。唉，太晚了，老喽！"想至此，又吟诗一首：

窈窕淑女登龙舟，
山重水复兴致浓。
十里塞湖挥双桨，
只惜吾身已龙钟。
欲火虽燃人却老，
且有怡情自养生。

吟罢，倒使得驸马爷李纪恩面带羞色，心里犯了嘀咕："难怪有的当朝大臣私下议论，说太上皇年轻时是个风流天子，此话不假。如今已到耄耋之年了，还这么有精神头儿，不忘招蜂引蝶。"

阎翠花听后，脸腾地红了，不由得心驰神往，思谋道："唉，岁月不饶人哪，我也变老了。若是早些年，凭着一副人见人爱的秀美姿容，太上皇也跑不了，肯定得就范哩！"想到这儿，抱起琵琶，表示还要用第二首诗弹奏一曲。乾隆笑道："罢了，罢了，只是随便吟之，不必放在心上。翠花呀，这是第二次与你相见了吧？"

阎翠花欣喜地说："没错，是第二次见面，太上皇的记忆力实在惊人。第一次是奴家同阿玛、那管家一起给万岁送粉条和蘑菇时，在黄幄内见到了太上皇，临走时，还赐阿玛一件黄马褂儿，奴家一对儿金耳环，管家一把御用马鞭哩！"

乾隆点点头道："是呀，是呀，首次看到你时，就似曾相识啊！噢，前边便是烟雨楼了，不妨在此靠岸，去那里看一看。"

烟雨楼在如意湖北侧的青莲岛上，架设一座小桥与如意洲相连，仿照浙江嘉兴南湖的烟雨楼而建。龙舟靠岸，登上青莲岛，最先映入眼帘的是太上皇御笔亲书的匾额，上面刻着一首诗：

> 最宜雨态烟容处，
> 无碍天高地广文。
> 却胜南巡凭赏者，
> 平湖风递芰荷芬。

阎翠花看后，高声儿赞道："太上皇当年不仅是位受到百姓爱戴的皇上，创下了乾隆盛世，而且又是文韬武略的才子，此诗写得太好了！"

乾隆弄不清她究竟是真懂，还是不懂装懂，遂问道："翠花，说说看，这首诗好在何处哇？"

阎翠花回道："盛夏时节，细雨蒙蒙，水天一色。倚栏远眺，湖山尽洗，雨雾如烟，令人似入仙境，心旷神怡。楼之东，有青阳书屋，为皇上读书之用；楼之西，有对山斋，面水而坐。斋前以假山巨石叠砌，嶙峋耸峙。山上立一六角凉亭，名曰'翼亭'；山下构筑洞府，曲折跌宕。亭南峰巅，镌有'青莲岛'三字，登山四顾，荷花满塘。君不见，青莲岛是名副其实的青莲岛，烟雨楼也是名副其实的烟雨楼，乃地地道道的仙境也！"

乾隆听罢，非常高兴，坦言道："翠花呀，你善解人意，年轻时肯定是个知书达理、颇有教养的淑女哟！朕喜欢才貌双全之人，若是早些与你相识，必会选入皇宫陪伴左右。"

阎翠花打了个唉声道:"太上皇啊,奴家相见恨晚哪,这朵花儿早已凋谢了。"

乾隆亦无可奈何地叹道:"唉,当年的天子,如今也是夕阳西下了。"

李纪恩听着二人的对话,心中一阵不快,但丝毫不敢表现出来,为转移话题,有意提醒太上皇:"时近晌午,太上皇一直没有歇息,是不是……"

乾隆点点头道:"嗯,该回去了,到用午膳的时候了。"

李纪恩问道:"太上皇,下晌参观各寺庙,父皇是否前往?"

乾隆不假思索地说:"还用问吗?当然得去,驸马也不能落下。"

李纪恩本不想去,看不惯阎翠花的忸怩作态,可哪敢不去呀,只能遵旨。

用罢午膳,若是在平时,乾隆总要小酣一会儿。由于今天心情特别好,还有翠花陪在身边,竟无一丝困意,又兴致勃勃地同大家一道前往避暑山庄以北八里外的普宁寺。走在布尼仁坤身边的李纪恩担心太姥爷身子骨儿吃不消,便关切地问道:"太姥爷,头午乘船游塞湖累不累?"

布尼仁坤回道:"嗯,有点儿乏,不过此乃太上皇的圣恩,再累也值啊!"

李纪恩说:"头晌登船时,太上皇没让侍卫随驾,而是令我陪在身边,旨在保护其安全,故而没能伴您一块儿游如意湖,不会因此生曾外孙的气吧?"

布尼仁坤捋着银须笑道:"纪恩,怎么会呢?咱是一家人,布尼伊香是我的外孙女,你做了太上皇的驸马爷,太姥爷高兴还来不及呢,哪有工夫生气呀!"

李纪恩抬头望了望天,忽然感到一阵惆怅,自言自语道:"我那短命的额娘要是健在,和咱一起游览避暑山庄和外八庙,那该多好啊!"

布尼仁坤轻声儿问道:"纪恩,这些年来,太上皇问没问过你的身世?打没打听关于孩子坟的事儿?"

李纪恩若有所思地摇摇头道:"没有,或许太上皇还不知道我就是那个宝音巴图吧!"

大家来到了普宁寺,站在院子里四下观瞧,发现大佛寺十分壮观。大乘之阁的前后左右皆有喇嘛教的小型建筑,包括四座喇嘛塔。寺的南面建有梯形殿,代表南赡部洲;北面假山上建有方形殿,代表北俱卢洲;东面月牙形城台上有殿,代表东胜神洲;西面椭圆形的城台上也设殿,代表西牛贺洲，总称为"四大部洲"。四大部洲的两侧，建有四种形状的八个白台，代表四小部洲。西北角儿的白塔，镶有琉璃法轮；东北角儿的黑塔，镶有琉璃魔杵；西南角儿的绿塔，镶有琉璃佛龛；东南角儿的红塔，镶有琉璃莲花。

进入大殿，阎翠花立即被木雕的千眼千手观世音菩萨吸引住了。只见菩萨站立在两丈高的大红台上，身高二十七米，腰围三丈，少说也有百吨重。更奇的是，这尊密宗神名叫"大悲金刚菩萨"，俗称"大佛"的头顶上，还有一座无量光佛。大佛的两旁，立着高高的善才像和龙女像，两侧墙壁上有万佛龛，龛内供着高约十五厘米的藏泥贴金里寿佛一万零九十尊。

李纪恩告诉阎翠花："四姥姥，看清了吧，那无量光佛就是观世音菩萨的老师。"

乾隆紧接着说："正好，状元郎啊，你给大家讲解讲解吧！"

李纪恩推却道："父皇，纪恩知之甚少，怕是讲得不准确。"

"大胆地讲嘛，当年科考时，你可是头名状元，况且又不是第一次来普宁寺。哎？静蓉怎么没一块儿来？"

"回禀父皇，她近日身子骨儿发懒，不愿动，故而未到场，请父皇海涵。"

乾隆脸上现出不屑的神情，一抬手道："娇气，都是从小把她给惯坏了，一身毛病。纪恩哪，快给大家讲讲！"

阎翠花首先发问："纪恩，大佛怎么长了三只眼哪？"

李纪恩讲解道："大佛生有三只眼，表示可以看到三个时期，即过去、现在和未来。大佛还长有四十二只手臂，手中持刀、枪、剑、戟和轮、螺、伞、盖、日、月、哈达等法器，在佛教中有两种解释：一是称大佛为'四十二臂观音'。传说大佛心地善良，本领很大，曾经立过誓，在众生没有度化成佛之前，自己决不成佛。很多天后，他数着念珠儿计算共度化了多少人时，突然发觉受苦受难的众生实在太多了，短时间内难以完成。情急之下，遂将自己的身体碎成了四十二段儿，以快些普度众生。大佛的老师无量光佛见此情景，劝他不必忧伤，更不要着急，并将那四十二段儿身体收拢起来，合而为一，留下了四十二只手臂，每个手心儿里又长出一只眼睛，每只眼皆代表一个化身，故而称其'四十二臂观音'。二是称大佛为'千手千眼观世音菩萨'。大佛共有四十二只手臂，去掉其中合掌的两只，还有四十只。每'只'代表二十五有，两数相乘，积数为一千。因此，称大佛为'千手千眼观世音菩萨'。"

平日里话不多的布尼阿德问道："纪恩，'二十五有'里的'有'是啥意思呢？"

未待李纪恩回答，乾隆接过了话茬儿："这个'有'嘛，在佛教中代表'因果报应'。"

阎翠花冲乾隆飞了一个媚眼，夸赞道："还是太上皇的学问高深哪，不但随口吟佳诗，而且挥笔撰奇文，不愧是天子呀！"

乾隆最喜欢听别人对自己的溢美之词了，立马显露出洋洋自得的神态，笑问道："借此机会问问尔等，知道朕随口吟诗有多少首吗？写过多少篇文章吗？"众人摇头不语。

李纪恩回道："太上皇自幼文武双全，六岁开始写诗，胜过曹植的七步诗。十二岁时，跟随圣祖康熙木兰秋狝，亲自劲射巨熊。据不完全统计，在位六十年中，写诗四万二千五百五十余首，文章一千三百八十六篇，可谓奇才也！"

乾隆问道："李纪恩，你怎么知道的？"

"儿时念私塾，曾读过太上皇的诗作。"

乾隆龙心大悦，朗声儿笑道："驸马呀，你能读这么多诗文，又记得如此详细、扎实，同样是个奇才。人才难得，多闻博识，晋升为大学士不为过！"

"谢父皇夸奖！"

站在一旁的阎翠花一会儿看看太上皇，一会儿瞅瞅皇婿，听着外孙的对答如流，时不时地付之一笑。乾隆见风韵不减当年的翠花一脸笑意，心中一紧，不由得想起香妃来。两人的容貌都很美，香妃端庄文雅，翠花秀丽妩媚，五官也有些相似的地方。所不同的是香妃轻易不笑，而翠花笑意总是挂在脸上，令人看了心情舒畅。

游罢普宁寺，众人又观看了溥仁寺、溥善寺、普乐寺、安远庙、广缘寺、普佑寺、须弥福寿之庙、普陀宗乘之庙、殊象寺、广安寺、罗汉堂等，傍黑儿才返回澹泊敬诚殿，酒宴早已备好了。乾隆又于烟波致爽殿单设御宴，请布尼仁坤一家四口儿到自己的寝宫畅饮，显然是对布尼家的特殊关照。

宴席上，酒过三巡，菜过五味，阎翠花已是微醉了，话语自然也就多了起来。她摇摇晃晃地站起身，带着媚笑举起酒杯，一双醉眼盯着太上皇左右流盼，又是祝福又是赞美的，举止愈加轻浮，甚至有些放荡。

布尼阿德对此又嫉妒又生气,心里酸溜溜的,但不敢言。布尼仁坤也是强压怒火不敢发作,认为四儿媳丢人现眼,毁了布尼家的名誉,恨不得立即将其扫地出门!管家那洪瑞只是闷头儿喝酒吃菜,眼皮都不挑一下,不想看阎翠花那搔首弄姿的丑态。

乾隆呵呵地笑着,收回了一直盯着阎翠花的迷离目光,问道:"尔等明日就要返回将军屯了,临行前,有什么需要帮助的吗?"

布尼仁坤忙道:"没有,没有,谢主隆恩!太上皇如此爱民如子,事无巨细,奴才终生难忘啊!"

乾隆说:"此话差矣,可别忘了,布尼伊香是朕的义女,人不在情在。朕的九公主静蓉又是头名状元李纪恩的妻室,咱们是亲家呀,布尼家早已是皇亲国戚了,怎么能言谢呢?来来来,朕与尔等再干一杯!"

大伙儿端起酒杯,分别与太上皇相碰,一饮而尽。布尼阿德悄悄儿暗示阎翠花,要多给太上皇敬酒,让他一醉方休,免得有非分之想。

阎翠花哪儿敢呀,如果真把老皇上灌醉了,那也是欺君之罪呀!她抬手摸了摸后脖颈子,似乎在飕飕冒凉风,哎哟,可得小心着点儿,脑袋别搬家呀!

布尼仁坤不动声色地偷看了儿媳一眼,小声儿说道:"老四此方,使得,使得!"在场的人即使听到了这句话,除了布尼阿德明白老爷子啥意思,别人根本弄不懂,也不便细问。

阎翠花只好按公公的指点,端起酒杯说道:"太上皇啊,奴家要走了,此去不知何日再相见。看到太上皇虽已八十五高龄,但龙体依然康健,精神依然抖擞,心里高兴啊,此乃百姓的福分哪!这第一杯酒,祝太上皇万寿无疆!"乾隆咕嘟一口喝了个底儿朝上。

阎翠花把盏执壶,为乾隆斟满酒,又道:"奴家这第二杯酒,祝太上皇福寿双全,五代同堂!"

乾隆点头道:"说得好!人到七十古来稀……朕七十有四那年,就得……得了……玄孙。古有七十,曾玄绕膝,朕早已是五代同堂了!"说着一仰脖儿,酒又下了肚。

阎翠花斜眼瞅了瞅丈夫,下颏儿一抬眉毛一挑,以此询问还敬不敬?布尼阿德伸出一个手指,意思是再敬一杯就作罢。

阎翠花心领神会,又端起第三杯酒,未待开口呢,头昏脑涨的乾隆先说了:"朕……还喝吗?尔等若有忠孝……之心,就替朕……饮下这杯……"

此时，李纪恩早已等在门外，太上皇的话听得一清二楚，急忙走进屋来，端起酒杯说道："我替太上皇喝了，如何？"

乾隆双眼通红，瞅着李纪恩问："你……你是谁？竟敢私自……闯入，好大胆子！"

李纪恩回道："皇阿玛，我是纪恩哪，您不能再喝了！"

乾隆嘿嘿笑道："还是……皇婿心疼……朕哪，那你就……替朕……喝了吧！"

李纪恩饮了第三杯酒，然后将父皇背到里间的龙榻上，待睡下后，反身来到外屋，生气地冲布尼阿德和阎翠花说："四姥爷、四姥姥，你们胆子也太大了，灌了太上皇那么多酒，倘若有个一差二错，还不得吃不了兜着走哇！"

李纪恩的话提醒了布尼仁坤，他感到有些后怕，这要是出点儿啥事儿还了得，自己的脑袋掉了算不了啥，弄不好得满门抄斩哪！忙摆摆手道："快走，赶紧回草市街的车马店！"

转天清晨，那洪瑞赶着大篷车，布尼仁坤一家四口儿匆匆忙忙地离开了承德，向将军屯而去。

第四十八章　寿诞日　宾客观戏清音阁
　　　　　　　十八班　戏曲艺人规矩多

　　八月十六日这天，太上皇乾隆请各少数民族的王公贵族、外国使节及朝中百官于清音阁观戏。大家对此特别感兴趣，从头晌一直看到傍晚，没一个喊累的。喝着香醇的美酒，品尝着精制的佳肴，听着高亢悦耳的唱腔，个个好不惬意。接连唱了三天，戏总算演完了，庆大寿也就宣告结束了。

　　提起宫廷戏剧，不妨多讲几句。清自入主中原之后，多方面学习汉民族文化，使宫廷戏剧从无到有、从少到多。特别是康熙四十二年肇建避暑山庄以来，圣祖玄烨、世宗雍正以及乾隆帝都曾在这里的清音阁多次观看昆腔、徽剧及梆子戏，并乐此不疲。乾隆尤其喜欢戏曲，时常在避暑山庄举行盛大的庆典、宴飨活动，将北京的宫廷音乐、舞蹈、戏曲也随之带到了承德。

　　皇帝驻跸承德避暑山庄，一来既可消夏，又可处理朝政，接见各少数民族的王公贵族；二来通过观戏，使各个民族的文化得到融汇和交流，促进宫廷戏剧日趋发展和完善。

　　升平署掌管演出等事宜，宫中承应戏剧，由内、外班充任。这是什么意思呢？来避暑山庄演出的戏班都是从北京调来的，分内班和外班两类。内班是由太监组成的，外班是从宫外调来的艺人，统归升平署安排。

　　戏剧演出的地点设在清音阁，位于避暑山庄德汇门内的东宫区，与北京故宁寿宫的畅音阁、圆明园的清音阁、颐和园的德和园并誉为清代"崇台三层"的四大戏楼，其规模尤以故宁寿宫的畅音阁和承德避暑山庄的清音阁最为宏伟、壮观。

　　避暑山庄的清音阁共三层楼，上层为福台，中层为禄台，下层为寿台，"福禄寿"乃三星高照，吉祥如意之意。舞台的天棚上有天井，寿台的台板下有地井，地井中有一口水井，皆是为了增强演出效果而设置的。

　　大清皇帝心里自然清楚，承德避暑山庄地处塞北，南临京师，北拒沙俄，地处要冲。漠南四十九旗蒙古最为强悍，朝廷一直把漠南视为心腹，倍加关怀，广于联姻，经常封赏，起到了心向朝廷的作用。因此才有了藏族、苗族、回族等少数民族的王公、土司来避暑山庄觐见皇帝，表示臣服朝廷，甚至出现了渥巴锡万里东归的壮举。

乾隆年间，漠南科尔沁、巴林、奈曼、敖汉、土默特和喀喇沁左、中、右三旗及翁牛特等四十九旗蒙古王公贵族，既受皇帝的恩宠，又授藩封爵禄。他们享乐之余，效仿朝廷宴飨宫戏的做法，先后有十八旗建立了王府戏班，即承德百姓所说的"四十九旗十八戏班"，简称"十八班"。

十八班的艺人大部分是从口里、口外民间艺人中挑选出来的，其中最有名的当属土默特旗的庆和梆子腔班，执事是山药红；巴林旗的双盛梆子腔班，执事是小诸葛贯三福；喀喇沁旗三义晋腔梆子班，执事是活关圣江永昌。

十八班的艺人们多会百出戏，还会表演魔术、走丝、跳索、舞剑、举鼎、喷云降雨、划地成川、起死回生等。但其中大部分戏班在宫中不能单独承应戏差，避暑山庄仅有百戏和什榜乐承应演出，能承应戏差的只有庆和班、双盛班和三义班。

诸位阿哥，说书人在这里给大家讲一下十八班参加乾隆四十五年万寿节庆典的演出情况。节前，四十九旗的十八班、什榜乐、布库①手、教煜公②齐集热河喇嘛寺北，搭起蒙古包，连绵数里，承德府附近几十里也都住进了前来进贡的达官显贵及陪同的差役、兵丁等。

土默特旗杜凌郡王按照同各旗王公贵族事先的约定，到达避暑山庄值庐房后，前去拜见中堂大人和珅，施礼道："和大人，欣逢万寿节，卑职带领十八班为万岁祝寿来了！"

和珅说："待我奏明圣上，恩准后方可陈奏。不然，若有违家法、祖制之处，卑职实难担待，与诸位王爷也多有不便啊！"显然是就此婉言谢绝了。

林凌郡王听罢，心里很不痛快，但又不敢说什么。因为他知道，和珅一向贪权恣横，诡计多端，又与皇上是儿女亲家，谁能奈何？眼看乾隆八月十三的寿诞之日就要到了，如果十八班献不上戏，岂不是白来一趟避暑山庄吗？

---

① 满语：摔跤。
② 满语：驯马能手。

八月十二日早朝时，乾隆处理完政务，浏览了奏折之后，对传事太监阿宝说："传和珅来见朕。"

和珅到后，乾隆问道："听说蒙古藩封诸公赶至避暑山庄，都到齐了吗？"

和珅禀道："回皇上的话，四十九旗王公、额驸、贝勒、台吉等全到了，奴才将他们安置在馆驿歇息。各部藩封王公、台吉、土司已到齐，朝廷内外大臣、督抚官员也伺候着呐，奴才恳请圣谕。"

乾隆说："还有何谕所裁？照原例行万寿礼就是了。明日正宫门前设座，近支亲王作陪，宣召各部藩封王公人等由理藩院引领行礼。礼毕，五福五代堂赐食，在清音阁赏戏，入夜于万树园观火戏，塞宴照常。"

和珅一听在清音阁赏戏，忙道："启奏皇上，四十九旗王公已备秦腔梆子戏为万岁祝福，不过……"

乾隆问："不过什么？讲！"

"不过奴才认为那梆子腔乃为花部，其声器也很杂乱，多是些街头巷尾的鄙俚之词，有碍喜庆大雅。奴才恳请万岁圣裁，得到恩准，方可陈奏。"

乾隆生气地说："四海升平，万众欢腾，街头巷尾的歌舞足以表现欢悦的民意，况且诸王公筹备助兴，以求其诚，你岂能拒之陈奏？"

和珅听皇上这么一说，吓得心怦怦直跳，扑通一声跪在地上叩道："奴才有罪，尊凭圣裁，即刻去传旨陈奏！"乾隆没吱声儿。

和珅起身刚要退下，乾隆一抬手道："等等，朕听说蒙古四十九旗十八班里有个叫山药红的艺人？"

和珅回道："是啊，有这么个人，奴才也听说了。"

乾隆说："去把山药红传来，朕想见他！"和珅嗻地应了一声退下。

果然，乾隆在百忙之中，特意接见了土默特旗庆和梆子腔班的执事山药红。这不仅是对土默特旗的恩典，更是对戏曲艺人的重视，山药红激动万分，热泪盈眶。

八月十三这天，乃乾隆七十寿辰之日。清晨，乾隆先在澹泊敬诚殿接受满、蒙古、汉、维吾尔、藏、哈萨克、布鲁特等族贵族及外国使节的朝拜，然后于殿前举行宴会。众臣和外国使节一一向皇上敬酒，并祝万寿圣安！宴毕，各少数民族的王公、贝勒、贵族、首领、西藏班禅六世喇嘛，朝鲜、安南、老挝、缅甸等国使节，朝廷内外大臣、督抚、勋将等提前去了清音阁，有秩序地入座，恭候皇上驾到。

不一会儿，奏起《中和乐》，乾隆步入清音阁，诸王公贵族、满、蒙、汉朝臣，外国使节起身依次向皇上叩头谢恩，恭贺万寿圣安后，各回各座。皇太子、近支亲王坐于一楼正面，众阿哥、满、蒙、汉朝臣，外国使节坐于一楼东侧，蒙古王公及各部藩封王公、贝勒、额驸、台吉坐于一楼西侧。二楼就座的是皇族、皇亲、内务府及军机官员，还有由宫女陪伴着的皇后、贵妃、妃、嫔、贵人、答应、常在等内眷。

奏罢《中和乐》，传事太监向乾隆呈上安殿本，并道："请皇上先看戏本，然后再点戏。"

乾隆点戏时，由伴驾的太监一页一页地翻，请皇上过目。那些王公、大臣、外国使节则喝着由执事太监送来的香茗，吃着糖果等候。点毕，开场的是承应戏目《金山奏乐》《佛国祝寿》《九九大庆》。这时，只见十八班的执事山药红带领五百多身着各色丝锦绸缎戏装的伶人由寿台、禄台上场了，以昆腔仙吕调的套曲伴唱《颂祝词》，共祝皇上万寿无疆！

紧接着是千人提灯的歌舞《万年春》，场上的人进退回旋，作军阵状，变幻多端，一会儿变成三座鳌山，一会儿变作楼阁，再变成方阵。场上灯光忽而暗淡，忽而明亮，随之组成了"万年春"三个大字，又分散开来，变成"天下太平"四个大字。当表演《万年春灯记》和《梅花炮记》时，场上的人一律着橄榄色戏服，载歌载舞，不断变化队形，还借助不同颜色的灯笼组成汉字颂词，赞颂皇上的圣德。

歌舞之后是焰火表演，一个大盒子悬在空中，顷刻间从盒子下边掉出许许多多折着的纸灯笼，落到地上唰地自动张开，里面燃起色泽绚丽的灯火。焰火的最后一场是十分壮观的"火山爆发"，色彩纷呈，绚烂夺目，万紫千红，宾客们激动得大声儿齐呼："祝皇上福如东海，寿比南山，万岁！万岁！万万岁！"

乾隆乐得嘴都合不拢了，边笑边说："在宫中大戏中，用昆腔给朕祝寿，还真是新鲜。'十八班'的艺人们用歌唱和戏曲的程式欢歌起舞，可谓一种创新哪，朕很爱看！"

山药红见此，悄悄儿问小诸葛贯三福和活关圣江永昌："皇上这么爱看咱十八班的表演，下面该奉哪出戏好呢？"

小诸葛想了想，推荐道："咱给皇上唱《朱砂痣》或《秋胡戏妻》咋样？"江永昌只是摇摇头，没吱声儿。

山药红说："这两出戏有个共同特点，即唱做兼具，重在心理刻画。从内容上看，尽管悲辛之情始终蕴含其中，却以皆大欢喜结局。重要的是咱们蒙古四十九旗所献，我想万岁会有兴趣欣赏的，活关圣意下如何呀？"

江永昌仔细琢磨了一番，觉得山药红所言有道理，没必要过多担心，遂表示赞同。于是，十八班艺人同心协力，配合默契，个个使出了浑身解数，拿手技艺展示得淋漓尽致，将两出戏唱了个满堂彩！乾隆高兴地说："不错呀，道白用的是京韵，好听上口。唱词既通俗又不失含蓄，且做到了字正腔圆。唱念做打俱佳，表情达意，人物揭示得细致入微，唱腔高亢，声震屋脊，动人心弦，好极了，朕心悦也！"

话音刚落，场上又响起一片喝彩声，十八班艺人受到了极大鼓舞，激动不已。乾隆坐在龙椅上，喝着香茗，显现出一脸的笑意。使人感到这微笑中，既有皇上对蒙古四十九旗的殷切关怀，又有对山药红、贯三福、江永昌执事和十八班艺人高超演技的肯定。在演出期间，乾隆除了请宾客们喝酒、吃点心、送各种礼品外，还赏些龙眼、荔枝、葡萄干儿、茱萸、蜜枣、果仁等供大家品尝，并分别赐山药红、小诸葛贯三福、活关圣江永昌三十两纹银。

有的外国使节问和珅："皇帝每次观戏，都要赏吃食和银子吗？"

和珅点点头道："当然，皇上高兴嘛！每次看戏，包括设宴，大约耗银三千多两呢！"

又问："在避暑山庄干活儿的工匠，一个月挣多少银子？"

和珅想了想，回道："工匠月挣纹银八钱五，王公看一次戏的费用，等于工匠三年的总入账。"

这位外国使节同身边的人窃窃私语一会儿后，明白了，难怪在承德流传着这样一首民谣：

> 诸外臣工着锦袍，
> 何曾国计半分毫。
> 一杯美酒千人血，
> 数口残羹百姓膏。
> 天泪落时人泪落，
> 歌声起处哭声高。

向皇上献戏，一般需接连唱好几天，直到尽兴为止。就在十八班艺人唱得来劲儿，乾隆听得着迷的时候，山药红的一个亲属急匆匆地赶到山庄，带来了一个不幸的消息，称其住在北京的母亲因病去世了。山药红难过至极，恸哭不止，心想："若是回家奔丧，一来为皇上献戏未完，怎么能走？二来即使回到家中，父亲绝不会轻饶于我。十五岁那年学戏时，父亲就不同意，认为唱戏的人都是三教九流，被人瞧不起。自己之所以能演戏，而且出了名，全靠偷偷学艺才唱红的。咳，若是不奔丧，老母对我的养育之恩无可报答，情理难容啊！"

山药红正在为难的时候，小诸葛闻讯赶来了，对山药红百般安慰之后，最后出了个主意："承德府的西大街上有个'聚隆烧锅'，烧锅坊的曹大爷是我同乡。我这就去找曹大爷，托他在承德买处坟茔地，修个衣冠冢，按时祭扫，不就尽了你对生身老母的一片孝心嘛！"

衣冠冢是啥呢？即把死者的生辰、卒年刻在砖上，用朱砂点过，再将寿衣装在棺材里，埋葬后就成坟丘子了，亲人便可到坟前祭扫，以表怀念之情。

山药红觉得小诸葛的主意可行，眼下也没别的招儿，只能如此。于是，让徒弟领着前来报丧的亲属去饭馆儿吃了饭，又安排到车马店住了一宿，第二天给带上盘缠返回了京师。

忧心忡忡的山药红强忍悲痛唱完了当天的戏码儿，土默特旗杜凌郡王怕影响万寿节期间给皇上献戏，特意送山药红丧银五百两和好马一匹，又派差役飞马去承德府西大街的聚隆烧锅找曹大爷，商量修衣冠冢的事儿。

曹大爷见来人是王府专差，便一口应承："请转告王爷，尽管放心，此事我来操办。"

两天后，曹大爷在承德府韭菜沟后的山坡上买好了一块坟茔地，并将寿衣、棺木等一切置办齐全，修了衣冠冢，山药红这才安下心来。

单说万寿节的第三天下晌，前台的戏唱得正欢，后台却发生了一件意想不到的事儿，身为朝中宠臣的和珅里里外外张罗之余，见一切就绪，忙中偷闲，竟一屁股坐在大衣箱上了。大衣箱里有个用红布包裹的布娃娃，艺人们称它为"大师兄"，这个举动，显然是不尊重演艺人员的表现。

不知是谁，或许觉得太看不过眼了，偷偷将此事禀报给了皇上。乾隆气得手拍龙案啪啪山响："岂有此理，传和珅见朕！"说罢，起身径直去了澹泊敬诚殿，戏立刻停了下来，待皇上回来后再接着演。绝大多数人不知咋回事儿，还以为皇上累了，想去歇一歇呢！

乾隆端坐在龙椅上，表情十分严肃，专等和珅的到来。

不大一会儿，和珅满头大汗地来到澹泊敬诚殿，见皇上正襟危坐，一脸怒气，遂小心地问道："皇上唤微臣来，不知有何吩咐？"乾隆只是气呼呼地瞪大眼睛盯着他，不说话。

和珅一见大事不好，慌忙跪地叩道："奴才聆听万岁的教诲！"

乾隆"哼"了一声，开口道："戏班子前来献戏，本该由升平署具体安排便可，你老往后台掺和啥？"

和珅低着头回道："奴才遵旨，到后台看看有何不妥之处，以便向皇上禀奏。"

乾隆又"哼"了一声："你这个不中用、不懂事的东西，朕是说过，必须随时掌握戏班的演出情况，可从未让你坐在大衣箱上啊！"

和珅百思不得其解，不就是坐在大衣箱上歇歇嘛，这还算个事儿吗？随即奏道："皇上息怒！奴才坐在大衣箱上，不知有何罪过，请万岁示下。"乾隆没吱声儿，立即传戏班执事山药红来见。

山药红到后，跪在乾隆面前叩道："奴才面见皇上，请赐教！"

乾隆抬了抬手道："平身吧！山药红，你给和大人讲一讲关于戏班大衣箱的故事。"

"奴才遵旨！"于是，山药红便讲了一段儿"老郎神"和"大师兄"的传说。

原来通常情况下，戏班的艺人在台上唱戏时，后台都供奉一幅白面无须、头戴王帽、身穿黄袍儿的人物画像，称其为"老郎神"，即祖师爷。老郎神下面的大衣箱里，有个用红布包裹的布娃娃，艺人称它"大师兄"。

"老郎神"和"大师兄"的称谓咋来的呢？唐玄宗李隆基在位时，除了处理朝政之外，闲暇时，最爱看戏、听曲儿。有一天，玄宗无精打采地坐在龙椅上，侍寝太监问道："皇上龙颜不悦，不知为何？"

玄宗打了个唉声道："每当朕闲下来时，就想看看戏，听听曲儿，以爽心胸啊！"

太监忙道："万岁说得极是，不过宫中内外，不但无人会演戏，连见都未见到过。"

玄宗听罢，反倒来气了，厉声儿命道："传朕旨意，朝中大臣在三天之内，必须给朕演一出戏，不会者斩！"

圣旨下，一言九鼎，谁敢不从？群臣一时不知所措，急坏了也愁坏了，赶忙凑到一块儿偷偷商量开了。可是，别说让他们唱戏，连戏是个什么形式都未见过，更谈不上需要哪些家巴什儿了。唉，这可怎么办？真是难煞了众臣们。

到了第三天头儿上，玄宗见没一个会唱的，一怒之下，令刀斧手将几个大臣推出午门之外斩了。剩下的大臣扑通通跪了一地，齐声儿叩道："万岁，奴才实在不会演戏，万望恕罪啊！"

玄宗哪肯罢休？大声儿喝道："再给尔等三天时间，如若还不会唱，那就怪不得朕了！"

群臣吓得魂飞魄散，浑身抖成一个团儿，看来三天之后只好一死了。

头一天过去了，宫中大臣个个急得饭吃不下，觉睡不好。第二天晚上，群臣紧锁眉头正坐在一起发愁时，只听房门吱嘎一声响，抬头一看，见一个七八岁的小男孩儿站在门口儿。他身穿红袄、红裤，脚蹬红鞋袜，相貌清秀，天庭饱满，地阁方圆，鼓鼻子，大眼睛，很是招人喜欢，进屋后笑嘻嘻地问道："怎么样啊，都难住了吧？"

有个大臣反问道："你是谁家的顽童，咋到这儿来了？"

男孩儿说："不必多问，诸位的难处我都知道，今日是特意来帮你们的！"随即给众臣安排了各自扮演的角色，然后开始教大家唱戏。男孩儿教得认真，众臣学得专心，果然没一会儿便学会了几句唱词。高兴之余，大伙儿又犯愁了，演戏光唱哪行啊，得有乐器伴奏哇，乐手由谁承担呢？如果没有乐器配合，皇上肯定仍然不满意，脑袋还得搬家，急得呼啦啦全给小男孩儿跪下了。

官职较高的一位大臣请求道："大师兄啊，大师兄，再给我们想想办法吧，不然这斩首之罪是跑不了啦！"

男孩儿想了想说："别发愁，总会有办法的，你们还是先背自己的唱词吧！"

大臣们很听话，乖乖地一遍遍背唱词，直至滚瓜烂熟。不知过了多久，大伙儿抬头一看，咦？大师兄咋不见了呢？

此刻，寝宫里的玄宗李隆基已经睡熟了，忽见一个穿红衣的小男孩儿来到龙榻房，问道："你就是那位一心想看戏的皇帝吧？"

玄宗一愣，反问道："你是谁家的孩子？小小年纪就着红衣，犯了什么罪？"

男孩儿回道："我是王母娘娘身边的侍童，因偷摘了蟠桃园里的桃子，被王母娘娘治罪，罚我去放牧金牛星。听说你要看戏，这倒犯不了什么大难，难就难在没有打鼓的、敲大锣的、打钹的、敲手锣的。"

玄宗问道："那该怎么办呢？"

男孩儿告诉他："皇上，既然喜欢听戏，就该帮大臣的忙，否则还是看不成。"说着，递给玄宗一卷儿纸，交代道："按我的话去做，把它打开看看就明白了，你也能如愿了。"

玄宗高兴极了，笑出了声儿，一下子醒了。睁眼一看，寝宫内并没有那个男孩儿，方知是做了个梦。侧过头一瞅，龙榻上有一卷儿纸，赶忙打开，纸上画着四个人的肖像：

头一个就是白面无须、头戴王帽、身穿黄袍儿的玄宗皇帝，端坐在一把高高的龙椅上，两手拿着鼓槌儿正打鼓呢！

第二个是皇后，坐在比皇帝低一点儿的凤椅上，双手正打钹呢！

第三个是皇后身边的一个侍女，站在一旁正敲手锣哩！

第四个是老太监，站在侍女的左边正敲大锣哩！

玄宗看后，恍然大悟，心想："这张图画，是让我们四人承担起伴奏的差事呀，也罢！"

到了第三天，皇宫里搭好了戏台，已分担角色的臣子们提心吊胆地坐在台边，等待皇上驾到。过了没多大工夫，李隆基果然带着皇后、侍女、太监来了，每人手中拿着一件乐器。大臣们一看，又惊又喜又怕，谁也不敢问个明白。玄宗倒是面带微笑地走到台上，把昨夜的梦境向众臣细讲了一遍，大伙儿这才明白，原来那个穿红衣红裤的大师兄为救众臣不死而下凡，并给皇上托了一梦啊！

这时，李隆基坐在台的左侧，首先打起鼓来。皇后不敢怠慢，紧随其后，打起了拴着绸条儿的钹。侍女显得手忙脚乱，赶紧配合，敲起了手锣。老太监更不敢疏忽大意，伴随着节奏，时而轻时而重地敲起了大锣。众臣各按所扮的角色上得台来，一丝不苟地连比画带唱，整出戏演得像模像样，唱得热热闹闹，李隆基笑得前仰后合，待戏停下后问道："众爱卿啊，说说看，此台戏为何唱得这般好？"

一位五十多岁的大臣回道："只因万岁当了鼓手，站得高，看得远，指挥得当，所以才唱得有声有色。"

玄宗听了，自是高兴，又问："除了指挥得当，还有其他原因吗？"

一位蓄着长髯的大臣说："因为万岁亲自坐镇，微臣心里才有底，皇上堪称'老郎神'啊！"

玄宗一怔，不解地问："何为老郎神？"

"万岁，神的法力无边哪，这么大年纪还能指挥若定，可敬可贺，老郎神即祖师爷呀!"

玄宗听了臣子们的赞许,龙心大悦,哈哈大笑起来。在他的笑声中,众臣长出了一口气,跪地咣咣咣叩头,连声儿高呼:"多谢老郎神,老郎神圣安!"

从此以后,唐玄宗不但能看到戏了,还经常打鼓伴奏,与臣子们共演。日久天长,朝中内外,庶民百姓渐渐学会了唱戏,朝朝代代延续下来了。

戏班的艺人演出时,除了在后台供奉"老郎神"的画像外,从没忘记将身穿红衣红裤的布娃娃"大师兄"安排个地儿。担心"老郎神"看到"大师兄"产生嫉妒之心,因此把"大师兄"用红布包裹,安放在后台的大衣箱内。戏班每当演出时,总是供奉着"老郎神",同时也更敬重"大师兄",如果没有他俩在场,就觉得无法把戏演好。由此可见,戏曲艺人对"老郎神"和"大师兄"是何等崇敬。

山药红将布娃娃的传说讲完之后,乾隆侧过头冲一直沉默不语的和珅说道:"爱卿啊,你到后台过问演出情况,这是应该的,朕不责怪。但无论如何,也不应坐在大衣箱上吧?那屁股下坐着的可是被艺人们尊敬的大师兄啊,你可知罪?"

和珅扑通一声跪在地上叩道:"万岁,奴才原来确实不太懂戏班里的规矩,听山药红一讲,方知有罪呀!"

乾隆问山药红:"你说说看,朕该如何处置他呢?"

山药红急忙跪在皇上面前,边叩头边恳求道:"万岁呀,不知者不怪,请免了和大人的过错吧!"

乾隆哪里舍得治宠臣的罪呀,何况又是儿女亲家呢,遂说道:"和珅,跪安吧,今后多多注意就是了。"

和珅擦了擦顺脸淌下的冷汗,咣咣磕着响头叩道:"谢主隆恩!"

乾隆又回到了清音阁,戏接着唱,一直到下晌才收场,宾客们报以热烈的掌声。晚上,大家去了万树园,观看杂技和火戏。为庆贺皇上的七十大寿,可谓华灯异彩,焰火缤纷,一直到十六日才告结束。

从乾隆元年至乾隆六十年,乾隆皇上共来承德避暑山庄五十一次,仅在山庄内看戏就达一千四百二十八出,其中开场戏四十六出,宴戏二十一出,节令戏四十七出,单出戏一百九十六出,春戏二十五出,灯火戏七出,大戏四十八出,连台本戏一千零六十三出,每次连续演十天。其中,《升平宝筏》十本二百四十出,《劝善金科》十本二百四十出,《鼎崎春秋》十本二百四十出，《昭代箫韶》十本二百四十出，《铁骑阵》十本一百零三出。

和珅曾说过："大清的几代皇帝不仅重视戏曲，更喜欢看戏，有的皇上还参加学戏、导戏、演戏哩！"事实的确如此。康熙四十九年，皇太后七十大寿时，就曾举行过隆重大典。圣祖玄烨当时想道："朕应在皇太后面前跳个蟒式舞，以表对母后的孝敬之心，让老人家高兴高兴。"随即真的下了场，跳起了欢快的蟒式舞，为母后助兴，被群臣赞为"旷古未有的大孝之举"。

世宗胤禛虽不经常观戏，但闲时也看，曾看过杂剧《郑儋打子》，因"曲伎俱佳"，雍正非常高兴，当场赏赐艺人美食。

乾隆早在青少年时，就喜爱戏曲，曾自编一出独角戏《花子拾金》，为母后祝寿时演唱。每年的腊月二十三，弘历在京师坤宁宫祭灶时，总是亲自敲击鼓板，与皇后同唱《访贤曲》，还演过《李三郎羯鼓催花》等戏。

由于乾隆每年或隔年都要赴塞北木兰秋狝，所以在观看大型戏曲时，多在承德避暑山庄的清音阁，有时也于烟波致爽殿、澹泊敬诚殿或浮云玉戏楼看些小型戏曲。

清朝皇帝在避暑山庄饮酒作乐，挥金如土，百姓怨声载道。乾隆二十四年夏天，就在弘历看戏的时候，山庄外围大雨骤倾，西南诸水一时并集，平地涨丈余，奔湍溢越，戏却照样演。乾隆三十六年，正当弘历要庆六十大寿时，承德市区山洪再次暴发，红桥以西低洼处洪水猛涨，酒宴如期摆。乾隆五十五年，弘历为了给自己祝寿，内务府耗白银达一百一十四万四千二百九十七两五钱，数字惊人！这真是"金樽美酒千人血，玉盘佳肴万民膏，皇帝之庄真避暑，百姓都在热河也"。

第四十九章 | 搭祭坛　跪地祈雨解旱情
　　　　　　闻父病　飞马疾驰返京师

又是一年的九月，嘉庆带领两个皇子、文武群臣和射牲手们起驾离京，赴木兰围场秋狝。到那儿之后，见草木枯槁，溪水变浅，淖尔变小，紫塞生烟。由于两个多月滴雨未降，大地干裂，旱情十分严重。虽然连续组织了十余场的布围、合围，但所见猎物甚少，很多飞禽走兽由于找不到水喝而死于干渴之中。

连日来，当空烈日如火，晒得地皮烫脚。有时涌来大片乌云，却总是干打雷不下雨，一阵风便吹散了，黎民百姓望天兴叹，生计难以维系。此情此景，使得嘉庆心急如焚，坐卧不宁，彻夜难眠。他对众臣说："康熙四十六年，圣祖巡视喇木伦后，回銮至木兰围场尚台之地时，外藩蒙古诸王公、贝勒、贝子、台吉等各率所部进献驼马。圣祖拒收，饱含深情地言道：'尔等竭诚进献，忠义可嘉，朕心悦也。然而，今年旱灾严重，民众无粮，以草根为食。这种情况下，朕怎能收纳进献之物呢？于心不忍哪！'王公们听了，激动得热泪盈眶，无不感谢皇上爱民惜民之恩德，无不称颂康熙帝之圣明。尔等或许听说过，自康熙二十年至乾隆五十六年的一百一十年间，共发生较大的旱灾、雪灾、涝灾达三十七次之多。朝廷曾多次从木兰围场附近的拜察、波罗河屯、张家口、独石口等地调仓廪粮赈济，并采取拨牛羊母畜于民之措施，促其繁育以增畜，帮助百姓渡过难关。先帝是朕的楷模呀，每当想到其救灾之举，深感自愧不如啊！"

众臣听了皇上的这番话，颇受感动，其中一位大臣问道："圣上，面对如此严重的旱情，得怎么办好呢？"

嘉庆说："朕前日已传下旨意，命承德督统开仓赈灾，若是不足，再从其他州府调拨。"

大臣又道："皇上，拯救灾民，功德无量，现在该如何……"

嘉庆打断道："尔等莫急，现在就搭祭坛，君臣一起向老天祈雨吧！"

于是，文武大臣及众随从、射牲手们忙活开了，在鄂伦索和图围猎点的一条山沟边搭起了祭坛。祭坛的左边是雷公、雷母像，右边是风调雨顺的条幅，宽大的供桌上摆着猎获的狍子、黄羊、野猪、野兔等。一切准备就绪，点燃香烛，开始祈雨。嘉庆跪在供桌前，身后是文武大臣、随猎的蒙古王公以及鸟枪营、虎枪营的射牲手们，静静听着皇上反复虔诚地祈祷："风来了，雷来了，雨来了，黎民的福禄全来了！……"烈日炎炎下，个个汗流浃背，口干舌燥。

两个时辰过去了，果然精诚所至，金石为开，祈雨的大队人马感动了阿布卡恩都力，从西北天际忽地涌来滚滚乌云。只见那云层越来越厚，遮住了烈日，漫过了群山，随之刮起了风，亮起了闪电，响起了雷声，顷刻间大雨哗哗而下，且越下越大。将士们高兴得跳了起来，大声儿地喊哪，叫哇，笑啊，欢呼声此起彼伏。嘉庆仍跪在地上，纹丝不动，嘴里仍不停地祈祷着。大家见此，重又跪下，任大雨淋身，衣服全被浇透了，心里却暖暖的。

到了傍晚，雨小些了，厚重的云层变薄了，一阵西南风刮来，将乌云吹散了，一轮挂在西山的红日渐渐滑落到山的背后了。嘉庆问身后的李纪恩："大学士，依你看，旱情解除了吗？"

李纪恩回道："皇上，臣以为旱情应该解除了，因为放眼望去，已是沟满壕平了。"

嘉庆这才站起身，龙颜大悦道："好啊！自古以来，大凡英明的帝王皆能深明'君以民为贵，民以食为天'的道理，祈雨成功了，此乃天意也！"

话音刚落，将士们呼啦啦全站了起来，齐赞皇上圣明，为百姓造福！

嘉庆倒背着双手，眯缝着眼睛问文武群臣："众爱卿，想想看，这条祈雨的山沟儿该起个什么名字呢？"

大家你瞅瞅我，我看看你，谁也没吱声儿。这时，有位武官开口了："皇上，此沟叫'无名沟'如何？"

嘉庆没作声，只是笑着摇摇头。一位文臣又道："微臣以为，取名儿'祈雨沟'更合适。"

嘉庆还是笑着摇摇头，　位王公接过了话茬儿："干脆称它'感天沟'吧！"

嘉庆仍不满意，侧过头来望着李纪恩："大学士，你说说看。"

李纪恩说："臣尚未想好,是不是可以叫'天意沟'呢?"

嘉庆哈哈大笑道："此名妙也,就叫'天意沟'了,名副其实!"

当晚,大队人马就地歇息,搭起了帐篷,燃起了篝火,众官兵围坐在篝火旁烤着淋湿的衣服,有说有笑,其乐融融。然而,躺在黄幄里的嘉庆因淋了雨而导致发热,浑身滚烫,哆嗦不止。尽管喝了御医配制的汤药,病势却一点儿不见好转,且越来越沉重,急得二皇子绵宁和三皇子绵恺两眼含泪,愁眉不展,团团乱转。大学士李纪恩极力安慰两位皇子,劝他们要冷静,大家共同想办法。绵宁边哭边说:"有啥招儿哇,天塌了,天塌了啊!"

由于皇上突病,此次木兰秋狝不能继续下去了,天刚透亮,侍卫们便将嘉庆抬到龙舆上,扬鞭催马,疾速向承德避暑山庄驰去,后面紧跟着大队人马。

一路上马不停蹄,第三天早晨抵达避暑山庄,早已得信儿的太医和当地的名医于门前迎候。大家把皇上抬进了烟波致爽殿寝宫,太医赶紧上前号脉,予以诊治。

此时,一轮朝阳升上了武烈河东岸的高山顶上,在万道霞光的照射下,由于雾气蒸腾,雄伟挺拔的磬锤峰时隐时现,犹如仙境一般。嘉庆躺在西暖阁的龙榻上,时而微睁双目望着窗前的磬锤峰影儿,时而闭上眼睛昏睡,没一会儿又说起了胡话:"不好了,磬锤峰……要倒了,像个大棒槌,快砸到……朕的身上了!"翻了个身,突然圆瞪双目坐了起来,指着窗外惊恐地喊道:"来人,快点儿扶住磬锤峰,它要一倒,朕的病就难治了!"

围在身边的大臣们连声儿唤道:"皇上,皇上,这是怎么了,快醒醒,别怕,磬锤峰不会倒,那不好好儿立着呢嘛!"

嘉庆重又躺下,拉着李纪恩的手张了张嘴,似乎想说什么。正这时,不知是谁小声儿说了句:"不好!皇上是不是回光返照啊?"

据讲,人在临死前,精神会忽然兴奋,都有回光返照现象,也就是即将断气的不祥之兆。李纪恩吓得带着哭腔儿问道:"皇上,是想吩咐奴才什么吗?别着急,慢慢说,奴才听着呢!"可嘉庆像没听见似的,松开李纪恩的手,闭上眼不吱声儿了。

文臣武将见皇上的病况干治疗没起色,个个惶恐不安,如坐针毡,不知该怎么办。御医们则急得来回踱步,沉默不语,弄不明白为啥对症之药都用上了,却不见轻呢,难道是自己无能吗?

两个随驾的皇子见太医束手无策，更加焦急，整日守在父皇的龙榻前抽泣不止，连连呼唤。而嘉庆却两眼紧闭，偶尔睁开，可往日那炯炯有神的双眼已失去了光泽。

连服了两天药后，又经过太医的精心诊治，奇迹出现了，嘉庆的神志清醒了，双目有光了，脸色红润了，病情有了明显好转。七天之后，病体彻底痊愈了，而且食欲大增，群臣们一直提溜的心这才落了地。嘉庆暗想："木兰秋狝，乃祖宗定下的家法，必须认真施行。此次行围，不能因得了病半途而废，应重返围场练兵，顺便看一看旱情的缓解程度，了解一下百姓的现状。"

翌日，嘉庆率领大队人马离开避暑山庄，经皇姑屯，取道向西北而进，穿过西入崖口，沿伊玛图河畔上行，第六天头晌进入了木兰围场。稍稍休息一下，开始重新布围，然后合围，罢围时经清点，所获猎物较前多了不少。

转天一早，嘉庆正在洗漱，忽有两个报信儿的兵丁骑着快骥从南边疾驰而来，到了黄幄前，翻身下马，跪叩道："禀皇上，太上皇身患重病，请万岁速回京师！"

父皇患病的消息犹如晴天霹雳，令嘉庆大吃一惊！待缓过神儿来，赶忙带领众臣和侍卫翻身上马，向承德避暑山庄驰去。路上，又接到从京师传来的急报，说是太上皇已病入膏肓，危在旦夕！嘉庆万般焦急，紧催坐骑，身后扬起股股烟尘，到达避暑山庄时，竟累死了两匹御马。简简单单用了午膳，喝了几口茶，继续向京师方向飞奔，并下了一道口谕："沿途各行宫接送皇帝的礼仪全免，只需备好换乘的快骥，不可延误。"当经过喀喇河屯、古北口、密云行宫时，由于已接到了皇上的指令，换乘的马匹早候在那儿了。嘉庆和众臣连口气儿都没喘，换完坐骑就上路了，骏马喷着响鼻儿一路飞奔，六日后抵达京师。

当嘉庆大汗淋漓地奔入皇宫来到宁寿宫时，只见龙榻上的父皇眼眶儿深陷，面色苍白，身子骨儿明显消瘦，大口大口地喘着，嘴唇在微微颤动，说话已十分困难。众皇子围在床边轻声儿唤着，嫔妃们则暗暗抹泪，不敢哭出声儿来。

嘉庆走到跟前，附在太上皇的耳边，低声儿说道："父皇，儿臣是颙琰哪，有何训示就说出来吧！"

乾隆似乎听出了十五子那熟悉的声音，微睁双目瞅了瞅，断断续续地说："秋狝……回来了……好哇，就是……"

嘉庆难过极了，眼泪瞬里啪啦往下掉，颤声儿道："父皇，有话慢慢说，就是什么呀？儿臣听着呢！"说完再一看，父皇喘得更厉害了，根本说不了话了，随即冲太医们喝道："都愣着干啥？还不快快施救！"

太医们赶紧走上前，有掐人中的，有摩挲胸口儿的，有喂药的，一阵忙乱后，乾隆的呼吸均匀些了，不那么喘了。

令大家欣喜的是，转过天来，乾隆的病情略有好转，两眼睁开了，也能说些话了。到了第七天，在侍女的搀扶下，能靠着被坐一会儿了。再后来，饭量也有所增加，吃得有滋有味，时不时地还到院子里晒晒太阳呢！朝中文武百官奔走相告，有的说："太上皇吃了仙草，能活一百多岁哩！"

也有的说："太上皇福大、命大、造化大，福禄寿全占了，罕有其匹，不会轻易倒下的。"

嘉庆比谁都高兴，不知怎么庆贺好了，冲太监高声儿命道："传朕口谕，院内宫外点起灯笼，燃放鞭炮，来他个通宵达旦！"一时间，宫内宫外灯笼高挂，鞭炮噼噼啪啪响个不停，像过大年似的，热闹异常。

嘉庆刚回到京师，需要处理的政务一件接着一件，还有一大摞奏折等着他批复，没有更多的时间陪伴父皇，于是便对太上皇说："父皇，请原谅，儿臣不孝，不能总陪在身边，要不要请和大人多陪陪您呢？"

乾隆笑道："这些年来，和珅忠孝有加，是个信得过的重臣。如果没什么事儿，一块儿聊聊当然好！"

嘉庆听了，心里这个乐呀！哼，看你和珅往哪里钻，只要整天守在太上皇身边，想搞名堂也难！而和珅接到御旨后，满心欢喜地认为这是皇上对自己的信任与重用，乐颠颠地去了宁寿宫。

嘉庆四年己未正月初三辰时，实际掌权统治中国达六十三年又四个月的太上皇乾隆突然于养心殿驾鹤归西了，从发病到死亡仅一天时间，卒年八十九岁。顿时，宫廷内外一片恸哭之声，嘉庆抱着太上皇大声儿号啕："父皇啊，父皇，您不该撒手不管哪，还得帮朕坐江山呢！您知道的，皇儿离不开父皇的教诲，为啥这么快就舍皇儿而去呀……"

大学士李纪恩走到跟前，把嘉庆搀扶起来，劝慰道："皇上，龙体要紧，千万节哀呀！太上皇走的时候，面容安详，那是放心地去了，眼下还是赶快安排后事要紧。"

嘉庆的情绪稍有平缓，立即口谕，令内务府按隆重的国丧办理太上皇的后事，不得出现丝毫差错。

　　嘉庆身披重孝，在宽大而又肃穆的灵棚里，为父皇守了九天九夜。乾隆眼下在世的皇八子仪慎亲王永璇、皇十一子成哲亲王永瑆、皇十七子庆僖亲王永璘也要日夜守灵，以示孝道。另有前来凭吊的蒙古、青海等地的王公贵族，在太上皇灵前焚香，行跪拜大礼，还有来自多伦汇宗寺的喇嘛以及从西藏来的众喇嘛轮班于灵前诵经。值得一提的是，太上皇乾隆驾崩的第二天，嘉庆即下令逮捕权相和珅，宣布了二十大罪状，这是嘉庆亲掌实权后采取的第一个重大行动。和珅当然一百个不服，可身在囚牢，又有啥法儿呢？只剩下叫天天不应、唤地地不灵的份儿了。

　　出殡那天，隆重程度自不必说，大队人马护着灵柩缓缓前行，经古北口向东南方向行进。沿途送葬的黎民百姓跪了一地，绵延几百里，纸钱儿纷纷扬扬，喇嘛的诵经声不绝于耳。六天之后，灵柩运抵遵化马兰峪的清东陵。这里有清朝入关后第一帝世祖顺治的孝陵，第二帝圣祖康熙的景陵。第四帝文治武功的太上皇乾隆则安葬在裕陵，上乾隆尊谥为法天隆运至诚先觉体元立极敷文奋武孝慈神圣纯皇帝，庙号高宗。

　　清东陵始建于顺治十八年，位于河北省遵化县，界于北京、天津、唐山、承德、秦皇岛之间。西距北京一百二十五公里，南距天津一百五十公里，东南距唐山一百公里，北距承德一百公里，乃规模宏大、体系完整、布局得体的皇家陵寝建筑群。当时，陵区南北长二百五十里，东西宽约五十里。四面环山，昌瑞山是陵寝的后靠，西依黄花山，东临起伏的丘陵，正南有天台、烟墩两山对峙，形成了天然的陵口——龙门口。一座座金黄披顶的山陵，在蓝天白云和苍松翠柏的衬托下，显得格外雄伟壮观。

　　陵寝布局完全仿照帝王生前所居宫廷的建筑布局而设，对称、均衡，并巧妙地利用自然环境，把建筑物与周围天然的地理环境有机结合起来，整齐划一。殿宇都是清代标准宫式的，色彩丰富而协调，由于部位不同，所用色调也有异，因地制宜。就说这裕陵的地宫吧，乃石雕和石结构相结合的典型建筑，进深五十四米，落空面积三百二十七平方米，拱卷式石结构。三堂四门，构成一个"主"字形，雕刻精细，技艺高超。门楼上的出檐、瓦垄、吻兽皆为石雕；八扇石门上刻着的菩萨立像浮雕形态多姿，线条清晰柔美；地宫内壁以及卷顶上的图案和经文，刀法挺拔刚劲；罩门卷两侧的四大天干坐像形态各异，威武雄壮。穿过罩门卷，经过两道门洞卷、明堂卷、穿堂卷、金卷闪当，最后方到金卷。在石制的宝床正中，安放着乾隆的棺椁，棺椁下正中是金眼古井，金卷的东西两壁各雕一尊佛像和八宝图案。地宫内尽管文字数万，图案繁多，但布局得当，结构严谨，浑然一体，可谓石雕艺术的瑰宝。

李纪恩曾听说东陵是"万年龙虎抱，每夜鬼神朝"的上吉之壤，乃风水胜地，禁人游览。今日一见，果不虚传，不由得百感交集，心中暗想："这就是一位皇帝的长眠之地啊！如此精美豪华，如此耗费资财，如此……"他不敢往下想了。这时，只听有人喊道："李大人，思谋什么呢？快去皇上那儿看看吧！"

李纪恩猛一回头，见是皇三子绵恺来了，忙问道："圣上此刻在哪里？"

绵恺说："正在护陵房与护陵的总管丰绅殷德生气呢！"

李纪恩不禁一惊，寻思道："天哪，太上皇刚刚入土为安，皇上极其悲痛，溢于言表。在这个节骨眼儿上，他丰绅殷德竟敢与圣上动气，真是胆大包天，活腻歪了吧！"想至此，匆匆奔向护陵房，一进门，便见丰绅殷德指着嘉庆质问道："你身为一国之君，为何在太上皇驾崩之时，不让我进宫凭吊，是何道理？"

嘉庆不紧不慢地反问道："父皇不幸驾崩，国人悲痛万分，均在举哀。裕陵地宫那时已全部打开，准备安葬太上皇的棺椁，朕怎能让你这位护东陵之总管轻易离开呢？一旦出个一差二错，负得了失职之责吗？"

丰绅殷德气急败坏地吼道："别忘了，你是太上皇的儿子这不假，我也是太上皇的皇婿呀，谁人不知，谁人不晓？"

嘉庆说："丰绅殷德，朕让你去守东陵，已经是最大的照顾了，难道还不满意吗？"

丰绅殷德不屑一顾："照顾？说得好听，在此守陵，酷暑严寒、风霜雨雪的，以为是什么好差事吗？哼！全都是放屁，为什么如此对待我？"

嘉庆强忍愤怒，心想："和珅已是必死无疑了，你小子还折腾啥呀？朕有的是事儿，没工夫跟你磨牙！"于是说道："丰绅殷德，朕问你，太上皇的国丧日子里，你干什么了？听说净寻欢作乐了，固伦和孝公主已怀孕四个月有余，这就是你们夫妻俩作为额驸和公主对父皇之孝、之忠吗？朕不仅没惩治你，还派你到东陵做护陵的总管，让驸马立功赎罪，难道不是最大的照顾吗？"

嘉庆的一连三问，问得丰绅殷德面红耳赤，羞愧难当，一句话也说不出来了。

嘉庆从清东陵启銮回到京师后，立即审理和珅的巨贪一案。

第五十章

侍女情　善有善报享清福
和珅倒　恶有恶报留骂名

话说大学士李纪恩跟随嘉庆皇帝赴清东陵安葬了太上皇乾隆，五日后返抵京师，因一直惦念着额娘，便径直回到李府。头发斑白的李秀珍见纪恩回来了，很是高兴，关切地问道："这一去又是十多天，很累吧？"

纪恩说："额娘，孩儿不累。就是太上皇突然一走，心里空落落的，难受啊！"

李秀珍叹了口气道："唉，人生自古谁无死？太上皇活了八十九岁，不仅是历代帝王执政时间最长的一位，也是岁数最大的一位，难得的长寿，是桩喜丧哟！我常常想，乾隆这辈子是个明君，对宗室王公比较宽容。比如即位不久，就赏赐被雍正皇帝严厉制裁的允禵、允禟子孙红带，追复了睿亲王多尔衮封爵及礼亲王代善、郑亲王济尔哈朗、豫亲王多铎、肃亲王豪格、克勤郡王岳托原爵，配享太庙等，这都是大得人心的，但他办事儿也有糊涂的时候。"

纪恩十分诧异，遂问道："额娘啊，此话怎讲？"

李秀珍侃侃而谈："有些话已憋在心里几十年了，就拿你来说吧，是乾隆皇上指婚让你额娘下嫁喀喇沁旗王爷府与宝音扎布成亲的。婚后没过上几天好日子，一天夜里，竟惨死在宝音扎布那一窝心脚下。可是当年不知为啥，皇上却判他无罪，这样的断案令人不服啊！你被乾隆帝带到皇宫后，就交给了老太监张德贤，让他领着玩儿。小孩子能懂什么呀，高兴之余，把张公公当马骑了。这下坏了，那老东西恼羞成怒，怀恨在心，抓住皇上升朝而你攀上金龙玉柱玩耍的事儿不放，愣将一个小小的孩子说成是条未成气候的恶龙，有朝一日，必夺万岁的龙位。这个张德贤哪，心肠如蛇蝎，暗中与皇上密谋，决定把你害死。想不到路上却被鹰嘴岭的盗匪劫进山洞，而且逢凶化吉，盗匪放你一条生路。我就想不明白，作为一国之君，咋能听信老太监的胡言乱语呢？他说孩子是恶龙，就板上钉钉儿了？未免太可笑了，那是秃子头顶的虱子——明摆着在骗人，肯定有不可告人的目的，可乾隆皇上还真信，这不是糊涂吗？再说了，布尼伊香是皇上的义女，你是他的外孙子，不管怎么样，也不能下那狠心哪！人不算天算，后来我竟鬼使神差地到了鹰嘴岭，这才碰到了你，是阿布卡恩都力保佑咱。在寻找布尼家的道儿上，虽然被毒蛇咬伤，又遭到豹子的袭击，总算脱离了险境，伤口无大碍，还不是遇到好心人了嘛，使咱们终于找到了将军屯的布尼大院。布尼仁坤老人家真是个行善积德的人哪，不仅收留了曾外孙，还给请了私塾先生，辅导授业，通读古今。结果你如愿以偿地考取了头名状元，皇上又把九公主许配给你，成了皇家的额驸，而乾隆却到死都不知道你就是当年的宝音巴图，这不是糊涂到底吗？"

纪恩听了额娘的这番话，觉得所言极是，只是自己从未说出口而已。李秀珍又道："纪恩哪，你现在是朝中的命官了，以后别称我额娘了，就叫……"

纪恩忙道："不，您就是我的亲额娘。孩儿自打六岁失去额娘后，一直跟在您的身边，冬天怕冷着，夏天怕热着，悉心照顾。为了我，您终生未嫁，把母亲应该给予孩儿的，毫无保留地奉献出来，足以让天下所有的人为之动容！在您和太姥爷一家的精心养育下，一个失去了亲生母亲的孩子渐渐长大了，不但享受着为我创造的极好的读书环境，而且还懂得了应如何做人，该怎样报恩。孩儿之所以能有今天，全是善良的好心人伸出援助之手的结果，纪恩将生生世世永远铭记你们的大恩大德！"

李秀珍呵呵地笑道："额娘是个苦命人，如今有了个大学士儿子，又住到京师享清福，这叫什么来着？"

"颐养天年。"

"对嘛，还得是我们的头名状元呀，说起话来就是不一样，书没白念哪，额娘爱听！"

纪恩歪着头问道："额娘，难得这么高兴，您知道今天是啥日子吗？"

李秀珍手摸额头寻思道："是……还能是什么日子呢？"

纪恩说："额娘啊，今天是您的六十六大寿哇！"

"哎哟，早忘脑后去了。你能有这片孝心，额娘高兴，今后一切都会'六六大顺'的！"

"额娘，听说六十六大寿得女儿给长辈过，咱家儿子全权代表了，今晚孩儿和儿媳给您老庆寿！哎？咋没见静蓉呢，她去哪儿了？"

李秀珍回道："哦，头晌去和府看望十公主了，听说十公主正闹病呢，过会儿就能回来。"

前书讲过，固伦和孝公主是乾隆的小女儿，丰绅殷德的妻子。自从太上皇驾崩，公公和珅被囚禁，丈夫离家去东陵做护陵的差事，加上又怀了四个月的身孕，她饭吃不好，觉睡不香，情绪低落，一急之下就病倒了。而和府的门外及四周，有二十几个清兵在不停地巡逻，府门的两侧分别设了岗哨，戒备森严。看来，和珅被抓之后，和府的一切都变了，不仅仅是门前车马稀，朝廷似乎还要有大的举动。

十公主固伦和孝斜靠在床上，脸色苍白，消瘦多了。九公主静蓉坐在床边，泪眼相望，轻声儿劝慰着。这时，两个侍女走进房间，想问问有什么需要没有，固伦和孝没好气儿地说："你们瞎眼了，没看正唠着吗？早不来晚不来偏赶这时候来，滚出去！"侍女偷偷撇了撇嘴，没敢言语，退了出去。

静蓉公主劝道："十妹，凡事得往宽里想，身子骨儿要紧。天天愁眉紧锁，心情郁闷，好人也得憋出病来，何况你还怀有身孕呢！"

固伦和孝公主打了个唉声道："和府的天要塌了，父皇朝崩，和珅被囚禁，丰绅殷德发配去东陵护陵，往后咋办哪，我能不愁嘛！"说着，眼泪扑簌簌往下掉。

静蓉公主说："十妹，别想这些了，唠点儿高兴的。记得小的时候，父皇可疼咱姐儿俩了，要星星就不摘月亮。尤其是你，年龄最小，素被父皇喜爱，未嫁出去呢，就赐乘金顶轿了，谁比得了哇！"

固伦和孝公主破涕为笑："九姐，父皇对你还偏心眼儿呢，成亲那天，不也赐你一顶金顶轿嘛，姐妹们嫉妒得眼睛都红了！"

静蓉用手指点了点十公主的脑门儿，笑道："这个贫嘴的小丫头，只知道说我，你呢？和大人当时可是一人之下、万人之上的权相，得到了父皇的赏识，几乎天天伴驾左右。十妹，你从小就爱女扮男装，常随父皇微服私访，护驾的当然少不了和大人了。你呀，一见到和大人，就叫他公公。而和大人呢？总是想方设法给你买喜欢的物件，以讨皇家父女俩的喜欢。记得有一天，你随父皇及和大人微服同行于大街上，见道边的衣铺中挂着一件小红氅，你一个劲儿地夸那件衣服好看。父皇只是笑没吱声儿，和大人忙掏银子把那件红氅买了下来，双手捧着送给你了。父皇笑道：'看看，又让你公公破费了不是？'和大人却说：'皇上，不过一件衣服嘛，孝敬可爱的小公主应该的，只要公主喜欢。'瞧，你那公公多有眼立见儿，多会说话呀！"

固伦和孝公主故意板起脸来嗔怪道："九姐，你哪有当姐姐的样儿啊，净掏我老底儿。"

静蓉又哄道："行了，行了，不揭老底儿了，姐姐是让妹妹高兴啊，俗话说，笑一笑十年少嘛！小妹，姐记得你是六岁那年，被父皇指配丰绅殷德的，十五岁结的婚，从此父皇与和大人便成儿女亲家了。"

静蓉的几句话又勾起了十公主的伤心处，泪水再次涌出眼眶儿，心想："若是皇阿玛还健在，以太上皇的权威，完全能镇住儿皇帝颙琰。可是父皇已经走了，一切全完了，说不定公公的老命也难保了。唉，早知今日，何必当初。"

静蓉公主又安慰了一番，眼看天色已晚，便与十妹告辞，出得和府，乘坐小轿向李府而去。

让静蓉公主没想到的是，她刚离开和府，内务府大臣禧恩以及嘉庆帝的御前大臣托津、戴均元等人便按皇上的御旨，带着一些武士将和府围了个水泄不通。干啥来了？查抄和珅府上所有的资财，财产充公！颙琰的做法一点儿不奇怪，封建时代向来是一朝天子一朝臣，新皇帝所施行的任何举措，皆是以巩固自己的统治地位为出发点。只是嘉庆有些急不可耐，乾隆的尸骨未寒，便果断地对其重臣采取行动了。

静蓉公主回到家中，见驸马和额娘都在餐厅呢，桌子上摆着丰盛的佳肴，点着红红的蜡烛，烛光闪闪，心里好生纳闷儿，缘何备宴呀？刚要发问，李纪恩先开口了："静蓉啊，你可回来了，知道今天是啥日子吗？"

静蓉想了想，摇摇头说："不知道。"

"猜猜看！"

静蓉忽然眼前一亮："噢，莫不是额娘为宝贝儿子接风洗尘吧？"李秀珍只是笑，没吱声儿。

静蓉问纪恩："猜得不对吗？"

李纪恩摇摇头道："所猜错也！"

静蓉着急了："我的大学士哟，求你了，别卖关子了，今天到底是什么日子呀？"

纪恩说："今天哪，是咱额娘六十六大寿啊！"

静蓉这才恍然大悟，忙道："额娘，请受儿子和儿媳一拜！"说着，夫妻二人双双跪地。

纪恩叩道："额娘在上，纪恩向恩重如山的额娘磕头祝寿啦！"

静蓉紧接着叩道:"纪恩的额娘就是我的额娘,儿媳向您老磕头祝福啦!"

李秀珍起身将夫妻俩挽起来,问道:"纪恩哪,怎么没把你最知己的禧恩、托津、戴均元三位大臣请来喝两盅呢?"

纪恩回道:"额娘,他们现在正忙于国事,没工夫。不过可都说了,等有闲空儿时,会看您老人家的。"

李秀珍点点头道:"好哇,好哇,额娘知道他们忙,只是几天不见,怪想呢!"

纪恩重新把额娘扶坐在椅子上,端起酒杯说道:"额娘,您老来到这个世上已经六十六年了,风风雨雨走到今天不易呀,值得庆贺!这第一杯酒,先敬驾鹤西去的太上皇,祝一路走好,顺风顺水!"说罢,将酒洒在地上,静蓉把盏执壶又给斟满了酒杯。

纪恩端起酒杯又道:"这第二杯酒,敬生我的伊香额娘,望老人家在另一个世界过得好,再不要挂念宝音巴图了。多谢伊香额娘在孩儿科考之时,考前托梦,考场上显灵,及时帮助和提醒了我,使得孩儿学业有成。"说罢,将杯中酒又洒在了地上,静蓉再次斟满酒杯。

纪恩说:"静蓉啊,这第三杯酒,咱俩一块儿敬养我的秀珍额娘吧!"二人端起酒杯,分别与李秀珍碰杯,齐声儿祝福道:"祝额娘福如东海长流水,寿比南山不老松!"三人一仰脖儿,杯中酒全下了肚。

李秀珍激动得泪流满面,说道:"我是哪辈子修来的福哟,能有这么好的儿子、儿媳,心里高兴啊!一个老太太也不会说什么,盼只盼宝贝孙子早日出世,那就有营生了,能像别的老人一样了,整天抱着孙儿亲喽!"听了老人的这番话,羞得静蓉头不敢抬,脸腾地红了。

宴罢,静蓉先回到自己房间,不禁又想起病中的小妹来,心情格外沉重。李纪恩扶着李秀珍回屋后,又端来一盆温水,蹲下身来给额娘洗脚。李秀珍说:"儿呀,你朝中的事儿挺多,也很辛苦,往后就不要给额娘洗脚了,我自己来。"

纪恩笑道:"想当年,您是喀喇沁旗府的侍女,如今是大学士的额娘。常言道,滴水之恩,当涌泉相报。您对孩儿恩重如山,生死相依,给洗洗脚不应该吗?额娘,请放心,我宝音巴图都改叫李纪恩了,肯定会孝敬您老人家一辈子的!"李秀珍没再说啥,只剩下乐了。

翌日早朝,嘉庆来到勤政殿,端坐在龙椅上,扫了一眼文武群臣,表情极为严肃地说:"朕今日升朝不为别事,请众爱卿看一看龙案上的这些密折，皆来自各府、州、县的官员之手。奏告的是谁呢？乃当年的户部尚书、九门提督、现今的军机大臣和珅。几年来，朕就有处治和珅之意，但一直未能实施。眼下时机成熟，朕决心已下，必须处治！"

话音刚落，朝堂顿时响起了嗡嗡声，文武群臣交头接耳，议论纷纷。嘉庆接着言道："诸位爱卿都知道，顺治十八年，八岁的玄烨继皇帝位于太和殿，由索尼、苏克萨哈、遏必隆和鳌拜辅政。这四位大臣在顺治时期，已形成了四股政治势力，对朝廷构成了潜在的危机。鳌拜与遏必隆结成一党，同苏克萨哈对立。而索尼因年事已高，采取明哲保身、骑墙观望的态度。康熙六年，玄烨亲政，取消了辅政大臣的辅政权。之后索尼病故，鳌拜告苏克萨哈'怨望不欲归政'，并给其定了二十四条罪状上奏朝廷，提出应除掉苏克萨哈，玄烨不允。鳌拜攘臂上前，强奏累日，终于迫使康熙下令，绞死了苏克萨哈。此后，鳌拜更加肆无忌惮，弃毁国典，与伊等相好者荐拔之，不相好者陷害之，把自己的儿子安插于要位上，擅杀大臣和侍卫。鳌拜在皇上面前，亦越发施威撼众，不可一世。康熙八年五月，玄烨震怒之下，以'欺朕专权''上违君父重任，下则残害生民'等三十条罪状，将鳌拜革职籍没仍行拘禁，集团的党羽也无一不受到惩处，加强了君权。到了雍正年间，胤禛帝的所作所为也是势必使然。贵戚重臣吏部尚书步军统领隆科多，川陕总督抚远大将军年羹尧被世宗分别以四十二大罪和九十二款罪拿下马来，一个被永远禁锢，一个被严鞫赐死。而控制朝政达二十年的军机大臣、九门提督和珅呢？自乾隆中期以来，其罪行已渐渐败露，官员们希望升迁或保持禄位，必须走他的门路，不得不付以重贿。朕当时只是皇十五子，对此异常气愤，却敢怒不敢言，因为和珅是父皇的儿女亲家。恶有恶报，时辰不到，只是早晚的事儿，今日该是和珅之罪大白于天下的时候了。来人！把祸国殃民、权势太大、不义之财太多的和珅押上堂来！"

话音刚落，满脸污垢的和珅被两个武士押到大堂，直挺挺地站在那儿，并不跪叩。嘉庆喝道："罪臣为何不跪？"

和珅愤愤地说："臣无罪，只有功，凭啥屈膝而跪？"

嘉庆大声儿令道："禧恩，按他跪下！"

"嗻！"禧恩走上前，搊住和珅的双肩，一脚踢在腿窝处，和珅扑通一声跪倒在地。

嘉庆说："多年来，罪臣和珅网罗亲信，结党营私，培植党羽，用心不轨。恃权恣横，圆明园骑马直入中左门，过正大光明殿至寿山口；肩舆出入神武门，坐骑轿直入大内；管理吏、户、刑三部，将户部事务一人把持，变更受法，不许部臣参议一字；司职不利，川楚教匪滋事，各路军营文报任意延搁不递；西宁报遁，外藩聚众抢劫杀伤，将原折驳回，隐匿不办；随意撤去军机处记名人员；贪赃枉法，借用造船和肇建承德避暑山庄寺庙之机，挪用建筑材料，私建楠木房屋，僭侈逾制，为了园寓点缀，竟与圆明园蓬岛、瑶台无异；调征千伏万役于苏州建造陵墓，玄享殿，置隧道，拟与皇陵相比，被百姓称之为'和陵'；贪财嗜货，所藏珍珠手串二百余串，大珠较御用冠顶尤大；真宝顶非所应戴，乃藏数十余颗，并有整块大宝石不计其数；家中银两衣饰等物数逾千万，夹墙藏赤金二万六千余两，私库赤金六千余两，地窖藏银百余万。作为当朝权臣，聚敛了惊人的财富，可谓狗胆包天，其罪不可恕！"说罢，又命御前大臣托津将和珅的不义之财当着群臣的面儿予以公示。

托津手捧抄查账簿宣道："查抄和珅家产清单，计有一百零九号。钦赐花园一所，亭台二十座，新添十六座。正屋七百三十间，东屋三百六十间，西屋三百五十间。徽式新屋一所，共六百二十间。私设档子房一所，共七百三十间。花园一所，亭台六十四座。田地八千顷，银号十处，当铺十处。赤金五百八十万两，生沙金二百万两，元宝银九百四十万两……此外，金库、银库、玉器库、珍宝库、银器库、绸缎库、皮张库、铜锡库、瓷器库、珍馐库，还有大量的古玩、玉器、瓷器、绸缎、皮张、洋货等，其家产总计折银八亿两，相当于朝廷十余年的总收入。"

大臣托津念到一半儿时，和珅已经瘫了，浑身抖得像筛糠一样，上牙磕着下牙，深知今天就是自己的忌日了。文武群臣则无不震惊，面面相觑，义愤满胸。

嘉庆怒问道："罪臣和珅，都听清楚了吧，还有话可说吗？"

和珅此刻已不能自控，歇斯底里地大叫："当死，当死！哈哈哈……"

嘉庆说："那好，朕赐你五尺白绫，自裁吧！"武士走上前，提溜起和珅押下去了。

当日深夜，和珅临死前喝了很多酒，在武士的催促下，用五尺白绫悬梁自尽了。

还好，和珅得罪并未株连九族，而是特案特办。嘉庆帝命十妹固伦和孝公主留资赡养，额驸丰绅殷德以公主故免连坐，仍给伯爵，授散秩大臣，后晋公爵品级。有人说，嘉庆之所以这么做，大概是考虑到高宗乾隆与和珅是儿女亲家的缘故吧！

第五十一章 图吉利 布尼家族行祭祀
遵遗嘱 鳏夫寡女喜且悲

花开两朵，各表一枝。布尼仁坤一家四口儿高高兴兴地从承德避暑山庄返回将军屯之后，屯里的父老乡亲把布尼大院围了个水泄不通，无不为他们又见到当年的乾隆皇上和现今的嘉庆帝祝福。布尼仁坤笑着说："没承想耄耋之年，还能参加皇上举办的百叟会，真是三生有幸啊！而且又一次与太上皇咫尺而坐，互诉别情，并得到了太上皇的恩赐，那可是打心眼儿里高兴啊！遗憾的是只同皇上见了一面，没有时间多待。"

管家那洪瑞解释道："老爷，这次又是太上皇的八十五寿辰，又是百叟会的，还来了些外国使节，皇上应接不暇，哪有工夫同咱们单独在一块儿呀！"

其实，嘉庆在避暑山庄那些天，为确保庆寿活动的顺利进行，避免节外生枝，始终与和珅在一起，无时无刻不在监视着他的一举一动。

布尼仁坤兴奋之余，为了大吉大利，喜上加喜，顺上更顺，决定举办一次祭祀活动。转天一大早，他请来了族中德高望重的穆昆达老人，合计一下哪天办，屯中的同族老少闻讯后，也陆陆续续地聚集到布尼大院。穆昆达见有人连流泪带打哈欠的，便走到里里外外正忙着的布尼阿德跟前，商量道："老四呀，你是咱族中的浪子，终于改好了，应了那句'浪子回头金不换'的话了。可眼下还有人在抽大烟，你能不能结合自己的经历来个现身说法，让他们也快点儿戒掉烟瘾呢？"

布尼阿德说："行啊，老人家发话，晚辈一定照办！我不仅帮助他们戒烟，还可教唱戒烟歌儿，歌名叫《烟鬼十叹》。"

穆昆达问："你真的会唱？"

布尼阿德拍了拍胸脯道："当然，要不我先唱一遍，您老人家听听？"

穆昆达说："好哇，唱吧，我洗耳恭听。"

站在旁边的阎翠花扑哧一笑："看把他美的，戒了烟高兴了，还要唱唱！"

穆昆达说："这是好事儿呀，可以教育别人嘛！哎——乡亲们，静一静，都竖起耳朵听着，老四要给大伙儿唱歌儿啦！"

布尼阿德清了清嗓子，大声儿唱了起来：

抽大烟染毒瘾叹了第一声，
想起当初事后悔又痛，
平日抽烟无非为解闷儿，
到后来瘾上身不能把它扔。
抽大烟穷掉底儿叹了第二声，
少烟灯无烟枪找个沙酒瓶，
瓶口儿钻个眼儿插个小笔管儿，
点个蜡头儿扣个破茶碗。
抽大烟走出城叹了第三声，
忽然瞧见屎壳郎有了救星，
没承想它展翅飞出了怪事，
眼睁睁烟泡儿成了精。
抽大烟患重病叹了第四声，
翻过来调过去浑身骨节疼，
油灯下昏迷不醒叫也不应，
定是烟后痢小命要吹灯。
抽大烟进烟馆儿叹了第五声，
说是吃茶点心里却担惊，
断了顿儿如同断了粮，
屋里转挠炕席又把西墙蹭。
抽大烟逛闹市叹了第六声，
脚跟不稳直转圈儿心慌意又乱，
分开人群往里挤一瞅乱哄哄，
远望像大烟近看是狗熊。
抽大烟上街头叹了第七声，
手拎破烂纸卖了二百铜，
不顾吃不顾喝麻利吸一口，
长了精神竹筐挎再捡空酒瓶。
抽大烟上小铺叹了第八声，

见店主吃黑枣立马眼眶红，
枣核犹如大烟泡儿直往桌上扔，
咬了一口竟称烟泡儿硬邦邦。
抽大烟拜把子叹了第九声，
写帖子齐磕头对天把誓盟，
大哥名字叫郑南，
二哥自唤赵士灯，
三哥人称孙有瘾，
四哥本名李该穷。
抽大烟照镜子叹了第十声，
小辫顶起头发出了四支棱，
和衣斜躺南炕闭了眼，
迷迷瞪瞪上了望乡城。
抽大烟常十叹为咱敲警钟，
劝烟鬼要自省莫把性命扔。

唱罢"烟鬼十叹"谣，乡亲们报以热烈的掌声和喝彩声。穆昆达说："阿德过去抽大烟，被毒瘾折磨得生不如死，几乎成了废人。如今已彻底戒了，整个人也变了，要不咋能让他陪着老父去见皇上呢！"

阿德不好意思地笑道："那是，那是，大烟真是抽不得，当年穆昆达还在家祖牌位前教训过我哩！"

布尼仁坤说："眼下已进入深秋时节，家家户户都打完场了，粮食也进仓了。大伙儿没白挨累，收成不错，是个丰收年，这得感谢阿布卡恩都力的眷佑啊！今天请来了穆昆达，想合计一下举办全家族的祭祀活动，看看何日进行好啊？"

族众七嘴八舌地议论开了，有人提出最好是九九重阳节那天，也有建议年根儿底的。通过商量，大家选定了三日后的九九重阳节，届时全族一个不落地到场。

当天夜里，布尼仁坤翻来覆去睡不着，心里思谋开了："唉，自己再能干，年龄不饶人哪，不顶用了，将来这个家由谁管呢？四儿布尼阿德恐怕不行，年轻时游手好闲，没干过什么庄稼活儿，怎么能担起这份儿家业？由老管家那洪瑞管呢？也不行。虽然自打到布尼家后，忠心耿耿，勤勤恳恳，里里外外地操劳，但终归还是外姓人。再说了，那洪瑞早年丧妻，至今没续娶，无儿无女，指不定哪天离开布尼大院也未可知。那么老三家呢？这个童玉英啊，人倒是挺本分，通情达理，就是胆小怕事，主不了这个家。老四家呢？那阎翠花谁不知道原来是个妓女呀，尽管自幼父母双亡，身陷春悦楼几年之久，后来从良嫁给了布尼阿德，可毕竟是个烟花女子，名声不好，怎么能让她掌管布尼家的祖业呢？妻侄女李秀珍倒是个合适的人选，很精明，不过岁数也不小了，已经随纪恩迁住到京师了。李纪恩呢？人家是头名状元，又当了大学士，不可能辞官回到布尼大院重扛锄头种庄稼吧？"思来想去，抬头往窗外望望，东方已露出鱼肚白，仍然没个结果。

到了九九重阳节这天，穆昆达推开院门刚要前往布尼仁坤家参加祭祀活动，几个汉族的年轻后生把他围住了，因为不懂满族的祭祀是怎么回事，便你一句我一句地问开了："穆昆达，今天是什么日子呀？听说布尼家族准备由察玛领着'跳家神'呢！"

穆昆达回道："今年粮食大丰收，族人为感谢诸神灵的保佑和表示崇敬之情，便以备供品向神佛或祖先行礼的祭祀形式与祖宗同庆，全族将永远记住这个欢乐的时刻。满族人信奉的是萨满教，此为原始宗教，虽然没有固定的教徒，也没有庙宇与神祠，但有侍候'老佛爷'的人，称之为'察玛'。"

"察玛是不是类似佛教中的和尚、道教中的道士？"

穆昆达笑道："察玛怎么会与和尚、道士相同呢？察玛属于兼职义务的娱神者，结婚成家，参加生产劳动与常人无异。即使是老年察玛也没什么特权，不取任何报酬，仅仅受到族中人的尊敬而已。"

又问："穆昆达，不论男女，都能当察玛吗？"

"男女皆可，不过未婚女子不能当察玛，结婚以后才行。当察玛都是自愿的，但有个条件，必须得到其阿玛和额娘的允许。身体有病的，可许给'老佛爷'当察玛，侍候'老佛爷'，能去病消灾。"

再问："怎样做才能当上察玛呢？"

"很简单，需经过'老佛爷'的考验。每年的农历七月初七这天，想当察玛的人上山采回达子香叶儿，晒干后碾成细面儿，用箩筛出来。老察玛将细面儿点燃后，放在想当察玛人的鼻子下，接受达子香烟的熏沐。待达子香燃尽，如果被考验的人流出鼻涕和眼泪，则意味着他是真心诚意的，会是萨满教的忠实信徒，就可以当察玛了。新察玛要学的东西不少呢，首先得虚心向老察玛请教该如何祭神……"

正这时，布尼大院的管家那洪瑞来了，对穆昆达说："老爷让我来请您老人家，一切都准备好了，只等您一到，就开始'跳家神'了。"穆昆达听罢，随着那洪瑞急匆匆地走了。

此刻，布尼大院已被全家族的男女老少里三层外三层地围了起来，大家见面互相打千儿问候，亲热地聊着。穆昆达一到，即宣布祭祀开始，然后进入已布置好的房间跪地向祖先祷告："敬佛为大，祭祖当先，父兄为长，举我为尊……"

言毕，一男性察玛穿着彩色的神衣，身扎腰铃，手拿抓鼓，把佛爷匣子打开，摆好绫子架，将桌帷子罩在供桌上，屋内的北炕上已悬起一面狍皮大鼓。察玛扬起鼓鞭敲击手中的抓鼓，身体左右扭着，摆动着腰铃，走起了舞步，口唱神歌，族人也随之拍手唱了起来：

> 祖先的功德，
> 孩儿们牢牢记着。
> 恳求列祖列宗啊，
> 降福于家族……

察玛不停地唱着、舞着，族人围着转圈儿，两个时辰后，屋里屋外的灯全熄了，"背灯祭"开始了。全族人站在院子里，仰望着天空，察玛嘴里念叨着，表示对传说中的那位女子——赛花云救罕的敬意。之后，便进入了祭祀的高潮——祭祖马，神秘而庄严。据传讲，"祖马"就是曾经救过罕王努尔哈赤的大青马，察玛唱道：

> 扎昆背色，
> 京鸟勒么金那么。
> 乌云背色，
> 也金勒么金那么。
> 伊能也伊车得也，
> 片儿耶我丝混得。

歌词的大意是：佛爷呀，请你收下吧，收下这匹大青马。

当歌声结束时，有人牵着一匹早已调教好的公马走进屋门，把笼头拿掉后，在击鼓声中，顺着东炕沿走到西炕沿，再从西炕沿转头向南，对着察玛乖乖地站住。察玛端起一海碗米酒，对着马连说带唱道：

> 马儿呀今年该你的班了，
> 要侍候好咱们的祖先。
> 人们不会忘记你的功劳啊，
> 请把这碗米酒喝下去吧！

公马很听话，向察玛点点头，将米酒一饮而尽。察玛接着唱道：

> 有功的马儿哟，
> 请你回去吧。
> 养养精神，
> 尽职尽责，
> 再立新功劳！

公马又向察玛点点头，转身出了屋门，回到马厩内，祭祀活动到此全部结束。布尼仁坤早已派管家那洪瑞请来专门屠宰牲畜的人杀了猪，摆上几十张餐桌，招待前来参加祭祀的同族。酒足饭饱后，方各自回家。

布尼阿德见族人都已离去，有点儿不满意地问布尼仁坤："阿玛，举行一次祭祀活动，得这么大的花费，你是咋想的？"

布尼仁坤说："唉，前些年哪，我总觉得运气不佳，自打去年才有了好转的征兆。咱一家四口儿不仅接到了太上皇的邀请，参加'百叟会'，喝了御酒，观赏了中秋佳节的圆月，还获得了赏赐。今年又落个好年景，粮食大丰收，为图个吉利，全族办一次祭祀活动，难道不应该吗？"

站在一旁的老三家童玉英开了腔儿："阿玛说的、做的都对呀，老四，你怎么……"

布尼阿德显得十分生气，一甩袖子走了，边走边回过头大声儿嚷嚷道："你们这是穷鼓捣，鼓捣穷，丰收忘了须勤俭，来年黏谷难长成！"

布尼仁坤不禁一惊！感到四儿子的话实在不吉利，唉，有啥法儿？他已把话说出来了。

寒冬过后，春天来临，正是百草萌发，透出新绿的时候，山中的野兽又活跃起来了。有一天，布尼阿德和妻子翠花用罢晚饭，闲来无事，有说有笑地出门溜达。刚走到林子边，忽然从侧面的树丛里蹿出两只黑熊，朝夫妻二人猛扑过来！他俩见势不好，转身就跑，黑熊紧追不舍。其中一只噌地跃起身形，落地的瞬间，将阎翠花扑倒在地，张开血盆大口咔嚓一声咬断了翠花的脖子，当即就没气儿了。另一只则去追赶惊慌失措的布尼阿德，一个纵身，一只爪子啪地搭在了阿德的肩膀上，伸出长长的舌头欻啦一声，舔掉了他的右脸、右眼和多半个鼻子。多亏阿德腿脚灵巧，捂着流血的脸没命地逃，总算跑回了家。

当乡亲们知道信儿后，立即手拿家巴什儿去林子里寻，见草棵子处有一堆人骨头，很显然，苦命的翠花被黑熊吃了。阿德少了半拉儿脸，受了重伤，躺在炕上。由于伤口感染导致化脓，肿得老高，经治疗无效，两个月后，也痛苦地离开了人世。年迈的布尼仁坤心如刀绞，痛不欲生，实难承受如此巨大的打击，没几天竟一病不起。虽经郎中百般救治，喝了几十服汤药，但疗效甚微。

这天入夜，布尼仁坤觉得自己的病越来越重了，遂让三儿媳童玉英将管家唤来。那洪瑞到后，老爷子睁开眼睛看了看他，有气无力地叹道："唉，布尼大院完了，我的病也好不了了。"

那洪瑞忙劝慰道："老爷，说哪儿去了，您的病会好的，一切都会好的。"

布尼仁坤说："那管家，你是个厚道人，从未说过假话，就别骗我了，我早知道自己不行了。"那洪瑞擦着顺脸淌下的泪水，缄默无言。

童玉英伸手披了披被角儿道："阿玛呀，安心养病要紧，别想那么多了。"

布尼仁坤瞪着一双无神空洞的眼睛瞅着棚顶儿，自言自语道："我想重外孙纪恩哪，还惦记着妻侄女李秀珍，他们在京师呢，来不了哇！"

童玉英流着泪说："阿玛，派人去京师送个口信儿，把他们叫回来看看您老吧！"

布尼仁坤忽然喘息不止，艰难地说："来……不及了，管家呀……玉英啊，我有话要对……你俩说呀！"

童玉英与那洪瑞四目对视了一下，两人皆泪流满面，真可谓流泪眼对着泪眼流了。童玉英俯下身来，凑近老爷子的耳边，轻声儿说道："阿玛，别着急，有话慢慢说，我们听着呢！"

布尼仁坤断断续续地说："布尼大院……好歹是个……家业，我走以后，你俩……结成夫妻吧，这个家业就……是你们的了。要是愿意，一起朝我……点点头。"

童玉英和那洪瑞你看看我，我瞅瞅你，互相对望着，且悲且喜，也顾不上点头了。

　　布尼仁坤着急了："到底是点头……还是不点头呀？快点儿……我快撑不住了……"

　　童玉英和那洪瑞同时向老爷子点了点头，一齐跪在炕上磕头，布尼仁坤气若游丝，拼出最后一点儿气力叮嘱道："我那苦命的孙子……布尼林丹，你们……知道……知道他的身世……就当自己的孩子……养吧……"话未说完就断气了。

　　童玉英带着哭腔儿喊道："阿玛，快醒醒，您老不能走哇，醒醒啊！"

　　家人听到喊声，全跑了进来，见老爷子已经走了，不禁号啕大哭，哭声震醒了沉睡的将军屯。

　　哭罢，那洪瑞问童玉英："纪恩住在京师什么地方？"

　　童玉英说："静蓉公主曾告诉我，他们住在东直门皮袄胡同，门牌儿上写着'纪恩府'，百姓称之为'李府'。"

　　那洪瑞唤来两个伙计，详细交代了一番，并告知了李纪恩的住址。二人出得门来，翻身上马，朝京师方向疾驰而去。

第五十二章

尽孝道　飞马奔丧报深恩
沾皇亲　布尼仁坤得厚葬

　　布尼大院两个报丧的伙计不敢怠慢，骑着追风快马日夜兼程，十二天后的傍晚抵达京师，径直来到位于东直门皮袄胡同的纪恩府。敲开府门，在侍女的引领下进了厅堂，见李大人一家都在，遂通报了两个多月来，布尼家接二连三发生的不幸以及十二天前老爷离世的噩耗。

　　李纪恩听罢，犹如晴天一声炸雷，震得他头晕目眩，站立不稳，跌坐在椅子上。李秀珍和静蓉公主初始怔住了，继而泪流满面，失声痛哭！静蓉的怀里正搂着刚刚三岁的儿子李宝，孩子看看阿玛，又瞅瞅额娘，从未见过父母这样，吓得小嘴撇了撇，也跟着哭了起来。

　　过了一会儿，纪恩强忍悲痛，吩咐侍男带两个伙计去餐厅用膳，安排住宿，然后扶起李秀珍安慰道："额娘，人死不能复生，别太难过了，身子骨儿要紧，早点儿回屋歇着吧！"两个侍女上前把老太太搀走了。纪恩和静蓉回到自己的房间，准备奔丧带的东西，一直到后半夜才睡下。

　　翌日一早，李纪恩同静蓉乘轿来到皇宫，叩见皇上，通禀了布尼仁坤去世的消息，并请准允赴将军屯奔丧。嘉庆说："朕准了，快去快回，把老人家的后事料理好，要厚葬。静蓉妹妹呀，你就不要去了，路途太远，孩子又小，离开母亲哪儿行啊，还不得天天哭着找额娘呀？一旦哭出毛病来，你不更得上火嘛！"

　　李纪恩叩道："圣上厚意，令臣感动，谢皇上！"

　　静蓉说："皇上，布尼大院相继走了三人，都是纪恩的长辈，也是小妹的长辈，可谓挚爱亲人。尤其是布尼仁坤太姥爷刚刚去世，作为重外孙媳妇，理应送老人家一程，不去不妥。"

　　嘉庆点点头道："好吧，既然一定要去，朕准了。你们要多带些银两，侍卫也不能少，且莫过分着急，路上住宿于行宫，注意安全。"

　　李纪恩感动得热泪盈眶，再一次叩道："微臣遵旨，谢皇上圣恩！"

　　夫妻二人离开皇宫，返回纪恩府，把要赴将军屯奔丧的事儿对李秀珍说了。老人家一想到姑父多年来对自己的恩德，眼泪又止不住了，非要一块儿去不可。纪恩急忙劝道："额娘，从京师到将军屯得十二三天的路程呢！您年纪大了，身子骨儿也不好，禁不起折腾了，别去了，孩儿和静蓉替您尽孝还不成吗？再说了，我俩一走，孩子咋办？您得留下照顾孙子不是。"

李秀珍听纪恩这么一说，寻思寻思也是，孙子总不能交给嬷嬷天天带，那也不放心哪！只好擦了擦眼泪道："你们去吧，代我给太姥爷多多焚香、烧纸、磕头，别忘了嘱咐老人家要走好，妻侄女不能为他送行了。孙儿留在府上，由额娘照看着，你俩就放心走吧！"

纪恩和静蓉又好生安慰了一番，见额娘的情绪稳定了些，方出得府门，静蓉坐轿，李纪恩骑马，带上那两个将军屯来报信儿的伙计，在侍卫的陪同下离开京师。一路上马不停蹄，经过密云、古北口、喀喇河屯等行宫时，天黑就住下，转天一早起程。还在承德避暑山庄住宿一夜，次日沿武烈河畔向北疾驰，于波罗河屯行宫打尖后继续前行，傍晚歇息在石片子村。李纪恩告诉大家："明天用罢早膳，咱们抄近道从东入崖口入围，朝东北方向走，直奔将军屯。"

次日清晨，李纪恩一行从东入崖口进入木兰围场，大伙儿无心观赏这里的青山绿水，恨不得一步跨到将军屯。正走着呢，忽见前面的白桦林中，有几只黑熊在觅食，还有一只正追逐着黄羊。李纪恩猛然想起四姥姥阎翠花不幸成了黑熊口中的佳肴，当时的景象得何等地惨烈，顿时怒火中烧，大声儿命道："把那只追赶黄羊的黑熊包围起来，必射杀之，绝不能让它跑掉！"随即率几个武功高强的侍卫紧催坐骑，将黑熊团团围住。这一围不要紧，黑熊受到了惊吓，在林子里狂奔乱窜，并向李纪恩扑将过来。在这个节骨眼儿上，侍卫们利箭齐发，其中三支箭射入它的口中。黑熊疼得不是好声儿地吼叫着倒地打滚儿时，一侍卫翻身下马，拔出匕首向黑熊奔去，双腿叉开骑在它的身上咔咔咔一阵猛扎猛刺，鲜血四溅，黑熊终于毙命。

李纪恩抬手往前一指道："前边不远就是将军屯了，把黑熊抬到马背上，咱们牵马而行。"

四个侍卫走上前，一人拎一条腿，合力将黑熊抬到马背上，大约走了一个时辰，便到了将军屯，老远就能听见从屯了里传出的哭声。

布尼大院垂直悬挂着白幡，搭建了灵棚，盛殓着布尼仁坤老人的柏木棺材停放在灵棚内。屯子里的一个男孩儿站在院门外，见来了一帮人，忙冲院里喊道："来人了，来人了，全是牵着马来的！"

身穿孝服的那洪瑞和童玉英听到喊声，赶紧推开院门跑了出来，一齐跪在地上，向前来吊唁的人连着磕了三个响头。磕罢，抬头一看，原来是李纪恩和静蓉公主到了。那洪瑞起身走到二人跟前，说道："纪恩哪，静蓉公主，来得正是时候啊！天不过午，向老爷辞灵后，就可送殡安葬了，你们看行吗？"

李纪恩点点头道："也好，抓紧办吧，气候已变暖，棺椁不能久停。噢，马上驮的那只黑熊是入围时射杀的，放在灵前的供桌上吧！"

准备辞灵了，礼赞官非穆昆达莫属。灵柩前摆着三张高桌，第一张桌子上供着一个猪头和一只黑熊，中间放着香炉，桌旁站着一位手拿三炷香的族人。第二张高桌上放着三杯酒。第三张高桌上叠摞着三张黄纸。

礼赞官喊道："上香——"

那洪瑞从持香人手中接过一炷香，向灵柩施礼，将香插入香炉中。三次毕，分别将第二张高桌上的三杯酒泼洒在桌子底下，再行叩头。接着拿起第三张高桌上的三张黄纸，点燃后放在灵前的瓦盆里。

李纪恩也为老人家点燃三炷香，后退几步双膝跪地，含着眼泪说道："太姥爷，纪恩送您来了。重外孙之所以能有今天，与您的精心抚育和严格训教分不开，此深恩将永远铭记在心！"说着，向布尼仁坤的灵柩叩了三个响头，站在旁边的静蓉公主以及随行的侍卫们也一同行了三个鞠躬礼。

这时，三儿媳童玉英领着布尼林丹来到灵柩前，跪在地上号啕起来，边哭边叨咕："我可怜的玛发呀，您老是个多好的人哪，咋就这么命不济哟！都说黄泉路上无老少，全让你一个人摊上了。大儿子布尼阿森是当朝有名的将军，在一场洪水中殉难了；二儿子布尼阿臣本来好好儿的，没承想竟英年早逝；三儿子布尼阿良，我那丈夫出门在外，买卖兴隆，却惨死在缺了德、起歹意的董双合夫妇之手。玛发呀，儿媳知道，你是强忍悲痛在祖宗面前严词教训那不争气、抽大烟、游手好闲的四儿子布尼阿德。后来他改好了，娶了春悦楼的阎翠花，小日子过得和和美美，形影相随，谁看了都高兴。可哪料又惨遭横祸，夫妻俩傍晚出去散步时，翠花被熊瞎子活活吃了，阿德被舔掉了半拉儿脸，咋治不见强，加上想念苦命的翠花，最后也走了。玛发呀，阿德和翠花要是不出事儿，您老也不会上那么大的火，更得不了重病，黄泉路上眼下轮不到您哪，我的玛发呀！"

平时话不多的三儿媳哭起老人来，那可是鼻涕一把泪一把的，撕心裂肺呀！直哭得树上的鸟儿止了声，槽头的马儿低了头，围观的乡邻流下了泪。跪在旁边的布尼林丹眼睛红红的，泪水顺着脸颊一对儿一双地往下掉，咣咣咣地磕着响头道："爷爷，我的好爷爷，您疼我爱我，闲下来时领着我玩儿。我还没等长大呢，您却狠心抛下孙儿一个人走了，从此再也见不到爷爷了，孙儿好想您啊！"童玉英把小林丹揽在怀里，乡亲们难过得实在看不下去了，也都背过身去，抬起带老茧的手抹起了眼泪。

静蓉公主一边拭泪，一边示意侍女快把童玉英搀扶起来，不然就耽搁辞灵送殡的时辰了。因为啥时候起灵，是请风水先生按吉时定下来的，绝对不能误了。童玉英拉着小林丹在侍女的搀扶下刚起身，礼赞官便高声儿喊道："举哀毕，辞灵——"

那洪瑞跪在灵前，双手捧起烧纸的瓦盆儿举过头顶，用力一摔，只听啪嚓一声，瓦盆儿摔得粉碎，这才是真正辞灵了。

院门口儿，已经备好了六十四人抬的红杠，棺椁早已用大红的棺罩儿罩好。起杠时，把棺椁抬起，缓缓前行。这时，派人从多伦汇宗寺请来的二十个喇嘛急匆匆赶来了，个个汗水淋淋。实际上，他们在辞灵前就应赶到，但将军屯距多伦诺尔有二百多里的路程，尽管马不停蹄，还是来迟了，赶忙站在人群里开始诵经。

送殡的路上，六十四人抬的灵柩走在最前面，紧随其后的是纸扎的牛、马、童男童女、男女仆役、各式盆景、金山、银山和纸轿等。接着是身穿白布裙子、外披黄布袍子、足蹬青靴、头戴黄秋帽、手扎木盘，盘内摆着用荞面捏成的灯和塔的送殡人，管事的喇嘛手执法器、铜铃，一路上诵经不止。再后就是八个吹鼓手，鼓着腮帮子卖力地吹着喇叭，累得汗流浃背。因逝者年事高，乃喜丧，故而先吹大悲调，继之吹喜调子。吹鼓手的后面应是死者的嫡亲，但布尼家已没有了，也就是李纪恩、静蓉公主、童玉英、那洪瑞、布尼林丹等近亲了。他们从棚车里往外掏纸钱儿，大把大把地撒向空中，纸钱儿纷纷扬扬地飘落下来。走在最后的是乡里乡亲，大家怀着沉痛的心情，流着泪送布尼仁坤到新的住地。

当送殡的队伍到达布尼家的坟茔地时，将棺椁徐徐放入墓穴，与早年去世的妻子李淑芬并骨合葬在一起。死者的亲人则放声大哭，喇嘛不停地诵经，点燃纸人、纸马、纸轿、金山、银山等，很快便烧成灰烬。五六个人挥动铁锹铲土，将墓穴掩埋，形成一个突起的坟丘，再把写有"布尼仁坤、李淑芬之墓"的墓碑插在坟头儿上，死者就算安息了。往回返的途中，为表示感谢，那洪瑞请大家回到布尼大院吃顿饭。有的后生问道："那管家，出殡前不是吃过了吗，为啥还得来一顿呢？"

那洪瑞说："起灵之前必须得吃饭，不能让大家空着肚子送殡。入葬之后，这顿饭也是少不了的，此乃满洲人的习俗。"

此刻，墓地只剩下了李纪恩和妻子静蓉公主了，二人伫立在墓前，静蓉轻声儿问道："纪恩哪，你把我单独留下来，还有事吗？"

李纪恩伸手往旁边一指道："看，那座坟墓，就是我姥爷布尼阿森的将军墓。"

静蓉点了点头，与丈夫一起来到将军墓前，恭恭敬敬地三鞠躬，并烧了纸钱儿，这才往回走。路上，静蓉公主问道："纪恩，你亲额娘布尼伊香的墓地为何不在这儿？"

李纪恩说："额娘的坟墓哪能在布尼家的坟茔地呢？她是下嫁喀喇沁旗王爷府的人，明天咱骑马去公主陵拈香、烧纸。"

送殡的人全部回到布尼大院后，便开始吃酒席，称之为"谢恩饭"。因为大家皆为丧事帮忙出力了，顺顺当当地把老人送走了，所以布尼家得表示感谢。席面儿上，摆着七碟八碗，猪肉炖粉条是少不了的，主食是小米饭、黏豆包，爱吃啥自己选。德高望重的穆昆达和宫中来的侍卫坐在首席，乡亲们十人一桌，李纪恩、静蓉公主、那洪瑞、童玉英一起到各桌敬酒。纪恩动情地说："我从小是喝咱将军屯的水长大的，每次看到这里的一山一水、一草一木，都感到十分亲切。太姥爷一家养育了我，付出很多很多，此大恩大德永远铭记在心。今日回乡奔丧，多亏乡亲们前来帮忙，谢谢大家，谢谢！"

穆昆达喝了一口酒，言道："纪恩哪，你是当年赶考的头名状元，给将军屯和家族争了光，我们得感谢你哩！特别是皇上的九公主，不仅不嫌弃咱，还给大伙儿敬酒，真是三生有幸啊！"

静蓉真诚地表示道："我与纪恩喜结良缘，既是宫中人，也是布尼家的人。希望在今后的日子里，大家不要把我当外人，理应当作将军屯的一分子看待，难道不是吗？"乡亲们赞许地点点头，都为纪恩能娶到如此通情达理的媳妇而高兴。

酒足饭饱之后，已到了掌灯时分，众村民纷纷散去。仆人将碗筷拾掇停当，布尼一家和皇宫来的侍卫便在那洪瑞的安排下，各自歇息了。

山村的夜里静得很，时不时地能听到窗外响起四处巡逻的脚步声，这是那洪瑞事先花银子雇来的打更人，每班有一宫中侍卫参与其中。

翌日清晨，布尼一家全起来了，用早膳时，李纪恩对众侍卫说："我同静蓉公主商量好了，为太姥爷烧完头七，大家再一起起程返京师。诸位若有兴趣，这几天不用陪我们，可以去木兰围场转转，手痒了就打打猎。"

膳后，皇宫来的众侍卫入围射猎去了，李纪恩则与静蓉公主在那洪瑞的引领下，各自骑马直奔布尼伊香的陵地。公主陵坐落在喀喇沁旗东南三十里处，距将军屯不算远，没用一个时辰就到了。夫妻二人站在陵墓前，点燃陈香烧了纸，纪恩说道："额娘啊，在那边一切都好吗？宝音巴图和静蓉公主又看您来了。咱们布尼家近些日子有些变故，四姥爷布尼阿德和四姥姥阎翠花在一次晚上溜达时，从林中蹿出两只黑熊，因猝不及防，双双死于熊口下。太姥爷一时急火攻心病倒了，服啥药都不好使，于二十多天前去世了，昨日与太姥姥并骨了，家人无比悲痛。再告诉额娘一个好消息，您有外孙了，已经三岁了，非常招人喜欢。这几天因来将军屯办太姥爷出殡的事儿，所以把他留在府里，由秀珍额娘帮着照看。秀珍额娘的身子骨儿还算硬朗，一直和孩儿生活在一起，相处得很好，像亲娘儿俩一样，家里的大事小情都离不开她，您在九泉之下可以放心了。再有三四天该给太姥爷烧头七了，之后我和静蓉将返回京师，过段时间还会来看您……"

李纪恩就这样与额娘轻声儿聊着，把自己的所思所想和家里发生的事情和盘托出，共同分担忧愁，享受快乐，就像额娘仍活在世上一样，听得静蓉泪眼相望，动情地说："纪恩，你是个孝子，这辈子能把自己托付给一个善良的人，是修来的福气，我知足了。咱们的儿子快快长大吧，等懂事了，我会把你的身世讲给他听的，以便知道活着有多么不容易。"

那洪瑞也流泪了，在一旁劝慰道："纪恩，该说的都说了，你额娘听见了，会放心的。自打从京师赶到这儿，一直没得闲，回去歇歇吧。"

纪恩点了点头，三人又给坟头儿添了土，拔了拔墓地周围的草，这才翻身上马，向将军屯驰去。

烧头七的日子到了，李纪恩同家人以及穆昆达来到布尼仁坤的坟前焚纸燃香，祝福一番，并与太姥爷辞行。回来的路上，纪恩悄悄儿问穆昆达："老人家，我有一事弄不明白，太姥爷出殡那天，为什么由管家那洪瑞燃香、焚纸、摔丧盆呢？"

穆昆达如实告知："你太姥爷临终前留下了口头遗嘱，让那管家和童玉英结为夫妻，守住布尼大院的家业。因此，那洪瑞就以儿子的身份，在布尼老爷的灵前尽孝，摔了丧盆。"

李纪恩恍然大悟："噢，原来是这样，太姥爷想得可真周到啊，是个好办法。请问老人家，听没听说他俩什么时候完婚哪？"

穆昆达说："通常情况下，得等重孝期满后，方可以嫁娶。"

李纪恩致谢道："谢谢老人家！"

用罢午膳，李纪恩为那洪瑞和童玉英留下一千五百两纹银，作为太姥爷的丧葬费，然后对二人说："布尼林丹这个孩子挺可怜的，不知亲生父母是谁，养父母也不在了。从今往后，他就是你们的儿子了，辛苦二位了，把孩子抚养成人吧！"

那洪瑞和童玉英异口同声地表示道："纪恩，尽管放心吧，我们会好好儿待他的。"

李纪恩点点头，把静蓉公主扶进轿内，在众侍卫的保护下，上马登程，那洪瑞骑马相送，一直出了东入崖口才依依惜别。一行人紧催坐骑，身后扬起一股烟尘，拐过山脚便不见了踪影。

第五十三章

吹油灯　　奶奶谆谆诫孙儿
张老太　　告状引出案中案

　　李纪恩和静蓉公主一行晓行夜宿，十二天后顺利回到京师，把安葬布尼仁坤的逐项细节一一讲给了额娘。李秀珍虽然心中很是满意，但还是禁不住泣涕涟涟，觉得姑父对她这个侄女恩情不薄，却因自己的身子骨儿不佳而未能亲自去将军屯为老人家吊唁，实在是大不孝。

　　李纪恩不免安慰一番，接着告诉额娘，他和静蓉一起祭拜了布尼阿森的将军墓，去公主陵看了布尼伊香额娘，为其燃香、焚纸、添土。李秀珍听了，又是一阵伤感，叹了口气道："唉，人生就那么几十年，转眼间就过去了，如同做了一场梦，有欢声笑语，也有生离死别，最后都得殊途同归。你太姥爷既然入土为安了，到另一个世界去了，那肯定错不了，因为他净做善事了，阎王爷是不会亏待好人的。要是这么想，我也就释怀了，省得总是日夜牵挂。不是说嘛，人去屋空啊，布尼家大院再也热闹不起来了，没人接续香火喽！"嘴上这么说，心却不给话做主，再次落下泪来。

　　静蓉接茬儿道："额娘，布尼仁坤老人家是个聪明人，临终时留下了遗嘱，让管家和三儿媳继承布尼家的祖业家产，并要他们二人结成半路夫妻哩！"

　　李纪恩忙补充道："是啊，是啊，还听说太姥爷认那洪瑞为干儿子了，这不是很好吗？"

　　李秀珍若有所思，没再搭言，只是"哎呀""是嘛"地惊叹着。

　　静蓉见状，抱着多日未见的儿子亲了亲，说道："额娘，这孩子又长个儿了，见了我也不眼生，还咧嘴儿笑哩！"公主的话，显然是想换个话题，不使老人家过分悲伤。

　　此招儿果然奏效，李秀珍的脸上有了笑意，皱纹也舒展了，告诉儿媳："嬷嬷把孩子照顾得很好，按时喂奶，及时洗澡，伺候得干干净净的。小宝也省事儿，从来不哭，就知道玩儿。"

下晌，李纪恩偕静蓉公主前往皇宫叩见皇上。进了勤政殿，夫妻二人跪地请安，嘉庆抬抬手道："快快平身，赐座。还是那句老话，都是自家人，何必行此大礼？"

二人起身坐在椅子上，李纪恩禀报了布尼仁坤隆重厚葬的情况，嘉庆点点头道："嗯，很好。据讲，当年布尼阿森大将军殉国后，父皇曾赠予布尼大院一块'功德匾'，有这事儿吗？"

李纪恩回道："确有其事，此御匾尚在，太上皇的字笔力刚劲，令人赞不绝口。"

嘉庆说："是啊，父皇一生业绩斐然可观，不但两次平定准噶尔叛乱，一定回部，两定大小金川，自诩为'十全武功'，而且著述颇多，自著文集三部，诗集五部，录诗四万二千多首，堪称华夏诗坛写诗最多的人。字也写得好，刚柔相济，不亚于唐朝李旦皇帝。噢，尔等此去将军屯，可曾了解木兰围场眼下的状况吗？"

李纪恩回道："据微臣所知，木兰围场虽然仍能射杀到禽兽，但较前少多了。"

嘉庆说："朕最近倒不出工夫来，需要处理的事情一件接着一件，对川、陕、豫等地的邪教猖乱和广东博罗红巾起义正在进行围剿。尽管如此，却不敢忘记木兰秋狝，以习劳肆武，款洽外藩，祖宗之法俱在，朕必当遵守。"

李纪恩听罢，打心底里佩服皇上的决心和勇气，又聊了一会儿，便与静蓉起身告辞了。

夫妻二人回到府上时，天已擦黑儿，遂径直来到餐厅。用罢晚膳，由于返京的一路奔波，感到十分疲劳，打算早点儿歇息。于是，先去李秀珍的房间看看老人，见小宝正在地上玩耍，便陪额娘唠会儿嗑儿，然后唤来嬷嬷，让其把小宝领回孩子的房间，哄他睡觉。可小宝说啥不干，非要陪奶奶睡不可，抱着奶奶的胳膊不放手。李秀珍笑着说："好好好，不愿走就别走了，睡奶奶这儿吧！"

小宝一听奶奶答应了，乐颠颠地脱鞋上了炕，钻进被窝儿后又爬起来，一口把灯吹灭了，静蓉照小屁股蛋儿就是一巴掌！

小宝一开始愣住了，也不知缘何挨打呀，瞅瞅奶奶，瞧瞧阿玛，委屈得哇的一声哭了起来。李纪恩边哄边说："小宝，奶奶不是常讲嘛，满洲人不许用嘴吹灯，你咋总也记不住呢？"

小宝哭咧咧地说："阿玛，奶奶是告诉过不让用嘴吹灯，可那是为什么呀？"

静蓉给小宝擦了擦眼泪道："别哭了，快睡觉吧，等明天让奶奶给你讲，好不好？"

小宝的嘴噘得老高："不好，奶奶现在就讲！"

李秀珍笑吟吟地商量道："小喔莫罗呀，你看，天黑了，该睡觉了，等睡醒了，奶奶一定讲，听话！"

小宝不依不饶："不嘛，就要听，若是不讲，我就不睡！"

嘚，这孩子够任性的，李秀珍没辙了，只好重新点上灯，给孙儿讲了个满洲人忌用嘴吹灯的故事。

不知有多少辈子了，满洲人每天晚上睡觉时，从不用嘴把灯吹灭，而是用扇子扇或其他东西将灯熄灭。这是为什么呢？原来，他们对灯火特别尊重，称其为"灯倌菩萨"。

据传讲，有户四口之家的满洲人，父母及儿子佟旺，女儿佟英。佟旺十九岁时，佟老汉为他定下了亲事，是汪家的闺女，名叫汪玉娟，准备转年正月迎娶。

刚入冬，佟家就开始忙活开了，把秋末盖好的新房粉刷了一遍，该买的东西也都买了。眼看还有三天儿子将娶媳妇了，哪承想佟旺突然得了急病，没等药抓回来呢，人就死了。

老额娘见活生生的儿子转眼间没气儿了，好比挖她的心一样难受啊，哭昏过去好几次。第二天一早，佟老汉告诉老伴儿："老婆子，先不要给亲家送儿子的死信儿，后天是佟旺和玉娟结婚的良辰吉日，咱照常办喜事儿。"

老太婆边哭边道："唉，老头子，你急糊涂了？儿子都死了，还结什么婚哪！"

佟老汉说："你不知道，昨夜我做了个奇怪的梦，梦见佟旺去阴曹地府时，遇到了地府的灯倌儿，又把咱儿子悄悄儿送回阳间了，说不定能转死复生哩！"

老太婆听了，时而半信半疑，时而转忧为喜，可能是盼儿子复活心切，也就同意老伴儿的主意了。于是，老两口儿把儿子抬到西下屋，盖上被子关好门，佟旺离世的消息没告诉任何人。

到了办喜事儿这天，汪玉娟高高兴兴地上了花轿，吹吹打打地抬进了佟家门，娘家还来了不少送亲的人。可是，大家都觉得奇怪，怎么不见新郎的面呢？佟老汉忙解释道："唉，说来气人哪，我那儿子前晚喝了不少酒，已酩酊大醉了，找地方躺着睡大觉呢，叫也叫不醒，真是失礼呀，让各位见笑了！"

该拜天地了，佟老汉让女儿佟英穿上佟旺的新郎服，代替哥哥与新娘子拜了天地。

到了晚上，洞房花烛夜，闹新房的乡亲们老早就散了。为啥呢？佟英代替哥哥入洞房，一没这规矩，二也闹不起来，不散才怪呢！

新娘子等啊等，夜已经深了，还是不见新郎进屋。她越想越生气，哪有这样的新郎官呀，不是故意戏耍人吗？

正在这时，老公爹背着儿子进屋了，说道："她嫂子，你看，佟旺还没醒过来，睡得正香呢！"说着，把儿子头朝里，脚朝外放在炕上，拽过新棉被从头盖到脚，随后叫上佟英转身出了新房，并将门反锁了。

玉娟一直坐到鼓打三更，仍不见新郎醒来，小声儿喊了佟旺几声，也不回音。又轻轻推了推肩膀，还是一动不动，心想："这个佟旺啊，哪辈子没得着酒了，咋能醉成这样呢？"

突然间，玉娟发现火苗儿跳了三下，又从灯芯分离出三个小火苗儿，一个接一个地落在新郎身上。只听佟旺"哎哟"一声，掀开棉被忽地坐了起来，睁眼一看，新娘子正定睛看着自己，怪不好意思的，赔着笑脸儿说："玉娟，对不起，让你久等了。我也不知怎么了，只觉得头晕目眩，浑身没劲儿，眼睛也睁不开，就想躺一会儿，连着睡了三天三夜了。"

玉娟轻声儿责备道："从没见过你这样的新郎官，连拜天地都得妹妹替，至于如此贪杯嘛！"

佟旺连连摇头道："玉娟，你说得不对，我根本没喝酒，向来滴酒不沾，哪有醉酒之理？"

玉娟听了，不以为然，问道："既然没喝酒，为啥睡三天三夜都叫不醒呢？"

佟旺长叹一声道："唉，我已经是死过去的人了，只因刚到阴曹地府，便遇上了好心的灯倌儿，把我又送回了阳间，此乃命不该绝呀！"

玉娟听罢，大吃一惊，吓得不知说什么好了，哆哆嗦嗦地问道："佟旺，别吓唬我，你到底是人还是鬼？"

佟旺忙道："玉娟，别怕，我是人，不是鬼。"

玉娟说："你若是人，我喊三声，你必须连着答应三声，我才相信。"于是，喊了三声"佟旺"，佟旺果真连着应了三声，玉娟终于相信眼前的郎君是活着的佟旺。

新郎和新娘有说有笑地聊了起来，话不落地，惊动了东屋的父母双亲，忙闻声过来开了锁，推开房门一看，嘿，小两口儿正亲亲热热地拉着手呢！

佟旺的起死回生，令全家欣喜万分，对灯倌儿更是感恩不尽。此事一经传开，为了表示对灯倌儿的尊重，满洲人家再不用嘴吹灯了，否则就是对灯倌菩萨的大不敬，而且此风俗世世代代流传下来。

李宝认真地听完奶奶讲的故事，保证道："奶奶，孙儿明白了，一定听长辈的话，今后再也不用嘴吹灯了！"李纪恩、静蓉公主会心地笑了。

单说布尼仁坤病逝一年之后，童玉英和那洪瑞遵照老人家的临终遗嘱，结成了夫妻，并把布尼林丹当作亲生儿子抚养，视为掌上明珠。这孩子虽然是布尼仁坤在世时从外边捡回来的，但至今仍不知自己的身世，已经习惯于称那洪瑞为阿玛，童玉英为额娘，一家三口儿日子过得安泰丰盈。

当年暮春，嘉庆在李纪恩等大臣的伴驾下，去遵化县东陵拜谒了高宗乾隆的裕陵。在返回承德避暑山庄途经僧冠峰山脚下时，一股儿黑旋风围着御驾转起圈儿来，嘉庆好生奇怪，自言自语道："噢？黑旋风刮到朕的座下，看来是出现冤案了。"话音刚落，黑旋风立即停了。嘉庆一行又拐过一个山脚，见一个老太婆向嘉庆走来，到了跟前跪拜道："皇上，奴才冤枉啊，请万岁明察，为奴才做主！"

嘉庆一怔，寻思道："那股儿黑旋风刚刚消逝，怎么又遇到一个拦驾的老太婆呢？莫不是……"容不得多想，开口问道："你从哪里来？大胆拦驾，有何冤情啊？"

老太婆哭诉道："奴才姓张，一家三口，老伴儿和一个儿子，住在木兰围场东界外的将军屯。前几天，居于布尼大院的布尼林丹，用弹弓将奴才的老头子打死了。布尼家财大气粗，仗着朝中有人做官，便仗势欺人。奴才呼天不应，唤地不灵，只好离家找皇上告状。"

伴驾的大学士李纪恩听后，猛然一惊，心中暗想："糟糕，布尼家惹祸了！"

嘉庆问道："张老太，此话当真？"

老太婆说："千真万确，奴才不敢犯欺君之罪，否则有几个脑袋等着砍哪！"

嘉庆又问："这么大年纪了，还得走远路告状，为何不让儿子来？"

老太婆回道："唉，咋没让他来呀，那是个不孝之子，不听老人的，愣是拗着不动地儿，我一个老婆子能有啥法儿呀？打又打不得，骂又骂不得，难哪！"

嘉庆再问："凶手多大年纪？"

老太婆答道："回皇上，刚刚七岁。"

嘉庆诧异道："一个乳臭未干的七岁顽童，怎么能用弹弓把人射死呢？他叫什么名字，你再重述一遍。"

老太婆说："他是将军屯布尼大院布尼仁坤的孙子，名儿叫布尼林丹。"

嘉庆不禁心中一震："太上皇训政期间，曾于承德避暑山庄举办百叟会，布尼仁坤应邀到场，朕见过。"正寻思呢，李纪恩插言道："布尼仁坤不是已经去世一年多了吗？"

老太婆愤愤地说："老的死了，可小的还没死呢！"

嘉庆问道："你的老伴儿姓甚名谁？"

老太婆回道："奴才的老头子姓关，正宗的满洲人，现在的名字叫冤鬼！"

嘉庆大怒道："放肆！怎么如此对朕回话？"

老太婆咣咣磕着响头，哭咧咧地赔罪道："皇上啊，奴才有罪，罪该万死！奴才的老头子叫关凤林，他一死呀，快把我急疯了，请万岁息怒，保重龙体要紧哪……"那样子让谁看，都挺令人揪心的。

嘉庆说："平身吧，随朕先到避暑山庄，待将布尼大院的人速速传来，由朕亲审此案就是了。"

老太婆连连叩头致谢，然后站起身来，双手举过头顶高喊道："青天在上，皇上为民做主，冤情终于可以昭雪啦！"

嘉庆带着老太婆回到山庄后，立即口谕，命两名吏官前往将军屯调查和捉拿凶手。第十天头晌，童玉英在吏官的押解下，骑快马来到承德避暑山庄，于澹泊敬诚殿泪流满面地叩见嘉庆皇上："民妇童玉英给皇上请安了，万岁！万岁！万万岁！"

原告关张氏也跪在案前，她斜着眼睛冲童玉英撇了撇嘴，暗想道："哼，还请安呢，这下有你们布尼家好受的！"

站在嘉庆身边的李纪恩看到三姥姥跪在大堂之上，满脸泪水，很是不安，心想："不知家里怎么样了，那洪瑞和布尼林丹咋没一块儿来呢？"

嘉庆冲童玉英问道："家住哪里？姓甚名谁？家中都有何人？凶手布尼林丹是你什么人？如实招来！"

童玉英回道："民妇家住木兰围场东界外的将军屯，名叫童玉英，乃布尼仁坤的三儿媳，早年丧夫。自从公公去世后，民妇遵照老人家的临终遗嘱，与管家那洪瑞结为夫妻。布尼林丹的养父母乃民妇的四弟、弟媳，二人不幸先后身亡，故而由民妇抚养。"

嘉庆又问："童玉英，朕问你，凶手布尼林丹现在何处？"

童玉英哭着答道："回禀皇上，布尼林丹已经……死了！"

李纪恩一听，脑袋嗡的一声，关张氏却幸灾乐祸道："哼，他这是畏罪自杀，罪有应得！"

童玉英接着说："皇上，民妇那可怜的七岁孩子布尼林丹，是被老关家活活害死的！"

关张氏声嘶力竭地吼道："你胡说！皇上，她这是犯欺君之罪呀！"

嘉庆心想："看来案情并不简单，很可能是案中案了。"随即冲关张氏喝道："大胆刁婆，不得在大堂之上如此放肆！童玉英，布尼林丹缘何被害死，如实禀来。"

童玉英说："布尼林丹是我家老爷在世时，从村外路沟里捡到的男婴，抱回家后，就把孩子交给我家四少爷布尼阿德两口子当作亲生儿子抚养。去年春天，四少爷夫妇遭遇黑熊的袭击，不幸离世，布尼林丹由民妇和丈夫那洪瑞照看着。孩子很听话，但贪玩儿，一次用弹弓打鸟时，不慎打瞎了老关头儿的左眼。不知为啥，关老爷子突然胸口儿疼，喘不上气儿来，没过半天就咽气了。关家人说，老爷子是因被打瞎了眼才死的，罪魁祸首就是我家的布尼林丹。关老爷子死后第三天下晌，布尼林丹去外边玩儿，天黑了，也不见回来。家人以为他私自闯进皇围，不是被护围兵带走，就是被狼或山豹子吃了。为啥这么想呢？因为孩子的养母阎翠花和养父布尼阿德就是双双死于黑熊口下的……"

嘉庆听到此，插问道："阎翠花和布尼阿德就是乾隆年间举办百叟会时，陪太上皇在山庄金山亭赏月的那二位吗？"

童玉英回道："正是。"

嘉庆很是同情："这夫妇俩够不幸的了，横祸往往难以预料哇，你接着说！"

童玉英继续禀道："自从布尼林丹走失之后，民妇与丈夫如同热锅里的蚂蚁，急得团团转。将军屯的乡亲们主动前来帮忙，大伙儿村里村外地四处去寻，可是找来找去，却连孩子的影儿都没见着。就在这个时候，老关家又找上门儿来了，声称关老爷子是布尼林丹害死的，非要布尼家赔偿五千两银子不可，还得报官。唉，面对人命关天的大事儿，有啥法儿呢？只好在穆昆达的调解下，赔了关家五千两银子，关家答应不报官了。"说到这儿，童玉英指了指堂上的关张氏道："张老太死了老头子，拿到五千两赔银后，竟不给自己的话做主，还是离开将军屯前来告官了。"

嘉庆问原告："童玉英讲的是实情吗？"

关张氏回道："是这么回子事儿，我走时，死老头子的棺材正在家中的院子里停放着呢！"

嘉庆抬了抬手道："童玉英，往下讲。"

童玉英说："张老太离家的第二天，关家一大早便张罗开了，雇了些人抬着棺材出殡。走到半道儿，天忽然暗了下来，一大片黑乎乎的浓云布满了天空，随之头顶上'咔嚓'响起一声炸雷，一个圆圆的火球唰地落在棺材上。紧接着又是一声炸雷，眼瞅着棺材被雷劈开了，从里面滚出了死者关老爷子。大伙儿吓坏了，仔细一瞅，发现棺材的底层还有一个六七岁的孩子，正是我家丢失的布尼林丹。"童玉英说到此，哇哇地哭了起来："我可怜的小林丹啊，你死得好惨哪！"

此刻，所有在场的人惊得目瞪口呆，有的窃窃私语，有的暗自落泪。嘉庆勃然大怒，喝问原告："关张氏，布尼林丹之死，你可知道？"

关张氏吓得哆哆嗦嗦地回道："皇上，奴才不知道，真的不知道哇！"

童玉英说："禀皇上，她是不知道，离家时，棺材盖儿还未钉钉儿呢！"

嘉庆点点头道："童玉英，接着讲。"

童玉英说："布尼林丹是如何死的呢？唉，说来没有比这孩子更惨的。原先我以为关家死了老人，我家赔五千两银子，事儿也就私了了。万没想到关家的儿子关松林将正在玩耍的布尼林丹偷偷拖到院子的仓房里，到了夜深人静之时，用三寸长的钉子从头顶儿钉了进去，装进停尸的棺材里，当了殉葬品。真是作孽呀，多亏老天爷有眼，两个炸雷就把棺材劈开了，这才真相大白。"

嘉庆听罢，侧过头向前往将军屯调查此事的一位吏官问道："你在现场细细察看了没有？"

吏官回道"禀皇上，奴才查过了，童玉英所言句句是真，绝无半句假话。布尼林丹的惨死，系原告之子关松林所为！"

嘉庆又问："为何不把杀人凶手关松林绑来？"

吏官答曰："回皇上，奴才刚到将军屯，关家便听说官府派人来了，关松林万般无奈之下，畏罪自缢了。"说着，奉上一摞字纸："这是奴才在将军屯所取证的笔录，请万岁过目。"

嘉庆翻看了几张后，说道："看来，此为案中之案，已经告破。原告关张氏，还有啥话可讲？"

关张氏吓得屎尿齐流，连连叩道："万岁，布尼林丹之死，老奴确实不知啊！"

嘉庆说："原告关张氏，布尼林丹之死，你是没有责任。但为人不仗义，轻易食言，布尼家已经赔银五千两，也算不少了。可你呢？视财如命，不仅不在家中为老头子送终，还恶人先告状，妄图获得更多的赔偿，这就违犯大清律条了。来人哪，把她拉下去，杖五十！"

几个侍卫像拎小鸡似的将原告提溜出去，噼噼啪啪地好一顿棒揍，张老太高一声低一声地喊爹叫娘，大堂的人个个忍俊不禁，李纪恩那颗一直悬着的心总算落了地。

嘉庆一挥手："退堂！"

众人散去，李纪恩没有走，请求道："皇上，微臣有个请求，能否准允微臣送长辈三姥姥回家？"

嘉庆问道："谁是你的三姥姥？"

李纪恩回道："就是跪在大堂之上的那个被告呀！她是布尼仁坤的三儿媳，微臣自幼在布尼家长大的。"

嘉庆答应道："好吧，既然是长辈，就应该送。将你三姥姥送到家后，速速返回京师，朕在那儿等你，到夏末初秋之时，还得伴驾木兰秋狝哩！"

李纪恩叩道："谢皇上！"说完，起身退出澹泊敬诚殿，向两个侍卫交代几句，便去追赶童玉英，一直追到丽正门外，方见三姥姥正坐在一棵树下抹眼泪呢！李纪恩走到跟前劝慰道："三姥姥，别难过了，我知道你心里想着小林丹，可人死不能复生啊！值得庆幸的是，这场官司咱们赢了。"

童玉英打了个唉声道："官司是赢了，却没了可怜巴巴的儿子哟，再也看不到小林丹了！"说着，眼泪噼里啪啦往下掉。

李纪恩故意转移了话题："三姥姥，刚才你在大堂之上表现得不慌不忙，所言句句在理，那时，我正在众臣中站着呢！"

童玉英擦了擦眼泪道："我看见你了，所以心里才踏实了，胆子也大了。"

李纪恩说："三姥姥，走吧，咱们去饭店用膳，然后送你回家。"

两人来到大街上，见前边不远处有个悦鑫楼，门楣上挂着一块匾额，上写"名震塞外三千里，味压江南十二楼"。李纪恩告诉童玉英："三姥姥，这副名联出自我那老岳父乾隆皇上之手，悦鑫楼的店主将其制成匾额挂在门楣上，从此生意可好了。"说着，领童玉英进了饭店，小伙计热情地上前打招呼，在其引领下登上二楼，选了处靠窗的位置坐下。

小伙计问道："这位爷，想用点儿什么？"

李纪恩说："来一盘儿酱牛肉，一盘儿猪肝儿，再来盘儿如意菜就行了。"

小伙计又问："喝哪种酒？"

李纪恩说："膳后还要赶路，酒就不喝了。"

小伙计再问："米饭、油饼、馒头、花卷儿样样儿有，想用什么？"

李纪恩侧过头问童玉英："三姥姥，喜欢吃啥？"

童玉英说："随便，啥都中，不饿就行了。"

李纪恩要了四张白面油饼，两个馒头，外加两碗甲鱼汤。

二人很快便吃完了，李纪恩付了银子，回到丽正门前，见两名侍卫正等在那儿。李纪恩问道："你俩还没用午膳吧？"

其中一人回道："李大人，我们在山庄内的买卖街上吃过了。"

于是，四人各骑一匹马，沿着武烈河向北疾驰而去。到波罗河屯时，在一家小饭馆儿填饱肚子，给坐骑喂了草料，翻身上马，继续北行。路上，李纪恩问道："三姥姥，啥时候学会骑马了呢？"

童玉英说："满洲人是马背上的民族，哪有不会骑马的？我小时候就学会了。"

五天后，四人到达将军屯时，布尼林丹仍躺在一个不大的棺材里，还没安葬呢！那洪瑞见纪恩回来了，眼泪又止不住了，颤声儿道："纪恩呀，孩子死得冤哪，我们没照顾好哇，只等玉英回来下葬了。"李纪恩没说什么，只是安慰了一番。

李纪恩回到将军屯的消息不翼而飞，乡亲们猜想此事还没完，连朝中的大学士都给惊动了，纷纷来到布尼家。老关家听说后，吓得不知所措，只好为死去的布尼林丹披麻戴孝，还捧着布尼家赔付的五千两纹银号号啕啕地来了。

童玉英冲着来人说道："知道这叫什么吗？这叫恶有恶报！我们布尼家是讲理的人，杀害林丹的凶手已经死了，不需要你们披麻戴孝，都回去吧！"

那洪瑞气得浑身发抖，大声儿吼道："滚！狐狸给鸡拜年，没安好心，早知今日，何必当初？"

关家人听罢，转身就走，童玉英高声儿喝道："都给我站住！既然捧着银子来，说明还有点儿诚意，那就该全部留下！"关家赶忙把五千两纹银放下，灰溜溜地回去了。

童玉英站在院子的花坛上，冲众屯邻说："乡亲们，多年来，父老兄弟对布尼家的事儿没少帮忙，这些银子就送给大家了，以表示布尼家的诚挚谢意！"一边说，一边把一锭锭银子送到每个人手里，那种场面谁看了都得悲喜交集，感慨万千。

李纪恩把那洪瑞拉到一边，问道："那管家，此前商量过没有，准备将布尼林丹安葬在哪儿？"

那洪瑞回道："还没来得及合计，这不，正等着听玉英是咋想的呢！"

李纪恩说："几十年来，将军墓后边的那座孩子坟一直是座空坟，依我看，就把布尼林丹安葬在那里吧。"

那洪瑞觉得这个主意挺好，赞同道："纪恩，我看行，坟不能总空着。小林丹住进去，从此才称得上一座真正的孩子坟了。"到了晚上，跟玉英一说，也认为可行，便这么定了。

第二天一早，布尼一家将布尼林丹安葬在孩子坟，乡亲们纷纷前来送行并搭把手。李纪恩又分别在布尼仁坤、布尼阿森和富察氏、布尼伊香的坟前燃香，烧了纸钱儿，添了土，方回到布尼大院。用罢午膳，李纪恩向三姥姥和那洪瑞辞行，叮嘱了一番，互道珍重后，同两个侍卫翻身上马，向京师驰去。

第五十四章　入崖口　　风水宝地定宫址

观猎豹　　多情庄敬动芳心

　　光阴荏苒，转瞬已是嘉庆十七年。夏末初秋的一天，嘉庆帝按皇太后之意，率大队人马赴木兰围场狩猎。其母孝仪纯皇后魏佳氏和三女儿和硕庄敬公主分坐在两辆篷车里，皇次子绵宁、三子绵恺以及李纪恩等大臣伴驾左右，头晌准时由皇宫出发，在朝中文武百官的跪送下离开京城。

　　皇帝出猎，沿途各行宫远接近送，到达避暑山庄驻跸三日继续北行，进入东入崖口时，漠南克什克腾、巴林、喀喇沁、翁牛特等旗府的王公贵族率部众前来接驾。大家向皇上请了安，嘉庆说："尔等在此已经等候很久了吧？先席地而坐，歇息一会儿吧！"随即策马来到河岸边，站在高处凝望着向南流淌的伊逊河，水面上不时有细鳞鱼蹿上跃下，成群的野鸭游来荡去。河的西面峰峦叠翠，横亘云际，犹如一道天然的屏障。河水与群峰之间是一片平坦的草地，四周古松蓊蓊郁郁，山石交错，青山绿水交相辉映，把大地装饰得异常美丽，令人心旷神怡。嘉庆越看越兴奋，喜不自禁，当即传下旨意，命侍卫进屯请位风水先生，看一下此处的地形地势。侍卫"嗻"地应了一声，飞马而去。

　　工夫不大，风水先生来了，左观右瞧、前瞅后看了一阵后，惊喜地跪叩道："启禀万岁，奴才以为，此处是块罕见的风水宝地。有水成九曲，形似一条巨龙；有山像屏障，定当冬暖夏凉，福祉也！"

　　嘉庆听后乐了："平身吧，此番辛劳有功，赏纹银五十两。"

　　"谢主隆恩！"风水先生接过银子，高高兴兴地回家了。

　　原来，嘉庆一直想在木兰围场东入崖口处建一座行宫，以便每年秋狝时，于此处拈香小憩。有了宫址，又传御旨，命广招能工巧匠，于塞外的伊逊河畔修建行宫一座，短期内竣工。

　　嘉庆见旗府的王公贵族歇息得差不多了，一挥手道："随朕北行，选处围猎点布围！"

众人翻身上马，紧随御驾之后疾驰，途经七十二围中的永安莽喀围猎点时，嘉庆告诉身边的绵宁和绵恺："皇儿，朕对永安莽喀有特殊的感情，知道为什么吗？因为你们的皇爷爷十二岁时，便在此射猎过巨熊。"

皇次子绵宁说："儿臣早有耳闻，那是皇爷爷小的时候，跟随他的皇爷爷赴木兰围场秋狝时的一次惊人之举。"

皇三子绵恺接茬儿道："是啊，是啊，儿臣也听说了，是圣祖康熙皇帝先将巨熊射倒的，满以为已经死了，遂命儿臣的皇爷爷再去射，以此考验他的胆量。哪承想黑熊并没死，只是伤着了，忽地纵身一跃，向幼小的皇爷爷猛扑过来。皇爷爷异常冷静，只见他箭搭弓弦，嗖嗖连发两箭，不偏不倚，箭箭射入巨熊的血盆大口之中，黑家伙一头栽倒在地，蹬了蹬腿儿没气儿了。父皇，儿臣说得对不对呀？"

嘉庆哈哈大笑道："没错，皇儿所言极是，快催马走哟！"

大队人马到达伊逊格尔围猎点时，开始布围，然后进行合围。布围就绪后，嘉庆挽着母后走上看城，坐在那儿观猎。猎场上旌旗飞舞，吼声震天，骏马扬鬃奋蹄急起直追，密如飞蝗的利箭呼啸而过，惊慌失措的飞禽走兽发出惶恐的叫声，看得皇太后眼花缭乱，根本坐不住了，还不时地鼓起掌来。

然而嘉庆却不然，看着看着竟生起气来，大怒道："如此围猎，等同儿戏！"

皇太后不解，问道："皇儿，此话怎讲？将士们勇猛射杀的场面，犹如激战中的短兵相接，同样是你死我活，缘何说成儿戏呢？"

嘉庆语气有所缓和，耐心解释道："母后请看，每个猎物就是一个活动的靶子，有的射手却未用披箭，以火枪射击者竟连发不中，这样演兵习武怎么行呢？"

合围结束后，经统计，虽然收获颇丰，但嘉庆仍然高兴不起来，板着脸冲众官兵和各旗府的王公贵族训斥道："木兰秋狝乃必须遵循的祖制，在练兵习武中，所获猎物的多少，能够说明每个人掌握射猎技能程度的高低，但不全是。朕刚才看过了，在发箭时，有人不用披箭，而用体轻的针箭。火枪射击时，有人竟把准星拿掉，真是岂有此理，这样怎么能射得准呢？演兵习武，布围狩猎，人与猛兽同处一地，犹如置身于你死我活的疆场，懈怠不得，敷衍不得，儿戏不得！大家仔细检查一下，若有违纪犯律者，依法处置，再不改者，定当严办！"

将士们和各旗府的王公贵族扑通通跪了一地，齐声儿叩道："万岁圣明！"

夜晚，皇太后与孙女和硕庄敬公主在侍女们的伺候下，歇息在行幄。黄幄内的嘉庆余怒未消，传来了大学士李纪恩，愤愤地说："今日的合围，个别参猎者极不认真，破绽百出，朕心不悦！"

李纪恩轻声儿劝道："皇上，请息怒，气大有伤龙体呀！据微臣所知，万岁尽管发了火儿，然言之有理，情真意切，将士们暗地里无不称颂。"

嘉庆说："先祖遗训，乃强国之宝，不可不牢记在心。明日早膳后，大队人马去公主围狩猎，你看如何呀？"

李纪恩回道："再好不过了。自圣祖补建公主围以来，每岁的木兰秋狝却从未去过那里，想必禽兽很多，肯定会练个痛快！"

嘉庆打了个哈欠道："早点儿歇息吧，太后那里怎么样？要小心关照才是。"

李纪恩说："请圣上释念，太后和和硕庄敬公主此次伴驾随围，可高兴哩！"

第二天一早，大队人马仗刀执箭待发，显得严整多了，看来昨日皇上的一顿严厉训斥收到了成效。嘉庆一声令下，马蹄踏踏，掀起一道漫天的烟尘，威武而雄壮。当走到距公主围不远处时，皇次子绵宁奇怪地问道："皇阿玛，木兰围场七十二围中，咋还设了个公主围呢？"

嘉庆说："皇儿有所不知，圣祖康熙有一年木兰秋狝时，下嫁蒙古的皇五女端静公主前来迎驾，父女俩骑在马上边走边聊。康熙帝有意考查一下女儿的蒙古语学得如何，每见到一种动物都要询问那是什么，五公主操一口蒙古语对答如流，圣祖很是满意，认为皇女儿颇有长进。为了加强民族之间的团结与沟通，加上那次秋狝有公主伴驾，康熙帝便将父女俩共同走过的大片射猎之地赐名为'公主围'了。"

三皇子绵恺笑着插言道："皇阿玛，原来公主围是这么命名的呀！此次木兰秋狝，三阿姐和硕庄敬公主倒不是迎驾，而是随驾而至，父皇有何打算哪？"

绵宁听了绵恺的问话，被逗得捂着嘴直乐，嘉庆则突然勒住御马，故作严肃地喝道："不得多嘴！乳臭未干，怎能胡思乱想，难道让朕再设个公主围不成？"绵恺吐了吐舌头没吱声儿。

其实，嘉庆确有自己的想法，因还没倒出工夫同母后商量，故而不能随意说出。

到了公主围地段，刚刚开始布围，受惊的禽兽便纷纷向柳编栅外奔逃。只见一只嘴里叼着黄羊的山豹子未能逃出八旗兵的包围圈儿，又不肯放下猎物，情急之下，身子一转噌噌噌爬上了枫树，把滴着血已死掉的黄羊搭在树杈儿上，然后准备跳下树逃走，但已经来不及了。此情此景，令将士们十分诧异，没承想山豹子竟有爬树的本领！

合围开始了，包围圈儿渐渐缩小，野兽全往中间儿跑，山豹子吓得赶紧向高处爬了爬，一脚蹬空，身子一歪摔落下来，还算万幸，恰好挂在一枝伸出的粗树杈儿上了。

与嘉庆一起坐在看城上的和硕庄敬公主时而惊叫，时而用双手捂着脸，兴奋地说："皇阿玛，围猎场上捕射的壮观情景，女儿还是第一次见啊！"

嘉庆问道："庄敬，看到流血怕不怕？"

庄敬说："女儿虽然害怕，但有这么多勇敢的八旗兵在周围，就没什么可怕的了。"

嘉庆往东南角儿一指道："你看，那儿有一位年轻的射牲手，三箭三中，狍子、野兔、麋鹿一只接一只地在他的利箭下倒毙了。"

庄敬顺着父皇的手势往前一瞅，那年轻的射牲手身着戎装，座下一匹追风快马，已经疾驰到那棵大枫树下了。只见他箭搭弓弦，向树杈儿上的山豹子连射数箭，山豹子只是发出一声尖厉的惊叫，其实毫发无损。原来山豹子非常狡猾，在此危急关头，它巧妙地躲在枝叶繁茂的树当腰，故而未被射中，只有折断的细枝落了下来。

年轻的射手正欲再次发箭时，山豹子蹬开树向上一蹿，飞一般地腾跃在空中，没等四肢落地呢，那勇猛的射牲手纵身跳下马来，径直扑向豹子，人兽转眼之间滚在一起，看来不是豹死就是人亡。庄敬公主紧张得站了起来，瞪大眼睛朝前看，惊恐地喊道："哎呀，太危险了，他会没命的！"

嘉庆一时也怔住了，一句话没说，只是焦灼地盯着那位射手。

此刻的豹子怒不可遏，咆哮如雷地与勇士撕扯着，忽地一翻身占了上风，将年轻射手压在了身下。就在豹子张开大口的一瞬间，勇士腾出一只手来，从靴子靿儿上唰地抽出一把匕首，朝豹嘴用力刺去，连捅数刀，鲜血四溅，山豹子软软地躺倒在地不动了。

庄敬公主看到这儿，方松了一口气，坐下来问道："皇阿玛，那个年轻的勇士是谁呀？"

嘉庆说："距离太远，朕也没看清。"

当这场轰轰烈烈的合围结束时，天已擦黑儿，夕阳滑下了西山背后，嘉庆边走下看城边传旨，命那位猎豹的射牲手立即到黄幄来，要单独接见他。

黄幄内，烛光闪闪，猎豹人在李纪恩的引领下进得门来，向皇上跪安，并道："奴才索特纳木多布济恭候万岁训示！"

嘉庆借着烛光一看，见他上衣少了几个纽扣，遂问道："你的衣服上为何纽扣不全呀？"

索特纳木多布济答道："回皇上，奴才刚刚与山豹子搏斗，纽扣被它的利爪抓掉了。"

嘉庆让他平身，赐座，又问道："如果朕没记错的话，你就是蒙古科尔沁郡王齐默特多尔济之孙，承袭父爵的年轻郡王吧？"

索特纳木多布济回道："奴才正是。"

此刻，聪明的庄敬公主正站在黄幄外，耳朵紧贴幄壁听声儿呢！听了一会儿，又从一处缝隙偷偷往里瞧，见那年轻的郡王一表人才。宽肩膀，粗胳膊，身量魁梧，黑里透红的圆脸膛儿，高鼻梁，两道一字浓眉，一对儿深邃的大眼睛炯炯有神，一口整齐洁白的牙齿如珠似玉，好不英俊。只听嘉庆又问道："今年多大了？"

"奴才二十六岁。"

"府上后妃们可好？"

"回禀万岁，奴才还没有妻室。"

嘉庆故作惊讶状："噢？常言道，男大当婚，女大当嫁，为何不娶妻室呀？"

索特纳木多布济答道："为的是富国安邦，演兵习武，誓保大清江山，所以还……"

嘉庆笑着接茬儿道："所以还没有考虑娶妻生子对吧？朕问你，此次随驾秋狝，你带来多少兵马？"

"回皇上，奴才带三千兵马。"

嘉庆龙颜大悦道："索特纳木多布济，好样儿的，你是蒙古族的巴图鲁！"

年轻郡王显然是受宠若惊了，忙跪叩道："谢圣上夸奖，奴才称不上英雄，只是为朝廷效劳而已。"

嘉庆抬抬手道："平身吧。怎么不是英雄啊，在木兰秋狝中骁勇顽强，独自对抗凶狠的山豹子，真正做到了练兵习武，朕封你'巴图鲁'称号，名副其实呀!"

庄敬公主听到此,心怦怦直跳,脸色绯红,遂神不知鬼不觉地跺着脚跑了。

夜晚,弯弯的月牙儿照亮了营地的一座座帐篷,众官兵于帐外席地而坐,围着燃起的堆堆篝火燔烤着野味,笑谈着白天骑马射猎的情景,大口大口地吃着桑卡①,大碗大碗地喝着奴勒②,好不惬意。一群蒙古族姑娘身着鲜艳的彩裙,在悠扬的马头琴乐曲声中载歌载舞,小伙子们拍打着节拍助兴,篝火宴进入了高潮。

庄敬公主和绵宁、绵恺、诸大臣以及各旗府的王公贵族陪着皇上、皇太后坐在最大的那堆篝火旁,观看着姑娘们的优美舞姿,时而叫好儿,时而鼓掌,热闹异常。此时,谁也没注意庄敬公主渐渐转移了目光,在人群中搜寻着年轻郡王索特纳木多布济的身影。细心的大学士李纪恩顺着庄敬公主的目光望去,噢,明白了,怪不得公主竟是如此神态,原来有心事了。然而后来还是被嘉庆皇上察觉到了,心中不由得一阵窃喜……

---

① 满语:烤肉。
② 满语:黄酒。

第五十五章 | 苦劝女　追忆皇家联姻史
　　　　　　　　顾大局　遵从御旨定终身

　　当夜，庄敬公主陪着皇太后于行幄歇息，老人家已安然睡去，而公主却毫无困意。白天那激烈的射猎场景总是在眼前晃来晃去，尤其索特纳木多布济与山豹顽强搏斗的英姿更是挥之不去，甚至铭刻在心底里，撵不走，赶不跑。而黄幄中的嘉庆帝又怎能睡得着呢？他辗转反侧，想起自打建立清王朝以来，先祖们为了加强同各少数民族的团结和统一，使其臣服于大清，共同抵御外寇的入侵，固国安邦，采取了与之联姻的办法，将不少宫中的公主下嫁给蒙古部落，也才出现了举世瞩目的康乾盛世。如此看来，在当时抑或现在，联姻都不失为上策。蒙古科尔沁部博尔济吉特氏的索特纳木多布济是个多好的年轻郡王啊，把三女儿许给他，应该是不错的选择。于是决定，通过指婚，将和硕庄敬公主下嫁给索特纳木多布济。

　　第二天用过早膳，嘉庆率领大队人马登上塞罕坝，又前行一个多时辰，便到了七十二围之一的诺郭台色钦围猎点，位于盛产细鳞鱼的吐力根河畔。

　　吐力根河由东向西流淌，于下游不远处再转三个弯儿向南而去。嘉庆站在河边，凝视着宽不过五尺的水面儿问李纪恩："此河曲曲弯弯，水流湍急，其源头在何处？"

　　李纪恩抬手指指东边的高岗处回道："源头在练兵台的山脚下，那里有很多泉眼，喷涌出来的泉水汇成了吐力根河。下游便是齐尔库勒河，流入伊逊河，再注入滦河，东入渤海。"

　　君臣二人说话间，只见几条硕大的细鳞鱼忽地蹿出水面，腾跃而起，又欻地一头扎入水中。嘉庆问道："听说此鱼可食之，真的吗？"

　　李纪恩说："细鳞鱼又名'箸漠鲜'，一般长二尺左右，宽脊、细鳞、重唇、巨口，一身黑色条纹，形似鲈鱼，肉质细嫩，味道鲜美。据讲，当年圣祖康熙在木兰秋狝途中曾吃过此鱼，还传为佳话呢！"

嘉庆随即传下旨意，命百余兵丁下河捕捉细鳞鱼，晚宴设在练兵台下，共同品尝其美味。兵丁们听罢，皆跃跃欲试，挽起裤腿儿就往水里跳，大队人马则在诺郭台色钦围猎点撒下了围兵。

半个时辰后，便开始合围了，逐渐缩小包围圈儿，黑琴鸡、野鸡、鹌鹑等飞禽东飞西绕，地上的獐、狍、狐狸、麋鹿、黑熊等野兽窜来窜去，马蹄声、火枪声、箭羽的呼啸声和禽兽的哀鸣声交织在一起，大地都在震颤！这时，只见一只矫健的雄鹰急速扎了下来，用双爪抓起野兔腾空而起。一只于高空窥视的巨雕趁机闪电般俯冲而下，刹那间抓住了雄鹰爪中的野兔，鹰与雕双双扇动着翅膀，争夺着那只兔子，眼见用铁钩儿似的利爪把野兔撕扯成两半儿，各自抓着半只兔子飞走了。坐在看城上的嘉庆边看边感叹道："此乃悲壮也！禽兽之间的争夺都如此激烈，何况人乎？"

狩猎场上，马蹄踏踏，喊声震天，烟尘滚滚，几十只飞禽走兽倒在血泊中。遵照皇上的口谕，一时猎不完的可放生一部分，这也是射猎的规矩。合围结束后，清点了战果，大队人马来到练兵台下，就地安营扎寨。嘉庆和李纪恩登上高三十米，长三十三米的练兵台，放眼四望，微风掠过，似乎仍能听到滚滚的松涛声，犹如那万马奔腾的喊杀声。嘉庆想了想，侧过头问道："大学士，在朕的印象里，练兵台名声不小哇，民间称它为'点将台'吧？"

李纪恩说："皇上的记忆力真好，据史料记载，此处正是俗称的'点将台'。"

前书讲过，练兵台是当年康熙帝在乌兰布通大战厄鲁特蒙古准噶尔部叛乱分子噶尔丹时，清军练兵与点将之地。西北方向则是用来屯兵的十二座联营，分布在吐力根河的南北两岸，南岸有联营十二座，北岸也有数座。嘉庆借着黄昏的霞光向西北望去，顿时来了兴致，对李纪恩说："走，趁天未全黑，看看去！"

二人走下练兵台，翻身上马，向十二座联营飞奔而去，不大一会儿便到了营地。只见河南岸的联营自南向北尚有三排，排与排的间距两丈有余，每排房屋十二间，均以黑色土筑成。房屋平面呈正方形，大小不一，残留的部分营房仍可容纳七八百人。西北方向孤零零耸立着一座红色石质山，如同瓮形，即蒙语所云之乌兰布通，在落日的余晖下清晰可见。

嘉庆不无感慨地说："当年，噶尔丹兼并新疆各部，控制了青海、西藏，击败了外蒙古，又盯上了大清江山。在这种情况下，圣祖才兵分两路，御驾亲征，把叛匪包围在乌兰布通。可以想象，那场大战是何等地激烈，打了两天两夜呀！伤亡惨重的噶尔丹没招儿了，只好使出诈降计，残部方从乌兰布通之北坡仓皇逃遁。然而最后他还是走投无路，服毒而死，落了个可耻下场。"

李纪恩点点头道："是啊，可惜圣祖的舅舅佟国纲在激战中为国捐躯了，实为清军的一大损失呀！"

嘉庆又道："据传讲，佟国纲将军在点燃炮捻儿时，一声巨响，由于火炮的后坐力大，竟坐出一个大土坑，当即冒出水来。水越积越多，天长日久，形成了湖泊，百姓称其为'将军泡子'。缘于佟将军的鲜血染红了湖水，故而得名，真乃壮哉！"

当君臣二人离开十二座联营，返回到练兵台下时，晚膳已备好了，将士们的帐篷里飘出了细鳞鱼的香味儿。宽大的黄幄内，烛光闪闪，嘉庆、太后、两位皇子和庄敬公主一家五口围桌而坐。桌面儿虽然摆满了佳肴，且鲜美可口，但大家最喜欢吃的当属香味扑鼻的细鳞鱼。嘉庆一边品尝着，一边赞不绝口："嗯，不错，味道好极了！"

绵宁和绵恺兄弟俩更是第一次品尝细鳞鱼，不仅把肉都吃了，汤也全喝了，庄敬公主见状，忍不住笑了起来。

膳罢，四人起身刚要走，嘉庆说："请母后稍坐，庄敬啊，你也留一下。"

绵宁和绵恺退出后，不知为什么，黄幄里的气氛忽然变得严肃起来。嘉庆说："庄敬啊，朕之所以留下你，是因为有件事要一块儿商量商量。"

庄敬问道："皇阿玛，不知有何训示？"

嘉庆看了一眼母后，说道："庄敬啊，今年二十了吧？早到出阁的年龄了。朕思来想去，打算为你指婚，下嫁蒙古。"

庄敬一听，脸腾地红了，噘着嘴说："皇阿玛，既然声称与女儿商量，怎么突然指婚下嫁呢？不知指的是哪一位？"

坐在旁边的皇太后接茬儿道："你皇阿玛事先已跟我说过此事了，想把你下嫁给蒙古科尔沁部博尔济吉特氏的索特纳木多布济郡王，你愿不愿意呀？"

庄敬公主喜欢索特纳木多布济，可一想到出嫁就得离开皇宫，便禁不住两眼落泪了，生气地说："不愿意，不愿意！"

太后问道："为啥不愿意呀？"

庄敬说："如果下嫁蒙古科尔沁部，距京师千里之遥，再也回不到紫禁城了，孙女得多想家呀！"

嘉庆插言道："这有什么呀，父皇在每岁木兰秋狝时，可以去看望女儿嘛！"

庄敬耍起了小性子："看望管何用？父女每年相见只一面，就又分开了，那女儿不更想家了吗？"

太后笑着劝道："庄敬，你忘了，皇上有时还去蒙古各部视察呢，各旗府的王爷必须得携带妻室迎驾，甚至可以随驾狩猎，这不就又见面了吗？"

庄敬小声儿嘟囔道："见面，见面，见一面又能怎样，还不得分开。"

嘉庆既没嗔怪也没动怒，而是耐着性子给女儿讲起了大清王朝与蒙古诸部联姻的往事，他说："和亲即指亲，指亲就是当今天子指婚。你该晓得，朝廷的宗人府遵照御旨，凡年满十三岁以上的公主，都须列入应婚册内。你今年二十岁了，早已超过了应婚年龄，然至今尚未婚配。是长得不俊或品德不佳吗？非也，你是一个身材苗条、五官俊美清秀、令所有公主羡慕的好姑娘，为什么不愿下嫁呢？事实上，大清王朝与蒙古联姻的公主多着呢！当年太祖高皇帝努尔哈赤打建州发迹开始，便十分重视与北方蒙古各部落之间的团结，其策略是与之建立甥舅之亲，婚姻联盟。努尔哈赤于天命九年，同移居嫩江的成吉思汗第三后裔的科尔沁有了联姻。太宗文皇帝皇太极的十五名后妃中，有七名蒙古族，两位皇后均为蒙古族，还有一对同胞姐妹也是蒙古族，其中的两后一妃来自科尔沁蒙古部落，说明皇太极时期就十分重视团结蒙古贵族。世祖章皇帝福临的一后三妃，同样出自科尔沁蒙古部落的博尔济吉特氏。皇太极的五女阿图公主于顺治五年刚刚十五岁时，便遵照父皇的旨意，下嫁给蒙古巴林部辅国公博尔济吉特氏色布腾，故而人称'巴林公主'，后被封为固伦淑慧长公主。婚后有子孙多人，长居蒙古地方五十余载，被传为佳话。圣祖仁皇帝玄烨的三女和硕荣宪公主下嫁给淑慧长公主之子——蒙古巴林部博尔济吉特氏乌尔衮，成就了美满幸福的婚姻。庄敬啊，难道父皇对你不钟爱吗？可再钟爱，也得成婚哪！比如圣祖的十三女和硕温恪公主，她是圣祖最喜欢的女儿，最终也遵御旨嫁与博尔济吉特氏蒙古翁牛特部杜凌郡王仓津，乃翁牛特部札萨克多罗杜凌郡王毕里衮达赉次子。唉，要说那仓津哪，长相比较丑，身材高大，膀壮腰圆，他那把练功的大刀足有七十斤重，是个典型的武夫。你说这么个额驸，温恪公主哪会中意呢？可父皇的御旨也不能违抗啊，只好认命了。不过温恪公主向父皇提出一个条件，即把自己的府第建在远离王爷府的地方，康熙帝准允了。从此以后，温恪公主每当召额驸入府时，按规矩，晚上在府门外高高挂起一个大红灯笼。而额驸呢？必须在指定的时间内到达府上，过时不候，红灯笼立即熄灭。这下好，仓津为回府不知跑死了多少匹快马呀，很多次因为误了时辰而空去空回。由此可见，温恪公主与仓津的婚姻不幸福，名存实亡。温恪公主常常暗自流泪，又有什么办法呢？只能从社稷的全局考虑。再说了，当朝皇帝指婚，那是金口玉言，谁敢不从？高宗纯皇帝弘历共有十个女儿和一个养女，其中三女固伦和敬公主下嫁科尔沁博尔济吉特氏辅国公色布腾巴勒珠尔，七女固伦和静公主下嫁博尔济吉特氏拉旺多尔济，养女和硕和婉公主嫁巴林博尔济吉特氏德勒克。咱们的先祖为团结蒙古贵族，为大清江山之永固，主张与诸少数民族联姻，可谓一项十分重要的政策。庄敬啊，朕趁木兰秋狝之机向你说了这么多，不知听进去没有？你也不小了，要仔细思量，不能耍小孩子脾气，朕相信你会想通的。"

太后说："孙女呀，你皇阿玛的一席话可谓苦口婆心哪！女大不可留，如果这一嫁非同寻常，可帮父皇共谋大计，何乐而不为呢？况且索特纳木多布济又是个出类拔萃的郡王哩！"

庄敬公主此刻是时而掉泪时而止，脸蛋儿红里透白、白里泛红，又羞涩又难过又暗喜，最后终于表态道："皇阿玛，您以联姻为大清的江山社稷铺就了一条团结统一之路，女儿理当遵旨下嫁。"

嘉庆顿时龙颜大悦，拍着庄敬的肩膀道："你通情达理，善解人意，是朕的好女儿！"随即冲黄幄门口儿的侍卫喊道："传旨，命索特纳木多布济前来觐见！"

不一会儿，索特纳木多布济急匆匆地进得黄幄，见皇太后和三公主也在，双膝跪拜道："奴才祝皇上、太后万寿无疆，公主万福！"

嘉庆说："平身吧，一边落座。"

"谢主隆恩！"索特纳木多布济起身后并没坐，而是站在了一边。

太后笑道："皇上赐座，哪有不坐之理？快坐吧！"索特纳木多布济这才落了座。

机灵聪慧的庄敬公主偷偷扫了一眼索特纳木多布济，见小伙子英俊潇洒，风度翩翩，举止行为透着阳刚之气，心中暗喜："眼前的郡王就是父皇赐的额驸了，这辈子能跟着他算是万幸啊，作为一个女人也该知足了。"

嘉庆开口道："索特纳木多布济，朕得知你尚未娶妻，想亲自做个大媒，将朕的三公主许配于你，意下如何呀？"

索特纳木多布济惊喜万状，赶忙起身跪叩在御座前，致谢道："多谢皇上指婚，此乃修来的福气，奴才遵旨！"庄敬公主被他那感恩戴德的样子逗得不禁掩面而笑，脸一下子红到了耳根。

太后笑吟吟地说："从今以后，彼此都是自家人了，不用行此大礼，快平身吧。公主出嫁后，你要好好儿待她，否则我可不饶哟！"

"谢太后，奴才遵旨！"

此次木兰秋狝连续进行了二十多天，天已渐凉，该是返京的时候了。可是庄敬公主感到还没尽兴，请求父皇再增加几场围猎，嘉庆破例准允了。于是，大队人马继续北上，当到达三星潭附近时，眼前出现了一片水泡子，大学士李纪恩问道："皇上，此处就是当年那呼风唤雨的金蟾向圣祖康熙讨封之地吧？"

嘉庆说："是呀，这里既是金蟾讨封之地，又是救驾之地。你往前看，水岸边不是有座小庙吗，那便是塞北佛石庙。朕早想好了，等东入崖口的行宫建成后，就把塞北佛请到行宫。"

李纪恩笑道："皇上圣明，若是早日请进行宫，神佛就不会在此饱受风寒之苦了！"说着，君臣二人开心地笑了起来。

走在嘉庆身后的庄敬公主听后，很是好奇，紧赶两步问道："皇阿玛，那金蟾为啥向圣祖爷讨封啊？又怎么救驾的呢？"

嘉庆便向女儿详细讲了一遍金蟾拦路讨封的故事，庄敬公主边听边咯咯地笑个没完，嘉庆心想："三女儿自从与索特纳木多布济郡王订下婚事之后，精神反倒显得格外好，话也多了，整天乐呵呵的，看来朕一直提溜的心可以放下了……"

第五十六章 神秘婆 痛说儿女不幸事
塞北佛 喜获乔迁入庙宫

嘉庆率领大队人马来到永安湃色钦围猎点，见这里多是沙岗，野兽不多，便转而向东行进。两个时辰后，到了巴颜图库木围猎点时，天色已晚，遂传旨，令搭帐设幄，埋锅造饭，就地歇息。

嘉庆下得马来，向西一望，见高高的阿妹山在晚霞余光的映照下，山形犹如一个婀娜多姿的美人儿，觉得好生奇怪，便想到跟前看个仔细。于是，回头叫上大学士李纪恩，信步向西走去。君臣二人边走边聊，快到山根儿了，迎面来了一个手拄拐杖、满脸皱纹的老太婆，到了跟前指着嘉庆劈头就问："你是什么人哪？"

李纪恩一怔，心想："这老婆子不要命了？连起码的礼节都不懂，竟敢用如此口吻向万岁问话！"转念又一想："噢，看样子老太婆少说也有百岁了，或许真的不认识当今天子。"便和颜悦色地告诉她："老人家，这位是皇上。"

老太婆又问："皇上就是最大的官吧？"

嘉庆只是抿嘴笑，不言语。

李纪恩点点头道："是啊，皇上就是天底下、地面上最大的官了。"

老太婆往后拢一拢雪白的头发，说道："正好，找的就是天底下、地面上最大的官，我要告云蒸的状！"

李纪恩笑问道："云蒸？云蒸是谁呀？"

老太婆提起拐杖往地上一戳道："嗨嗨，就是住在紫禁城的那个云蒸！"

嘉庆一听所告的人住在紫禁城，叫什么"云蒸"，心里不免犯了寻思，开口问道："老人家，你说的是不是雍正帝胤禛哪？"

老太婆的眼圈儿红了，叹了口气道："唉，记性不行了，耳朵也聋了。管他是云蒸还是雍正帝胤禛呢，反正这个人不怎么着！看到身后这座阿妹山了吧？阿妹是我的女儿，下边那条河叫燕格柏河。每当说起这一山一河呀，我老婆子的眼泪就止不住哇，像那河中的水流也流不完哪！"

老太婆的话让嘉庆丈二和尚摸不着头脑，越发糊涂了："奇怪呀，世宗雍正早已驾崩了，为什么还要告他的状呢，难道与阿妹山有关系？"想至此，便鼓励道："老人家，别难过，有话尽管说，有苦全吐出来，朕给你做主！"

老太婆擦了擦眼泪，向嘉庆讲了她一家的不幸。

原来还是在雍正年间，四阿哥胤禛曾伴驾康熙赴木兰围场狩猎，但他自打登上皇帝宝座没再去过。当时，老太婆一家四口儿，老伴儿于一天晚上突发急病死了，膝下一儿一女，儿子叫阿勤，女儿叫阿妹。阿妹不是亲生的，是在上山砍柴时，从山坡儿捡来的。

一双儿女，打小玩儿在一起，哥哥去哪儿，妹妹就像个跟屁虫似的跟到哪儿，比亲兄妹还亲。长大后，阿勤上山砍柴，阿妹就跟着挖野菜；阿勤跳进河里抓鱼，阿妹在岸边采黄花、金莲花；阿勤去割草，阿妹背上筐篓采蘑菇。兄妹二人勤勤恳恳，形影相随，百样儿农活儿全会干。

阿妹长到十九岁时，真是女大十八变，越变越好看了。走起路来轻悠悠，如同草上飞、花中飘，蜜蜂和蝴蝶也跟着翩翩起舞；唱起歌儿来婉转动听，嗓音甜润，比得上巧嘴儿的百灵；绣起花儿来双手如梭，十分逼真，浓淡相宜，屯邻们没一个不夸的。老额娘看着这兄妹俩，那是打心眼儿里高兴啊，天天就是个乐呀，寻思将来若给他俩结成双配成对儿，肯定是恩恩爱爱的好夫妻。

一年春天，老额娘觉得身子骨儿不适，忽而发冷忽而发热，阿勤和阿妹急得了不得。虽然精心护理，多次请郎中诊治，服了不少草药，但病情仍不见好转，且越来越重。老额娘知道时日不多，便把儿女叫到跟前，语重心长地说："孩子，额娘不是糊涂人，天天看着你俩长大，将来就在一起好好儿过日子吧，额娘怕是赶不上你们成亲的那一天了。"说到这儿，老人家一阵天旋地转，迷迷糊糊地走出家门，离去了……可她又觉得自己没死，阿勤、阿妹伏在额娘身上哭了三天三夜，并向乡亲们借了些银两将老人安葬了，整个过程她都知道。从此以后，老额娘经常到家里看望两个心爱的儿女，阿勤和阿妹却看不到她。

老额娘这一走，阿勤肩上的担子更重了，每天吃了早饭，就上山采榛子、刨药材，然后拿到集市上卖，换了银子还葬母欠下的债。阿妹心疼哥哥，冬日里，担心他睡在西屋太冷，就每天给烧两遍炕，生怕冻着。阿勤一觉醒来，见东屋还亮着灯，知道妹妹仍在刺绣，很是心疼，遂穿衣下地去东屋劝道："阿妹呀，睡吧，天快亮了，别累着。"

阿妹笑了笑，脸上泛起了红晕，轻声儿说道："阿勤哥，趁冬天地里没活儿，我得抓紧绣，拿出去卖掉，能尽快挣些银子呢！等咱还完钱再积攒点儿，就买些嫁妆，选个良辰吉日完婚，也好了却额娘的心愿。"

阿勤听了妹妹的话，比吃了蜜还甜，每日天不亮就上山砍柴了。阿妹心灵手巧，绣的鸳鸯、鸿雁活灵活现，狮子、老虎栩栩如生，金龙、银龙腾云驾雾，花鸟鱼虫形象逼真，刺绣技艺十里八村出了名，远远胜过苏杭的绣品。

有一天，阿勤从集市上回来，兴致勃勃地告诉妹妹："阿妹呀，据讲京城喜欢绣品的人可多了，我想去一趟，或许能卖个好价钱。"

阿妹不无担心地说："阿勤哥，主意倒是挺好，不过京师距咱这儿千八百里，去一回得蹚九十九条河，翻九十九座山，孤身一人走那么远的路，让妹妹惦念呀！"

阿勤一拍胸脯道："我是男子汉大丈夫，从小受苦受累，练就了一副好身板儿，啥困难也吓不倒。阿妹，放心吧，不会有事的。等我挣来钱，给你置些嫁妆，再把房子翻盖一下，咱就成婚，好不好？"

阿妹笑着点点头道："妹妹听哥的，你说咋办就咋办。"

阿勤离家那天，阿妹送他一程又一程，临分手时，阿妹拉住阿勤的手叮嘱道："哥哥呀，卖完绣品早点儿回家，最晚别超过一个月，记住了吗？"

阿勤点头应允道："放心吧，记住了，你在家等哥回来！"说完，三步一回头地走远了。

阿妹转身往家返时，正巧有个收皮货的商人从身边经过，看了一眼阿妹，觉得模样挺美，神秘地微微一笑往南走了。

自打阿勤离家去京，阿妹每天都是早关门，晚开门，一晃二十多天过去了，却不见哥哥回来。她就站在河东的高山上，向南边望啊，望啊，从早望到太阳落，三十天过去了，仍不见阿勤的身影。

孤独的阿妹呀，生怕哥哥在外面有个三长两短，吃不好睡不安，刺绣时，常常折了绣花针而扎伤了手指。一天晌午，阿妹刚欲去东山看看阿勤回来没有，一帮骑马、抬轿的人进了家门，其中一个身穿朝服头戴花翎的官员问道："你就是会刺绣的阿妹吧？"

阿妹点了一下头，反问道："你们是什么人，从哪里来？"

官员回道："我是皇太后派来的钦差，由京城而来。"

阿妹又问："你们见没见过有个专卖绣品的小伙子？"

"见是见过了，不过你家的阿勤回不来了，雍正皇上有旨，命我前来接你进宫。"

阿妹大吃一惊，脑袋嗡嗡响个不停，高叫道："我不信，阿勤哥会回来的！"

一个腰挎长刀的武士把一对儿鸳鸯戏水的荷包扔在地上说："看看吧，这荷包是你阿勤哥身上带的，他已经死了！"

阿妹捡起荷包一看，果然是自己亲手绣的，上面还沾着血迹，顿时眼前一黑晕倒了。

那么，阿勤是如何死的呢？他到了京城，在长街叫卖绣品时，从宫墙内走出几个宫女和侍卫，陪着皇太后准备去颐和园游玩，正巧遇上了阿勤，太后吩咐随驾的宫女买几件绣品。她们左挑右选，总是不中意，太后下了轿来到跟前，一看绣品的手艺相当地道，便问此乃何人所绣？诚实厚道的阿勤告知，所有的绣品皆是阿妹的手艺，打算卖掉换了钱，回家与阿妹成亲。

皇太后说："把阿妹接到京城来吧，在宫中刺绣，比乡下不是强百倍嘛！"

阿勤连连摇头道："不行，不行，她不能来。"

那武士怒目圆睁，手指阿勤吼道："你这不识抬举的东西，胆儿不小哇，竟敢抗旨！"说着，一脚将阿勤踢倒在地，挥拳猛揍，阿勤疼得翻来滚去，只一会儿便不动了，再也没有爬起来。

这时，阿妹曾经见过的那个皮货商对皇太后附耳道："阿妹长得苗条可人，清秀俊美，赛过天仙。"

皇太后当即决定派钦差把阿妹接到京城，先请皇上看一看，会刺绣的女子到底俊不俊、美不美。

再说阿妹从昏迷中醒来，见差役们要拉她上轿，知道不进宫是不行了，便流着泪对领头儿的官员请求道："让我进宫并不难，有个前提，必须答应几个要求！"

领头儿的官员说："只管讲来，只要肯进宫刺绣、做妃子，什么要求皇上都会答应的。"

阿妹的第一个要求，让他们把阿勤的尸体运回家并行葬礼，官员答应了。等了几日，果然阿勤的尸体被人用马车拉回来了，阿妹伏尸痛哭了一场，然后请了九十九个吹鼓手，扎了九十九对儿纸人纸马，打制了最好的橡木棺材，为阿勤举行了隆重的葬礼。燃香焚纸时，阿妹跪在坟前，也让那些差役们跪地，磕了三个响头。

领头儿的官员愤愤道："哼！你这个刁恶的乡下女，这回该上轿了吧？"

阿妹说："我的要求还没完呢，你们得抬我到村东的河岸上，走之前，用家乡的河水洗洗脸，梳梳头。"差役没办法，只好任她摆布。

阿妹坐进轿子，差役们抬着来到河边，让她洗了脸，以清澈的河水当镜子梳了头，只见那断了线的滴滴泪珠掉进水中。领头儿的官员不耐烦地问道："差不多了，该进京了吧？"

阿妹摇摇头，又提出第三个要求："我要站在河边，等从河上飞过一百只燕子后，再走不迟。"

差役们等啊，等啊，终于等到一百只燕子由北向南飞过了河，阿妹号哭着仰天长啸："燕子呀，燕子，天冷了，往南飞吧，阿妹再也看不到你们了！"

阿妹的泪水滴在地上，令百草枯萎了，百花打蔫儿了，有情的树木落下了片片黄叶儿，如同纷纷扬扬的纸钱儿。领头儿的官员催促道："阿妹呀，已经从河上飞过一百只燕子了，这回该走了吧？"

阿妹说："还有最后一个要求，让我攀到河东的高山顶上，再看一眼家乡的山山水水，然后就下来坐轿进京。"

官员一听，她总算只剩一个要求了，便痛快地答应了。

阿妹从小就在山上砍柴、刨药、挖野菜，身子灵巧得很，没多一会儿就登上了高高的山顶，望着四面的群峰大喊道："额娘啊，心爱的阿勤哥，你们的阿妹来啦！"凄惨的喊声未落，阿妹纵身跳下了百丈悬崖，随之气温骤降，北风呼啸，飘起了漫天的雪花儿。阿妹就这么走了，差役们搜寻了三天，连尸首也未找到。

据传讲，后来阿勤和阿妹变成了一对儿形影不离的白天鹅，每到河水解冻、春暖花开之时，就来到阿妹曾洗脸的河中游来游去。人们有感于这对儿年轻人的忠贞爱情，便给阿妹、阿勤住过的村庄起名为"阿妹村"；将阿妹跳涧的那座山叫"阿妹山"；称飞过一百只燕子的那条河为"燕过百河"，后来叫白了，叫成了"燕格柏河"。每当夕阳快要落山时，远远望去，阿妹山形似站着的一个美女，当地百姓皆言，那是可爱的阿妹之身影，她在眺望着阿勤哥的归来。

老太婆讲完了一双儿女的不幸遭遇，久未说话的嘉庆和李纪恩陷入了沉思，刚一抬头，只听忽地刮起一阵风，老太婆不见了。嘉庆感到十分诧异，心里琢磨开了："这个神秘的老额娘到底是人还是神仙呢？无人能说得清楚，人世间和阴曹地府的事情，谁也弄不明白。"想至此，摇了摇头，与李纪恩围着阿妹山转了一圈儿后，返回宿营地了。

在巴颜图库木围猎点进行了几次合围后，嘉庆率大队人马回到东入崖口的伊逊河畔，见风水宝地处的行宫已经建成了，坐落于木兰围场的塔里雅图伊逊哈巴齐围猎点。嘉庆仔细地验过行宫，认为建得不错，自然而然地想起了三星潭岸边的塞北佛石庙。当即传下旨意，将塞北佛请来，安居在行宫之内。然后在坐北朝南的山门上方，御笔题额"敕建敦仁镇远神祠"，院内前殿题"崇镇周阹"，行殿题"缵功致祷"，又额曰"上兰别墅"。待将塞北佛请到行宫一看，因前为神祠，后为更衣的"上兰别墅"，故而称行宫为"庙宫"。庙宫墙外，还有宫房数间，参天古松百余棵。从此，嘉庆每岁赴木兰围场秋狝，可以在此拈香小憩，方便多了。

嘉庆对随驾行围的蒙古各部王公贵族说："此次木兰秋狝已经结束，正逢庙宫竣工之日，令朕欣慰。今晚大家可在此暂宿一夜，朕设宴招待之，尔等以为如何呀？"

王公贵族大喜，齐声儿高呼："谢皇上，万岁！万岁！万万岁！"

御宴上，嘉庆频频举杯，与众位王公贵族共饮，喝到高潮时，即兴吟诗一首：

> 秋狝定家法，
> 遵循莫敢衍。
> 布围五更起，
> 合围朝霞绚。
> 离京到塞北，
> 何惧晚秋寒。
> 桥架行回水，
> 云开层叠山。
> 由旬程最近，
> 欢笑庙宫间。

吟罢，诸王公、贵族拍手叫好儿，齐曰："圣上的诗，可与康熙帝和乾隆帝相媲美！"

嘉庆摇摇头道："尔等此话差矣，朕顺口随来之诗怎能与圣祖、高宗相比呢？二位祖帝非同一般，在木兰秋狝时，能在马上吟出动人的诗章，不但是马上皇帝，而且是才华横溢的诗家呀！"

众人听了皇上的一番话，个个惊羡，赞不绝口。嘉庆略一思忖，又道："眼下进入深秋时节，气候变冷，塞外大地铺上了早霜。太后年事颇高，一路狩猎和观光，已是鞍马劳顿，朕以为就不在波罗河屯举行秋狝大典了。明日将举行'木兰记'碑落成典礼，尔等愿否参加呀？"

众人皆表示，能亲眼看到"木兰记"碑落成，乃奴才的福分，这么好的机会哪能错过呢？嘉庆听了，非常满意，御宴在一片欢声笑语中结束了。大家心里想的是同一句话："一路疲劳秋狝路，今宿庙宫得歇息。"

第二天，阳光灿烂，万里无云。"木兰记"碑高高竖立在庙宫西南方向的山坡儿上，嘉庆御笔题写了碑文：

> 木兰者我朝习猎地也……夫射猎为本朝家法，绥远实国家大纲……木兰秋狝，为亿万斯年世世子孙所当遵守，毋忽之常经，敬阐我皇考避暑山庄后序之深意，述予承先启后之诚衷云尔。是为记。

至此，在木兰围场中，乾隆帝立了六座诗碑，而嘉庆帝仅仅立了一座石碑，这七座碑成为木兰秋狝之佐证。

嘉庆率大队人马与各蒙古部落的王公贵族分手返京时，心里最不平静的，当数和硕庄敬公主。她与科尔沁部博尔济吉特氏索特纳木多布济郡王互道珍重，频频招手，依依惜别，寻思道："看起来，与索特纳木多布济完婚的日子已为期不远了，本公主即将为人妇了。"想到此，自是喜上眉梢。

转年春暖花开时节，科尔沁部克什克腾旗王府选了个良辰吉日，索特纳木多布济郡王与和硕庄敬公主拜了天地，结成连理，过上了美满幸福的生活。从此，大清王朝在与蒙古诸部的联姻史上，又重重地写上一笔，更加密切了与各少数民族之间的关系。

第五十七章 | 图私利　　为抢地盘起争端
红松洼　　一棵松下办庙会

　　话说嘉庆正率大队人马走在返京的路上，忽见一匹追风快骥来到近前，护围兵翻身下马，急奏道："万岁，在木兰围场边缘东北处，满、汉、蒙三方为争夺地盘儿，各不相让，打起来啦！"

　　嘉庆闻讯，大吃一惊，这还了得！忙问："他们为何事抢地盘儿？木兰围场可是皇家猎苑哪！"

　　护围兵回道："禀皇上，满、蒙、汉三方为了挣钱，都想办庙会，所以才争夺地盘儿的。"

　　嘉庆又问："出事地点在什么位置？"

　　护围兵说："在红松洼，是坝上地区。"

　　走在嘉庆身边的李纪恩一听是红松洼，便知道了具体在哪儿。红松洼北邻克什克腾旗，东邻红桩界外的将军屯，当地生长着很多红松，虽在塞罕坝上，但有一片淖尔。想到这儿，问道："皇上，要不要微臣先前往出事地点看一看？"

　　嘉庆想了想说："这样吧，大队人马去承德避暑山庄等候，朕与你带上侍卫，随护围兵前往红松洼。"

　　于是，护围兵在前引领，君臣二人紧随其后，众侍卫伴驾左右，打马向坝上地区的红松洼疾驰。只用了三个时辰，便到了红松洼附近，李纪恩冲一侍卫吩咐道："你先到前面报信儿，让他们赶紧住手，快快跪迎圣驾，违抗者斩！"

　　护围兵"嗻"地应了一声领命，紧催坐骑向前奔去，边跑边喊："住手！别打了，皇上驾到，快快跪下迎驾，违抗者斩！"他此刻觉得格外威风，能有幸为皇上带路，是自己的福分。

　　仍在交手的三方扭头一看，果然在群马中，有一匹白龙马风驰电掣而来，大伙儿吓得扑通通跪倒一大片，其中一人大声儿喊道："奴才们不知万岁驾临，有失远迎，万望恕罪！"

嘉庆高坐马背，见黑压压跪了一地，稍许放心些，说道："尔等光天化日之下，正忙于打架，哪有时间迎驾呀？竟然打得满脸血污，真长能耐了，有死的没有？谁是你们的头领？"

李纪恩见没人吱声儿，接茬儿道："说话呀，领头儿的站出来，报出身家姓名和住址！"

大家你看看我，我瞅瞅你，没一个人敢搭腔儿。这时，一个五十多岁的老头儿打破了沉寂，站起来自报家门："奴才那洪瑞，满洲人，家住红桩界外的将军屯。"

李纪恩突然一惊，进而目瞪口呆，怎么会是他呢？竟成了打架斗殴的领头人了。这个气死人的那洪瑞呀，难道三姥姥童玉英不提醒他吗？唉，若是太姥爷还健在，无论如何也不会让管家出来干这种事儿。那洪瑞呀，那洪瑞，你白活五十多岁了，真是昏了头喽！

嘉庆又道："还有谁是领头儿的？只要说出来，朕可免他一死！"

一位身穿蒙古袍的小伙子站起来自我介绍道："奴才腾格扎布，蒙古族人，家住克什克腾旗。"

紧接着，一位商人模样的壮汉站了起来，说道："奴才贾文泽，做生意的，赤峰人。"

等了一会儿，李纪恩问："有没有了？皇上有言在先，如果不站出来，还想继续领头儿闹事，就判红碴子罪。知道啥叫'红碴子罪'吗？就是剁掉脑袋！"众人低着头跪在哪儿，一声不语。

那洪瑞下意识地摸了一下后脖颈子，哎呀，还真有点儿凉飕飕的！心想："今天多亏遇上了纪恩，若不然，这脑袋没准儿就掉了。关于纪恩的身世，我那洪瑞再清楚不过了。他出生在喀喇沁旗王府大院，额娘布尼伊香被丈夫宝音扎布一脚踢死后，抛下了唯一幼小的儿子宝音巴图，布尼伊香的侍女李秀珍将孩子带到了将军屯的布尼大院。从此，李秀珍待他像亲儿子，布尼仁坤待他似亲孙子，并更名改姓，叫李纪恩了。后来进京赶考，中了头名状元，还有幸娶了乾隆帝的九公主为妻……"

往事记忆犹新，此时此地，容不得那洪瑞多想，就看皇上怎么处治自己了。这时，只见李纪恩扫视了一下跪叩在地的百姓，附在嘉庆耳边不知说了几句什么，皇上微微一笑，点了点头，李纪恩才大声儿说道："大家都听好，蒙古的站在北面，满洲的站在南面，汉人站在西面，排成队，相互之间的距离要保持二十丈远。"

话音刚落，满、蒙、汉三方各按应站的位置排好了队形，看着倒也算整齐。

李纪恩又道："满洲领头人那洪瑞，蒙古领头人腾格扎布，汉族领头人贾文泽，你们三个到临时搭起的黄幄内候旨！"说完，转身陪着嘉庆进了黄幄。

皇幄里，三个闹事的领头人跪在皇上面前，只见贾文泽吓得额头直冒冷汗，全身哆嗦成一个团儿。嘉庆看了看三人，说道："你们应知道，举国上下，各民族是一家人。既然是一家，就该亲如兄弟，咋能为了本民族的私利，逆大清戒律而动，打起群架来了，谁先讲讲？"

三个领头人听罢，面面相觑，谁也不想先开口。站在一边的李纪恩侧过头看了看皇上，然后说道："圣上问你们话呢？咋不回呀？那洪瑞，你先讲！"

那洪瑞没承想李纪恩第一个指向了自己，吓得一缩脖儿，只好先开口了："皇上容禀，奴才是正经八百的满洲人，家住木兰围场东部红桩界外的将军屯。村里的穆昆达去世后，村民们选我接替其位，那就得为大伙儿办事儿。为了在红松洼举办庙会，增加点儿收入，便同蒙古族、汉族在此争起了地盘儿。其实，这地是大清皇上的地，这天是当今天子的天，奴才们争地盘儿，显然是犯了罪啊！"

腾格扎布紧接着言道："克什克腾旗与红松洼搭边儿，蒙古人也想在此争块地举办庙会，好多挣些银子，就与满洲人和汉人争起来了。说实在的，大清自建立以来，朝廷视蒙古各部如兄弟，关系一直挺好的，不应带本族人闹事，奴才罪该万死！"

贾文泽自然也得表态了："我是做买卖的，打算与同族人一起干，共同发财。一旦庙会办成了，可以用布匹换畜产品，用盐换些皮毛，从中赚钱不是挺好的事儿嘛，所以就……奴才有罪！"

李纪恩说："你们各有各的打算，目的是一个，为了赚钱。然而竟闹得不可开交，险些出了人命，成何体统？若不是万岁亲临现场，还不知打斗到什么时候呢，太不像话了！"

嘉庆若有所思，语气沉重地说："今日是六月十三，尔等要牢牢记住这一天。朕始终记着一个'三'字，至于为什么，大家会想明白的。想办庙会，开展祭祀活动，朕支持。为了办庙会，争抢地盘儿，大打出手，这就犯忌了。通过办庙会，既可发展各族间的经济，又可融通民间风俗文化，此乃求之不得的大好事。从今天开始，以每年六月十三作为红松洼的庙会日，欢迎四面八方的商贾前来赶庙会，以促进各民族之间的团结和交流，为巩固大清江山出力，这是朕的初衷。尔等以为如何，还有什么要讲的吗？"

那洪瑞说："皇上支持办庙会，并定了日子，奴才谢恩了！刚才万岁叮嘱，要牢记一个'三'字，使奴才顿然醒悟。奴才记得，康熙爷六十九岁时，于十一月十三日驾崩于畅春园；雍正帝五十八岁时，于八月二十三日，去世于圆明园；乾隆爷八十九岁时，于正月初三晏驾。以上三帝离世时，都有一个'三'字，或许是巧合。而此次满、蒙、汉三方为本族之私利在坝上红松洼争抢地盘儿，也是六月十三日，奴才们真是罪过呀，不仅不该打斗，而应把今天作为凭吊先帝的日子才是啊！"

那洪瑞的一席话，令嘉庆十分惊愕，他咋知道这么多呢？于是笑问道："穆昆达，你读过多少书哇？"

那洪瑞答道："回皇上，奴才只念过一年私塾。"

嘉庆又问："你学的知识确实不多，所居之地远离京师，咋知道这么多事情呢？"

那洪瑞回道："皇上，实不相瞒，奴才知道的这些，都是老东家在世时对伙计们讲的。"

嘉庆再问："你的东家姓甚名谁？"

"他是将军屯的布尼仁坤老爷。"

嘉庆恍然大悟："那洪瑞，朕知道了。乾隆年间，于承德避暑山庄举办百叟会时，乾隆帝在金山亭请布尼一家四口儿喝酒赏月，你就是其中的那个车老板子。"

那洪瑞叩道："万岁好记性，正是奴才。"

嘉庆不由得高兴起来，让三个闹事的领头人快快平身，三人谢了圣恩。嘉庆挥了挥手道："走吧，再与族众见个面，朕有话要讲。"说罢，抬腿率先出了黄幄，来到众人面前，扬了扬手道："尔等久等了！今天，大家为争办庙会、抢占地盘儿来到这里，朕正好赶上了。仔细想想，天是大清王朝的天，地是大清王朝的地，尔等是大清王朝的人，有何争抢之必要呢？大清朝素有各民族精诚团结之美德，朝廷与各少数民族有着密切的亲缘关系，太祖高皇帝努尔哈赤一后、太宗文皇帝皇太极两后一妃、世祖章皇帝福临一后三妃皆出身于科尔沁蒙古部落的博尔济吉特氏。特别是皇太极之庄妃后追谥为后的孝庄文皇后，竭尽全力辅助顺治、康熙二帝，为国家统一和民族团结做出了重要贡献。大清朝几代皇帝的公主，有的下嫁喀喇沁、克什克腾，有的下嫁土默尔特，为数不算少啊！联姻为了什么？一句话，为的是增进各民族之间的团结。尔等欲在坝上红松洼办庙会，朕支持，但各族应联合起来办，再不能大打出手了。朕决定，把六月十三这一天作为庙会之日！"

众人高呼："皇上圣明，万岁！万岁！万万岁！"

从此后，每年的红松洼庙会于农历六月十三准时举行。这一天，各地的满、蒙古、汉等族民众从四面八方而来，挑挑儿的、担担儿的、骑马的、驾鹰的、牵羊的、赶车的、唱戏的、唱皮影的、拉洋片的、占卜的、相面的、拈香的、许愿的、卖绫罗绸缎的、卖熟食品的、卖皮张的、卖针头线脑的，总之干啥的都有，热闹非凡，有时多达几万人。整个红松洼变成了商贸集散地，买进卖出，以物易物，不但利于经济互换，而且开展了文化交流，收到了较好的效果，闻名于关内外。

为了办好每年六月十三的庙会，嘉庆下旨，将红松洼的那片百余棵红松移栽到木兰围场东入崖口处的庙宫前面，从而使这里的景致更加幽雅，一举两得。红松洼只留了一棵小松树，历经百多年，当地百姓叫它"一棵松"。

其实，所谓红松洼庙会，并没有庙宇寺院，为什么仍称"庙会"呢？原来不知是谁在仅剩下的一棵松树下，用石头堆积起一个巨大的金字塔状敖包，周围拉了绳子，拴上红、黄、蓝、白、绿五彩细布条儿，在微风的吹拂下，上下舞动，似在飞翔。好多民众在此燃香、焚纸、磕头、许愿、还愿，有人还供了猪头、羊头和牛头，以示祈祷者的心诚，也有些青年男女在此相识、相爱，喜结连理。直到现今，红松洼庙会仍在定期举行，那一棵松就是佐证。

嘉庆解决了红松洼满、蒙、汉三方民众为办庙会争地盘儿发生的争执后，带领大臣李纪恩和众侍卫，快马加鞭追赶木兰秋狝的大队人马去了。正是：

一棵松下办庙会，

历经坎坷到今岁。

民族团结歌一曲，

沧桑岁月引回味。

第五十八章 | 观塞湖　忽闻母病急如焚
叹忠魂　回归故里侍主人

　　嘉庆一行抵达承德避暑山庄时，天色已晚，皇太后和大队人马早就到了，并搭好了帐篷和黄幄，知道皇上需在此驻跸几日，然后再返京。用罢晚膳，嘉庆去行幄拜望了母后，早早歇息了。

　　转天清晨，李纪恩与往常一样，去塞湖区散步。所谓的塞湖，是山庄内的上湖、下湖、澄湖、银湖、镜湖、如意湖等六湖的总称。远处山峦叠翠，周围被松树、杉树、柳树、钻天杨、白桦树环绕，清澈的湖水倒映着蓝天白云，在清风的徐徐吹拂下，波光粼粼，闪闪烁烁，真乃迷人的湖光山色啊！李纪恩站在湖边，凝望着水面，置身于僻静幽美的环境中，自感心绪也平静如水。不知什么时候刮起了瑟瑟秋风，湖面上泛起阵阵涟漪，垂柳的黄叶纷纷飘落下来，顿觉有些寒意，下意识地紧了紧衣服。

　　这时，一侍卫朝李纪恩匆匆而来，走到跟前说道："李大人，京师差人报信儿，说是大人的母亲病重。"

　　李纪恩不由得打了个冷战："什么？额娘病重？前些日子还好好儿的，怎么突然……"容不得多想，转身离开湖边，向烟波致爽殿跑去。到了寝殿前，又把脚收住了，小太监告诉他，皇上还没起床，正在睡觉。

　　前书讲过，李纪恩的妻子——静蓉公主乃嘉庆的妹妹，尽管是皇亲，也不敢在此刻惊扰圣上，便于寝殿之外等候，内心十分焦急。如果皇上想在避暑山庄多驻跸几日，那就只能请求恩准，提前赶回京师，探望情深似海的母亲李秀珍了。

　　嘉庆终于起床了，已是日升三竿，小太监禀报，说是大学士李纪恩求见。得到恩准后，李纪恩进得门来，未待开口，嘉庆问道："怎么了，何事闷闷不乐？"

　　李纪恩答曰："回皇上的话，京师差人前来报信儿，微臣的额娘病重。"

　　嘉庆说："噢？老人家病了，肯定是朕的九妹静蓉公主托人报的信儿。

探望病母要紧，你该速返京师，需要朕做些什么？"

李纪恩感动得眼圈儿微红，叩道："谢皇上！能够准允卑职提前返京，已经知恩了！"

嘉庆叮嘱道："纪恩哪，带上两个贴身侍卫尽快赶路，不能耽搁了。朕有些朝政之事需在此处理，还得多待几日，你放心走吧！"

李纪恩再次致谢道："谢主隆恩！"然后起身退出。

用罢早膳，李纪恩带着一高一矮两个侍卫出了德汇门，翻身上马。三匹坐骑驰过西大街，向着京师奋蹄疾驰，扬起一路烟尘。当天下晌，在一个行宫暂停，用了午膳，给马喂了草料，继续前行。一天一夜后，经过燕子峪村边时，突然马失前蹄，李纪恩刹那间重重地摔了下来，顿觉天旋地转。吓得两个侍卫忙从马上跳下，上前搀扶，齐声儿问道："李大人，摔哪儿了，感觉怎么样？"

李纪恩抬眼看了看四周，喃喃自语道："疾行中落马，不吉之兆也！"

高个子侍卫劝慰道："李大人，不必多疑，是这段儿路难行，马无能。哎呀，大人的左臂摔破了，流血了！"

李纪恩起身拍拍衣服上的土说："没什么，木兰秋狝中，擦破皮肉是常有的事儿，还是继续赶路吧！"说着，刚一抬腿，右脚却不敢着地，疼得很。矮个子侍卫前后瞅了瞅，急得不知如何是好，一拍大腿道："唉，我要是郎中就妥了！"

话音刚落，前边来了个满头白发、银须飘洒的老头儿，快步走到跟前说："老朽眼瞅着这位大人不慎落马了，怎么胳膊流血了，脚也不能走了？"

高个儿侍卫问道："老人家，附近有医病的郎中吗？"

老头儿笑道："要说郎中，远在天边，近在眼前，我就是多年的老郎中。"说着放下采药的竹筐儿，看了看李纪恩流血的手臂和左脚，胸有成竹地说："手臂倒不碍事，未伤筋骨，敷上药过几天就会好，实乃万幸。左脚的面骨有一处脱臼了，必须得及时复位，否则会肿胀。这样吧，三位请跟我走，到燕子峪村的家中，把这伤处置一下如何？"

李纪恩抱拳致谢道："多谢老人家，请问贵姓啊？"

老郎中回道："免贵姓马，名俊荣。"

李纪恩又问："老人家，今年高寿啊？"

马俊荣捋着银须自豪地说："年纪不算大，一百零八岁。"

李纪恩惊奇万分，不禁赞叹道："嗨，老人家福气呀，多好的身子骨儿啊！"

两个侍卫将李纪恩扶上马，马俊荣在前，三人紧随其后，走了半个时辰，便到了燕子峪村的马家。一进院儿，见全家人丁兴旺，已是五世同堂。家人对三位客人非常热情，让进屋中，端来香茶，马俊荣才发话："你们先退下吧，这位大人胳膊摔伤了，我得给他包扎一下。"家人听后，纷纷退下。

马俊荣为伤处消了毒，再敷上药，用纱布包扎好，从药箱中取出几粒药给李纪恩服下。然后让他坐在炕上，用双手的大拇指来回摩挲其左脚面，忽然一用力，只听"咔吧"一声，骨头复位了，当即就能下地走路了。李纪恩惊叹道："老人家，真乃神医也！"

马俊荣笑道："哪里，哪里，大人夸奖了。请问三位从何而来。又到何处去，为啥走得这般急呀？"

矮个儿侍卫说："这是李大人，在朝中做事。只因家母病重，急于从承德避暑山庄返回京师，路上催马扬鞭，才不慎摔下的。"

马俊荣一听，原来李大人是当朝官员，忙跪在地上叩道："老朽白白活了百多岁，有眼不识泰山哪，李大人就是大学士李纪恩吧？"

李纪恩弯下身来将马俊荣扶起，说道："郎中啊，千万别这样，是我给您老添麻烦了。真是好眼力呀，怎么知道我名姓的？

马俊荣回道："李大人曾出版《木兰秋狝赋》，其中有一首《身世》，诗中写道：'身世无可选，贫富在于天。吾耳有一痣，何知苦与甜？'李大人左耳边不正有一颗黄豆粒儿大的黑痣吗？故而被老朽猜着啦！"

听了老郎中的话，两个侍卫不禁笑了起来，皆夸老先生是个眼不花、耳不聋的细心人。马俊荣又道："李大人请看，北墙上这幅画像是我的孙子马常富，曾在木兰围场当护围兵。唉，说来不幸，在一次追捕偷猎者时，不幸摔下了陡峭的山崖，连尸首都未找到。"

李纪恩仔细端详着那幅画像，看着看着，心中猛然一惊，马常富好面熟啊！那年李秀珍额娘带着我去寻找将军屯布尼家时，在木兰围场东入崖口处曾见过此人，就是他捡到了那张由京师去孩子坟的线路图。此图本是乾隆帝当政时，宫中的老太监张德贤随身带着的，张德贤万没想到落入了古北口附近的贼窝鹰嘴岭石洞……对了，当年幼小的宝音巴图被毒蛇咬伤了，是眼前这位马俊荣老郎中救了我一命啊，是位多好的老人呀！可是他的孙子马常富为了荣华富贵或能提个一官半职，竟带着那张线路图跑到京师，向乾隆皇上启奏了。结果怎样？老太监张德贤被装在麻袋里，投进了滚滚的河水中，马常富也没落个好下场，摔死在山崖下，此乃善有善报、恶有恶报哇……

李纪恩正琢磨呢，马俊荣已吩咐家人备好了酒菜，请三位客人用过膳再走。李纪恩推却道："不了，家母病重，还是抓紧时间赶路要紧。"

马俊荣挽留道："李大人，不差这一会儿。常言道，人是铁，饭是钢，一顿不吃饿得慌，不饱腹怎么能行路呢？"

李纪恩说："老人家，谢谢您，我们真的不饿。"

马俊荣不好再勉强，便道："李大人是个孝子，好啊，好！家中还有点儿白面饼，给你们三位带上，这总可以了吧？"说着，让家人赶紧把白面饼端来，用纸包好，硬塞到李纪恩手里："必须带上，路上可解饿，不成敬意。"

李纪恩把白面饼交给矮个儿侍卫，然后掏出十两纹银，让老郎中一定收下。马俊荣无论如何不肯留，说什么救死扶伤是郎中的本分。李纪恩坚持道："老人家，留下这十两银子不为别的，就是想先付个酒钱。待探望母病归来，肯定还到燕子峪村，咱们好喝酒畅谈哪！"

马俊荣也不示弱："喝酒好办呀，家中有的是，还留酒钱干什么？"

李纪恩说："我刚才已经讲了，为的是再见面，此乃表示我的决心哪，非得同您老人家喝顿酒不可！"

马俊荣哈哈大笑道："好好好，老朽从命了，收下！"

三匹坐骑出了燕子峪村，疾速向南驰去，李纪恩的心里仍然沉甸甸的。经过古北口的鹰嘴岭时，他往当年的石洞方向看了看，又一次想起了与李秀珍额娘的不幸遭遇。五天之后，抵达京师，急匆匆地赶到自家府上，一进屋，见额娘躺在床上，眼睛微微闭着，似乎在昏睡，妻子静蓉及儿子李宝守在身边。侍女、家丁人等听说大人回来了，皆长出了一口气，一块石头总算落了地。李纪恩让两位随来的侍卫去里间好生歇息，然后走到床边，俯身轻声儿唤道："额娘，醒醒啊，听见纪恩说话了吗？"李秀珍没有反应。

李宝已经长大并懂事了，急得附在奶奶耳边小声儿说道："奶奶，奶奶，我阿玛回来了，孙儿说的是真的，快看呀！"

静蓉公主这些天显然瘦多了，脸色也不太好，用一块丝手帕擦了擦李秀珍额头上的冷汗，嘴里念叨着："额娘啊，你不是天天盼、夜夜想纪恩嘛，他回来了，就在身边呢！纪恩也惦念您老呀，等病好了，让他带咱一块儿回将军屯，好不好？额娘，能睁开眼睛看看我们吗，您不心疼小宝了？还得跟孙子出去玩儿呢……"

李秀珍的头动了一下，渐渐从昏睡中醒来，慢慢睁开了双眼，见眼前有几个人影儿在晃动。过了一会儿，人影儿变得清晰了，噢，果然回来了，是纪恩！伸出哆哆嗦嗦的手想摸摸儿子的脸，却抬不起来。李纪恩忙握住母亲那瘦骨嶙峋的手，眼泪汪汪地说："额娘，儿子不孝，这些天没有陪在您身边，不会因此怪怨纪恩吧？哪里难受说出来，咱叫郎中诊治，会好的，一定要挺住啊！"

只见李秀珍双目涌出喜悦的泪花儿，显得特别激动，微微动了动嘴唇，有气无力地说："纪恩哪……额娘想你呀，可……回来了，总算……见到儿了……"声音很小，勉强能听清。

李纪恩说："额娘啊，儿也牵肠挂肚地想您呀，孙儿小宝尽管长大成人了，也离不开奶奶呀……"话未说完，只见老人家又闭上眼睛昏过去了，气若游丝。

李纪恩把妻子拉向一边，问道："静蓉，额娘的病，郎中看过后怎么说，还有救吗？"

静蓉回道："几位郎中的诊断一致，皆言额娘患的是肝胆之症，怕是……唉，让咱们准备后事呢！"

李纪恩难过极了，扑通一声跪在病榻前，眼泪再也止不住了，唤道："额娘，您醒醒，醒醒啊，纪恩知道，您还有好多话没对儿说呢！您不能走，纪恩不让您走……"

这时，李秀珍又一次艰难地睁开双眼，盯着李纪恩，张了张嘴，似乎想要说什么，李纪恩忙把耳朵贴在老人的唇边道："额娘，您说吧，儿子听着呢！"

李秀珍断断续续地说："记住……额娘走后，不要……难过，只有一个……要求，把我……葬在布尼伊香……的身旁，我……仍然是……主人的……侍女……"话未说完便咽气了。

李秀珍走了，惊动了朝中很多人，大家有感于她从当侍女到去世，心里一直想着李纪恩的亲娘——布尼伊香。灵堂设在李府的前院儿，前来燃香、焚纸、吊唁的男男女女络绎不绝，别说李纪恩夫妇忙得不可开交，就是那些家丁也都脚打后脑勺儿。你想呀，大学士家中办丧事，哪有不到之理？尤其是那些想升官发财的小吏，认为这是个极好的机会，得趁机表现一下，以便提个一官半职，更何况李纪恩是当今皇上的妹夫呢！

七天之后，嘉庆由承德避暑山庄回到京师，听说李纪恩的额娘已经病逝了，甚为关切，便召李纪恩前来觐见。

李纪恩进得大堂，叩见皇上："圣上回京，微臣因府中有事，未能迎驾，万望恕罪！"

嘉庆抬抬手道："爱卿，快快请起。朕听说了，你的额娘走了，要节哀才是呀！"

"谢皇上关心！"

嘉庆问道："老人家生前对身后事有什么交代吗？"

李纪恩答曰："回皇上，额娘临终前曾提出，走后将她葬在塞北木兰围场东北隅的公主陵前。"

嘉庆又问："你所说的公主，就是父皇的干女儿布尼伊香吧？她阿玛叫布尼阿森，是乾隆朝的一员名将，后来在一场洪水中丧生了。"

李纪恩点头道："皇上所言极是。"

嘉庆说："据讲，布尼伊香下嫁蒙古喀喇沁旗王爷府的宝音扎布后，因同丈夫吵嘴，竟被对方一窝心脚踢死了。"

"的确如此，圣上如何知道得这么详细？"

"世间的所有私密，总有一天皆会明了的，哪有不透风的墙呢？李爱卿原名宝音巴图，乃布尼伊香之子，李秀珍并非你的亲生母，而是布尼伊香的随嫁侍女。布尼伊香死后，李秀珍在一个风雨之夜，离开了王爷府。爱卿是个重情义、有才干、讲孝心之人，考取了头名状元，与朕的九妹静蓉公主成亲后，将李秀珍接到京师，作为亲生母亲侍奉，这是你的大德呀！老人家已经仙逝，你更要尽孝，满足她的遗愿，去办理后事吧！"

李纪恩叩道："谢万岁隆恩！皇上，静蓉公主要不要送老人家一程呢？"

嘉庆说："此乃家事，朕怎能管那么多？自定吧。好了，朕要歇息了，回京的路上好累呀！"

李纪恩告辞后退出大堂，匆匆回到府上，与妻子商量起灵远行的有关事宜。

第二天，先有两个报丧人各骑一匹快马，向塞北木兰围场东界外的将军屯驰去。随后，将李秀珍的棺椁抬到三套马的灵车上，缓缓离开京师。

李纪恩骑马走在灵车后面，两边有侍卫保护，静蓉公主乘一抬小轿相伴而行。李宝今年二十岁，个头儿不矮，身量很魁梧，也骑一匹马跟在父母的身边。

大学士的额娘病逝，当今天子的妹妹静蓉公主亲自护送婆母灵车，自然惊动了沿途各行宫的官员。公主就是千岁呀，千岁驾临，哪个官吏敢有丝毫怠慢？从京师至木兰围场东界外的将军屯，自康熙十六年至乾隆二十七年，先后设三十多处行宫，有康熙十六年，于承德西南三十五里滦平镇建的喀喇河屯行宫；康熙四十年，于滦平巴克什营建的巴克什营行宫；康熙四十一年，于古北口以北十里处两间房村建的两间房行宫、于化育沟村建的化育沟行宫、于隆化唐三营以南三十里建的唐三营行宫、于长山峪鞍子岭村建的鞍子岭行宫；康熙四十二年，于隆化皇姑屯建的波罗河屯行宫、于张三营镇波罗河屯北六十二里处建的张三营行宫、于滦平小营乡小营村建的蓝旗营行宫；康熙四十三年，于滦平王家营距常山峪东北四十里处建的王家营行宫；康熙四十五年，于承德境汤泉处建的汤泉行宫；康熙四十九年，于承德三沟镇二沟村建的二沟行宫；康熙五十一年，于隆化中关镇黄土坎东北七十里建的中关行宫；康熙五十六年，于承德北十七里的承德县双峰寺镇三道河村建的钓鱼台行宫；康熙五十九年，于隆化中关北三十七里的什巴尔台乡建的什巴尔台行宫；乾隆二十四年，于隆化牛录乡济尔哈朗图以南四十三里处建的济尔哈朗图行宫；乾隆二十七年，于隆化步古沟乡阿穆呼朗图以北四十三里处建的阿穆呼朗图行宫。除此之外，还有汤山、三家店、怀柔、南石槽、髻髻山、密云、河槽、罗家桥、蔺立沟、羊山、白龙潭、石匣城、遥亭、南天门、古北口、常山峪、桦树沟、承德、黄土坎等。据《清圣祖实录》所载，康熙三十年，古北口总兵蔡元上疏："古北口一带边墙倾塌甚多，请行修筑。"康熙批复："守国之道，唯在修德安民。民心悦，则邦本德，而边境自固，所谓众志成城也。"他认为长城是死的，人是活的，要想巩固大清江山，只有争得民心，怀柔抚远，政权方能巩固，边境自然也就安定了。难怪康熙帝曾面对长城发出慨叹："隐隐山头皆左戍，中原民力尽边城。"

灵车每到一处行宫，官员们都主动焚香、烧纸，以示吊唁，只有经过承德时没有停下，因为承德行宫就是皇上消暑的避暑山庄啊！灵车若停在这里，就是对万岁的不忠不孝，李纪恩和静蓉公主都懂得这个道理。在经过其他行宫时，李纪恩并不希望行宫的官员燃香、焚纸、扬撒纸钱儿，一来影响各行宫的正常政务，二来不愿以官势压人。可静蓉公主不这么想，她说："本公主也算个千岁，家中办丧事，沿途哪有不迎送之理？"

李纪恩不以为然："如果每经过一处行宫皆停留，如此下去，何时能到达木兰围场东界外的将军屯哪？我看还是对沿途吊唁的官员和小吏谢绝了吧，灵车前行的速度或许能快一些。"

静蓉摇摇头道："本公主一言既出，驷马难追，各行宫的迎送是应该的，不能拒绝。"

儿子李宝默然不语，心中暗想："官场上的事儿谁能说得清？奶奶是侍女出身，却成了阿玛的额娘，且恩重如山。阿玛是朝中的重臣、皇上的宠臣，娶了天子的妹妹，各地官吏都借办丧事之机，争抢着为皇家献殷勤，与高官套近乎，难道是世道使然吗？"

灵车经过十多天的行程，站站停停，直至塞北木兰围场最北部下了晨霜才到达将军屯，于村口儿处就地设下灵堂，庄严肃穆。李宝问阿玛："为什么不将奶奶的灵堂设在布尼大院呢？"

李纪恩告知："孩子，你要记住，外来的灵车不能停在住户家门前，那会很不吉利的。"

将军屯的男女老少闻听当年住在布尼大院的李秀珍故去了，灵柩已运来了，纷纷走出家门，聚集在村口儿。老年人全跪在灵堂前磕头，边磕边说："李秀珍哪，你是天底下最好的人了，咋匆匆忙忙走了呢？应该多享享福啊！"

年轻人不知道李秀珍是谁，支着耳朵听着长辈们的议论：

"老布尼活着的时候曾说过，李秀珍是布尼伊香的随嫁侍女呢！"

"李纪恩原本不姓李，因为他的救命恩人是李秀珍，所以就姓李了。"

"咱们村之所以叫'将军屯'，与布尼家有关系。乾隆年间的勇将布尼阿森是老布尼的大儿子，为国献身后，葬在村北了，就是那座将军墓，此乃全村的光荣啊！从那以后，咱村就改叫'将军屯'了。"

一年轻后生问道："咱村原来叫啥名儿呀？"

"不知道吧？原先叫'狗庄'。"

"哎哟，真难听！李秀珍来布尼仁坤家住，一不沾亲二不带故的，怎么论哪？"

"谁说不沾亲？那布尼仁坤是李秀珍的亲姑父，她姑叫李淑芬，只不过夫世得早。怎么不带故？布尼阿森大将军是老布尼的大儿子，布尼伊香是布尼阿森的亲闺女，大学士李纪恩是布尼伊香的亲儿子，这不是地地道道的沾亲带故嘛！"年轻后生挠挠脑袋，总算听明白了。

李秀珍的灵堂设了只半天时间，乡亲们不仅说起她的身世，也追忆了李纪恩在其精心抚养下的成长历程，无不对这位逝去的老人肃然起敬。

此前，那洪瑞已接到京师前来报丧的口信儿了，这两天一直忙着带领一些人去村北布尼家坟茔地选择李秀珍的墓址，家中只有妻子童玉英前前后后照应着，还有一对儿女也跟着招呼着。如今童玉英快六十岁了，屯邻们知道她的不幸，都主动前来帮忙，有劈柴烧水的，有淘米做饭的，有为京师来人的马匹添草拌料的，也有在灵棚处帮着接待前来吊唁的乡亲们的。

静蓉公主虽然乘轿而来，但十多天的鞍马劳顿也真够她呛，早早去东屋歇息了。李宝虽然年轻气盛，可是出这么远的门，千里迢迢翻山越岭的，还是有生以来第一次，觉得浑身的骨头节儿都散了。最累、最费心的当属李纪恩，不仅不能去歇息，还得在灵棚前燃香焚纸，为额娘守灵。李宝十分懂事，尽管很疲乏，仍陪在阿玛身边，一块儿守灵。

天快黑时，那洪瑞从墓地回来了，走到村口儿一眼看见李秀珍的灵柩，也顾不得同李纪恩打招呼了，立马双膝跪地号啕起来："老妹子，你咋这么命苦哇，该享福的时候却走了，还没来得及回家看看呢！你是个大善人哪，一辈子净做好事儿了，就是到了阴间，也受不了罪了……"别看他东一句西一句地叨咕着，大声儿哭着，显得非常悲痛，却没有眼泪。

李纪恩看着那洪瑞的一举一动，暗想道："那洪瑞哪儿像当年的管家呀，这么大岁数了，咋变得假模假式了？"心里再不高兴，面子总得过得去，不得不走到跟前劝道："那管家，差不多就行了，请节哀吧，别哭坏了身子。"

那洪瑞不但不听劝，而且哭得更伤心了，呜呜咽咽的，声音刺耳。这时，童玉英急匆匆地来了，把丈夫叫走了，说是让他回家安排一下伙食。李纪恩望着二人的背影儿，说不出是一种什么滋味。半个时辰后，那洪瑞又返回来了，执意要为李秀珍守灵，以表心中的敬意，让李纪恩带着李宝回家歇歇。

李纪恩一家三口儿以及几个侍卫与家人一块儿用罢晚膳，又与童玉英合计了一番，决定三日后辞灵，安葬李秀珍老人。

第五十九章　苦金花　偶遇李宝两相悦
　　　　　　避世俗　掩人耳目认干亲

　　话接前书，第二天一早，那洪瑞领着李纪恩去看昨天所选的墓址，如果满意，就可以定了。李纪恩到那儿前后左右瞅了瞅，连连摇头："不成，不成，这不是我额娘想住的地方。"

　　那洪瑞本来以为所选的墓址经李纪恩一看，肯定认可，没承想却一百个不同意，只好另选地方。李纪恩对公主陵所处的位置闭着眼都能找到，因为已经去过好几次了，便径直向那个方向走去，那洪瑞则在后面跟着。到了地儿，李纪恩边看边思谋，少顷，抬手一指布尼伊香墓地的下方说："李秀珍额娘的墓址就在那儿了，一来满足了老母仍想侍奉主人之遗愿，二来距布尼家的坟茔地较近，应该说是最佳的选择了。那管家，你看，离此不远的左前方是布尼伊香的阿玛——布尼阿森的将军墓，与富察氏合葬在一起，右边是布尼伊香额娘的祖父布尼仁坤之墓地……"

　　那洪瑞急不可耐地插言道："太好了！布尼伊香虽与布尼家不在同一处坟地，但离得近，能够经常与家人见面。李秀珍老人也如此，尽管是异姓人，却是布尼家的实在亲戚。安葬之后，既能继续照料主人布尼伊香，又能常去看望姑父一家，两全其美！"

　　李纪恩若有所思地说："李秀珍虽不是我的生母，但胜似亲额娘。为了抚养我，照顾我，终生未嫁，感人至深哪！因此，我要为老人家修造一座贞节牌坊，以示敬意！"那洪瑞一个劲儿地点头表示赞同。

　　墓址定下了，李纪恩让那洪瑞马上去请石匠、木匠，要求五天之内建好贞节牌坊，不怕多用银子，所有花费由李纪恩夫妇承担。

　　那洪瑞离开后，辽阔的旷野平静下来，寂静无声。李纪恩跪拜在布尼伊香墓前，任泪水唰唰地流淌，望着坟头儿枯萎发黄的野草，想起李秀珍讲过的布尼伊香之惨死，回忆起当年乾隆皇上那难以服人的断案，压抑在心底几十年的怒火突然燃烧起来，不可遏制。常言道，男儿有泪不轻弹，满肚子的话向谁说？只能讲给熟睡的额娘，只能冲苍天大地倾诉。额娘啊，你死得真冤哪，作为一代明君的乾隆皇帝为什么不给你做主，却判宝音扎布无罪？难道为了增强与少数民族之间的团结，在人命关天面前，就可以不考虑死者的冤情而祖护生者吗？太不公平！这些话，孩儿从未对任何人讲过，包括妻子静蓉，因她是千岁，是公主，是乾隆的女儿啊！当然也不能对嘉庆说，因他是乾隆的儿子，是当今的皇上，是静蓉的哥哥呀！额娘啊，十多年来，无人为你添土、扫墓，荒草覆盖在您的身上，儿子供职在千里之外的京师，身不由己，儿子不孝啊，不能常来看您哪……李纪恩越想越难受，越气愤，竟扑倒在坟头儿号啕不止！

过了一会儿，李纪恩努力使自己平静下来，起身来到布尼家的坟茔地，看了看外祖父、外祖母的合葬墓，又瞅瞅上方的太姥爷布尼仁坤之墓，发现也是好久没人祭扫了，说明焚香、烧纸，悼念死者早就中断了，心想："那洪瑞呀，为啥不给老人上坟、添土呢？三姥姥怎么也不来祭扫墓地呢，难道你不是布尼家的人了吗？太姥爷活着的时候，对你们多好啊，多信任哪！临终前，把辛苦一辈子置办的家产拱手相送，希望你们在一个屋檐下，将布尼大院的日子继续过下去。可你俩怎么做的？连上坟添土、焚香烧纸、摆点儿供品都忘了，能对得起故去的老人家吗？良心何在！"想至此，扑通一声跪在地上，向长眠的外祖父、外祖母和太姥爷分别磕了头，这才起身回到布尼大院。

出殡那天，将军屯的男女老少几乎全来了，聚集在布尼大院，准备送李秀珍老人上路。灵车启动了，送葬的亲朋和乡邻排成一队，慢步前行，纸人儿、纸马儿、纸元宝徐徐跟进，一路大把大把地抛撒着纸钱儿，倒也隆重。

灵车在村北五里多的公主陵下方停住了，墓穴已经挖好，灵柩用绳子系上，十几个人抬着慢慢向墓穴底部移动。大家站在墓穴的边沿暗暗祈祷着，没有一点儿声音，仿佛空气也凝固了。棺椁平放入墓穴后，开始一锹锹地往里添土，有人抹着眼泪，有人低声儿哽咽，李纪恩悲痛欲绝，难以自制。这时，人群里一个闺女大声儿哭了起来，吸引了众多同情的目光。

闺女是谁呢？她叫那金花，说来话长。童玉英与那洪瑞成亲后，一直盼着能有个孩子，可很长时间未能生育。后来听说十里外的屯子有个女婴出生不到一个月，因发大水，正在地里干活儿的阿玛被水冲走了。在家坐月子的额娘哭得死去活来，昏天黑地，感到生活无望，便找出一根绳子拴到房梁上自缢了，抛下了嗷嗷待哺的婴儿，十分可怜。童玉英听说后，打发那洪瑞赶车去了那个屯子，把女婴抱到自己家抚养，起名那金花。夫妻二人高兴极了，视金花如掌上明珠，伺候得可精心了。

金花长到七岁时，没想到童玉英竟开怀儿了，产下一个男婴，取名那连福。这可是阿布卡恩都力赐的贵子呀，从此夫妇俩对金花不比从前了，完全变了。有好吃的，先可着连福吃；有好穿的，先可着连福穿，任何活计不让连福干，全让金花干。金花穿的是旧衣服，吃的是米糠饭，干的是庄稼活儿。特别是那洪瑞，自从得了宝贝儿子，把抱养来的闺女看成负担了，稍不如意，非打即骂。屯邻看不下眼，好心劝他多积点儿德，别犯了天怒。那洪瑞两眼一瞪道："我们老那家过自己的日子，用你操哪份儿心？真是狗咬耗子多管闲事儿！"

也有人说："老那呀，当年金花还没出满月呢，你就抱来了，跟亲生的一样。打小看大，那是个好孩子，长大肯定会孝敬你们老两口儿的，缘何不像以前那样待她？"

那洪瑞仍听不进去："说得好听，金花虽然也姓那，但不是我那洪瑞的种。狗肉贴不到人身上，将来能跟我一个心眼儿吗，岂不白养了？"

那洪瑞的确变了，再不像布尼仁坤在世时的那个那管家了，村民们都为金花捏了一把汗。

话说回来，墓地上，静蓉公主一声不响地站在一边，尽量克制自己不哭，时不时地偷眼观察着那金花的一举一动。心想："这闺女长得挺俊，心地善良，面对一个不相不识的老人去世，竟哭得如此厉害，可见是个有情有义的孩子。"

此时，李宝也不错眼珠儿地盯着金花，本来奶奶走了心里就挺难受的，再听到那凄凄切切的哭声，眼圈儿一直红着。静蓉公主走到儿子跟前，小声儿嘱咐道："别走神儿，照顾好你阿玛，劝着点儿。"

李宝答应道："额娘，孩儿知道了。"

各位阿哥不禁要问，给老人送葬，静蓉为啥不哭一声呢？她有自己的想法："李秀珍虽然是我的婆母，但在大庭广众面前，其身份仍然是侍女。一生未嫁，到死都得侍奉故去的主人，不是侍女是什么？本公主乃乾隆的女儿，嘉庆的胞妹，千岁能够亲自将她送到墓地，已经尽到家礼了。"

安葬了李秀珍，又立起了贞节牌坊，李纪恩的心情稍稍平静点儿。常言道，受人滴水之恩，当涌泉相报。他仍觉得对额娘所给予的恩情，这辈子永远说不完、表不尽，亏欠老人家太多太多……

从墓地回来的第二天，静蓉公主病了，浑身烧得滚烫，只能在布尼大院静养，请郎中诊治，不能如期返回京师了。李纪恩心急如焚，那洪瑞夫妇一再劝慰他不用担心，可能是凉风吹着了，吃了药发发汗，过几天会好的。童玉英换着样儿做各种鲜美的菜肴，让静蓉尽量多吃点儿，以增强体力，病也能好得快些。金花和李宝照护在身边，端水喂药，揉肩捶背，侍候得十分周到。李纪恩抽空儿去了布尼家的坟茔地和公主陵，除草、添土，刷洗了墓碑，认真修整一番。又到孩子坟前添了几锹新土，使睡在那里的布尼林丹风吹不着，雨淋不着，也算尽到心了。

第五天头儿上，静蓉公主的烧退了，也有食欲了，觉着轻松不少。李纪恩如释重负，那洪瑞两口子也长出了一口气，寻思这要有个好歹，可就麻烦了。

在伺候静蓉的几天里，李宝发现金花不但聪明伶俐、勤劳肯干，而且特别细心，一会儿用凉毛巾给母亲敷敷额头，一会儿烧热水给擦擦身子，像亲生女儿一样，从不厌烦，照顾得无微不至。嘴还特别甜，因小自己两岁，一口一个李宝哥哥地叫着。长相也不错，肤色白皙，一双水灵灵的大眼睛配上柳叶眉，更显面目清秀可人，脸上总是挂着笑意，不由得暗暗喜欢上了那金花。

这一切，静蓉公主看在眼里，急在心里。可惜呀，金花是个乡下姑娘，地位低下，与李宝的身份有着天壤之别，再相中也不成啊，便悄悄儿向丈夫说了。李纪恩听后很是生气，骂道："这个混账小子，来乡下才几天哪，竟然生出这么不着边际的想法，圆完坟后赶紧回京师！"静蓉公主也挺犯愁，张了张嘴，没再吱声儿。

这天，李纪恩给李秀珍额娘圆了坟，在公主陵前跪地磕了头，又到布尼家的坟茔地焚香祭拜。当天晚上，由李纪恩夫妻俩做东，宴请将军屯的乡亲们，对大家在操办李秀珍额娘的丧事中所帮的忙表示深深的谢意。

宴毕，众人散去，拾掇停当，李纪恩来到东屋，对那洪瑞夫妇说："三姥姥，那管家，本来李秀珍额娘的入葬已经让你们费心了。偏赶上静蓉又添乱，在炕上躺了好几天，谢谢三姥姥的多日操劳，谢谢那管家的热心帮忙。"

童玉英言道："纪恩哪，这算什么呀，一家人不说两家话，应该的！怎么，做了朝中大官，反倒客气起来了？"

那洪瑞接过了话茬儿："是啊，是啊，想当年在红松洼争地盘儿，满洲人是我带的头儿。若不是纪恩在场，皇上是你的实在亲戚，说不定脑袋早搬家了呢，应该感谢你才是呀！"

李纪恩话锋一转："当年的那管家，现今已继承了布尼仁坤老人的家业，对于布尼家的恩情，你回报得如何呀？"

童玉英一愣，偷眼瞅了瞅丈夫，那洪瑞大言不惭地说："自打乡亲们选我当了穆昆达，该办的事儿就更多了，不过再忙，咱布尼家的方方面面也得尽量安排得妥帖些，不能对不起老爷的信任。"

李纪恩终于忍不住怒气了，厉声儿质问道："那管家，我问你，每当逢年过节，是否到布尼家的坟茔地为故去的人焚香、烧纸、上供、添土了？所有的墓碑经风吹雨淋，上面的文字已看不清了，你是否定期擦拭以表感恩之孝心了？"

童玉英刚想替丈夫辩解，被李纪恩几句话拦住了："三姥姥，你作为布尼仁坤的三儿媳，难道不该烧烧纸钱儿、添添土、拔拔坟头儿的荒草吗？人活在世上，最重要的一点，就是应把良心放正，唯如此，大家才能尊重你。"

夫妻二人在事实面前，羞惭得面红耳赤，无地自容，一句话也说不出来。李纪恩接着又道："明天一早，我们将启程返回京师，希望你俩善待金花，多做好事。"

那洪瑞硬撑着："金花……我们没偏对她呀，缘何出此言？"

李纪恩哼了一声道："我来将军屯的几天里，你们虐待那金花之事已灌满了两耳，还用我说吗？你心里明镜似的。金花是个苦命的孩子，被你们抱养之后，当初还算疼爱。可自从生了连福，对金花说打就打，说骂就骂，不让吃饱饭，不给穿新衣，苦活儿、重活儿、累活儿全由她一个人干。你们丧了人性，没了良心，乡亲们有目共睹，难道不是事实吗？"

那洪瑞没话说了，双眼瞅着地面不敢抬头，额头上沁出了细密的汗珠儿。童玉英只是扯着衣角儿，脸颊一会儿红一会儿白的，局促不安地坐在椅子上，不知如何是好。

一直站在窗外的那金花听到了屋内的对话，鼻子一酸，眼泪像断了线的珠子噼里啪啦往下掉。抬头仰望夜空，只有星星在闪烁，孤寂无助，心里发出声声叩问："苍天哪，李纪恩一家要走了，金花挨打受骂的日子何时了？几天来，唯李宝哥哥愿听我倾诉，给予了温暖，理解我，同情我，疼爱我。多想离开这个让我伤心的家呀，换个去处或许会好些，难道天下就没有金花的立足之地吗？听说京师很繁华，很热闹，我能跟随李宝哥哥进京吗？老天为什么不给金花那份儿福气呀！"

此时此刻，住在正房的李宝正向静蓉苦苦哀求："额娘啊，孩儿喜欢那金花，从来没为女儿家这么动心过。她不仅通情达理，善良贤惠，模样俊俏，还孝敬长辈，吃苦耐劳，是个难寻的好姑娘。额娘，您就答应我俩相爱吧，行吗？"

静蓉公主语气坚决地说："绝对不行！也不想想你是什么身份，怎么能娶个乡下姑娘为妻呢？还不得被人笑掉大牙呀，我和你阿玛的脸往哪儿放？额娘一定得选个门当户对的儿媳，夫唱妇随，光宗耀祖。"李宝听了这番话，无可奈何地摇了摇头。

夜深人静之时，人们进入了梦乡，金花却无法入睡，任眼泪浸湿了枕巾，哀叹自己的命为啥这般苦。

李纪恩躺在炕上就打起了鼾声，自打从京师到将军屯，十几天了，从未睡过如此安生的觉。这时，听得房门吱嘎一声响，一老一少两个女人来到房间，定睛一看，年长的那位竟然是李秀珍，遂疑惑地问道："额娘，您不是已经走了吗，咋又回来了？"

李秀珍手指另一女人笑吟吟地反问道："纪恩哪，你还记得这位年轻妇人吗？"

李纪恩凝望着额娘身边的年轻女子，看了又看，想了又想，无论如何想不起她是谁，便道："额娘啊，告诉孩儿吧，我不记得是否见过她。"

年轻女人打了个唉声道："咳，苦命的孩子，额娘不怪，走的时候你还小，我就是当年遵照乾隆皇上的谕旨下嫁给喀喇沁旗王府宝音扎布的布尼伊香啊！"

李纪恩惊喜地说："额娘啊，我是当年被抛下的宝音巴图哇，儿好想您哪！"

布尼伊香眼含热泪道："孩子，额娘这回不孤单了，与侍女李秀珍相逢了。听说你做了朝中的大学士，娶了嘉庆皇帝的妹妹为妻，好哇！儿还记得吗，当年是李秀珍带着你进京赶考，额娘情急之下，在考场上曾提醒过你，结果真就中了个头名状元，让人高兴啊！"

李纪恩也非常激动，起身跳下地，向布尼伊香额娘走去，却不见了两位额娘。刚要喊她们回来，竟一下子醒了，原来是场梦。他推了推睡在身旁的静蓉，把梦境一说，妻子认为那是布尼伊香挂念儿子，特意给托梦呢！

正在这时，李宝睡眼惺忪地推门进来了，说道："阿玛、额娘，孩儿刚才做了个梦，梦见奶奶来看我了。她问：'小宝啊，奶奶知道你们要返京了，带不带那个心地善良、孤苦伶仃的金花一块儿走？'我告诉她，额娘不同意。奶奶说：'带上她吧，前世有缘，那是你们的福分哪！'我一高兴笑醒了，睁眼一看，奶奶走了，屋子里只剩下我一个人。"

李纪恩若有所思地说："这是奶奶也给你托梦了，老人家的话，不得不用心听啊！"

静蓉公主听了父子俩的对话，有些心动，略一思忖，冲夫君问道："纪恩，我琢磨着咱认那金花做干女儿吧，你看如何？"

不等李纪恩开口，李宝抢先表态了："此举太好了，额娘只要认下干女儿，往后咋说都行了，事儿也好办了。"

李纪恩笑着点了点头："成，就这么定了！"

第二天一早，静蓉公主打发李宝把那金花叫到屋里，亲切地问道："金花呀，你准备一辈子待在穷乡僻壤的将军屯吗？"

金花摇摇头道："不，我早就想离开这儿。"

静蓉又问："打算去哪里呢？"金花脸色绯红，张了张嘴，没敢说出来。

静蓉鼓励道："金花，别拘束，更不用怕，怎么想就怎么说。"

此时，站在旁边一直没言语的李宝着急了，忙接茬儿道："金花，你想不想去京师？那可是皇上待的地方啊！"

金花诺诺道："当然想，可又不敢想，去不了哇！"

静蓉接着问："金花，如实回答，愿意做我的干女儿吗？"

金花一下子怔住了，瞪大眼睛看着公主，待醒过腔儿来，忙扑通一声跪在地上叩道："谢千岁，金花给母亲大人磕头了！"边说边咣咣地磕起了响头，泪水随之涌出了眼眶儿。

静蓉弯下身将金花扶起，说道："从今往后，咱们就是一家人了，再不要行此大礼了。"

偏赶这工夫，出外安排起程事宜的李纪恩推门进了屋子，那金花又一次跪地叩道："父亲大人在上，请受女儿一拜，金花给阿玛磕头了！"

李纪恩笑道："孩子，快起来，阿玛心领了。李宝啊，以后可要善待妹妹哟，若是不听话，看我怎么收拾你！"

李宝的心里早乐开了花儿，由衷地感谢阿玛和额娘的成全之意，迫不及待地答应道："阿玛，孩儿记下了，请父母大人放心，我会好好儿待她的。"

满屋的喜气令那金花激动不已，热泪盈眶，心里话："这一切都是真的吗，不是在做梦吧？"

早膳时，静蓉公主把认金花为干女儿的事儿对那洪瑞两口子一说，二人乐坏了，求之不得呀，恨不能让那金花早些离开家呢！只有那连福面露难舍之情，低声儿说道："这倒也好，省得金花姐受气了，此乃吉人天相啊！"

聪明的那金花站起身来，先给李纪恩、静蓉公主敬酒，祝二老福如东海，寿比南山；又给那洪瑞，童玉英敬酒，感谢多年来对自己的养育之恩；再与李宝、那连福碰杯，来日方长，共祝平安。

膳后，李纪恩、李宝、那金花各骑一匹马，静蓉仍乘那抬小轿，在将军屯乡亲们的目送下起程了。不知为什么，那连福只是站在院门口儿，一动不动。那洪瑞和童玉英与众乡亲送出三里多远时，李纪恩停下马来，对二人说："三姥姥、那管家，请留步，送君千里，总有一别。切记：逢年过节，必须去祖坟为布尼大院的逝者拈香、焚纸、奉上供品，让他们的灵魂得到安息。"

那洪瑞、童玉英用力点点头，异口同声地表示道："我们将铭记在心，请纪恩释念，放心赶路吧！"

李纪恩向乡亲们挥手告别后，打马疾驰而去，送行的人群中，不知谁说了一句："嘿，那金花真有福气，从苦坑坑里挪到福窝窝里啦！"

第六十章 | 纵偷猎　禽兽稀少帝忧心
　　　　　滥砍伐　树木锐减急煞人

嘉庆皇帝在宠臣李纪恩准备携带眷属，护着李秀珍的灵柩去木兰围场东界外的将军屯时，行前已给他带上了谕旨：为争取时间，可抄近路，从木兰围场经过，沿途护围人员须对其放行。可是一个多月过去了，仍不见影儿，正常情况下，五天前就应回京了，心里不免有些着急。

单说李纪恩等人走在回返京师的路上，当行至木兰围场东入崖口附近时，看到了高宗弘历于乾隆三十九年秋八月立的那座永安莽喀诗碑。李纪恩下得马来，说道："一口气走出这么远，大家可能早就累了，在诗碑处歇息一下吧！"

众人席地而坐，李宝围着诗碑绕了一圈儿，好奇地问道："阿玛，这是什么地方？此碑是谁立的呀？"

李纪恩回道："这里是木兰围场七十二围中的永安莽喀围猎点，康熙年间，高宗尚且年幼，就跟随祖父玄烨帝赴木兰狩猎了。做了皇帝之后，于秋狝途中，共立了六座诗碑，永安莽喀诗碑只是其中的一座。"

那金花第一次出远门，一路上不管看到啥，都觉得新鲜。加上纪恩阿玛和静蓉额娘以及李宝哥哥待她很好，也就不那么腼腆、拘束了，大大方方地开口问道："阿玛，这碑文是什么意思呀？女儿看不懂。"

李纪恩笑道："这个嘛，请你额娘解答如何呀？"

那金花、李宝拍手道："好哇，额娘，快给孩儿讲讲！"

静蓉公主站起身，又仔细看了看碑文，然后详详细细、一句一句地分解开来讲，再把全文放在一起从头至尾解释一遍，简单明了，一听就懂。看得出来，两个年轻人有一种渴求知识的强烈愿望，一边认真听，一边不住地点头，李纪恩看在眼里，喜在心里。

歇息过后，起身登程，刚走出没多远，那金花从马上弯下身，伸手一指旁边的草丛说："李宝哥，你看，那根粗草茎上挂着什么？"

李宝翻身下马，走到跟前仔细一瞅，只见一纸片用细绳儿拴着挂在草茎上。他把纸片儿摘下来交给李纪恩，问道："阿玛，那上面的字是用蒙文写的吧？我不认识。"

李纪恩精通满、汉、蒙、藏、维五种文字，这肯定难不倒他，只见纸片上用蒙文写道：

> 承德副都统庆杰、木兰围场总管阿尔塔钖第，擅自放人入围偷捕野兽，驾驭马车随意砍伐树木，无人敢管，日子已久。恳请捡到此匿名信之仁者上奏皇上，对偷猎、偷伐树木者予以严惩，并追究庆杰、阿尔塔钖第的责任。

李纪恩看罢检举信，深知案情重大，决定抵达京师后，呈给皇上过目，以便采取措施，对责任人及偷猎、偷伐者治罪。

十二天后的傍晚，李纪恩一行顺利抵达京师，各自回到家，卸鞍解马，早早歇息了。转天头晌，嘉庆皇帝升朝议事时，在众臣中发现了李纪恩，看样子心事重重的，感到好生奇怪，莫非回京的路上碰到什么事儿了？

议事毕，嘉庆冲李纪恩发问道："李爱卿，朕见你面有不悦，因何如此？直说无妨。"

李纪恩环顾一下四周，然后禀道："回皇上的话，微臣一切安好，请释念。只是近日不在朝中，携家眷护送额娘的灵柩回乡，昨日才迟归。一路饮食不慎，有时需风餐露宿，致使肠胃不适而已。"

嘉庆点点头道："噢，原来如此。众爱卿，还有何事当堂禀奏啊？"堂下无语。

嘉庆一扬手道："散朝！"

众臣离去后，李纪恩单独觐见皇上，首先说明因静蓉身有微恙，故而晚归五日，万望圣上见谅，然后将那封匿名检举信奉上。嘉庆看罢，紧锁眉头，许久不语。李纪恩小心地问道："皇上，这……"

嘉庆打断道："这件事谁还知道？"

李纪恩答曰："再无人知晓，只是……"

"只是什么？"

李纪恩见皇上面有不悦，赶忙话锋一转："回圣上的话，只是微臣一人看到了这封信，今日上朝于大堂议事前，微臣亦未向同僚谈及此事。"

嘉庆放心了，无可奈何地说："做得很好，检举信的内容只能是你知朕知，到此为止了。爱卿是不知道哇，朕不好对承德副都统庆杰、木兰围场总管阿尔塔锡第做出处治呀……"

李纪恩十分不解，插问道："皇上，大清国有《大清律》，木兰围场有法定围规，照章办事，无可非议，因何在这件事上手软呢？"

嘉庆说："爱卿啊，朕当然清楚，对他们理应严惩，但事出有因哪！"

原来嘉庆四年的时候，颙琰为在直隶省易县给自己肇建昌陵，曾谕批可从塞北木兰围场砍伐多年生松树八千七百余棵。一些官吏则借机在十几处围猎点滥砍滥伐，随意捕杀野兽，据讲与皇帝伐树建陵有直接关系。难怪嘉庆不无感慨地说："常言道，上梁不正下梁歪。朕作为当今天子，仰仗皇权，为给自己建陵而砍伐树木，本身就不对，怎能去处罚和劝阻同样做法的人呢？唉，可惜哟，这是朕后来才意识到的。眼下，朝廷内外的好多官员都有不同程度的惰性，饱食终日，无所用心，自私贪婪，已经形成一种不良风气。若想得到彻底改变，硬性处罚效果并不好，只能靠耐心地疏导啊！"

李纪恩听了嘉庆的这番话，打心眼儿里佩服，并深受启发，表示道："皇上英明，哲理深邃，耳提面命，令微臣受益匪浅。"

嘉庆接着言道："为了遵循祖制，从圣祖康熙起，历届皇帝为保护木兰围场的生态环境，都曾制定一些相应的措施。然时至今日，一些人仍有令不行，盗猎、滥伐越来越严重。朕得知，盗伐树木者敢在木兰围场搭建窝棚，偷割鹿茸者敢在围场周围公开叫卖，哪还有国法！"说罢，下了谕旨，命喀喇沁旗王爷满珠巴赞尔每年必须三次率旗兵进哨稽查，发现盗猎、盗木者严惩不贷；木兰围场增设副都统一名，常驻唐三营；增设护围卡伦二十处，置官兵一百五十名，每人先给饷银二两，地一顷二十亩，建护围兵房四百六十六间，要有严格的防火规章；凡入围打土枪、放猎狗、砍伐树木、挖野菜者，除按围规治罪之外，还要在其面部刺上"盗围场"三字；未获得猎物者，也要在其面部刺上"私入围场"四字，以此示警。

过了几天，李纪恩上朝时，发现皇上愁眉苦脸，闷闷不乐，心里很是纳闷儿，不知缘何，便悄悄儿问禧恩大臣。禧恩长叹一声道："唉，李大人去塞北奔丧的那些天里，皇上连连升朝，与众臣议事，主要是商量如何剿除带头造反的南方白莲教徒和北方天理教徒。此间，曾连续派各路大军前去镇压，但收效甚微，往往摁下葫芦起了瓢，力不从心，圣上哪能不焦虑万分呢！"

正如禧恩所说，其实早在乾隆四十年，农民因不堪忍受官僚地主的兼并土地、贱买贵卖、索草要粮、滥派差役、征收苛捐杂税等盘剥之苦，陕西、河南、湖北、四川等地就有了民间的秘密宗教组织——白莲教。其头领刘之协、宋之清等人提出"清朝已尽，日月复来属大明"的口号，宣扬"劫运已满、弥勒佛即将出世、信奉白莲教可渡过难关、分得土地"，主张"穿衣吃饭不分你我"，并规定"教中人先纳税若干，将来按税授田"，形成了一股与清廷对抗的强大力量。乾隆五十九年，在川楚一带活动的白莲教教首宋之清、齐林被清廷查获，遂下令严拿白莲教徒。转年冬天，白莲教教首提出"官逼民反"的口号，于嘉庆元年正月发动起义，占山寨、拔县城、惩贪官，很快发展至五万多人。嘉庆二年，川陕两省白莲教组织风起云涌，积极响应起义，队伍不断壮大，发展迅猛，形成"野火燎原，卒难扑救"之势，给清军以重创。嘉庆三年，有些白莲教组织被剿除了，其他义军仍继续战斗，不久又死灰复燃，烈火大有扩延之势。嘉庆五年，川、楚、陕发动了大规模的农民起义，掀起了新的高潮，历时九年，白莲教徒发展到五十余万人。

天理教即八卦教，乃白莲教的一支，遍布于河北、河南、山西、山东各省，是民间秘密宗教中影响较大的一个教派。嘉庆十六年，三位教首，即直隶的林清、河南的李文成、山东的冯克善组织集会，制订起义计划，决定由林清攻取北京，李文成占领河南，冯克善夺取山东，定于十八年秋在三地同时起事。十八年九月初七日，李文成据河南滑县起义。十五日，林清以入教太监为内应，打着"大明天顺""顺天保民"的小白旗，逼近紫禁城。冯克善北上接应，直隶、山东的天理教徒和农民群众纷纷起义，攻克城镇，惩办贪官，展开了你死我活的血战，嘉庆将其称之为"自古以来未有之奇变"。

还有就是每岁一举或隔岁一举的木兰秋狝，嘉庆不敢违背"祖制"和"家法"，必须赴塞北木兰秋狝，无论如何不能因农民起义而使秋狝礼废，否则便是对列祖列宗大不敬、大不孝。更令他发愁的是，由于乾隆帝连年用兵，耗费甚巨，加上南巡北狩，铺张奢靡，致使国家财力日细。到了嘉庆即位时，已是国库空虚，入不敷出，民穷财尽。而且私闯皇围盗捕偷猎、滥砍滥伐现象时有发生，屡禁不止，百余年的木兰围场眼见就被毁了，嘉庆能不犯愁吗？

夏末秋初的一天，嘉庆为表不忘家法的决心，继续每岁一举的木兰行围，率大队人马从京师出发，七天后抵达承德避暑山庄，住在烟波致爽殿。此次巡幸木兰，护驾的有皇次子和硕智亲王绵宁、皇三子和硕惇亲王绵恺、皇四子和硕瑞亲王绵忻。随驾的有御前大臣赛冲阿、索特纳木多布济，军机大臣托津、戴均元、卢荫博、文孚，内务大臣禧恩、和世泰、李纪恩等。

翌日早膳后，嘉庆于澹泊敬诚殿召见《四库全书》总编纂纪晓岚，问道："纪爱卿，朕闻听《四库全书》编完了，是吗？"

纪晓岚答曰："回禀万岁，全书经过再次查漏补缺，现已告竣。《四库全书》于乾隆年间开始编纂，历时十载。全书仍分为经、史、子、集四大部分，选录书籍三千五百零一部，七亿七千八百多万字，八万余卷，三万六千五百册，乃清王朝最大的一部丛书，也是世界罕见的巨著。从装潢来看，经、史、子、集各部分分别用绿、红、蓝、灰色，以象征春、夏、秋、冬四季。为了更好地贮存此书，微臣遵照皇上旨意，分别去京师宫中的文渊阁、盛京的文溯阁、圆明园的文源阁、承德避暑山庄的文津阁做了调查，以为在这几处存放比较合适。后来，微臣又缮写三部，分别贮藏于扬州大观堂的文汇阁、镇江金山寺的文宗阁、杭州圣因寺的文澜阁。"

嘉庆听罢，龙颜大悦："甚好，总算大功告成了，纪爱卿辛苦了！"

纪晓岚说："微臣虽然是个总编纂，但大量而细致的编写查对，则为四千多名文人雅士所做。"

嘉庆笑道："俗话讲：'雁无头不飞，羊无头不走。'爱卿是航行的舵手，飞行的头雁，劳苦功高，功不可没！"

纪晓岚致谢道："谢皇上夸奖。"

嘉庆又问："纪爱卿，身子骨儿可好？"

纪晓岚答曰："谢皇上关心。微臣近些年因受风寒，骨关节经常疼痛，食欲大减，有时头晕目眩，眼睛也看不清，有句话不知当讲不当讲？"

嘉庆抬了抬手道："爱卿请讲。"

纪晓岚说："微臣年事已高，身体欠佳，恳请圣上准允就此告老还乡。"

嘉庆暗中思忖："纪晓岚乃两代皇帝的佐臣，又是忠诚的知名文人。几十年来，为了大清的江山社稷，披肝沥胆，出谋划策，历经风风雨雨，着实不容易。如今年纪大了，腿脚也不灵便了，该歇歇了。"想至此，爽快地答应道："好吧，朕准了。纪爱卿可与已告老还乡的老臣刘墉一样，回家颐养天年，俸禄照发不误。以后有什么困难，及时禀报于朕，定将予以解决。"

纪晓岚跪地叩道:"圣上明鉴,谢主隆恩,万岁!万万岁!"

纪晓岚退下后,嘉庆接见了几位前来报捷的信使,得知白莲教徒和天理教徒在各路清军的围剿下,均遭到毁灭性的打击,但有两百多位将军以身殉职。嘉庆听罢,喜忧参半,沉思道:"此举为必须之,那些邪教贼寇早就应有这么一天了!"

下晌,大队人马离开避暑山庄,沿武烈河北上,经皇姑屯到西庙宫暂住,一来在此拈香小酢,二来观赏西庙宫周围的风光。西庙宫位于西入崖口处,仿照坐落于东入崖口的东庙宫所建,嘉庆为其题额"敕建协议昭灵神祠"。有了西庙宫,按规制,清帝每岁春秋行围木兰时,可在此焚香祭祀。

嘉庆于西庙宫驻跸两日,便率人马由此往北行,进入了木兰围场。大家眼中看到的是树木锐减,树墩成片,枝杈满地,盗伐严重。昔日成群的麋鹿、黄羊、狍子、野猪、貉子、狐狸、野狼、獾子、獐子等半天出现两三只,而老虎、豹子、黑熊等凶猛野兽只是偶尔露一面,鹌鹑、山雉、斑鸠、大雁、鸿雁、乌鸦、喜鹊、灰鹤等飞禽较前少多了,平时常见的鼯鼠更是很难见到。过去那林木葱茏、水草丰茂,獐狍野鹿恣意徜徉,群兽聚以孳畜之景象已不复存在,野生动物资源十分匮乏,让人看了心痛。嘉庆暗想:"看起来,如今的木兰围场已不能同康熙、乾隆朝相比了。之所以变成这般模样,皆因护围兵丁纪律松懈,官员管理不当,规章制度不严谨,处罚不得力所致。"到了鄂伦索和图围猎点,嘉庆下令就地搭帐建幄,埋锅造饭。

第二天一早,大队人马进行布围,一切就绪后,合围开始了。嘉庆坐在看城上,见入围的官兵们已没有了往日的气势,有的动作迟缓,慢慢腾腾;有的喊苦叫累,不肯追击;有的箭技太差,屡射不中,猎获物极少。他越看越来气,再也坐不住了,腾地站起身来,勃然大怒:"这哪儿像狩猎呀,哪儿像大清的官兵啊,一个个蔫头耷脑,松松垮垮,没追几个来回就上气不接下气了,朕绝不养老爷将、少爷兵!你们手中的家巴什儿是吃素的?东发一枪西发一箭,得着啥了?啥都没有,纯粹一帮废物!"说罢拂袖而去,气呼呼地回了黄幄。

罢围之后,众大臣来到黄幄,见皇上仍闷闷不乐,禧恩开口劝道:"万岁,千万不要生气,保重龙体要紧。"

嘉庆叹道:"唉,朕一路走来,心里不是滋味呀!尔等也目睹了,而今的木兰围场成什么样子了，滥砍滥伐，偷猎日甚，还是皇家猎苑吗？再看看那些将士们，枪箭成了烧火棍，派不上用场，昔日能骑善射的勇士不见了，继续下去怎么得了啊！"

禧恩说："圣上，不必犯愁。微臣记得六年的夏天，大雨接连下了五昼夜，宫门水深数尺，屋宇倾圮不可数计。桑干河决漫口四处，京师西南隅几成泽国，村落荡然无存，转于沟壑，大水所淹岂止数十州县哪！当时，皇上异常冷静，想方设法进行补救，一面组织人力抗洪救灾，一面号令各地及时赈济，最后终于战胜了洪水，此乃治国有方啊！眼下木兰围场的状况的确令人担忧，将士们练兵习武的意识有待增强，微臣以为，只要进一步加强对围场的管护，坚持每岁一举的木兰秋狝，会逐渐好起来的。"

嘉庆点点头道："嗯，爱卿讲得不无道理。朕曾想过，如果在大灾大难来临之际，像那年六月面对的滚滚洪水，朕的旗下若有很多乾隆年间布尼阿森那样的勇将，不至于造成巨大的损失，朕的心也就有底了。可惜呀，时下不是天灾，而是人祸哟，解决得十分吃力，连剿除白莲教、天理教还得费九牛二虎之力呢！"禧恩没再吱声儿。

嘉庆闷闷不乐地走出黄幄，众臣随之，见幄外内方外圆，大营里中建黄幔，城外为网城，索缝为之。设连帐一百七十五座，为内城。三个启旌门，每门植纛二，东镶黄、西正黄，南正白。外设连帐二百五十四座，为外城。启旌门四个，每门植纛二，东镶白、西镶红，南正蓝、镶蓝分日植之，北正红，外围设宿卫警跸，各帐皆以八旗护军官校环卫。禧恩小心地问道："万岁，火营是按历代皇帝木兰秋狝之要求布置的，满意否？"

嘉庆回答得非常干脆："朕不满意！"

禧恩吓了一跳，又问："圣上因何不满意呢？"

嘉庆怒道："你是有眼无珠吗？没看见门上的大纛植歪了、旗子破了吗？"

禧恩仔细一瞅，确有几根旗杆儿插得不正，几面旗子被风吹破，赶忙跪拜道："微臣有罪！"

嘉庆苦着脸说："平身吧。你何罪之有哇，在惩处大贪官和珅时立下了汗马功劳，是忠于职守的良臣，朕不怪你。传朕口谕，革去木兰围场副都统韦陀保之职，降为围场总管。不仅对围场未能用心管理，未能尽职尽责，就连布置大营出现的疏漏都视而不见，革职已是便宜他了！"

禧恩应声儿道："皇上圣明，微臣这就让侍卫传旨。"心中暗想："可了不得，天子一旦生起气来，看什么都不顺眼。也难怪，大营的布置确实有些毛病，一面面大纛歪的歪破的破，能不发火儿嘛！"

当日傍晚，嘉庆率领大队人马转移至巴颜喀喇围猎点，做了战前动员，打算在此布围、合围，看一下飞禽走兽究竟有多少。

东方露出鱼肚白时，猎士五更行，开始布围。一千二百五十名蒙古官兵分成两翼排列，围中竖一杆大黄旗于空中呼啦啦作响，视为中权，名曰"佛勒"。两旁各有一旗，左为白色，右为红色，名曰"梅勒"。旌旗均是绸子做成，不加边儿，正副不施以绘绣，鲜艳夺目。两翼各以一蓝旗为前哨，名曰"乌图哩"。旗手在瑟瑟秋风中勒马肃立。

合围开始，蓝旗在数骑簇拥下，从两翼向看城飞驰。前哨驰过，其余则随之前行，快如离弦之箭，急似雨天闪电，马踏山野声如鼓，銮铃响彻山谷。众官兵由远而近包抄过来，顷刻间交会于看城前面，尽管不断欢呼着"玛喇哈"，声震大地，经久不息，却很少见到飞禽走兽，只有十几只狍子、野兔、狐狸一闪而过，与以前相比可谓天壤之别。坐在看城上的嘉庆见此，很是伤感，忧心忡忡，摇摇头道："所谓木兰围场，名不副实也！"说着走下看城，步入围内，紧锁眉头思忖着："近几年来，负责管理围场的个别官吏贪赃枉法，与马贩子暗中勾结，将好马卖掉，从中渔利。马贩子再把购得的好马高价卖给外地商贩，赚取中间的差价，无本获利。原来的围场总管郎林就是这么干的，朕得知后，只好将他斩首了。还有一些随围的兵丁借木兰秋狝之机，把自己的坐骑卖给贩马的商贩，得了银子，然后谎称马已经在秋狝的途中累死了。诸如此类的例子日益增多……"正琢磨呢，走在身边的御前侍卫金杰轻声儿劝慰道："皇上，过分忧愁对龙体不利，奴才知道万岁在想些什么。"

嘉庆侧过头来："噢？说说看，错了没关系，朕不怪罪于你。"

金杰说："奴才以为圣上所想有四：一是随围的大队人马纪律松弛，练兵习武收效甚微，对其能否全力捍卫大清江山担忧；二是由于偷猎现象屡禁不止，木兰围场禽兽渐少，该采取什么办法制止偷猎者的不法行径；三是个别管围官吏与商贩暗中勾结，倒卖马匹，应如何惩治；四是每当围猎结束之后，有的兵丁胆大包天，竟谎称坐骑累死或被野兽咬死，将马和所获猎物私自卖给不法商人，挣得的银子窃为己有。长此下去，军心涣散，后患无穷，百害而无一利，必须严惩之。圣上，不知奴才猜得对不对？"

嘉庆点点头道："嗯，所言极是。依你看，那第四点该如何解决好呢？"

金杰说："回皇上，奴才斗胆，以为在围猎结束之后，如果猎手言称坐骑已毙倒，须交马耳两只。所获猎物，既可交出实有猎物，也可交出猎物尾巴，飞禽类需交尾部的羽毛。这样一来，猎手就很难弄虚作假欺骗人了。"

嘉庆听罢，面有喜色："甚好！那么据你所知，哪里的猎物能多些呢？"

金杰想了想，禀道："皇上，木兰围场范围很大，境内千山万壑，原始森林一望无际，千里坝上有着苍茫的林海和辽阔的草原。虽然坝下的飞禽走兽较前少了，但坝上多着呢，圣上不妨去塞罕坝继续布围、合围。"

嘉庆说："好吧，朕到坝上察看一下。"随即谕旨，命大队人马步步登高，向塞罕坝进发，到地儿之后，暂作歇息。

一个时辰后，嘉庆与众臣登上了高高的坝头，环目四望，坝下树木明显见少，丘陵起伏，沟壑纵横，河流蜿蜒。侍卫金杰说："皇上，坝下地方禽兽不多，还有一个原因。"

嘉庆问道："因为什么呀？"

金杰回道："由于盗伐、盗猎，常有人来往于坝下地域，惊得禽兽只好转移到坝上了。"

嘉庆未语，继续向坝上远眺，见林海后边是一望无际的大草原，地势平坦，漫岗迂回，遂问道："金杰，大草原以北是什么地方？"

金杰禀道："回皇上，大草原以北便是翁牛特、喀喇沁、克什克腾、巴林、奈曼、多伦等旗县。"

嘉庆满意地点点头道："金杰呀，别看年纪轻轻的，倒是个肯学、好动脑筋的人，朕封你一等侍卫。"

金杰受宠若惊，急忙跪地叩道："奴才谢主隆恩，万岁！万万岁！"

一旁的禧恩、托津、戴均元、李纪恩等大臣见此，全乐了，李纪恩说："金杰，行啊，不但当了侍卫，而且还被圣上封为一等侍卫，祝贺你呀！"

嘉庆接过了话茬儿："李爱卿，你是个文人，做学问行，然秋狝狩猎是外行，得好好儿学哟！"

李纪恩说："皇上所言极是，微臣遵旨，眼下正在学呢！"嘉庆听罢笑了，看起来心情好多了。

歇息毕，少部分人马前行十余里，着手搭建大营和黄幄，大部分人马开始布围。嘉庆随后检查了驻跸大营的内方外圆，接着察看了各启旌门处的大纛军旗插挂情况，又瞅了瞅随围的六部，即吏部、户部、礼部、兵部、刑部、工部搭建的帐篷是否合格。见一切皆按标准行事，这才转身来到观猎的看城。

看城位于大营前方，外设黄幔城，门向南开。黄幔城正中设圆幄，长一丈六尺，墙高四尺，门高三尺七寸，宽二尺三寸，是皇上入围射猎之前，观看将士们捕获飞禽走兽的专用城。

嘉庆端坐在看城上，见围内各种飞禽走兽多得很，可谓天上飞的如同片片乌云，地上跑的成帮结伙，心中暗想："正像侍卫金杰所预料，坝上的猎物确实不少，有得打！"想至此，便按捺不住了，起身唤皇子和御前侍卫随行，翻身上马，嗒嗒嗒驰入围内。经过半个时辰的紧张射杀，收获很大，嘉庆拎着一只鼯鼠问一等侍卫："金杰，这是只什么呀？外形似松鼠，体大如蝙蝠，不会是四不像吧？"

金杰回道："皇上，这是一只飞狐呀！请看，它的前后肢之间有宽大的薄膜，尾长，能利用那薄膜从高处向下滑翔，既能飞又能在地上跑，乃哺乳动物，俗称'王干哥鸟'。"嘉庆一边听，一边仔细地端详着手中的猎物。

罢围，经统计，这场合围收获颇丰，猎兽竟达三千多只，飞禽一万二千多只，官兵们不禁欢呼起来！嘉庆也异常高兴，在贴身侍卫的护卫下，乐呵呵地回到黄幄。坐下后，端起香茗边饮边环视幄内四周，不由得又生起气来，高声儿怒道："岂有此理！"

第六十一章

阴河畔　　天神赐泉驱风寒
车马店　　微服私访惩蛀虫

话接前书。单说站在黄幄外的金杰忽听皇上一声断喝，惊得忙走进屋来，问道："万岁，出什么事了？"

嘉庆放下茶杯说："你看看，这黄幄建得如何？"

金杰仔细瞅了一圈儿，又退出黄幄，前后左右地观察了一番，这才进得幄内，禀道："皇上，奴才看过了，黄幄建在黄幔城正中，高约二丈，长宽各为三丈四尺，上为穹盖，即拱顶，墙高五尺余，前后门各高四尺六寸，宽二尺三寸。御座设在幄内正中，高一尺六寸五分，纵三尺九寸五分，宽五尺七寸五分，幄壁左右悬挂佩刀、弓囊、箭袋、鸟枪各一，没有发现不符规定之处。"

嘉庆余怒未消："没发现？往上看，数数穹盖处用多少根儿竹竿儿分撑的！"

金杰抬起头，用手指点着一根根地数起竹竿儿来，数了一遍又一遍，然后禀道："回皇上，支撑穹盖的竹竿儿共一百五十九根儿，按规定少了一根儿。"

嘉庆说："总算不是白吃干饭的，还知道秋狝途中建黄幄的具体要求。有些人只记得年年领俸禄，却不能尽职尽责，竟然在穹盖处少放了一根支撑的竹竿儿，这不是岂有此理吗！"

金杰忙叩道："皇上，请息怒，奴才马上去找他们，将缺少的那根竹竿儿补上。"

嘉庆摆摆手道："罢了，朕累了，腿也受了风寒，要歇息了。"

金杰说："皇上，奴才这就去传御医。"

嘉庆又一摆手道："罢了，受点儿风寒算不了什么。"

金杰说："皇上，塞罕坝下不远处是巴尔汉围猎点，那里有一温泉，名为'热水汤'，万岁不妨去洗个温泉澡。"

嘉庆点点头道："嗯，朕也有耳闻，因潮湿及天寒，犯腿疼病的兵丁不在少数。传旨，明日启程，大队人马去巴尔汉围猎点，轮流洗个热水澡。"

金杰叩道："万岁圣明，此乃官兵们的福分。"说完起身退到幄外，传旨去了。

晚膳后，嘉庆早早睡下了。翌日清晨，大队人马下了塞罕坝向东而行，用了不到两个时辰，就到了巴尔汉围猎点，果然发现阴河畔上有一热气蒸腾的温泉，走到跟前一看，正咕嘟咕嘟地往上翻水花哩！伸手试试，水温很高，散发着一股硫磺的气味。

嘉庆口谕，命抓紧搭建帐篷和黄幄，埋锅造饭。就在这时，一个挑着担子跟随行围的货郎走了过来，指着温泉说："皇上，别小瞧这个热水汤啊，据祖辈讲，顺治帝还在此洗过热水澡呢！"

嘉庆问道："你怎么知道，有何根据吗？"

货郎回道："这是草民听玛发讲的，玛发听他阿玛说的。草民祖代经营小本生意，专卖针头线脑儿等小杂货，有时摇着货郎鼓跟在木兰秋狝的队列后，曾随顺治皇上来到此地，当时还没这热水汤。据说是福临入关之后，顺治八年正月十二日于太和殿亲政，八月十七日出独石口狩猎，经上都，九月三日驻跸滦河源吐力根河的石门。当大队人马在而今的巴尔汉围猎点射猎结束时，走来一位年长的樵夫，满头白发，下巴留着银须，相貌不俗。顺治皇上暗想：'塞北山区少有人烟，哪里来的樵夫呢？或许是从天而降也未可知。'当时已近深秋，早霜将至，天气冷飕飕的，官兵们十分劳累，很想洗个热水澡，便开口问道：'请问老者，这附近有温泉吗？'樵夫笑了笑道：'要想暖身解除疲劳并不难，只要皇上在这儿连跺三下脚，便有热水了。'说完，一闪身不见了，顺治和将士们惊得目瞪口呆。正在丈二和尚摸不着头脑之际，就听浓云深处传来一阵朗朗的笑声：'哈哈哈，福临，念你还有些怜民之意，在此地猛力跺上三脚吧，就会有热水洗澡啦！'顺治皇上急忙连跺三脚，顿时从地层深处传来一阵拉磨似的轰隆轰隆声儿，地面腾腾地往上冒热气。紧接着地皮开始左右颤动，磨盘大的一块儿地面突然下陷，随之咕嘟嘟地向上蹿水花儿。泉水越积越多，越来越热，形成一个天然的热水塘，百鸟吓得展翅飞了，野兽逃远了。紧接着又哗啦啦地下起雨来，不一会儿工夫，刮起了大风，将头顶的浓云吹散了，雨停了，天晴了，太阳出来了，照得人马暖烘烘的。顺治皇上仰天长叹道：'此乃天意也！朕头一次到塞北狩猎，就遇上了真龙降福，谢谢阿布卡恩都力的护佑啊！'然后先跳进热水汤里洗了澡，紧接着众臣和将士们也洗了个痛快，想不到一些身患疥疮的兵丁很快就不疼了，不痒了，更加精神焕发了。"

嘉庆听罢，暗自思忖："据史料记载，当年世祖的确来过塞北狩猎，那时候，木兰围场尚未酌建。"于是说道："这位货郎，你讲的故事很生动，朕爱听，要不要也洗个热水澡哇？"

货郎笑道："不了，请皇上洗吧，奴才还忙着做生意哩！"说着，挑着担子去了不远处的清军大营。

嘉庆洗完了热水澡，顿觉轻松、爽快，腿也不那么疼了，心情格外好，遂命随围的众臣、蒙古各部的王公和将士们轮流下水。大队人马在泉水边滞留了五天五夜，洗了无数次热水澡，腰腿不疼了，身上的疥疮好了，一个个高兴极了，皆称此乃神泉也！嘉庆大喜，随口吟诗一首：

秋狝守家法，
万年不可删。
山高有马骤，
月满应弓弯。
疲惫行军路，
喜遇热汤泉。
去病心亦爽，
决不下征鞍。

清军大营五天之后迁移到巴彦喀喇围猎点，进行了一场合围，飞禽走兽较少。嘉庆决定，趁大队人马扎营歇息之时，带着大学士李纪恩和御前一等侍卫金杰，换上微服，扮作出家道人，出外私访民情。

三人各骑一头毛驴儿，嘉庆扮作道长，李纪恩和金杰扮作徒儿，向树木较少的地方走去。天近晌午，见前边不远有处车马店，便径直来到院门前，一个二十多岁的小伙计热情地迎了出来。他身穿夹长袍儿，外罩破旧的青马褂儿，头戴麻线小帽儿，脑后梳着一条又黑又长的辫子，一看就知道是个满族后生。小伙计彬彬有礼地问道："三位师父是来投宿的吧？"

李纪恩回道："化缘路过此地，天近晌午，一来想在贵店歇息，二来想化些斋饭，不知方便不方便？"

小伙计说："我们东家有个规矩，不管是谁，只要来到车马店，吃喝住按价收银，一律不照顾。"

李纪恩瞅了瞅皇上，问道："师父，此处不同其他店，出家之人用斋饭也要收钱，您看这……"

嘉庆说："徒儿不必犯愁，我这里还有些散碎银子，都在你师弟身上带着呢！这位小施主，尊姓大名啊？"

小伙计回道："我叫包永喜，小名儿常乐。"

嘉庆夸赞道："名字起得妙哇，'永喜'也好，'常乐'也罢，都是大吉大利之意。"

包永喜高兴地说："多谢老师父夸奖，借您的吉言啦！"

几个人站在院子里正说着话，从上房屋走出一个胖墩墩的老头儿。包永喜上前一步道："东家，这三位师父想在咱店里用斋饭，还得住一宿。"

店主说："住店行啊，现成的。请问，你们是吃白面饭，还是黑面饭，或者是米糠呢？"

嘉庆一听，分明话里有话，遂问道："请问施主，住店吃什么也有讲究吗？"

店主哼了一声道："那当然。本店有个规矩，吃白面的睡热炕，吃黑面的睡板床，吃米糠的睡凉地……"

李纪恩插言道："这位施主，我师父从未睡过板床和凉地，再说师父已过知天命之年了，睡凉地哪能受得了哇，还是关照一下吧。"

店主斜楞着眼睛看了看师徒三人，见所穿道服并不新，略显破旧，不屑地又哼了一声道："我一搭眼就知道，谅你们也吃不起白面饭，睡不起热乎炕。"

包永喜见东家以貌取人，竟对三位师父如此无礼，很是生气，但又不敢多说什么。

金杰开口道："请问施主，尊姓大名啊？"

胖老头儿说："本店主姓汪，大名儿庆禧。咋着？要真想住店和用膳，先到房间看看也成。永喜呀，把三头毛驴儿拴上吧！"

小伙计将毛驴儿拴在门外的木桩子上，引领师徒三人走进最里边的一间屋，见靠墙搭着大通铺，上面铺的是红松板子。正这时，槽头上的三头毛驴儿呵哧、呵哧地叫了起来，显然是饿了。三人出得屋来，让小伙计唤来汪掌柜，嘉庆说："施主，毛驴儿早就饿了，请给添些草料吧！"

汪庆禧问："一种草料一个价，打算喂哪种啊？"

嘉庆一挥手道："喂白面馒头。"

汪庆禧猫声狗气地说："呀嗬？你们仨穷得叮当乱响，平时得靠化缘活着，却让毛驴儿吃白面馒头，简直是笑话！"

李纪恩接过了话茬儿："不但让它们吃上白面馒头，还得睡热炕哩！"

汪庆禧眨巴眨巴老鼠眼，咧咧蛤蟆嘴，问道："那……你们仨吃啥？睡啥？"

嘉庆强压怒火说："我们师徒三人好办，不挑吃不挑睡，睡在凉地上便可。至于吃什么，可以简单点儿，就吃山珍海味吧，外来几盘儿黄金塔。"

包永喜一听，三位师父竟点了肉食，那黄金塔就是玉米面窝窝头儿，没曾到高级馆子里去过的人还真不知道。哎呀，可不能小瞧，看起来挺有来头儿哇！随即赶忙从院子里抱来一些干草，铺在一间旧房子地上，说道："师父，我把毛驴牵来，让它们睡在地上，三位去睡热炕吧！"

此刻，汪掌柜早已回到自己的房间吸大烟去了，三人的吃住皆由小伙计安排，店主就等吸完大烟之后收客人的吃住钱了。

过了一袋烟的工夫，包永喜从厨房端来了山珍海味，一样儿一样儿地摆在桌子上，有山鸡、细鳞鱼、狍子肉、鹿肉等，都是可口的佳肴。嘉庆一边吃一边问包永喜："这些山珍海味是从哪里买的呀？"

包永喜小声儿回道："师父，实不相瞒，这些山珍全是东家花银子雇猎手从山上射获的，细鳞鱼是从吐力根河、小滦河、伊逊河捕捞的。"

李纪恩接着问："木兰围场及皇家猎苑严禁百姓入内，尽人皆知，他怎么敢雇人私闯皇围呢？"

包永喜说："我们东家不比别人，根本不在乎这些，从没把那些规定放在眼里。他与承德的一个大官是亲戚，好像暗中通光了，连卡伦上的护围兵都睁一眼闭一眼。盗伐林木，偷猎禽兽，如入无人之境，车马店里二十多间房子全是用盗伐的松树盖起来的。"

嘉庆又问："此话当真，不是在骗我们吧？"

包永喜说："可拿脑袋担保，所言千真万确，无半句谎话。小的看出来了，你们虽身穿道服，但都有福相，尤其是您，相貌不凡哪！依小的猜测，三位绝不是道人，而是微服私访的大官，因此才敢道出真情。"

嘉庆不置可否，再问："小伙计，你不是叫包常乐吗？怎么又称包永喜呢？"

小伙计笑道："嘻嘻，真是贵人多忘事，一开始小的就说了，大名儿叫包永喜，乳名儿叫包常乐。"

三人对视一笑，这偷猎、盗伐之事，今儿个终于碰了个正着。嘉庆说："朕今日微服私访没白来，收获不小哇！"

包永喜吓得一时怔住了，待寻思过味儿来，慌忙跪倒在地，连连叩道："奴才不知皇上驾到，多有得罪，万望恕罪！"

嘉庆哈哈大笑道："包永喜，你是个聪明人，眼力很好，家中几口人哪？"

包永喜答曰："回皇上的话，奴才打小父母双亡，无有兄弟姐妹，一直孤身一人。自从汪庆禧开了这处车马店，奴才就到店里干活儿，挨打受气是家常便饭，不挣银子，只为了糊口。"

嘉庆抬了抬手道："平身吧，年纪不算大，遭了不少罪，苦了你了。金杰，李大人，还不快快将那盗贼汪庆禧押上来！"

包永喜自告奋勇道："小的愿带二位大人前去，他现在正过大烟瘾呢！"说罢，领着李纪恩、金杰来到汪庆禧的房间。

此刻，汪庆禧正屈着双腿躺在炕上，手拿大烟枪吱儿吱儿地吸着，一口接一口地吞云吐雾呢！金杰从道服内唰地抽出大刀，正色道："盗贼汪庆禧，皇上有旨捉拿你，跟我们走！"

汪庆禧一听皇上有旨，顿时就瘫了，哆哆嗦嗦地说："皇上？那个……老道人是当今天子？"

包永喜接茬儿道："没错，是皇上，千真万确！"

汪庆禧吓得一下子尿了裤裆，浑身堆缩成一个团儿，被李纪恩和金杰架到皇上面前，扑通一声跪倒在地。嘉庆啪地一拍桌案喝道："汪庆禧，你这个盗围的蛀虫，还有啥话可讲？"

汪庆禧诺诺道："我……我冤枉啊！"

嘉庆说："冤枉？你干了些啥，心里比谁都清楚，仅在此私建房屋，就已经触犯大清律了。金杰，给他刺上'盗围场'三个字！"

"奴才遵旨！"金杰从腰间抽出匕首，用刀尖儿在汪庆禧的额头上开始刺字，每划一下，殷红的血随之顺脸往下淌，疼得汪庆禧嗷嗷直叫："哎呀，疼死我了，我说，我全说！这几年为了开车马店，我雇人砍伐树木，偷着射猎，下网捞鱼，我……我……哎哟，好痛啊，万望圣上开恩哪，奴才再不敢了！"

李纪恩高声儿喝令："盗伐多少树木，偷猎多少禽兽，捕捞多少条鱼，如实招来！"

汪庆禧交代道："盗伐松木五十三棵，偷猎野兽一百零九只，飞禽二百五十只，捕捞细鳞鱼三百余斤。"

李纪恩又道："盖了多少房子？办车马店赚了多少银子？讲！"

"奴才全招，盖房二十五间，开办车马店赚两千四百多两纹银，奴才不敢撒谎。"

李纪恩问皇上："万岁，是不是把这个盗贼交给刑部审处？"

嘉庆说："不必了，朕直接处治了，让他写出罪状清单。"

汪庆禧咣咣磕着响头哀求道："奴才有罪，罪该万死，望皇上手下留情啊，饶奴才这条狗命吧，大恩大德将永世不忘……"

此刻，包永喜已找来笔墨和纸，汪庆禧一桩桩一件件地写下了所犯罪行，画了押，然后叩谢道："谢皇上饶奴才不死，隆恩浩荡啊！"

嘉庆冷笑一声，毫不留情地冲侍卫吩咐道："金杰，推出院门外立即斩首！"

汪庆禧双眼翻白，口流涎水，头一耷拉昏过去了。金杰把他提溜到院门外的高岗儿上，手起刀落，只听"咔嚓"一声，血淋淋的人头骨碌碌滚到坡下去了。

金杰反身回到屋内，嘉庆问包永喜："小伙计，你是个聪明、能干之人，今后打算如何度日？"

包永喜回道："奴才孤苦一人，举目无亲，还没想以后咋办呢，敢请圣上示下。"

嘉庆沉思片刻，说道："那就当一名护围兵吧！从今以后，你可将大号'包永喜'改为乳名儿'包常乐'，以为如何呀？"

小伙计乐呵呵地答应道："嗻！奴才遵旨，谢主隆恩，托万岁的洪福啊！"

嘉庆爱抚地瞅了一眼包常乐，回过头来又命金杰去卡伦，把那几个护围兵捆来。不一会儿，金杰便押着五花大绑的六个护围兵进来了，扑通通跪在地上，异口同声地叩道："奴才不知皇上驾临，有失远迎，万望恕罪！"

嘉庆问道："汪庆禧雇人在围场盗伐林木，捕杀禽兽，下网捞鱼，尔等可知晓？"

几个护围兵一听，骨头都吓酥了，纷纷认罪道："奴才知罪，罪该万死！"

嘉庆又问："何罪之有哇？"

其中一个年长的护围兵说："奴才护围不严，看管不利，致使盗贼有机可乘。"

嘉庆气不打一处来："哼！说得倒轻巧，这车马店已建多年，尔等知道吗？"

另一个高个儿护围兵回道："皇上啊，奴才虽然知道，但不敢管哪，更不敢告发呀！"

嘉庆问："缘何如此？"

高个儿护围兵说："车马店的掌柜汪庆禧霸道得很，只因承德副都统那葱郁是他的妻弟，谁也不放在眼里。二人互相勾结，滥砍滥伐，盗捕猎物，无人敢管。"

嘉庆追问道："此话当真？"

"奴才若有半句谎言，犯欺君之罪，当杀不赦！"

嘉庆说："尔等平身吧。都听着，此事要严加保密，不可走漏半点儿风声，待朕回到避暑山庄再酌处之。车马店掌柜的汪庆禧已被朕斩首了，小伙计包常乐收为护围兵，从现在起，将领取月俸。尔等呢？停俸半年，以观后效！"

六个护围兵齐声儿叩道："谢皇上恩典，奴才今后一定尽职尽责，当牛做马，效忠朝廷！"

据传讲，包常乐后来娶了妻室，生了二子。到了光绪年间，原来车马店所在地的住户逐年增加，故而取名"上常乐店"。包常乐的两个儿子娶妻后分家另过，大儿子所住的村子名叫"中常乐店"，二儿子居住的村庄叫"下常乐店"。上、中、下常乐店就是这样留存下来的，此乃后话。

嘉庆在李纪恩、金杰的陪同下，由车马店返回驻跸大营，当即传旨，命承德副都统那葱郁来见。

半个时辰后，黄幄内，嘉庆坐在正中间，亲自审问那副都统，众臣分列两侧听审。那葱郁在事实面前，对所犯罪行供认不讳，态度尚好。嘉庆说："朕念你多年管理围场，没有功劳尚有苦劳，决定免去副都统之职，发配新疆伊犁，戴罪立功吧！"

那葱郁惊出一头冷汗，连连叩头致谢："卑臣遵旨，谢主隆恩！"转天，衙役为其披枷戴锁，押送去了新疆。

第六十二章

孝子姜　入围割草遭残害
短命女　化作鸟儿比翼飞

　　第二天清晨，嘉庆率领大队人马前往鄂尔吉库哈达围猎点，途经青蛇岭时，已近晌午，阳光满地，感觉暖烘烘的。塞北就是这种天气，春秋两季一天多变，昨日一场秋雨，今天又可转暖。嘉庆正骑着御马往前走呢，忽然刮起一股儿旋风，围绕着马腿旋转，马走到哪儿，旋风跟到哪儿。觉得很是奇怪，便勒住御马，旋风并没有停止，御马扬起前蹄咴儿咴儿直叫。侍卫金杰提醒道："皇上，这股儿旋风有些蹊跷，总是围着御马转，得小心点儿。"

　　嘉庆说："朕知道了，继续赶路要紧。"

　　话音刚落，就听金杰"哎呀"一声惊叫，仔细看时，见一条青皮大蛇盘在他左腿上了。金杰忙屈腿用力甩，抖掉了青蛇，低头朝脚下一瞅，嚯，地上竟有不计其数的大蛇小蛇在蠕动，还有的正一动不动地晒太阳哩！嘉庆问道："这是什么地儿？"

　　金杰回道："据护围兵讲，此地叫青蛇岭。"

　　嘉庆倒吸了一口凉气，不由得毛骨悚然，自言自语道："青蛇岭处多青蛇，如此拦驾却缘何？"

　　金杰说："百姓俗称蛇为'小龙'，小龙若多时，也能旋起风呢！"

　　嘉庆面露不悦："什么小龙？朕才称为龙呢，而且是真龙天子！"说着，紧催坐骑前行，可那旋风却不肯离散，仍在马前转来绕去。好不容易下了山坡儿，来到山谷处，旋风才散了。

　　大学士李纪恩开口道："皇上，真是够怪的了，刚才那股儿黄色的旋风突然间不见了。"

　　未等嘉庆说话呢，金杰往前一指道："皇上请看，那个黄土堆里分明埋着死人，一只脚露在外面，旁边的草丛里还有个大柳条筐。"

　　嘉庆翻身下马，走到跟前瞅了瞅，沉思道："不但私闯皇围，而且把死人埋在这里，肯定是慌里慌张才未埋严实，真乃胆大妄为！"

545

李纪恩说："皇上明鉴，很可能是个冤案呢！"

嘉庆问金杰："此地距鄂尔吉库哈达围猎点还有多远？"

金杰回道："三里地左右。"

嘉庆当即口谕，命卡伦护围兵来见。金杰"嗻"的一声打马驰去，工夫不大便返回来了，身后跟着四五个护围兵，见了皇上急忙叩道："奴才不知万岁驾到，有失远迎，万望恕罪！"

嘉庆问道："近日有人私闯皇围吗？"

其中一个叫关常富的护围兵答曰："回皇上，私闯皇围者大有人在。有刨药材的，有采蘑菇的，也有采山野菜的，还有割草的，前天就有个身背柳筐、手持镰刀的壮汉偷着入围割草。"

嘉庆一怔："噢？此人姓甚名谁，家住哪里，长的什么模样？"

关常富说："割草人叫姜五，家住承德佟家沟，四十二岁，长瓜脸，粗眉毛，络腮胡，说话带点儿京腔儿。"

"看来尔等把姜五捉住了？"

"是的，奴才几个一起抓的。姜五说，每遇皇上行围狩猎，他都跟在大队人马的后边进入围场割草，然后卖给随围的将士喂马。"

嘉庆听罢，一下子变脸了，怒问道："此黄土坟中埋的是谁？讲！"

另一个护围兵答道："回皇上，埋的是姜五。"

嘉庆气坏了，吼道："一帮混账！姜五家境贫寒，老母患病在身，全靠这个大孝大爱的儿子随朕进围割草卖钱，用以度日。朕曾见过他，是个不错的人，不料却被尔等当成私闯皇围者而活活打死了，成了冤死之鬼，他那可怜的老母谁养啊？"

护围兵们吓得浑身筛糠，大气儿不敢出，连连叩头道："奴才有罪，罪该万死！"

嘉庆怒不可遏："身为大清的护围兵，竟然好坏人不分，私设公堂，打死赡养老母的孝子，真是有眼无珠，胆大包天！朕问你们，每人的月俸是一两五钱银子吧？"

护卫兵齐声儿答道："是！"

嘉庆说："从姜五冤死之日起，尔等每人每月拿出五钱银子，孝敬死者的病中老母，为其养老送终。再把姜五的墓建起来，朕将御笔题字，镌刻在墓碑上。"

护卫兵叩道："奴才遵旨！"

金杰随即呈上笔砚，展开宣纸，嘉庆提笔写了"姜五之墓"四个大字，然后说道："尔等平身吧！"护围兵们哆哆嗦嗦地站了起来。

嘉庆率大队人马继续前行，拐过一个山脚，往前一指问道："前边那座山叫什么名儿呀？"

金杰回道："禀皇上，此山名叫'似汰梁'。"

嘉庆笑道："汰梁就是汰梁，怎么能说成似是而非的'似汰梁'呢？"

金杰说："奴才也不清楚，不过听老辈讲，似汰梁有个故事哩！"

嘉庆来了兴致："传朕口谕，命大队人马在似汰梁山脚下歇息一会儿，你给大家讲讲那段儿故事，也好使将士们提提神！"

于是，金杰遵旨，给大家讲了一个"似汰梁上不孤鸟"的传说。

相传似汰梁上有一种美丽的鸟儿，人称"不孤鸟"，有时叫得欢快，有时叫得凄凉。每当欢快地鸣叫时，在它旁边的树上，准有啄木鸟围着树干转圈儿，啄食着蛀虫。每当叫得凄凉时，啄木鸟就不见了。这是为什么呢？有人说，是不孤鸟想念啄木鸟了。

故事源于康熙年间，说是木兰围场有个满洲青年，名叫舒赫钦，二十岁那年，被招到木兰围场当护围兵。临走前，对还未过门儿且正病着的未婚妻富桂芳叮嘱道："桂芳啊，我这一走，最少也得七年八载才能回来，你可要好好儿照顾自己呀，省得我着急，总是牵挂你。"

桂芳说："赫钦哥，我知道，木兰围场是皇上率兵行围狩猎的地方。咱旗人吃着大清的俸禄，已经感恩不尽了，那就得为朝廷办差。放心去吧，尽心尽力地护卫皇家猎苑，不要老挂念我，等你回来的时候，咱就成亲。"

舒赫钦离家那天，桂芳强打精神送了一程又一程，知心的话儿就像滴水崖上的泉水流不完滴不尽。千里相送总有一别，舒赫钦走了，富桂芳在回家的路上却遇上了顶风雨。她深一脚浅一脚地跑啊跑，也不知摔了多少个跟头，进了家门一头扎到炕上，晚上便感到天旋地转，浑身发烫，眼睛也睁不开了。

额娘赶忙找来郎中于仁林，别看他才二十四岁，医道可高呢！他给桂芳号完脉又看了看舌苔，对老太太说："老人家，你闺女被雨激着了，没啥大事儿，吃两服药就好了。"说完，留下了自己配的药，起身告辞了。

桂芳连续服药四五天，虽然高烧退下来了，但总是无精打采的，饭也吃不下，觉也睡不好，身子骨儿越来越弱。额娘一看着急了，寻思咋干吃药不见强呢？又把小郎中请来了。于仁林仔细把了半天脉，先号左手，再号右手，然后说道："老人家，你闺女有心病啊，她是想念未婚夫了。"

这可咋办？额娘急得一遍遍地恳求小郎中，一定得把女儿的病治好，要多少银子都行。说着，哭起早年去世的老伴儿来，要是还活着，也用不了当额娘的操这份儿心哪！

于仁林虽然医道高明，但也治不了姑娘的相思病啊！他看娘儿俩怪可怜的，姑娘要有个好歹，老太太还咋活呀，得想法儿给姑娘补补身子，于是便道："老人家，给不给银子我倒没想过，眼下治病要紧，不过手头儿尚缺一味中药。"

老太太说："这难不倒咱，漫山遍野有的是中草药，缺什么我去采。"

小郎中告诉她："老人家，这味药可不好找，是长在深山里的人参，附近没有。"

额娘为治女儿的病豁出去了，再高的山也敢攀，爬了不少山山岭岭，找了又找，寻了又寻，却始终未见人参影儿，急得满嘴起燎泡。于仁林见老太太早出晚归的，浑身磕得青一块紫一块很不容易，便道："老人家，歇两天吧，别累着。听说木兰围场鄂尔吉库哈达围猎点的东边有座似汰梁，梁上长有人参，我去找找看。"老太太感动得热泪直流，拽着小郎中的手千恩万谢呀！

于仁林走后，桂芳的病越来越沉重，额娘急得站不稳坐不安的，只盼小郎中能快些找到人参。可是一连多天，也未见回来，连个信儿都没有。

单说于仁林寻人参，翻过了九十九座山，跨过了九十九道岭，涉过了九十九条河，终于到了似汰梁。他攀上梁顶往下一看，哎呀，半山腰果真长着两棵大人参，高兴极了，刚想顺着崖壁向下挪，忽听背后有人喊："那是谁呀？竟敢私闯皇围，不要脑袋了？"

于仁林回头一瞅，原来是个年龄同自己相仿的护围兵，便恳求道："这位小兄弟，请行行好，高抬贵手，让我采下那半山腰长着的两棵人参吧。我是个郎中，远道而来，为了救一个病重的姑娘才采参的，谢谢你了！"

这护围兵是谁呢？赶巧了，正是桂芳的未婚夫舒赫钦。他一听说有人参，立刻想到了未婚妻，半个月之前离家时，桂芳还病着，不知现在怎么样了。如果能弄到一棵人参给未婚妻，她的病能好得快些，老额娘也可以用来滋补身子，这不是求之不得嘛！于是爽快地答应道："好吧，你可以采。不过先说好喽，把那两棵人参采下之后，咱俩对半儿分，每人一棵，你看咋样？"

于仁林说："行啊，小兄弟，你真是积了大德了！"边说边拿出一根粗绳子，将其中的一头儿缠到树干上，另一头儿系在自己的腰间，然后叮嘱护围兵，如果听见他在下边喊，立即往上拽绳子。

舒赫钦点点头道："知道了，放心吧！"

于是，护围兵在崖顶上拽着绳子，一点点地将于仁林顺到了半山腰，脚蹬崖壁停在一棵人参旁。小郎中抽出捆在腰间的手镐开始刨，刨呀刨，工夫不大便刨了下来。正这时，伏在另一棵人参旁的一条巨蛇忽地抬起头来，吓得他"哎呀"一声惊叫，崖上的舒赫钦赶忙往上拽绳子。于仁林上来之后，舒赫钦问道："刚才怎么了，出啥事儿了？"

于仁林心有余悸地说："好险哪，看见了一条巨蛇，可把我吓坏了！"

舒赫钦见郎中只采了一棵人参，遂问道："郎中啊，一棵参俩人咋分哪？"

于仁林说："为了治病，只能再下去一趟了，你仍用绳子把我放下去。"

于是，同第一次一样，郎中拽着绳子顺顺当当地站在了半山腰。刚拿出手镐，没承想躲在旁边的巨蛇猛然蹿了过来，紧紧地缠住了他的脖子。尽管舒赫钦一声接一声地高喊郎中，可此刻的于仁林脸憋得通红，已无法发出声音了。

站在崖上的舒赫钦手中有了一棵人参，喊了半天，郎中也没应声儿，未婚妻还等着治病呢，一念之差索性放开了绳子。处在危难之中的郎中虽然尚未被蛇缠死，但绳子一松，竟活活地摔死在深谷里了。

舒赫钦怀揣人参马不停蹄地跑回家中，桂芳一看是未婚夫回来了，激动得热泪盈眶，扑进他的怀里连连说："我的赫钦哥哥呀，你可回来了，让妹妹好想啊！"

舒赫钦也泪流满面，喃喃道："桂芳妹妹呀，自从哥离开家后，一日如三秋哇，做梦都想见到你呀！"

两个年轻人越唠越亲热，越贴心，述说着别后的思念之情。舒赫钦从怀里掏出一个红绸子包儿，小心翼翼地打开后，一棵从未见过的硕大人参呈现在姑娘面前，桂芳欣喜地问道："赫钦哥，这棵人参好大呀，是从哪儿挖来的？"

舒赫钦便把得宝参的经过毫无保留、详详细细地说了一遍，桂芳简直不敢相信这一切，以为自己的耳朵出了毛病，大睁着双眼盯问道："宝参真是这么来的？"

舒赫钦得意地点点头道："没错，哥所以这么做，都是为了你呀！"

桂芳失望极了，伤心得直摇头，一字一板地说："那郎中名叫于仁林，为了给我治病，才历尽千辛万苦，冒着生命危险去深山挖人参。你却故意断了绳索，要了恩人的命，你的……良心何在，你……"没想到富桂芳一气之下，竟说不出话了，一口气儿没上来死在炕头儿了！

此刻，老额娘正在山上砍柴，还没有回到家中，自然不知道女儿已魂归西天。舒赫钦悲痛至极，呼天抢地，万万没有想到给未婚妻治病的郎中竟被自己害死了，桂芳也离他而去，真是后悔莫及呀！

富桂芳死后，变成一只美丽的小鸟儿，名叫"不孤鸟"，飞到似汰梁去寻找善良的恩人于仁林的尸体，但没有找到。可她清楚地听到了有人说话："鸟儿哇，鸟儿，我就是你要寻找的郎中啊！"小鸟儿回头一看，见一只啄木鸟落在了旁边的树干上。

原来，于仁林被害死之后，变成一只啄木鸟，当上了"树医生"。为给大树治病，整天围着树干转，啄起了害虫，又成了郎中，一边啄一边叫："不孤，不孤，我亲爱的不孤鸟啊！"

不孤鸟说："于仁林哪，于仁林，你变成啄木鸟，又为树木当了郎中，可敬可贺呀！"

从此，啄木鸟歇息时，不孤鸟总是安慰它："不孤，不孤……"两只鸟儿相亲相爱，夜里同栖枝头，白日比翼齐飞，形影不离，受到百鸟的尊敬。

金杰讲完这个故事，眼圈儿红了，众人不语，嘉庆愤愤地说："护围兵舒赫钦可恶至极，若真有此人，朕非判他红碴子罪不可！行了，歇息得差不多了，抓紧时间赶路吧，过了似汰梁就组织一场围猎。"

大队人马继续前行，翻过似汰梁，又走了一段路，嘉庆命就地搭建帐篷和黄幄，然后进行布围。

半个时辰后，一切就绪，合围开始了。此地同其他围猎点一样，飞禽走兽不多，收获甚微，高大的树木伐掉不少。坐在看城上的嘉庆越看越生气，未待罢围，便起身一甩袖子道："哼！白白浪费时间，木兰秋狝到此结束了！"转天一早，率大队人马起程，回返承德避暑山庄。

第六十三章

嘉庆帝　驾崩山庄众纷纭
道光帝　公启镭匣即皇位

嘉庆率人马行至避暑山庄那天，是嘉庆二十五年七月十八日，途中偶感不豫，但没太当回事。抵达山庄之后，皇次子绵宁和皇四子绵忻侍侧，整日不离身边。二十五日治事如常，傍晚病势急转直下，戌刻驾崩，终年六十一岁，在位二十五年。

嘉庆突然驾崩，犹如晴天霹雳，把当时在避暑山庄的众大臣，所有官员和上下人等全震蒙了！顿时一片忙乱，大呼小叫，楼亭馆阁间回荡着恸哭之声。天上的乌云不再飘动，古松林的白鹤中止了鸣叫，湖区内的金鲤停跳了龙门，沿岸的垂柳不断地滴泪，凝重而悲凉的气氛笼罩在塞北山庄的上空。

烟波致爽殿的西暖阁里，大臣禧恩、托津、戴均元等守在嘉庆身边，内侍手忙脚乱地为皇上换穿寿衣，随围嫔妃痛哭失声！

忙乱过后，大家对皇上缘何离世的猜测接踵而至。有的说："昨日万岁登临双塔山时，狂风大作，飞沙走石，终未成功，很可能受了风寒。"

有的说："近几天皇上忙于批阅奏折，睡得较晚，休息不好，劳累所致。"

也有的说："昨晚夜深人静之时，乌云密布，响起了轰隆隆的雷声，圣上八成是中了雷击。"

还有的说："圣上心中有一忌，每当看到武烈河东的磬锤峰时，就龙颜不悦。因为'磬'与'庆'谐音，那石棒槌犹如一个敲磬的大锤，硬是击打着'庆'，不驾崩才怪呢！"

嘉庆的去世，给众臣留下一个不可解的难题，五子中除长子早殇，由谁来继承皇位呢？经众臣合计后，决定由李纪恩等大臣及众多侍从守护皇灵，禧恩和戴均元由几名侍卫保护疾驰京师，看一看皇宫内"正大光明"匾后有没有遗诏。一般来说，皇帝的遗诏装在镭匣中，不到临终之时，神秘的镭匣是不准公启的。

京师至承德避暑山庄的沿途上，禧恩和戴均元紧催坐骑，争抢着时间返京。京师皇宫在接到嘉庆皇帝于避暑山庄驾崩的噩耗后，紧急派出相关人等，飞马朝承德方向驰奔。

禧恩、戴均元到了京师，进入皇宫，看到宫内上下一片哀愁，皇后、皇贵妃、嫔妃们哭声凄恻，个个成了泪人儿。

后妃们见二位大臣回来了，纷纷围上前来，询问皇上离世的具体情况。戴均元说："皇上打算在避暑山庄驻跸七八天就回京，哪承想二十五日的头晌还看奏折呢，傍晚却病危了，两个时辰后便驾崩于烟波致爽殿的西暖阁，连点儿预兆都没有，太突然了。"

孝和皇后钮祜禄氏听罢，问道："皇上因何病而走？"

戴均元摇摇头道："其说不一，究竟得的什么病，卑臣也不清楚。"

皇后气得厉声儿责问："你们身为御前重臣，连皇上得的啥病都说不清，纯粹是一群酒囊饭袋！你俩丢下大行皇帝不管，来京师作甚？"

禧恩回道："皇上刚刚晏驾，卑臣和戴大人特来京师，为的是看一看'正大光明'匾后有无遗诏。"

皇后问道："对呀，找到没有哇？"

禧恩说："还没来得及去看呢！"

于是，皇后同戴均元、禧恩一块儿仔细察看了'正大光明'匾后，竟然没有留下遗诏。皇后着急了，没有遗诏，又无皇上的口头遗嘱，由谁继承皇位呢？大清王朝不可一日无主哇！嘉庆的十五位后妃中，只有两位皇后和两位皇贵妃育有皇子，其中孝淑皇后喜塔腊氏已于嘉庆二年病故，剩下的三位皆急着前往承德避暑山庄。这也不奇怪，谁心里都有个小九九，谁不想自己所生的儿子继帝位呀，一旦当了皇上，母以子贵，那就是人人尊崇的皇太后了。

禧恩小心翼翼地说："皇上的灵柩很快就运抵京师了，臣以为，国丧在皇宫所在地举办为宜。"

皇后点点头道："好吧，我们就在京师候着了。"

禧恩和戴均元齐声儿叩道："皇后圣明，卑臣遵旨。"

"平身吧！"

两位大臣出了皇宫，翻身上马，又向承德方向驰去，心情格外沉重。没有找到遗诏，四位皇子如若争抢帝位，后果不堪设想啊！

禧恩和戴均元一路打马飞奔，七天后方到承德避暑山庄，向众臣与皇子告知此行未能找到遗诏。一个个无不面带愁容，唉声叹气，暗自落

自乾隆后，清帝父东子西的"兆葬之制"。

清西陵龙泉峪慕陵工程，道光帝派出宠臣穆彰阿负责兴建，自道光十二年破土，至十六年竣工，历时四载。慕陵比泰陵、昌陵小些，裁撤了圣德神功碑楼、华表、石像生、方城、明楼、二柱门、三座门等建筑，有别于其他清帝陵寝，但其建筑形式、材质结构却独特别致，异常精美。隆恩殿和东西配殿一改清代帝陵均施油漆彩画，大殿外围附以汉白玉栏杆之结构，全部木结构均用珍贵的金丝楠木做成，不施彩画，在原木色上以蜡涂烫。天花、隔扇、雀替、藻井等处，饰有楠木雕龙数千条，在烟波云海之中，好似万龙相聚，龙口喷香，生动多变，栩栩如生。大殿为单檐，外围不施玉石栏杆，而以木楹数十根撑托梁架，辟成巡回走廊。

那么，为何如此设计呢？道光认为宝华峪地宫浸水系群龙钻穴、龙口喷水所致，故而采用楠木雕龙，为的是不使群龙去地宫吐水，而聚至隆恩殿内吐香。

道光的皇四子——二十岁的奕詝于道光三十年正月二十六日即位，年号咸丰。尊皇贵妃为孝慈皇贵妃，追封兄奕纬、奕纲、奕继为郡王。封弟奕䜣为恭亲王，奕譞为醇亲王，奕詥为钟郡王，奕譓为孚郡王。

第六十四章　　咸丰帝　丧权辱国失民心
　　　　　　　同治帝　太后垂帘秋狝废

　　奕䜣即位时，清王朝正处于江河日下、内外交困的转折时期，偏偏咸丰又是个无能力的"三迷"皇上，即烟迷、戏迷、色迷。作为一国之君，别说把木兰秋狝忘了个一干二净，对道光年间派林则徐去广州禁烟和火烧鸦片也不感兴趣，更不必说严惩贪官污吏了。他整天吃喝玩乐，花天酒地，置大清江山于不顾。嫔妃众多，其中有个叶赫那拉氏，又称兰儿，满洲镶黄旗人，曾祖、祖父、父亲曾于朝中任职。咸丰二年五月初九日入宫，封兰贵人，住储秀宫，当年十八岁。她模样俊俏，能说擅唱，心思敏捷，精娴文艺，很会在皇上面前卖弄风骚，被咸丰所宠爱，封其为懿嫔。两年后生子载淳，不久晋封为懿妃，转年晋懿贵妃，在皇帝的女眷中，仅仅次于皇后的封号。有时还替皇上批阅奏折，参与朝政，政治野心渐渐显露出来。

　　咸丰常带懿贵妃出游，去承德避暑山庄消暑，住在烟波致爽殿，三天两头于浮片玉戏台和云山胜地楼的室内小戏台观戏，还曾学戏，指导太监排戏，如《教子》《八扯》等。除此之外，不仅不抵制鸦片，竟在寝宫吸起大烟来，且酒色相陪。每当吸完大烟，顿觉浑身清爽，精神抖擞，异常舒坦。若是一天不吸，就感到十分难受，两眼淌泪，流哈喇子，坐卧不安，故而只能接着抽，烟瘾越来越大，瘦得像个猴儿。这哪里像个皇帝，哪还顾得上考虑国家大事？可是谁敢阻止当朝天子抽大烟哪！久而久之，承德避暑山庄外的南营子流传开了一首民谣：

　　　　　　大烟鬼呀不要脸，
　　　　　　趿拉破鞋上烟馆。
　　　　　　抽完烟泡舔烟灰，
　　　　　　形销骨立如麻秆。
　　　　　　腰里无银去借账，

推推操操被人撺。

从道光三十年至咸丰十年，清朝经历了太平天国革命以及河南捻军起事，给清政府以沉重打击。国际上，由于咸丰驳复了英、美、法修约要求，拒绝美使和英使北上，与英议和以及沙俄以黑龙江和乌苏里江为中俄国界之要求，盛怒之下，英法兵团驶入北塘并占据之，继而攻陷天津，占领通州，咸丰吓得带着眷属从圆明园出发，逃往承德。二十多天后，英法联军攻进了北京海淀，洗劫了圆明园并纵火焚毁。从咸丰八年到咸丰十年，清政府被迫与俄、英、法、美分别签订了丧权辱国的《瑷珲条约》《天津条约》和《北京条约》，民心尽失。

咸丰十一年七月，咸丰帝病重，驾崩前，召怡亲王载垣、郑亲王端华、御前大臣肃顺、景寿，军机大臣穆荫、匡源、杜翰、焦佑瀛宣谕立皇长子载淳为皇太子，命载垣等八大臣赞襄政务。十七日，咸丰于承德行宫之烟波致爽殿西暖阁去世，时年三十一岁，在位十一年。是月，尊皇后及太子生母皇贵妃那拉氏为皇太后，定年号祺祥。八月，上奕䜣尊谥为协天翊运执中垂谟懋德振武圣孝渊恭端仁宽敏显皇帝，庙号文宗，葬定陵，旋升祔太庙。九月，上母后皇太后徽号为慈安，圣母皇太后徽号为慈禧。

单说咸丰驾崩后，慈禧开始琢磨了："我好歹也为咸丰帝生了个儿子，皇上一去，载淳自然就可以登基即位了。他虽然不到五岁，但母以子贵，我应该替儿子执掌大权。"可想归想，却不能如愿，咸丰死前已有遗嘱，由肃顺等八大臣辅佐幼主，这可把慈禧气坏了，立即唤来肃顺，声言道："御前大臣，我是皇上的生母，理当批阅朝廷的奏折。"

肃顺说："我们八大朝臣奉文宗咸丰皇上的遗旨，一块辅佐幼主载淳，不用太后劳神。"

慈禧不屑一顾，又道："哼，皇太后不仅批阅奏折，还要以皇上的身份下旨！"

肃顺说："我们八大臣以为，太后下旨无用，谁也不会照你的办。"

慈禧是左碰一个软钉子，右碰一个硬钉子，气得捶胸顿足，咬牙切齿，恨不得将肃顺他们全杀了，以解心头之恨！别看慈禧是个女流之辈，可心狠手辣，什么坏事儿都能丁得出来。咸丰的灵柩还在承德避暑山庄里停着，她为了争夺皇权，已经同辅佐幼主的肃顺等人明争暗斗了，且越来越激烈。

　　夜深人静之时，慈禧难以入睡，仍在思忖着："唉，我一个妇道人家，虽有千条妙计，但深居山庄内院，一条也施展不出来呀！以肃顺为首的八大朝臣可不能小觑，咸丰皇上刚刚驾鹤西归，他们马上在山庄的各处布下了岗哨儿，连大小宫门都有护卫亲兵把守，对出入者严加盘查，这可怎么办？很显然，若想离开避暑山庄，简直比登天还难！"想着想着，忽然眼前一亮，有了！遂向窗外站立的太监唤道："小安子！"

　　"奴才在，听候太后的吩咐。"

　　"你过来，我有话说。"

　　"嗻！"

　　安德海觉得今儿个不同往常，皇太后说话的腔调儿和表情显得十分神秘，赶忙脚步轻轻地进了屋，走到慈禧床前。

　　慈禧一摆手道："小安子，附耳过来。"

　　"嗻！"安德海凑到跟前。

　　慈禧小声儿吩咐道："小安子呀，这几年你日夜伺候在身前身后，很是辛苦，我最了解你，也信任你。今夜趁着外头风大，你要想方设法从山庄的五孔闸偷偷钻出离宫墙外，速去北京给六爷送口信儿……事成之后，定记头功，重重有赏！"

　　北京的六爷是谁呢？乃道光帝的皇六子，慈禧太后的小叔子恭亲王奕䜣，两人早就私下要好，心知肚明，关系十分亲密。而安德海是慈禧身边的心腹，他早看明白了，要是主子慈禧老佛爷倒了霉，还有自己什么好儿？老佛爷让办的事儿，尽管冒着杀头的危险，那也得去，说不定大功告成，我安德海能提个一官半职呢！一想到这些，顿时来了精神，贼胆大增。

　　当天深夜，先是刮了一阵儿风，接着又下起雨来，外头漆黑漆黑的，伸手不见五指。安德海出了寝宫，挨着宫墙根儿走，向五孔闸摸去，此闸是为了把热河泉水排到宫外，流入武烈河而特意修建的。到那儿以后，安德海伸手试了试，水冰凉冰凉的。当时也顾不得这些了，赶紧下了水，游到闸板跟前，憋足一口气一个猛子扎下去，从闸板下边钻了出来，到了宫墙外。又游出老远，才悄悄儿爬上岸，冻得哆哆嗦嗦的，上牙磕下牙。安德海到了一处车马店，好说歹说换了店家的衣裳，花重银买下一匹追风快骥，趁黑夜扬鞭催马向北京方向驰去。

　　恭亲王奕䜣接到安德海的口信儿之后，异常兴奋，认为这是夺权的最好时机。于是骑上一匹快马，昼夜兼程，火速赶到了承德避暑山庄。

先去楠木殿，跪在咸丰帝的灵柩前一顿号啕，显得非常悲痛。随即避开肃顺，暗中与嫂子慈禧太后见了面，好一番密谋之后，才与肃顺等人商量咸丰灵柩运往京师的日期。至于叔嫂二人打的什么鬼主意，肃顺当然不知道，一直蒙在鼓里。

九月的一天，肃顺等人奉文宗梓宫还京师，奉两宫皇太后还宫。当行至密云时，天色已晚，突然，恭亲王事先安排在路边的伏兵一跃而起，将肃顺的轿顶"盘"了，即用铁链子把轿顶子一盘，就意味着他犯罪了。肃顺犯了哪门子罪呢？难道遵照咸丰的遗嘱，齐心协力辅佐幼主也有罪吗？其实，慈禧和恭亲王欲加之罪，何患无辞？谎称八大朝臣"密谋造反"已经足够了。

到了北京，首先处斩了肃顺，然后诏赐载恒、端华自尽，夺景寿、穆荫、匡源、杜翰、焦佑瀛之职，穆荫遣戍军台。八位大臣受到了极大冤枉，而为首的中堂大人肃顺，则成了阴曹地府的冤鬼。

十月，命恭亲王奕䜣为议政王，在军机处行走，诏改祺祥为同治。十月初九，载淳即位，颁诏天下，以次年为同治元年。十一月，奉东宫的慈安皇太后、西宫的慈禧皇太后于养心殿垂帘听政。

慈禧梦寐以求的愿望终于实现了，从此，凡涉及国家大事，好多主意由她出，好多决定由她做，慈安的话她几乎不听，御座上的娃娃皇帝同治成了摆设。

当时，朝廷内有人偷偷议论，说慈禧是大清朝的败家子儿，一味地卖国求荣。慈禧听得密报后，在垂帘听政时解释道："一些多事的人背后嚼舌头，说我是大清朝的败家子儿，纯粹是屁话！谁都知道，咸丰年间，就签订了《中俄瑷珲条约》，一下子割去了六十多万平方公里的国土，这与我何干？那是咸丰八年的事儿。噢，还有咸丰十年八月，我随咸丰帝以木兰秋狝之名逃到承德避暑山庄，英法联军进入北京城，烧了圆明园。无奈之下，咸丰帝令恭亲王与英、法签订了《中英北京条约》《中法北京条约》，又签订了《中俄北京条约》，强行割去了大清四十四万平方公里的国土。此间，在北京、天津也签订了一系列条约，丧权辱国，割地赔款，我不着急不痛心吗？可一个妇道人家能有啥办法！"说这番话的目的很明显，妄图以此笼络人心，标榜自己如何爱国。然而却无济于事，该说的照说，因大家十分清楚她的为人。

慈禧太后享尽了荣华富贵，骄奢淫逸，过着腐朽的生活。每天早晨起来，先梳洗打扮，各处的供差太监皆鹄望在两侧。梳洗完毕，室内太监喊一声"打帘子",专司开帘的殿上太监应声儿将帘子打开。这时,一直等候的太监们跪满殿内和庭院,同时高呼"老祖宗吉祥",真是一呼百应,大有声震屋瓦之概。慈禧阅完奏折,回到乐寿堂处,开始用膳。

慈禧吃的都是什么呢?只看她最普通的一次膳点便令人咋舌:

火锅二品:八宝奶猪火锅,酱纯羊肉火锅。

碗菜四品:燕窝万字全银鸭子,燕窝寿字五柳鸡丝,燕窝无字白鸭丝,燕窝疆字蘑鸭汤。

杯碗四品:燕窝鸡皮鱼脯丸子,鸡丝煨鱼面,木炒肉,炖海参。

碟菜六品:燕窝炒炉鸡丝,蜜制酱肉,大炒肉焖玉兰片,肉丝炒鸡蛋,熘鸡蛋,蘑炒鸡片。

片菜二品:挂炉鸡,挂炒鸭。

饽饽四品:白糖油糕寿意,立桃寿意,苘蓿糕寿意,百寿糕。

随克食,即小吃一桌:猪肉四盘,羊肉四盘,蒸食四盘,炉食四盘。

还有野味十数品:鹿脯、鹿胎、山鸡、熊掌、芦雁、天鹅、地甫鸟、哈什蚂等。

俗话说:"有其主,必有其奴。"当年受慈禧指派去京师给恭亲王通风报信儿的太监安德海,为最终除掉怡亲王载垣、郑亲王端华、御前大臣肃顺立了头功,慈禧晋升他为宫中太监总管,月银一百两,设单人膳房,有时和主子同用一灶。宫中共计一千九百多名太监,总管太监一声吼,谁敢道个"不"字儿!

慈禧于膳后闲暇之余,常对安德海说:"想当年,咸丰帝病死在承德避暑山庄,要不是你深夜钻了五孔闸报信儿,哪有咱们的今天哪!"

安德海总是满脸堆笑地谄媚道:"那是老佛爷的福分,奴才只是跑跑腿儿而已,谢老佛爷赐福!"

然而这种吃五喝六的日子没过多长时间,同治八年八月,安德海便被同治皇帝所诛,此乃后话。

慈禧太后是个权力欲极强的女人,且心肠歹毒,飞扬跋扈,一手遮天。朝廷上下人等对她不管心里咋想,表面都是毕恭毕敬的,身边的侍从和太监个个十分小心地伺候着,生怕有一点点闪失,宫女们更是提心吊胆地苦熬日子。慈禧对朝政过问得事无巨细,然而按照祖制,每岁一举的木兰秋狝却从未提起。

一天早朝时,同治坐在龙椅上,几位大臣联名奏道:"皇上,臣等闻听木兰围场官员失职,管理不严,盗猎十分严重,滥砍滥伐成灾,好多林木被毁，飞禽走兽越来越少，现状令人担忧。木兰围场乃皇家猎苑，应尽力保护之，长此下去，后果不堪设想。"

娃娃皇帝哪里知道什么木兰围场啊，回头看看坐在帘子后面听政的两宫皇太后，询问咋办。只见慈禧装作很生气的样子，左比画一下，右比画一下，又努了努嘴。同治寻思了一会儿，觉得皇太后给出的动作好像是作废的意思，于是下旨道："从即日起，木条篮筐作废！"

众臣听罢，哭笑不得，连连摇头。同治好生奇怪，文武群臣咋这么个表情呢？马上回头看着帘后的皇太后。慈禧小声儿告诉他："不是木条篮筐，是木——兰——围——场。"

同治忙更正道："从即日起，木兰围场作废！"有的大臣不禁笑出声儿来。

慈禧无奈地拍了一下大腿，脸憋得通红，两只手捂在嘴边成喇叭状，又轻声儿提示道："不是木兰围场作废，而是木兰秋狝礼废。"

同治再次宣道："从即日起，木兰秋狝礼废！"

皇上的一句话，使得从康熙二十年设置的木兰围场，到同治二年，木兰秋狝便被礼废了，历经一百八十三年，可谓半部清史。

同治十二年正月，载淳已十七岁，开始亲政。翌年十月却患了天花，病势日见沉重，只好命内外陈奏之事仍由皇太后披览裁定，两宫再次训政。十二月初五，同治帝崩逝，年十九岁，在位十三年，亲政仅两年。

载淳膝下无儿无女，由谁来继承皇位呢？当时皇后阿鲁特氏已有孕在身，按照大清的规制，立嫡长为嗣皇帝，只能待皇后分娩后再定。而两宫皇太后提出，国不可一日无君，立帝之事已迫在眉睫，不能等。慈禧还认为，同治帝原本身子骨儿就不壮，又是患恶疾离世的，皇后即使生下孩子，也不会是健康的。她为啥这么讲呢？按清制规定，同治帝死后，应在"载"字辈之下的"溥"字辈中挑选继承人，那么慈禧太后就是祖母辈了，成了太皇太后，不能继续垂帘听政了。如果等到阿鲁特氏产子继皇位并需要垂帘的话，听政者应是皇太后阿鲁特氏，慈禧的权力尽失。她绞尽脑汁地左想右寻思，终于琢磨出一个给自己揽权的办法，即在咸丰的弟弟之子中选一人当皇帝，方可再度垂帘。

第二天，慈安、慈禧两宫皇太后召见惇亲王奕誴、恭亲王奕䜣、醇亲王奕譞、孚郡王奕譓、惠郡王奕详、贝勒载治、贝勒载澂、公奕谟、御前大臣伯彦讷谟祜以及军机大臣、内务府大臣等二十八位王公大臣，慈禧带着哭腔儿说道："同治帝已去，关于立嗣继位之事，大家看看宗室中谁承大统合适？"

众王公大臣都知道慈禧非常厉害，平时慑于她的淫威，敢怒不敢言。此刻更是不敢妄语，你瞧瞧我，我瞅瞅你，谁也没吱声儿。只有军机大臣文详觉得自己是三朝元老，又不是宗室中人，用不着偏袒哪一方，于是大胆奏言："当为同治帝立太子，从'溥'字辈中出，恭亲王奕䜣之孙溥伦依序应立。"

慈禧一听，这还了得，如立溥伦，垂帘听政的大权不是保不住了吗？遂即予以否定，说道："'溥'字辈中没有可立之人，应择其贤者。醇亲王奕譞之次子载湉已四岁，况且是至亲，由他承继大统应该是最合适的。"诸王公大臣面面相觑，无人表态。

慈禧随即传懿旨，以醇亲王奕譞之子载湉承继文宗为嗣皇帝，以次年为光绪元年。诸大臣哪敢抗旨呀，此事就这么定了，彻底剥夺了皇后阿鲁特氏腹中婴儿即位之希望。当晚，一队仪仗将不谙世事的载湉从醇亲王府邸接进了紫禁城，又一个傀儡皇帝即位了。而阿鲁特氏感到前途无望，痛苦已极，吞了金屑。经太医抢救虽然没死，但去意已决，后来又拒绝进食，一个多月后离世，时年二十二岁。

光绪元年三月，上载淳尊谥为继天开运受中居正保大定功圣智诚孝信敏恭宽毅皇帝，庙号穆宗，五年三月葬清东陵的惠陵，升祔太庙。

第六十五章

李莲英　仗势欺人自掌嘴
何道台　赴围招垦划为号

光绪元年正月，五岁的载湉即位，于太和殿举行了登基大典。从此，内阁学士翁同龢、侍郎夏同善于毓庆宫授读，醇亲王奕譞照料载湉典学等一切事宜，两宫皇太后垂帘听政。

光绪七年三月，东太后慈安去世后，西太后慈禧愈加大权独揽，为所欲为。直到光绪十四年，载湉已十八岁，慈禧再不交权实在说不下去了，只好宣布皇帝大婚后归政。表面看，光绪是亲政了，但有名无实，处处受控制，仍是慈禧太后一个人说了算。她于光绪十四年动用海军经费，重建被英法联军烧毁的颐和园，作为归政后颐养天年之用。

光绪二十一年，清政府在甲午战争中被日本打败，慈禧背着光绪帝，授意李鸿章签订了丧权辱国的《中日马关条约》，向日本赔银三千万两。此举激起了变法维新人士的愤怒，遂以"救亡图存"为目的，提出了"保国、保种、保教"的宗旨。光绪接受了维新派的改革方案，而慈禧太后却恼羞成怒，采取各种手段进行镇压和破坏，甚至屠杀维新派。

尽管大清国处于内外交困时期，可慈禧仍吃喝玩乐，我行我素，一副颐指气使的傲慢神气，连她的贴身太监也效仿之。慈禧太后还模仿唐朝女皇武则天，爱花如痴，每年夏天都要前往承德避暑山庄，一来避暑，二来去"月色江声"西边的花神庙祭拜一番花神娘娘。

大太监李莲英是个很会阿谀奉承的拍马能手，自从当上慈禧的贴身太监后，对下人也开始趾高气扬、指手画脚了。他本不爱花，更谈不上信奉花神，为讨主子的欢心，也装模作样地爱起花来。每当陪着慈禧来到承德避暑山庄的花神庙内，都要拿出不少香火费，在花神娘娘像前跪上个把时辰，嘴里还嘟嘟囔囔地乞求花神娘娘降福。其实，李莲英这么做，是故意给慈禧看的。此招儿也真灵验，经常得到慈禧的夸奖，说什么"李莲英最懂我的心思"。李莲英听了，心里不免美滋滋的，别提多高兴了。

大太监李莲英如此信奉花神，宫里的大小太监以及宫女们谁敢说个不信？一有机会也去花神庙里烧香、磕头。

当时，光绪皇帝和其爱妃珍妃娘娘热心于变法维新，以慈禧太后为首的顽固守旧势力则反其道而行之，最怕、最恨维新派了，百般封锁光绪和宫外维新志士的联系。光绪除了派人去南海会馆听康有为的变法主张外，还想选一个会办事儿、稳重机灵的太监在身边，作为传信儿人。

一天清晨，专为珍妃梳妆的宫女美莲想看看十四岁的弟弟美英，可弟弟是御膳房给皇帝传膳的小太监，不便到宫里去，姐儿俩就转到角门后边说话。哪承想珍妃刚巧走出角门，打算到后花园去，被撞了个正着！美莲慌得扑通一声跪地，一时不知说啥好了，而弟弟美英却镇静自若，向珍妃恭恭敬敬地请了安，不慌不忙地说："主子，奴才数日不见姐姐，心里甚是挂念。今天来给珍娘娘请安，顺便瞧瞧姐姐，不想撞了娘娘凤驾。"

美英的这几句嗑儿，说得珍妃很舒坦，微微一笑没吱声儿。她见美英尽管年龄不大，却很懂事，既稳重又会说话，就把他推荐给皇上，做了传信儿的小太监。

美英到了光绪帝身边之后，经常瞒着慈禧皇太后，同外边的维新派取得联系，将一些信件和皇上的口谕传递给他们。可是这件事不知怎么被大太监李莲英知道了，便将美英叫了去，先是吓唬一顿，继而甜言蜜语地哄骗，让美英以后把皇帝的口谕和信件内容告诉他。聪明的美英嘴上答应着，就是不做，大太监气得牙齿咬得咯咯响。由于美英是皇帝身边的人，眼下谁拿他也没办法，李莲英心中暗想："好小子，等着瞧，老子绝不饶你！"

又是一年的夏天，慈禧太后与光绪皇帝在几位大臣和侍卫的陪同下，来到承德避暑山庄避暑。一天晌午，李莲英去给慈禧太后取鼻烟壶，看到美英从花径中匆忙走过，突然心生一计，将鼻烟壶用力摔在脚下的石阶上，摔成了好几片儿，随即又把碎片捡起来，捧在手上，跪在慈禧面前，带着哭腔儿道："回禀老佛爷，奴才不中用，奴才该死！"

这翡翠镂花儿嵌珍珠儿的鼻烟壶乃慈禧心爱之物，一看摔碎了，顿时怒容满面，问道："真是个废物，怎么弄的？"

李莲英装作分外委屈的样子回道："老佛爷，奴才拿着鼻烟壶从寝宫出来时，看见一个人在花池子里掐花儿，奴才就喊了一声：'谁在那儿掐花儿呀？'那人也不答言，慌慌张张地跑了出来，一下子把鼻烟壶撞掉到地上了，啪嚓一声摔碎了。"说完，还抹了抹眼泪。

慈禧本来就生气，一听鼻烟壶是被掐花的人给撞掉的，犹如火上浇油，大声儿喝问道："那人是谁？谁呀？"

李莲英忙凑上前耳语道："是皇帝身边的小太监，叫美英。"

慈禧太后怒目圆睁，吼道："快，把狗崽子传来，乱棍打死！"

打手将美英拖来了，慈禧问都没问，下令道："把他的衣服扒下来，给我狠狠打！"

打手听命，三下五除二把美英的衣服扒下，举起棍子啪啪啪猛打，疼得他嗷嗷直叫。这时，只听一声断喝："棍下留人！"几个打手停了下来，扭头一看，原来是皇上匆匆赶来了。光绪向慈禧太后求情，饶小太监一命，美英这才未被打死。由于大太监李莲英硬说美英毁花儿，得罪了花神娘娘，慈禧太后罚他到花神娘娘面前跪了整整一天。

美英实在是委屈，险些成了棍下鬼不说，还无缘无故被罚跪了一天，膝盖跪肿了，泪水流干了，那是又恨又气呀！加上天气太热，浑身淌汗，口干舌燥，眼冒金花，一下子晕倒了。幸亏花神庙的小太监和美英素来要好，赶紧往他头上浇凉水，过了一会儿才苏醒过来。小太监关切地问道："美英啊，好点儿了吧？可急死人了。我也恨大公公李莲英，又阴又损带缺德，恨不得一刀宰了他狗娘养的！"

美英说："就是宰了他，也难消心头之恨，有朝一日非出出这口恶气不可！"

于是，二人开始合计治李莲英的办法，美英问道："李莲英常到花神庙上香，一般什么时候来？"

小太监想了想说："每当那些名贵的花儿开放之时，李莲英总是第一个到，然后陪老佛爷连着来两三次。再过四五天，山庄里的荷花该开了，李莲英肯定能来。"

美英听罢，一拍大腿道："好，我有办法了！"说着，凑到小太监的耳根处，喊喊喳喳了一阵儿后，又道："兄弟呀，这回就看你敢不敢了。"

小太监说："放心吧，哪个不敢是熊包，早就想收拾他了！"

五天后，山庄内湖区的荷花竞相绽放，香气扑鼻，沁人心脾。果然不出所料，用罢早膳，李莲英来花神庙进香了。进了庙门，点燃香束，插进香炉中，撩起长袍儿后襟儿跪在花神娘娘像前。这时，天忽然暗了下来，阴沉沉的，看样子马上就要下雨了。李莲英让小太监把带来的供品摆在桌案上，又点了两支红蜡烛，庙内顿时亮了起来，小太监有意回避，走出殿外。

李莲英边祈祷边叩头道："花神娘娘在上，李莲英给娘娘磕头了，过两天慈禧老佛爷也来为娘娘焚香，祝花神娘娘保佑避暑山庄百花盛开，鸟语花香，越开越兴旺！"连磕了三个响头后，刚要站起身，猛然看到花神娘娘身披的红袍簌簌地抖，紧接着身子、眼睛也动了起来。李莲英以为自己看花眼了，赶紧眨了眨眼，再定睛细一瞅，花神娘娘那红袍、那身子、那眼睛还在动！顿时吓得脸色煞白，汗毛都竖起来了，身子从上到下起了一层鸡皮疙瘩。他不敢再瞅了，赶紧闭上眼，扑通一声重又跪下，边磕响头边叨咕："花神娘娘显灵了，显灵了！花神娘娘啊，请回吧，请回吧。"

"李莲英，你可知罪？"花神娘娘在问话。

"奴才不知呀！"李莲英边磕头边回答。

"你盗用我名，故意栽赃陷害他人，有此事吗？"花神娘娘紧盯着问。

"奴才，奴才我……我……"李莲英语不成句。

"李莲英，仔细听着，我问你，还想不想活呀？"花神娘娘不容置疑地喝问。

"我……我想活，想活……"李莲英头上冒出了冷汗。

"你要想活，就先自悔吧！"花神娘娘提高了声音，严肃得让人发惧。

"花神娘娘，我……我该如何自……自悔呢？"李莲英的裤裆已一片骚湿。

"自己掌嘴，打七七四十九下，掌啊！"花神娘娘字字句句如雷鸣。

李莲英只好挥动双手掌自己的嘴巴，左一下，右一下，打了七七四十九下，嘴角儿流出了血。

花神娘娘咯咯地笑道："好了，好了，本庙娘娘问你，总共掌了多少下呀？"

李莲英用衣袖儿擦了擦嘴角儿，回道："老奴打了七七四十九下。"

花神娘娘说："错了，错了，已经打五十三下了。你也是挺大个人哪，白活呀，怎么不会数数哇？"

"老奴无用，是个废物！"李莲英咧咧老婆嘴。

花神娘娘又问："知道今天是什么日子吗？"

"回娘娘，今天……噢，今天是农历七月初八。"

花神娘娘说："好嘛，你再狠狠打自己七下，代表七月。接着打八下，代表初八，也好铭记在心哪！"

李莲英啪啪啪左右开弓，连着打了十五下后，嘴角儿重又流出血来，那鹰钩儿鼻子早就歪向一边了。

花神娘娘说："本娘娘念公公是初犯，饶你不死，滚吧，快滚！"

李莲英磕头如捣蒜："谢花神娘娘的大恩大德，老奴知罪了，以后会常给娘娘进香的！"说着，屁滚尿流地跑出去了。

这时，藏在神像后边的小太监和美英钻了出来，二人你看看我，我瞅瞅你，出得庙门捧腹大笑，那个高兴劲儿就别提啦！

第二天，花神娘娘惩罚大太监李莲英之举不胫而走，在承德避暑山庄附近传开了。多少年过去了，李莲英掌嘴的故事一直流传至今，成了人们饭后茶余的开心笑料。

闲话少叙，书归正传。山有山名，河有河称，大凡村庄都有个名字。光绪年间，木兰围场开始有了村庄，但村不叫村，庄不叫庄，而叫"号"。好不奇怪呀，村庄的名字用"号"来代替，咋回事儿呢？这得从木兰秋狝被礼废后，何道台遵照光绪皇帝的旨意，在木兰围场招募居民进行大规模的入围垦荒说起。

前书讲过，康熙二十年，在塞外设置了木兰围场。到了嘉庆九年，围场的飞禽走兽已经不多了，七十二围中，就有十四个围场没有野鹿。道光朝时，宣宗旻宁听说围场的禽兽越来越少，便没了兴趣，也就不去木兰围场狩猎了。可他又没个主意，一会儿让开围垦荒，说不定啥时候又派护围兵丁把入围开荒种地的百姓统统赶走。这样一来，弄得黎民叫苦连天，怨声载道。

光绪三十二年，光绪皇帝在承德避暑山庄消夏，传承德都统锡良觐见。锡良到后，光绪问道："你身为都统，对于木兰围场是放垦还是禁垦，持什么态度哇？"

说实在的，锡良就怕皇上问起此事。为啥呢？因为多年来，围绕着木兰围场是否放垦其说不一，有人主张放垦，有人坚持禁垦，应该保持木兰围场之风光原貌。他想了想，壮着胆子答曰："回皇上的话，卑职以为现今国库空虚，入不敷出，面临诸多困难。这种情况下，应准予黎民百姓入围开荒，起码可以解决清兵军饷之需。"

光绪沉思道："对于木兰围场是开、是禁，朕也思谋了很久，终难以决策。按照我国古代礼仪，皇帝进围狩猎，历来分为春搜、夏苗、秋狝、冬狩，不过很多时候是采用木兰秋狝，每岁一举已成家法。而今要广招居民开围垦荒，岂不违背皇祖的遗训吗？"

锡良仍坚持己见："皇上，以奴才拙见，还是开荒放垦好。眼下百姓贫困，缺吃少穿，洋人又欺负咱们，长此下去，其后果不堪设想啊！望皇上深思。"

光绪说："木兰围场可归直隶管辖，你找直隶总督袁世凯商量一下吧，酌情而定就是了。"

锡良离开避暑山庄后，第二天赴直隶省，向总督做了禀报。袁世凯听罢，唤来何昭然，粗声大气地下令道："既然皇上这么讲了，咱没说的，按旨意办。何昭然，你身为道台，就任木兰围场的屯垦总办了，可带些随员去那儿测绘地形，准备编订号数，招募居民入围垦荒吧！"

何昭然本是个谨小慎微之人，心里琢磨开了："哎呀，木兰围场是皇祖设置的，乃皇家猎苑。如果开荒种地，万一出个一差二错，哪能担当得起呀！"想至此，没有马上表态。

袁世凯见他犹犹豫豫的，遂问道："何道台，对于垦荒放围之事，有什么顾虑不成？"

何昭然诺诺道："总督大人，从前谁要是私闯木兰围场，轻者充军，重者处红碴子罪呀！"

袁世凯说："那是过去，现在都什么年代了，你就大胆干吧！"

何昭然只好领命，带了几个随员前往承德木兰围场地域，边测绘地形边号地。到了夜里，他无论如何也睡不着了，想起了同治元年发生的垦荒之事。当时，热河都统瑞麟曾奏请开围垦荒，同治帝准允了，于是便招民开垦。可是到了同治四年，皇上就翻脸了，不但将南至东庙宫、北至夹皮川、东至永和栈、西至布都沟周围百余里的垦荒黎民全赶出了木兰围场，而且在清围时，还把居民新建的房屋、粮食、器物等放火烧了个精光。黎民是遵照皇帝的旨意垦荒的呀，为什么说话不算数，出尔反尔，又不让垦荒了呢？为什么新建的房屋也给烧了呢？这里头肯定有说道儿！

转天一早，何道台令随员们先停下来，待向皇上禀告后，再定章程。他急匆匆地来到承德避暑山庄，一看皇上的寝宫烟波致爽殿的大门早已上锁了，澹泊敬诚殿的门也锁着，护围的官员告诉他，圣上已回北京两三天了。何昭然没敢耽搁，带了一袋干粮，骑上快马向着京师疾驰而去。

七天后，何道台抵达京师，进了皇宫，面见皇上跪禀道："万岁，奴才想来想去，觉得开围垦荒之事非同小可，所以又从承德赶到京师。卑职以为……"

光绪生气地打断道："何昭然，让你开围你就去，少废话！如今洋人进了大清国，百姓怨声载道，你以为朕的日子好过吗？每当升朝时，又有老佛爷垂帘听政，朕的气好受吗？还啰唆啥呀，滚出去，快开围垦荒吧！"看得出皇上的心情很糟糕，非常不耐烦，几句话就把何道台钱回了围场。

何昭然回到了木兰围场后，在他的组织和指挥下，把荒地编订号数，每五百四十亩为一号，依序排列，按上、中、下开放，大片荒地竟编成了八十多号。从直隶、山东、山西等省来的推车挑担之逃荒百姓，开始了大面积的垦荒耕种，在每一个"号"的中心地带安家落户，选址建村。人越聚越多，逐渐形成以"号"为名儿的村庄，即按照垦荒划地的编号定下的村名儿。从"头号""二号"一直排到"八十六号"，村庄名儿就称多少多少号。如排到七十九号，村庄名儿就叫"七十九号"。

从此，昔日飞禽走兽漫山遍野的木兰围场，变成了黎民百姓的繁衍生息之地，再也不见皇家猎苑的风貌了。直到今天，河北省围场满族蒙古族自治县的三百一十个行政村，有的仍按原先以"号"定村名，一至九十八号。有的"号"是重号，村名、村号告诉着人们当年木兰围场的情况，承德避暑山庄成了清代发展变迁的佐证。有道是：

昔日木兰显龙威，
人欢马啸箭羽飞。
清代三帝经秋狝，
而今遗留七座碑。

第六十六章 | 围场县　百姓联手抗捐税
　　　　　　　李管带　违令护民美名扬

　　诸位阿哥，咱们再说说布尼大院的后代吧。李纪恩和妻子静蓉一直
住在京师，由于年老体衰，已先后离开了人世。其子李宝和那金花成亲
后，生下儿子李济昌，如今也做父亲了，其子名叫李国轩，三十岁了。
自幼进私塾受业，学得很认真，后来考中了秀才。仗着朝廷里有点儿私
人关系，花了银子买个官，分到承德以北的围场县任知县，县衙设在木
兰围场东面的克勒沟。

　　前书讲过，同治年间，木兰围场虽没有明文规定，但已经开始放围
垦荒。大片大片的树木被砍伐，平原地带种农作物，一些草场用来放牧
牲畜，名曰木兰围，早已名存实亡了。

　　时进光绪三十二年，围场有了好多村庄，住户皆来自关里。这些
贫困的游民在塞外广袤的大地上，开垦荒地，耕耘播种，还种植了不少
大烟。

　　克勒沟县衙起先叫粮捕府，李国轩来这里上任时，正值国家推行新
政，波及塞北乡县。于是，他也提倡私人办实业，设立学堂，改革科举
制度，废八股，改地升课，增置户房等，受到大家的欢迎。人们都说："这
位李知县还行，心里装着咱老百姓，是个父母官。"

　　然而推行新政，不是想象的那么简单，得需要大量的纹银。清代到
了嘉庆时期，已是国势衰微，政治腐败，国库空亏，光绪朝更是如此，办
啥事儿都得从老百姓手里往外抠银子。李国轩办事向来着急，恨不得一
口吃个胖子，立马就成，越快越好。对于管百姓要钱之事，认为零割肉
不好受，不如一次性收齐，一来官府省心了，二来百姓也不用为此事担
心了。于是，便采取了按工商户铺大小和耕地面积多少来摊派捐税，乡
绅区董们有钱有势，应该多交税。

　　众乡绅区董听到这个消息后，立马来到克勒沟粮捕府，对李国轩诉
苦道："知县大人，我们成年累月地为百姓办事，容易吗，为什么还得多

交税银呢？如果真这样，将分文不交，总不能靠喝西北风活命吧！"

李国轩见众乡绅区董不是好惹的，一着急就慌了神儿，越慌越结巴："咋？你们……还想不交税？如果都加在……百姓头上，他们的负担……可……可就加……加重了。"

其中一个乡绅取笑道："瞧哇，李知县有个毛病，遇到难办的事儿心里就发慌，一慌就结巴，我看哪，干脆叫他慌官好了！"

话音刚落，乡绅区董们先是哈哈大笑，随即异口同声地喊道："慌官，慌官……"气得李国轩满脸通红，越发结巴，语无伦次地骂道："妈的，林子大了……什么鸟儿都有！本……本知县……可是朝……朝廷的命……命官，谁敢不从，必严……严惩……不……不贷！"

知县一发脾气还真灵，乡绅区董们全闭嘴了，想说啥也咽回去了，就怕朝廷一旦怪罪下来，吃不了兜着走，李国轩从此有了个不雅的绰号——慌官。

乡绅区董们私下里算了一笔账，虽然按店铺大小和土地多少来缴纳税银，但可借此机会向百姓敲竹杠，让他们多交税，自己不就少交了嘛，还能发一笔横财呢！随即一反常态，生怕交慢了露了馅儿，迫使乡民卖房子卖地交捐税，有的农户被逼得家破人亡，总算把税银都交上了。从此，大街小巷的乡民们全议论交税的事儿，个个愁眉不展，唉声叹气，偷偷骂慌官心太狠，不顾百姓的死活，什么父母官哪，纯粹是个催命鬼！

说来也巧，原木兰围场东北隅的将军屯因为缴纳捐税，出了这么一件事儿：

有户农家，老两口儿生了三个儿子，长大后陆续娶了媳妇。平日里，老婆婆总嫌三个儿媳没出息，不成器。这回碰到缴纳税银的事儿，老婆婆生怕自己摊得多，要是三个儿媳多交点儿，自己摊的那份儿不就省下了嘛！可又不好直说，于是想出个招儿来，逼着她们三个就范。

一天，老婆婆把大儿媳叫到跟前，说道："咱家你们妯娌仨，尽管已经分家另过，可眼下这税银交不上哪成啊？你是老大家的，得有个大嫂样儿，想个辙吧。如果不听老人的话，就别再进家门了！"

没承想大儿媳脑袋不转弯儿，没明白婆婆是想让她多分担税银，只是直盯盯地问："额娘，那……不让进家门，我干啥去呀？"

婆婆说："村南还有咱家几亩谷子，没人照看不行，你去看地吧，多咱谷穗儿黄了，多咱回家。"

大儿媳拗不过婆婆，眼里含着泪离开家门，坐在村南谷地上边哭边念叨：

> 婆母说我不成器，
> 打发村南看谷地。
> 啥时谷穗发了黄，
> 才能准许回家去。

这时，过来个牵羊的，见一女人坐在地头儿抹眼泪，遂问道："这位大嫂，因何而哭啊？"大儿媳将婆婆的话向他学了。

牵羊人说："大嫂，别难过，自古以来做儿媳就不容易。我这只母羊下了两只小羊羔儿，送给你一只，抱回家吧，老婆婆见了准高兴！"

大儿媳谢过牵羊人，抱起雪白的小羊羔儿回家了，一进门便将羊羔儿的来历向婆婆详详细细讲了一遍，婆婆乐呵呵地说："好啊，那谷地就让老二家去看吧，她才不成器哩！"

二儿媳更没多想，觉得受了委屈，又不敢争辩，只好噘着嘴来到村南，心里这个难受哇，站在谷地旁叨咕开了：

> 婆母说我不成器，
> 打发村南看谷地。
> 啥时谷穗发了黄，
> 才能准许回家去。

这时，过来一个打猎的，问道："大妹子，大热的天儿，你站在地头儿干什么呀？"

二儿媳打了个唉声道："婆母对我不待见，总说没出息，打发看谷地来了。"

猎人说："我刚刚猎获了两只野兔，送你一只，拎回家吧，老婆婆见了准高兴！"

二儿媳谢过猎人，拎着死兔子回到家中，婆婆见了，果然眯起双眼笑着问道："老二家，你怎么回来了？"

二儿媳回道："我回家送兔子来了，是一位猎人给的。"

婆婆说："老大家抱回一只毛茸茸的小羊羔儿，你又带回一只山兔子，行了，不用去看谷地了，让老三家去吧，她最不成器了。"

三儿媳见大嫂、二嫂都回来了，当然不愿去，可又有啥法儿呢？很不情愿地离开家门，去了村南，一屁股坐在地头儿，一边哭一边自言自语道：

> 婆母说我不成器，
> 打发村南看谷地。
> 啥时谷穗发了黄，
> 才能准许回家去。

这时，走来一个卖泥火盆儿的，问道："妹子，你站在这儿干什么呀？天儿快要下雨了。"

三儿媳把婆母为什么打发她来看谷地的事儿如实告知，说着说着，难过得哭了起来。卖泥火盆儿的说："妹子，别哭哇，多大个事儿呀！塞北山区的天儿说冷就冷，到了冬季，还常刮白毛风哩！这么的吧，送你一个泥火盆儿，先留着，等冬天烤火用吧。"

三儿媳连道几声谢，端着泥火盆儿回到家中，婆婆见了，乐得嘴都合不拢了，笑问道："三个儿媳每人带回一件东西，既有吃的，也有用的，你们当着人家面儿说了些什么呀？"

三房儿媳异口同声地答曰：

> 婆母说我不成器，
> 打发村南看谷地。
> 啥时谷穗发了黄，
> 才能准许回家去。

婆婆听罢，暗地里寻思开了："嘿，从今往后，再也不让她们看谷地了，有便宜我也得占。"想至此，吩咐道："你们仨各干各的针线活儿吧，不用去村南了，谷地我看了！"

老婆婆到了村南谷地里，一没眼泪，二不发愁，估计一会儿准有过路的，便偷偷用唾沫把双眼抹得湿湿的，揉得红红的，像是哭了很久的样子。

果然没多大工夫，走来一对儿夫妻，是锔锅、锔碗儿、锔盆儿的。女师傅问道："老人家，你站在地头儿干啥呀，为什么哭啊？"

老婆婆边抹眼泪边道：

儿媳说我爱放屁，
打发村南看谷地。
啥时谷穗发了黄，
才能准许回家去。

女师傅一听，老太太够可怜的，很是愤愤不平："爱放屁算什么毛病？三个儿媳也太不应该了，大热的天儿，咋能让这么大岁数的老人家看谷地呢！"

老婆婆显露出一脸的无可奈何："唉，小师傅不知道哇，我放屁和别人不一样啊！"

女师傅快言快语："屁都是臭的，有啥不一样？"

老婆婆想了想，言道：

老妪每次放个屁，
有人骑马去锦玉。
骑去又骑回呀，
屁门儿还没闭。

说完，自顾自地笑了起来："我的屁哟，放的时间长，响声大呀！"

男师傅捅了捅妻子道："这老太太够没出息的，啥话都往外端，你看咋办？"

女师傅微微笑了笑，冲老太太说："老人家呀，就因为爱放屁，三房儿媳才让你来看谷地的。我也没啥帮你的，这么着，我用锅子把你的屁股锅上吧！"说着，领老太太进了谷地。

不一会儿，老婆婆手捂着屁股从谷地出来了，回到家后，仨儿媳妇围了过来，问道："额娘，您老在谷地那儿念叨什么了？"婆婆便学了学那四句嗑儿。

大儿媳叹道："哎哟，就因为咱婆婆爱放屁，可让老人受苦喽！"

二儿媳接了茬儿："谁说不是呢！这么着，咱婆媳四人不是都有收获嘛，个人说个人的东西有啥用途吧！"

三儿媳赞同道："行，就听二嫂的。"

大儿媳说："我的母羔儿毛茸茸，长大下羔儿把钱挣！"

二儿媳说："我的野兔肉味鲜，补充营养身体健！"

三儿媳说："我的火盆儿暖融融，秋冬防寒不生病！"

老婆婆说："铐子铐我老屁股，白天黑夜紧绷绷！"

三个儿媳想笑又不敢笑，憋得脸通红，老婆婆后悔莫及地叹了口气道："唉，都怪我呀，老糊涂了。这些天，克勒沟粮捕府的慌官催着乡绅区董们来收税银，本想让你们仨每家多交点儿，我就分文不摊了。思来想去，便把你们折腾到地里，以为都能寻思过味儿了……"

大儿媳说："替婆婆交税，这是晚辈应该做的。可您老却不直说，变着法儿地逼我们，这是何苦呢？自己反倒还……"

此事像长了翅膀一样很快在将军屯传开了，居住布尼大院的那连福说："慌官还考不考虑百姓的死活了？这么重的捐税，谁能交得起？"

要问那连福是谁，就是曾住在将军屯布尼大院布尼家产的继承人那洪瑞、童玉英夫妇俩的孩子。当年，李纪恩和妻子静蓉于将军屯办完老额娘李秀珍的丧事后，回到了京师。不几年，在一个寒冷的冬日，那洪瑞家燃起了一场大火，布尼大院变成一堆灰烬，片瓦无存。那洪瑞、童玉英一急之下，双双病倒在炕上，水米难进。尽管儿子那连福想方设法借钱为父母治病，却无济于事，夫妻俩先后离开了人间。身在京师李纪恩府上已嫁给李宝的那金花根本不知此情，因为自从离开家后，互相再也没有任何联系。后来那连福也娶妻生子了，儿子名叫那文海，与李宝的儿子李济昌年龄相仿。而那文海与李济昌之子李国轩互不相识，不可能想到派给各家的税银与李纪恩的重孙子有着什么关系，一场反捐税、反慌官的斗争于塞北乡民之间孕育着，血气方刚的那文海正在将军屯悄悄儿串联，密谋着打慌官李国轩的行动。

将军屯距康家窝铺不远，那里有个叫潘振奎的人，五十岁左右，身材魁梧，性格粗鲁，有把子力气。家中上有七十岁老母，下有妻室儿女，日子过得紧巴巴。"慌官"派发的税银，让这个六口之家感到压力很大，等于雪上加霜啊！

一天，区董马登云骑着小叫驴来到潘家催捐，声称："如果一个月之内缴纳不上，知县有令，有房扒房，有地抽地。"

潘振奎一听，气得牙关咬得咯咯响，真想一拳捣他个乌眼青。可又一想，交税是李国轩下的令，马登云只不过是个跑腿儿的，跟他掰扯没用。

时间一天天过去了，眼看交捐的期限就到了，这个中间，马区董来催过很多次。潘振奎暗暗犯了愁："全家老少三代只有三间草房，如果被他扒了，往后住哪儿呀，怎么活啊？"

农历四月二十八这天，马区董又来登门催捐，潘振奎说："马区董，你放心，税银肯定少不了。不过我要亲手交给慌官，你们这号人哪，我信不着！"马登云气得直翻白眼儿，骂骂咧咧地走了。

潘振奎像没事儿人似的，扒拉了几口饭，背着家人去找将军屯的那文海。俩人见面喊喊喳喳一顿合计后，潘振奎腰间别了一把菜刀，那文海掖了一把斧子，前往刁虎沟村的大庙，说是逛庙会，实际是来求佛的。二人跪在佛像前，低声祈祷："佛爷呀，佛爷，求你了，保佑我俩马到成功吧……"

正这时，忽听背后有脚步声，回头一看，原来是邹家洼子的郎中邹玉吉。别看只有三十岁，但老成持重，胆大心细，有勇有谋。他刚刚为一个老太太看完病，正好赶上这里有庙会，便信步来到庙中，想看看热闹，不料遇见了老相识潘振奎。

刚才，潘振奎祈祷时，邹玉吉听了个一清二楚，觉得有点儿蹊跷。又发现他腰间鼓鼓囊囊的，好像掖着什么东西，遂问道："潘大哥，你这是……"

潘振奎是个有话直说的人，加上对邹玉吉比较了解，知道他的老家在沧州，有一身好武功，抡起七节鞭来，十几个人靠不了前，很了不得，常做行侠仗义之事。他那除恶济善之举，早就远近出了名，而且凭着自己的祖传医道，从沧州来围场的路上，救活了不少濒临死亡的逃荒者。到围场邹家洼子落户后，只要听说谁家父老或孩子生病了，哪怕深更半夜，也会登门诊治，药到病除。今日，潘振奎没承想能遇上邹郎中，便把自己的心思一五一十地说了，又将那文海介绍给他。

邹玉吉看着潘振奎，皱了皱眉道："潘大哥，此事非同小可，只你俩能行吗？就是砍了慌官的脑袋，日后你老母和妻儿谁养？再说了，硬行缴纳捐税，涉及全县乡民，到底交还是不交，这么大的事儿一两个人怎能解决得了？最近，我行医走到哪个村，都能听到大家在议论税银的事儿，乡民们个个焦虑不安哪，害怕期限一到，李国轩就派人扒房子抽地，往后难以生存……"

那文海插问道："邹郎中，难道咱们就眼看着……"话未说完，进来一个脖子后长个大疙瘩的中年男子，跪在佛像前就咣咣磕响头，邹玉吉忙拉着潘振奎和那文海走到墙角儿处。

大疙瘩点燃一炷香插在香炉里，从身背的口袋里拿出馒头供上，又将纸金钵点着，口中叨咕道："佛爷呀，求求你了，保佑我病重的老婆快起炕吧。好了之后，定给佛爷多送粮钱、宝物……"说着说着，不禁流下泪来。

站在墙角儿处的邹玉吉看得清楚，听得明白，心想："唉，有多少病人因许愿、还愿，结果耽误了救治时间而丧失了宝贵的生命啊！"于是，走上前问道："这位大哥，你的妻子病情怎么样啊？"

大疙瘩站起身，叹了口气道："唉，眼看就不行了。"

"找郎中看过吗？"

大疙瘩摇摇头道："兄弟，我连县里要求的税银都没交呢，哪有钱给老婆抓药啊！"

邹玉吉说："大哥，救人要紧，你家住在哪儿？我去给大嫂看看吧，没钱不要紧，分文不取。"

大疙瘩眼前一亮，扑通一声跪地叩道："哎呀，哪辈子积的德呀，总算遇上活菩萨了。我是温朱沟村人，姓蔡，叫蔡万春。"

"这么说，你和邹家洼子的蔡万秋是本家？"

"噢，他是我堂弟。"

邹玉吉笑了："蔡万秋就住我家后院儿。"

那文海见他俩要去温朱沟，便说："也好，我和潘大哥先串联一些人，再找慌官算总账。"

邹玉吉忙阻拦道："别，我看呀，咱们先到蔡万春家，等给他媳妇看完病，再商量税银的事儿也不迟。"

那文海瞅瞅潘振奎，潘振奎点点头道："听邹郎中的！"

四人刚出庙门，只见邹玉吉的妻子宋立春领着两个衙役急匆匆赶来了，大声儿说道："玉吉呀，你让我好找哇，李知县的夫人头昏脑涨，横竖睡不着觉，折腾好几天了，打发这二位请你去给瞧瞧呢！"

蔡万春一听，焦急地望着邹郎中，邹玉吉想了想说："二位，对不起了，实在不能去。回去向李知县说，我到温朱沟去了，那里有个垂危的病人正等着救命呢，耽搁不得呀！"说完径直往前走，两个衙役面面相觑，只好反身回去了。

路上，蔡万春、潘振奎、那文海被邹玉吉不畏权势，同等待人的做法深深感动，佩服得五体投地，纷纷竖起大拇指。蔡万春边走边拉住邹玉吉的手，激动地说："老弟，谢谢你的大义，我老婆的病就是好不了，全家对你的恩情也是永生难忘啊！"

快言快语的宋立春插言道："老哥，不言必谢，玉吉总这样，穷帮穷嘛！"

一行人到了蔡家，邹玉吉为病人号了脉，看了看舌苔，认为是急火攻心所致。留下了够吃三天的药，并告知如何服用，遂起身告辞，出了院门，潘振奎和那文海紧随其后。

三人来到大街上，听到有人大骂慌官："知县李国轩不顾百姓的死活，硬性催要税银，什么狗屁慌官，纯粹是乌龟王八蛋，赶快滚吧！"

那文海问道："李国轩是从哪儿来的？咋专门欺负百姓啊，真不是东西！"

邹玉吉说："李国轩是朝廷的命官，派到围场县的时间不长，他的后台就是当今天子光绪皇帝。"

几天来，在邹玉吉、潘振奎、那文海等人的组织下，各村乡民团结起来了，大家一齐到县衙找李知县讲理。李国轩见来了这么多人，一着急心先慌，说话就结巴了："我身为朝……朝廷命……命官，能不知道……国以民为本吗？如今，本……知县正在推行……新政，要求乡民……缴纳应交的各……各项税银，请大家别……指望减免了，都……回去吧。"

乡民们一听，李知县不肯松口，气坏了，张嘴就骂！那文海从腰间抽出斧子，潘振奎摸出菜刀，刚要上前，被邹玉吉一手一个地摁住了，瞪了他们两眼，二人这才将家巴什儿收回去。邹玉吉考虑到时机尚不成熟，参与的乡民还不够多，不能鲁莽行事，便让大伙儿回去了。

邹玉吉、潘振奎、那文海、蔡万春从县城返回后，又通过各村的熟人，选出八名代表，邹玉吉为总代表。其中有个赵家屯的赵树清，五十多岁，放羊的，练就一身飞石打鸟儿的本领。各村代表分别把本村的百姓聚集到一起，说明了将要采取行动的本意，得到了乡民们的支持。然后八名代表碰了一下头，合计了行动方案，此事就算定下来了。

光绪三十二年农历六月初四，八名代表邹玉吉、潘振奎、那文海、赵树清、蔡万春、蔡万秋、关长富、张孝和，准备率领众乡亲由温朱沟村起程，沿着木兰围场东行，逐村集中更多乡民，翻越巍巍的九头山，到新地村暂住一宿。第二天一早，蹚过锡林哈河，前往克勒沟粮捕府请愿，找知县李国轩理论。

大伙儿刚从温朱沟村动身，一些乡民一看要来真格的了，却害怕了。

有的溜出村外躲起来，有的缩回屋子不敢露面，气得潘振奎把菜刀往地上一插，骂道："呸！真他娘的熊包，要是个缩头乌龟，当初就不该愣充好汉！"

蔡万春则用手拍打着脖颈子后的大疙瘩说："还有没有吓堆水的？剩我一个照样去，非给那个知县兔崽子好瞧的不可！"

邹玉吉见人心不齐，觉得大事难成，便同其他七位参士商量道："诸位，看来咱们的话没说到家呀，不然怎么有打退堂鼓的呢？这样吧，事已至此，先别急着走，再耐心做一下动员，把请愿的利害讲清楚，变成一种自觉行动，步调方能一致，你们以为如何？"

参士们纷纷表态，都认为邹玉吉讲得对，于是分头到本村乡民中间，互相交流想法，鼓舞士气。结果还真管用，各个村屯除老弱病残和妇女儿童外，男丁一律跟随出动，足有两千多人。

当天晌午，乡民们背着行李和干粮，浩浩荡荡地从温朱沟出发了，好不威风！途经刁虎沟、杨树洼、挂面铺，来到榆树林子村外时，正好碰上了骑着毛驴儿下去催逼捐税的区董马登云。他狡猾得很，一看这么多人，生怕吃眼前亏，忙跳下毛驴儿满脸堆笑地问道："父老乡亲们，你们这是干啥去呀？"

潘振奎立睃着双眼吼道："关你屁事？我们到县衙请愿去！"马登云吓得一哆嗦，赶紧让到一边，邹玉吉说："马区董，乡民们去粮捕府找李知县，请求他开恩，给百姓减免捐税。希望马区董看在本乡本土的份儿上，多多从中帮忙才是啊！"

马登云嘿嘿地阴笑着，敷衍道："好说，好说！"随即眼珠一翻，骑上毛驴儿，凉锅贴饼子——蔫溜了。

请愿的队伍继续南下，天傍黑儿时到了新地村，这里距克勒沟还有30华里。邹玉吉宣布："乡亲们，天已经黑了，不往前走了，今晚先住下。有亲的投亲，有友的投友，自讨方便，无亲无友的在新地村庙堂外生火做饭。"

话音刚落，去亲友处投宿的人走了，剩下的乡民来到庙堂，于庙外埋锅造饭，有的则嚼几口自带的干粮。饭后，大伙儿挤在墙角儿、香案等处，由于一路没停脚，累得够呛，很快便睡了。八名参士又凑在一起，秉烛研究了可能发生的情况及解决的办法，直到月上中天才躺下歇息。

清晨，投亲靠友的乡民都回来了，总代表邹玉吉吩咐道："抓紧时间吃饭，然后整队去克勒沟粮捕府。"

就在这时，一个在庙外放哨的壮汉跑进庙堂，向邹玉吉通说道："总参士，慌官带领三班六衙和亲兵卫队向新地村快速赶来！"

邹玉吉猛然一惊，忙问："李国轩现到何处？"

壮汉回道："听当地老乡讲，慌官正走在锡林哈河以东六家西沟村的路上。"

原来，昨天下晌，邹玉吉等八位参士带领乡亲们在榆树林子遇到区董马登云后，马登云骑上毛驴儿直奔克勒沟粮捕府，连夜找到李知县，告知了乡民们要来粮捕府请愿的事儿。不仅如此，还瞎编了一套谎话，说是不法乡民要来克勒沟造反，声称非闹个天翻地覆不可！慌官一听更慌了，立即召集府内上下人等和乡绅、区董商量对策。

经过一番合计，慌官的下属几乎都同意以武力镇压，尽快解决这场"乡民暴乱"。尤其是那些乡绅、区董们，唯恐通过说理、调和，暴露了他们借缴纳捐税之名，从中敲诈勒索的马脚。有的区董献策道："乡民造反，简直是秃子打伞——无法无天了。把带头儿闹事的抓起来，砍他几个，来个杀鸡给猴儿看！"

有的乡绅啪地一拍桌子道："还了得了，小虾米也想翻大浪，做梦哪？来吧，非狠狠收拾一顿不可，让他们尝尝官府的厉害！"

乡绅、区董一个个跃跃欲试，越说越气愤，只有府内的绿营兵统领，人称"李大人"的李管带一言不发，坐在椅子上抽着叶子烟。当听到要用武力镇压乡民时，李管带把烟袋锅子往地上一磕，忽地站起身来，冲李国轩说："知县大人，用武力镇压手无寸铁的百姓乃罪过，此举不妥！"

李国轩问："乡民暴乱，以武力镇压，有何不妥？"

李管带一双怒目直逼马登云："马区董，乡民造反，可是你亲眼见？"

马登云不屑一顾，答曰："是的，本人不会撒谎。"

李管带又问："乡民可曾带着兵器？"

马登云答不上了："这……这……我没注意，可能带了吧。"

李管带双眼一瞪："到底带了还是没带？"

马登云诺诺道："噢，好像是没带。"

李管带脸一沉："那么，马区董为啥声称乡民暴乱、造反呢？看来此话是你随意编的喽！"

马登云被饲了个烧鸡大窝脖儿，瞅了瞅李知县，一言不发了。

李国轩说："李管带，不必动怒，有话好好儿说。乡民聚集一起，直奔粮捕府而来，本知县不得不防啊！这样吧，你明天一早率兵马随我前去，在半道儿堵截他们。"

李管带毕竟是知县的属下，拗不过上司，只能遵命，心中暗想："好吧，知县纵有千条妙计，我有一定之规，绝不向手无寸铁的百姓开枪。"

众乡民听说县官大老爷离开县衙，亲自来庙堂，这可非同小可，人群开始骚动起来。潘振奎见此，大声儿说道："慌官亲自来怎么着？老子才不怕呢！父老兄弟们，我潘振奎是个粗人，不会说啥，只知道这么个理儿，那就是咱越怕他，他就越欺负咱。没啥大不了的，要是怪罪下来，顶多脑袋掉了碗大个疤嘛！"

那文海接过了话茬儿："谁要怕，就是屎尿蛋，软骨头！有理走遍天下，无理寸步难行，朝廷命官来咋了？就是当今皇上来，我也敢冲他说，木兰围场怎么弄成这个样子，真给祖宗皇爷丢脸。"

大疙瘩蔡万春早按捺不住了，高声儿喊道："不怕死的跟我来！"说着就往外冲，邹玉吉一把将他拽住了，急切地说："蔡大哥，稳当点儿，千万不可鲁莽从事。咱们去县衙的目的不是打仗，而是同县官理论，要求减免捐税。如果他李国轩真敢动用刀枪镇压百姓，咱们两千多号人怕个啥？谅他芝麻官没那胆量。"

总参士的一席话，说得七名参士和众乡亲频频点头，暗自佩服这位言之有理、遇事不慌、足智多谋的邹郎中。

一个时辰后，请愿的队伍同李国轩的兵马在新地村外锡林哈河的一片无水的河滩边相遇了。此时此刻，李管带的绿营兵按照县令的吩咐，已埋伏在新地村的西山坡上。双方一旦打起来，李知县就会下令，命李管带的绿营兵开枪镇压。

李国轩下了四人抬的轿子，命衙役在河滩边搭建了台子，然后摆案升堂，两千多乡民头顶烈日跪在地上，等候李知县训话。

李国轩看了看台下黑压压的人群，问道："乡民们，大家想进克勒沟粮捕府干啥，大老爷我都知道。既然请愿的队伍都组织起来了，那么请问有没有头领啊？"

邹玉吉站起身来回道："有！众乡民按各村的提名，共选派了八名代表。"

李国轩又道："本知县是问有没有总头目，谁是总头儿哇？"

邹玉吉答曰："我是，姓邹名玉吉！"

挨着邹玉吉跪着的潘振奎生怕郎中担风险，马上跟着站了起来，说自己是总头目。蔡万春被二人的表现所感动，也不示弱，站起来喊了一声："我是副总头目！"

李国轩厉声儿喝道:"报上姓名来!"

"草民潘振奎!"

"草民蔡万春!"

那文海在人堆里喊道:"什么草民?都是良民!"

李国轩往人群里一指道:"那个喊良民的站出来,报上姓名!"

那文海站起身说:"我叫那文海,家住将军屯。我姑姑叫那金花,是静蓉公主的儿媳妇,也是乾隆、嘉庆年间大学士李纪恩的儿媳妇。静蓉公主是谁呢?李知县,实话告诉你吧,静蓉公主乃当年乾隆皇帝的女儿,又是嘉庆皇帝的亲妹妹。"

那文海的一番话,逗得众乡民想笑不敢笑,没一个相信的,都以为他为了戏耍县官,在那儿瞎白话呢!

李国轩听后,又信又不信。要说信,原因是谁敢拿皇上取笑哇,活腻歪了?讲得也真对呀!要说不信,也有不信的道理。一个山沟沟里的草莽之民哪能知道这么多,他怎么会是那金花的侄子呢?不可能啊!不过,李国轩还是记住了"那文海"这个名字,回头有工夫想仔细查一查,看看他究竟是谁。

李国轩正襟危坐,干咳了一声,命蔡万春、潘振奎到桌案前说话。当二人跪到距桌案前十余步远时,李国轩高声儿吩咐两旁站立的三班衙役:"将暴乱头目蔡万春、潘振奎先给我拿下,砍头示众!"

衙役快步上前,将蔡万春和潘振奎摁倒在地,套上绳索,刽子手举起鬼头刀就要砍。说时迟,那时快,擅于飞石打鸟儿的赵树清从地上抓起一块拳头大的鹅卵石,照准刽子手握刀的手腕子用力撇了过去,只听"哎呀"一声惨叫,鬼头刀哐啷一声掉到地上了。邹玉吉见机大声儿喊道:"乡亲们,用石头打呀,狠狠打!"

话音未落,众乡民一跃而起,从河滩上捡起大小不等的石头,犹如冰雹般朝李国轩和三班衙役砸去。这可是两千多乡民哪,县官、衙役哪是对手?李国轩左躲右闪,命手下快快传令李管带,向人群开枪!这时,忽听"啪"的一声,李国轩的红缨帽子不翼而飞,吓得他忙抱着脑袋钻进桌案底下。幸亏身边的侍卫机灵,将李国轩拖到马背上,一溜烟儿地向六家西沟村逃去。

河滩上,飞起的石块儿砸得咚咚响,乡民们与三班衙役交手了。埋伏在西山坡儿的李管带接到知县的开枪命令后,绿营兵的枪口并没对准老百姓,而是向空中鸣枪示警。这是为什么呢?原来李管带事前有令:

"都给我听好喽，谁若向百姓开枪，先砍下他的脑袋！"上司有话，谁敢不听？

李管带见李国轩已经逃走，总得应付应付才是，又命兵丁朝空中胡乱放了十多枪，方带领人马回克勒沟粮捕府营盘去了。进了营帐后，立即向承德都统禀报李国轩出衙镇压乡民的举动，讲出了强迫百姓缴纳税银的事实。都统没敢耽搁，将此情通达了直隶总督袁世凯，袁世凯立即派道员到围场县调查此事。三日后查明，是李知县听信了乡绅区董的谗言，受了蒙蔽，不分青红皂白地随便出衙镇压百姓，实属不该。

光绪看了状告李国轩的奏折后，问身边的一位大臣："这个李国轩是谁呢？"

大臣回道："皇上，此人是乾隆、嘉庆时期大学士李纪恩的重孙子。"

光绪沉思道："换句话说，他也是乾隆爷的九女儿静蓉公主的重孙子了？"

大臣说："皇上的记忆力真好，高宗的驸马正是大学士李纪恩。"

光绪叹了口气道："唉，李国轩在围场县继续当知县难喽，把他调到京东蓟州府任知府吧！"

在这场众乡民抗捐税的行动中，李管带在黎民生死攸关之际，将枪口转向了空中，被传为爱民、惜民的好官。转年，李管带异地升迁，围场县的百姓真舍不得他走，如何表达感激之情呢？有人出了个不错的主意：用营房川的所有乡民凑起来的银子，给李管带做了一件特殊的衣裳，取名"万民衣"；又买了一把伞，取名"万民伞"。李管带走后，人们给他立了一块石碑，正面刻着"共荷艸蕠"四个大字，立在克勒沟粮捕府的东山坡儿上，让后世子孙永远铭记，无论何时何地何事，当官的不要忘了老百姓。

最后要说的是，李国轩临去蓟州府赴任之前，特意走访了住在原木兰围场东北隅将军屯的那文海。通过交谈，一切真相大白了，李国轩不禁热泪盈眶。那文海带着他去了布尼家的坟茔地，祭扫了布尼仁坤、布尼阿森等长眠于此的祖辈，并为墓地添了土。

更可喜的是，那文海把爷爷那洪瑞生前常讲的"木兰围场传奇"又讲给了李国轩，李国轩多少也知道一些，还是小时候听他的爷爷李宝讲的，故事越传越远。

后　　记

　　我喜欢《木兰围场传奇》，它从遥远的历史深处走来，经过现在，又向不可知的未来奔去。

　　喜欢它的朴实，亦喜欢它的浪漫；喜欢它的严谨，亦喜欢它的潇洒；喜欢它的深沉，亦喜欢它的空灵。

　　清代历史的、民族的大格局在这里定格，又在这里沉淀。真实的、虚妄的在这里并存，理性的思考、传说的怪诞在这里混沌，历史、文学在这里胶着，喜怒哀乐、兴衰成败在这里凝结。透过密密麻麻的文字，即会欣喜地发现，它可以张望到清朝的缩影。在我所研读的满族说部中，未曾见过对社会做出如此具有神韵的概括，精妙完美而无可挑剔，使你肃然起敬，继而不由得全身心地投入到对历史、对民族、对祖德宗功的热切讴歌和礼赞。

　　如今的木兰围场，弓弩箭羽的啸鸣已退去，留下一片宁静，也留下了无限的遐想，向往着那片远远超出自然范畴的情感领域里的围场。那么，请君到《木兰围场传奇》里来吧，听听当年万人射猎的喊杀声，体味其中包含着的胆识和勇武，窥见搏击、梦幻、生命的潜藏，把意识引向一处绝妙的境地。

　　围场本就熔铸着两种声音，两宗情怀，两样神貌，两番悲喜：帝王与平民；沉甸甸的史实与挥洒自如的传奇；狼虫虎豹的嘶鸣与八旗将士的呐喊；对山河主宰权的争逐与对人间情缘的朝觐。这些极大的认真与极大的不认真搅成一团团，形同悖谬纠结在一起，互相抵触又互相协调，互相排斥又互相支持，互相对立又互相反衬，互相抵消又互相补充，最后凝结成一个整体，使沉重的历史因传奇而精神抖擞，传奇因有坚固的史实为背景而更具魅力。

　　木兰围场存在的一百八十三年里，有七位帝王点燃了生命之火，又悄然熄灭，庇佑了多少巴图鲁走向终极。围场是人兽惨烈拼杀的疆场，也是百姓倾注最瑰丽传奇的空间。传承者将遗落在心底的故事拾起来，擦洗干净，便发出铿锵的轰鸣！他们秀口一开，便是半部清史。

木兰围场里的亮点，还是传说。尽管只是传说，却超过许多真人，比如康熙，比如乾隆，比如嘉庆。将军墓内的布尼阿森，其父布尼仁坤，公主陵内的布尼伊香，所谓孩子坟内的宝音巴图，已经在满族的精神领域里成为切切实实的存在。说部从第十九回开始，一直延续到第四十九回，把幻想出的将军、公主、孩子与高宗对抗。大概是因为良知，令他认同了将军、将军的父亲、将军的女儿以及那个孩子的存在，保持了乾隆的明君形象。故事绵长，哀伤，生动，感人，令人久久不忘。

中国各族的文化，无不打上民族的烙印，是非、曲直、美丑、善恶皆为一个标准。康熙把心中的木兰围场掏出来，放在那里；乾隆将木兰围场保护起来，装入自己的胸腔；嘉庆望着日渐衰败的木兰围场心痛而无奈，只能唏嘘叹惋。围场同人生一样，起始阶段总是充满着瑰玮和险峻，到了即将了结一生的晚年，怎么也得走向平缓和实在，直至消失。

木兰围场狩猎的血腥味儿被一百八十三年塞外吹来的秋风卷走了，于是，《木兰围场传奇》变成了极端艰难、极端悲怆的文化奇迹。康熙有幽禁亲子的悲怆，乾隆有痛失爱女、爱妃、爱将的悲怆，嘉庆有眼看围场的没落而无法挽救的悲怆，传奇故事里有先人多舛命运的悲怆，而最大的悲怆则是木兰围场的失去。莽林没了，成群的虎、豹、熊、鹿没了，空余一处行政区划"围场满族蒙古族自治县"，留下来的唯有《木兰围场传奇》了。它成了那个真实围场的象征，从而也让后裔子孙联想到满族说部保存和传承的艰辛历程，联想到这个古老民族对于文化的渴求是何等的悲怆和神圣！

由此，笔者不禁发出一声兴奋而又悲怆的慨叹：不要历史在这里终结，不要围场在这里退让，不要传人在这里哑言，这就是《木兰围场传奇》得以拂尘面世的价值所在。

在整理时，根据满族口头遗产传统说部丛书编委会提出的必须坚持科学性的首要要求，对文本做了如下处理：

第一，同一事件不必要的重复予以删节。

第二，前后矛盾的重要情节做了合情合理的调整，以保持全书的统一性、完整性。

第三，有损伤作用的不真实细节做了适当更正，神话传说的夸张、虚拟保留原貌。

第四，把历史人物对白中的现代汉语新词汇换成适合其身份的语言，对讲述者评论中的新词汇去掉一部分，保留一部分。

第五，对不通顺的文字，词不达意的语句，易发生歧义的段落，逐字逐句地推敲、斟酌，力求既保持口传文学的特色，又符合文字载体的规则，尽量做到文如流水，词严义正。

第六，历史，是个庄严的名称，可谓一块巨大的碑石。其间，社会发生的重大事件皆深深地、牢牢地刻在上面，漫长，亘古，不变。满族传统说部作为民间口述史，对历史的记忆有不真实、不准确的地方在所难免，它毕竟是口头文学而不是史书。《木兰围场传奇》涉及的历史人物和历史事件恰恰洒落着异彩，突出对未来的希望、寄托、幻想，与石碑上的阴文交相辉映。故而在整理过程中，尊重了与史实相悖的部分，或许这正是后人所希冀的。

于　敏
二〇〇八年九月